L'ART DE NAVIGER
DANS SA PLVS
HAVTE PERFECTION
OV
TRAITE' DES LATITVDES

OV SONT DEDVITS LES QVATRE MOYENS

DONT SE SERVENT LE PLVS ORDINAIREMENT LES PILOTTES
pour trouver la Latitude du lieu auquel ils se rencontrent, & dans lequel ils trouverront par advance des Instructions assez amples sur les
deux parties qui composent cette Latitude, qui sont les Hauteurs, & la
Declinaison : Comme aussi la Theorie & l'Vsage des Instruments dont
ils se servent le plus communément sur Mer, & nommément de
la Verge.

ENSEMBLE LES TABLES DE LA DECLINAISON,
& le moyen de les reformer de temps en temps.

*Par M. G. DENYS Prestre, Enseignant pour le Roy la Navigation
dans la Ville de Dieppe.*

A DIEPPE,
Chez NICOLAS DVBVC, Imprimeur Libraire & Graveur,
devant l'Hôtel de Ville. 1673.

AVEC PRIVILEGE DV ROY.

TRAITE
DES
LATITVDES.

CHAPITRE I.

DE LA NAVIGATION EN GENERAL.

LA Navigation comme un Chariot Myfterieux eft portée, ou bien mieux roule fur 4 rouës, qui font, 1. le rumb de vent, ou la partie du Monde, vers laquelle va le Navire, 2. le chemin & l'avance que fait le Navire en allant vers cette partie du Monde : lefquelles deux font bien differentes, quoy que plufieurs (qui montrent par là n'eftre pas des plus intelligents, pour n'y prendre pas comme il faut garde) les confondent & prennent l'un pour l'autre, fondez fur ce que le rumb de vent & le chemin font une mefme chofe ; puis qu'ils ne font qu'une feule & mefme ligne : mais pourtant s'ils veulent confiderer que cette ligne ou trace que marque & laiffe apres foy le Navire, peut eftre plus ou moins longue, & que l'on peut plus ou moins avancer vers la mefme partie du Monde, ils pourront s'inftruire & conclurre que (le rumb de vent demeurant toufiours le mefme) le chemin & l'avance du Navire feront bien differentes du rumb de vent, fuivant que plus ou moins l'on aura avancé vers cette partie du Monde.

Pour revenir à nos rouës difons que la troifiéme eft la latitude,

A

laquelle n'eſt autre choſe que l'éloignement à la ligne Equinoxiale, & la quatriéme ſera la longitude, laquelle eſt l'éloignement ou
diſtance d'un lieu iuſques au premier Nord & Sud, ou pour me
faire mieux entendre l'éloignement ou le nombre de degrez que
l'on eſt éloigné du Meridien ou Nord & Sud, auquel l'on commence à compter les longitudes du Monde.

Ou bien encor diſons que la Navigation eſt un bel edifice
ſouſtenu ſur 4 colomnes que nous venons d'énoncer par le nom
de rouës. Et ie puis conſtamment aſſeurer que qui poſſede une
parfaite intelligence de ces 4 parties de la Navigation, & en peut
faire un parfait diſcernement dedans les occaſions des demandes
qu'on luy en fera (leſquelles ne rouleront iamais que ſur ces 4
rouës) aura de grands avantages pour faire en peu de temps un
heureux progrez en cette admirable ſcience.

S'il y a du myſtere dans ce bel edifice, il ne s'en rencontre pas
moins dans les colomnes qui le ſouſtiennent, leſquelles ſont de
telle façon, que du moment que deux vous paroiſſent, vous pouvez facilement voir, & venir à la coñnoiſſance des deux autres. Ou
bien pour me ſervir de la comparaiſon du Chariot, ſi des 4 rouës
il y en a deux d'embourbées, pourveu que l'on en aye deux qui aillent comme il faut, l'on pourra d'ébourber & dépeſtrer les deux
autres, & les faire coniointement ſervir, afin que noſtre Char my-
ſterieux de la Navigation chemine & face ſa route autant qu'on
le peut ſouhaiter.

Il eſt donc neceſſaire que l'on connoiſſe deux de ces parties de
la Navigation pour en tirer & venir à la connoiſſance des deux
autres reſtantes, tout ainſi qu'en Philoſophie, dés lors que vous
avez la majeure & mineure propoſitions bien ajuſtées & arran-
gées dans la forme, & l'ordre qu'il eſt convenable, l'on ne manque
iamais d'en pouvoir tirer une troiſiéme propoſition, qui ſe nomme
la conſequence, la concluſion, & la ſuitte des deux autres propoſitions precedentes, que l'on appelle les premices, laquelle conſequence (dit la meſme Philoſophie) ſuit touſiours la nature de la
plus foible des deux precedentes; de maniere que ſi dans les deux

premices il y en a une qui foit fauffe, ou douteufe, la conclufion fera pareillement fauffe ou douteufe.

De mefme dans la Navigation fi les parties données ou connuës font toutes deux obfervées, ou veritables, la fuitte que l'on en tirera fera infailliblement obferuée & veritable : mais fi toutes deux ou une feulement font eftimées, & par confequent fuiettes à caution, il n'y a point de doute que ce que l'on en tirera, ne foit femblablement fuiet à caution, fans en pouvoir efperer un meilleur fuccez.

C'eft neantmoins ce qui fe rencontre pour l'ordinaire dans toutes les queftions de la Navigation : & partant iugez ou ira la plufpart des confequences que l'on en tire. Ce qui me fait dire combien l'on doit eftre foigneux d'aporter toutes les précautions poffibles à faire une bonne eftime des deux parties dont l'on fe veut fervir pour venir à la connoiffance des deux autres. L'on peut donc dire qu'avec un l'on n'a rien, mais avec deux l'on à tout ce que l'on peut fouhaiter dans la Navigation.

J'ay beaucoup balancé lefquelles de ces 4 rouës ie devois faire marcher les premieres ; puis qu'elles fe meflent indifferemment les unes avec les autres; & ceux qui fçavent la Navigation, fçavent que tantoft l'une s'ajufte avec l'autre, & celle-cy en fuite avec une autre.

Pour refponfe ie dis qu'il n'y a aucun doute que pour faire monftre de ce qu'il y a de meilleur, celle de la latitude ne doive emporter le devant ; puis que fans conteftation, c'eft elle qui eft la plus ferme & la plus affeurée, fur laquelle toutes les autres mefmes manquants, l'on tâche de faire marcher le Char de la Navigation du mieux qu'il eft poffible. Et ne vous étonnez pas fi ie mets de l'autre cofté celle de la longitude, laquelle ayant efté iufques à prefent bien foible, & tres-peu certaine, doit, ce me femble, avec raifon eftre contrepointée à celle de la latitude, afin que fi elle manquoit, l'autre au moins en pût fuporter le faix, le moins mal qu'il fera poffible.

Mais d'un autre cofté fi nous voulons avoir égard au plus

frequent ufage, le rumb de vent, & le chemin le doivent emporter, puis que dans toutes les Navigations tant grandes que petites l'on ne parle le plus fouvent que du rumb de vent & du chemin, & ie peux dire que la petite Navigation n'eft portée que fur ces deux roües, la latitude & longitude y eftant à la verité meflées, mais pourtant à couvert, puis qu'on ne les découvre qu'en puiffance par le Nord & Sud qui eft la latitude, & par l'Eft & Oüeft qui eft la longitude, & mefme la plufpart de ceux qui pratiquent ces petites Navigations ne connoiffent le plus fouvent ce que c'eft que latitude & longitude.

En fuite de ces raifons ie laiffe à la liberté d'un chacun de les ajufter au Char myfterieux de la Navigation, de la façon qu'il iugera le plus à propos.

Quand ie lis le premier Chapitre du Prophete Ezechiel j'y remarque un crayon de mes penfees, ce me femble, fi naifvement bien reprefenté que vous diriez que le S. Efprit dans tout ce grand myftere n'a eu autre deffein que de nous exprimer les merveilles de la Navigation: car apres avoir parlé de ces 4 animaux myfterieux, il dit que du moment qu'il les regardoit il parut une roüe fur la terre au milieu d'eux, que ie puis dire n'eftre autre que la Mer ou la Navigation, laquelle ainfi que cette roüe eft appuyée & fouftenuë fur la terre comme fur fa bafe, *Cum afpicerem animalia apparuit rota una iuxta ea, 4 habens facies* : Cette roüe dit ce Prophete, avoit 4 faces, qui font les 4 parties de noftre Navigation, la latitude, la longitude, le rumb de vent, & le chemin.

Et pour vous faire voir que ma penfee n'eft pas vaine, & à du fondement, il dit en mots exprez que ces roües eftoient la reprefentation de la Mer; *Et afpectus rotarum, & opus earum quafi vifio maris.* Et remarquez que par les 4 faces de cette roüe doivent eftre entenduës les 4 parties de la Navigation mifes en pratique; puis que ces animaux qui eftoient à l'entour nous en reprefentent la theorie & la connoiffance par les aifles qui les couvrent & les environnent : Ils en avoient 4 conformément aux divers égards de ces parties les unes aux autres; auffi leurs aifles, c'eft à dire les connoiſſances de ces 4 parties eſtoient arrengees vis à vis les unes des autres, *Pennæ eorum reĉtæ alterius ad alterum.* Remarquez en bien ie vous prie les circonſtances dans leur procedé, *duabus alis volabant*; parce que dans toutes les queſtions de la Navigation, il y en a touſiours deux de ces parties qui roulent & marchent, *& duæ tegebant eorum corpora*, & les deux autres parties ſe ioignent, comme nous avons dit, en une pour fixer & établir la fermeté de la reſponſe.

Et pour preuve que par les roüës eſt entenduë la pratique, il dit que *ſtatura erat rotis, & altitudo, & horribilis aſpeĉtus*, pour nous faire connoiſtre qu'outre que la pratique de la Navigation eſt tres-rele- vée & ſublime (qui eſt de dire à tout moment propoſé le lieu au- quel l'on peut eſtre, quoy qu'il ne paroiſſe, & l'on n'aperçoive que le Ciel & la Mer,) elle eſt meſme horrible à voir pour les dangers qui s'y rencontrent le plus ſouvent.

Ce n'eſt pas meſme ſans myſtere qu'il eſt parlé des animaux premier que des roüës; puis que la theorie doit preceder la prati- que.

Et ce qui doit eſtre plus ſpecialement remarqué que *totum corpus oculis plenum in circuitu ipſarum quatuor*, pour nous donner à connoî- tre que ſi l'on veut reüſſir dans la pratique de la Navigation, il faut avoir les yeux de tous coſtez pour prévoir tous les accidents qui peuvent ſervir à tirer les veritables connoiſſances dont l'on à be- ſoin, & éviter tous les dangers qui peuvent arriver faute de n'y prendre pas aſſez garde, eſtant certain & indubitable qu'il n'y a que le grand ſoin par le moyen duquel l'on peut eſperer d'y reüſſir.

Lorſque ces roüës faiſoient leur démarche ce Prophete enten- doit comme le ſon d'une quantité d'eaux, & comme le ſon de Dieu élevé au deſſus, qui eſt une veritable idée du Pilotte, auquel tous doivent obeyr en tout ce qui regarde & concerne la conduite du Navire: auſſi eſt-il dit que par tout ou alloit l'eſprit, que les roüës le ſuivoient, pour nous aprendre qu'en la pratique l'on ne doit ſuivre que les impreſſions & commandemens du maiſtre Pilotte, lequel ne doit pas agir en beſte, ainſi qu'un brutal à la volée, mais comme un esprit tout remply de connoissance & de prudence ; & se comportant de cette sorte tout ainsi que ces animaux *stabant & submittebant alas suas*, tous ne manqueront pas d'estre soubmis ponctuellement aux ordres qu'il donnera.

N'estoit la peur de vous estre importun ie vous ferois voir que ces 4 animaux mysterieux ne representent pas mal les 4 parties de la Navigation, en vous disant que l'Aigle est une aussi naifve peinture de la latitude que l'on sçauroit souhaiter ; puis que bien plus que l'Aigle elle s'éleve iusques dans le Ciel pour y contempler fixement le Soleil & les Estoilles.

Secondement la face de l'homme nous crayonne assez bien le rumb de vent qui demande une prudence & une circonspection toute propre & particuliere à l'homme, lequel seul est capable de prévoir le devant ou tend la route, & le derriere du sillage par la grande assiduité qu'il y doit aporter pour en inferer le dechet, & la derive du Navire d'où dépend la plus belle partie de l'estime.

Troisiémement l'Ecriture sainte mesme nous represente le chemin par le Lyon ; puis que Salomon dans le trentiéme Chapitre de ses Proverbes faisant un raport des choses merveilleusement veritables, dit au 29. verset il y a trois choses lesquelles cheminent bien, & le quatriéme chemine heureusement, & aux versets suivants venant à en faire le dénombrement au trentiéme il cotte le Lyon, qu'il dit estre le plus fort entre toutes les bestes, pour nous donner à connoistre que cheminant le mieux de tous les animaux, le chemin ne nous est pas mal representé par iceluy.

Enfin la longitude ne nous est pas semblablement mal representée par le Beuf, à raison du peu de connoissance que la nature nous a donné iusques à present touchant cette partie de la Navigation.

CHAPITRE II.

DV RVMB DE VENT.

PVis que toute la Navigation eſt renfermée dans les 4 parties
dont nous venons de parler, apres vous les avoir indiqué en general, un diſcours de chacune en particulier ne peut eſtre que
bien advantageux pour donner de plus grandes lumieres dedans
leur connoiſſance, & commençant par *le rumb de vent*, ie dis que
c'eſt l'angle que fait la Quille du Navire avec le Nord & Sud, ou Meridien
du lieu d'où l'on part, & avec tous les meridiens des poinĉts par où
paſſe le Navire.

Et pour vous le faire comprendre vous devez remarquer que
par quelque lieu ou l'on puiſſe eſtre, & par les Poles du Monde,
l'on peut faire paſſer une ligne, ou pour mieux dire un cercle, lequel ſera un Nord & Sud; Autant en faut-il entendre de tous les
poinĉts par ou paſſe le Navire, par leſquels & par les Poles du Monde l'on peut pareillement mener une ligne en cercle qui ſe nomme Nord & Sud ou Meridien.

Or le Navire faiſant chemin dreſſera ſa route ou conformément
à cette ligne, & pour lors il fera un nord & ſud; ou bien il la couppera droitement, & comme l'on dit en croix, & pour lors il ira Eſt
& Oüeſt : ou bien encor il la couppera obliquement & en biais, &
par ainſi ſon chemin ſera entre le nord & ſud, & l'eſt & oueſt.

Ce coupement & ſeĉtion uniforme en croix ou en biais s'apelle
l'angle du rumb de vent, ou bien l'angle que la Quille du Navire
fait avec tous les nord & ſud, eſtant une proprieté eſſentielle de
tous les rumbs de vent de couper tous les meridiens par ou paſſe le
Navire, à pareils angles, & de la meſme maniere.

Et pour n'obmettre rien de ce qui vous peut donner davantage
de lumieres ſur cette matiere, vous devez de plus remarquer
qu'en quelque lieu que l'on ſoit, principalement ſur mer, ou ne ſe

rencontre aucun empefchement, l'on voit à l'entour de foy une certaine planure, laquelle fe va terminer au rond du ciel qui femble le toucher, & que dans la Sphere l'on nomme l'Horifon fenfible : Les Pilottes fe font contentez de feparer cette rondeur en 3 2 parties qu'ils appellent rumbs de vent, entre lefquels celuy qui correfpond au Pole du nord s'appelle nord, & fon diametralement oppofé fud; & en fuite tous les autres rumbs avec leurs noms, ainfi qu'on les voit marquez & dénommez dans une rofe des vents.

Ce rond ainfi divifé fur un carton fous lequel on colle ou l'on attache une aiguille de fer frottée d'aimant & pofé fur un pivot au niveau de l'Horifon reprefente toutes les parties du monde; par ce que cette aiguille par la vertu de l'aimant dont elle eft touchee; tournant le poinct du nord vers celuy du monde, toutes les parties de cette rofe fe porteront, ou pour mieux dire fe raporteront au rond de l'Horifon, & par confequent à toutes les parties du monde.

De maniere que par le moyen de cette rofe, pourveu que le vent foit favorable, l on peut aller vers quelle partie du monde l'on voudra; & c'eft à quoy un Pilotte doit continuellement véiller, puis que delà dépend toute l'eftime; laquelle fait l'unique & principal fondement de la Navigation, laquelle eftime confifte en deux parties; fçavoir eft à bien prendre garde quel rumb de vent a valu la route, puis à bien iuger le chemin que le navire peut avoir fait fur ce rumb de vent.

l'ay dit *le rumb de vent qu'à valu la route*; parce qu'il arrive affez fouvent qu'encor bien que l'on faffe gouverner un rumb de vent, & que l'on y apporte toutes les précautions poffibles, que le vent qui eft la force mouvante qui donne le branfle au mouvement du navire, prend & s'entonne dans les voiles d'un tel biais qu'il eft impoffible au navire de tenir la mefme route, & tourner iuftement droit vers la partie du monde, vers laquelle un gouverneur la dreffé, ce qui caufe qu'il ne peut aller droit vers la partie du monde, vers laquelle ceffant ce il iroit; parce que pouffé de force & de biais, le pied comme l'on dit manque au navire, ce qui le fait tomber au

deffous

deſſous du vent, & que les Pilotes nomment le dechet ou derive
du navire, à raiſon que le navire decheoit de la route, laquelle on
luy pretendoit faire tenir ; & ce dechet arrive principalement
quand l'on va à la bouline, ou le lit du vent, ou bien quand de
mauvais temps l'on eſt contraint de mettre à la cappe ; ce dechet
ſe trouvant different ſuivant la façon & conſtruction des baſti-
ments, y en ayant qui derivent bien davantage les uns que les
autres, en quoy meſme il eſt meſme neceſſaire d'avoir égard ſi l'on
s'eſt ſervy des hautes ou des baſſes voiles, attendu qu'un navire qui
ne s'eſt ſervy que de ſes pacquefis fait bien un plus grand dechet
que celuy qui a les huniers hors, pourquoy vous faire comprendre
par un exemple bien familier, ſi l'on pouſſe vn homme par la cuiſſe ou par le pied ; il n'y a pas de doute qu'on ne luy faſſe fauſſer le
pied, là ou ſi l'on le pouſſe par la teſte, on le branlera à la verité,
mais pourtant ſe tenant ferme ſur ſes pieds, il ne laiſſera pas de tenir droit le chemin qu'il avoit commencé ; il en eſt de meſme des
pacquefis, leſquelles eſtant les plus baſſes voiles du navire luy font
fauſſer pied bien davantage, que les huniers qui n'en font que
comme la teſte.

Attendu que là deſſus, puis-ie dire, conſiſte tout le ſecret de
la navigation, vous vous imaginerez, ie m'en aſſeure, que cela eſt
bien difficile, puis que des trois choſes que le Sage ne pouvoit
comprendre, le chemin du navire ſur la Mer en eſtoit une ; mais
pourtant ſi le Proverbe commun eſt veritable que *Dij laboribus
omnia vendunt*, c'eſt particulierement en ce rencontre, ou ie puis
aſſeurer qu'à proportion du ſoin que l'on y apportera, ie ne doute
aucunement qu'on n'en puiſſe venir à bout : car en pleine Mer,
ou pour l'ordinaire il n'y a point de Marée, il n'y a qu'à bien prendre garde à quel rumb de vent demeure cette trace que laiſſe
apres ſoy le navire en paſſant, que les Matelots nomment la
Oüache ou le ſillage du navire : veu que ſi nous conſultons la raiſon, c'eſt le chemin que le Navire a tracé en paſſant, qui eſt la ligne
du rumb de vent ; c'eſt pourquoy prenant le rumb de vent oppoſite de celuy ou demeure cette trace, ce ſera le rumb de vent

B

qu'aura valu la route.

Vous me demanderez ie m'en asseure, que cette trace n'estant pas le plus souvent droite, le moyen de la iuger, à raison que les Pilottes pour l'ordinaire prennent le rumb de vent pour une ligne droite.

A quoy ie respons que s'il n'y a point de Marée, il n'y a point de doute que le Navire a esté de la mesme façon que l'on voit cette trace, c'est pourquoy il faut fonder là dessus son estime, tout ainsi que l'on feroit sur une semblable ligne, ce qui fait voir que la Navigation n'est pas tellement précise que beaucoup se l'imaginent, auquel cas il faut separer autant raisonnablement qu'il est possible cette courbeure, & apres avoir fait tout ce que la raison & la prudence dictent dans ce rencontre, il n'est pas possible d'y requerir une plus grande précision.

Dequoy doivent estre absolument instruits ceux que l'on commet à gouverner, lesquels doivent prendre bien garde d'y apporter toute la droiture qu'il leur sera possible, sans faire tant de lancées, lesquelles causent toutes ces sinuositez au sillage, dequoy s'ils sçavoient l'importance, ils y apporteroient autant de précaution qu'à une chose de laquelle dépend leur vie & leur honneur, & pour mon particulier ie trouverois tres à propos que le Pilotte de temps en temps leur en fit une petite leçon, & un pourparler familier pour leur en inculquer l'importance, & pendant le quart, au lieu de quantité de contes frivoles ausquels l'on s'occupe pour l'ordinaire de mettre cette question sur le tapis, ce qui ne pourroit apporter qu'un tres-grand fruict, tant pour son honneur que pour le bien public.

I'avouë qu'en certain temps il est impossible de faire autrement, & que mesme de vent derriere lequel suivant la raison sembleroit estre le plus favorable, c'est pour lors que se font davantage de lancées, attendu que n'y ayant que les voiles d'avant que l'on fait servir, l'arriere du Navire à de la peine de se soûtenir, & la coulée de l'eau qui se fait le long des bords, à moins que le Navire ne passe bien viste, fait quasi comme follier l'arriere, & luy cause toutes les lancées que l'on est obligé de donner au gouvernail, pour ramener le Navire à sa veritable route.

I'ay dit *à moins qu'il n'y ait de la Marée,* parce qu'elle emporte avec soy le sillage, de sorte qu'à moins que d'estre asseuré de quel bord elle porte, il n'y a pas moyen de iuger quel rumb de vent à valu la route, & vers quelle part le Navire a vogué ; d'où vient que les petites Navigations, ou cabotage sont tout autrement difficiles que les grandes qui se font en pleine Mer, ou pour l'ordinaire ne se rencontrant point de Marée, quand l'on y veut apporter du soin & de l'application, l'on peut iuger vers ou la route à porté, là ou ces Marées (lesquelles apres tout sont incertaines, nonobstant toutes les experiences que l'on en aye fait) embarrassent extréme-ment l'estime, & le iugement d'un Pilotte pour y porter un iuge-ment asseuré.

I'avouë qu'a chaque bout de champ, ie veux dire que l'on n'est pas long temps sans voir des terres, lesquelles vous radressent en vous donnant le moyen de porter un iugement en quoy vous pouvez avoir manqué ; mais aussi m'avouërez vous, que quand il arrive des bruines, ou pendant l'hyver lors que les nuits sont lon-gues un pauvre Pilotte se trouve bien embarassé.

Puis que le rumb de vent qu'à valu la route se remarque par le moyen du Compas, il est de la derniere importance d'en observer le plus souvent qu'il sera possible la variation, afin de se regler & ajuster sur ce compte, à raison que n'estant autre chose que ce l'Aiguille manque à montrer le veritable Nord, & par consequent toutes les autres parties du Monde ; il ne faut pas estre bien spiri-tuel pour iuger qu'a moins que d'y apporter toutes les précautions, l'on manquera d'autant à sa route que le Compas aura de varia-tion, & que la connoissance du Compas est également necessaire aux cabottiers, qu'aux Pilottes hauturiens ; puis que les uns & les autres se servent du Compas pour accomplir leur Navigation.

I'avouë que par le moyen de la hauteur & de l'estime iuste que l'on aura fait des lieuës qu'un Navire aura fait entre deux latitu-des, qui est ce que l'on appelle difference en latitude ; l'on peut bien

trouver quel rumb de vent a valu la route; mais apres tout pour en
dire la verité, c'est bien rifquer que de fe regler fur cette pratique,
l'affiduité de la veuë fur le Compas pour iuger fi l'on gouverne
iuftement au rumb de vent que l'on avoit commandé, avec celuy
de la Oüache & fillage du Navire devants tout regler pour l'ordinaire dans la Navigation, à moins que dans des lieux efquels il y a
d: la Marée, ou bien lors qu'il y a de la variation ; en ces cas l'on
peut faire quelque fondement fur ce principe ; mais auffi il faut
eftre bien affeuré des lieuës que le Navire aura avancé, & enfemble fi l'on n'a point gauchy dans fa route : car fi dans fa route ce
font rencontrez des détours, il n'y a pas de doute qu'il n'eft pas feur
de fe fervir de cette methode pour trouver le veritable rumb de
vent qu'a valu la route, apres tout le plus affeuré eft de ne point
quitter la route de l'œil pour en remarquer tous les accidents.

Vous ne devez point trouver étrange que i'aye fait un Chapitre
tout entier du rumb de vent, à raifon que ie puis conftamment
affeurer que c'eft la principale piece, non feulement de l'eftime,
mais encor de toute la Navigation.

CHAPITRE III.

DV CHEMIN.

SI nous devons adorer & croire à l'aveugle toutes les paroles de
l'Ecriture Sainte, comme celle de Dieu qui ne peut mentir,
i'entreprens à traiter d'une matiere la plus épineufe : car lors
que dans le 30. Chap. des Proverbes elle nous raporte le fentiment
du plus fage de tous les hommes, elle luy fait dire, *Tria mihi diffici-
lia videntur*, quoy que Dieu m'aye donné une parfaite connoiffance de toutes les chofes qui font icy bas, par deffus tous les autres
hommes, trois chofes pourtant me femblent extrémement difficiles, dont venant à en faire le dénombrement, il dit *viam aquila in
cœlo*, la façon & la maniere que chemine un Aigle dedans le plus
bas des Cieux qui eft l'air, *Viam colubri fuper petram*, comme marche

la couleuvre fur une pierre, & enfin *Viam navis in mari*, le chemin
d'un Navire au milieu des mers. Apres cela il n'y a point de doute que nous ne devions foufmettre nos penfées à celle d'un fi
grand Genie, & croire qu'eftimer l'avance d'un Navire, & les
lieuës qu'il peut faire, eft une des chofes la plus difficile que l'on
puiffe entreprendre : veu qu'il eft befoin pour y reüffir heureufement d'avoir l'œil fur tant de chofes, qu'il faut avoir bien du bonheur fi quelqu'une ne nous échappe, laquelle neantmoins caufera
du defaut dans le iugement que l'on en fera.

Et quoy que la conftruction & la façon & maniere dont eft
bafty un Navire foit le plus à confiderer, l'experience fait pourtant remarquer qu'il eft befoin d'une telle adreffe à charger ce Navire (quoy que merveilleufement bien fait) pour le mettre dans
fa veritable affiette, que dans le mefme voyage, une feule futaille
vuidée, ou portée d'un lieu à un autre, eft capable de le faire plus
ou moins avancer.

Le vent eftant la force mouvante qui fait aller le Navire, il faut
avoir non feulement égard à fa force ou à fa foibleffe, lefquelles
changent de moment en moment, & n'ont rien de reglé, mais encor à la façon dont il donne dans les voiles, dans lefquelles il eft encor neceffaire de prendre garde, au nombre de celles qui fervent,
au lieu ou elles font placées, foit en haut, foit en bas, à leur façon &
figure, leur fcituation, fçavoir eft fi elles font tenduës ou en quelque partie ferlées, à leur grandeur & mefure, iufques mefmes à la
bonté de la matiere dont elles font compofées.

Quand un Navire marche à la bouline, pour fi peu que l'on
gauchiffe le gouvernail, l'on fait des abbatis qui arrivent parce que
les voiles manquants de vent l'on eft obligé de faire une grande
tournée pour reprendre le vent dans les voiles, ce qui mange
quantité de temps qu'il faut eftimer, & rabatre du chemin, fuivant
que dictera la prudence à caufe de la tournée.

La houle & la lame lefquelles font des vagues émeuës par un
grand vent lequel a procedé, ou mefme quand le vent vient à
changer il fe fait un contrafte de ces vagues lefquelles venants à fe

B 3

rencontrer l'une contre l'autre, & la mer ſe rompant court, font
que le Navire eſt non ſeulement quelque peu détourné de ſa route, mais encore qu'il n'avance pas tant à raiſon de ces contrarietez
de courants, leſquels portans le Navire d'un coſté puis d'un autre,
font qu'il eſt obligé de ſubir la loy & de l'un & de l'autre, & par
ainſi demeurer des moments court ſans avancer.

Il faut porter le meſme iugement des lancées, leſquelles eſtant
de certaines ſecouſſes que celuy qui eſt au gouvernail eſt obligé
de donner à la barre qu'il tient en main, à cauſe qu'il voit que la
mer, comme diſent les Matelots, mangeant le gouvernail, le fait
détourner de la route qu'il pretend ſuivre, de maniere que pour le
faire revenir, il ſe trouve obligé de luy donner quelques ſecouſſes
plus ou moins qu'il s'y trouve contraint, ce qui cauſe que tout bien
conſideré il n'avance pas tant ſur ſa route que s il alloit le droit
chemin.

Puis que le Navire eſt porté ſur les eauës il en doit ſuivre le
mouvement, ie veux dire la marée lors qu'il s'en rencontre, laquelle ſe trouvant conforme & portant de la meſme part que va le
Navire, il ne faut pas eſtre bien ſpirituel pour iuger que de la ſorte
le Navire avancera bien davantage ſuivant qu'elle ſera plus forte
ou moindre. Que ſi au contraire la marée prend à l'oppoſite, il n'y
a pas de doute qu'elle n'en retarde le chemin. Que ſi elle prend de
coſté ou de biais, elle luy cauſera du retardement ou de l'avance
à proportion de la maniere que s'en fera le rencontre. Mais à raiſon qu'apres toutes les obſervations, l'on ne trouve rien de reglé
dans les marées, il eſt bien mal aiſé d'y fonder un bon iugement,
& d'en faire une eſtime certaine & bien aſſeurée.

Apres toutes ces raiſons, & encor d'autres que la pratique vous
pourra découvrir, iugez ſi Salomon n'a pas eü un iuſte ſuiet de
compter l'avance & chemin du Navire pour la choſe la plus difficile entre les difficiles.

Ce nonobſtant comme nous vivons dans un temps auquel la
Navigation eſt tout autrement uſitée qu'elle n'eſtoit dans les ſie-
cles paſſez; Nous voyons tous les iours de ſimples Matelots (faiſant

abstraction des Pilotes) lesquels par la longue experience qu'il se font formé, à la simple veuë de la passée du Navire, vous diront à point nommé, combien de cette erre il peut avancer en une heure : mais si l'experience nous fait voir que la veuë se trompe dans tant de rencontres, il me semble que l'on n'en doit pas moins esperer en cette occasion.

C'est pourquoy pour commencer par les pratiques dont l'on se sert pour trouver ce chemin : apres vous avoir fait la distinction de la Navigation en grande & petite, ou hauturienne & cabotiere, ie vous diray que dans les petites Navigations ou le cabotage il semble qu'il n'y ait rien de si facile : puis que la Carte estant le tableau & representation de la mer, & des costes qui l'environnent l'on y a l'éloignement qu'il y a d'un lieu à l'autre, si donc l'on fait observation du temps pendant lequel l'on en peut faire le chemin, & que l'on divise le nombre de lieuës de leur éloignement par le nombre des heures que l'on a employé pour les faire, le quotient donnera combien de lieuës le Navire peut faire pendant une heure. En suite à proportion que le vent croistra ou diminuëra, que l'on tirera plus ou moins de voiles, & tous les autres accidents que la prudence dictera y contribuer, l'on donnera plus ou moins de lieuës à l'avance de son Navire.

Et comme en cette sorte de Navigation l'on voit assez souvent la terre l'on pourra pourvû que l'on s'en vueille donner la peine, faire des observations de toutes les façons, sur lesquelles on pourra se regler.

Il est vray qu'aux lieux esquels il ne se rencontre point de courants comme en quelques endroits du détroit, cette pratique est aucunement supportable, mais dans toutes les Costes de l'ocean, il y a des difficultez, lesquelles ne sont pas croyables, à raison des marees, lesquelles sans aucune regularité ny de temps ny de force emporteront ou retarderont le chemin du Navire, suivant qu'elles viendront à rencontrer la route.

Vne autre meilleure & plus asseuree pratique est par le moyen des hauteurs ou latitudes que l'on peut prendre au Soleil ou aux

Eſtoilles : Car une perſonne qui eſt aſſeuré d'avoir fait ſa route au nord ou au ſud, trouvant par le moyen de ſa hauteur avoir avancé tant de deg. & min. ou au nord ou au ſud, pour trouver combien ſon Navire aura avancé de lieuës, n'aura qu'à reduire en lieuës les deg. & min. de difference en latitude qu'il trouverra avoir avancé donnant comme françois 20. lieües pour chaque deg. pour trois min. une lieuë, & pour chaque min. un tiers de lieuë, & ainſi il aura le nombre de lieües que ſon Navire aura avancé, leſquelles diviſant par celuy des heures qu'il a mis à les faire, le quotient luy donnera les lieües que ſon Navire peut avancer en une heure.

Par exemple l'on ſuppoſe eſtre party des 48 deg. de latitude nord & avoir cheminé au ſud iuſques à ce que prenant hauteur l'on trouve 45 deg. 50. min. de latitude nord : ſi l'on veut ſçavoir combien le Navire a fait de lieües, il faut ſouſtraire 45 deg. 30. mi. de latit. ou l'on ſe trouve des 48. deg. d'où l'on   48 deg. ſuppoſe eſtre party , & reſteront deux deg.   <u>45 deg. 50 min.</u> 10 min. pour la difference en latitude que   2 deg. 10 min. l'on aura avancé au ſud, leſquels à raiſon de 20 lieües pour deg. donneront 40 lieües pour les deux deg. & le tiers des 10 min. outre les deg. & un de reſte font 3 lieües un tiers, ce qui avec les 40 lieües des 2 deg. font 43 lieües un tiers que le Navire aura avancé, leſquelles diviſées par le nombre des heures que l'on aura employé pour les faire, le quotient donnera les lieües que le Navire pourra avancer en une heure.

Il n'y a point de doute que dans les lieux eſquels il n'y a point de marée cette pratique ne ſoit tres-iuſte, infaillible, tres-facile & univerſelle, puis qu'elle eſt fondée en demonſtration, & ie ſoûtiens que les apprentifs & ceux qui n'ont iamais eſté ſur mer, y peuvent auſſi heureuſement reüſſir que les plus practics & les plus habiles Pilores, pourveu qu'ils prennent leur hauteur iuſte, & qu'ils apportent toutes les précautions pour iuger aſſeurément du rumb de vent que leur a valu la route ; puis que le tout ne conſiſtant qu'à la veuë, qui empeſche qu'ils ne l'ayent auſſi bonne que les Pilotes les plus experimentez.

Mais

Mais comme le chemin ne s'adonne pas touſiours au nord ou
au ſud, à moins que de ſe détourner de la route que l'on a beſoin
de faire, pour ce ſujet l'on peut prendre tel rumb de vent que l'on
voudra entre le nord & ſud, & l'eſt & oueſt. Ce qui ſe peut trouver
en un moment, tant pour les deg. que les minutes par le Quartier
d'Or, au defaut duquel vous ſçaurez que pour avancer un degré
au nord ou au ſud par un N $\frac{1}{4}$ N E, N $\frac{1}{4}$ N O, S $\frac{1}{4}$ S E, S $\frac{1}{4}$ S O, il faut
faire 20 lieuës & demie.

Par un N N E, N N O, S S E, & S S O, 21 lieuës deux tiers.

Par un N E $\frac{1}{4}$ N, N O $\frac{1}{4}$ N, S E $\frac{1}{4}$ S, & S O $\frac{1}{4}$ S, 24 lieuës

Par un N E, N O, S E, & S O, 28 lieuës un quart.

Par un N E $\frac{1}{4}$ E, N O $\frac{1}{4}$ O, S E $\frac{1}{4}$ E, & S O $\frac{1}{4}$ O, 36 lieuës.

Par un E N E, O N O, E S E, & O S O, 52 lieuës un quart.

Par un E $\frac{1}{4}$ N E, O $\frac{1}{4}$ N O, E $\frac{1}{4}$ S E, & O $\frac{1}{4}$ S O, 102 lieuës & demie,
& cecy eſt fondé ſur ce que i'ay dit dans le premier Chapitre,
qu'ayant deux rouës du Chariot de la Navigation, ou deux parties
données & connuës l'on peut arriver à la connoiſſance des deux
autres. Or dans ce rencontre l'on ſuppoſe que l'on ſçait la difference en latitude par le moyen de ſa hauteur, & pareillement le rumb
de vent qu'aura valu la route, & pour cet effet il faut y apporter
toute la vigilance poſſible pour le bien obſerver, & par là l'on trouverra le chemin & avance du Navire.

Surquoy il eſt à remarquer que tant qu'il eſt poſſible il faut le
faire par des rumbs de vent leſquels approchent davantage du
nord ou du ſud, & non par ceux qui en ſont plus éloignez : parce
que pour lors le peu d'erreur que l'on peut commettre dans ſa
hauteur en devient bien plus conſiderable ; ainſi ayant couru à
l'E $\frac{1}{4}$ N E, ſi l'on manque de 3 minutes à ſa hauteur, l'on manquera de cinq lieuës & demie à ſon chemin ; & comme l'on ne peut
pas cautionner la hauteur ſur mer à 10 minutes prés, les 10 minutes d'erreur à la latitude cauſeront 17 à 18 lieuës d'erreur au chemin, là ou au N $\frac{1}{4}$ N E l'on ne manqueroit que de 3 lieuës & demie, c'eſt pour cette raiſon qu'à moins d'une grande neceſſité ie
ne ſerois pas d'avis que l'on ſe ſervit des rumbs de vent qui paſſent

C

le N E &c. Et que ie ne croirois pas le temps pour perdu que l'on employeroit à faire une route de nord & fud, ou approchant pour fe former dans l'eftime du Navire; principalement aux navigations d'eft & oüeft, ou l'on ne va rien que par eftime.

Et comme l'occafion de prendre hauteur ne fe rencontre pas toufiours, ou que le vent ne permet pas de faire une feule route entre deux hauteurs, voicy une troifiéme pratique generale, tant pour la grande que pour la petite navigation.

Au bout d'une fiffelle laquelle ne foit pas trop groffe, ou bien mieux fi l'on pouvoit d'un fil de foye afin qu'il coulaft plus promptement, l'on attache une petite palette de bois longue d'un pied fur 6 pouces de large, tant du plus que du moins, faite fi l'on veut en forme d'un petit navire pointu, chargée de plomb par le deffous, afin que l'ayant iettée elle puiffe par fon poids fe tenir ferme au lieu auquel on l'aura iettée fans enfoncer dans l'eau, & de plus qu'elle puiffe plus refifter davantage s'il arrivoit que la fiffelle tiraft contre, laquelle fiffelle ou foye l'on divifera en braffes de cinq pieds de Roy chacune par des nœuds à la referve de 8 à 9 braffes, lefquelles ne feront pas comptées iufques au premier nœud pour la hauteur du lieu d'où l'on iettera la palette, & quand l'on viendra au premier nœud un homme doit tenir la ligne, tellement libre & dégagée, qu'elle ne faffe point de refiftance contre la palette & fon poids, mais qu'elle coule autant qu'il eft de befoin & que paffe le Navire, & en mefme temps un autre homme doit tenir une horloge de demy minute ou 30 fecondes qu'il avifera de tourner au mefme moment que le premier nœud paffe par les mains de celuy qui tient la fiffelle, avifant de faire tourner l'horloge en fa prefence iufques à ce que le tout foit paffé, auquel moment il faut retenir la fiffelle fans qu'elle coule davantage, en fuitte dequoy la retirant avec la palette il faut voir combien de braffes l'on a avancé par les nœuds qui ont coulé, apres quoy il faut multiplier ce nombre de nœuds ou braffes trouvées par 120 demy minutes que contient une heure, & viendra au produit les braffes qui pourroient paffer pendant une heure, lefquelles mul-

tipliées par cinq & divisées par 3000 pas que contient une lieuë
Françoise, le quotient vous donnera le nombre de lieuës que le
Navire pourra faire de cette erre pendant une heure, que si vous
multipliez par 24 heures qu'il y a en un iour vous viendra
combien de lieuës le Navire fera en un iour.

Sans vous embarasser à estimer les fractions lesquelles restent
apres la division faite, multipliez tout d'un coup les brasses trouvées par 2880 demy minutes qu'il y a en 24 heure, & le produit
vous donnera le nombre de brasses que pourriez avancer en un
iour, lesquelles multipliées par 5 & divisées par 3000 brasses pour
lieuë, vous aurez le nombre de lieuës que le Navire fera en 24 h.

Outre que les horloges de sable participent aux qualitez du
temps, il faut estre bien adroit pour tourner ou arrester l'horloge à
l'instant, tant du commencement que de la fin de l'observation, ce
qui est neantmoins d'une telle importance que manquant seulement d'une brasse pendant une demy minute, il s'ensuivra une
lieuë d'erreur sur 24 heures, attendu que comme ie viens de dire
2880 demy minutes qu'il y a en une heure, approchent des 3000
brasses que nous avons dit faire une lieuë.

C'est pourquoy au lieu d'une horloge de sable ou autre, ie serois
d'avis que l'on se servît d'un pendule, ie veux dire d'un plomb pendu au bout d'un filet d'une certaine longueur propre pour mesurer le temps. Et pour cet effet l'experience a remarqué qu'un pendule de 9 pouces un quart, met une seconde d'heure à aller & venir, c'est à dire la moitié d'une seconde à aller, & autant à revenir.
Ou bien si vous le voulez faire de 37 pouces ou trois pieds un
pouce, le temps du mouvement de l'aller vaudra une seconde, &
le revenir autant; de maniere que l'aller & venir d'un pendule de
cette longueur fera deux secondes d'heure.

Vous avertissant que dans la longueur du filet il faut employer
la moitié du diametre ou grosseur du boulet, & de la sorte vous
pourrez mesurer le temps non seulement par demy minutes,
mais encor par secondes, & mesme demy secondes si vous voulez,
ce qui causera que pourrez filer vostre cordeau tout entier, ou

tant & si peu qu'il vous plaira, quelque fort ou petit vent qu'il fasse, & ainsi si vous filez vostre cordeau tout entier, sçachant une fois le nombre des brasses qu'il contient il ne sera plus besoin de les compter, ce qui ne vous delivrera pas, ce me semble, d'un petit embarras, de maniere que vous pourrez faire deux observations pour une, ce qui n'est pas d'une petite consequence; puis que soit que le vent change en croissant ou diminuant, ou que vous tiriez davantage ou abbattiez des voiles, vous pourrez le retirer autant que le iugerez à propos sans crainte que l'on vous brise vostre horloge.

Apres lesquelles observations il faut faire une regle de trois, disant,

Si tant de secondes que l'on a observées.

Donnent un tel nombre de brasses.

Combien donneront 60 secondes.

Qu'il y a en une minute; ou bien tout d'un coup combien 3600 secondes que contient une heure: ou bien pour un iour il faut mettre au troisiéme lieu de la regle de trois 86400 secondes qu'il y a en un iour, ou 172800 si c'estoient demy secondes, & apres avoir multiplié & divisé viendra le nombre de brasses que l'on pourra faire en un iour, lesquelles divisées par 3000 le quotient donnera les lieuës que le Navire avancera pendant un iour.

Surquoy vous devez remarquer que s'il se rencontre de la marée laquelle coure droit, ou mesme de biais, de la part que va le Navire, cette marée emportant avec soy vostre palette, elle diminuëra vostre estime, parce que vous trouverez qu'il en coule bien moins, en effet que si la palette demeuroit ferme & arrestée au mesme endroit ou elle a esté iettée, ce que l'on suppose. Que si vous allez au contraire ou de biais à l'encontre de la marée, elle augmentera vostre chemin, parce que reculant vostre palette, vous trouverrez qu'il coulera bien davantage de fisselle qu'il n'en feroit si la palette demeuroit au mesme endroit qu'on la iettée: c'est pourquoy à raison qu'il est tres-difficile de iuger iustement de combien porte ou diminuë la marée, dedans ces occasions l'on ne pourra pas porter un iugement affeuré de l'eftime de l'avance de fon Navire.

Et ne me dites point à quoy s'en peut monter l'erreur en fi peu de temps:car fi ie vous ay montré que manquant d'une braffe pendant une demy minute, l'on manquera d'une minute en un iour, vous devez conclurre qu'à proportion que l'on en manquera davantage, l'erreur des lieuës par iour fe trouverra augmenté.

CHAPITRE IV.

DE LA LONGITVDE.

SI la Nature nous avoit donné des moyens de trouver la longitude auffi affeurez, que nous avons pour trouver la latitude, l'Art de Naviger feroit dans toute fa perfection, & iamais finon par des tempeftes furieufes il ne fe perdroit de Navires. Et voicy comme ie le prouve, dans tout le plat de la Mer fur lequel on navige, les Philofophes ne reconnoiffent que longueur & largeur, & les Aftronomes & Geographes prennent toute l'eftenduë, tant de la Mer que de la Terre, qui va du nord au fud pour la latitude ou largeur, comme tout ce qui eft de l'eft au oüeft pour fa longitude ou largeur. Cecy fuppofé ie peux conftamment affeurer que qui connoiftroit fa latitude & longitude, à raifon que par ce moyen il fçauroit le lieu ou il pourroit eftre, il ne tiendroit qu'à luy de prévoir tout ce qui luy pourroit nuire pour l'éviter, ou de regler fa route vers le lieu ou il auroit affaire.

Et pour vous en donner une idée palpable & fenfible, reprefentez vous la page d'un Livre, fi vous voulez de Mufique, qui d'ordinaire eft plus long que large, & laquelle eftant platte aura par confequent longueur & largeur, prenez le haut en bas de cette page pour la largeur, & le travers pour la longueur; fi l'on vouloit en cette page y trouver quelque lettre, & que l'on dit que cette lettre eft dans une telle ligne & la tantiéme lettre de cette ligne, quelle difficulté trouvez vous à mettre comme l'on dit le doigt deffus.

Appliquez cette comparaison à une Carte Marine, & que les Eſt & Oüeſt de cette Carte qui paſſent ſi vous voulez par les 20, 30 ou 40 deg.&c.de latitude vous repreſentent les lignes d'une page, & les nord & ſud que vous y voyez tracez vous ſoient comme les lettres de la meſme page:Toute la difference que i'y trouve eſt que dans chaque ligne toutes les lettres y ſont marquées, ou la Carte n'a que les latitudes & longitudes marquées une ſeule fois par l'Echelle,tant des latitudes que des longitudes qui eſt à l'Equateur, ou à quelqu'un des Eſt & Oüeſt le plus commode pour n'incommoder point la veuë des terres, Iſles ou eſcueils qui ſe rencontrent dans ladite ligne d'eſt & oüeſt ; comme celle de la latitude au premier nord & ſud, ou à celuy que l'on iuge le plus à propos pour empeſcher la veuë des terres ou des roches qui s'y pourroient rencontrer deſſous : Ce nonobſtant attendu qu'il ſe rencontre quantité de lignes paralelles tant de haut en bas que de travers, avec tant ſoit peu d'intelligence & d'inſtruction, il n'y a pas à manquer de trouver à la veuë (ou plus ſeurement avec un Compas, ou deux le plus communément) le lieu ou le poinct ou ſe rencontrent la latitude & la longitude. Lequel poinct eſtant remarqué, comme la Carte eſt un Tableau ou repreſentation de la Mer & des Coſtes qui l'environnent, en le parcourant de la veuë l'on pourra remarquer de combien, & de quelle part l'on eſt des Coſtes,des Iſles ou des eſcueils qui y ſont marquez.

Vous pouvez donc bien iuger de ce que ie viens de dire que qui connoit la latitude, ſçaura à la verité beaucoup, puis qu'il eſt aſſeuré de la ligne ou il eſt, mais pourtant il eſt encor dans l'incertitude ſi c'eſt, ſoit au commencement, au milieu, ou vers la fin, dont il n'y a que la longitude qui en puiſſe aſſeurer.

Demeure donc pour conſtant que tant que l'on ſera dans l'incertitude de la longitude ou l'on peut eſtre, on le ſera pareillement du reſultat de la Navigation. Ce qui fait que ce n'eſt pas de merveille ſi dans la conſequence qu'eſt la Navigation pour le bien public, toutes les Nations ont propoſé des recompenſes tres-conſiderables pour celuy qui aura tant de bonheur, non ſeulement d'en donner les connoiſſances, mais encor les moyens de les reduire en pratique.

Ie ſçay que quantité de beaux eſprits ſe ſont étudiez a cercher des moyens de la trouver, attirez, ſoit par la veuë de la recompenſe propoſée, ou pour l'honneur & l'utilité que le public en recevroit, ce neantmoins nous n'en voyons point qui y ayent reüſſi iuſques à preſent, & ſur leſquels l'on puiſſe faire un fondement ſolide & aſſeuré, & tout cecy ſelon ma penſée par des ſecrets & reſſorts de la providence de Dieu, qui par là veut oſter aux Pilottes l'occaſion de ſe rendre pareſſeux & negligens, à raiſon que pour lors n'eſtans plus obligez de faire leur eſtime, & de veiller ſur leurs routes, cela ſeroit capable de leur donner lieu de ſe porter à des vices qui ſont en horreur, & à Dieu & aux hommes.

Ce que les obſervations ne vous peuvent donner, vous le devez attendre de la peine & de la grande vigilance que vous apporterez à bien faire voſtre eſtime; puis que ſuivant la grande maxime des deux parties connuës de la Navigation, ſçavoir eſt, premierement ſi vous eſtimez iuſtement combien voſtre Navire aura fait de lieuës vers quelque partie du Monde qui ſe nomme par les Matelots rumb de vent, par une conſequence autant iuſte que vous aurez eſtimé, vous trouverez combien vous ou voſtre Navire aurez avancé ou diminué en longitude. Secondement ſi n'ayant fait qu'une ſeule route entre deux hauteurs, vous connoiſſez la latitude, tant du commencement que de la fin, vous trouverrez encor combien vous aurez avancé en longitude. Troiſiémement ſi pareillement n'ayant fait qu'une route entre deux hauteurs, vous ſçavez combien voſtre Navire a fait de lieuës, il vous ſera facile de trouver la longitude que vous aurez avancé ou diminué; de ſorte que l'on peut dire de la longitude ce que l'Ecriture ſainte dit du Paradis, *Regnum cœlorum vim patitur, & violenti rapiunt illud,* que la longitude demande du travail, & qu'il n'y a que ceux qui y apportent tout le ſoin poſſible qui en viennent à bout; parce que des deux principes deſquels vous la tirez, il y en a pour le moins un qui ne peut pas eſtre trop aſſeuré, puis qu'il n'eſt qu'eſtimé,

vous ne devez attendre dans la confequence qui eft la longitude,
autant de iufteffe que vous en aurez apporté dans voftre eftime.

. Sans pourtant m'arrefter à vous étaler toutes les methodes
dont l'on s'eft inventé pour les trouver, il me fuffira pour vous en
donner une claire & diftincte connoiffance de vous enfeigner ce
que c'eft, d'où l'on commence à la compter, combien il y en a de
fortes, & des façons de la compter, d'où vient cette difference dans
la longitude que l'on trouve dans les Cartes, & enfin en quoy confifte tout le fecret de la trouver.

Pour commencer ie dis que *la longitude eft l'éloignement iufques au*
premier nord & fud, ou bien c'eft *le nombre de degrez & minutes qu'il y a*
iufques au premier nord & fud, & ce premier nord & fud eft celuy ou
l'on commence à compter la longitude.

l'ay dit *le nombre de degrez & minutes*: car bien que les Pilotes de
prim'abord comptent leur longitudes par lieuës, qu'ils eftiment
avoir avancé à l'Eft ou au Oüeft, ce neantmoins ils reduifent
par aprez, ces lieuës d'Eft & Oüeft en degrez & minutes de
longitude ; parce que l'on a trouvé qu'il eft bien plus à propos
de compter la longitude par degrez, que non pas par lieuës, à raifon que la longitude fe comptant fur les Eft & Oüeft qui font, ou
la ligne Equinoxiale, ou les cercles qui en font également par tout
également éloignez que l'on appelle paralels, ces petits cercles devenants plus petits à mefure qu'ils s'éloignent de la ligne, & s'approchent des Poles, les degrez qui en font les parties, en eftant plus
petits, occuperont moins de lieuës ; c'eft pourquoy ces lieuës
eftant toufiours égales, l'on trouverra par le mefme nombre de
lieuës avoir avancé plus ou moins du cercle fans que l'on s'en apperçoive, puis qu'il ne paroiftra qu'une égalité de lieuës, il a donc
efté plus à propos de compter la longitude par degrez & minutes,
afin qu'aprés avancé un nombre de degrez, l'on puiffe connoiftre
combien l'on aura avancé du cercle.

Mefme cette methode eft tout autrement facile dans la pratique : car lors que l'on navigue par des lieuës d'Eft & Oüeft, & que
l'on veut voir fur une Carte le lieu ou l'on eft arrivé, il faut prendre

dre le Compas, mefurer les lieuës, dont le nombre eftant aucunesfois trop grand, l'on eft contraint d'en prendre la moitié, le tiers,
&c. Et par ainfi le faire à deux ou trois fois : là ou quand la longitude eft comptée par degrez & minutes, & que l'on s'eft donné la
peine de les reduire à la vetie, fans peine, ou bien avec un Compas ou deux, vous voyez en un moment là ou vous eftes arrivé.

C'eft pourquoy dans les Navigations particulierement de long
cours l'on a pris la couftume d'en ufer de la forte, comme de la
methode la plus facile ; & lors qu'un papier Iournal eft marqué
par les degrez & minutes, tant de latitude que de longitude,
quand il faut trouver le lieu de quelque accident qui vous eft arrivé dans le voyage, vous l'aurez trouvé en un moment: là ou qaand
vous l'aurez feulement marqué par lieuës d'eft & oueft, fans les
avoir reduites en deg. & minutes de longitude, fi vous le voulez
trouver précifement, & que cela vous foit arrivé fort avant dans le
voyage, il eft neceffaire de prendre la peine de pointer fa Carte depuis le commencement iufques à cette route, ce qui fait un embarras qui n'eft concevable qu'à ceux qui en ont fait l'experience.

En outre vous pouvez tirer mille belles connoiffances des deg.
de la longitude, comme de fçavoir la difference des heures qui fe
trouve entre le lieu ou vous eftes, à celuy d'où vous eftes party, ce
qui pourra fervir à corriger voftre Declinaifon & l'ajufter pour le
lieu de voftre obfervation, &c.

Secondement i'ay dit que *la longitude eft le nombre de dégrez qu'il y*
a iufques au premier nord & fud; car tout ainfi que l'on commence à
compter la latitude à la ligne qui eft un Eft & Oueft; auffi comme
la longitude eft le rond du Monde de l'Eft au Oueft, & que dans
un rond il n'y a ny commencement ny fin, fi l'on veut feparer ce
rond du Monde de l'Eft au Oueft, il faudra fe déterminer un
póinct auquel l'on commencera, qui fe nommera le premier
nord & fud; parce qu'on fuppofe ce poinct continué de cofté &
d'autre iufques aux Poles du Monde, & qu'il n'y a rien qui couppe
fi droit un eft & oueft, qu'un nord & fud, à raifon qu'il le couppe

D

droit à plomb. Avec cette difference que tous conviennent de
compter la latitude du Monde en un mesme endroit qui est la ligne qui est le milieu des deux Poles qui demeureront eternelle-
ment au mesme endroit. Surquoy faisant reflexion, ie dis qu'il seroit à souhaitter que Dieu nous eut favorisé d'un poinct fixe pour
nous regler de l'est au ouest ; comme par les Poles l'on le fait du
nord au sud : c'est pourquoy attendu qu'il ne se rencontre rien
d'arresté de l'est au ouest ; puis que de ce costé le Monde roule
continuellement, chacun s'est déterminé le poinct dans une ligne
ou cercle, ou le long du monde, le nord & sud, ou il a voulu commencer, lequel par antonomasie ou par preference à tous les autres, l'on nomme le premier nord & sud.

Comme ce poinct ou nord & sud n'est aucunement determiné, chacun s'est donné la liberté de le placer ou il a trouvé bon. Les
Compilateurs des Ephemerides le prennent du lieu ou ils les
composent, ou bien de quelque autre qui leur semble considerable selon son inclination, comme un François le posera à Paris,
un Italien à Rome, un Espagnol à Seville, un Hollandois à
Amsterdam, & un Anglois à Londres, &c.

Laissons les Ephemeristes, & voyons nos Cartes Hydrographiques comme de plus grande consideration pour les Pilottes, &
commençant par celle de France: Vous sçaurez que Louys XIII.
d'heureuse memoire, par un Arrest de 1638. pour oster la confu-
sion de la diversité des longitudes dans les Cartes, par cette con-
fuse difference de premiers meridiens, enioint à tous ceux de sa
domination qui en bastissent, de poser leur premier meridien à
l'Isle de Fer la plus ouest des Isles Canaries ; pour se rendre, comme ie m'imagine, plus conforme au sentiment du plus estimé entre tous les Geographes Ptolomée, lequel voulant donner la des-
cription du vieil monde, dont on avoit de son temps la seule connoissance, pose son premier meridien aux Isles Fortunées, qui selon la plus commune opinion sont les Canaries, desquelles comme il est à croire il avoit une entiere connoissance, & partant dans
le dessein qu'il avoit de commencer à un bout pour achever par

l'autre, comme du costé du ouest, ce devoit estre par toutes les raisons à l'Isle de Fer pour la continuer vers l'est, autant & si avant
qu'il y avoit de terres connuës de son temps.

La pluspart des Cartes Hollandoises le posent au pic des Canaries par une fort haute montagne que l'on découvre de 30 à 40
lieuës sur l'Isle de Teneriffe.

I'ay dit *la pluspart* parce que Aerts Colom marquant deux
nombres differents sur sa ligne Equinoxiale, l'un au dessus, & l'autre au dessous, constituë deux premiers meridiens, l'un à Corue &
Flours , deux Isles qui sont nord & sud l'une de l'autre , & les plus
ouest de toutes les Isles des Assores, à cause que l'Aiguille dit-on
en cet endroit monstre le vray nord & sud sans decliner, & que
l'on a esté fort long temps dans l'imagination de pouvoir trouver
la longitude par la variation de l'Aimant, ainsi au lieu ou l'on
n'en trouvoit point l'on y posoit son premier meridien ; & l'autre nombre qui se voit au dessous de sa ligne Equinoxiale represente les degrez de la longitude, à la commencer au pic des Canaries, pour la raison que i'ay apportée cy dessus.

Enfin vous voyez qu'il est libre de le poser ou l'on voudra, ces
diversitez de premier nord & sud changeants à la verité le nombre des degrez de la longitude d'un lieu, s'y en trouvant plus ou
moins suivant que ce premier nord & sud sera plus ou moins éloi-
gnés mais pourtant un Pilotte tant soit peu intelligent, sçaura bien
ajuster ou se démesler de toutes ces diversitez.

Quant à la façon de la compter il ne s'en trouve que deux manieres ; les uns comptent leur longitude de l'un & l'autre costé du
premier meridien, tant devers l'est que vers l'ouest , & ainsi sepa-
rants le rond du monde de l'est au ouest en deux, il se trouverra
180 deg. de longitude Est, & autant de longitude ouest.

Les autres apres avoir compté la longitude comme les premiers en augmentant tousiours vers le costé de l'est, apres 180.
deg. continuent iusques à 360. deg. qui sont le cercle tout entier,
& de la sorte il n'est pas necessaire d'en déterminer la qualité, ie
veux dire si c'est longitude Est ou longitude ouest ; puis que cha-

que degré n'eſtant poſé qu'une ſeule fois, l'on ne peut pas ſe tromper à prendre l'un pour l'autre, là ou dans la premiere façon de compter par longitude Eſt & longitude Oueſt, les meſmes degrez eſtants du coſté de l'Eſt, comme du coſté du Oueſt, il y auroit à craindre que l'on ne print un coſté pour l'autre, ce qui feroit monter l'erreur au double.

Donc la premiere & ſeconde maniere conviennent & ſe rapportent dans les 180 degrez du coſté de l'eſt, ny ayant cette difference que la ſeconde qu'on nomme la longitude du tour ou rond du monde, aprés 180 deg. continuë iuſques à 360.

Vous me direz qu'aprés 180 deg. c'eſt veritablement longitude oueſt; puis qu'elle eſt du coſté du oueſt du premier meridien.

A quoy ie reſpons que cela n'importe, & qu'il eſt indifferent de le prendre comme l'on voudra; car ſi l'on ſouſtrait la longitude qui eſt au deſſus de 180 de 360 le reſtant de la ſouſtraction ſeront la longitude oueſt, ie veux dire les deg. depuis le premier nord & ſud, iuſques audit poinct du coſté du oueſt; mais auſſi d'un autre coſté, ſi l'on continuë depuis le premier nord & ſud, augmentant touſiours de plus en plus vers l'eſt, iuſques audit point, ce ſera longitude Eſt.

Tout ce que vous pouvez inferer eſt qu'il y aura moins de longitude oueſt, que l'on n'en trouve de longitude Eſt, mais à le bien prendre ce n'eſt pas la grandeur des nombres qui fait la difficulté, mais le tout ne git qu'à ſe bien entendre.

Vous me demanderez qu'elle eſt la plus facile des deux manieres.

A quoy ie vous reſpons qu'à qui le comprend bien, toutes deux ſont également faciles; mais qu'a un apprentif celle d'eſt & oueſt eſt plus aiſée à comprendre n'y ayant quand les deux longitudes ſont differentes qu'à ſouſtraire la moindre de la plus grande, & le reſte ſera de la longitude, laquelle ſera touſiours du coſté de la plus grande & de celle qui l'emporte: là ou dans la ſeconde maniere il faut aucuneſfois emprunter 360. ou aucuneſfois les reietter; c'eſt neantmoins celle dont ſe ſervent les Aſtronomes, & laquelle eſt marquée dans les Cartes Hollandoiſes: c'eſt pourquoy ceux qui s'en servent sont obligez de le comprendre, ce qui est facile par le moyen d'une croix que nous donnons, ou toutes les deux manieres sont marquées, laquelle croix estant bien entenduë & comprinse leve toute la difficulté que l'on y pourroit rencontrer.

Les latitudes des Cartes doivent toutes se rapporter les unes aux autres, ie veux dire que tous les lieux qui sont marquez dans quelque Carte que ce soit, doivent avoir chacun en leur particulier la mesme latitude, n'y ayant qu'une qui soit la veritable, sçavoir celle qui a esté trouvée par une iuste observation; mais pour la longitude il n'en est pas de mesme; parce que n'estant fondée que sur les routes des voyages des Pilottes, & les uns ayant plus ou moins donné a leur estime que les autres, trouveront plutost ou plus tard une terre, car ayant donné davantage de lieuës à leur estime sur les routes, ils trouverront avoir avancé davantage de lieuës à l'est ou au ouest, desquelles faisant des degrez, il en viendra davantage en longitude, là ou un autre ayant estimé avoir moins fait de lieuës, il trouverra aussi avoir moins avancé à l'est ou au ouest, dequoy faisant des degrez, il en trouverra moins en longitude, & partant si l'on bastit des Cartes sur ces differentes estimes, ce n'est pas de merveille si elles se rencontrent plus longues ou plus courtes les unes que les autres, & par consequent si dans une Carte l'on trouve plus loin d'un lieu à l'autre que dans une autre Carte. Et quand par la pratique vous rencontreriez une Carte trop longue ou trop courte en longitude, l'Autheur demeurera toûjours en son entier sans qu'il vous soit possible de le convaincre si vous ou la Carte avez manqué, ce qui n'arriveroit pas si la nature nous avoit donné des moyens certains & asseurez pour trouver précisément la longitude, comme nous en avons pour trouver la latitude.

Quoy que l'invention de la longitude soit si difficile que l'on n'a peu encor y reüssir, il semble qu'à considerer la chose dans son fonds il n'y a pas tant de difficulté ; puis que tout le secret de trouver la longitude ne consiste qu'à trouver la difference des heures, laquelle se rencontre d'un lieu à l'autre : Surquoy vous devez remarquer que le Soleil en mesme temps fait toutes les heures, tant du iour que de la nuiƈt, felon les differents quartiers de la Terre, à l'un midy, à l'autre minuiƈt, & à l'autre fix heures de matin, de forte que par exemple quand il eft midy à Dieppe, il n'eft que fix à fept heures de matin en Canada, parce que comme le Canada eft plus oueft que Dieppe, il faut que le Soleil employe cinq ou fix heures auparavant que de faire midy en Canada.

Or fans conteftation l'on peut trouver à Dieppe, à quelque moment que ce foit quelle heure il eft, foit par les horloges, foit par le ciel par le moyen de la hauteur du Soleil ou des Eftoilles, l'on en peut autant dire de Canada, & de quelque autre lieu que ce puiffe eftre. Donc tout le fecret confifteroit à s entrecommuniquer, & fe dire fes heures l'un à l'autre, & par cette maniere l'on fçauroit ponƈtuellement la longitude; parce que les cercles horaires qui nous marquent les heures Aftronomiques font des meridiens dit la Sphere & la Gnomonique : or eft-il que par cette difference des heures l'on fçauroit la difference des meridiens; donc l'on fçauroit la longitude que l'on cerche avec tant d'empreffement, & que l'on n'a peu encor trouver.

Si le Ciel iufques à prefent ne nous a peu donner ce rare prefent, les Horlogers faifants des horloges iuftes y reüffiroient bien plus heureufement, & rendroient la chofe bien plus facile; puis que fans fupputation qui eft toufiours embarraffante, l'on trouueroit en un moment ce que l'on cerche.

I'avouë que l'on voit par experience que les horloges participants à la qualité du temps, ne nous le peuvent donner précifément, à raifon de leur retardement ou de leur avance, fuivant que le temps fera humide ou fec, mais fi les pendules dont l'on vante tant la iufteffe, fe pouvoient ajufter fur mer, ce que l'on ne croit pas impoffible, ie ne defefpererois pas que l'on n'en pût venir à bout.

Ie fçay que l'afcenfion droite iournaliere inégale du Soleil qu'il fait tous les iours, outre le tour du monde pour accomplir le iour naturel, empefche que tous les iours puiffent eftre égaux, mais outre que la moyenne afcenfion droite que l'on pourroit

prendre, ne differeroit pas beaucoup de la vraye, n'eſtant que de
quatre à cinq minutes plus ou moins, l'on ne pourroit manquer à
la longitude que de quatre à cinq minutes tout au plus, encor y
auroit-il lieu d'aiuſter & corriger cette difference de la veritable
aſcenſion droite à la moyenne. D'où ie conclus que ſi Dieu donne
benediction aux pendules, particulierement ſur mer, comme l'on
éprouve ſur la terre, il y a ſuiet d'eſperer d'en tirer un grand fruit
pour la Navigation au fait de la longitude.

CHAPITRE V.

DE LA LATITVDE.

VOus devez remarquer avant toutes choſes que les Pilottes
reconnoiſſent deux ſortes de latitude, l'une qu'ils appellent
eſtimée, & l'autre qu'ils appellent obſervée : la premiere s'appelle latitude eſtimée, parce qu'un Pilotte ayant fait l'eſtime de ſa
route ; c'eſt à dire prudemment iugé combien ſon Navire peut
avoir avancé de lieuës vers quelque partie du Mónde, ſuivant la
maxime des deux donnez en la Navigation, il peut par une conſequence parvenir à la connoiſſance de ce qu'il pourra avoir avancé
vers le nord ou vers le ſud, & delà par quelle latitude il pourra eſtre
arrivé : cette ſuitte qu'il a tiré de deux principes eſtimez ne peut
paſſer en toute bonne Philoſophie que pour eſtimée; l'on l'appelle
donc eſtimée, parce qu'elle n'eſt fondée que ſur l'eſtime des routes
que l'on a fait, & bien qu'elle ne ſoit autant certaine que ſuivant
que l'on a reüſſi dans cette eſtime, elle ne doit pas toutesfois eſtre
negligée, & les Hollandois la cottent dans leurs papiers Iournaux
ſous le nom de Gegiſte Breede, c'eſt à dire latitude eſtimée. Et
ceux qui ſont inſtruits dans la Navigation, ſçavent qu'on ne laiſſe
pas d'en tirer des lumieres & des idées, pour raiſonnablement (&
autant que la prudence peut dicter) corriger ſa longitude, & par
conſequent ſon rumb de vent, & le chemin de ſon Navire : parce
que quand un Pilotte voit que la latitude qu'il a trouvé ne quadre

pas & revient à celle qu'il avoit trouvé par le moyen des routes de son estime, ce luy est un grand préiugé que son estime a esté bien faite : que si au contraire il trouve qu'il ait avancé plus ou moins en latitude par les observations du Soleil ou des Estoilles, qu'il ne croyoit par son estime, pour lors tirant infailliblement qu'il a manqué, il ne manquera de corriger raisonnablement sa longitude, à proportion de ce qu'il a trouvé par sa latitude selon les regles qui luy en sont données dans l'Art de Naviger.

La seconde se nomme latitude observée ; parce qu'en quelque lieu que ce puisse estre l'on trouve cette latitude par le moyen des observations que l'on fait des hauteurs, particulierement meridiennes du Soleil ou des Etoilles, & lors que l'occasion s'est presentée pour la pouvoir observer, l'on abandonne sa latitude estimée, comme pour lors découverte fautive, pour se servir de la latitude observée, sur laquelle l'on fonde tout le raisonnement de la Navigation, & l'on ne se sert de la latitude estimée que dans un besoin, & lors que l'on ne peut pas mieux.

C'est pourquoy les Pilottes, estant informez de l'incertitude de toutes leurs estimes, & combien leurs hauteurs sont capables de les radresser, ne doivent iamais laisser échapper l'occasion de l'observer ; puis que la latitude observée est tout ce qu'il y a de plus asseuré dans toute la Navigation, laquelle si vous prenez pour une fortification à 4 bastions, il n'y a aucune doute que celuy de la latitude ne soit tousiours le plus asseuré, & sur lequel on puisse mieux se fier, & dans lequel ayant perdu les trois autres l'on se peut retrancher pour se sauver, & par le moyen de cette latitude arriver à la terre ou au lieu proposé.

Que si la Navigation à deux pieds sur lesquels elle marche, qui sont la latitude & la longitude, il faut avoüer que n'estoit celuy de la latitude, elle feroit mille faux pas à tous moments.

L'experience iournaliere ne fait que trop connoistre dans quelle peine est un pauvre Navigateur, quand dans un long voyage il est si malheureux de ne pouvoir rencontrer l'occasion de l'observer, le temps ne luy permettant pas, & combien dans un

terriffement

terriffement il a de crainte & d'aprehenfion au lieu, par exemple, de donner dans noftre Canal, de s'aller enferrer dans la manche de Briftoc, ou dans celle de S. George.

De quelle maniere va-on, ie vous prie, aux Ifles de l'Amerique, defquelles fi l'on paffoit au deffous du vent, attendu que les vents font allifez en ces quartiers, c'eft à dire foufflent toufiours de mefme part fans changer pour l'ordinaire, fçavoir qu'ils viennent toufiours du cofté de l'eft portant vers l'oueft, l'on auroit toutes les peines de les pouvoir regagner, à moins que de prendre une grande tournée, laquelle coufteroit fi l'on eftoit bien éloigné, autant de temps qu'il en faut pour en faire le voyage. Voicy donc comme l'on s'y comporte l'on s'en met au vent, c'eft à dire à l'eft plus que moins, de crainte d'y eftre furpris, iufques par la latitude par laquelle l'on fçait qu'elles font, & par le moyen des vents d'Eft qui ne manquent iamais, & qui pouffent toufiours au oueft, l'on va quefter fans danger celle que l'on fouhaitte aborder par la latitude par laquelle la Carte, l'experience, ou le rapport, vous apprennent qu'elle eft. Voyez combien de béveuës il fe commettroit dans ce rencontre n'eftoit là latitude, auffi la nature y a tellement pourvû qu'elle ne manque iamais tous les iours par le Soleil, laquelle eft le plus iufte.

Et pour vous montrer d'abondant la neceffité de la latitude dans une Navigation de l'eft au oueft, comme par exemple dans des voyages de Canada, ou de Terre-Neufve, dans lefquels il fembleroit d'abord qu'elle feroit inutile, & ne ferviroit de rien, puis que l'on n'y trouve aucune difference, ce neantmoins cette non difference que l'on trouve, eft capable d'affeurer un Pilotte qu'infailliblement il a tenu la route d'eft & oueft.

Et mefme dans les petites Navigations, lors que par la tempefte l'on fe trouve emporté hors de toute connoiffance, un Pilotte qui fçaura le moyen, & rencontrera l'occafion de trouver fa latitude, pourra fe débaraffer, & arriver au port defiré, là ou un autre qui fera ignorant courra rifque de fe perdre.

La latitude & la longitude eftant infeparables comme les let-

E

tres d'une ligne d'un livre, defquelles cette ligne eft compofée; Ie vous ay fait voir dans le Chapitre precedent par cette comparaifon palpable & fenfible de quelle confequence elle eftoit pour la Navigation, & combien elle en établiffoit la fermeté, un Pilotte reftant toufiours dans l'incertitude, lors qu'il en eft en doute; mais au contraire en eft-il affeuré, il ira fans crainte aborder la terre qu'ils'eftoit propofé.

Puis que tout ce traitté n'a d'autre but que de donner des moyens de trouver la latitude, apres vous en avoir fait voir l'importance, il me fuffira de vous en donner une claire & diftinðe connoiffance que i'emprunteray des principes de l'Aftronomie, que le grand & doðe Keppler nomme l'ame de la Navigation: mais auparavant il eft neceffaire que vous fçachiez que,

La ligne eft un grand Cercle qui eft droit au milieu des deux Poles.

Les deux Poles font les deux poinðs fur lefquels tout le Monde fe tourne.

Les fens nous apprennent qu'il faut neceffairement qu'une partie du monde tourne, & que l'autre foit immobile. Ptolomée veut que ce foit le Ciel qui tourne, & au contraire Copernic infifte que c'eft la terre. Que ce foit celuy que l'on voudra, l'on ne peut concevoir un mouvement dans un rond tel qu'eft le monde autrement que fur deux poinðs diametralement oppofez, & ces deux poinðs font ce que l'on appelle les deux Poles du monde, dont l'un fe nomme le Pole du Nord, & l'autre celuy du Sud.

Imaginez vous droit au milieu de ces deux Poles une ligne tout le rond du monde, les Aftronomes nomment cette ligne l'Equateur, ou le Cercle Equinoxial, & les Matelots, fimplement la ligne, ou tout au plus la ligne Equinoxiale; parce que dans une Carte qui eft en plat, tous les Cercles de la Terre qui refpondent à ceux du Ciel eftant reprefentez par des lignes, & celle qui reprefente l'Equinoxial en eftant la principale & plus confiderable dans la Navigation, ils l'appellent par preference à toutes les autres, & par antonomafie la ligne, laquelle au naturel eftant un grand Cercle, fepare par confequent le monde en deux parties égales, dont celle ou fe trouve le Pole Nord, s'appelle la partie du Nord, & celle ou eft le Pole Sud, fe nomme la partie du Sud. Cecy fuppofé ie dis que,

La latitude eft l'éloignement à la ligne ! Ou bien, *c'eft le nombre de degrez qu'il y a depuis la ligne, iufques à l'Eft & Oueft, qui paffe par le lieu propofé.*

Ne vous imaginez pas que ie méprife la définition que donnent les Aftronomes de la latitude, qui difent que c'eft l'*Arc du Meridien comprins entre le Zenith & la ligne.*

Ie fçay qu'à une perfonne qui le comprend bien c'eft toute la mefme chofe, mais voicy le raifonnement fur lequel ie m'appuye pour la preference de la mienne, particulierement pour des Matelots. La définition, dit la Philofophie, eft l'explication de la nature des chofes que l'on veut définir, & cette explication eft d'autant plus confiderable & à prifer, qu'elle eft en des termes moins embarraffants, plus clairs & plus aifez à faire comprendre à toutes fortes fortes de perfonnes, c'eft ce que ie prouve de la mienne ; car pour celle des Aftronomes il faut faire comprendre, ce que l'on entend par *Arc*, ce que c'eft que *Meridien, Zenith,* & la *Ligne* là ou dans la mienne, dés lors que i'auray donné une connoiffance & une teinture de la ligne, il m'eft tres facile de faire comprendre la latitude, par le nombre des deg. & min, que l'on eft éloigné de cette ligne, laiffant neantmoins la liberté à un chacun de choifir celle qui luy agréera davantage.

En quelque lieu que l'on puiffe eftre fur la mer ou fur la terre, l'on n'y peut eftre qu'en deux façons, fçavoir eft, ou à la ligne, ou bien hors de la ligne.

Si l'on eft à la ligne il n'y a point de latitude ; parce que c'eft delà que l'on commence à compter la latitude.

Mais fi l'on fe rencontre hors de la ligne, ou bien l'on en eft éloigné en allant vers le Pole du Nord, & ce que l'on eft éloigné

E 2

s'appelle latitude nord;ou bien l'on en eft de la part du Pole du fud, & les deg.& min.dont l'on eft éloigné fe nomment latitude fud.

Delà l'on peut comprendre qu'il y a deux fortes de latitude, l'une nord & l'autre fud,felon les deux differents coftez de la ligne vers le Pole du nord ou celuy du fud, & ces deux fortes de latitude commençants toutes deux à la ligne., augmentent de plus en plus iufques aux Poles, ou il y a 90 deg.de latitude,& là ou fe trouve le plus grand éloignement à la ligne.

I'ay dit encor que c'eftoit *le nombre de degrez qu'il y avoit depuis la ligne iufques à l'eft & oueft qui paffe par un'lieu propofé,* pour vous apprendre que tous les lieux qui dans une Carte ou fur un Globe fe rencontrent dans le mefme eft & oueft,ou dans un Cercle paralel à la ligne,ont une mefme & femblable latitude; & que quand l'on va à l'eft ou au oueft l'on ne change point de latitude, parce que l'on eft toufiours également éloigné de la ligne.

Les degrez & minutes comprins entre deux latitudes ou bien entre deux eft & oueft, font ce que l'on appelle la difference en latitude, laquelle fi l'on fouhaitte trouver, fi les latitudes font toutes deux d'un mefme cofté, ie veux dire nord & nord,ou fud & fud, il faut fouftraire la moindre des deux latitudes propofées de la plus grande, & le refte de la fouftraction fera la difference en latitude, ou autrement l'entre deux des deux latitudes; mais fi l'une des deux latitudes eft d'un cofté de la ligne, & l'autre de l'autre, c'eft à dire l'une nord & l'autre fud, ou au contraire l'une fud & l'autre nord, il les faut adioufter enfemble & le tout fera la difference en latitude.

S'il eft tres-important à un Navigateur de bien comprendre & fçavoir ce que c'eft que latitude, il ne luy eft pas moins neceffaire de fçavoir ce que c'eft que la difference en latitude;parce que fi la Navigation tire toute fa plus grande certitude de la latitude, la plufpart de toutes fes regles ne s'accompliffent que par le moyen de la difference en latitude.

CHAPITRE VI.

DES HAVTEVRS.

LA methode ordinaire dont se servent les Pilottes pour trouver leurs latitudes, consiste en deux choses, sçavoir est, dans la hauteur meridienne du Soleil ou des Estoilles qu'ils observent avec des instrumens construits pour cet effet, puis en suitte adioustants ou soustrayants de cette hauteur meridienne qu'ils ont trouvée la declinaison du Soleil ou des Estoilles, qui est ce qu'elles sont éloignez de la ligne.

La raison pour laquelle il est necessaire que cette hauteur soit celle du Midy, est que la latitude du monde se comptant du nord ou au sud, ou au contraire, pour la mesurer & trouver, il faut que ce soit par des Astres qui soient au nord ou au sud, ce qui arrive quand les Astres sont au meridien qui passe par les deux Poles du monde qui sont le nord & le sud.

J'avouë que si la ligne estoit marquée & nous parût comme le Soleil ou les Estoilles, ou qu'elle se pût reconnoistre par quelque autre methode, ou bien que Dieu nous eut mis des Astres au lieu ou sont les Poles, la Declinaison du Soleil ny des Etoilles n'eut pas esté necessaire, puis que leur simple hauteur meridienne eut suffi; mais puis que cela n'est point, il faut se servir du Soleil ou des Estoilles dont on sçaura la Declinaison, afin que par leur hauteur & Declinaison aiustées ensemble l'on en puisse composer la latitude. Donc la hauteur & la Declinaison estant les deux parties qui composent la latitude, elle sont de la derniere consequence à un Navigateur qui doit apporter toutes les précautions pour les avoir plus iustes qu'il luy sera possible.

A raison que les hauteurs sont un moyen pour arriver à la connoissance de la latitude, & que l'on ne les peut pendre qu'avec des instrumens, il m'a semblé à propos de vous traitter particulierement des instruments dont les Pilottes se servent le plus commu-

nément fur mer pour prendre leurs hauteurs, remettant de vous
en donner la conftruction dans le grand Traitté de la Navigation,
veu mefme que les Pilottes ont de couftume d'en acheter de tout
conftruits chez les Artifants qui font profeffion d'en faire, fans s'a-
mufer à les conftruire eux-mefmes, en quoy ils ne reüffiroient iamais à l'égal des Ouvriers, lefquels y travaillants continuellement
s'en acquittent tout autrement mieux qu'un Pilotte ne pourroit
pas faire, qui n'en ayant befoin que d'un ou deux pour un voyage,
ou mefme aucunesfois pour toute fa vie ne s'y prendroit que
comme un apprentif.

Vne autre raifon eft qu'un Ouvrier dans l'efperance d'en faire
vn grandiffime nombre ne fait aucune difficulté de frayer quelque defpence pour conftruire ou recouvrer des plattes-formes,
lefquelles foient avec toute la plus grande iufteffe & précifion que
l'on puiffe fouhaitter, éprouvants plus de cent fois un poinct auparavant que de l'arrefter, parce qu'il doit peut eftre fervir à en marquer plus d'un mille, ou mefme plus de dix milles.

Revenant à nos hauteurs pour en avoir une parfaite intelligence, il faut remarquer que toutes les hauteurs fe reduifent à un
quart de cercle de 90 deg. ce que ie prouve de la forte. L'horizon
eftant un grand cercle il fepare la moitié du monde que nous
voyons d'avec celle que nous ne voyons point, & partant puis que
le rond du monde par un confentement unanime de toutes les
Nations, contient 360 parties que l'on nomme degrez, la moitié
qui eft deffus noftre horizon contiendra 180 deg. Or noftre
zenith, autrement le poinct du Ciel qui refpond droit fur noftre
tefte, fepare encor cette moitié du monde, c'eft à dire 180 deg. par
la moitié, laquelle moitié par conféquent fera de 90 deg. lefquels
feront d'un cofté & d'autre du zenith en allant vers l'horizon, de
maniere que les Aftres ne peuvent iamais arriver que iufques à
90 deg. de hauteur.

Donc un quart de cercle eft capable de mefurer toutes les
hauteurs des Aftres, telles qu'elles puiffent eftre, hautes ou baffes
fur l'horizon.

D'où ie conclus que tous les inſtruments à prendre hauteur, de quelle façon qu'ils puiſſent eſtre conſtruits, repreſentent touſiours un quart de cercle de 90 deg. qui paroit en rond, ou bien eſt déguiſé.

Ce que ie dis nommément à cauſe que dans un Aſtrolabe, ou meſme quelques quartiers avec leſquels l'on prend hauteur, le quartier n'eſt point déguiſé, & repreſente le naturel, ie veux dire de la meſme façon qu'il nous paroit dans le Ciel, & le Monde eſtant rond comme eſt l'Aſtrolabe & ces quartiers, l'on peut dire qu'ils ſont homologues, & ſe rapportent l'un à l'autre, là ou la verge, les quartiers, ou les autres inſtruments qui ſont de diverſes figures, ſont déguiſez, & quoy qu'ils nous repreſentent un quart de cercle qui eſt rond, ce neantmoins il ne nous paroit pas qu'ils le ſoient.

ARTICLE PREMIER.

DES CORRECTIONS QVE LES
Aſtronomes ont de couſtume d'apporter à leurs hauteurs.

SECTION PREMIERE.

DE L'ELEVATION DE L'OEIL AV
deſſus du niveau de l'horiſon ſenſible.

LE centre de tous les inſtruments dont l'on ſe ſert à prendre hauteur nous devroit repreſenter le centre du monde, ce nonobſtant quoy que leur centre repreſente celuy du monde, il en eſt toutesfois éloigné de toute la grandeur du ſemidiametre de la terre qui monte à plus de 1100 de nos lieuës Françoiſes à 20 lieuës pour degré, ſans compter ce que quelquefois l'inſtrument ſe trouve élevé, comme quand ſur mer l'on prend hauteur dans la Hune, ou ſur la terre au deſſus de quelque falaize, à quoy pourtant il me ſemble qu'on ne doit pas avoir beaucoup d'égard à raifon que ce peu d'élevation au deffus du niveau de l'horizon fenfible me femble bien peu confiderable en comparaifon des 1100 lieuës du femidiametre de la terre qui eft ce que nous fommes élevez au deffus du veritable centre du monde.

Et voicy ma raifon, quoy qu'à prendre l'affaire au fonds il foit tres-difficile de déterminer la paralaxe, veu qu'on ne la peut diftinguer de la refraction, laquelle provenant des vapeurs dont il n'y a rien de plus inconftant, ce n'eft pas de merveille fi l'on n'y peut rien reconnoiftre; neantmoins l'opinion commune ne la fait aller pour le Soleil à l'horizon qu'à deux minutes & demie, ou tout au plus à 3 minutes, lefquelles diminuent à proportion que les degrez s'éloignent de l'horizon, & approchent du zenith, auquel lieu il ne fe trouve point de paralaxe ou de diverfité de veuë, n'en admettant point pour les Etoilles, à caufe qu'eftant tres-éloignée de nous, ce femidiametre de la terre n'eft pas fenfible à leur égard.

Sur ce principe voicy comme ie raifonne. Si l'élevation de noftre œil au deffus du centre du monde des 1100 lieuës du femidiametre de la terre, ne caufe que trois minutes d'erreur entre le lieu ou le Soleil eft veritablement quand il fe trouve à l'horizon, & celuy ou il nous paroit, quelle erreur ie vous prie peut apporter une montagne de mil pieds de haut qui n'eft que la troifiéme partie d'une lieuë.

Ie fçay que vous me direz que la difficulté ne confifte point dans la difference de l'horizon raifonnable au fenfible qui caufe la paralaxe & diverfité de veuë, mais à la difference de l'horizon fenfible du bas d'une montagne à celuy du haut, & que fans conteftation l'on découvre bien plus loing de haut que de bas, & partant plus que les 90 deg. qu'il y avoit du zenith iufques à l'horizon fenfible d'embas.

Pour moy ie confeffe n'avoir pas l'efprit affez fubtil pour appercevoir la diftinction que l'on trouve entre l'élevation de noftre œil fur le plan de l'horizon raifonnable, laquelle eft de toute la grandeur du femidiametre de la terre, & celle de quelque petite élevation encor au deffus de l'horizon fenfible qui n'eft rien s'il faut dire

en

en comparaison de celle-là, puis que i'y remarque la mesme raison.

Quand à ce que l'on a obiecté que l'on découvre bien plus loin de haut que de bas, ie l'avoüe, & ferois bien marry de me mettre en fait & démentir l'experience; mais d'inferer qu'il y a plus de 90 deg. du zenith à l'horizon fenfible du haut, c'eft ce que ie ne peux accorder, ce qui arrive ce me femble de ce que l'on ne fait pas de diftinction entre l'horizon de la terre & celuy du Ciel, à quoy neantmoins l'on doit bien prendre garde, advoüant que l'horizon de la terre s'eftend bien plus loin de haut que de bas, mais auffi ie crois avoir raifon de nier que celuy du Ciel foit plus éloigné du zenith en le regardant de haut que de bas, à raifon que cette petite parcelle de la terre que l'on voit à la verité de plus ne peut pas emporter beaucoup du Ciel, fur lequel nous mefurons nos hauteurs.

Si vous dites que les refractions y apportent quelque difference, vous eftes pour lors obligé de prouver qu'il s'en rencontre plus ou moins au bas qu'au haut de quelque montagne, ce que ie n'ay point connu avoir efté encor avancé d'aucun. Er quand bien mefme ie vous advoüerois comme il eft la verité, que l'on voit bien loin de haut que de bas d'un quelque petit nombre de lieuës, i'auray toufiours à vous infifter contre, que cecy n'eft rien en comparaifon des 1100 lieuës de la grandeur du femidiametre de la terre, ou bien fi vous le voulez en rond des 1800 lieuës qu'il y a du poinct ou font nos pieds iufques à l'horizon raifonnable qui fait le quart du rond de la terre, lequel eftant de 7200 lieuës, le quart fera de 1800 lieuës.

Et ce qui me confirme encor dans mon opinion eft que quand nous allons obferver la hauteur pour apprendre à nos Echoliers, nous nous mettons indifferemment fur le gallet ou bord de la mer, ou bien nous montons fur une fallaize que par mefure actuelle i'ay trouvé eftre haute de 84 pieds, & qui partant felon la Table qu'en donnent les Hollandois devroit donner plus de dix minutes de difference à la hauteur, & ce neantmoins nous n'a-

E

vous iamais rencontré, non seulement cette difference là, qui devroit estre reguliere, & se trouver tousiours semblable, mais chacun trouve aussi bien sa latitude d'autant de degrez embas comme en haut.

Vous me direz qu'on ne peut cautionner la hauteur prinse de cette maniere de quelques minutes, que les Pilottes n'avoueront iamais monter iusques à dix minutes ; puis que mesme sur mer dans un grand branlement de Navire, la plus grande difference de 30 à 40 personnes qni prendront hauteur en mesme temps ne se trouverra tout au plus qu'à dix minutes. Et ie peux dire qu'il n'y a si pauvre apprentif qui ne puisse facilement remarquer sur une verge, si un marteau est plus, ou moins avancé de dix minutes ainsi que la Table le donne à cette eminence , ou bien s'il s'en manque quelques minutes, ie dis que cecy peut arriver aussi bien de celuy qui est en haut, comme de celuy qui est en bas, ou au contraire sans distinction, que peut-on inferer de là, sinon qu'il faut que le principe de la construction de cette Table soit faux comme contraire à l'experience.

Il seroit à souhaiter pour la Navigation que l'on fut éclaircy sur ce poinct qui luy est tres-important par des observations dont l'on ne peut douter. C'est à quoy avoit pourvû l'Academie Royale de Paris, laquelle avoit depuis quelques années envoyé en nostre Ville Monsieur de la Voyë, pour lors de leur corps, mais qui de present est Professeur Royal de la Navigation à Brest, à dessein entre plusieurs autres observations de faire celle-là, pour laquelle il seroit necessaire de faire une tres grande despence si l'on y veut reüssir autant qu'on le peut souhaiter ; mais ie ne sçay par quel malheur, puis-ie dire fatal pour la Navigation , lors que nous estions dans la disposition de le faire, il fut remandé, ce qui nous a privé du bonheur que nous en eussions pû retirer.

Toutes ces raisons m'eussent pû legitimement dispenser de vous en donner la Table & la construction ; mais comme ma plus grande passion seroit que l'on en fit les espreuves, afin de nous informer de ce que l'on auroit trouvé, & le tout cotter dans son Papier

Iournal, dont ie ne fçaurois trop inculquer la neceſſité d'en mettre une coppie és Archives de l'Admirauté. Dans cette penſée ie vous en donne la Table telle que ie l'ay trouvée dans les Livres Hollandois, avec la mienne que i'ay ſupputé par les Pieds de Roy de France afin d'en voir la difference. Et quoy qu'ils en mettent pour l'ordinaire deux, ie n'en ay crû qu'une neceſſaire, ſçavoir celle quand l'on ſçait de combien de pieds l'on eſt élevé au deſſus de l'horizon ſenſible, & non celle qui monſtre de combien il faut trouver plus de minutes que la hauteur pour ſçavoir de combien de pieds l'on eſt exhauſſé au deſſus du niveau ſenſible ; puis que dans le fonds elle eſt plus ſpeculative que pratique.

F 2

Table de ce qu'il faut fouftraire de la hauteur que l'on a prins au
Soleil, ou l'adioufter à l'éloignement au zenith, à raifon des
pieds que l'on eft élevé au deffus du niveau
de l'horizon.

	France	Min.	Sec.		Hollande	Min.	Sec.
	1	1	.7		1	1	.6
	2	1	35		2	1	34
	3	1	55		3	1	54
	4	2	13		4	2	12
	5	2	39		5	2	38
	6	2	43		6	2	42
	7	3	..		7	2	54
	8	3	.8		8	3	.6
	9	3	21		9	3	18
	10	3	31		10	3	28
Pieds de Roy de France	20	5	12	Pieds de Hollande ou d'Allemagne	20	4	54
	30	6	25		30	6	..
	40	7	23		40	6	58
	50	8	18		50	7	48
	60	9	.5		60	8	30
	70	9	47		70	9	12
	80	10	29		80	9	50
	90	11	.9		90	10	25
	100	11	42		100	11	..
	200	16	34		200	15	35
	300	20	14		300	19	..
	400	23	26		400	22	..
	500	26	13		500	24	32
	600	28	43		600	26	55
	700	31	..		700	29	.5
	800	33	.5		800	31	.5
	900	35	12		900	33	..
	1000	37	.6		1000	34	44

VSAGE DE CETTE TABLE.

Apres que l'on aura trouvé par mefure de combien de pieds
l'on eft élevé au deffus de l'horizon fenfible, il faut cercher dans la
colomne des pieds, celuy que l'on aura trouvé, & vis à vis dans la

colomne des minutes & celle des secondes, l'on verra de combien
l'horizon de la sorte est plus de 90 deg. du zenith, lesquelles minutes & secondes, il faudra adiouster avec ce que l'on aura trouvé
par vostre verge, le Soleil ou les Etoilles éloignées du bout de l'œil,
qui represente le zenith, & le tout ensemble donnera l'éloignement au zenith. Mais si c'est la hauteur sur l'horizon il faudra soustraire ce nombre de minutes & secondes de ce que l'on aura trouvé par les instruments, & le reste sera la hauteur sur l'horizon.

Que si dans la Table ne se trouve pas iustement le nombre des
pieds de l'élevation de l'œil au dessus du niveau, il faudra prendre
dans la Table le moindre nombre plus prochain de celuy que l'on
aura trouvé par mesure, ou bien qui sera supposé avec celuy qui est
immediatement au dessus, tant en pieds, que minutes, & secondes,
& soustraire le moindre nombre du plus grand, & restera la difference, tant en pieds que minutes & secondes.

Apres quoy il faut dire par une regle de trois,

Si la difference des pieds :

Donne celle des minutes & secondes :

Ainsi le nombre de pieds du nombre donné au dessus de la Table :

Donnera un nombre de secondes.

Qu'il faudra adiouster avec les minutes & secondes du moindre
nombre de la Table trouvé cy dessus, & viendra le nombre de minutes & secondes qu'il faudra adiouster à l'éloignement au zenith,
ou soustraire de la hauteur sur l'horizon.

EXEMPLE.

Ie suppose avoir prins hauteur au Soleil avec la verge sur une
falaise élevée de 84 pieds, & trouvé mon marteau arresté à 32 deg.
30 min. loin du bout de l'œil, que faut-il faire dans ce rencontre
pour arriver au iuste à la hauteur, supposé que l'exhaussement de
l'œil puisse causer l'erreur que nous avons dit cy-dessus.

R. A cause que dans la Table ie ne trouve point les 84 pieds
donnez, mais seulement 80 pieds, ie tire de la Table 80 qui est le
moindre au dessous de 84 avec les 10 min. 29 secondes qui sont

vis à vis, avec 90 pieds de la Table, & les 11 min. 9 fecondes, celuy qui fuit immediatement apres 80 & les fouftrayant l'un de l'autre, ie trouve 10 pieds de difference d'un cofté, & 40 fecondes de l'autre ; en fuitte dequoy ie dis par une regle de trois.

Si les 10 pieds de differeuce :

Donnent les 40 fecondes de difference :

Ainfi les 4 pieds qui font au deffus des 80 pieds, le moindre nombre plus prochain trouvé dans la Table :

Donneront la regle faite 16 fecondes,

Qu'il faudra adioufter avec les 10 min. 29 fecondes moindre nombre trouvé dans la Table, & viendra 10 min. 45 fecondes qu'il faudra adioufter avec les 32 deg. 30 mi. rrouvez fur la verge, & viendront 32 deg. 40 min. 45 fecondes pour le veritable éloignement au zenith.

Puis que l'éloignement au zenith eft de 32 deg. 30 min. fi on les fouftrait des 90 deg. qu'il y a du zenith à l'horizon refteront 57 deg. 30 min. de hauteur du Soleil fur l'horizon, defquels il faudra fouftraire les 10 min. 45 fecondes trouvez cy-deffus, & refteront 57 deg. 19 min. 15 fecondes pour la veritable hauteur du Soleil fur l'horizon.

Si mieux l'on n'aime pour s'exempter d'une regle de trois pren-dre la partie proportionnelle des fecondes de la difference trou-vée à raifon des pieds qui fe trouvent au deffus du moindre nom-bre de la Table. Comme en l'Exemple cy deffus à raifon que les 4 pieds au delà des 80 pieds de la Table font les deux cinquiémes des 10 pieds qui font entre 80 & 90 de la mefme Table, fi des 40 fecondes que l'on a trouvé de difference l'on en prend les deux cinquiémes qui font 16 fecondes, l'on trouvera la mefme chofe que cy deffus par la regle de trois, lefquelles on adiouftera avec les 10 min. 29 fecondes des 80 pieds pour avoir 10 min. 45 fecondes, lefquelles en fuitte il faudra adioufter avec ce que l'on a trouvé fur la verge pour avoir le veritable éloignement au zenith, ou que l'on fouftrayera de la hauteur fur l'horizon pour avoir la veritable hauteur fur l'horizon.

ADVERTISSEMENT.

Attendu que les min. & fecondes de la Table n'augmentent pas également comme font les pieds, il faut avoüer que d'en cercher l'augmentation par une regle de trois ou une regle proportionnelle, cela ne quadre pas, mais au fonds toute la difference qui s'y peut trouver ne peut pas donner d'erreur confiderable; c'eft pourquoy qui y voudroit apporter toute la précifion, il faudroit dans cé rencontre y travailler par la conftruction que nous allons enfeigner.

Auparavant que de vous donner la conftruction de cette Table ie me fens obligé de vous avertir encor que l'on n'y doit pas avoir égard pour les hauteurs que l'on prend par l'Aftrolabe, ou tous les inftruments que l'on aiufte par le moyen de la perpendiculaire ou du plomb, & qui fe conftituent par leur propre poids; parce de la forte l'horizon n'eft éloigné du zenith ou de la ligne verticalle que de 90 deg. & non davantage. Ainfi la ligne horizontale de ces inftruments ne reprefente pas l'horizon fenfible, mais la raifonnable: D'où ie tire que l'on ne doit non plus diminuer la paralaxe, laquelle ne provient que de l'horizon fenfible ou raifonnable.

CONSTRVCTION DE LA TABLE.

Suivant la proportion d'Archimede de 7 à 22 du diametre à la circonference, le femidiametre de la terre fera de 17181818 pieds de France. Cecy fuppofé pour conftruire cette Table, il faut adioufter à ce nombre du femidiametre le nombre des pieds que l'on fuppofe eftre élevé au deffus du niveau, qui donnera le nombre de pieds que du lieu ou l'on eft pour lors, l'on eft éloigné du centre de la terre. Ce fait dites par une regle de trois.

Si 17181818 *pieds d'un femidiametre :*

Donnent 10000000 *de 7 zero avec l'unité :*

Ainfi l'éloignement au centre de la terre :

Donnera la fecante du nombre des minutes,

Que cette élevation caufera de difference à la hauteur.

Ou bien pour la pratique il faut adioufter 7 zero au bout des pieds de l'éloignement au centre, & divifer le tout par les pieds du femidiametre de la terre, & le quotient donnera la fecante des minutes de la difference pour la hauteur prinfe de cet exhauffement.

Et pour ne vous dénier rien de ce qui peut contribuer pour abbreger matiere, adiouftez 7 zero à la fin du nombre des pieds, dont vous voulez trouver les min. & fecondes, comme en l'Exemple cy deffus 7 zero à la fin de 84, & divifez le tout par les 17181818 pieds du femidiametre de la terre, & le quotient donnera un nombre qu'adioufterez avec 10000000, & viendra la fecante du nombre des min. & fecondes que cette élevation caufera d'erreur à la hauteur.

Vous voyez que pour cet effet il faudroit avoir une Table de Sinus dont le rayon fut d'une unité avec 7 zero, encor feroit-il requis que les Sinus, Tangentes, & Secantes, fuffent fupputées de dix en dix fecondes, ou bien encor mieux de feconde en feconde, ce qui eft fort rare & ne l'ay veu que dans les Tables de Cavallerius Iefuate de l'Ordre de S. Ierofme, ou bien autrement il faut faire une regle de trois ou prendre la partie proportionnelle pour iuger du nombre des fecondes outre les minutes.

Que fi l'on veut trouver de combien il faut eftre élevé de pieds pour caufer un certain nombre de minutes de difference à la hauteur, il faut dire par une regle de trois.

Si l'entier Sinus de 7 zero avec l'unité :

Donne les pieds du Semidiametre de la terre :

Ainfi la Secante des minutes propofées :

Donnera le nombre de pieds,

Qu'il faudroit eftre élevé fur le niveau de l'horizon fenfible pour trouver cette difference.

Vous ne devez pas trouver étrange fi vous trouvez tant foit peu davantage de minuttes ou fecondes à la Table de France que

que celle de Hollande, la raison est que nos pieds sont plus grands
que ceux dont l'on se sert en Hollande de la vingt septiéme partie.

SECTION SECONDE.

DE LA PARALAXE.

SI nostre élevation de quelques pieds au dessus de l'horison sensible peut apporter quelque erreur, dit-on, à la hauteur, il y a
bien ce me semble, plus de raison d'en admettre pour la distance de l'horison raisonnable au sensible, laquelle arrive à cause
de l'époisseur du semidiametre de la terre, & qui fait la paralaxe ou
diversité de veuë; parce que la raison dicte que pour bien observer
le veritable & lieu précis des Astres, l'on devroit estre au centre du
Ciel ou ils sont, & du rond dans lequel nous les observons, dont la
terre estant le centre son milieu, par consequent en doit estre le veritable centre, & ou nous devrions estre quand nous en faisons les
observations, ce qu'estant impossible nous sommes obligez de les
faire au dessus de la terre que nous habitons; ce qui sans doute doit
causer de l'erreur, laquelle sera moindre ou plus grande que le
rond ou cercle, dans lequel on les observe, est plus ou moins éloigné du centre de la terre. Ce qui fait qu'a la Lune comme plus
proche de nous, la paralaxe est plus grande, ou au contraire aux
Étoilles elle est de nulle consideration, à cause qu'elles sont tellement éloignées de nous, que cette eccentricité n'est pas sensible à
leur égard. Mais au Soleil l'on y apperçoit quelques minutes de
difference, & ce tant plus il est proche de l'horizon, & moins à proportion qu'il approche du zenith, ou il ne se rencontre aucune
paralaxe.

Si l'on veut examiner cette affaire à la balance de la raison,
comme non seulement tous les iours de l'année, mais mesme en
tous les moments le Soleil se trouve dans un different éloignement à la terre, il faudroit supputer des Tables de la paralaxe
pour tous ces instants ; mais aussi comme il seroit inutile de se

G

donner tant de peine pour le peu de difference qui s'y trouverroit, les Aſtronomes ont eu ſeulement égard à trois divers enſei-
gnements, l'un qu'ils appellent apogée, & l'autre perigée, c'eſt à
dire, lors qu'il eſt le plus éloigné de la terre, & lors qu'il en eſt le
plus proche, & le milieu de ces deux qu'ils appellent moyen éloignement, pour leſquels trois éloignements ils compoſent trois Tables de la Paralaxe, l'une pour l'Eſté de la bande du Nord qui eſt la
moindre, l'autre pour l'Hyver qui eſt la plus grande, & l'autre pour
les deux Equinoxes : mais encore comme la choſe ne conſiſte
qu'en quelques ſecondes de difference, auſquelles l'on n'a point
d'égard dans la Navigation, les Pilottes ſe contentent d'en avoir
une ſupputée pour le moyen éloignement, & par ainſi toute cette
affaire eſt medionnée.

Si tous les Aſtronomes convenoient de la grandeur du ſemidiametre du cercle, dans lequel le Soleil fait ſon chemin, l'on ne trouverroit point de difference dans les tables de la paralaxe ; puis que
tous travaillants ſur un meſme principe, ils ne manqueroient de
revenir l'un à l'autre dans leurs ſupputations, mais comme la choſe eſt trop éloignée pour en pouvoir prendre la meſure, l'on n'y
va ce me ſemble que par coniecture, & chacun ſuit ſon ſentiment
dans les obſervations qu'il dit en avoir fait.

Tychobrahé poſe cette moyenne eccentricité de 1149 ſemidiametre de la terre.

Lansberge la met de 1498 & demy.

Comme il y a de la difference de l'un à l'autre, ce n'eſt pas de merveille ſi la table compoſée ſuivant le principe de l'un ne revient
pas à celuy de l'autre.

Table des Paralaxes du Soleil de Tychobrahé, suivant les degrez qu'il est élevé sur l'horizon, ou éloigné du zenith.

Deg. depuis l'horizon.	Paralaxe. M.S.	Deg. depuis le zenith.	Deg. depuis l'horizon.	Paralaxe. M.S.	Deg. depuis le zenith.	Deg. depuis l'horizon.	Paralaxe. M.S.	Deg. depuis le zenith.
0	3. 0	90	30	2. 36	60	60	1. 30	30
1	3. 0	89	31	2. 34	59	61	1. 28	29
2	3. 0	88	32	2. 32	58	62	1. 25	28
3	3. 0	87	33	2. 30	57	63	1. 22	27
4	2. 59	86	34	2. 29	56	64	1. 19	26
5	2. 59	85	35	2. 27	55	65	1. 16	25
6	2. 59	84	36	2. 25	54	66	1. 13	24
7	2. 58	83	37	2. 23	53	67	1. 10	23
8	2. 58	82	38	2. 21	52	68	1. 8	22
9	2. 57	81	39	2. 19	51	69	1. 5	21
10	2. 57	80	40	2. 18	50	70	1. 2	20
11	2. 56	79	41	2. 16	49	71	0. 59	19
12	2. 56	78	42	2. 14	48	72	0. 56	18
13	2. 55	77	43	2. 12	47	73	0. 53	17
14	2. 54	76	44	2. 9	46	74	0. 49	16
15	2. 54	75	45	2. 7	45	75	0. 46	15
16	2. 53	74	46	2. 5	44	76	0. 43	14
17	2. 52	73	47	2. 3	43	77	0. 40	13
18	2. 51	72	48	2. 0	42	78	0. 37	12
19	2. 50	71	49	1. 58	41	79	0. 34	11
20	2. 50	70	50	1. 56	40	80	0. 31	10
21	2. 49	69	51	1. 54	39	81	0. 28	9
22	2. 48	68	52	1. 51	38	82	0. 25	8
23	2. 46	67	53	1. 48	37	83	0. 21	7
24	2. 45	66	54	1. 46	36	84	0. 18	6
25	2. 44	65	55	1. 43	35	85	0. 15	5
26	2. 43	64	56	1. 41	34	86	0. 12	4
27	2. 41	63	57	1. 39	33	87	0. 9	3
28	2. 39	62	58	1. 36	32	88	0. 6	2
29	2. 37	61	59	1. 33	31	89	0. 3	1
30	2. 36	60	60	1. 30	30	90	0. 0	0

G 2

TRAITE'

Table des Paralaxes du Soleil de Lansberge, suivant les degez
qu'il est élevé sur l'horizon, ou éloigné du zenith.

Deg. depuis l'horizon.	Para-laxe. M.S.	Deg. depuis le zenith.	Deg. depuis l'horizon.	Para-laxe. M.S.	Deg. depuis le zenith.	Deg. depuis l'horizon.	Para-laxe. M.S.	Deg. depuis le zenith.
0	2. 18	90	30	2. 0	60	60	1. 9	30
1	2. 18	89	31	1. 58	59	61	1. 6	29
2	2. 18	88	32	1. 57	58	62	1. 4	28
3	2. 18	87	33	1. 56	57	63	1. 2	27
4	2. 18	86	34	1. 54	56	64	1. 0	26
5	2. 18	85	35	1. 53	55	65	0. 58	25
6	2. 17	84	36	1. 52	54	66	0. 56	24
7	2. 17	83	37	1. 50	53	67	0. 54	23
8	2. 17	82	38	1. 49	52	68	0. 52	22
9	2. 17	81	39	1. 47	51	69	0. 49	21
10	2. 16	80	40	1. 46	50	70	0. 47	20
11	2. 16	79	41	1. 44	49	71	0. 45	19
12	2. 15	78	42	1. 42	48	72	0. 43	18
13	2. 14	77	43	1. 41	47	73	8. 40	17
14	2. 14	76	44	1. 39	46	74	0. 38	16
15	2. 13	75	45	1. 38	45	75	8. 36	15
16	2. 12	74	46	1. 36	44	76	0. 33	14
17	2. 12	73	47	1. 34	43	77	0. 31	13
18	2. 11	72	48	1. 32	42	78	0. 29	12
29	2. 10	71	49	1. 31	41	79	0. 26	11
20	2. 10	70	50	1. 29	40	80	0. 24	10
21	2. 9	69	51	1. 27	39	81	0. 22	9
22	2. 8	68	52	1. 25	38	82	0. 19	8
23	2. 7	67	53	1. 23	37	83	0. 17	7
24	2. 6	66	54	1. 21	36	84	0. 15	6
25	2. 5	65	55	1. 19	35	85	0. 12	5
26	2. 4	64	56	1. 17	34	86	0. 9	4
27	2. 3	63	57	1. 15	33	87	0. 7	3
28	2. 2	62	58	1. 13	32	88	0. 5	2
29	2. 1	61	59	1. 11	31	89	0. 2	1
30	2. 0	60	60	1. 9	30	90	0. 0	0

VSAGE DE CES TABLES.

Apres s'eftre determiné laquelle des deux opinions l'on veut fuivre, & de laquelle des deux Tables l'on fe veut fervir, lors que l'on a prins hauteur, il en faut cercher le nombre des deg. en celle des deux Tables que l'on aura choifi, à fçavoir, fi c'eft la hauteur du Soleil fur l'horifon, il en faut cercher les deg. au cofté gauche de la Table, mais au cofté droit fi ce font deg. de l'éloignement au zenith que l'on appelle complement fimplement, ou complement de la hauteur du Soleil fur l'horizon, & vis à vis dans la colomne de la paralaxe on trouverra les min. & fecondes de la paralaxe, qu'il faudra adioufter avec les deg. & min. de la hauteur trouvée pour avoir la veritable hauteur, mais fouftraire du complement pour avoir le veritable éloignement au zenith.

La chofe de foy mefme eft fi facile qu'il feroit inutile d'en apporter des Exemples.

CONSTRVCTION DE CES DEVX TABLES.

Pour avoir la plus grande paralaxe qui fe fait à l'horifon, & qui regle celle de tous les autres deg. iufques au zenith, aprés vous eftre determiné touchant l'eccentricité du Soleil, divifez par cette eccentricité l'entier Sinus, fçavoir 100000 par 1149 de Tycho, le quotient 87 qui eft le Sinus de 3 min. fait connoiftre que 3 minutes font la plus grande paralaxe de Lansberge. Mais fi vous divifez 100000 par 1498, le quotient 67 qui eft le Sinus de deux minutes 18 fecondes donnera la plus grande paralaxe fuivant Lansberge.

Maintenant pour avoir la paralaxe de tous les autres degrez du quart de cercle, il faut auparavant reduire les minutes & fecondes de la plus grande paralaxe en fecondes, & ainfi pour celle de Tychobrahé de trois minutes fera 180 fecondes, & pour celle de Lansberge de deux minutes 18 fecondes fera 138 fecondes, aprés quoy par une regle de trois, il faut dire,

Si 100000:

Donne 180, *ou* 138 *fecondes :*

Ainfi le Sinus du degré propofé éloigné du zenith.

Donnera un nombre de fecondes.

Que l'on reduira en minutes & fecondes, fi l'on trouve qu'elles furpaffent 60.

Ou bien pour la pratique, il faut multiplier le Sinus de complément du degré propofé de la hauteur fur l'horizon, ou ce qui eft la mefme chofe le Sinus de l'éloignement au zenith par les 180 fecondes de Tycho, ou 138 fecondes de Lansberge, & du produit retrancher cinq figures de la fin, & reftera le nombre des fecondes requis.

Comme par Exemple voulant trouver les minutes de la paralaxe de 40 deg. éloigné du zenith, qui font 50 deg. de hauteur fur l'horizon, il faut multiplier 64279 Sinus de 40 deg. par 180 fecondes de la plus grande paralaxe de Tychobrahé, & vient 11570220, dont retranchant les 5 dernieres figures de la fin, refteront prefque 116 fecondes qui font une minute 56 fecondes pour la paralaxe de 50 deg. de hauteur, ou de 40 deg. loin du zenith.

Ou bien multipliant le mefme 64279 par les 138 fecondes de la plus grande paralaxe de Lansberge vient 8970502, dont retrenchant les cinq dernieres figures refteront prefque 90 fecondes, qui feront une minute 30 fecondes pour la paralaxe de ce degré propofé, & ainfi faifant de tous les autres degrez du quart de cercle, vous aurez une Table de la paralaxe du Soleil, pour quelque hauteur que ce foit.

Si on le veut faire par les Logarithmes pour la pratique, il faut trouver dans la Table des Logarithmes celuy de 180.0 pour Tycho, & celuy de 138.0 pour Lansberge, & l'adioustera avec les Sinus Logarithmiques des deg. du quart de cercle, & du tout en retrencher une unité au devant, & reftera un Logarithme, lequel cerché dans la Table des Logarithmes, vis à vis fe trouvera un nombre duquel la derniere figure retranchée donnera le nombre des fecondes de la paralaxe de ces degrez.

Et le nombre retrenché servira pour iuger quelle partie il y aura encor outre les secondes au respect de dix, prins comme entier. Comme s'il y a trois ce sera un tiers, si cinq la moitié, si sept deux tiers, &c.

SECTION TROISIESME.

DES REFRACTIONS.

L'Experience nous fait connoistre que tant plus le Soleil ou les estoilles sont proches de l'horizon, elles nous paroissent plus hautes qu'elles ne sont pas à la verité ; parce que le Soleil par sa chaleur attirant continuellement des vapeurs, & des exhalaisons de la mer & de la terre qui rendent l'air fort espois, ce qui fait que venant à regarder au travers les Astres que nous voulons observer, la ligne laquelle part de nostre œil & va se terminer à l'obiet que nous envisageons, perdant de sa droiture, se rompt & reiaillit plus haut, suivant que la perspective nous enseigne, que les choses que nous regardons au travers d'un milieu qui est grossier, nous paroissent plus élevées qu'elles ne sont pas.

Et cette difference de minutes que les Astres paroissent plus haut, se nomme refraction, laquelle estant comme vous voyez appuyée sur les vapeurs & les exhalaisons qui changent continuellement, & ne sont aucunement regulieres, elle deviendra continuellement, & ne sont aucunement regulieres, elle deviendra continuellement differente, suivant qu'il y en aura plus ou moins. Ce qui fait que bien loin d'en pretendre d'universelles, & qui servent par tout, celle qui aura esté bonne le matin, ne le sera pas pour le soir, si les exhalaisons ont augmenté ou diminué.

Et mesme ma pensée est que ces refractions sont plus grandes, tant plus l'on est éloigné de la ligne, & que l'on approche des Poles, particulierement en mer ; ma raison est que le Soleil proche de la ligne en mesme temps qu'il éleve les vapeurs, par cette grande chaleur qu'il y fait, à la force de les resoudre, là ou dans les lieues

qui en font éloignez, fa chaleur eftant plus foible, il n'eft pas capable de les refoudre, ce qui rend l'air plus efpois.

D'abondant tant plus les Aftres font proches de l'horizon, tant
plus ont ils de refraction; parce que les exhalaifons y font bien plus
groffieres & époiffes, & fe purifient davantage à mefure qu'elles
s'élevent fur l'horizon, ce qui caufe une moindre refraction.

Quoy que tous les Aftronomes ne manquent iamais de traiter des refractions, neantmoins nous n'en voyons que deux qui
nous en ayent donné des Tables, fçavoir Tycho & Lansberge, le
premier nous en ayant donné une pour le Soleil qui va iufques à
45 deg. de hauteur fur l'horizon, & une pour les Etoilles iufques à
20 deg. pareillement de hauteur fur l'horifon, & les Aftronomes
s'en font fervis beaucoup de temps dans leurs obfervations, ne
pouvant pas mieux, quoy qu'elles ayent efté compofées pour les
56 deg. de latitude, ou le Docte Tychobrahé qui eftoit de Danne-
marc faifoit fes obfervations, iufques à ce que Philippe Lansberge de Hollande, nous en a donné une pour le Soleil dans fes Tables perpetuelles, dit-il, des mouvements celeftes, qui va iufques à
37 deg. de hauteur fur l'horizon.

Quoy qu'il y auroit plus de vray femblance que celle de Lansberge fuffent plus iuftes pour ces pays que celle de Tycho, neantmoins dans la certitude que l'on a de toutes fes obfervations, les
Aftronomes fe fervent plus communément de celles du Soleil &
des Eftoilles que Tycho a compofées, bien que les Hollandois dans
toutes leurs Navigations prennent celle de Lansberge pour le Soleil, & celle de Tycho pour les Etoilles, perfonne que luy n'en
ayant point donné d'autre.

Ce n'eft pas à moy à decider laquelle des deux eft la meilleure.
Puis que i'ay commencé à le faire pour la paralaxe, ie vous donne
l'une & l'autre pour le Soleil, mais feulement celle de Tycho iufques à 40 deg. de hauteur fur l'horizon ; parce qu'outre que par
delà la difference n'eftant que de quelques fecondes, elles ne font
d'aucune confideration au fait de la Navigation ; avec celle pour
les eftoilles du docte Tychobrahé feparément.

Table

Table des Refractions du Soleil de Tycho.

Deg. depuis l'horizon.	Refraction M. S.	Deg. depuis le zenith.	Deg. depuis l'horizon.	Refraction M.	Deg. depuis le zenith.
0	34 . 00	90	20	4 . 30	70
1	26 . 00	89	21	4 . 00	69
2	20 . 00	88	22	3 . 30	68
3	17 . 00	87	23	3 . 10	67
4	15 . 30	86	24	2 . 50	66
5	14 . 30	85	25	2 . 30	65
6	13 . 30	84	26	2 . 15	64
7	12 . 45	83	27	2 . 00	63
8	11 . 15	82	28	1 . 45	62
9	10 . 30	81	29	1 . 30	61
10	10 . 00	80	30	1 . 25	60
11	9 . 30	79	31	1 . 15	59
12	9 . 00	78	32	1 . 05	58
13	8 . 30	77	33	00 . 55	57
14	8 . 00	76	34	00 . 45	56
15	7 . 30	75	35	00 . 35	55
16	7 . 00	74	36	00 . 30	54
17	6 . 10	73	37	00 . 25	53
18	5 . 45	72	38	00 . 20	52
19	5 . 00	71	39	00 . 15	51
20	4 . 30	70	40	00 . 10	50

Table des Refractions du Soleil de Lansberge.

Deg. depuis l'horizon.	Refraction M. S.	Deg. depuis le zenith.	Deg. depuis l'horizon.	Refraction M. S.	Deg. depuis le zenith.
0	34 . 00	90	20	4 . 33	70
1	16 . 00	89	21	4 . 16	69
2	21 . 00	88	22	4 . 00	68
3	18 . 00	87	23	3 . 44	67
4	15 . 45	86	24	3 . 28	66
5	14 . 00	85	25	3 . 12	65

Hij

6	12 . 30	84		26	2 . 56	64
7	11 . 15	83		27	2 . 40	63
8	10 . 05	82		28	2 . 24	62
9	9 . 05	81		29	2 . 09	61
10	8 . 15	80		30	1 . 54	60
11	7 . 35	79		31	1 . 39	59
12	7 . 05	78		32	1 . 24	58
13	6 . 40	77		33	1 . 9	57
14	6 . 19	76		34	0 . 55	56
15	6 . 00	75		35	0 . 44	55
16	5 . 42	74		36	0 . 27	54
17	5 . 24	73		37	0 . 13	53
18	5 . 7	72		38	0 . 0	52
19	4 . 50	71		39	0 . 0	51
20	4 . 35	70		40	0 . 0	50

Table de la Refraction des Estoilles de Tycho.

Deg. depuis l'horizon.	Refraction. M. S.	Deg. depuis le zenith.
0	30 . 00	90
1	21 . 30	89
2	15 . 30	88
3	12 . 30	87
4	11 . 00	86
5	10 . 00	85
6	9 . 0	84
7	8 . 15	83
8	6 . 45	82
9	6 . 00	81
10	5 . 30	80
11	5 . 00	79
12	4 . 30	78
13	4 . 00	77
14	3 . 30	76
15	3 . 0	75
16	2 . 30	74
17	2 . 0	73
18	1 . 15	72
19	0 . 30	71
20	0 . 0	70

VSAGE DE CES TABLES.

SI la Paralaxe nous fait paroiftre les Aftres plus bas qu'ils ne font pas, la refraction tout au contraire, nous les donne plus hauts qu'ils ne font à la verité: c'eft pourquoy apres avoir prins hauteur au Soleil, ou aux Eftoilles, il en faut cercher le degré dans la Table, dans le cofté gauche ou droit, fuivant que l'on aura compté la hauteur, ou le complement, & vis à vis dans la colomne des refractions, l'on rencontrera les minutes qu'il faut fouftraire des deg. & min. de la hauteur que l'on aura trouvée pour avoir la veritable hauteur, foit du foleil, foit des eftoilles fur l'horizon.

Mais fi l'on a commencé au zenith, il faudra adioufter ces minutes trouvées dans la Table avec le complement que l'on a trouvé, &

le tout fera le veritable éloignement du foleil ou des eftoilles au zenith.

I'ay dit *des minutes trouvées dans la Table feulement* fans faire aucune mention des fecondes, parce que dans la Navigation l'on n'a aucun égard aux fecondes. Sur quoy vous remarquerez que quand dans la Table les fecondes fe trouvent au deffous de 30 l'on les neglige, que fi elles font au deffus de 30, l'on adioufte une minute davantage avec les min. que la Table donne.

ADVERTISSEMENT.

C'eft une maxime generale que fi dans quelque hauteur il fe rencontre de la paralaxe & de la refraction, apres les avoir trouvées par le moyen des Tables, il faut les fouftraire l'une de l'autre.

Pareillement la refraction & l'élevation de l'œil au deffus du niveau, fi l'on trouve à propos d'y avoir égard, il les faut adioufter enfemble; puis qu'ils font le mefme effet l'un que l'autre, & du tout il faut en fouftraire la paralaxe, au cas qu'auparavant l'on ne l'eut pas fouftraitte.

Bien que les Aftronomes apportent toutes ces façons à leurs hauteurs, nos Pilottes n'ont point de couftume de s'en fervir.

Premierement à raifon que toutes ces chofes font affez incertaines; car du cofté de l'élevation de l'œil au deffus du niveau de l'horizon fenfible, comme les Navires ne paffent gueres depuis 7 iufques à 14, & 15 pieds au deffus de l'eau, l'erreur ne pourroit monter tout au plus que depuis 2, 3, iufques à 4, & 5, min. quand bien mefme la chofe feroit veritable, ce que ie nie.

Secondement quoy qu'il paroiffe quelque raifon pour la paralaxe & la refraction, neantmoins il faut avoüer que du moment que le foleil ou les eftoilles font élevées de quelque nombre de deg. au deffus de l'horizon, la refraction & la paralaxe, particulierement fouftraites l'une de l'autre deviennent prefque infenfibles. C'eft pourtant ce qui arrive le plus ordinairement dans toutes les Navigations; car les Pilottes pour l'ordinaire ne fe fervent que des hauteurs meridiennes du foleil, ou des eftoilles, pour en conclurre la latitude du lieu ou ils font, lefquelles font toufiours les plus gran-

H 2

des, & partant le plus souvent exemptes de paralaxe & de refraction sensibles, & specialement dans nos plus ordinaires Navigations qui se font vers l'aval, là ou l'on approche de plus en plus du
soleil, & comme ils n'ont pas l'esprit si subtil pour en faire une distinction si précise, ils se mettent fort peu en peine de toutes ces
pratiques, lesquelles sont plutost du gibier des Astronomes que des
Navigateurs.

Aprés tout l'experience fait voir qu'ils ne laissent pas sans cela
de ramener comme l'on dit le cheval à l'étable. Neantmoins bien
loin de blâmer celuy qui se veut donner la peine d'y apporter toutes ces précautions qui luy sont prescrites par les docteurs du
mestier, tout au contraire ie luy en donne les moyens, luy mettant
en main les Tables avec les connoissances necessaires pour ce
suiet.

ARTICLE SECOND.

DE L'VSAGE DE L'ASTROLABE
& de l'Anneau Astronomique.

A Raison que l'Astrolabe est tout conforme & se rapporte entierement au rond du monde, sur lequel l'on prend ses hauteurs, l'usage en est si facile qu'il suffit de l'avoir veu faire une
seule fois, pour le parfaitement comprendre, n'y ayant qu'à faire
en sorte que les rayons du soleil passent iustement par les trous
qui sont au milieu des pinnules, ie veux dire que la petite lumiere
qui passe par le trou du milieu de la pinnule qui est du costé du
soleil, aille se rendre droit dans le trou du milieu de l'autre pinnulle, & pour cet effet il faut hausser ou baisser la lidade iusques à ce
que cela arrive, & pour lors la lidade marquera sur le cercle gradué le degré ou est le soleil.

Que si pour en sçavoir le nombre vous commencez à compter
depuis la ligne horizontale iusques au poinct ou est arresté la
pointe de la lidade, vous aurez le nombre de degrez & min. que
pour lors le soleil est élevé au dessus de l'horizon, representé par

cette ligne horizontale.

Mais si vous commencez à compter du zenith, c'est à dire du milieu d'enhaut, par ou l'Astrolabe est suspendu, vous aurez le nombre des deg. & min. que le soleil sera éloigné de vostre zenith, ou ce qui est la mesme chose de combien il sera éloigné du poinct qui répond sur vostre teste.

Et comme de l'intelligence de cecy dépend tout le secret des hauteurs, ie m'estimerois bien heureux si ie pouvois vous le faire comprendre si clairement qu'il ne vous en restast aucune difficulté; parce que ie serois asseuré qu'il me seroit aisé de vous faire comprendre les divers comptes de la verge, mais encor de tous les instruments à prendre hauteur qui vous pourroient estre mis en main, & vous trouverrez par experience, que toutes les difficultez que vous rencontrerez dans les hauteurs, ne proviendront que de cette source, & faute de sçavoir bien distinguer les deux façons de sçavoir la hauteur, ce qui vous sera facile si vous voulez appliquer tant soit peu vostre esprit, & vous donner la peine de bien considerer un quart de cercle avec ses degrez, qui seul sera capable de vous donner toutes les lumieres qui sont à souhaitter sur ce suiet.

Et pour cet effet prenez en main le Quartier d'Or que i'ay fait Imprimer en faveur de nos Pilottes, particulierement de long cours, sur lequel faisants toutes leurs regles de leur Navigation, ils n'en sont iamais dépourveus. Entre les cercles qui y sont décrits tous du mesme centre, le trentiéme sera tres-propre pour ce suiet: ce quart de cercle est separé ou divisé en 90 parties égales que l'on nomme degrez, par un double nombre de chiffres, les uns marquez en dedans, & les autres en dehors dudit quart de cercle.

Pour en venir à l'application si vous supposez que le nord & sud soit le zenith, l'est & ouest representera l'horizon, & auparavant que ce quart de cercle fut gradué & marqué, il estoit libre de marquer les degrez de l'est en allant vers le nord, c'est à dire, de l'horizon vers le zenith, ainsi que vous le voyez marqué en dedans dudit quart de cercle vers le centre, en disant à l'est o, puis cinq, dix, 15 & c. iusques à 90 au nord ou zenith.

Ou bien l'on pouvoit commencer du nord en allant vers l'Eſt, c'eſt à dire, du zenith à l'horizon, ainſi qu'il ſe voit marqué au dehors dudit trentiéme quart de cercle, en diſant au nord o, puis cinq, dix, quinze, & c. iuſques à 90 à l'eſt, ou l'horizon.

La premiere façon de compter les deg. de l'horizon, ou l'eſt, en allant vers le zenith, ou nord, ſe nomme la hauteur des aſtres ſur l'horizon; parce qu'autant de degrez qu'ils ſont éloignez de l'eſt qui repreſente l'horizon, d'autant ſont ils élevez ſur l'horizon.

Mais la ſeconde maniere de compter en allant du zenith ou nord vers l'horizon que l'eſt repreſente, s'appelle éloignement au zenith, ou bien par d'aucuns complement, qui veut dire achevement; parce que ce nombre de degrez acheve ce qui reſte de deg. de la hauteur des aſtres ſur l'horizon iuſques à 90 deg. qui ſe trouvent de l'horizon au zenith, ou du zenith à l'horizon. Ie veux dire que ſi l'on adiouſte enſemble les deg. de la hauteur avec ces deg. de l'éloignement du zenith, ſe trouverront 90 deg. accomplis.

A quoy ie trouve quelque choſe à dire, en ce que l'on peut également dire que la hauteur eſt le complement de l'éloignement au zenith, comme l'éloignement du zenith peut eſtre dit le complement de la hauteur.

Sans nous arreſter à la diſpute de la ſignification des termes ou mot, par celuy de hauteur nous entendrons les deg. qu'un aſtre eſt élevé ſur l'horizon, à commencer audit horizon iuſques à l'aſtre, comme par l'éloignement du zenith, ou complement nous entendrons ce que cét aſtre ſera au deſſous du zenith.

Neantmoins à conſiderer la choſe tant ſoit peu dans ſon fonds qui ſçait l'un, pourra connoiſtre facilement l'autre, n'y ayant qu'à ſouſtraire le nombre donné de 90 deg. & le reſte de la ſouſtraction donnera la connoiſſance de l'autre.

Comme par exemple ſçachant ou ayant trouvé que le ſoleil eſt élevé ſur l'horizon de 40 deg. ſi i'oſte ces 40 deg. de 90 reſteront 50 deg. qu'il ſera éloigné du zenith.

Comme encor ſi ie trouve que le ſoleil ſoit éloigné du zenith de 70 deg. pour trouver de combien de deg. il eſt élevé ſur l'hori-

zon, ie fouftrais 70 de 90, & refteront 20 deg. pour la hauteur du
foleil fur l'horizon.

Le mefme faut il entendre de tous les 90 deg. de la hauteur
ou de l'éloignement au zenith, tout le fecret ne confiftant qu'à
bien fe former les deg. d'un quart de cercle en allant d'un cofté, &
puis retournant de l'autre ; auffi voyez vous que dans le fufdit
trentiéme cercle du Quartier d'Or au mefme point il y a deux fortes de deg. l'un en dedans, l'autre en dehors, le premier qui commence d'un cofté, & le fecond tout au contraire de l'autre extré-
mité dudit quart de cercle.

Aprés cela ie me perfuade que vous n'aurez point de peine à
comprendre tout ce qui eft des hauteurs, particulierement dans
l'Aftrolabe qui n'eft point déguifé.

Pour revenir à noftre Aftrolabe quand fur mer ou fur terre l'on
en veut prendre hauteur, quoy que par fon propre poids équilibré
il fe mette de foy mefme tant à plomb que de niveau, toutesfois à
caufe du branlement du Navire qui fait que l'on à de la peine d'arrefter la lidade au veritable poinct qu'il faut, particulierement de
mauvais temps, il eft à propos de choifir un lieu ou il y ait moins
de mouvement, ce qui eft proche du grand maft, auquel lieu aprés
avoir paffé l'anneau dans fon doigt, il faut prendre garde de laiffer
pendre l'aftrolabe avec toute forte de liberté, puis faire le refte
ainfi qu'il a efté dit cy deffus.

Ne vous eftonnez pas fi ie vous avertis de cette circonftance,
puis que l'experience vous fera connoiftre que pour peu que vous
le forciez plutoft d'un cofté que de l'autre, vous en pourrez remarquer vous mefme l'erreur, lors que vous verrez qu'il fera libre-
ment, & la raifon eft que de la forte fon équilibre fe perdant il n'aura garde par confequent de fe pofer de niveau.

Quoy que toutes les premieres Navigations des Indes, tant
Orientales qu'Occidentales ayent efté faites par le moyen de l'a-
ftrolabe, neantmoins la raifon fait connoiftre qu'un aftrolabe devant avoir toute fa circonference, un quart n'en peut eftre bien
grand, ce qui fait que les parties en devenants bien petites, le peu

d'erreur que l'on pourra commettre en s'en servant, deviendra considerable, de sorte que manquant d'un poinct, ce seul poinct montera à dix minutes ou davantage, à proportion que l'astrolabe sera petit. C'est pour cette raison que sur le principe de la vingtiéme proposition du troisiéme Livre des Elements d'Euclide, qui démontre que les angles de la circonference sont doubles de ceux du centre, l'on a inventé un anneau que l'on nomme Astronomique, dont les degrez sont doubles de ceux d'un astrolabe, quoy que tous deux d'une égale circonference, sçavoir est perçant un trou dans la circonference de cet anneau creux par le dedans, par lequel trou les rayons du soleil passants, se vont rendre à l'opposite sur la mesme circonference du dedans de l'anneau.

Et pour cet effet apres s'estre determiné du lieu par lequel on veut suspendre l'anneau, l'on prend la huictiéme partie de la circonference qui est 45 deg. d'un costé & d'autre de la ligne verticale, laquelle respond au zenith, & d'un costé l'on perce un trou, & de l'autre l'on commence la graduation, laquelle comprend la moitié de la circonference que l'on divise seulement en 90 deg. pouvant y marquer la graduation double, à celle fin que d'un costé soit marqué la hauteur, & de l'autre l'éloignement au zenith; par ainsi celle qui croist de haut en bas montrera les deg. de la hauteur du soleil sur l'horizon, & celle au contraire qui augmente de bas en haut donnera l'éloignement au zenith ou complemens; quoy que pour l'ordinaire l'on n'y marque seulement que celle de bas en haut pour le complement ou éloignement au zenith, parce que l'on ne se sert de cet instrument qu'au soleil, duquel l'on veut sçavoir seulement l'éloignement au zenith, pour en suitte l'adiouster ou soustraire de la declinaison du soleil, pour en conclurre la latitude.

Si l'usage de l'Astrolabe est facile, celuy cy l'est tout autrement, puisqu'il suffit de le suspendre avec toute sorte de liberté, tourner le trou qui est dans la circonference du costé du soleil, & prendre garde sur quel degré du cercle gradué, le rayon du soleil qui passe par le trou va se rendre, lequel degré vous montrera de combien

le

le Soleil est éloigné du zenith, puis que d'ordinaire l'on n'y marque que l'éloignement au zenith, à raison que l'on ne s'en sert qu'au Soleil, par lequel pour trouver la latitude il ne faut que sçavoir son éloignement pour en suitte l'adiouster ou souftraire de la Declinaison du Soleil.

Tout bien consideré cet anneau astronomique est preferable à l'astrolabe pour plusieurs raisons.

Premierement pour sa iustesse à cause que les degrez en sont deux fois aussi grands que ceux de l'astrolabe.

Secondement pour la facilité & promptitude de son usage.

Troisiémement par ce qu'il n'est pas necessaire de hausser ny baisser la lidade, laquelle dans un grand branslement de Navire l'on a toutes les peines d'aiuster.

Quatriémement à cause qu'il n'est pas si aisé a estre faussé, tant dans les pinnulles que dans la lidade, ou d'autres inconveniens que l'experience découvre tous les iours de l'astrolabe.

Il n'y a que son équilibre qui se puisse perdre, & pour le pouvoir remarquer aprés vous estre pourvû d'un plomb attaché au bout d'un filet délié, posez ce fil droit au milieu de la verge qui ioinct la penture de l'anneau, & si le fil pendu au plomb va répondre iustement à 22 deg. 30 min. de bas en allant en haut, asseurez vous que l'instrument à son équilibre.

Que s'il s'en manque, adioustez cette difference à toutes les hauteurs que vous prendrez en suitte avec ledit instrument, pour avoir le nombre des degrez que le Soleil sera éloigné du zenith.

ARTICLE TROISIESME.

DE LA VERGE, FLECHE, OV ARBALESTRE.

Tous les iours donnent de nouvelles lumieres, & comme l'on est assez informé de quelle consequence est la Navigation pour le bien public, chacun s'est efforcé d'inventer de nouveaux instruments afin de pouvoir contribuer à sa perfection, en

I

TRAITE'

tre lefquels ie n'en trouve point de comparable, à celuy que nos
Pilottes appellent la verge, d'autres la fléche, d'autres l'arbaleftre,
& d'autres le bafton de Iacob, & les Flamens graedboog, qui n'eft
qu'un fimple bafton efquarry, dans lequel s'aiuftent & l'on fait couler des traverfaires en croix que nos Pilottes appellent des marteaux.

Comme il eft prefque l'unique inftrument, le plus iufte que ie
connoiffe pour prendre hauteur fur la mer, & dont fe fervent le
plus communément nos Pilottes, la chofe merite bien de vous en
traitter plus en particulier, & pour cet effet ie diftingueray le prefent article en plufieurs fections.

Quoy que ce ne foit qu'un bafton efquarry, fur les coftez duquel font marquées diverfes graduations pour differents marteaux, au fonds c'eft une partie d'un quart de cercle déguifé.

I'ay dit *une partie*, parce que tous les 90 deg. du quart de cercle
ne peuvent iamais eftre marquez fur la verge, de maniere que
pour y marquer iufques à un degré de hauteur fur l'horizon, ou 89
deg. d'éloignement au zenith, fi le demy marteau eftoit d'un pied,
il faudroit que la verge fut longue de 115 pieds & demy; s'il n'eftoit
que de 6 pouces de 58 pieds: fi de trois pouces de 29 pieds; & fi
feulement d'un pouce de prefque dix pieds, ce qui feul mefme feroit une exorbitante longueur: ce qui me fait admirer la fignification merveilleufe du mot de *graedboog* dont la nomment les Hollandois, qui veut dire une partie de cercle contenant un nombre
de degrez, les Aftronomes ayant de couftume de nommer arc, ou
partie de cercle, ce qui n'eft ny cercle entier, ny demy cercle, ny
quart de cercle.

Vous me demanderez à quoy bon toutes ces graduations fi une
feule fuffit.

A quoy ie refpons que la conduitte vous en femblera merveilleufe lors que vous en apprendrez les raifons, dont ie vay faire la

PREMIERE SECTION.

POVR QVELLES RAISONS L'ON MARQVE
ſur la verge differentes graduations.

IL faut auparavant que vous remarquiez, premierement que plus les inſtruments ſont grands, ou les degrez qui en ſont les parties, d'autant plus ſont ils précis, & plus l'on en doit eſperer de iuſteſſe, vû que ſi les deg. de quelque inſtrument ſont doubles de ceux d'un autre, s'il arrivoit par exemple que l'on manquaſt d'un degré avec le moindre, l'on ne manqueroit que d'un demy degré avec le grand, puis que le demy degré du grand eſt ſuppoſé contenir autant d'eſpace que le degré du petit.

Secondement, que comme la verge eſt un quart de cercle déguiſé, les degrez n'en ſont pas égaux, mais croiſſent à proportion qu'ils s'éloignent du bout de l'œil, ou l'on voit marqué nulle ou 90, laquelle inegalité ſe trouve par le moyen de la Table des Tangentes, dont les nombres (comme ſçavent les doctes) deviennent plus grands d'une difference inegale, à meſure que les degrez augmentent, & tout cecy à cauſe que l'Aſtronomie nous enſeigne qu'un gnomon, ou autrement une ligne à plomb ſur un plan donnant ombre, ces ombres ne ſont que les tangentes des degrez des hauteurs, dont le gnomon eſt poſé pour rayon, c'eſt à dire, demy diametre.

Troiſiémement vous remarquerez que les graduations ſont proportionnées aux marteaux, de maniere que tant plus les marteaux ſeront grands, plus les degrez de la graduation auront d'étenduë; parce que ſi la verge repreſente un demy, ou quart de cercle, le marteau entier en ſera le diametre, & par conſéquent la moitié du marteau le demy diametre : or l'Aſtronomie nous enſeigne qu'il y a proportion du diametre à la circonference, quoy qu'au iuſte l'on ne la puiſſe exprimer par nombre.

Sur ces principes l'on ſe determine la longueur du marteau (le plus grand sera le meilleur , afin que les degrez en soient plus grands) & en suitte sur ce diametre l'on construit une graduation propre.

L'on peut faire la verge tant & si longue que l'on veut, mais ie la iuge raisonnable lors qu'elle est autant longue que le bras peut atteindre, la verge estant posee à l'œil, ainsi si les deg. de la graduation sont grands, cette longueur ne pourra pas contenir beaucoup de deg. ce qui causeroit que l'on seroit privé de prendre hauteur lors que les astres seroient plus éloignez du zenith que ne montent les deg. qui y sont marquez.

Pour obvier à cet inconvenient, & avoir les deg. qui sont plus éloignez du zenith, l'on se determine un marteau plus court, que l'on appelle le second marteau afin que les deg. en devenants plus petits, il s'en puisse trouver davantage sur la longueur de la verge.

Sur le compte propre pour ce second marteau l'on y marquoit ordinairement iusques à 20 deg. de hauteur sur l'horizon, de maniere que l'on appelloit ce compte de 20 à 60, & par ce moyen l'on reconnoissoit le compte propre & particulier pour ce second marteau.

Si vous voulez sçavoir la raison pour laquelle l'on ne marque point sur ce compte les degrez depuis 60 iusques à 90 deg. de hauteur. Ie vous répondray que c'est à cause que quand bien mesme l'on les y marqueroit, l'on ne s'en serviroit iamais; puis que i'ay posé pour maxime que l'on ne doit iamais se servir des petits marteaux quand on le peut par les grands : c'est pourquoy les deg. depuis 60 iusques à 90 estants d'une plus grande estenduë sur le compte du grand marteau l'on s'en doit bien servir plutost que du second.

Delà vous iugez qu'il seroit inutile de les marquer sur le compte du second, puis que l'on se sert tousiours du grand pour ces 30 deg. depuis 60 iusques à 90 degrez.

Afin de pouvoir prendre les hauteurs, lesquelles sont au dessous de 20 deg. sur l'horizon, puis qu'on ne le peut par le second marteau, il est besoin d'en faire un troisiéme qui soit plus petit que le

grand & le fecond, afin que les deg. devenants plus petits, fur la
longueur de la verge puiffent eftre marquez davantage de degr.
& fur ce compte l'on y marquoit pour l'ordinaire depuis 10 iufques à 30 deg. de hauteur, d'où vient que l'on nommoit le compte
du troifiéme ou petit marteau, le compte de 10 à 30, ce qui le faifoit reconnoiftre, parce que le refte de 30 à 60 iufques à 90 eftant
en plus grand poinct fur le fecond & grand marteau, il eut efté inutile de le marquer fur le compte propre & ajufté pour ce troifiéme
marteau.

Selon ce quand la hauteur des aftres feroit au deffous de 10
deg. l'on ne pourroit plus prendre hauteur mefme avec le troifiéme marteau, en ce cas l'on en pourroit faire un quatriéme qui feroit tres-petit, afin que par ce moyen fur la verge l'on y pût marquer davantage de deg. & de cette forte, il y en a un tres-petit aux
verges Hollandoifes, à caufe des voyages qu'ils font en Groënlande, à la Baleine, & du cofté du nord où les plus petites hauteurs font
fort baffes, mais pour nos Navigations lefquelles font pour l'ordinaire vers l'aval & approchant du foleil, ce tres-petit marteau feroit tout à fait inutile.

Tout ce que vous me pourriez dire feroit que par là l'on fera
privé de prendre hauteur dans les Ifles à l'Eftoille du Nord, laquelle eft fort baffe, particulierement à fa plus baffe hauteur en
ces quartiers.

A quoy ie répons qu'outre que les hauteurs approchantes de
l'horizon font fort incertaines à caufe des refractions & vapeurs,
dont pour l'ordinaire l'horizon eft tout environné, ie vous diray cy
apres que la hauteur par l'Eftoille du nord n'eft pas des plus affeu-
rées, & que ie ne vous confeille de vous en fervir que dans une
grande neceffité, encor ne faut-il s'y fier que de bonne forte.

Et comme nous faifons nos verges plus courtes qu'elles n'e-
ftoient au temps paffé le compte de noftre troifiéme que nous appellons petit marteau ne va que iufques à 12 ou 13 deg. de hauteur fur l'horizon, au deffous defquels il n'eft pas poffible de prendre des hauteurs avec nos verges, à moins que d'avoir un tres-petit

marteau comme les Hollandois, pour lequel on fit marquer un compte propre sur la verge, avec lequel petit marteau il seroit impossible de prendre hauteur par derriere au soleil (laquelle pourtant est la meilleure, & la plus iuste) à cause que le front & le sommet de la teste donnant ombre, empescheroient que les rayons du soleil pûssent donner sur le haut du marteau pour faire ombre sur la verge.

Ce qui me fait dire que dans la resolution de faire 4 marteaux sur la verge, ie pancherois plutost du costé d'un tres-grand marteau, que d'un tres-petit; puis qu'un Pilotte se rencontre bien davantage dans l'occasion de prendre des hauteurs approchantes du zenith que l'horizon, ainsi l'aggrandissement de la graduation contribuëroit par ce moyen beaucoup à la iustesse des hauteurs que l'on prendroit avec ce tres-grand marteau.

SECONDE SECTION.

LE MOYEN DE RECONNOISTRE SVR la verge les graduations differentes.

AViant qu'il y a de marteaux, autant doit il y avoir de comptes propres pour chacun de ces marteaux, sur lesquel apres que l'on a prins hauteur, l'on doit compter les degrez suivant le marteau dont l'on s'est servy, & comme pour l'ordinaire aux verges de Dieppe il n'y a que trois marteaux, aussi n'y devroit-il avoir que trois comptes pour chacun de ces trois marteaux, lesquels on reconnoissoit autresfois, pour le grand marteau de 30 à 90, parce qu'au bout le plus éloigné de l'œil, ou se voyent des degrez marquez, l'on y voyoit 30 marquez, & 90 au bout de l'œil.

Le compte du second marteau estoit reconnu de 20 à 60, & celuy du troisiéme de 10 à 30, mais à présent que nous faisons nos verges tant soit peu plus courtes sans diminuer pourtant la grandeur des marteaux, le grand marteau ne sert que depuis presque 40 deg. de hauteur iusques à 90, & ainsi des autres à proportion.

Quand ie dis que nos verges ſont à preſent plus couttes, il ne faut pas s'imaginer pour cela, que les degrez en ſoient plus petits; puis que les ſeuls marteaux en ſont la regle, ainſi ſuiuant que le marteau ſera grand, la graduation doit eſtre grande, & le marteau diminuant, la graduation en ſera plus petite, & partant dés lors que vous voyez des marteaux de verges diuerſes & differentes, égaux neantmoins les uns aux autres, il faut que le compte & la graduation de ces marteaux ſoient pareillement égaux entr'eux, quoy que les verges peut eſtré ſoient bien plus longues les unes que les autres. Cét accourciſſement ne ſe faiſant que pour une plus grande commodité; puis que quand une verge eſt longue, outre qu'elle à plus de prinſe au vent, elle eſt ſuiette à plus d'inconue-niens d'eſtre accrochée, que non pas une plus courte.

Ce qui vous doit ſeruir de lumiere, afin que ſi une verge vous ſembloit trop longue, vous en puiſſiez coupper toutesfois & quan-tes, & retrancher tant & ſi peu qu'il vous plaira, pourvû toutesfois que ce ne ſoit point du bout de l'œil, ou pour peu que vous en pourriez coupper, voſtre verge ſeroit gaſtée, & ne pourroit plus ſeruir, quand ce ne ſeroit que de la longueur d'une ligne & du tra-vers de l'ongle que vous voyez eſt bien peu.

Ce qui fait encor connoiſtre que quand une verge eſt rompuë par le bout le plus éloigné de l'œil, elle peut encor ſeruir pour les deg. qui reſtent encor marquez ſur la verge. Ce n'eſt donc pas un ſi grand myſtere de voir des verges à preſent ſi courtes comme quelques ignorants ſe le perſuadent.

Maintenant donc qu'on les fait plus courtes, afin de pouuoir facilement reconnoiſtre les comptes propres pour chaque mar-teau, l'on poſe vers le bout de l'œil 90 ou nulle, plus ou moins loin, iuſtement de la longueur de la moitié du marteau, ou l'on commence la graduation: parce que le marteau eſtant arreſté iu-ſtement ſur ce poinct, ſi des bouts, & extrémitez du marteau, l'on tiroit deux lignes droites, leſquelles allaſſent ſe rendre droit au bout de la verge, ces deux lignes comprendroient un angle droit ou de 90 deg. puis que chacune de ces lignes fait auec la verge un

angle de 45 deg, tant d'un cofté que d'autre, lefquels adiouftez enfemble compoferont un angle de 90 degrez.

Si vous voulez fçavoir la raifon pour laquelle chacune de ces
lignes conftituë avec la verge un angle de 45 deg. c'eft que le lieu
òu commence la graduation eftant iuftement de la longueur du
demy marteau, la ligne tirée du bout de la verge par le bout du
marteau, avec le demy marteau, & cette partie de la verge confti-
tuëra un triangle rectangle, puis que le marteau eft à angles
droits fur la verge, lequel triangle rectangle aura les deux iambes
égales, & partant fera ifocelle, fçavoir le demy marteau pour une
defdites iambes, & depuis le bout de la verge iufques au commencement de la graduation pour l'autre, & par conſequent fuivant
la cinquiéme propofition du premier Livre des Elements d'Euclide, les deux angles obliques feront égaux & de 45 deg. chacun
ainfi, parce que les trois angles d'un triangle rectiligne eftants
toufiours égaux à deux droites qui font 180 deg. & que le triangle
propofé eft fuppofé rectangle, en diminuant l'angle droit de 90
deg. refteront encor 90 deg. pour les deux autres, lefquels 90 deg.
partis par la moitié viendra 45 deg. pour chacun de ces angles
que ie viens de prouver égaux.

Et pour le faire comprendre aux Pilottes par des chofes qui leur
font familieres & communes, à caufe qu'au Nord Eft la longitude
eft égale à la latitude ; ie veux dire que par un Nord Eft l'on avance autant à l'Eft comme au Nord, laquelle latitude & longitude
font les deux iambes d'un triangle, le Nord Eft vaut 45 deg. qui eft
l'angle oppofé à la longitude. Tout cecy fuppofé.

Quand l'on veut trouver le compte propre de chaque marteau,
il ne faut qu'eftendre ce marteau le long de la verge, le milieu au
bout de l'œil de la verge, & le cofté de la verge, ou le bout du demy
marteau ira fe rendre iuftement à 90 ou nulle, ce fera le compte
propre de ce marteau, fur lequel il faudra compter les deg. apres
que l'on aura prins hauteur.

Quoy que cette methode foit tres-aifée à qui la comprend
bien, & qu'aprés l'avoir pratiqué quelquesfois il ne foit plus befoin
de

de la reïterer pour reconnoiſtre les comptes à chaque fois que l'on prend hauteur, neantmoins i'approuve davantage celle des Hollandois, leſquels ſur les coſtez de la verge, du coſté du bout de l'œil, ou il n'y a rien de marqué, timbrent le compte de chaque marteau par un chiffre, poſants 1, pour le grand marteau, 2, pour le ſecond, 3, pour le troiſiéme, & 4, pour le tres-petit, veu que la choſe parle de ſoy meſme ſans préſuppoſer aucune autre connoiſſance.

Outre plus afin de diſtinguer plus facilement la hauteur de l'éloignement au zenith, peſants la graduation au milieu des coſtez de la verge, ils marquent le nombre des deg. d'un coſté & & d'autre, ſçavoir du bout de l'œil, d'un coſté 90, puis en ſuitte 85, 80, 75, &c. touſiours en diminuant du coſté le plus éloigné du bout de l'œil, pour marquer la hauteur des Aſtres ſur l'horizon, & de l'autre coſté au commencement de la graduation vis à vis de 90 ils marquent 0, 5, 10, 15, &c. touſiours en augmentant vers l'autre bout le plus éloigné de l'œil pour l'éloignement des Aſtres au zenith, appoſants à la teſte de nulle une forme de ſoleil pour dire qu'au ſoleil pour l'ordinaire l'on cerche l'éloignement au zenith, pour avec ſa declinaiſon en conclurre la latitude, & à la teſte de 90 une maniere d'eſtoille pour ſignifier que par les eſtoilles l'on veut quelquesfois trouver la hauteur du Pôle du Monde ſur l'horizon, laquelle eſtant touſiours égale à la latitude, en donnera par conſequent la connoiſſance.

Apres donc que l'on aura prins hauteur, ſuivant que l'on ſouhaittera l'éloignement au zenith, ou bien la hauteur, il faudra faire ſon compte du coſté ou eſt marqué le ſoleil, ou de celuy ou il y a une eſtoille marquée.

I'avoüe qu'apres avoir bien comprins ce que nous avons dit en l'article precedent (quand nous avons parlé de l'Aſtrolabe) touchant la hauteur, & l'éloignement au zenith dans un quart de cercle, il eſt bien facile d'aiuſter ſon compte, mais pour dire le vray i'aime fort les choſes qui ſont bien diſtinguées, & pour leſquelles faire concevoir, il n'eſt point beſoin de faire de grands diſcours, &

K

qu'en un moment l'on peut démonftrer au doigt.

Pour bien comprendre cecy vous devez remarquer que le lieu, ou commence la graduation de la verge, & auquel l'on marque o ou 90 (ou bien fi vous voulez l'un & l'autre) reprefente toufiours le zenith, ou le poinct du ciel qui répond fur noftre tefte, lequel fuivant que la Sphere nous enfeigne, eft toufiours éloigné de l'ho-rizon de 90 deg. Auffi vous ay-ie fait voir cy deffus que le marteau eftant arrefté à ce poinct, les deux lignes tirées par fes extremitez iufques au bout de la verge, formoient un angle de 90 deg.

Et le marteau qui va & vient le long de la verge reprefente le foleil ou les eftoilles aufquels on prend hauteur, tant plus donc ce marteau fera proche du bout de l'œil, plus le foleil ou les eftoilles feront élevées fur l'horizon, & moins éloignées du zenith; comme tant plus que le marteau fera arrefté loin du bout de l'œil, plus le foleil ou les eftoilles auront elles, d'éloignement au zenith, & moins de hauteur fur l'horizon.

D'où vient que quand au commencement de la graduation, il y a nulle marqué, vous devez conclurre que ce font les deg. de l'é-loignement au zenith, qui font marquez fur la verge : mais lors qu'il y a 90 à l'œil, ce font les deg. de la hauteur ; neantmoins qui peut bien diftinguer l'un, fçaura facilement l'autre, en fouftrayant ce qu'il aura trouvé de 90 deg. qu'il y a du zenith à l'horizon, & de l'horizon au zenith.

Vous me demanderez, ie m'en affeure, puis qu'il n'y a que trois marteaux à nos verges, pour quelle raifon tous les 4 coftez de la verge font graduez, & à qui appartient cette quatriéme gradua-tion.

A quoy ie refpons que ce quatriéme compte eft encor pour le grand marteau, lorfque l'on prend hauteur par devant, & que l'on pofe fa verge fur l'os de la iouë au deffous du centre de l'œil, ce compte eftant rapproché de la grandeur de deux deg. & demy du bout de l'œil pour la raifon que ie vous apporteray & déduiray cy aprés, lors que ie feray fur le difcours de la hauteur par devant avec la verge.

Aprés toutes ces connoissances sur le suiet de la verge, il ne resteroit plus, ce me semble, que d'en venir au moyen de s'en servir: mais si dans tous les instruments l'on doit observer trois choses, la premiere de sçavoir s'il est bien fait: la seconde d'en sçavoir l'usage; & la troisiéme s'il arrivoit que dans quelque occasion il y eut de l'erreur, le moyen de le pouvoir corriger.

Nous n'en devons pas moins faire de la verge qui est le principal, & presque l'unique instrument dont se servent d'ordinaire nos Pilottes: c'est pourquoy venons aux

SECTION TROISIESME.

METHODES POVR ESPROVVER SI une verge est bien faite.

IE suppose à la verité que vous les achetiez toutes faites chez l'ouvrier: mais pourtant il est de la derniere importance de sçavoir si la verge que vous achetez est legitimement graduée: puis qu'autrement toutes les precautions, & la iustesse que vous pourriez apporter dans toutes vos observations seroient inutiles. Pour ce suiet ie m'en vay vous apporter diverses pratiques, desquelles vous pourrez vous servir d'une, de plusieurs, ou de toutes, selon que le loisir & la patience vous le permettront.

La premiere pratique est que quand l'on a deux verges dont les marteaux soient iustement de la mesme grandeur (particulierement si elles sont de differents ouvriers) de les appliquer l'une sur l'autre, & si elles se rapportent chacune sur le compte qui luy est propre, c'est un grand préiugé qu'elles sont bonnes, la plus ordinaire coustume des ouvriers estant de graduer leurs verges par estallon, c'est à dire, sur une autre graduée, principalement si dans les observations elle s'est trouvée bonne.

La seconde pratique est d'appliquer pareillement la moitié du marteau le long de la verge, mettant iustement le milieu au bout de la verge, du costé que l'on commence la graduation, & prendre garde fi le bout du marteau vient à fe rendre iuftement au poinct ou commence la graduation propre de ce marteau, que fi cela ne fe rencontroit point ne vous y fiez aucunement ; puis que nous avons dit que là deffus eftoit fondée toute la graduation.

Vne troifiéme pratique eft de prefenter la longueur entiere du marteau, un bout fur 30 ou 60, & fi l'autre bout va répondre à 60 ou 30 propre de ce marteau, l'on conclud que la verge eft bien graduée ; laquelle pratique ne peut plus fervir à nos verges ordinaires pour le grand marteau, lefquelles ne vont plus de 30 à 60, fi c'eft la hauteur : ou de 60 à 30, fi c'eft l'éloignement au zenith, vû que de prefent, comme i'ay dit cy deffus, nous les faifons coupper, de forte que le marteau eftant aiufté à un bout, le bras puiffe atteindre à l'autre, & non plus, (puis qu'au delà outre qu'il eft inutile, & ne fçauroit fervir qu'avec bien de l'incommodité, cela peut apporter de grands inconveniens, & incommoder plutoft que d'avancer) & partant cette pratique ne fervira que pour le fecond & troifiefme, ou quatriefme marteau s'il s'en trouve.

Et pour vous dire mon fentiment, cette pratique quoy que la plus ordinaire, n'eft pas des plus feures, parce que les ouvriers dans la connoiffance qu'ils en ont, y prennent affez de prés garde, quand ils devroient l'aiufter. Ce qui peut eftre dit femblablement de la pratique precedente.

Vne quatriefme pratique qui n'eft pas commune, eft de pofer le marteau le long de la verge, du cofté propre pour fon compte, un bout fur le commencement de la graduation, & fi le milieu dudit marteau va refpondre à 36 deg. 53 min. fi la graduation commence par nulle, ou à 53 deg. 7 min. fi elle commence par 90, ou bien fi le total marteau, c'eft à dire, l'autre bout de ce marteau va fe rendre à 53 deg. 10 min. d'éloignement au zenith, ou 36 deg. 50 min. de hauteur, il eft à croire que la graduation n'eft pas mauvaife. Ce qui peut fervir pour le grand & fecond marteau, auquel fi a 53 deg. 10 min. du zenith, ou 36 deg. 50 min. de hauteur à 61 deg. 55 min. du zenith, ou 28 deg. 5 min. de hauteur fe rapporte la grandeur du demy marteau, ou le total marteau à 67 deg. 23 min. du

zenith, ou 22 deg. 37 min. de hauteur, il en faut faire le mesme iugement.

Pareillement au petit marteau si de 67 deg. 23 min. du zenith,
ou 22 deg. 37 min. de hauteur iusques à 71 deg. 5 min. du zenith,
ou 18 deg. 55 min. de hauteur, il y a la longueur du demy marteau,
& le total à 73 deg. 45 min. du zenith, ou 16 deg. 15 min. de hauteur.

Semblablement de ce poinct à 75 deg. 45 min. du zenith, ou 14
deg. 15 min. de hauteur, le demy marteau, & le total à 77 deg. 15
min. du zenith, ou 12 deg. 45 min. de hauteur.

De 77 deg. 15 min. du zenith, ou 12 deg. 45 min. de hauteur le
demy marteau, à 78 degrez 45 minuttes du zenith, ou 11 deg. 15
min. de hauteur le demy marteau, & le total à 79 deg. 57 min. du
zenith, ou 10 deg. 3 min. de hauteur, les verges s'estendant tres rarement au delà, à moins qu'elles n'ayent 4 marteaux.

Si tout cela arrive de la sorte, il faut conclurre que ces verges
sont bien graduées, & qu'il n'y a aucun danger de s'en servir.

Tout ce que vous me pourriez obiecter seroit que toutes ces
pratiques que ie vous viens de donner, & que i'ay tirées de la table
des tangentes, sont seulement propres pour les deg. & min. ou se
vont terminer les marteaux entiers, ou des demy marteaux, & de
quelle maniere il faudroit agir si l'on vouloit éprouver pour quelque degré en particulier proposé.

A quoy ie respons, Sçavoir est à la premiere qu'ayant à vous
donner des pratiques pour vous servir en toutes sortes de lieux &
de rencontres, ou l'on n'est pas tousiours fourny de compas, de tables de Sinus, ou de quelques figures qu'il conviendroit faire pour
ce suiet, i'ay dû & voulu vous donner des pratiques tres-aisées,
comme l'on ne peut douter de celles-cy, & il y en a un si grand
nombre, particulierement pour les petits marteaux, qu'il faudroit
estre bien malheureux, si cecy arrivant heureusement aux deg. &
min. que ie vous ay marqué par les extrémitez, ceux du milieu se
trouvoient faux, & pour peu qu'on soit habitué à les pratiquer, la
memoire fournira assez à souhait des deg. & min. à la longueur

soit du demy marteau, ou de l'entier, doit se terminer.

A la seconde obiection laquelle demande de quelle maniere l'on devroit se comporter pour sçavoir au vray si un degré en particulier est iustement gradué sur la verge, ie dis que si l'on est si critique, & sceptique iusques au poinct de vouloir douter de tout, il faut se servir des pratiques que nous enseigne la Geometrie pour graduer une verge, & en commencer la construction iusques au degré proposé, à moins que d'avoir une platteforme, ou les rayons des deg. estant marquez pour toutes sortes de grandeurs de marteaux, vous puissiez voir en un moment si vostre verge aura toute la précision & iustesse convenable, mais aprés tout cette pratique ne peut estre que tres-rare & fort peu frequente, à moins que de se vouloir donner la peine d'en faire la construction toute entiere, particulierement du baston dont on fera faire les marteaux par un ouvrier.

Aprés avoir reconnu la bonté d'une verge, l'ordre requerroit d'en sçavoir l'usage, & le moyen de s'en pouvoir servir, pour à quoy parvenir il est absolument necessaire de connoistre l'endroit & le lieu auquel elle doit estre posée, afin que les hauteurs que l'on prendra avec, ayent toute la iustesse convenable.

Outre que ce point est de la derniere importance, il est encor plus difficile que l'on ne s'imagine, ou plus que dans toutes les autres occasions, afin de ne se point égarer, il est besoin de se pourvoir du flambeau de la raison. C'est pour ce suiet que pour examiner cette affaire à fonds, nous en ferons une section, dans laquelle nous apprendrons à trouver le centre de l'œil, c'est à dire le lieu, où l'on doit en prenant hauteur, asseoir & poser le bout de sa verge, & puis en suitte le moyen d'en corriger l'eccentricité, ie veux dire l'erreur qui se pourroit commettre faute de l'avoir posée au veritable poinct, ce qui donnera occasion de traitter de l'approchement vers le bout de l'œil des deux deg. & demy.

SECTION QVATRIESME.

TROVVER LE LIEV OV LA VERGE
doit estre posée, & le moyen d'en corriger l'erreur
qu'on y pourroit commettre.

PVisque la verge est un demy, ou un quart de cercle, il est de necessité qu'elle ait un centre, lequel ne peut estre autre que le bout de l'œil, lequel ainsi qu'a tous les autres instruments, il conviendroit poser à l'œil, iustement au centre, ce qui est neantmoins impossible, à moins que de se vouloir soy-mesme rendre aveugle, & par là se rendre incapable de prendre hauteur : ce qui ne peut estre qu'en trois endroits, au coin de l'œil vers le nez, disent les Hollandois, au coin de l'œil sur l'os qui est vers la temple, ou bien enfin au dessous de l'œil; mais comme il se peut commettre de l'erreur dans toutes ces manieres, qu'il m'a esté impossible d'éprouver iamais iustes, quelque effort que i'aye peu faire, voicy de la façon que l'on s'y doit comporter.

Aprés avoir passé tous les trois marteaux, ou 4 s'il y en a, passant le moindre le premier, & les autres en suitte, selon l'ordre de leur grandeur, le plat du marteau tourné vers le bout de l'œil, & la poche à l'opposite; il faut mettre tous ces marteaux sur un mesme degré, chacun sur le compte qui luy est propre, le quarante cinquiéme degré toutesfois est le plus commode, à raison qu'il ne s'y rencontre point de difference, soit qu'il y ait 90 ou nulle à l'œil, comme il se pourroit trouver aux autres degrez marquez suivant la hauteur, ou suivant l'éloignement, dont ie confesse que se débarrasseroit aisément celuy qui a quelque intelligence des comptes de la verge.

En suitte portez cette verge ainsi ajustée, le bout à costé de l'œil en dehors vers la temple, paralelle pourtant, & de niveau au centre de l'œil, & l'approchez ou reculez iusques à ce que vous puissiez voir toutes les extrémitez des marteaux, se rapporter dans une ligne droite, tant par haut que par bas, & pour lors asseurez vous, aprés que vous l'aurez observé avec toute la précision possible, que le poinct ou cela arrivera, ny plus loin, ny plus prés, sera le centre de l'œil, & le lieu auquel il faudra arrester le bout de vostre verge, toutesfois & quantes que vous voudrez prendre hauteur par devant.

Ie dis *par devant*, car quand l'on prend hauteur par derriere, & par le moyen de l'ombre, le bout du marteau se posant iustement au milieu du centre de l'œil il n'y a rien à corriger.

I'ay dit, *ny plus ny moins loing que le poinct que l'on a trouvé*, parce que que tout ainsi que comme une verge dont le commencement de la graduation est plus ou moins éloigné du bout de l'œil que n'est la moitié du marteau, ne vaut rien, suivant que ie vous ay fait voir dans la seconde pratique de la section precedente, de mesme si vous posez vostre verge plus prés ou plus loin vers l'aureille que n'est le veritable poinct que ie suppose que vous ayez trouvé, la hauteur que vous prendriez de la sorte seroit fausse, de maniere que si vous avancez vostre verge plus vers l'aureille que ce poinct, c'est tout ainsi que si la graduation estoit plus approchée du bout de l'œil qu'il ne faut: c'est pourquoy pour la corriger, il faudroit reculer les deg. d'autant d'espace que vous avez passé le poinct. Comme si vous rapprochez vostre verge plus vers l'œil que ce poinct, c'est tout de mesme que si la graduation estoit plus éloignée du bout de l'œil qu'il ne convient: c'est pourquoy pour en corriger l'erreur, il faudroit approcher les deg. de la graduation vers le bout de l'œil, d'autant que l'on a rapproché sa verge plus vers l'œil que n'est le veritable poinct.

Comme tous ne sont pas constituez d'une mesme sorte, & que les uns ont les yeux plus ou moins enfoncez dans la teste que les autres, la raison dicte, que chacun ne trouverra pas le centre de son œil pour la verge au mesme endroit: c'est pourquoy dans l'importance qu'est cette affaire pour prendre des hauteurs veritables, chacun le doit éprouver en son particulier, afin qu'aprés l'avoir trouvé, l'on y puisse poser le bout de sa verge, toutesfois & quantes que

que l'on prendra hauteur par devant.

Pour mon particulier le centre de mon œil eſt éloigné ſur l'os du coin de mon œil vers la temple de viron trois lignes, ou d'un quart de pouce.

Nos Dieppois qui ont l'eſtime de paſſer pour les meilleurs Navigateurs du monde pour la pratique, trouvants que dans un grand branſlement, il eſtoit tres-difficile, puis-je dire preſque impoſſible d'arreſter fermement le bout de ſa verge au point trouvé, s'aviſerent d'en poſer le bout ſur l'extremité de l'os au deſſous de l'œil, iuſtement ſous le centre de l'œil, & en meſme temps s'appercevants que de la ſorte la verge eſtoit hors de ſon centre, ils penſerent à l'invention d'ajuſter cela, & d'en remarquer la difference, afin que par apres ils adiouſtaſſent touſiours cette difference aux hauteurs qu'ils auroient prinſes de cette ſorte. Ce qu'ils remarquerent au grand marteau monter à la grandeur de deux deg. & demy, ce qu'on appelle adiouſter deux deg. & demy au grand marteau.

Surquoy vous remarquerez que comme les uns poſent leur verge au deſſous de l'œil plus bas les uns que les autres, & que meſme les uns ont les yeux plus enfoncez ou plus ſaillants que les autres, auſſi doivent-ils par raiſon adiouſter davantage ou moins à proportion qu'ils trouverront que cela eſt.

C'eſt pourquoy afin d'obſerver pour une bonne fois qui vous ſerve pour toute voſtre vie, combien il vous faut adiouſter à la hauteur que vous avez prinſe, lors que vous en poſerez le bout de l'œil au lieu que vous vous ſerez determiné, & que vous aurez iugé le plus commode & le plus à propos, ſoit à l'un des deux coſtez, ou bien au deſſous de l'œil, lors que vous ſerez arrivé à quelque lieu d'où vous puiſſiez voir l'horizon de deux coſtez oppoſez comme du nord au ſud, & ainſi des autres pourvû qu'ils ſoient oppoſez, ou bien quand il fait calme dans un navire, il faut que vous preniez deux verges, avec l'une deſquelles vous preniez hauteur par derriere au ſoleil, & tout auſſi-toſt avec l'autre ſans perdre temps preniez la hauteur par devant, le bout de la verge poſé au

L

lieu que vous avez iugé le plus commode, vous trouverrez que la
hauteur prinse de ces deux manieres sera differente sur les deux
verges, que ie suppose estre d'une égale graduation, & partant les
marteaux aussi grands de l'une que de l'autre: ce qu'estant fait, prenez en la difference avec un compas, & le portez un pied sur 90
ou nulle qui sera au bout de l'œil sur le compte propre du marteau
dont vous aurez prins hauteur, & ou l'autre pied du compas ira
tomber, vous verrez combien il y aura de deg. & autant convien-
dra il adiouster toutes les fois que vous prendrez hauteur de la
sorte.

Ceux qui pour prendre hauteur par derriere sont faire une poche, c'est à dire, une maniere de pinnule percée, de sorte que le
plan de la pinnule vienne droit au niveau du bout de la verge, &
qu'ils y ajustent toutesfois & quantes qu'ils veulent prendre hauteur par derriere, faisants aller & venir au milieu de la verge le
marteau propre pour prendre hauteur iusques à ce que l'ombre &
l'horizon viennent à se rencontrer ensemble, n'ont pas besoin de
deux verges, mais seulement de la mesme. Car aprés avoir ajusté
leur marteau, de sorte que l'horizon & l'ombre quadrent, & remarqué le degré ou le marteau du milieu est arresté, ils n'ont qu'à
tirer la poche qui estoit au bout de l'œil, & poser ce bout au lieu
qu'ils ont trouvé à propos, & en suitte ajuster le marteau comme il
doit estre quand l'on prend hauteur par devant, ce qu'estant fait si
l'on prend la difference avec un compas du poinct ou le marteau se
trouve arresté à celuy ou l'on avoit remarqué avec la poche, &
que l'on la porte au commencement de la graduation propre du
marteau, avec lequel l'on a prins hauteur, l'on verra le nombre de
deg. qu'il faudra adiouster toutes les fois qu'on prendra hauteur
par derriere & que l'on posera le bout de la verge au mesme lieu
ou l'on en avoit fait l'espreuve.

Et pour vous dire mon sentiment i'approuverois dans ce rencontre cette methode plus que l'autre pour plusieurs raisons.

La premiere parce qu'elle est plus prompte puis qu'ostant la poche, le marteau se trouve presque ajusté ne s'en manquant

qu'une petite difference, qui eſt celle que l'on cerche. Là ou dans une autre verge il faut eſtre plus long temps pour l'aiuſter, pendant lequel le ſoleil hauſſant ou baiſſant l'on ne feroit pas une obſervation telle que la raiſon dicte eſtre à propos.

La ſeconde raiſon eſt que quoy que deux verges ſoient marquées ſur le meſme eſtallon, neantmoins l'experience fait voir qu'il ſe trouve touſiours quelque difference, laquelle arrive ſoit que l'on ne puiſſe pas faire diſtinction dans l'obſervation de quelques minuttes ; d'où ie tire qu'il y a beaucoup de vanité dans aucuns, diſants qu'ils prendront avec la verge la hauteur iuſte iuſques à une & deux minutes ; ſoit que les marteaux ſe trouvants plus à plomb ou plus iuſtes dans une verge que dans l'autre cela peut cauſer de la difference, cecy eſtant ſi delicat qu'il eſt tres difficile d'en pouvoir remarquer la ſource de la difference qu'on y trouve.

D'où ie conclus qu'il eſt bien plus raiſonnable d'en faire l'eſpreuve ſur la verge meſme dont vous voulez prendre hauteur par devant, ce qui ſe fait comme vous voyez dans une verge qui eſt garnie d'une poche.

La raiſon de tout ce myſtère eſt que dans la hauteur par derriere, le bout du marteau eſtant au centre de l'œil, & par conſequent comme il faut, la hauteur doit eſtre bonne ; mais par devant, la verge eſtant hors du centre, la hauteur manquera d'autant qu'il s'en faillira de la hauteur par derriere, & partant ſi vous poſez voſtre verge touſiours au meſme endroit, la difference ſe trouvant touſiours ſemblable, il faudra pareillement touſiours adiouſter le meſme.

I'ay dit *pour une bonne fois* pour vous avertir que quand l'on veut faire une épreuve de cette ſorte, l'on ne ſe doit pas contenter de l'obſerver une ſeule fois ou deux, mais l'obſervation avec toutes les précautions doit eſtre repetée pluſieurs fois afin d'en eſtre plus aſſeuré.

Quand i'ay dit qu'*au grand marteau l'on adiouſtoit deux deg. & demy*, vous ne devez pas entendre qu'on les doive adiouſter avec les

deg. de toutes les hauteurs que l'on aura prins de cette forte, ie
veux dire par exemple que fi ayant prins hauteur par devant,
vous eufliez trouvé voftre marteau arrefté a 40 deg. loing du
bout de l'œil, ou d'éloignement au zenith, il falloit adioufter encor deux deg. & demy, qui feroit 42 deg. & demy. Mais on entend
qu'ayant prins hauteur de la forte, il faut prendre avec un compas
la grandeur de deux deg. & demy au bout de l'œil du compte du
grand marteau, au commencement de la graduation, aprés quoy
fans fermer ny ouvrir le compas il le faut porter un pied, iuftement
au lieu ou eft arrefté le marteau, & reculer le marteau aufli loing
qu'ira fe terminer l'autre pied du compas, ce qu'eftant fait il faudra compter les deg. de fa hauteur tout de mefme que fi prenant
hauteur l'on avoit trouvé le marteau arrefté au lieu auquel l'autre
pied du compas eft venu fe terminer, qui en cet exemple eft à
40 deg. 56 min. loing du bout de l'œil.

D'où vous voyez que tant plus l'on s'éloigne du bout de l'œil,
moins cette eccentricité de l'œil devient confiderable, de forte
que quand on l'obmettroit aux baffes hauteurs, cela ne cauferoit
pas à beaucoup prés une fi grande erreur qu'a des hauteurs qui
font hautes & approchent du zenith, ou les deg. font marquez plus
preffez.

Et pour n'eftre pas obligé à chaque fois que l'on prend hauteur,
de faire tout ce ménage, fur un cofté de la verge, qui refteroit fans
eftre marqué; puis qu'il ne faut que trois comptes pour les trois
marteaux dont pour l'ordinaire nos verges font garnies, ils reïte-
rent & remettent encor une fois le compte du grand marteau,
qu'ils approchent plus vers le bout de l'œil de la verge, que la grandeur du demy marteau, de la grandeur des deux premiers deg. &
demy, & de cette maniere le marteau fe trouvetra toufiours éloigné du bout de l'œil, de deux deg. & demy plus que fi la graduation
commençoit à la grandeur du demy marteau, aufli nomment ils
cette graduation le compte du foleil par devant.

Si la verge avoit fix coftez pour fe liberer de tout cet embarras,
& n'avoir point la peine de reculer le fecond & petit marteau de

la grandeur de deux deg. & demy, ils euſſent mis deux comptes pour chaque marteau, l'un par devant & l'autre par derriere : mais cela n'eſtant point, ils ont preferé celuy du grand aux deux autres, & pour raiſon, parce que comme dans nos Navigations ordinaires qui ſont vers l'aval nous approchons plus du ſoleil, l'on ſe ſert bien davantage du grand marteau ſe trouvant des voyages eſquels l'on ſe ſert touſiours du grand marteau ſans que le ſecond ny le troiſié-me ſervent.

Si donc l'on ne iuge pas à propos de poſer ſa verge au centre de l'œil, l'on ſe trouverra obligé d'aiuſter ſa hauteur pour le ſecond & troiſiéme marteau, en quoy l'on ſe comportera de cette maniere.

Au ſecond marteau apres que l'on aura prins hauteur par de-vant, on reculera ſon marteau d'un degré deux tiers, que l'on pren-dra à 60 deg. de hauteur, ou a 30 deg. d'éloignement au zénith, là ou ſur ce compte les deg. commencent d'eſtre marquez d'un à un de dix en dix min. de chaque degré.

L'on reculera pareillement le petit marteau de peu plus de 50 min. que l'on prendra à 60 s'il y a nulle à l'œil, ou à 30 s'il y a 90.

Surquoy vous devez remarquer que ce degré deux tiers du ſe-cond marteau, & ces peu plus de 50 min. du troiſiéme, ont une pa-reille & ſemblable eſtenduë que les deux deg. & demy du grand marteau : c'eſt pourquoy il eſt indifferent de prendre la grandeur de ces deux deg. & demy du bout de l'œil du grand marteau, à tous les marteaux ; ce que meſme i'approuverois davantage, puis que c'en eſt la ſource, & que poſant la verge touſiours au meſme lieu, s'il y a de l'erreur, comme il n'en faut pas douter, elle devra ſe rencontrer par tout égale.

Notez qu'encor bien que i'aye déduit toute cette affaire ſur le pied de deux deg. & demy, on le peut faire avec proportion de la meſme maniere en quelque autre nombre de degrez & minuttes que ce puiſſe eſtre, ſuivant que l'on aura trouvé par obſervation, comme i'ay dit pluſieurs fois repetée.

SECTION CINQVIESME.

DE L'VSAGE DE LA VERGE POVR
pour prendre les hauteurs tant par devant que par derriere.

IE diftingue toutes les hauteurs que l'on peut obferver avec la
verge en deux, fçavoir en celles que l'on prend par devant, ie
veux dire la face tournée vers le foleil ou les eftoilles, aufquelles
l'on veut prendre hauteur, & en celles que l'on prend par derriere,
c'eft à dire, le dos tourné au foleil par le moyen de l'ombre.

PARAGRAPHE PREMIER.

DE LA HAVTEVR PAR DEVANT.

Vand l'on veut prendre hauteur par devant avec la verge,
apres s'eftre determiné le lieu, ou endroit auquel l'on à deffein d'arrefter le bout de fa verge; il faut iuger à peu prés de
combien le foleil ou les eftoilles, aufquelles l'on veut prendre hauteur font élevées fur l'horizon, ou bien éloignées du zenith, à celle
fin de prendre le marteau propre pour cet effet: lequel marteau il
faudra paffer dans la verge, le plat tourné du cofté du bout de l'œil.
  Ce qu'eftant fait apres avoir pofé le bout de l'œil de fa verge audit lieu ou endroit fuppofé, il faut approcher ou reculer ce marteau, iufques à ce que par le bas l'on puiffe voir l'horizon, & en
mefme temps par le haut l'eftoille à laquelle l'on prend hauteur,
& pour lors le lieu auquel fera arrefté le marteau fur fon compte
propre, fera le degré auquel fera l'eftoille, lequel degré il convien-
dra compter fuivant que l'on aura befoin de la hauteur, ou de l'é-
loignement au zenith, à moins que l'on eut pofé le bout de fa verge hors de centre de l'œil, auquel cas il faudra ufer des précautions
dont ie vous ay adverty dans la fection precedente.
  Si c'eftoit au foleil que vous vouluffiez prendre hauteur par de-

vant, comme lors que le soleil estant couvert de nuage, il ne peut
pas donner une belle ombre, il faut de surplus avoir un verre que
vous tiendrez avec la main au devant de vostre œil, de peur que les
rayons du soleil ne l'incommodent, puis poser le bout de sa verge
au lieu destiné, soit au centre de l'œil ou hors du centre, suivant
que l'on trouverra le plus à propos, ce qu'estant il faudra regarder
par le bas du marteau l'horizon, & le rapprocher ou reculer iusques à ce que par le haut l'on voye le soleil que l'on couppera par
ce haut iustement par la moitié, & le lieu ou pour lors sera arresté
le marteau, sera le degré de hauteur ou sera pour lors le soleil, si
l'on a posé sa verge au centre de l'œil, ou bien si la graduation est
aiustée pour cet effet au cas que le bout de la verge ne fut pas au
centre de l'œil, & ce qui n'estant pas il faudra rapporter la correction suivant les lumieres qui vous en ont esté données dans la section precedente.

  Mais comme il seroit bien difficile, & que ie peux dire un hazard de separer le soleil si précisement par la moitié, les uns trouvent plus à propos d'enfermer tout le corps du soleil, iustement
par le haut du marteau, & d'autres au contraire n'en prennent que
le bas, il est à la liberté d'un chacun d'en faire comme il luy plaira,
pourvû qu'il aiuste son compte là dessus, & pour lors si c'est l'éloignement au zenith que l'on a compté sur la verge iusques au marteau, il faudra adiouster avec les deg. que l'on a trouvé, les minuttes de la grandeur du semidiametre du soleil, pour avoir le veritable éloignement au zenith: ou au contraire si c'estoit la hauteur
que l'on eut comptée, il faudroit soustraire ces min. des deg. de la
hauteur trouvée sur la verge.

  La raison est que prenant le soleil par le haut l'on approche davantage son marteau du bout de l'œil qu'il ne faudroit de la grandeur du semidiametre du corps du soleil, & par consequent l'on
trouve moins d'éloignement au zenith, mais y adioustant les min.
du semidiametre, l'on aura le veritable éloignement du zenith
iusques au milieu du corps du soleil.

  Ou au contraire prenant le soleil par le haut l'on le trouverra plus haut que n'en est le centre, le haut estant par les sens & par la raison plus élevé sur l'horizon que n'est le milieu , & ainsi le marteau representant le soleil, l'on trouverra sur la verge le soleil plus élevé que n'en est le milieu, d'autant de minuttes que se monte le semidiametre du soleil; & partant soustrayant ce nombre des min. du semidiametre du soleil des deg. trouvez sur la verge, au lieu auquel l'on avoit trouvé le marteau arresté , l'on aura la veritable hauteur du milieu du corps du soleil sur l'horizon.

Que si l'on avoit prins le soleil par le bas, il faudroit faire tout le contraire de ce que l'on fait par le haut, ie veux dire adiouster ce semidiametre à la hauteur , & le soustraire de l'éloignement au zenith.

Apres avoir comprins la raison du haut il n'est pas fort difficile d'en appliquer le contraire pour le bas, en ce que le bas du soleil estant moins élevé que le milieu, il ne faudra pas tant approcher son marteau que si l'on buttoit au milieu du corps du soleil, ce qui causera que l'on trouverra moins de hauteur, mais y adioustant les min. du semidiametre l'on aura la veritable hauteur du milieu du corps du soleil. Mais au contraire l'éloignement du soleil au zenith estant ce qui manque des deg. de sa hauteur à 90. deg. qu'il y a depuis l'horizon iusques au zenith , la hauteur se trouvant moindre de cette maniere, l'éloignement au zenith se trouvera plus grand qu'il ne faut , que l'on corrigera en soustrayant les minuttes du semidiamettre du corps du soleil pour avoir iustement ce que le milieu du soleil sera éloigné du zenith.

Notez que ie suppose toufiours icy qu'en prenant hauteur par devant, l'on pose sa verge au centre de l'œil, ou bien si l'on la pose hors du centre & en un autre endroit, l'on aiuste le marteau ainsi que i'ay adverty dans la Section precedente , auparavant que de compter sur la graduation propre du marteau ou les deg. de la hauteur, ou ceux de l'éloignement au zenith.

Le soleil se trouvant plus ou moins éloigné de la terre en un temps qu'en un autre , doit selon la raison causer de l'inégalité à son semidiametre apparent, c'est pour cette raison que suivant les
                                    observations

obſervations du docte Tychobrahé quand le ſoleil eſt le plus éloigné de la terre, ſon ſemidiametre eſt de 15 min. & lors qu'il en eſt
le moins éloigné de 16 min. tellement que celuy de la moyenne
diſtance ſera de 15. min. 30 ſecondes; de ſorte que ſi lors de voſtre
hauteur, le ſoleil eſt plus proche du ſolſtice d'Eſté, que des Equinoxes, il faut prendre 15 min. pour le ſemidiametre apparent du
ſoleil, mais eſtant plus prés du ſolſtice d'Hyver, il faudra le
compter de 16 min. c'eſt pourquoy en Iuin, Iuillet, iuſqu'au 8.
d'Aouſt, il faudra adiouſter ou ſouſtraire 15 min. pour le ſemidiametre, en Aouſt, Septembre, & Octobre 15 min. 30 ſecondes, en
Novembre, Decembre, Ianvier, 16 min. & de Fevrier iuſques
preſques en Iuin encor 15 min. 30 ſecondes. Neantmoins nos Pilottes ne s'arreſtants pas à toutes ces ſcrupuleuſes préciſions ſe contentent de le compter de 15 min. ſeulement qu'ils adiouſtent ou
ſouſtrayent de la hauteur qu'ils ont prinſe par le haut ou par le bas
du ſoleil.

Attendu que dans tout ce diſcours que ie vous ay fait ſur la verge, ie vous ay touſiours dit que le marteau qui eſt au milieu de la
verge, aiuſté ainſi qu'il convient, repreſente le lieu auquel ſe trouve le ſoleil ou l'aſtre auquel on a prins hauteur, vous ſerez ie m'en
aſſeure curieux d'en ſçavoir la raiſon; laquelle eſt que prenant
l'horizon par le bas du marteau, & par le haut le ſoleil, le marteau
de cête ſorte eſt la corde de l'arc, ou de la partie du rond Ciel, laquelle eſt compriſe depuis l'horizon iuſques au ſoleil, qui eſt ce
que nous appellons hauteur: & comme les deg. ſont marquez ſur
la verge à proportion de ces cordes, l'on trouvera ſur icelle, là ou
le marteau eſt arreſté, le degré de la hauteur ou eſt le ſoleil; ainſi
comme la partie du rond du ciel, qui fait la hauteur du ſoleil, eſt
compriſe & renfermée depuis le bas du marteau iuſques au haut,
auſſi ce qui eſt depuis le bout de la verge, le plus éloigné de l'œil
(qui ſeroit infiniment loing ſi l'on y vouloit marquer iuſques à
l'horizon, ſuivant que i'ay dit au commencement du diſcours ſur
la verge) iuſques au marteau, repreſentera les deg. depuis l'horizon iuſques au ſoleil: & comme le reſte du rond du ciel depuis le

M

ſoleil iuſques au deſſus de noſtre teſte repreſente l'éloignement
au zenith, auſſi les deg. qui ſe trouverront depuis le commencement de la graduation vers le bout de l'œil (que i'ay dit repreſenter le zenith) iuſques au marteau (que ie viens de prouver repreſenter le ſoleil) repreſenteront de combien le ſoleil ſera éloigné
du zenith.

Vous m'obiecterez, ie m'en aſſeure, comme il ſe peut faire que
le commencement de la graduation repreſente le zenith, veu que
ce poinct bien loing d'eſtre au deſſus de noſtre teſte, qui ſeroit tout
au plus, me direz vous, au deſſus du centre de noſtre œil, que i'ay
dit eſtre le veritable centre de la verge, ce nonobſtant ce commencement de la graduation, que i'ay dit repreſenter le zenith, en
eſt éloigné de la grandeur du demy marteau.

A quoy ie reſpons qu'à la verité ſi le marteau eſtoit planté
debout ſur la verge, le poinct du zenith ſeroit iuſtement droit au
bout de la verge, ainſi qu'il ſe voit dans un rayon Aſtronomique,
dont le marteau eſtant planté droit ſur le rayon ſans paſſer au milieu, auſſi le commencement de la graduation qui repreſente le
zenith ſe trouve iuſtement au bout de ce rayon aſtronomique.

Il n'en eſt pas de meſme de la verge, laquelle paſſant au milieu
du marteau, pour voir l'horizon par le bas du marteau, & en meſme temps le zenith par le haut, il faut de neceſſité biaiſer la verge,
& la hauſſer afin que le bout du marteau reſpondant au zenith, le
bas d'iceluy s'éloigne tant ſoit peu pour aller rencontrer l'horizon,
& ainſi la verge biaiſera à l'horizon de 45 deg.

Ce que ie prouve de la ſorte, le marteau, comme i'ay dit cy devant, eſt la corde du rond qui eſt comprins entre le haut & le bas
du marteau, lequel eſtant icy ſuppoſé entre l'horizon & le zenith,
ſera par conſequent de 90 deg. qui ſont entre l'horizon & le
zenith, ou du zenith à l'horizon : or la verge couppe droit le marteau par la moitié, & meſme à plomb ; elle en ſeparera donc l'arc
de 90 deg. qui eſt comprins entre le haut & le bas du marteau par
la moitié qui ſont 45 deg.

Ce biaiſement de la verge à l'horizon de 45 deg. eſt la cauſe que la graduation du marteau ne commence pas iuſtement au bout, mais ſeulement à 45 deg. loing du bout qui eſt iuſtement de la grandeur du demy marteau ; parce qu'un gnomon eſtant élevé à plomb ſur quelque plan, les Tangentes, à proportion du gnomon prins pour rayon, donnent les deg. des hauteurs : ainſi le marteau biaiſant ſur la verge de 45 deg. la Tangente de 45 deg. donnera le degré de la hauteur des 45 deg. or cette Tangente eſt égale ou auſſi grande que le gnomon ou demy marteau élevé à plomb ſur la verge : donc la graduation n'en doit commencer loing du bout que de la grandeur de la moitié du marteau.

Vous me direz ie m'en aſſeure que ie me broüille dans mon raiſonnement, & qu'au commencement de la graduation bien loing d'y marquer 45 degr. on y marque 90 deg. ſi c'eſt hauteur, ou nulle ſi c'eſt complement ou éloignement au zenith.

A quoy ie reſpons que cela feroit vray s'il n'y avoit que la moitié du marteau élevé à plomb ſur la verge, mais qu'y en ayant encor une autre moitié au deſſous élevée pareillement à plomb, elle augmente l'angle de 45 d'encor une fois autant, & redoublant de moitié l'angle de 45 deg. feront 90 deg.

La raiſon eſt que s'il n'y avoit que le demy marteau ſeulement élevé à plomb ſur la verge, cette verge iroit répondre à l'horizon, & feroit avec le haut du marteau qui répondroit au zenith un angle de 90 deg. mais le marteau redoublant de moitié au deſſous, diminuëra à la verité de la moitié pour la grandeur de la Tangente, mais pourtant ne laiſſera pas d'eſtre le double du degré 45, puis que le total marteau eſt la corde de 90 deg. c'eſt la raiſon pour laquelle dans la graduation de la verge, les Tangentes des demy degrez donnent les degrez entiers, & que dans la conſtruction mecanique on ſepare 45 deg. en 90 pour en faire la diviſion.

Afin qu'il ne vous reſte aucune difficulté ſur la verge, ie ſuppoſe que vous diſiez que vous comprenez en quelque façon bien à preſent, comme quoy la partie de la verge la plus éloignée du bout de l'œil iuſques au marteau repreſente ce que les aſtres ſont

élevez fur l'horizon, mais de dire que le refte iufqués au bout de
l'œil reprefente l'éloignement au zenith, vous y trouvez de la difficulté, vû qu'outre la graduation il refte encor une petite partie
de la verge fans graduer, que i'ay dit eftre iuftement de la grandeur du demy marteau.

A cela ie refpons que fur cette partie de la verge qui eft fans graduer l'on pourroit encor y marquer 90 deg. pour faire iufques au
bout, qui eft fans graduer 180 deg. mais comme toutes les hauteurs
que l'on peut prendre fe reduifent à un quart de cercle, on s'eft
contenté de marquer fur la verge iufques aux 90 deg. du zenith.

Et pour vous donner une idée de cecy il faut que vous remarquiez qu'avec la verge l'on peut prendre non feulement les hauteurs, mais mefme l'éloignement, fi vous voulez d'un aftre à l'autre, comme par exemple de la lune au foleil. Si la lune eft éloignée du foleil de moins de 90 deg. comme avant le premier, &
après le dernier quartier, fi vous aiuftez le marteau propre, de maniere que par un bout vous voyez le foleil, & de l'autre la lune,
vous trouverrez fur la verge, comme les deg. de hauteur, combien
ils font éloignez l'un de l'autre. Mais s'ils font eloignez de plus de
90. deg. comme après le premier quartier & la pleine lune iufques
au dernier quartier, regardant par un des bouts du marteau le foleil, & par l'autre la lune, pour lors le marteau paffera le commencement de la graduation vers le bout de l'œil qui eft fans graduer,
de maniere que s'ils eftoient diametralement oppofez, comme en
pleine lune, le marteau feroit iuftement au bout de la verge, c'eft
à dire à 180 deg. qu'il y a depuis un bout du diametre iufques à
l'autre.

Puifque cela eft, me direz vous, cette partie de la verge reftant
inutile, ne marque on pas la graduation iufques à 180 deg.

Ie vous refpons qu'outre que ces autres deg. au delà de 90 feroient en tres petit poinct, particulierement vers le bout, cela ne
feroit qu'embaraffer: c'eft pourquoy comme les Pilottes ont plus
befoin des hauteurs que de toute autre chofe, ils laiffent cecy aux
Mathematiciens qui ont des inftruments plus iuftes que cela ne
feroit pas.

PARAGRAPHE SECOND.

DE LA HAVTEVR PAR DERRIERE.

CEtte hauteur si on la confidere de prés, eſt la meſme que cel-le par devant, lors qu'on a poſé le bout de ſa verge au centre de l'œil ; elle n'eſt que tant ſoit peu déguiſée, & changée un bout pour l'autre tout au rebours que par devant ; car au lieu que par devant, le marteau eſt éloigné de l'œil,& le bout de la verge à l'œil ; tout au contraire par derriere, l'on met un des bouts du mar-teau à l'œil par le bout d'embas, duquel & par le bout de la verge regardant l'horizon, l'ombre de l'autre bout du marteau iroit ſe rencontrer au bout de la verge avec l'horizon.

Mais comme de la façon cela ſeroit difficile à remarquer ; peux ie dire impoſſible à moins que d'avoir quelque choſe pour arreſter l'ombre, l'on uſe d'une autre invention, laquelle eſt de mettre ſon marteau au bout de l'œil de ſa verge, le plat iuſtement à l'uny du bout de l'œil, & aprés avoir fait couler un autre marteau dans la verge, qui eſt d'ordinaire le petit, auquel pour cet effet l'on met une traverſe, à moins que ce ne ſoit en hyver lors que le ſoleil eſt fort bas, auquel cas il faut que le petit marteau ſoit poſé au bout de la verge, aprés quoy l'on approche, ou recule ce marteau paſſé au milieu iuſques à ce que regardant l'horizon par le bout du mar-teau d'embas qui eſt à l'œil, & par le milieu de l'autre qui va & vient, l'ombre du bout d'enhaut du marteau qui eſt à l'œil,donne l'ombre droit au milieu de l'autre marteau avec l'horizon,ce que vous remarquez bien eſtre la meſme choſe que cy deſſus , mais changée bout pour bout.

Auſſi d'autres pour ne changer aucunement le marteau du propre degré de la hauteur qu'ils avoient prins par devant, la verge poſée au centre de l'œil , & outre plus afin que la verge ne pende point tant de haut en bas, au lieu de faire aller & venir le petit mar-teau, qui ſeroit au milieu de la verge, ils poſent le marteau ſur le compte duquel ils veulent compter leur hauteur, au milieu de leur verge, & aiuſtent une pinnulle, ou bien une poche au bout de l'œil de leur verge, laquelle ainſi que i'ay dit cy deſſus ils font faire de ſorte que le plat vienne ſe rendre iuſtement à l'uny du bout de l'œil, enſuitte dequoy ils approchent ou reculent leur marteau iuſqu'à ce que l'horizon & l'ombre viennent à ſe rencontrer enſemble à une ligne qui eſt de niveau, & paralelle au milieu du bout de l'œil de la verge, ne ſe trouvant autre myſtere en cette maniere, ſinon que la pratique precedente eſt encor retournée, de la meſme ſorte qu'elle eſtoit dans la hauteur par devant; puis que tant en cette maniere, qu'en celle du petit marteau au milieu, & en celle par devant, ſi vous tiriez des lignes leſquelles allaſſent ſe rendre des bouts du marteau au bout de la verge, ou au milieu du petit marteau, ou enfin à la poche, toutes ces lignes feroient des angles égaux, & ſeroient ſemblables les unes aux autres.

La raiſon pour laquelle l'on change ainſi bout pour bout, eſt que puis que l'on tourne le dos au ſoleil, & que l'on eſt tout au contraire de ce que l'on eſtoit par devant, auſſi doit on faire tout le contraire de ce que l'on y faiſoit: Or changer bout pour bout, & mettre à l'œil ce qui en eſtoit éloigné, & en éloigner le bout de l'œil eſt faire tout le contraire & au rebours de ce que l'on faiſoit par devant.

D'où s'enſuit que la hauteur par derriere n'eſt que le contraire de la hauteur par devant, en laquelle l'ombre ſera au lieu de prendre l'horizon iuſques au ſoleil; c'eſt pourquoy puiſque les eſtoilles ne donnent aucune ombre, il ne faut point eſperer d'y pouvoir prendre hauteur par derriere; car de le penſer faire par des miroirs, & par reflexion, ceux qui ſçavent le fonds des choſes ſont aſſez perſuadez que la choſe eſt plus belle en theorie qu'en pratique.

De tout ce raiſonnement vous pouvez facilement recueillir que le milieu, ou travers du petit marteau repreſente le centre de l'œil: c'eſt pourquoy qui mettroit ce travers au centre de l'œil, & ſe tournant regarderoit par le bas du marteau l'horizon, trouveroit par le haut le milieu du ſoleil: & ce travers n'a d'autre uſage

que de faire paroiſtre plus diſtinctement l'horizon de coſté &
d'autre, & de la ſorte aider à poſer le marteau qui eſt ſur la verge
plus à plomb ſur l'horizon comme il eſt abſolument neceſſaire.

Quand il fait belle ombre, il n'y a pas de doute que la hauteur
par derriere ne ſoit plus facile, plus prompte, & plus iuſte que celle
par devant.

Pour plus facile & prompte, ie le prouve, puis que par derriere
vous voyez en meſme temps & en un clin d'œil ſi l'horizon &
l'ombre ſe rencontrent, & ainſi vous pouvez iuger en un moment
ſi le marteau eſt ajuſté ainſi qu'il convient, là ou dans celle par devant, il faut regarder par le bas l'horizon, & par le haut le ſoleil, ce
qui ne ſe peut faire qu'en deux coups de veuë, ie veux dire en deux
fois, à quoy l'on a de la difficulté quand la mer eſt émeuë, & que le
Navire fait le hau & le bas: or eſt-il qu'un clin d'œil eſt plus facile
& plus prompt que deux : donc la hauteur par derriere eſt plus facile & plus prompte que celle par devant.

Pour plus iuſte ie le prouve encor, puis qu'il eſt beſoin par devant
que la verge ſoit au centre de l'œil, qui eſt bien plus difficile à trouver qu'on ne ſe l'imagine, & aprés tous les ajuſtements qu'on puiſſe
apporter, la choſe eſt ſi delicate qu'il faut eſtre bien iuſte pour poſer touſiours la verge au meſme endroit, ſans y manquer d'un ſeul
poinct qui ſeul eſt conſiderable, & capable de rendre la hauteur
fautive, outre que ce centre de l'œil ſe trouvant le plus communément ſur l'os à coſté de l'œil vers l'aureille il eſt tres-difficile,
puis-ie meſme dire impoſſible dans un grand branlement de Navire d'y arreſter la verge ferme ſans qu'on puiſſe s'empeſcher
qu'elle ne remuë & devienne eccentrique, principalement pendant deux clins d'œil qui ſont requis comme ie viens de dire, pendant leſquels hauſſant & baiſſant la teſte, ie pourrois iuger ce me
ſemble avec raiſon, qu'il y auroit quelque changement. Là ou
dans une hauteur par derriere à raiſon que l'on poſe le marteau au
centre de l'œil, pourvû que l'on y apporte toutes les precautions
raiſonnables, l'on ny peut trouver que redire.

Et pour ne vous dénier rien du fonds des choſes, toute la dif-

ficulté que i'y rencontre est que comme c'est le bord d'enhaut du
soleil qui donne l'ombre, & que le marteau est supposé à plomb
sur le plan de la verge, il y devroit par raison avoir 15 à 16 min. de
difference à la hauteur à raison de la grandeur du sémidiametre
apparent du soleil.

Ie sçay que l'on se doit tousiours sousmettre à la raison, mais
tout ce que ie peux répondre est que premierement avec l'ombre, il y a de la penombre meslée, laquelle on ne peut distinguer de
la vraye ombre, ce qui peut estre r'aiuste l'erreur que la raison
dicte se pouvoir rencontrer.

Secondement les refractions, la paralaxe, & la hauteur de l'œil
sur le niveau de l'horizon si l'on y a égard, peuvent peut estre r'ha-
biller tout ce deffaut; aprés tout l'experience, laquelle est la veritable pierre de touche de toutes les observations fait voir que la hauteur prinse de cette maniere est tousiours la plus iuste, à laquelle
se fient davantage les Pilottes les plus experimentez, ausquels demeure tousiours quelque scrupule de la hauteur par devant.

Si vous trouvez de meilleures raisons pour me confirmer dans
cette experience, laquelle sans contestation doit quadrer avec la
raison, vous m'obligerez infiniment de me les témoigner.

Ie ne vous ay point apporté d'exemples, tant de la hauteur par
devant que de celle par derriere, parce qu'outre que cela ne se
peut que sur la verge mesme & la main à l'œuvre; le discours que
ie vous en ay donné est plus que suffisant de vous en instruire plei-
nement, lors que vous l'aurez veu une seule fois pratiquer.

Auparavant que de mettre fin au discours sur la verge, aprés
vous avoir adverty que le commencement de la graduation sur la
verge represente le poinct du zenith, comme le marteau qui va &
vient sur la verge, c'est à dire qu'on recule ou que l'on aproche afin
de l'aiuster, represente le soleil ou les estoilles ausquelles l'on a
prins hauteur: pour en pouvoir bien distinctement compter les
deg. soit de l'éloignement au zenith, soit de la hauteur sur l'horizon, suivant que vous en aurez besoin; soit pour trouver la latitude, soit pour cercher la hauteur ou l'élevation du Pole sur l'horizon.

zon ; ie vous fupplie de relire ce que i'ay dit fur ce poinct, pages 61
& 62 que ie ne fçaurois trop vous inculquer pour les lumieres que
vous en pourrez tirer fur ce fuiet.

ARTICLE QVATRIESME.

DV QVARTIER, ET LE MOYEN
de s'en fervir.

PVis qu'au fonds tous les inftruments dont l'on fe fert à prendre hauteur font des quarts de cercle , ils n'en portent pas
neantmoins le nom, mais celuy cy plus favorifé qu'aucun de
tous les autres porte celuy de Quartier , quoy qu'il n'en ait aucunement la figure, eftant compofé pour l'ordinaire de 5, baftons
droits équarris, lefquels ioints enfemble conftituent & compofent
deux triangles Ifocelles, defquels celuy qui fe pofe en haut lors
que l'on prend hauteur, contient 60 deg. & celuy d'embas, qui
neantmoins eft le plus grand (à caufe qu'il fouftient un arc de cercle dont le diametre eft deux fois pour le moins auffi grand que le
premier) comprend feulement les 30 deg. reftants des 90 du
quart de cercle, ce qui en fait la premiere difference.

La feconde que i'y trouve eft qu'en celuy d'enhaut les deg. ne
font marquez que de cinq en cinq, ou de 10 en 10 deg. là ou en celuy d'embas les degrez y font non feulement marquez d'un a un,
mais mefme de 10 en 10 minuttes.

La troifiéme difference eft que les nombres du triangle d'enhaut vont augmentant de haut en bas, & au contraire au triangle
d'embas les deg. croiffent de bas en haut.

La quatriéme difference eft qu'au cofté marqué du premier
triangle l'on aiufte une pinnulle, laquelle à la verité va & vient,
mais que neantmoins l'on arrefte fur quelque degré marqué fuivant que la prudence dicte que le foleil eft éloigné à quelques degrez prés du zenith, & cette pinnulle fert pour donner l'ombre ; &
dans le cofté marqué du fecond triangle, l'on fait pareillement

N

couler une feconde pinnulle au bout d'embas, dans laquelle
l'on perce une vifiere, par laquelle on regarde l'horizon.

Et enfin au centre de ce Quartier s'ajufte une pinnulle en forme de poche, fur le plan de laquelle il y a une ligne perpendiculaire au centre du Quartier, à laquelle toutes les lignes, tant du
haut que du bas des deux autres pinnules (pour eftre iuftes) doivent fe rapporter, ie veux dire qu'il faut que toutes ces lignes
foient parallelles les unes aux autres, afin que tant l'ombre que
l'horizon viennent à quadrer fur cette ligne du centre.

Ce qu'il fera facile d'obferver fi iettant l'œil par le haut ou par
le bas de chaque pinnulle, fur cette ligne du centre, l'on voit que
toutes leurs parties fe rapportent iuftement fans biaifer d'un cofté
ny d'autre. Ce qui eft d'une telle confequence, qu'autrement toutes les hauteurs que l'on prendroit avec un Quartier bafty de la forte, feroient fauffes.

La mefme raifon dicte qu'il eft pareillement neceffaire de
prendre garde fi la ligne tant du haut que du bas des pinnulles fe
rapporte iuftement & convient aux lignes, lefquelles marquent les
dixaines, & cinquaines de la graduation, les deg. & 10 min. eftant
fi peu larges que ie ne crois pas que cela púft caufer d'erreur dans
l'entrecoupement.

Le Quartier eftant compofé de tant de pieces rapportees, il eft
à craindre que quelqu'une ne fe dejette ou fe fauffe avec le temps
foit par cheute ou par quelque autre accident, pour dequoy
eftre affeuré, & par ainfi d'eftre delivré de faire une grande platte
forme comme ont les ouvriers, il faut fur quelque plan vny, comme fur une table, étendre un Quartier d'Or, dont fe fervent communément nos Pilotes pour faire toutes les regles de leur Navigation, & faire en forte que le centre du Quartier à prendre hauteur
vienne iuftement fur le centre du Quartier d'or, & que la ligne du
commencement de la graduation du triangle d'enhaut vienne
fur la ligne de nord & fud, en fuitte dequoy bandant le fil du centre
(lequel dans ce rencontre doit eftre affez long pour pouvoir s'é-
tendre & atteindre iufques aux deg. du triangle d'embas) fur tous

les deg. du quart de cercle, & pour lors, si l'on voit que tous ces deg. se rapportent à tous les rayons des deg. marquez dans tous les deux triangles, l'on peut s'asseurer que la graduation du Quartier est fort bonne, & que l'on s'y peut fier, voyant en mesme temps sur la table que l'on suppose unie si quelque piece du Quartier n'a point gauchy.

Que si l'on est asseuré que le Quartier dans son principe a esté bien gradué, il seroit seulement necessaire d'en verifier les 4 bouts de la graduation des deux triangles, qui par quelque accident peuvent s'estre déioints ou iettez, y ayant fort peu ce me semble de raison d'apprehender que les deg. du milieu se faussent, principalement si l'on suppose que les bastons qui composent le Quartier, ayent esté travaillez d'un bois bien sec, à quoy prennent assez garde les ouvriers qui reservent d'ordinaire du bois fort sec pour ce suiet sçachants la consequence que cela pourroit causer.

De tout cecy vous pouvez iuger qu'il n'importe de quelle forme ou figure soit le Quartier, pourvû que les rayons des deg. de la graduation aillent se rendre au centre, & aux degrez de la circonference. Aussi s'en trouve-il, lesquels bien qu'ils soient composez de deux triangles, neantmoins les deux costez sur lesquels sont marquez les deg. de la graduation sont en rond, au lieu que dans les ordinaires ces deux costez sont droits.

D'autres pour ny rien déguiser au lieu de triangles font une partie de circonference, de laquelle ils retranchent la grandeur d'un quart de cercle qu'ils divisent en 90 parties égales ou deg. sur laquelle circonference ils aiustent deux pinnulles coulantes, à l'une desquelles ils font une visiere, & apres avoir vuidé la pluspart du plan de ce quart de cercle, afin que dans sa grandeur il ne soit pas si pesant, & ainsi soit plus portatif pour se manier à la main, ils y laissent ou appliquent un baston équarry iusques à la longueur du semidiametre de la circonference, au bout duquel ils font aiuster semblablement une pinnulle en forme de poche, comme aux autres Quartiers, reservé qu'elle est perpendiculaire & aux autres elle est de biais. Le Quartier pouvant estre déguisé

en autant de manieres que la phantafie en prendra,& que chacun
le iugera plus commode.

LA MANIERE DE S'EN SERVIR.

IL feroit facile avec tant foit peu d'intelligence d'aiufter cét inftrument pour prendre non feulement des hauteurs par devant
au foleil, ou aux eftoilles, mais encor dans la Geometrie, &
l'Aftronomie pour prendre des angles & mefurer l'éloignement
que les Aftres ont les uns aux autres. Auffi les Hollandois l'appellent ils Hoeckboog, c'eft à dire un inftrument propre à prendre
des angles. Neantmoins de la maniere qu'il eft de prefent con-
ftruit pour la Navigation, il n'eft fait que pour prendre hauteur au
foleil par derriere, c'eft pour cette raifon qu'il faut obferver plufieurs chofes.

La premiere que le foleil foit clair fans eftre engagé dans aucun
nuage afin qu'il y puiffe avoir une belle ombre.

Secondement il faut iuger de combien à peu prés, le foleil au
moment que vous vous difpofez pour y prendre hauteur eft éloigné du zenith, afin qu'à quelques deg. moins toutesfois, que cét
éloignement au zenith, l'on y arrefte la pinnulle du triangle d'enhaut.

Quand ie dis *à peu prés*, ie n'entens pas qu'on y foit tout à fait
fcrupuleux, & iufques à un dernier poinct, parce que pourvû que
l'on ne s'y trompe pas plus de 30.deg. il fuffit, & l'on n'en demande
pas davantage, pourquoy il faudroit eftre bien ignorant de fe
tromper iufques à un tiers du quart de cercle qu'il y a du zenith à
l'horizon.

Si nous voulons confulter la raifon, il feroit indifferent d'arrefter fur les deg. de la graduation, la pinnulle qui demeure ferme,
par le haut ou par le bas, pourvû que l'on faffe rapporter l'ombre
du mefme cofté à l'horizon, dans la ligne du centre, il eft toutesfois plus à propos d'y arrefter le bas de la pinnulle; parce qu'ainfi
l'on peut plus facilement remarquer le bas de l'ombre, laquelle de

cette maniere paroiſtra entiere ſur le plan de la poche du centre, à quoy l'on auroit toutes les peines par le bord d'enhaut de la pinnulle.

Aprés que cela eſt ajuſté de la maniere que ie viens de dire, puis que le Quartier eſt pareillement ajuſté pour prendre la hauteur par derriere, il faut tourner le dos directement au ſoleil, & tenir le Quartier, de maniere que regardant l'horizon par la viſiere qui eſt au milieu ou au bas de la pinnule qui eſt au triangle d'embas, & par la ligne perpendiculaire de la poche du centre, il faut prendre garde ſi l'ombre de la pinnule fixe du triangle d'enhaut vient droit à ſe rendre avec l'horizon ſur cette ligne.

Que ſi cela n'arrive point, mais que l'ombre vienne plus haut ou plus bas que l'horizon, pour lors l'on hauſſe ou baiſſe la pinnulle d'embas dans laquelle eſt la viſiere, iuſques à ce que l'horizon & l'ombre viennent à ſe rencontrer enſemble ſur la ligne du centre, ce qu'arrivant vous pouvez eſtre aſſeuré que la hauteur ſera iuſte.

Et pour en ſçavoir le nombre de deg. il faut adiouſter enſemble les deg. & min. ou eſt arreſté la pinnulle de la viſiere, avec ceux ou l'on avoit arreſté la pinnulle d'enhaut, & le tout donnera le nombre de deg. & min. que le ſoleil ſera pour lors éloigné du zenith.

Nota que quand l'ombre eſt plus haute & au deſſus de la ligne du centre il faut hauſſer la pinnulle de la viſiere afin que l'ombre rabaiſſe ; comme au contraire ſi l'ombre eſt plus baſſe & au deſſous de la ligne du centre, il faudra rabaiſſer la viſiere afin que l'ombre rehauſſe.

EXEMPLE.

Ayant prins garde que le ſoleil eſt éloigné à peu prés de 40 à 50 deg. du zenith, i'arreſte le bord d'embas de la pinnulle du triangle d'enhaut ſur 30 deg. de la graduation, touſiours 10, 15 ou 20 deg. moins que l'on a iugé afin de n'y eſtre pas trompé, aprés quoy ie hauſſe & baiſſe la pinnulle d'embas ou eſt la viſiere, iuſques à ce que regardant l'horizon par la viſiere, & par la ligne du centre, l'horizon & le bas de l'ombre viennent à ſe rencontrer enſemble fur cette ligne, & trouvant que la ligne de la vifiere eſt arreſtée au triangle d'embas ſur 12 deg. 50 min. leſquels i'adioufte avec les 30 deg. ou i'avois arreſté la pinnulle d'enhaut, & le tout ſe montant à 42 deg. 50 min. ie dis que d'autant le ſoleil ſera pour lors. éloigné du zenith.

La raiſon eſt que la vifiere repreſente l'horizon, parce qu'on regarde l'horizon par cette vifiere & par la ligne du centre, & la pinnulle qui donne l'ombre repreſente le ſoleil, ainſi les deg. comprins entre 12 deg. 50 min. du triangle d'embas, & les 30 deg. du triangle d'enhaut, repreſenteront la hauteur du ſoleil ſur l'horizon: donc les deg. reſtants des 90 deg. du quart de cercle, ſçavoir 12 deg. 50 min. du triangle d'embas, & les 30 deg. du triangle d'enhaut feront l'éloignement du ſoleil au zenith, ou l'achevement ou complé de la hauteur iuſques à 90 deg.

Quoy que ſelon la raiſon les inſtruments dont le diametre eſt plus grand, devroient eſtre plus iuſtes, ce nonobſtant l'on remarque tout le contraire dedans noſtre Quartier. La raiſon eſt que quand le ſoleil eſt moins élevé ſur l'horizon que de 30 deg. ou plus éloigné du zenith que de 60, le ſeul triangle d'embas dans ce rencontre pourroit ſervir pour prendre hauteur, & pour lors il faudroit mettre les deux pinnulles ſur le coſté gradué de ce triangle, ſçavoir la pinnulle qui demeure ferme ſur quelque degré en haut, & celle de la vifiere en bas.

Attendu qu'il ſe trouve icy quelque difference pour le compte, parce qu'aprés avoir trouvé combien de deg. & min. ſe trouvent entre les deux pinnulles, il les faut oſter de 90, ſi vous ſouhaittez avoir l'éloignement du ſoleil au zenith ; ce nonobſtant ie dis que la hauteur prinſe de la ſorte ſe trouverroit fort douteuſe, d'autant que la pinnulle eſtant de cette façon ſur le grand triangle, donneroit l'ombre de trop loing, ce qui cauſeroit qu'on ne le pourroit pas diſtinguer préciſément, l'experience faiſant connoiſtre que tant plus le triangle d'enhaut eſt petit & proche du centre, plus l'ombre paroiſt diſtinctement. D'où ie conclus que les Quartiers en rond, que les Anglois nomment Croſſebovv, ne ſont pas les meilleurs.

prendre des hauteurs par derriere, parce que la pinnulle estant sur la circonference, donneroit l'ombre de trop loing. Ce qui fait que i'approuve davantage les Quartiers dont le triangle d'enhaut est plus petit & prés du centre.

Vous me pourriez obiecter que l'on peut dire le mesme de la verge, quand le marteau se trouve fort éloigné du bout de l'œil.

A quoy ie respons que tant plus les deg. s'éloignent du bout de l'œil venants à s'aggrándir, l'erreur que l'on y peut commettre n'est pas considerable, & i'avoüé que quand le marteau est si éloigné du bout de l'œil en prenant hauteur par derriere, l'ombre n'est iamais si distincte, que lors qu'il est plus proche, ce qui est la raison pour laquelle nous avons fait accourcir nos verges, veu qu'outre l'incommodité, ces degrez dans les hauteurs par derriere qui sont les plus ordinaires au soleil, ne sont pas tout à fait iustes.

Les Anglois se servent fort du Quartier à prendre hauteur, & pour dire le vray ie le trouve tres ferme & capable pour resister à la force du vent, parce qu'outre qu'on le tient des deux mains par les branches des deux triangles, on l'appuyé encor sur l'estomach. Pour mon particulier, suivant que i'ay dit dans mon Livre de la Variation, ie l'approuverois pour les hauteurs, lesquelles sont fort approchantes du zenith: mais pour les autres qui sont moyennes ie prefererois la verge, laquelle i'ay toussiours remarqué plus iuste. Neantmoins comme dans la Geometrie chacun à une particuliere inclination pour un instrument qu'un autre n'aura pas, & comme dans un banquet, chacun se porte au plat qu'il trouve plus à son goust, il est de mesme à la discretion d'un chacun, aprés en avoir plusieurs fois éprouvé la iustesse dans les hauteurs, de choisir celuy des instruments qui luy aggreera davantage.

Ie sçay qu'il se rencontre quelques Pilottes, lesquels peuvent avoir quelques autres instruments, mais comme cela arrive rarement, & qu'ils ne sont pas ordinaires à l'égal de ceux dont ie vous viens de traiter, ie les reserve dans mon grand Traité de la Navigation, & ainsi finis le chapitre des hauteurs.

CHAPITRE VII.

DE LA DECLINAISON.

SI Dieu dans la Creation du Monde nous eut marqué la ligne Equinoxiale de quelque couleur, par laquelle nous l'eussions pû reconnoistre, ou bien qu'il nous eut formé quelque astre à la ligne, ou aux deux Poles du Monde, lesquels eussent paru mesme de plein iour, & qui n'eussent iamais changé par un mouvement de biais, la seule hauteur que l'on eut prins à cette ligne, ou aux astres ainsi constituez, eut esté suffisante pour nous mener à la connoissance de la latitude.

Au defaut de cela, qui au reste nous eut esté tres utile, il faut se servir de la Declinaison du Soleil, ou des Estoilles, desquelles on connoistra la Declinaison, afin que par leur hauteur & leur Declinaison ajustées ensemble, l'on en puisse composer la latitude.

De là s'ensuit que la hauteur & la declinaison sont de la derniere importance à un Navigateur; puis qu'elles composent la latitude qui est un des deux pieds sur lesquels marche la Navigation, & par consequent un Pilotte doit estre soigneux de recouvrer des Tables de la Declinaison, les plus iustes qu'il luy sera possible.

Le mot de *Declinaison* parmy les Astronomes n'est autre chose que *l'éloignement* que les Astres ont *à la Ligne Equinoxiale*; & ce que les Geographes appellent latitude des Villes, ou des autres lieux de la terre ou de la mer, les Astronomes pour le soleil, ou les Estoilles, luy donnent le nom de Declinaison, avec cette difference que les latitudes de la terre, & de la mer ne changent iamais, & demeurent toufiours les mesmes, là ou la Declinaison tant du soleil que des estoilles change & devient differente à chaque moment.

Et pour en comprendre la raison dans son fonds, la Sphere nous apprend, & l'experience nous fait connoistre qu'il y a deux mouvements dans le Monde tout contraires, le premier se nomme iournal, à raison qu'il se fait tous les iours; puis que nous voyons
chaque

chaque iour le soleil, les estoilles, & tous les autres astres se mouvoir de l'est au ouest en 24 heures,& ce mouvement se fait sur les
deux Poles du Monde nord & sud,dont la ligne Equinoxiale est la
mesure & le milieu, en sorte que si les astres estoient meus & emportez de ce seul mouvement, qui suivant Ptolomée est causé par
le premier mobile, le plus haut & le plus grand de tous les Cieux,
& qui emporte par force tous les autres qui luy sont inferieurs,
on les verroit dans toute l'eternité autant que ce mouvement du-
reroit, ou bien sur cette ligne Equinoxiale, ou du moins paralels,
ou tousiours également éloignez de la ligne.

Mais outre ce mouvement iournalier , tous les astres en ont
chacun en leur particulier un tout contraire,puis qu'il est du ouest
à l'est,duquel second mouvement le cercle du zodiaque est la mesure, & ce zodiaque est un grand cercle lequel biaise à la ligne, de
maniere que les astres allants de ce mouvement,biaisent à la ligne,
& partant s'en éloignent ou approchent,ce qui fait la declinaison,
& de mesme que ce mouvement est continuel, aussi la declinaison croit elle tousiours ou diminuë.

Quoy que tous les astres aillent de ce mouvement,neantmoins
l'experience fait voir qu'ils le font en plus ou moins de temps les
uns que les autres. C'est pourquoy Ptolomée (qui tenoit les Cieux
solides & transparents comme un beau christal , dans lequel les
astres comme des parties plus solides , estoient attachez comme
des nœuds dans une planche) faisoit autant de cieux qu'il se pouvoit remarquer de mouvements differents, dans le temps de la revolution des cieux : fondé sur cette raison qu'un corps solide &
simple, tel qu'il tenoit le ciel, ne pouvoit avoir aussi qu'un simple
mouvement,& qu'il estoit impossible qu'un mesme corps en mesme temps allast du mesme costé plus ou moins viste, la vistesse &
la tardiveté de leur mouvement donnant des indices assez fortes
& convainquantes pour en conclurre la diversité.

Et comme dans son sentiment il constituoit un premier mobile
qui emportoit tous les autres cieux qui luy sont inferieurs,tous les
iours, de l'est au ouest, il tenoit que ceux qui en estoient plus pro-

O

ches, avoient plus de peine à refifter à ce mouvement, ce qui cauſoit qu'ils ne pouvoient achever le leur propre qu'en davantage de temps, de ſorte que les eſtoilles comme tres proches faiſoient le tour de ce zodiaque ou ce qui eſt la meſme choſe leur mouvement du oueſt à l'eſt en 3600 ans que Copernic reduit à 2500, le ſoleil en un an, & la lune en 27 iours & demy.

J'obmets à deſſein tous les autres Planettes dont les Aſtronomes ſe ſervent quelquesfois pour conclurre leur latitude, mais les Pilottes preſque iamais; la raiſon eſt qu'outre que leur declinaiſon ſeroit trop laborieuſe à ſupputer, ayant un mouvement tres-irregulier, il y auroit trop d'embarras à l'aiuſter pour le lieu auquel les Pilottes voudroient prendre hauteur, dont la pluſpart ne ſont pas capables, n'eſtants pas meſme aſſeurez de la longitude en laquelle ils ſont, puis que tout au plus elle n'eſt qu'eſtimée. Et quand bien meſme l'on leur donne, comme l'on dit, la beſongne toute machée, encor ont ils aſſez de peine pour l'avaller.

Car pour la lune il n'en faut pas ſeulement parler, parce que ſon mouvement tres-prompt & tres-irregulier, outre qu'il eſt tres-peu connu, cauſeroit de l'incertitude eſtonnante dans ſa declinaiſon, quelque précaution que l'on y pût apporter, dans l'ignorance que nous avons des longitudes du monde, qu'il ſeroit neantmoins neceſſaire de connoiſtre pour aprés avoir connu ſon veritable lieu dans le zodiaque, en ſupputer la declinaiſon.

C'eſt pour toutes ces raiſons que les Pilottes ſe contentent de la declinaiſon, tant du ſoleil, que des eſtoilles du Firmament, qu'on leur reduit en Tables afin de leur ſervir avec leur hauteur meridienne à trouver les latitudes du monde.

Et pour y proceder avec ordre, ie diſtingueray ce Chapitre en deux articles, l'un pour la declinaiſon du ſoleil, & l'autre pour celle des éſtoilles, leſquels articles ie ſepareray derechef en pluſieurs Sections pour vous en donner toutes les connoiſſances que l'on peut ſouhaitter.

ARTICLE PREMIER.

DE LA DECLINAISON DV SOLEIL.

L A declinaison du soleil n'est autre chose que son éloignement à la ligne, qui est causé par le mouvement qu'il fait du ouest à l'est, dans l'ecliptique qui est le milieu du zodiaque, & qui couppe la ligne en biaisant, & s'éloigne d'icelle tant du costé du nord que du costé du sud de 23 deg. 31 min. qui est de present la plus grande declinaison que le soleil ait à la ligne, & qui arrive le 21 de Iuin, & le 21 de Decembre, aussi que l'on peut voir par les Tables que le soleil est à la ligne, & n'a point de declinaison le 20 de Mars, & le 22 de Septembre qui est le lieu & le temps auquel l'on doit prendre garde, quand l'on veut remarquer si une Table de la Declinaison du Soleil est bonne ou mauvaise, par la confrontation que l'on en fera avec une autre, que l'on sçaura avoir esté nouvellement supputée ; parce que vers les Equinoxes, la Declinaison du Soleil augmentant ou diminuant beaucoup chaque iour, sçavoir est de 24 min. l'on peut facilement remarquer quelle erreur il y peut avoir, là ou vers les Solstices, quand bien mesme vous confereriez vostre table sur une autre, quoy que de long temps supputée, à grande peine y trouveriez vous de la difference, parce qu'en cet endroit le Soleil augmentant on diminuant de fort peu de min. en sa Declinaison d'un iour à l'autre, l'on ne peut pas s'appercevoir de l'erreur qu'il y pourroit avoir, parce qu'elle n'est pas sensible, puisque n'augmentant ou diminuant que d'une minute ou deux d'un iour à l'autre, l'on ne peut pas trouver une grande difference, mesme aprés un grandissime nombre d'années, & non plus que pendant une heure ou deux devers les Equinoxes.

Ie sçay qu'il y a une autre maniere pour verifier si une Table de la Declinaison est iuste ou non, laquelle est de prendre la hauteur Meridienne du Soleil approchant du vingtiéme de Mars, ou

O 2

du vingtdeuxiéme de Septembre , dans un lieu dont l'on connoît
certainement la latitude en deg. & min. en suitte dequoy si c'est
l'éloignement au zenith si estant adiousté ou soustrait de la Decli-
son,fait iustement la latitude sans s'en manquer aucunes minutes,
il est tout asseuré que la declinaison est bonne : que si au contraire
il s'en manque quelque chose,il ne faut aucunement douter que la
declinaison sera d'autant fausse que l'on a trouvé qu'il s'en manque de minutes.

Mais remarquez qu'il faut bien y apporter d'autres précautions
que ne font pas les Pilottes, adioustant la paralaxe, soustrayant la
refraction avec l'addition ou soustraction du semidiametre du soleil apogée, perigée ou moyen, suivant que l'on aura prins sa hauteur par le haut ou par le bas du soleil,observant la hauteut iusques
aux minutes, secondes iusques aux tierces,à quoy ne visent pas de
si prés les Pilottes, dont on ne peut pas cautionner la hauteur iufques à 4 ou cinq min.plus ou moins, mesme sur terre , pensez ce
que l'on peut esperer sur la mer: c'est pourquoy ie iuge cette maniere inutile pour les Pilottes pour verifier une table de la declinaison, bien que suivant le raisonnement ce soit la veritable & la
plus asseurée methode dont les Astronomes se servent, non seulement pour trouver la declinaison, mais encor pour former les
tables du lieu du soleil au zodiaque, dont en suitte l'on se sert
pour supputer la declinaison. Dans lesquelles observations outre
la prodigieuse grandeur des instruments; esquels il n'y doit avoir,
aucun defaut, & dont neantmoins ils sont obligez de se servir, il
faut qu'ils y apportent des précautions si particulieres qu'ils s'y
trouvent assez souvent surprins, ainsi qu'admirablement le remarque le docte Tycho, de l'incomparable & subtil Copernic. Cecy
supposé.

Ie dis qu'une table de la declinaison du soleil est une Epheme-
ride, un papier Iournal, ou bien un Calendrier qui monstre combien chaque iour le soleil à d'éloignement à la ligne en deg. & mi.
& de quel costé, iustement au midy du lieu pour lequel la table a
elté construitte. A raison que la methode la plus ordinaire pour

trouver les latitudes estant de prendre hauteur à midy, il a esté plus convenable de l'ajuster pour ce temps là.

I'ay dit au midy du lieu pour lequel la table a esté construitte: car pour s'asseurer d'une table de la declinaison du soleil. La premiere chose à quoy il faut prendre garde est de s'informer du lieu pour lequel elle a esté composée, afin que quand l'on se rencontre dans quelque autre lieu, de l'ajuster ainsi que nous allons dire incontinent.

Ie vous en donne 4 Tables que i'ay supputées pour le Meridien de nostre Ville de Dieppe, la premiere pour l'année Bissexte 1672, la seconde pour la premiere année après bissexte 1673, la troisiéme pour la seconde année après bissexte 1674, & enfin la quatriéme pour la troisiéme année après bissexte 1675, afin que par cy après elles soient plus nouvelles, & servent pour davantage de temps sans qu'il soit besoin de les reformer, ainsi que vous en pourrez voir les raisons cy dessous.

SECTION PREMIERE.

AIVSTER LES TABLES DE LA Declinaison pour les Meridiens differents de celuy pour lequel elles ont esté construittes.

LE Soleil emporté par le mouvement du premier mobile, fait son cours de l'Est vers l'Ouest, c'est pourquoy il paroist plutost à ceux qui sont vers l'Est, qu'à ceux qui sont vers l'Ouest ; mais comme en mesme temps il ne laisse pas de faire chemin sur l'eclyptique par son propre mouvement du Ouest à l'Est, il s'approche par consequent ou se recule de la ligne, suivant que la suitte de la partie du zodiaque, ou pour lors le soleil est, se tourne vers la ligne ou s'en éloigne; & comme en quelque instant qui puisse estre imaginé, le soleil fait midy, ou toutes les autres heures du iour ou de la nuict en quelque lieu de la terre ou de la mer, si vous supposez que

le lieu ou le foleil fait midy, foit plus à l'Eft que celuy ou vous
eftes, le foleil pour lors ne fera pas fi avancé dans le zodiaque, qu'il
fera lors qu'il vous fera midy : & au contraire fi vous fuppofez que
le foleil fait midy en un lieu qui foit plus au oueft que celuy ou
vous eftes, il fera dans un degré plus avancé dans le zodiaque, que
celuy de voftre midy, & par confequent aura plus ou moins de declinaifon : or les longitudes du monde nous reprefentent les Eft &
Oueft : donc les lieux qui feront differents en longitudes les uns
des autres, n'auront pas la mefme declinaifon, non feulement à
midy, mais encor à toutes les autres heures, tant du iour que de
la nuict que le foleil aura ou avoit à midy au lieu dont la longitude
fe trouve plus à l'Eft, ou plus au Oueft que l'autre.

J'avoüe que quand il fe rencontre peu de difference en longitude, la chofe n'eft pas confiderable, puis que tout au plus proche
des Equinoxes, la declinaifon n'augmente ou diminuë que d'une
minutte en une heure, qui fait 15 deg. en longitude, ou deux min.
en deux heures qui font 30 deg. de difference en longitude ; mais
lors que des lieux font fort éloignez les uns des autres, comme de
60, 80, ou 100. deg. ou bien mefme davantage, comme en Canada, S. Chriftophle, Cul de Sac, & dans le Perou, principalement lors
que le foleil eft proche des Equinoxes, la chofe merite bien qu'on
y prenne garde, comme vous allez voir par les Exemples fuivantes, car vers les Solftices, l'erreur que l'on y pourroit commettre, eft
fi modique, qu'elle ne vaut pas la peine d'y avoir égard.

Cecy fuppofé paffons aux Exemples que ie vous ay promis
pour idée à trouver la declinaifon du foleil pour des lieux qui font
grandement differents en longitude de la de la Ville de Dieppe,
pour laquelle ie vous ay adverty que nos Tables avoient efte conftruites, vous en donnant 4 Exemples que ie diftingueray, de forte
qu'il y en aura deux pour le cofté du Oueft, & les deux autres pour
celuy de l'Eft, à la premiere de chacune la declinaifon augmentant d'un iour à l'autre, & à la feconde cette declinaifon diminuant, puis que la maniere en eft toute differente, & que vous le
puiffiez mieux comprendre fans qu'il vous en refte aucune difficulté.

PREMIER EXEMPLE.

L'on demande combien le soleil aura de declinaison le premier iour d'Avril 1672, à midy en l'Isle de terre neufve?

Pour response voicy comme ie raisonne, puis que l'Isle de terre neufve est au ouest de Dieppe quand il y sera midy, il sera selon l'ypothese aprés midy à Dieppe. C'est pourquoy ie cerche dans la table en Avril année bissexte la declinaison du premier & second iour d'Avril, laquelle est 5 deg. & 5 deg. 24 min. lesquelles soustraits l'un de l'autre restent 24 min. pour la difference en declinaison de ces deux iours, & parce que l'on estime qu'entre Dieppe & Terre Neufve il y a 60 deg. de difference en longitude (peu plus, peu moins, n'importe dans cette occasion) qui font la sixiéme partie des 360 deg. du tour du monde que le soleil fait en un iour; partant ie prens la sixiéme partie de la difference en declinaison trouvée de 24 min. laquelle sixiéme partie est 4 min. lesquelles i'adiouste avec les 5 deg. du premier iour d'Avril; parce que vous pouvez remarquer par la suitte des iours qu'elle augmente, & viendront 5 deg. 4 min. pour la declinaison du soleil à midy en l'Isle de Terre Neufve proche du grand Banc aux Moluës.

Que si l'on ne vouloit pas se servir des parties aliquotes, ou que quelquesfois l'on y trouvast de la difficulté, trouvant plus facile de le faire par une regle de trois, il faut dire,

Si les 360 deg. du rond du Monde:

Donnent 24 min. de difference en declinaison:

Combien donneront les 60 deg. de la difference en longitude:

Et la regle faite viendront 4 min comme cy dessus.

Ou bien encor par nostre Quartier d'Or pour ceux qui ne sont pas versez dans l'Arithmetique, ou qui ne sçavent pas faire une regle de trois pour ne pouvoir multiplier ny diviser, ie compteray par les travers en large, d'enhaut en bas, ou Nord & Sud les 360 deg. prenant un quarré pour dix deg. ou bien autrement trenchant la derniere figure des 360 qui est zero, restera 36 duquel poinct de 36 par les travers en long, ie compteray à plomb les 24 min. de dif-

ference en declinaison, & à la fin aprés y avoir arresté une épingle,
i'y banderay le fil du centre, en suitte dequoy tenant le fil bandé roi-
de, ie compteray les 60 deg. de la difference en longitude, lesquels
à proportion des 360 cy-dessus feront 6 par les travers en large, ou
encor de haut en bas, que ie conduiray droit à plomb iusques au fil
bandé, & par les travers en long ie remarque que ce poinct est
couppé par le filet au quatriéme travers en long qui me disent 4
min. comme cy dessus par la partie proportionnelle, & par la regle
de trois, ce qui monstre que ce Quartier n'est pas sans raison nommé Quartier de proportion, ou Quartier d'Or, puis que par le
moyen d'iceluy l'on peut faire toutes sortes de regles de trois que
les Mathematiciens qualifient de regles d'or, ou regles de proportion.

SECOND EXEMPLE.

Le premier de Septembre 1672, combien y aura il de declinaison au midy de S. Iean d'Vlna, au fonds du Cul de Sac, des Isles de
l'Amerique?

R. Ie cerche pour cet effet la declinaison en Septembre du premier & second de Septembre, laquelle est 8. deg. une minute, &
7 deg. 38 min. lesquels soustraits l'un de l'autre reste 23 min. pour
la difference en declinaison, & vû que l'on pose quelques 105 deg.
de difference entre ce lieu, & nostre Ville de Dieppe, ie dis par une
regle de trois,

Si 360 deg.

Donnent 23 min. de difference en declinaison:
Que donneront 105 deg en longitude:
Et la regle faite vient presque 7 min.

Que ie soustrais des 8 deg. une minute declinaison du premier
de Septembre, parce que la declinaison diminuë, & resteront 7
deg. 54 min. pour la declinaison du soleil à midy, à S. Iean d'Vlna,
en l'Amerique, le premier iour de Septembre 1672.

Où bien par nostre Quartier d'Or, sur les 36 travers en large,
c'est à dire, de haut en bas, ie compte les 23 min. de la difference de

la

la declinaifon, & y bande le fil du centre, en fuitte ie compte dix
& demy des travers en large de haut en bas pour les 105 deg. de
difference en longitude, que ie conduits iufques au fil, & ie vois
que le fil couppe à 6 trois quarts des travers en long comme cy
deffus par la regle de trois, ce qui comme le pouvez iuger, n'eft pas
une petite erreur, & qui produit plus d'effet que fi l'on prenoit la
declinaifon d'une année pour l'autre, à quoy doivent prendre garde ceux qui fe piquent de vouloir apporter toute la iuftefle poffible dans leurs operations, à raifon qu'il fe commet affez de fautes
dans les obfervations, principalement fur mer, fans en commettre
encor dans les regles.

TROISIESME EXEMPLE.

Le 26 iour de Septembre 1672, quelle eft la declinaifon du
foleil en l'Ifle de Madagafcar nommée de prefent par les François
l'Ifle Dauphine?

R. Parce que Madagafcar demeure à l'Eft de Dieppe, il eft plutoft midy à Madagafcar que non pas à Dieppe, ainfi ce n'eft point
encor la declinaifon du midy du vingt fixiéme de Septembre de
Dieppe, c'eft pourquoy ie cerche dans la table la declinaifon du
25 & 26 de Septembre année biffexte, laquelle eft un deg, 12 min.
& un deg. 36 min. lefquels oftez l'un de l'autre, refte 24 min. pour
la difference en declinaifon ; & parce que l'on eftime que de
Dieppe à Madagafcar il y a quelques 54 deg. de difference en
longitude. Ie dis par une regle de trois.

Si 360 *deg. du rond du Monde* :

Donnent 24 *min. de difference en declinaifon* :

Ainfi les 54 *deg. de difference en longitude* :

Donneront la regle faite peu plus de 3 *minutes & demie.*

Que ie fouftrais d'un deg. 36 min. declinaifon du 26 iour de
Septembre, à caufe que la declinaifon ne doit pas eftre fi grande à
Madagafcar qui eft plus à l'Eft qu'à Dieppe qui eft plus au Oueft,
& reftera un deg. 32 min. & demie pour la declinaifon du iour
propofé à Madagafcar.

P

L'on ne ſe ſert point de partie proportionnelle, parce que cela ſeroit trop embaraſſant.

Ou bien par noſtre Quartier d'Or. Ie compte ſur le 36 tra-vers en large les 24 min. de la difference en declinaiſon trou-vées, & aprés avoir attaché une épingle ou elles iront finir, i'y ban-de le fil du centre, en ſuitte dequoy conduiſant le cinquiéme preſ-que & demy travers en large droit iuſques au fil bandé, & y ayant marqué un poinct, ie trouve qu'il va répondre ſur les travers en long à trois peu plus & demy comme cy deſſus.

QVATRIESME EXEMPLE.

Le dixhuictiéme iour d'Aouſt 1672, à Batavia en l'Iſle de Iava, le principal magazin des Hollandois dans les Indes Orientales, combien le ſoleil aura il de declinaiſon à midy?

R. Puis que Batavia eſt à l'Eſt de Dieppe, ie cerche en Aouſt an-née biſſexte la declinaiſon du dix-ſept & dix-huictiéme, laquelle eſt 13 deg. 13 min. & 12 deg. 54 min. leſquels ſouſtraits l'un de l'au-tre reſte 19 min. pour la difference en declinaiſon; & parce que l'on eſtime que de Dieppe à Batavia il y a quelques 109 deg. de diffe-rence en longitude, ie dis par une regle de trois.

Si 360 deg. du Tour du Monde:

Donnent 19 min. de difference en declinaiſon:

Ainſi 109 deg. de difference en longitude:

Donneront la regle faite 5 min. trois quarts,

Que ie compte pour 6 min. à raiſon du peu qu'ils'en faut, leſquels 6 min. i'adiouſte avec les 12 deg. 54 min. de la declinaiſon du dix huictiéme, à raiſon qu'en ce temps la declinaiſon diminuant, elle ſera plus grande à Batavia à midy, qu'elle ne ſera à midy à Dieppe, & viendront 12 deg. iuſtes pour la declinaiſon de ce iour au lieu propoſé,

Ou bien par le quartier d'Or, ie compte ſur les 36 de haut en bas les 19 mi. de la declinaiſon droit de travers, & aprés y avoir arreſté une eſpingle i'y bande le fil du centre, en ſuitte conduiſant preſque l'onziéme travers en large droit iuſques au fil bandé, ie

vois qu'il entrecouppe les cinq trois quarts des travers en long,
comme l'on a trouvé cy deſſus par la regle de trois.

SECTION SECONDE.

AIVSTER LA DECLINAISON DV SOLEIL
pour les autres heures, tant du iour que de la nuiɛ̃t, non
ſeulement au Meridien du lieu, pour lequel les
Tables ont eſté conſtruites; mais encor pour
des Meridiens differents de celuy là.

LA Sphere & la Gnomonique nous apprennent que les cercles
horaires ſont 12. Meridiens ou Nord & Sud qui vont touſ ſe
ioindre aux Poles du Monde, & qui neantmoins ſeparent le
Monde en 24 parties égales, leſquelles font les heures que nous
appellons Aſtronomiques, de maniere que le Soleil cheminant, &
faiſant le tour de ces cercles, ſe comporte de la meſme ſorte que
s'il arriuoit ou eſtoit à quelque Meridien different de celuy d'où
l'on prend racine, & auquel l'on commence le Tour du Monde, &
ce commencement eſt le Meridien, pour lequel les Tables ſont
conſtruites, & les Longitudes du Monde ſe ſuccedent de l'Eſt au
Oueſt ainſi que les cercles horaires.

Il n'y a donc point de difference entre les heures & la longitude ſinon que les heures contiennent chacune 15 deg. mais les longitudes ſe comptent de deg. en degré.

Ainſi qui comprend parfaitement la maniere de trouver la declinaiſon pour des lieux differents en longitude, de celuy pour lequel les tables ont eſté conſtruites, ne rencontrera pas plus de difficulté à la trouver pour les heures tant du iour que de la nuiɛ̃t:
c'eſt pourquoy aprés vous auoir fait faire remarquer la diſtin-
ɛ̃tion des heures du matin ou avant midy, avec celles du ſoir, ou
aprés midy, ie dis que les heures d'aprés midy ſe gouvernent de la
meſme maniere que les longitudes au Oueſt, comme les heures

du matin, de mefme que les longitudes à l'Eft.

Et certes la raifon nous dicte que le foleil allant dans le zodia-que s'éloigne ou s'aproche continuellement de la ligne Equino-xiale, & de moment en moment n'a pas la mefme declinaifon : ce qui à la verité n'eft pas confiderable en peu d'efpace, le devient en beaucoup. Et comme nous avons dit que peu de deg. de differen-ce en longitude ne meritoient pas de fe donner la peine d'aiufter la deciinaifon, le mefme doit eftre entendu quand il ne fe rencon-tre qu'une heure ou deux de difference devant ou aprés midy.

Mais comme nous venons de dire dans la Section precedente, que quand il fe rencontroit 40, 60, ou 80, & davantage de deg. de difference en longitude, il eftoit non feulement à propos, mais ne-ceffaire de l'aiufter ; auffi 3 heures faifants 45 deg, 4 heures 60 deg. 5 heur. 75, & 6 heur. 90 deg. & ainfi à proportion de 15 en 15 deg. pour heure ; il eft femblablement tres neceffaire d'aiufter la declinaifon à l'heure pour laquelle fe fait l'operation.

Ce que ie dis notamment pour quand l'on veut trouver l'am-plitude, l'heure du lever ou coucher du foleil, quand l'on veut trouver l'azimuth du foleil dans des temps éloignez du Midy, au-tant en faut-il dire de l'heure par la hauteur du foleil, & particulie-rement pour l'heure de la nuict par le moyen des eftoilles, pour la-quelle trouver outre l'operation comme par le foleil, il faut avoir fon afcenfion droite, & ainfi du refte que la memoire ne me four-nit point.

Et pour fatisfaire au Proverbe qui dit que les Exemples don-nent toutes autres lumieres pour l'intelligence, & faire mieux comprendre que ne fait pas le difcours que l'on en pourroit faire, voyons en deux Exemples, l'une pour une heure d'aprés midy, & l'autre pour quelque heure du matin.

PREMIER EXEMPLE.

Eftant à Dieppe dans le deffein de trouver l'amplitude du foleil afin d'en conclurre fi le Compas ou plutoft l'Aiguille Aimantée à Variation. L'on demande combien il y aura de declinaifon le quatorziéme iour d'Aouft 1672?

R. Pour cet effet ie cerche en Aouft année biffexte, la declinaifon du 14 & quinziéme d'Aouft, qui eft 14 deg. 10 min. & 13
deg. 51 min. lefquels fouftraits l'un de l'autre, donneront 19 min.
pour la difference en declinaifon, que diminuë le foleil en un iour
pour lors.

Et pour trouver de combien il le fait en 7 heures, ie dis par une
regle de trois.

Si 24 heures du iour :

Donnent 19 min. de difference en longitude :

Que donneront les 7 heures écoulées aprés midy :

Et la regle faite viendront 5 min. & demie, lefquelles ie fouftrais
des 14 deg. 10 min. à raifon que la declinaifon diminuë, & refteront 14 deg. 4 min. & demie pour la declinaifon du foleil à 7 heur.
du foir du quatorziéme iour d'Aouft 1672.

Notez que cecy eft pour le coucher du foleil, car pour le lever
il eut fallu prendre la declinaifon du foleil du 13 & quatorziéme
iour comme nous verrons en fuitte.

Pour faire cecy par le Quartier d'Or, il faut compter par les
travers en large, ie veux dire de haut en bas 24, pour les 24 heures du iour, & de là compter droit à plomb par les travers en long
les 19 min. de la difference en declinaifon, & ou elles finiront y
bander le fil du centre, en fuitte dequoy il faut pareillement compter par les travers en large ou de haut en bas les 7 heures propofées, & les conduire droit iufques au fil bandé, & à l'entrecouppement l'on verra par les travers en long 5 & demie comme cy
deffus par la regle de trois.

Ou bien encor par les parties proportionnelles que les Arithmeticiens nomment parties aliquotes, attendu que des 7 heures propofées, les 6 font le quart des 24 heur. du iour, auffi le quart des 19
mi. de la difference en declinaifon fera 4, & refteront 3 mi. & l'heure qui refte outre les 6 heures que nous venons de prendre, eft la
fixiéme partie des 6 heures, auffi la fixiéme partie des trois minuttes reftantes des 19 min. de la difference en declinaifon fera un

demy qui ioint avec le quart des 4 min. cy devant trouvées qui
eſt un donneront en tout cinq min. & demie, comme cy deſſus par
la regle de trois & noſtre Quartier d'Or.

SECOND EXEMPLE.

A quelle heure préciſément ſe levera le ſoleil à Dieppe le
vingt-cinquiéme Avril 1672?

R. Pour trouver la declinaiſon iuſte, puis que l'heure eſt avant
midy, il faut cercher en Avril année biſſexte la declinaiſon du 24
& vingt-cinquiéme, laquelle eſt 13 deg. 15 min. & 13 deg. 35 min.
leſquels ſouſtraits l'un de l'autre, vient 20 min. pour la difference
de la declinaiſon d'un iour à l'autre. Et pour trouver à combien ſe
montera celle de 5 heures de matin qui ſont 7 heures avant midy,
ie dis par une regle de trois.

Si 24 heures du iour :

Donnent 20 min de difference en declinaiſon :

Ainſi les 7 heures propoſées :

Donneront la regle faite preſque 6 minuttes :

Leſquelles ie ſouſtrais des 13 deg. 35 min. du midy du vingt cinquiéme d'Avril, parce que la declinaiſon n'eſt pas ſi grande qu'à
midy, & viendra 23 deg. 29. min. pour la veritable declinaiſon à
l'heure propoſée, avec leſquels ie trouveray en ſuitte l'heure du
lever du ſoleil.

Et ne me dites point que ie ſuppoſe icy une choſe que ie ne
ſçais point, & que ie ſuppoſe que le ſoleil ſe doit lever à cinq heures du matin, ce que ie cerche & ne ſçais pas encor, puis que ie
n'en ay point fait encor la ſupputation.

A quoy ie reſpons que quand bien meſme l'on manqueroit
d'une heure toute entiere l'erreur ne ſe montera pas à une min.
en la declinaiſon, ce qui n'eſt pas capable de cauſer d'erreur ſenſible à l'heure du lever du ſoleil.

Ou bien par le Quartier d'Or ie compte les 24 heur. du iour de
haut en bas par les quatrez, & de travers les 20 min. de difference
de la declinaiſon, à la fin deſquels 20 ſur les 24 i'arreſte une épin-

gle & y bande le fil du centre, en fuitte ie compte pareillement de haut en bas les 7 heures propofées que ie conduis droit de travers iufques au fil bandé, & trouve qu'il couppe à prefque fix comme cy deffus par la regle de trois.

Ou bien encor par les parties aliquotes, à caufe que des 7 heures, les 6 font le quart des 24 heures du iour, auffi le quart des 20 min. de la difference en la declinaifon eft iuftement 5 min. & à raifon que des 7 heur. aprés en avoir prins 6 il en refte encor une qui eft la fixiéme partie des 6 heures que nous avons defia prinfes, & que nous avons trouvé fe monter iuftement à 5 min. pour difference en la declinaifon, defquelles 5 min. la fixiéme partie eft prefque un, lequel adioufté avec les 5 min. trouvées montera à prefque 6 pour la difference en la declinaifon, comme cy deffus par la regle de trois & le Quartier d'Or.

Lors que l'on eft éloigné du meridien pour lequel les Tables ont efté conftruites, & que l'on à befoin de la declinaifon pour les heures d'avant ou aprés midy, c'eft en ce rencontre qu'il y a dequoy travailler, puis qu'il faut pour ajufter le tout, trouver la declinaifon premierement pour le midy des deux iours confecutifs, à proportion de la difference, & du cofté qu'eft la longitude, & en fuitte pour l'heure laquelle eft propofée, de maniere que l'on eft obligé de faire trois operations, de trois regles de proportion, fans le refte, fçavoir fi c'eft pour les heures d'aprés midy, il en faut faire une pour le midy du iour propofé, & l'autre pour le midy du iour qui fuit immediatement ou le midy du iour d'aprés: mais fi c'eft pour des heures avant midy, il en faut faire une pour le midy du iour precedent, & l'autre pour le midy du iour propofé, en fuitte defquelles deux declinaifons trouvées pour le midy des deux iours confecutifs, il en faut trouver une troifiéme pour les heures d'avant ou aprés midy.

Facilitons toute la difficulté laquelle fe pourroit rencontrer par deux exemples.

PREMIER EXEMPLE.

Le premier iour de Fevrier 1673, eftant à S. Chriftophle fur les

10 heures du foir dans le deffein de trouver l'heure par le moyen
de la hauteur que ie prens au grand chien, pourquoy il m'eft neceffaire de connoiftre l'afcenfion droite du foleil, pour laquelle
trouver, il faut fçavoir fa declinaifon. Voicy comme i'y procede,
puis que S. Chriftophle eft au oueft de Dieppe, éloigné de quelques 64 deg. de longitude, i'aiufte fa declinaifon au midy de faint
Chriftophle, & pour cet effet ie cerche dans la Table en Fevrier
premiere année aprés biffexte vis à vis du premier & fecond iour
la declinaifon, laquelle eft 16 deg. 51 min. & 16 deg. 33 min. que ie
mets à part pour en faire une fouftraction, laquelle faite refte 18
min. que le foleil diminuë en declinaifon du premier au fecond,
que ie referve à quartier ; derechef ie prens dans la mefme Table
la declinaifon du fecond & troifiéme iour dudit mois au mefme
an, laquelle eft 16 deg. 33 min. & 16 deg. 16 min. lefquels fouftraits
l'un de l'autre reftent 17 min. pour l'autre difference en declinaifon. Ce qui eftant fait ie dis par deux regles de trois, fçavoir pour la
premiere,

Si 360 deg. du rond du Monde :

Donnent 18 min. de diminution de declinaifon pendant un iour
Ainfi les 64 deg de difference en longitude :

Donneront 3 min. viron un quart :

Pour la diminution du midy de S. Chriftophle à celuy de Dieppe,
lefquelles 3 min. ie fouftrais des 13 deg. 51 min. declinaifon du premier de Fevrier, & refteront 16 deg. 48 min. pour la declinaifon du
foleil en ce iour au midy de S. Chriftophle.

Ou bien par le Quartier d'Or, ie compte de haut en bas 36
quarrez pour les 360 deg. du tour du Monde en longitude, &
droit de travers les 18 minuttes de la difference en declinaifon, &
ou elles finiront, y arrefte le fil du centre, en fuitte ie compte pareillement de haut en bas prefque 6 & demy pour les 64 deg. de
difference en longitude que ie conduits de travers iufques au fil
bandé, & vois que l'entrecouppement fe fait par les travers à peu
plus de trois comme deffus par la regle de trois.

Pour

Pour la seconde regle de trois, ie dis,

Si 360. deg. du rond du Monde :

Donnent 17 min. de difference en declinaison :

Ainsi les 64. deg. de la difference en longitude :

Donneront la regle faite iustement 3. minuttes :

Que ie souftrais des 16 deg, 33 min. declinaison du second iour de Fevrier, parce que la declinaison diminuë, & restent 16 deg. 30 min. pour la declinaison du midy du second iour de Fevrier audit lieu de S. Chriftophle.

Ou bien par le Quartier d'Or, ie compte fur le trentesixiéme quarré de haut en bas les 17 min. de la difference en declinaison, & apres y avoir arrefté une épingle i'y bande le fil du centre, puis pareillement de haut en bas par les quarrez presque 6 & demy que ie conduis droit iusques au fil bandé, & pour lors ie vois que cet entrecouppement vient au troisiéme travers en long, comme cy deffus par la regle de trois.

Et ainsi voila par ces deux regles de trois la declinaison du soleil, trouvée & aiuftée pour le midy de S. Chriftophle au premier & second iour de Fevrier 1673, qui font 16 deg. 48 min. & 16 deg. 30 min. que ie souftrais l'une de l'autre & reftent 18 min. pour la difference en declinaison du premier au second iour. Et pour trouver combien il y en aura en dix heures, ie dis par une regle de trois,

Si les 24 heures du iour :

Donnent 18 min de difference en declinaison :

Que donneront les 10 heures :

Et la regle faite vient iuftement 7 min. & demie :

Lefquelles ie souftrais des 16 degr. 48 min. declinaison du midy du premier de Fevrier, & refteront 16 deg. 40 min. & demy pour la declinaison du soleil à 10 heures du soir du premier de Fevrier 1673 à S. Chriftophle.

Ou bien par le Quartier d'Or, ie compte de haut en bas 24 par

Q

les quarrez & de travers les 18 min. de la difference en declinaison, & aprés y avoir bandé le fil ie compte derechef de haut en bas par les quarrez dix pour les 10 heures du soir que ie conduis droit iusques an fil bandé & l'entrecouppement vient à 7 & demy par les travers en long comme cy dessus par la regle de trois.

Ou bien encor par les parties aliquotes separant les dix heur. en deux, sçavoir en six & en 4, ie dis 6 est le quart de 24 heures, aussi le quart des 18 min. de la difference en declinaison sont 4 & demy ; secondement 4 est la sixiéme partie de 24, aussi la sixiéme partie de 18 sera trois, qui ioints avec 4 & demy cy devant trouvez feront 7 min. & demie comme cy dessus par la regle de trois & le Quartier d'Or.

De là vous voyez que les 16 deg. 51 min. declinaison de midy en la prenant telle qu'elle si trouve dans la Table, reviennent à 16 deg. 40 min. ce qui n'est pas peu à considerer, & qui augmenteroit ou dimnuëroit encor d'un tiers. Si c'estoit proche des Equinoxes, iugez si la chose ne merite pas bien d'y avoir égard.

SECOND EXEMPLE.

Le dixseptiéme iour de Septembre 1673, à trois heures de matin, ie desire sçavoir la declinaison précise du soleil à Quebeck habitation des François en la nouvelle France.

Pour y parvenir il y a deux choses à observer. La premiere, parce que l'heure proposée est avant midy, il faut trouver la declinaison du midy du iour proposé, & celle de celuy d'auparavant pour ledit lieu de Quebeck. Secondement à cause que Quebeck est au ouest de Dieppe de quelques 70 deg. il faut prendre la difference du seize au dixseptiéme, & du 17 au dixhuictiéme pour les aiuster au midy des 16 & dixseptiéme de Septembre à Quebeck.

Et pour cet effet ie cerche en Septembre dans la colomne de la premiere année aprés bissexte la declinaison vis à vis du seiziéme & dixseptiéme, laquelle est 2 deg. 25, & 2 deg. deux min. que ie souftrais l'un de l'autre, & restent 23 min. pour la difference en declinaison que ie reserve à quartier. En suitte pour trouver la declinaison du dixseptiéme, ie prens la declinaison du 17 & du dixhui-

&tiéme qui eſt 2 deg. deux min. & un degré 39 min. qui eſtes l'un de l'autre reſtent 23 min. de difference en declinaiſon, c'eſt à dire 23 min. que le ſoleil diminuë en declinaiſon d'un midy iuſques à l'autre.

Cecy ſuppoſé pour les aiuſter pour Quebeck, ie dis pour la premiere regle de trois.

Si 360 deg du rond du Monde :

Donnent 23 min. de difference en declinaiſon :

Ainſi les 70 deg. de la difference en longitude :

Donneront la regle faite 4 min. & demie :

Que ie ſouſtrais des 2 deg. 23 min. declinaiſon du ſeiziéme à Dieppe, & reſteront 2 deg. 20 min. & demie pour la declinaiſon du ſoleil au midy de Quebeck le ſaiziéme de Septembre 1673.

Ou bien par le Quartier d'Or, ſur le trente ſixiéme quarré de haut en bas ou Nord & Sud, ie compte les 23 min. de la declinaiſon à la fin deſquelles ie bande le fil du centre, en ſuitte dequoy ie conduis le ſeptiéme quarré de haut en bas droit iuſques au fil bandé & l'entrecouppement ſe rencontre à 4 & demy des travers en long comme cy deſſus par la regle de trois.

Pour aiuſter la declinaiſon du dixſeptiéme au midy de Quebeck, ie dis par une regle de trois.

Si 360 deg. du rond du Monde :

Donnent 23 min. de difference en declinaiſon :

Ainſi 70 deg. de difference en longitude :

Donneront la regle faite preſque 4 min. & demie :

Que ie ſouſtrais des deux deg. une min. declinaiſon du dixſeptiéme à Dieppe, & reſtera un deg. 56 min. & demie pour la declinaiſon du midy de Quebeck le dixſeptiéme iour de Septembre audit an.

Ou bien par le Quartier d'Or ſur le trente ſixiéme quarré de haut en bas, ie compte de travers les 23 mi. de la difference en declinaiſon, à la fin deſquelles i'arreſte le fil du centre, en ſuitte pour les 70 deg. de la difference en longitude, ie conduis le ſeptiéme

Q 2

quarré de haut en bas droit iufques au fil bandé, & trouve que l'entrecouppement vient à se faire sur le quatriéme presque & demy des travers en long, comme cy deſſus par la regle de trois.

Nota qu'à raiſon que les deux differences en declinaiſon ſe trouvoient ſemblables, il n'eſtoit point beſoin de faire cette seconde regle de trois, mais ſeulement ſe servir du provenu de la premiere.

En ſuitte ie ſouſtrais l'une de l'autre ces deux declinaiſons trouvées pour le midy de Quebeck, tant pour le ſeiziéme que pour le dixſeptiéme iour de Septembre année biſſexte, ſçavoir deux deg. vingt min. & demie, & un deg. 56 min. & demie, & reſteront 24 min. pour la difference en la declinaiſon d'un iour à l'autre.

C'eſt pourquoy pour trouver enfin la declineiſon précise à trois heures de matin, qui ſont 9 heures avant midy, ie dis par une regle de trois,

Si 24 *heures du iour :*

Donnent 24 *min. de difference en declinaiſon :*

Ainſi 9 *heures :*

Donneront la regle faite 9 *minuttes :*

Leſquelles i'adiouſte avec un deg. 56 min. & demie declinaiſon du midy dixſeptiéme, à cauſe que la declinaiſon à midy doit eſtre moindre qu'elle n'eſt à trois heures de matin, parce que le ſoleil rapproche de la ligne, & viendront deux deg. 5 min. & demie pour la declinaiſon précise du dixſeptiéme de Septembre à trois heures de matin à Quebeck.

Ou bien par le Quartier d'Or, ie compte ſur le vingtquatriéme quarré de haut en bas, les 24 min. de la difference en declinaiſon, à la fin deſquelles i'arreſte le fil du centre, puis ie conduis le 9 travers en large iuſques au fil bandé que ie vois couppé au neufiéme travers en long comme cy deſſus par la regle de trois.

ADVERTISSEMENT.

Puis que le ſoleil diminuoit de 24 min. en declinaiſon pendant un iour qui contient 24 heures, il ne faut pas eſtre bien ſpirituel pour iuger que c'eſt une minute par heure : ainſi ſans ſe donner la peine de faire de regle de trois, l'on pouvoit facilement iuger que c'eſtoient 9 min. pour les 9 heures.

SECTION TROISIESME.

POVR QVELLE RAISON L'ON NE donne pour l'ordinaire que quatre Tables de la Declinaiſon du Soleil.

L'On met pour l'ordinaire entre les mains des Pilottes 4 Tables differentes de la declinaiſon du ſoleil, la premiere pour les premieres années aprés l'année biſſexte, une ſeconde pour les deuxiémes années aprés biſſexte, la troiſiéme pour les troiſiémes années aprés biſſexte, & enfin une quatriéme pour les années biſſextes.

Il y en a qui mettent ces années ſeparées chacune en leur particulier, les autres que i'ay ſuivy ſeparants tous les mois de l'année par pages y mettent la declinaiſon du ſoleil en 4 colomnes differentes, ainſi vis à vis d'un iour ſuivant l'année vous trouvez la declinaiſon du ſoleil ; ie ſçay qu'à qui l'entend toutes les deux methodes ne ſont pas difficiles, mais pourtant il faut advouer que la derniere à une facilité plus grande, puis que les deg. & min. de la declinaiſon ſuivent immediatement le iour du mois, là ou dans ceux d'une année toute entiere les iours n'eſtants poſez qu'une fois pour 6 mois ou pour toute l'année, l'on ſe peut pluſtoſt abuſer à prendre la declinaiſon qui correſpond aux iours, particulierement dans les mois qui ſont plus éloignez de cette colomne des iours.

La raiſon pour laquelle l'on fait 4 Tables de la declinaiſon, & non pas davantage eſt que nous appellons une année le temps que le ſoleil met à faire le tour du zodiaque par ſon mouvement propre, ce qu'il fait en 365 iours preſque ſix heures, ce neantmoins à

raifon que le fimple & commun peuple qui eft groffier ne fçauroit s'accouftumer à compter par fractions, ie veux dire par
quarts, demys, ou trois quarts de iour (auffi dans ce rencontre
trouverroit on bien étrange dans un mefme iour de compter 2
années differentes, ce que neantmoins l'on feroit obligé de faire, fi
l'on comptoit iuftement l'année de 365 iours fix heures,) c'eft
pourquoy l'on a trouvé plus à propos de faire trois années confecutives, chacune de 365 iours feulement, que l'on appelle des années communes, ce qui pourtant caufe que chaque année de cette forte, fe trouverra manque de fix heures , qui monteront à 18
heures en trois années, aufquelles fi l'on adioufte encor les fix
heures de la quatriéme année, viendront 24 heures ou un iour
que l'année biffexte contient davantage que ces trois années precedentes, & laquelle par confequent fera de 366 iours, lequel iour
de furcroit s'ente & fe met entre le 24 & vingtcinquiefme iour
de Fevrier , & c'eft la raifon pour laquelle l'année biffexte , fe
nomme l'année intercalaire à caufe qu'elle a un iour entre deux
autres, ce qui caufe que le mois de Fevrier n'ayant que 28 iours
dans les trois annees communes, il en a 29 dans les biffextes.

Sur ce fondement voicy comme i'éftablis mon raifonnement,
puis qu'une annee commune n'eft que de 365 iours, quoy que veritablement elle foit de 365 iours 6 heures, quand l'on viendra par
exemple au midy du premier iour de Ianvier de la feconde annee,
le foleil n'aura pas entierement achevé fon tour dans le zodiaque,
& par confequent n'aura pas la mefme declinaifon qu'il avoit au
midy du premier iour de Ianvier de la premiere annee, parce que
l'on fuppofe qu'il s'en manque fix heures, & partant il faudra une
autre Table de la declinaifon, pour les Midys de la feconde annee,
à raifon que ce qui eft dit du premier iour de Ianvier, fe doit entendre de tous les autres iours de cette feconde annee.

Pourfuivant aux autres annees ; au midy du mefme iour de la
troifiefme annee , le foleil ne poffede non plus le mefme lieu du
zodiaque, qu'il poffedoit au midy de la premiere & deuxiefme annees, mais manque de celuy là de douze heures, & fix heures de

celuy cy, à caufe des fix heures qu'on donne moins à chaque
annee, & partant il faut pareillement une autre Table de la declinaifon differente, & toute particuliere pour la troifiefme annee.

Enfin pour les mefmes raifons il en faut auffi une pour la quatriefme annee, qui eft l'annee biffexte, laquelle contient un iour
davantage que les trois annees communes qui l'avoient precedé,
lequel iour fe pofe, & comme ie viens de dire s'ente entre le 24 &
vingtcinquiefme iours de Fevrier, ce qui fait que tous les autres
iours qui le fuivent & font apres ce iour d'augmentation dans cette annee biffexte font de 18 heures plus qu'en l'annee precedente.

Et ainfi voila quatre Tables de la declinaifon eftablies, & toutes
differentes pour quatre annees de fuitte : car par apres les annees
reviennent de la mefme maniere que les quatre annees precedentes ; puis que le foleil recommence fon cours au commencement
de la cinquiefme annee (toutes les manques des fix heures de
chaque annee commune, fe trouvant comprinfes & renfermees
dans les quatre ans qui contiennent 1461 iours, qui vallent autant
& font égaux à quatre fois 365 iours fix heures ou un quart) comme il avoit fait à la premiere : autant en faut il des annees confecutives, premiere, feconde, & troifiefme annees apres biffexte.

SECTION QVATRIESME.

POVR QVELLES RAISONS IL FAVT,
reformer de temps en temps les Tables de la
Declinaifon du Soleil.

VOus remarquerez que i'ay dit que le foleil employoit, &
mettoit à faire le tour du zodiaque, ou ce qui eft la mefme
chofe que l'annee eftoit de 365 iours prefque fix heures.

Ce mot de *prefque* ne merite pas peu d'eftre obfervé & donne
la principale raifon pour laquelle de temps en temps il eft neceffaire de reformer les Tables de la Declinaifon du Soleil : car bien

que pour compter plus rondement l'on dife que l'annee eft de 365 iours fix heures, ce nonobftant fi nous fuivons l'hypothefe du docte & tres exact Tychobrahé, elle n'eft que de 365 iours cinq heures 48 min. 45 fecondes, ce qui au refte caufe que le comptant parmy le peuple de 365 iours fix heures, l'on fait de cette forte l'annee plus longue qu'il ne faut de onze min. & un quart, lefquelles à la verité ne font pas beaucoup confiderables en un, deux, trois, quatre & cinq ans, mais defia en fix ans font plus d'une heure, puis que fix fois 11 min. & un quart font 67 minuttes & demie, qui vallent une heure fept min. & demie; & par confequent en feize ans 180 min. qui vallent iuftement trois heures, & partant en trente deux ans fix heures que le civil compte que le foleil a fait plus de chemin dans le zodiaque, qu'à la verité il n'a fait, & par confequent il n'a garde d'avoir la mefme declinaifon qu'il avoit aux quatre années precedentes, d'où s'enfuit qu'il en faut reformer les Tables, & en faire de toutes nouvelles, tout ainfi & pour la mefme raifon que l'on avoit fait quatre Tables toutes differentes pour les quatre années; fçavoir biffexte à caufe du iour de furplus qu'aux années communes; premiere, deuxiefme & troifiefme années apres biffexte, à caufe des fix heures qui manquoient à chacune de ces années.

L'autre raifon pour laquelle il eft encor abfolument neceffaire de reformer les Tables de la declinaifon du foleil, eft que l'Aftronomie nous enfeigne que l'ecliptique ne garde pas touſiours le mefme efloignement à la ligne dans un temps comme dans un autre, s'en trouvant aucunesfois efloignee feulement de 23 deg. 28 min. & d'aucunesfois iufques à 23 deg. 52 min. de maniere qu'à proportion que fera la plus grande declinaifon du foleil, toutes les parties du zodiaque, efquelles il fe trouvera, auront plus ou moins de declinaifon, de forte qu'une Table de la declinaifon, laquelle aura efté compofe pour la plus grande declinaifon de 23 deg. 30 min. de quelle façon qu'on la puiffe raiufter, ne pourra iamais fervir quand cette plus grande declinaifon fe trouvera eftre de 23 deg. 40 min. ou 50 min.

Ainfi

Ainſi par exemple au premier degré de Taurus, le ſoleil aura bién plus de declinaiſon, lors que ſa plus grande declinaiſon ſera de 23 deg. 52 min. que quand elle ne ſera que de 23 deg. 28 min. & ainſi de tous les autres deg. C'eſt pourquoy comme cette plus grande declinaiſon change continuellement par le mouvement que les Aſtronomes appellent de trepidation, du Pole du Zodiaque qui s'aproche ou s'éloigne des Poles du Monde de 24 mi. & lequel mouvement s'acheve en 3434 ans Egyptiens de 365 iours chacun; la raiſon dicte qu'il faut avoir égard à cette plus grande declinaiſon pour en compoſer les Tables de la declinaiſon pour tous les deg. du zodiaque ou tous les iours de l'année.

Et ie peux dire que cette plus grande declinaiſon eſt un des principes, par lequel l'on parvient à la connoiſſance de la declinaiſon: car dans toutes les Mathematiques, il eſt preſque touſiours neceſſaire de ſçavoir deux choſes pour venir à la connoiſſance d'une troiſieſme, ainſi pour arriver à la connoiſſance de la declinaiſon du ſoleil, il faut ſçavoir non ſeulement ſon lieu dans le zodiaque, mais encor ſa plus grande declinaiſon, en ſuitte dequoy par une regle de trois que l'on appelle Analogie, l'on trouve la declinaiſon du ſoleil.

COROLLAIRE.

De là s'enſuit que les Tables de la declinaiſon du ſoleil ſeulement, que le ſieur de Beauplan mit au iour en ſuitte de mes Tables de la declinaiſon, ne peuvent dans la iuſtice porter le nom de perpetuelles, puis qu'il me permettra de luy dire que telles qu'elles ſont, on ne les peut iamais aiuſter à la plus grande declinaiſon, non ſeulement de 23 deg. 52 min. mais encor à celles de 23 deg. 35 min. &c. puis qu'il ne les a conſtruittes que pour 23 deg. 31 min. & demie d'obliquité. Car dans la methode qu'il donne autant doctement que foncierement de les aiuſter pour les annees tant precedentes que conſecutives, en les faiſant pour les annees conſecutives (deſquelles ſeules les Pilottes ont beſoin pour leur Navigation) Occidentales de 2 deg. 41 min. il n'a ſeulement égard qu'au lieu du ſoleil dans le zodiaque, lequel ſe trouve touſiours plus

R

grand qu'en l'année precedente à la mefme heure, à caufe que le civil fait l'année plus longue qu'elle n'eft pas au naturel,ce quifait que tous les midys, & les autres heures tant du iour que de la nuiĉt du civil, fe comportent de la mefme maniere que fi l on fe trouvoit dans un lieu qui fut plus au ouëft de 10 min. 44 fecondes, felon l'hypothefe d'Alphonfe dont s'eft fervy ledit fieur de Beauplan,lefquelles 10 min. 44 fecondes de longitude en heures, reduites en deg. & min. vallent prefque deux deg. trois quarts en longitude, & ainfi des autres annees confecutives aprés celle pour laquelle les tables ont efté conftruites de deux deg. trois quarts d'augmentation pour chaque annee.

Et parce que fon raifonnement me femble puiffant & fubt l, & mefme peut donner beaucoup de lumieres pour une plus grande intelligence de la declinaifon , il me permettra de luy emprunter pour le rapporter le plus fuccinĉtement, & le plus clairement qu'il me fera poffible, en y faifant de petites reflexions,lefquelles ne vous feront pas, comme ie crois, defagreables.

L'an civil eft de 365 iours 6 heures & l'an naturel d'Alphonfe eft de 365 iours 5 heures 49 min. 16 fecondes, leur difference eft 10 min. 44 fecondes : le naturel de Tycho eft de 365 iours 5 heures 48 min. 45 fecondes, fa difference au civil eft de 11 min.15 fecondes. Reduifez les 24 heures du iour en fecondes viendra 86400 fecondes,& les dix min. 44 fecondes, font 644 fecondes, par lefquelles fi vous divifez les 86400 fecondes d'un iour, vien-dra au quotient 134 ans,58 iours 123 heures,37 min.38 fecondes, & 23 tierces, durant lefquels fuivant Alphonfe un iour fe perd, mais felon Tycho en 128 ans, puis que i'ay monftré que 32 ans faifoient iuftement fix heures.

Ce qui a donné fuiet à la reformation du Calendrier, l'an 1582, car multipliant les 134 ans 58 iours 23 heures 37 min. 38 fecon-des 23 tierces par les dix iours que l'on a retranchez, vient 1341 ans, 224 iours, vingt heures dix fecondes qui font pour les dix iours qui ont efté perdus, ainfi levant & diminuant ces 1341 ans de 1582 que le retranchement fut fait, vient 241 ans, temps de la

celebration du Concile de Nicée : mais à l'hypothese de Tycho
pofant un zero à la fin des 128 ans qu'un iour fe perd (qui eſt autant & de mefme que fi l'on multiplioit par dix) viendra 1280 ans
pour les dix iours qui ont eſté perdus, lefquels fouſtraits de 1582
reſteront 302 ans pour le temps de la celebration du Concile de
Nicée, qui fut neantmoins fait en 325, & non en 241, comme
l'affirme ledit ſieur de Beauplan qui eſt à pardonner en luy qui
ne fait pas profeſſion d'eſtre bien verſé dans noſtre Hiſtoire Eccleſiaſtique, puis qu'il eſt de contraire Religion.

De là vous remarquerez que l'hypotheſe de Tycho, outre qu'elle eſt plus ronde, & par conſequent plus facile, approche davantage de la verité , que celle d'Alphonſe, y ayant dans cet intervalle
de temps preſque cent annees, lefquelles feroient preſque encor
un iour de retranchement contre toutes les obſervations faites par
les Aſtronomes aſſemblez à Rome pour ce ſuiet par l'ordre du
Pape Gregoire XIII. qui fit à ſes deſpens reformer le Calendrier,
qui depuis en porte le Nom.

Pour trouver comment les Tables de la declinaiſon telles qu'on
les fait Imprimer, deviennent tous les ans plus Orientales de 2
deg. quarante deux min. en longitude. Voicy comme il y faut proceder : diviſez les 360 deg. du tour du Monde en longitude par
134 ans un ſixieſme, & vient deux deg. 41 min. de maniere qu'en
l'an 1673, il faudroit multiplier les douze ans qu'il y a que ſes Tables ont eſté conſtruittes par deux deg. 41 min. & viendra preſque
trente deux deg. ſuivant lefquels il faudroit aiuſter ſa declinaiſon,
tout ainſi comme ſi l'on eſtoit à trente deux deg. plus au oueſt que
celle qui eſt dans ſa table pour 1660, & prenant le rebours telle
qu'il l'a Imprimée elle ſeroit propre ſans erreur pour un meridien
plus à l'Eſt, que celuy pour lequel il a conſtruit ſes tables de trente
deux deg. & ainſi à proportion des annees conſecutives.

Mais ſelon l'hypotheſe de Tycho il faut diviſer les 360 deg. par
128 ans qu'un iour ſe perd, & viendra au quotient preſque deux
deg. 49 min. pour chaque annee, ou bien preſque trente quatre
deg. pour les douze ans.

R 2

Ou bien si l'on ne veut pas les reduire en deg. mais en heures, adiouſtez autant de fois dix min. quarante quatre ſecondes pour chaque annee ſelon Alphonſe, ou ſuivant Tycho onze min. quinze ſecondes, & ainſi pour douze ans feront deux heures 8 min. quarante huiᴄt ſecondes ſelon Alphonſe, mais ſuivant Tycho deux heures quinze min. apres midy qu'il faudra aiuſter la table de 1660 pour ſervir en 1672, & ainſi des autres.

L'exemple qu'il donne pour ſçavoir en qu'elle annee des tables de la declinaiſon du ſoleil, & nommément celles du Tellier ont eſté compoſees, dans lequel exemple il rapporte que Monſieur le Telier le vingtieſme Mars troiſieſme annee poſe 7 min. de declinaiſon ſud, auquel iour ledit ſieur de Beauplan ne poſe aucune declinaiſon, & dans les miennes l'on en trouve une minutte ſud, cela me fait conclurre deux choſes.

La premiere que l'hypotheſe de Tycho quadre mieux à ſon fondement que celle d'Alphonſe.

La ſeconde, que mes tables que ie donnay pour lors, ſans dépriſer les ſiennes, ont plus de vray ſemblance : car à raiſon de 24 min. que pour lors le ſoleil diminuë chaque iour en declinaiſon, les 7 min. donneront ſept heures, leſquelles reduittes en degrez vallent 105 deg. de longitude qui monteront ſuivant ſon hypotheſe à plus de 39 ans que la table du Telier auroit eſté conſtruite auparavant la ſienne qu'il donne pour 1663, ce qui ne revient & ne quadre aucunement, puis que Monſieur le Telier n'a fait Imprimer ſes tables qu'en 1631, huiᴄt ans plus tard qu'il ne trouve.

Là ou dans les miennes s'y trouvant une minute de declinaiſon ſud, il n'y auroit que ſix min. de difference à celle du Telier, qui à raiſon d'une minutte par heure monteront à ſix heures, leſquelles diviſées par onze min. quinze ſecondes feront trente deux ans iuſtes avant 1663, qui revient iuſtement à 1631, qu'il a fait Imprimer ſes tables.

Et pour le prevenir en ce qu'il pourroit dire qu'il les a fait Imprimer huiᴄt ans aprés qu'elles avoient eſté conſtruittes, ie dis qu'il n'eſt aucunement à croire que Monſieur le Telier qui a paſſé pour un des premiers Capitaines & Pilottes de son temps, n'eut pas eu esgard à la correction de huiɕ annees toutes entieres, & qu'il eut donné au public des tables surannées de huiɕ ans, luy qui advertit qu'un Pilotte doit estre soigneux d'avoir des tables les plus nouvellement corrigees qu'il luy sera possible de rencontrer.

Apres ces raisons, lesquelles me semblent convainquantes, il est de vostre prudence à vous determiner, laquelle des deux hypotheses vous iugerez la plus veritable.

Tout cecy n'empesche pas pourtant qu'aprés avoir aiusté, ou bien si vous voulez perpetué vostre declinaison de cette maniere, il ne soit encor besoin de vous servir des mesmes précautions pour aiuster les tables suivant la methode que ie vous ay donné dans les deux premieres Sections, tant pour une longitude pour des heures differentes, auquel cas vous pouvez avoir remarqué qu'il estoit besoin de faire trois regles de trois, entendu qu'icy il en faudra 4, qui est un embarras qui n'est pas concevable, particulierement pour des Matelots qui pour la plufpart ne font pas des plus intelligents, & qui ont affez de peine d'avaller feulement la viande quand on leur presente toute maschee, qu'en pourroit on donc esperer si l'on leur demandoit à faire tant de distinctions, & ie peux dire que bien que ie vous aye enseigné le moyen de faire l'aiustement, à peine de cent ou puis ie dire de mille y en a il un qui s'en serue.

C'est pourquoy outre que cette methode pour perpetuer les tables de la declinaison du soleil ne peut durer qu'à 80 ou 100 ans tout au plus, encor y auroit il quelque chose à dire, & en d'autres temps beaucoup moins, il est plus à propos de les reformer de temps en temps, afin de delivrer les Pilottes de tout cet embarras, estants bien capables de prendre souvent un qui pro quo.

Puisque nous voila sur les advertissements dans les Preludes du Grand Routier que les Hollandois nomment la Colomne Flamboyante, ou le Miroir ou Flambeau de la Mer, ou ils donnent la methode d'aiuster la declinaison du soleil pour le midy des lieux qui font plus à l'Est, que celuy pour lequel les tables ont esté con-

ftruites, ils difent qu'il faut fouftraire la declinaifon du iour propofé, & celle du iour fuivant pour en avoir la difference , ce qui eft
abfolument faux : car l'on doit prendre celle du iour precedent, &
celle du iour propofé, puis que le temps propofé fe rencontre entre ces deux iours precedent & propofé,& non entre celuy propofé & le fuivant.

l'avoüe que cette mefprinfe n'eft pas capable de produire une
erreur confiderable, ne fe rencontrant iamais une grande difference en declinaifon pendant ces trois iours, ce neantmoins il eft
plus de la bien feance de mettre les chofes dans l'ordre qu'elles
doivent eftre.

SECTION CINQVIESME.

LE MOYEN DE SE SERVIR DES
Tables de la Declinaifon du Soleil.

A Prés avoir fait recerche des tables les plus nouvellement
corrigées qu'il eft poffible, attendu qu'il y a quatre tables de
la declinaifon du foleil pour quatre annees differentes, fçavoir eft pour la premiere, feconde & troifiefme annees aprés biffexte, & une pour l'annee biffexte, il eft à propos de choifir celle
que l'on doit prendre fans y commettre de mefprinfe , cela eft
neantmoins fi facile que la chofe parle d'elle mefme, eftant biffexte
tous les quatre ans, & celle qui fuit aprés eft la premiere aprés biffexte, l'autre en fuitte eft la feconde annee aprés biffexte, & enfin
celle qui fuccede eft la troifiefme annee aprés biffexte. Neantmoins afin qu'il ne puiffe refter aucune difficulté, en voicy trois
manieres de le trouver.

Ceux qui fçavent la divifion , peuvent divifer l'annee propofee
par quatre, & fans avoir égard au quotient (à moins que d'eftre curieux de fçavoir combien de fois quatre ans fe font écoulez depuis
a Naiffance de Noftre Seigneur Iefus Chrift) il faut feulement

remarquer ce qui reste aprés que l'on a divifé : que s'il ne reste rien l'année propofée fera biffexte ; s'il reste un à la fin de la divifion, c'est une marque que c'est la premiere année aprés biffexte : s'il reste deux ce fera la feconde année aprés biffexte ; mais s'il reste trois, ce fera une troifiefme année aprés biffexte.

Comme tous ne font pas capable de faire des divifions, pour fuppleer à ce defaut, il faut fouftraire des années propofées les mil, les cents, & les vingt, & du reste en ofter encor autant de fois quaque l'on pourra, aprés quoy s'il ne reste rien, ce fera une année biffexte, s'il reste un ce fera la premiere, fi deux la feconde, fi trois la troifiefme année aprés biffexte.

EXEMPLE.

Ie veux fçavoir l'an 1672 quelle année ce fera.

R. Ie leve les mil, les cent, & les vingt, qui font 1660, & de 1672 reste douze defquels i'ofte encor trois fois quatre & ne reste rien, ce qui me marque que l'année 1672 est une année biffexte.

AVTRE EXEMPLE.

L'an 1687 qu'elle année fera-ce ?

R. Ie fouftrais les mil, les cents, & les vingt, & restent fept, dont dont ie leve encor quatre, & restent trois qui me monftre que 1687 est une troifiefme année aprés biffexte.

La troifiefme methode pour trouver qu'elle année c'est, il faut aprés avoir reietté les mil, les cent, & les vingt, comme cy deffus, fur les quatre doigts de la main ofté le pouce (ainfi que l'on fait pour trouver la lettre Dominicale) il faut compter le reste des années propofées, commençant par l'index & achevant par le petit doigt, aprés quoy il faut revenir à l'index, & ainfi de fuitte iufques à l'année propofée, & le doigt ou finira l'année propofée montrera qu'elle année fera, fçavoir fi l'on finit à l'index, ce fera une premiere année, fi au fecond doigt la feconde, fi au troifiefme, une troifiefme, & au petit doigt, la quatriefme année qui s'appelle une année biffexte.

ADVERTISSEMENT.

Il n'y a regle fi generale, laquelle n'aye fes exceptions, puis que la reformation du Calendrier, qu'il est convenable de faire de temps en temps, interrompt quelquesfois cet ordre, & voicy comment?

L'an 1582, dans le dessein que l'on avoit de reformer le Calendrier, les Mathematiciens estant assemblez pour cet effet, trouverent dix iours que l'on avoit compté plus qu'il ne falloit au cours du soleil, que l'on trouva plus à propos de retrancher, c'est à dire, les passer sans les compter, afin de remettre l'Equinoxe au vingt & uniesme de Mars, comme nous lisons dans l'Histoire Ecclesiastique qu'il estoit au temps que se tint le Concile de Nice, ce que quelques uns ne voulurent pas faire, ains sans rien retrancher, mirent l'Equinoxe au onziesme de Mars, ce qui à le bien considerer est la mesme chose, au reste qu'ils comptent dix iours moins que nous, à cause des dix que nous avons retranchez, & eux non : c'est pourquoy l'on appelle le Calendrier de ceux cy le vieil ou ancien Calendrier, & le nostre se nomme le nouveau Calendrier ou le Calendrier Gregorien, à cause que le Pape Gregoire XIII. d'heureuse memoire, en fut l'arcboutanc, & qu'il contribua aux frais de l'assemblee des Mathematiciens qui travaillerent aux observations necessaires à cet effet.

Ils furent tellement prudents dans leur conduitte sur cette affaire, que ne se contentants pas seulement de travailler à la reformation du Calendrier pour ce temps là, & afin de n'estre plus obligez une autrefois de se rassembler, & par là éviter aux cousts qu'on avoit esté obligé de faire pour ce suiet, & plus encor pour l'importance, & les consequences que cecy cause dans la celebration de la Feste de Pasques, laquelle est le fondement de toutes les Festes Mobiles, qui se rencontrent dans le cours de l'année, & dont la maniere de la celebrer fait la distinction en quelque façon des Chrestiens d'avec les Iuifs, & laquelle question a fait tant de bruit si long temps dans l'Eglise, ainsi que l'on peut voir dans l'Histoire Ecclesiastique. Ils adviserent pour obvier à l'erreur qui pourroit arriver à l'avenir, comme l'on avoit fait par le passé, de prévoir à combien cet excez de peu plus d'onze minuttes, pourroit monter en

tant

tant d'annees, lesquels aprés avoir diligemment calculé, trouverent que viron l'espace de 400 ans, il se trouverroit trois iours de manque.

Pour cet effet ils iugerent sur les 400 ans de faire trois centeines d'annees, lesquelles devants estre bissextes selon le cours ordinaire, ne seroient d'oresnavant que communes de 365 iours chacune, & partant en retrancher un iour, & comme il leur estoit libre de faire bissextes, les centeines qu'ils voudroient, ils esleurent les quatre centiesmes pour estre bissextes, & les autres non ; à ce compte les annees 1700, 1800, & 1900, ne seront pas bissextes, mais seulement 2000, & ainsi des autres quatre centiesmes d'années consecutives. Il s'ensuit de là que l'an 1700 n'estant point bissexte à l'ordinaire, il faudra une table de la declinaison toute particuliere pour cette annee, & differente de toutes les quatriesmes annees, & que si les Anglois la font bissexte, il y aura pour lors onze iours de difference d'eux à nous, ou de present il n'y en a que dix, & ainsi tousiours de plus en plus aux centiesmes annees consecutives qu'ils feront bissextes, lors que nous ne les faisons que communes.

I'ay dit pour les consequences que cette reformation peut apporter dans la celebration de la Feste de Pasques, dont on vit les effects en 1666, en ce que le soleil entrant dans Aries le vingtiesme de Mars sur les six heures du matin, & la lune ne s'estant trouvée pleine que le mesme iour aprés midy, & s'estant rencontré que le lendemain vingt & vniesme estoit un iour de Dimanche, il s'ensuivroit que ce devoit estre le iour de Pasques, puis que c'estoit le premier Dimanche qui arrive aprés la premiere pleine lune , laquelle estoit arrivee aprés l'Equinoxe, ce nonobstant à cause que le civil ne compte l'Equinoxe que le vingt & uniesme de Mars, cette pleine lune selon le civil estoit avant, quoy que dans la verité elle fut aprés l'equinoxe, ce qui causa que l'on ne celebra la Feste de Pasques que 35 iours aprés, sçavoir le vingt cinquiesme d'Avril; autant en doit il arriver en 1685, parce que l'equinoxe arrivant le dixneufiesme de Mars à.

S.

sept heures & demie du soir , & la pleine lune le lendemain vingtiesme à six heu. & demie aprés midy, on devroit donc celebrer la Feste de Pasques le vingt cinquiesme de Mars qui est le premier Dimanche aprés l'equinoxe, & non pas le vingt deuxiesme d'Avril comme l'on fera par les Epactes. De là vous pouvez iuger combien l'Eglise à d'interest à cette reformation, veu que sans cela il se commettroit mille erreurs à celebrer la Feste de Pasques hors du temps que Dieu l'ordonne.

Mais aprés 1700 l'on regagnera un iour par le retranchement du iour de la bissexte, & ainsi l'on ne tombera plus dans ces erreurs; iusques à la fin que la manque des minuttes commencera à faire effet, ce qui sera derechef corrigé par le gain du iour de 1800.

Ce qui me fait connoistre que ce ne fut pas sans raison que Messieurs les Astronomes esleurent la derniere des quatre centiesmes annees pour la bissexte, parce qu'ils voyoient par leurs observations qu'outre les dix iours perdus il y en avoit encor une bonne partie de l'onziesme, c'est pourquoy ils iugerent qu'il estoit non seulement à propos, mais mesme necessaire d'avancer plutost le retranchement ou la reformation que de le reculer.

Aprés cette assez longue digression touchant la reformation du Calendrier , revenant à l'usage de nos tables de la declinaison du soleil, disons qu'aprés avoir connu & trouvé qu'elle annee c'est, il ne reste aucune difficulté à trouver la declinaison du soleil en quelque iour de l'annee que l'on puisse proposer , puis que nous avons disposé les douze Mois suivant leur ordre en autant de pages, dans lesquelles à chaque mois nous avons mis les quatre annees, ainsi qu'il se voit marqué au haut de chaque Table, & au long de chaque mois de toutes les quatre annees nous avons posé les iours, vis à vis desquels l'on trouvera la declinaison en deg. & min. prenant garde à mesme temps à gauche si elle est du costé du nord ou de celuy du sud ; & afin que vous en soyez foncierement asseuré, vous remarquerez que c'est une maxime generale, que la declinaison du soleil est nord depuis le vingtiesme de Mars iusques au vingtdeuxiesme de Septembre, à raison que pendant tout ce temps là le soleil est du costé du nord de la ligne equinoxiale ; & au contraire la declinaison est sud depuis ledit vingt deuxiesme de Septembre iusques au vingtiesme de Mars, & de peur de méprinse dans ces iours là que le soleil passe du nord au sud, ou du sud, l'on marque N & S pour dire si la declinaison est nord ou sud.

Ce qui est à observer de peur que par quelque méprinse de l'Imprimeur il fut autrement marqué, comme il se voit en Decembre année bissexte de nos tables Imprimees en 1663 ou Acher avoit marqué Declinaison Nord, au lieu de Declinaison Sud, ce qu'il estoit bien facile neantmoins de reconnoistre, puis qu'aux autres annees il avoit marqué Declinaison Sud, s'en rencontrant qui sont tellement stupides qu'ils ne s'arrestent qu'à ce qu'ils voyent escrit, sans iuger si c'est avec raison.

D'où ie tire que si on avoit la connoissance de la Sphere, de la constitution du Monde de qu'elle façon les Astres font leur mouvement outre que l'on auroit bien moins de difficulté pour concevoir, l'on ne se trouverroit pas abusé en tant de rencontres que font les ignorants.

Les Characteres des Signes qui sont a costé de chaque Mois en chaque année, monstrent le iour que le soleil entre dans chacun de ces Signes, surquoy vous serez advertis que ie l'ay tousiours posé au midy du iour auparavant qu'il y entre, comme par exemple si le soleil entre dans Aries entre le dixneuf & le vingtiesme de Mars, i'ay posé le Charactere du Signe d'Aries vis à vis du dixneufiesme, parce qu'au midy du vingtiesme il y est desia entré.

Tous les aiustements que nous avons cy devant enseigné de faire dans les Sections precedentes regardent particulierement l'usage de ces Tables ; c'est pourquoy vous les y pourrez voir sans qu'il soit besoin de les repeter icy.

Nonbostant que nos tables ayent esté suppuutées a l'usage de ceux qui se servent du nouveau Calendrier, cela n'empescheroit pas toutesfois que ceux qui se servent de l'ancien Calendrier, ne s'en peussent aussi bien servir, s'ils vouloient y apportants la precaution suivante, laquelle est d'adiouster dix iours avec le iour dont ils

voudroient trouver la declinaifon, & du tout en cercher la declinaifon vis à vis du iour qui eft provenu en fuitte de l'addition des
dix iours, fuivant l'année qu'il feroit.

Comme au contraire qui auroit une declinaifon Angloife, &
qui s'en voudroit fervir (fuppofé qu'elle fut bonne) quoy que
compofée fuivant l'ancien Calendrier, n'auroit qu'à fouftraire dix
iours du iour que nous compterions felon noftre Calendrier qui
eft le nouveau, & de ce iour en cercher la declinaifon aprés avoir
fait l'aiuftement pour le iour. Tout cecy à caufe de la reformation du calendrier. Ainfi vous pouvez voir qu'il ne faut avoir
qu'une petite eftincelle de raifonnement pour trouver quantité
de chofes efquelles on demeure court faute d'un peu de raifonnement.

Table

TABLE DE LA DECLINAISON du Soleil.

IANVIER.

PREMIERE Année.			SECONDE Année.			TROISIEME Année.			ANNE'E Bissexte.		
Iours	D.	M	Iours	D.	M	Iours	D.	M	Iours	D.	M
1	22	59	1	23	1	1	23	2	1	23	4
2	22	54	2	22	55	2	22	57	2	22	58
3	22	48	3	22	49	3	22	51	3	22	52
4	22	41	4	22	43	4	22	44	4	22	46
5	22	34	5	22	36	5	22	37	5	22	39
6	22	27	6	22	29	6	22	30	6	22	32
7	22	19	7	22	21	7	22	23	7	22	25
8	22	10	8	22	12	8	22	14	8	22	17
9	22	1	9	22	3	9	22	6	9	22	8
10	21	52	10	21	55	10	21	57	10	21	59
11	21	43	11	21	45	11	21	47	11	21	50
12	21	33	12	21	35	12	21	38	12	21	40
13	21	22	13	21	25	13	21	27	13	21	30
14	21	11	14	21	14	14	21	17	14	21	19
15	21	..	15	21	3	15	21	6	15	21	9
16	20	48	16	20	51	16	20	55	16	20	57
17	20	36	17	20	39	17	20	42	17	20	45
18	20	24	18	20	27	18	20	30	18	20	33
19	20	11	19	20	14	19	20	17	19	20	20
20	19	58	20	20	..	20	20	4	20	20	8
21	19	44	21	19	47	21	19	50	21	19	55
22	19	30	22	19	33	22	19	37	22	19	41
23	19	15	23	19	19	23	19	23	23	19	27
24	19	1	24	19	4	24	19	8	24	19	12
25	18	46	25	18	49	25	18	53	25	18	57
26	18	31	26	18	34	26	18	38	26	18	42
27	18	15	27	18	19	27	18	22	27	18	27
28	17	59	28	18	3	28	18	7	28	18	11
29	17	42	29	17	46	29	17	50	29	17	55
30	17	25	30	17	30	30	17	34	30	17	38
31	17	9	31	17	13	31	17	17	31	17	22

Declinaison Sud · Declinaison Sud · Declinaison Sud · Declinaison Sud

TABLE DE LA DECLINAISON
du Soleil.

FEVRIER.

	PREMIERE Année.			SECONDE Année.			TROISIEME Année.			ANNE'E Bissexte.	
Iours	D.	M.	Iours	D.	M.	Iours	D.	M.	Iours	D.	M.
1	16	51	1	16	56	1	17	..	1	17	.5
2	16	33	2	16	38	2	16	42	2	16	47
3	16	16	3	16	20	3	16	25	3	16	29
4	15	57	4	16	.2	4	16	.7	4	16	11
5	15	39	5	15	44	5	15	48	5	15	53
6	15	21	6	15	25	6	15	30	6	15	35
7	15	.2	7	15	.8	7	15	11	7	15	16
8	14	42	8	14	47	8	14	52	8	14	57
9	14	23	9	14	28	9	14	33	9	14	38
10	14	.4	10	14	.8	10	14	13	10	14	18
11	13	44	11	13	48	11	13	53	11	13	58
12	13	23	12	13	28	12	13	33	12	13	38
13	13	.3	13	13	.8	13	13	13	13	13	18
14	12	42	14	12	48	14	12	52	14	12	58
15	12	21	15	12	28	15	12	31	15	12	37
16	12	.1	16	12	.6	16	12	11	16	12	17
17	11	39	17	11	45	17	11	50	17	11	55
18	11	18	18	11	24	18	11	29	18	11	34
19	10	57	19	11	.2	19	11	.7	19	11	13
20	10	35	20	10	41	20	10	45	20	10	51
21	10	13	21	10	18	21	10	24	21	10	30
22	9	51	22	9	56	22	10	.2	22	10	.8
23	9	29	23	9	34	23	9	40	23	9	46
24	9	.7	24	9	12	24	9	18	24	9	24
25	8	44	25	8	50	25	8	55	25	9	.1
26	8	22	26	8	27	26	8	33	26	8	39
27	7	59	27	8	.5	27	8	10	27	8	16
28	7	36	28	7	41	28	7	47	28	7	54
									29	7	31

)(Declinaison Sud)(Declinaison Sud)(Declinaison Sud)(Declinaison Sud)(

TABLE DE LA DECLINAISON
du Soleil.

MARS.

PREMIÈRE Année.			SECONDE Année.			TROISIEME Année.			ANNE'E Biſſexte.		
Iours	D.	M	Iours	D.	M.	Iours	D.	M	Iours	D.	M.
1	7	1	1	7	19	1	7	24	1	7	8
2	6	51	2	6	56	2	7	2	2	6	45
3	6	28	3	6	33	3	6	39	3	6	22
4	6	4	4	6	10	4	6	15	4	5	59
5	5	41	5	5	47	5	5	52	5	5	36
6	5	18	6	5	23	6	5	29	6	5	12
7	4	54	7	4	0	7	5	5	7	4	48
8	4	31	8	4	36	8	4	42	8	4	25
9	4	7	9	4	13	9	4	19	9	4	2
10	3	43	10	3	50	10	3	55	10	3	38
11	3	20	11	3	26	11	3	32	11	3	14
12	2	57	12	3	2	12	3	8	12	2	50
13	2	33	13	2	41	13	2	44	13	2	27
14	2	9	14	2	15	14	2	20	14	2	4
15	1	46	15	1	51	15	1	57	15	1	40
16	1	22	16	1	28	16	1	34	16	1	16
17	.	58	17	1	4	17	1	10	17	.	52
18	.	34	18	.	40	18	.	46	18	.	29
19	.	10	19	.	16	19	.	22	19	.	5
20	N.	14	20	N.	8	20	N.	2	20	N.	19
21	.	38	21	.	31	21	.	26	21	.	43
22	1	2	22	.	55	22	.	49	22	1	7
23	1	25	23	1	19	23	1	13	23	1	30
24	1	48	24	1	42	24	1	36	24	1	54
25	2	12	25	2	6	25	2	0	25	2	17
26	2	35	26	2	29	26	2	23	26	2	41
27	2	58	27	2	53	27	2	47	27	3	4
28	3	22	28	3	16	28	3	10	28	3	28
29	3	45	29	3	40	29	3	34	29	3	41
30	4	8	30	4	3	30	3	57	30	4	14
31	4	32	31	4	26	31	4	20	31	4	37

Declinaiſon Sud ♈ Declinaiſon Nord

Declinaiſon Sud ♈ Declinaiſon Nord

TABLE DE LA DECLINAISON
du Soleil.

AVRIL.

PREMIERE Année.			SECONDE Année.			TROISIEME Année.			ANNÉE Bissexte.		
Iours	D	M.	Iours	D	M.	Iours	D	M.	Iours	D	M.
1	4	55	1	4	49	1	4	44	1	5	..
2	5	18	2	5	12	2	5	6	2	5	23
3	5	41	3	5	35	3	5	30	3	5	47
4	6	3	4	5	58	4	5	53	4	6	9
5	6	26	5	6	21	5	6	15	5	6	32
6	6	49	6	6	44	6	6	38	6	6	54
7	7	11	7	7	6	7	7	0	7	7	16
8	7	34	8	7	28	8	7	23	8	7	39
9	7	56	9	7	51	9	7	45	9	8	2
10	8	17	10	8	13	10	8	8	10	8	23
11	8	40	11	8	35	11	8	29	11	8	45
12	9	2	12	8	57	12	8	51	12	9	7
13	9	24	13	9	19	13	9	13	13	9	29
14	9	45	14	9	40	14	9	35	14	9	50
15	10	6	15	10	1	15	9	56	15	10	11
16	10	28	16	10	23	16	10	17	16	10	32
17	10	49	17	10	43	17	10	39	17	10	54
18	11	10	18	11	5	18	10	59	18	11	15
19	11	31	19	11	25	19	11	21	19	11	36
20	11	51	20	11	45	20	11	41	20	11	56
21	12	11	21	12	6	21	12	1	21	12	16
22	12	31	22	12	26	22	12	21	22	12	36
23	12	51	23	12	46	23	12	41	23	12	56
24	13	11	24	13	6	24	13	1	24	13	15
25	13	31	25	13	26	25	13	21	25	13	35
26	13	50	26	13	45	26	13	40	26	13	54
27	14	8	27	14	4	27	13	59	27	14	13
28	14	27	28	14	22	28	14	18	28	14	32
29	14	46	29	14	41	29	14	37	29	14	50
30	15	5	30	15	0	30	14	55	30	15	8

Declinaison Nord · Declinaison Nord · Declinaison Nord · Declinaison Nord

TABLE DE LA DECLINAISON du Soleil.

MAY.

PREMIERE Année.			SECONDE Année.			TROISIEME Année.			ANNE'E Bissexte.		
Iours	D.	M.	Iours	D.	M.	Iours	D.	M.	Iours	D.	M.
1	15	22	1	15	18	1	15	13	1	15	26
2	15	40	2	15	36	2	15	31	2	15	44
3	15	57	3	15	53	3	15	49	3	16	2
4	16	15	4	16	11	4	16	6	4	16	19
5	16	32	5	16	28	5	16	23	5	16	36
6	16	49	6	16	45	6	16	41	6	16	53
7	17	5	7	17	1	7	16	57	7	17	9
8	17	21	8	17	18	8	17	14	8	17	25
9	17	37	9	17	33	9	17	30	9	17	41
10	17	53	10	17	49	10	17	45	10	17	57
11	18	8	11	18	5	11	18	1	11	18	12
12	18	23	12	18	20	12	18	16	12	18	27
13	18	38	13	18	34	13	18	31	13	18	41
14	18	52	14	18	49	14	18	45	14	18	56
15	19	6	15	19	3	15	18	59	15	19	10
16	19	20	16	19	17	16	19	13	16	19	24
17	19	33	17	19	30	17	19	27	17	19	37
18	19	46	18	19	43	18	19	40	18	19	50
19	19	59	19	19	56	19	19	53	19	20	2
20	20	11	20	20	9	20	20	6	20	20	15
21	20	24	21	20	21	21	20	18	21	20	27
22	20	36	22	20	33	22	20	30	22	20	38
23	20	47	23	20	44	23	20	42	23	20	50
24	20	58	24	20	55	24	20	53	24	21	1
25	21	9	25	21	6	25	21	3	25	21	11
26	21	19	26	21	17	26	21	14	26	21	22
27	21	29	27	21	27	27	21	24	27	21	31
28	21	38	28	21	36	28	21	34	28	21	41
29	21	48	29	21	46	29	21	43	29	21	50
30	21	57	30	21	54	30	21	52	30	21	59
31	22	5	31	22	3	31	22	1	31	22	7

Nord   ♓   Declinaison

* *

TABLE DE LA DECLINAISON
du Soleil.

IVIN.

	PREMIERE Année.			SECONDE Année.			TROISIEME Année.			ANNE'E Bissexte.		
	Iours	D.	M.	Iours	D.	M.	Iours	D.	M.	Iours	D.	M.
	1	22	13	1	22	11	1	22	9	1	22	15
	2	22	21	2	22	19	2	22	16	2	22	23
	3	22	29	3	22	26	3	22	25	3	22	30
	4	22	35	4	22	33	4	22	32	4	22	37
	5	22	41	5	22	40	5	22	39	5	22	43
	6	22	48	6	22	46	6	22	45	6	22	49
	7	22	53	7	22	52	7	22	51	7	22	55
	8	22	59	8	22	57	8	22	56	8	23	.
	9	23	4	9	23	2	9	23	1	9	23	5
	10	23	8	10	23	7	10	23	6	10	23	9
	11	23	12	11	23	11	11	23	10	11	23	13
	12	23	16	12	23	15	12	23	14	12	23	16
	13	23	19	13	23	19	13	23	18	13	23	20
	14	23	22	14	23	22	14	23	21	14	23	23
	15	23	25	15	23	24	15	23	24	15	23	25
	16	23	27	16	23	26	16	23	26	16	23	27
	17	23	28	17	23	28	17	23	28	17	23	29
	18	23	30	18	23	29	18	23	29	18	23	30
	19	23	31	19	23	30	19	23	30	19	23	31
	20	23	31	20	23	31	20	23	31	20	23	31
	21	23	31	21	23	31	21	23	31	21	23	31
	22	23	31	22	23	31	22	23	31	22	23	31
	23	23	30	23	23	30	23	23	30	23	23	30
	24	23	29	24	23	29	24	23	29	24	23	28
	25	23	27	25	23	27	25	23	28	25	23	26
	26	23	25	26	23	25	26	23	26	26	23	24
	27	23	23	27	23	23	27	23	24	27	23	22
	28	23	20	28	23	21	28	23	21	28	23	19
	29	23	16	29	23	17	29	23	18	29	23	16
	30	23	12	30	23	14	30	23	15	30	23	12

Declinaison Nord. ♋

TABLE DE LA DECLINAISON du Soleil.

IVILLET.

PREMIERE Année			SECONDE Année			TROISIEME Année			ANNE'E Bissexte		
Iours	D.	M.	Iours	D.	M.	Iours	D.	M.	Iours	D.	M.
1	23	9	1	23	9	1	23	11	1	23	8
2	23	4	2	23	5	2	23	6	2	23	3
3	22	59	3	23	..	3	23	2	3	22	58
4	22	54	4	22	55	4	22	57	4	22	53
5	22	48	5	22	50	5	22	51	5	22	47
6	22	42	6	22	44	6	22	45	6	22	40
7	22	36	7	22	37	7	22	39	7	22	34
8	22	29	8	22	31	8	22	33	8	22	27
9	22	22	9	22	23	9	22	25	9	22	20
10	22	14	10	22	16	10	22	18	10	22	12
11	22	8	11	22	9	11	22	10	11	22	4
12	21	58	12	22	..	12	22	2	12	21	55
13	21	49	13	21	51	13	21	53	13	21	47
14	21	40	14	21	42	14	21	44	14	21	38
15	21	31	15	21	33	15	21	35	15	21	28
16	21	21	16	21	23	16	21	25	16	21	18
17	21	10	17	21	13	17	21	15	17	21	8
18	21	..	18	21	2	18	21	5	18	20	57
19	20	49	19	20	52	19	20	54	19	20	46
20	20	38	20	20	39	20	20	43	20	20	35
21	20	26	21	20	29	21	20	32	21	20	23
22	20	14	22	20	17	22	20	20	22	20	11
23	20	2	23	20	5	23	20	8	23	19	59
24	19	49	24	19	52	24	19	55	24	19	46
25	19	36	25	19	39	25	19	42	25	19	33
26	19	23	26	19	26	26	19	29	26	19	20
27	19	9	27	19	12	27	19	15	27	19	6
28	18	55	28	18	59	28	19	2	28	18	52
29	18	41	29	18	46	29	18	48	29	18	38
30	18	26	30	18	30	30	18	33	30	18	23
31	18	12	31	18	15	31	18	19	31	18	8

Declinaison Nord — Declinaison Nord — Declinaison Nord — Declinaison Nord

TABLE DE LA DECLINAISON
du Soleil.

AOVST.

	PREMIERE Année.			SECONDE Année.			TROISIEME Année.			ANNÉE Bissexte.		
	Iours	D.	M.	Iours	D.	M.	Iour	D.	M.	Iours	D.	M.
	1	17	56	1	18	..	1	18	.4	1	17	51
	2	17	41	2	17	45	2	17	48	2	17	37
	3	17	25	3	17	29	3	17	33	3	17	21
	4	17	.9	4	17	13	4	17	17	4	17	.5
	5	16	52	5	16	57	5	17	.1	5	16	49
	6	16	36	6	16	41	6	16	45	6	16	32
	7	16	19	7	16	23	7	16	28	7	16	15
	8	16	.3	8	16	.7	8	16	11	8	15	58
	9	15	45	9	15	49	9	15	53	9	15	40
	10	15	27	10	15	32	10	15	36	10	15	23
	11	15	.9	11	15	14	11	15	18	11	15	.5
	12	14	52	12	14	56	12	15	..	12	14	47
	13	14	33	13	14	37	13	14	42	13	14	28
	14	14	15	14	14	19	14	14	23	14	14	10
	15	13	56	15	14	..	15	14	.5	15	13	51
	16	13	37	16	13	41	16	13	46	16	13	32
	17	13	17	17	13	22	17	13	27	17	13	13
	18	12	58	18	13	.2	18	13	.7	18	12	54
	19	12	38	19	12	43	19	12	48	19	12	35
	20	12	18	20	12	23	20	12	28	20	12	14
	21	11	59	21	12	.3	21	12	.8	21	11	54
	22	11	38	22	11	43	22	11	48	22	11	33
	23	11	18	23	11	23	23	11	28	23	11	13
	24	10	57	24	11	.2	24	11	.7	24	10	52
	25	10	36	25	10	41	25	10	46	25	10	31
	26	10	15	26	10	20	26	10	25	26	10	10
	27	9	54	27	9	59	27	10	.5	27	9	49
	28	9	33	28	9	38	28	9	43	28	9	28
	29	9	11	29	9	17	29	9	22	29	9	.6
	30	8	50	30	8	55	30	9	..	30	8	45
	31	8	28	31	8	34	31	8	38	31	8	23

Declinaison Nord — Declinaison Nord — Declinaison Nord — Declinaison Nord

mp — mp — mp

TABLE DE LA DECLINAISON du Soleil.

SEPTEMBRE.

PREMIERE Année			SECONDE Année			TROISIEME Année			ANNÉE Bissexte		
Iours	D.	M.	Iours	D.	M.	Iours	D.	M.	Iours	D.	M.
1	8	6	1	8	11	1	8	17	1	8	1
2	7	44	2	7	49	2	7	54	2	7	39
3	7	22	3	7	28	3	7	32	3	7	16
4	7	..	4	7	5	4	7	11	4	6	54
5	6	37	5	6	43	5	6	48	5	6	32
6	6	15	6	6	20	6	6	26	6	6	10
7	5	53	7	5	58	7	6	3	7	5	47
8	5	30	8	5	35	8	5	40	8	5	24
9	5	7	9	5	13	9	5	17	9	5	1
10	4	44	10	4	50	10	4	55	10	4	39
11	4	21	11	4	27	11	4	32	11	4	15
12	3	59	12	4	3	12	4	9	12	3	52
13	3	35	13	3	41	13	3	46	13	3	29
14	3	12	14	3	17	14	3	23	14	3	6
15	2	48	15	2	54	15	3	..	15	2	43
16	2	25	16	2	31	16	2	36	16	2	19
17	2	2	17	2	8	17	2	13	17	1	57
18	1	39	18	1	44	18	1	50	18	1	33
19	1	16	19	1	21	19	1	27	19	1	10
20	.	52	20	.	57	20	1	3	20	.	46
21	.	28	21	.	34	21	.	40	21	.	23
22	.	5	22	.	10	22	.	16	22	S.	1
23	S.	19	23	S.	23	23	S.	8	23	.	25
24	.	43	24	.	37	24	.	31	24	.	48
25	1	6	25	1	..	25	.	55	25	1	12
26	1	30	26	1	24	26	1	18	26	1	35
27	1	53	27	1	48	27	1	42	27	1	59
28	2	16	28	2	11	28	2	5	28	2	22
29	2	40	27	2	34	19	2	28	29	2	46
30	3	3	30	2	58	30	2	52	30	3	9

Declinaison Nord — Declinaison Sud (PREMIERE Année)

Declinaison Nord — Declinaison Sud (SECONDE Année)

Declinaison Nord — Declinaison Sud (TROISIEME Année)

* * *

TABLE DE LA DECLINAISON
du Soleil.

OCTOBRE.

PREMIERE Année			SECONDE Année			TROISIEME Année			ANNE'E Bissexte.		
Iours	D.	M.	Iours	D.	M.	Iours	D.	M.	Iours	D	M
1	3	27	1	3	21	1	3	16	1	3	33
2	3	50	2	3	44	2	3	39	2	3	56
3	4	13	3	4	8	3	4	2	3	4	19
4	4	37	4	4	31	4	4	26	4	4	42
5	5	0	5	4	54	5	4	49	5	5	6
6	5	23	6	5	18	6	5	12	6	5	29
7	5	46	7	5	41	7	5	35	7	5	52
8	6	9	8	6	4	8	5	58	8	6	15
9	6	32	9	6	27	9	6	21	9	6	38
10	6	55	10	6	50	10	6	44	10	7	1
11	7	18	11	7	13	11	7	7	11	7	23
12	7	41	12	7	35	12	7	30	12	7	46
13	8	3	13	7	58	13	7	52	13	8	9
14	8	26	14	8	20	14	8	15	14	8	31
15	8	48	15	8	43	15	8	37	15	8	54
16	9	10	16	9	5	16	9	0	16	9	16
17	9	33	17	9	27	17	9	22	17	9	38
18	9	54	18	9	49	18	9	44	18	10	0
19	10	16	19	10	11	19	10	6	19	10	21
20	10	38	20	10	32	20	10	27	20	10	43
21	10	59	21	10	54	21	10	49	21	11	5
22	11	21	22	11	15	22	11	10	22	11	26
23	11	42	23	11	37	23	11	32	23	11	47
24	12	3	24	11	58	24	11	55	24	12	8
25	12	23	25	12	19	25	12	14	25	12	29
26	12	44	26	12	39	26	12	34	26	12	49
27	13	4	27	13	0	27	12	55	27	13	9
28	13	25	28	13	20	28	13	15	28	13	30
29	13	45	29	13	40	29	13	35	29	13	49
30	14	5	30	14	0	30	13	55	30	14	9
31	14	24	31	14	19	31	14	15	31	14	29

Declinaison Sud

Declinaison Sud

Declinaison Sud

Declinaison Sud

NOVEMBRE.

PREMIERE Année.			SECONDE Année.			TROISIÈME Année.			ANNÉE Bissexte.		
Iours	D.	M	Iours	D.	M.	Iours	D.	M.	Iours	D.	M
1	14	44	1	14	39	1	14	34	1	14	48
2	15	3	2	14	58	2	14	53	2	15	7
3	15	22	3	15	17	3	15	12	3	15	26
4	15	40	4	15	35	4	15	31	4	15	44
5	15	58	5	15	53	5	15	49	5	16	3
6	16	16	6	16	12	6	16	7	6	16	20
7	16	34	7	16	30	7	16	25	7	16	38
8	16	51	8	16	47	8	16	43	8	16	55
9	17	9	9	17	4	9	16	59	9	17	13
10	17	26	10	17	21	10	17	17	10	17	29
11	17	42	11	17	38	11	17	34	11	17	46
12	17	58	12	17	55	12	17	51	12	18	2
13	18	14	13	18	10	13	18	7	13	18	18
14	18	30	14	18	26	14	18	23	14	18	34
15	18	45	15	18	41	15	18	38	15	18	49
16	19	0	16	18	57	16	18	53	16	19	4
17	19	15	17	19	11	17	19	8	17	19	18
18	19	29	18	19	26	18	19	22	18	19	33
19	19	43	19	19	40	19	19	37	19	19	47
20	19	57	20	19	53	20	19	50	20	20	.
21	20	10	21	20	7	21	20	3	21	20	13
22	20	23	22	20	20	22	20	16	22	20	26
23	20	35	23	20	31	23	20	29	23	20	38
24	20	47	24	20	44	24	20	41	24	20	50
25	20	59	25	20	56	25	20	53	25	21	2
26	21	10	26	21	8	26	21	5	26	21	13
27	21	21	27	21	19	27	21	16	27	21	24
28	21	32	28	21	29	28	21	27	28	21	34
29	21	42	29	21	39	29	21	37	29	21	44
30	21	52	30	21	49	30	21	47	30	21	53

Declinaison Sud · Declinaison Sud · Declinaison · Declinaison Sud

TABLE DE LA DECLINAISON du Soleil.

DECEMBRE.

	PREMIERE Année.			SECONDE Année.			TROISIEME Année.			ANNE'E Biffexte.		
	Iours	D.	M.	Iours	D.	M	Iours	D.	M	Iours	D.	M.
	1	22	1	1	21	58	1	21	56	1	21	58
	2	22	10	2	22	7	2	22	5	2	22	7
	3	22	18	3	22	16	3	22	14	3	22	16
	4	22	25	4	22	24	4	22	22	4	22	24
	5	22	33	5	22	32	5	22	30	5	22	32
	6	22	40	6	22	39	6	22	37	6	22	39
	7	22	47	7	22	46	7	22	44	7	22	46
	8	22	53	8	22	51	8	22	50	8	22	51
	9	22	59	9	22	57	9	22	56	9	22	57
	10	23	4	10	23	3	10	23	2	10	23	3
	11	23	9	11	23	8	11	23	7	11	23	8
	12	23	13	12	23	12	12	23	11	12	23	12
	13	23	17	13	23	16	13	23	15	13	23	16
	14	23	21	14	23	20	14	23	19	14	23	20
	15	23	24	15	23	23	15	23	22	15	23	23
	16	23	26	16	23	25	16	23	25	16	23	25
	17	23	28	17	23	27	17	23	27	17	23	27
	18	23	29	18	23	29	18	23	29	18	23	29
	19	23	30	19	23	30	19	23	30	19	23	30
	20	23	31	20	23	31	20	23	31	20	23	31
	21	23	32	21	23	31	21	23	31	21	23	31
	22	23	31	22	23	31	22	23	31	22	23	31
	23	23	30	23	23	30	23	23	30	23	23	30
	24	23	28	24	23	29	24	23	29	24	23	29
	25	23	27	25	23	27	25	23	28	25	23	27
	26	23	24	26	23	25	26	23	26	26	23	25
	27	23	21	27	23	22	27	23	23	27	23	22
	28	23	18	28	23	19	28	23	20	28	23	19
	29	23	15	29	23	16	29	23	16	29	23	16
	30	23	11	30	23	12	30	23	12	30	23	12
	31	23	6	31	23	7	31	23	8	31	23	7

Declinaison Sud — Declinaison Sud — Declinaison Sud — Declinaison Sud

APPENDICE POVR LA CONSTRVCTION
des Tables de la Declinaison du Soleil.

POur satisfaire & m'acquitter de la promesse que ie vous avois fait en vous donnant mes Tables de la Declinaison, de vous enseigner d'en construire les Tables non seulement pour le temps present, mais encor pour l'avenir, dequoy seul est question pour les Pilottes, ie dis que pour construire une Table de la Declinaison du lieu du Soleil, il est besoin de deux choses, la premiere de sçavoir le lieu du soleil dans le zodiaque, la seconde de connoistre la plus grande declinaison du soleil pour le temps auquel l'on veut supputer sa declinaison, lesquels deux fondements bien establis il n'est pas bien difficile de trouver la declinaison du soleil.

Pour le premier poinct qui est le lieu du soleil dans le zodiaque, il peut estre supputé par des Tables ou Ephemerides generales, par le moyen desquelles l'on peut trouver à cent ou mil ans d'icy le lieu du soleil dans l'Ecliptique, le calcul en est un peu long, mais au reste requiert plutost du travail & de l'application qu'une grande intelligence ou science: il se rencontre des personnes lesquelles ont tant de zele pour le bien public, qu'ils se donnent la peine de les calculer, & les ranger en Tables qu'ils appellent Ephemerides.

Quoy que ie vous eusse promis de les supputer moy mesme, neantmoins pour me soulager d'un travail, qui au reste, à mon advis, eut esté inutile, entre plusieurs Autheurs i'ay choisi celles d'Argolus, lesquelles sont supputées pour le Meridien de Rome, mais que i'ay ajustées à celuy de Dieppe.

I'avois eu la pensée de les supputer pour celuy des Assores ou des Canaries, afin que dans les Isles Occidentales, ou dans l'Amerique, ou se font nos plus ordinaires Navigations, elles fussent plus correctes, quand l'on n'y apporte aucun ajustement, ie vous laisse à iuger si ma pensée estoit raisonnable, il me suffit de vous l'avoir seulement indiquée; puis qu'il est libre à un chacun d'en faire comme bon luy semble, & mesme de se servir de tel Autheur pour

T.

lequel il a plus d'inclination, la difference que l'on y rencontre des uns aux autres, n'eſtant que peu de ſecondes (parce que le mouvement du ſoleil eſt paſſablement connu des Aſtronomes) n'eſt pas capable d'apporter erreur à la declinaiſon.

Bien qu'à la rigueur il ſeroit neceſſaire d'en avoir pour toutes les années, ie les ay ſeulement extraites pour quatre années, ſçavoir 1672 pour les années biſſextes, 1673 pour les premieres années aprés biſſexte, 1674 pour les ſecondes années aprés biſſexte, 1675 pour les troiſieſmes années aprés biſſexte, leſquelles i'ay diſpoſé de la meſme façon que les Tables de la declinaiſon du ſoleil, ſçavoir les douze mois ſuivant leur ordre en autant de pages ou vous trouverrez toutes les quatre années, avec les iours de l'an de chaque mois de l'année, avec cette difference qu'en la Table de la declinaiſon, il ny a que les deg. & min. ou à celles du lieu du ſoleil, il y a les deg. min. & ſecondes.

LIEV DV SOLEIL
au Zodiaque.

IANVIER.

PREMIERE Année. ♑				SECONDE Année. ♑				TROISIEME Année. ♑				BISSEXTE. ♑			
Iours	D.	M.	S.	Iours	D.	M	S.	Iours	D	M.	S.	Iours	D.	M.	S.
1	11	48	38	1	11	33	46	1	11	18	53	1	11	2	14
2	12	49	55	2	12	35	3	2	12	20	11	2	12	3	32
3	13	51	12	3	13	36	20	3	13	21	28	3	13	4	49
4	14	52	29	4	14	37	37	4	14	22	45	4	14	6	6
5	15	53	46	5	15	38	54	5	15	24	2	5	15	7	23
6	16	55	2	6	16	40	10	6	16	25	19	6	16	8	39
7	17	56	18	7	17	41	26	7	17	26	35	7	17	9	55
8	18	57	33	8	18	42	41	8	18	27	50	8	18	11	10
9	19	58	48	9	19	43	56	9	19	29	5	9	19	12	25
10	21	0	2	10	20	45	10	10	20	30	19	10	20	13	40
11	22	1	16	11	21	46	24	11	21	31	33	11	21	14	54
12	23	2	30	12	22	47	36	12	22	32	47	12	22	16	7
13	24	3	44	13	23	48	51	13	23	34	0	13	23	17	20
14	25	4	55	14	24	50	3	14	24	35	12	14	24	18	32
15	26	6	6	15	25	51	15	15	25	36	23	15	25	19	44
16	27	7	16	16	26	52	36	16	26	37	34	16	26	20	55
17	28	8	25	17	27	53	36	17	27	38	44	17	27	22	5
18	29	9	34	18	28	54	45	18	28	39	53	18	28	23	15
19	♒	10	41	19	29	55	52	19	29	41	1	19	29	24	23
20	1	11	47	20	♒	56	58	20	♒	42	8	20	♒	25	30
21	2	12	52	21	1	58	3	21	1	43	14	21	1	26	36
22	3	13	57	22	2	59	8	22	2	44	19	22	2	27	42
23	4	15	1	23	4	0	12	23	3	45	22	23	3	28	47
24	5	16	4	24	5	1	15	24	4	46	28	24	4	29	51
25	6	17	5	25	6	2	17	25	5	47	30	25	5	30	54
26	7	18	6	26	7	3	18	26	6	48	29	26	6	31	56
27	8	19	6	27	8	4	18	27	7	49	29	27	7	32	56
28	9	20	5	28	9	5	17	28	8	50	30	28	8	33	55
29	10	21	3	29	10	6	15	29	9	51	28	29	9	34	53
30	11	21	59	30	11	7	12	30	10	52	25	30	10	35	49
31	12	22	53	31	12	8	7	31	11	53	20	31	11	36	46

a

LIEV DV SOLEIL
au Zodiaque.

FEVRIER.

PREMIERE Année				SECONDE Année				TROISIEME Année				BISSEXTE.			
Iours	D	M	S	Iours	D	M	S	Iours	D	M	S	Iours	D	M	S
1	13	23	46	1	13	9	..	1	12	54	15	1	12	37	41
2	14	24	38	2	14	9	53	2	13	55	6	2	13	38	34
3	15	25	29	3	15	10	45	3	14	55	57	3	14	39	26
4	16	26	19	4	16	11	35	4	15	56	47	4	15	40	17
5	17	27	7	5	17	12	21	5	16	57	36	5	16	41	6
6	18	27	54	6	18	13	10	6	17	58	25	6	17	41	54
7	19	28	39	7	19	13	56	7	18	59	9	7	18	42	40
8	20	29	24	8	20	14	41	8	19	59	54	8	19	43	25
9	21	30	7	9	21	15	24	9	21	..	38	9	20	44	8
10	22	30	47	10	22	16	5	10	22	1	20	10	21	44	50
11	23	31	28	11	23	16	45	11	23	2	1	11	22	45	30
12	24	32	6	12	24	17	23	12	24	2	41	12	23	46	9
13	25	32	42	13	25	17	59	13	25	3	19	13	24	46	46
14	26	33	16	14	26	18	32	14	26	3	54	14	25	47	21
15	27	33	48	15	27	19	4	15	27	4	27	15	26	47	54
16	28	34	20	16	28	19	34	16	28	4	57	16	27	48	15
17	29	34	46	17	29	20	3	17	29	5	26	17	28	48	55
18	)(	35	13	18	)(	20	31	18	)(	5	53	18	29	49	13
19	1	35	37	19	1	20	57	19	1	6	19	19	)(	49	50
20	2	36	..	20	2	21	21	20	2	6	43	20	1	50	15
21	3	36	22	21	3	21	43	21	3	7	5	21	2	50	38
22	4	36	41	22	4	22	3	22	4	7	24	22	3	50	59
23	5	36	58	23	5	22	22	23	5	7	41	23	4	51	18
24	6	37	14	24	6	22	39	24	6	7	57	24	5	51	35
25	7	37	26	25	7	22	54	25	7	8	11	25	6	51	51
26	8	37	38	26	8	23	7	26	8	8	21	26	7	52	5
27	9	37	48	27	9	23	18	27	9	8	32	27	8	52	17
28	10	37	56	28	10	24	26	28	10	8	41	28	9	52	27
												29	10	52	35

MARS.

PREMIERE Année. ♓				SECONDE Année. ♓				TROISIEME Année. ♓				BISSEXTE. ♓			
Iours	D	M	S	Iours	D	M	S	Iours	D	M	S	Iours	D	M	S
1	11	38	6	1	11	23	32	1	11	8	8	1	11	52	40
2	12	38	10	2	12	23	37	2	12	8	53	2	12	52	45
3	13	38	13	3	12	23	40	3	13	8	56	3	13	52	49
4	14	38	14	4	14	23	41	4	14	8	58	4	14	52	50
5	15	38	12	5	15	23	40	5	15	8	57	5	15	52	49
6	16	38	8	6	16	23	36	6	16	8	54	6	16	52	45
7	17	38	2	7	17	23	30	7	17	8	49	7	17	52	39
8	18	37	53	8	18	23	22	8	18	8	42	8	18	52	30
9	19	37	42	9	19	23	12	9	19	8	33	9	19	52	19
10	20	37	29	10	20	23	.	10	20	8	21	10	20	52	6
11	21	37	14	11	21	22	44	11	21	8	16	11	21	51	50
12	22	36	56	12	22	22	28	12	22	7	50	12	22	51	32
13	23	36	37	13	23	22	10	13	23	7	33	13	23	51	12
14	24	36	15	14	24	21	50	14	24	7	14	14	24	50	50
15	25	35	52	15	25	21	27	15	25	6	52	15	25	50	26
16	26	35	27	16	26	21	2	16	26	6	27	16	26	49	59
17	27	34	59	17	27	20	35	17	27	6	2	17	27	49	30
18	28	34	29	18	28	20	5	18	28	5	31	18	28	48	57
19	29	33	57	19	29	19	34	19	29	5	.	19	9	48	23
20	♈	33	23	20	♈	19	.	20	♈	4	27	20	♈	47	47
21	1	32	47	21	1	18	23	21	1	3	51	21	1	47	9
22	2	32	7	22	2	17	46	22	2	3	34	22	2	46	30
23	3	31	29	23	3	17	5	23	3	2	34	23	3	45	50
24	4	30	46	24	4	16	25	24	4	1	50	24	4	45	8
25	5	30	1	25	5	15	41	25	5	1	8	25	5	44	24
26	6	29	14	26	6	14	54	26	6	.	22	26	6	43	38
27	7	28	24	27	7	14	4	27	6	59	34	27	7	42	49
28	8	27	32	28	8	13	13	28	7	58	44	28	8	42	8
29	9	26	38	29	9	12	20	29	8	57	51	29	9	41	14
30	10	25	42	30	10	11	25	30	9	56	56	30	10	40	18
31	11	24	44	31	11	10	27	31	10	55	59	31	11	39	10

LIEV DV SOLEIL
au Zodiaque.

AVRIL.

PREMIERE Année. ♈				SECONDE Année. ♈				TROISIEME Année. ♈				BISSEXTE. ♈			
Iours	D	M	S	Iours	D	M	S	Iours	D	M	S	Iours	D	M	S
1	12	23	43	1	12	9	26	1	11	54	59	1	12	37	57
2	13	22	42	2	13	8	24	2	12	53	58	2	13	36	56
3	14	21	35	3	14	7	21	3	13	52	55	3	14	35	51
4	15	20	29	4	15	6	16	4	14	51	50	4	15	34	44
5	16	19	21	5	16	5	9	5	15	50	43	5	16	33	35
6	17	18	11	6	17	3	59	6	16	49	34	6	17	32	24
7	18	16	59	7	18	2	57	7	17	48	22	7	18	31	11
8	19	15	44	8	19	1	33	8	18	47	8	8	19	29	56
9	20	14	27	9	20	.	16	9	19	45	52	9	20	28	39
10	21	13	7	10	20	58	56	10	20	44	34	10	21	27	19
11	22	11	45	11	21	57	34	11	21	43	13	11	22	25	57
12	23	10	21	12	22	56	10	12	22	41	49	12	23	24	34
13	24	8	55	13	23	54	44	13	23	40	23	13	24	23	4
14	25	7	27	14	24	53	16	14	24	38	55	14	25	21	35
15	26	5	56	15	25	51	56	15	25	37	25	15	26	20	5
16	27	4	24	16	26	50	16	16	26	35	53	16	27	18	33
17	28	2	50	17	27	48	46	17	27	34	20	17	28	16	59
18	29	1	14	18	28	47	7	18	28	32	46	18	29	15	23
19	♉	.	36	19	29	45	30	19	29	31	10	19	♉	13	45
20	0	57	56	20	♉	43	51	20	♉	29	32	20	1	12	4
21	1	54	28	21	1	42	7	21	1	27	52	21	2	10	22
22	2	53	30	22	2	40	26	22	2	26	10	22	3	8	37
23	3	52	44	23	3	38	41	23	3	24	26	23	4	6	50
24	4	50	56	24	4	36	54	24	4	22	40	24	5	5	1
25	5	49	17	25	5	35	5	25	5	20	52	25	6	3	11
26	6	47	16	26	6	33	13	26	6	19	4	26	7	1	18
27	7	45	23	27	7	31	20	27	7	17	12	27	7	59	24
28	8	43	28	28	8	29	25	28	8	15	19	28	8	57	28
29	9	41	33	29	9	27	28	29	9	13	24	29	9	55	31
30	10	39	31	30	10	25	30	30	10	11	27	30	10	53	32

M A Y.

PREMIERE Année. ♉				SECONDE Année. ♉				TROISIEME Année. ♉				BISSEXTE. ♉			
Iours	D	M	S	Iours	D	M	S	Iours	D	M	S	Iours	D	M	S
1	11	37	31	1	11	23	30	1	11	9	29	1	11	51	32
2	12	35	29	2	12	21	28	2	12	7	29	2	12	49	31
3	13	33	25	3	13	19	24	3	13	5	26	3	13	47	27
4	14	41	19	4	14	17	18	4	14	3	21	4	14	45	21
5	15	29	10	5	15	15	11	5	15	1	14	5	15	43	14
6	16	27	1	6	16	13	2	6	15	59	5	6	16	41	5
7	17	24	50	7	17	10	52	7	16	56	53	7	17	38	55
8	18	22	37	8	18	8	39	8	17	54	41	8	18	36	42
9	19	20	22	9	19	6	25	9	18	52	27	9	19	34	28
10	20	18	5	10	20	4	9	10	19	50	12	10	20	32	12
11	21	15	47	11	21	1	52	11	20	47	55	11	21	30	4
12	22	13	27	12	21	59	35	12	21	45	36	12	22	27	34
13	23	11	6	13	22	57	16	13	22	43	15	13	23	25	7
14	24	8	44	14	23	54	56	14	23	40	53	14	24	22	48
15	25	6	21	15	24	52	33	15	24	38	30	15	25	20	23
16	26	3	57	16	25	50	9	16	25	36	6	16	26	17	56
17	27	1	31	17	26	47	44	17	26	33	40	17	27	15	28
18	27	59	13	18	27	45	17	18	27	31	13	18	28	12	59
19	28	56	34	19	28	42	49	19	28	28	45	19	29	10	29
20	29	54	4	20	29	40	18	20	29	26	16	20	II	7	58
21	II	51	33	21	II	37	50	21	II	23	46	21	1	5	26
22	1	49	1	22	1	35	17	22	1	21	13	22	2	2	52
23	2	46	27	23	2	32	42	23	2	18	39	23	3	..	18
24	3	43	52	24	3	30	6	24	3	16	4	24	3	57	43
25	4	41	16	25	4	27	29	25	4	13	28	25	4	55	6
26	5	38	39	26	5	24	51	26	5	10	51	26	5	52	28
27	6	36	1	27	6	22	12	27	6	8	13	27	6	49	49
28	7	33	21	28	7	19	32	28	7	5	34	28	7	47	9
29	8	30	39	29	8	16	50	29	8	2	54	29	8	44	28
30	9	27	57	30	9	14	7	30	9	..	13	30	9	41	46
31	10	25	14	31	10	11	23	11	9	57	31	31	10	39	2

IVIN.

PREMIERE Année. ♊				SECONDE Année. ♊				TROISIEME Année. ♊				BISSEXTE. ♊			
Iours	D.	M.	S.	Iours	D.	M.	S.	Iours	D.	M.	S.	Iours	D.	M.	S.
1	11	22	29	1	11	8	37	1	10	54	47	1	11	36	16
2	12	19	44	2	12	5	52	2	11	52	2	2	12	33	31
3	13	16	58	3	13	3	6	3	12	49	17	3	13	30	45
4	14	14	11	4	14	..	20	4	13	46	31	4	14	27	59
5	15	11	33	5	14	57	33	5	14	43	44	5	15	25	12
6	16	8	35	6	15	54	46	6	15	40	57	6	16	22	25
7	17	5	47	7	16	51	58	7	16	38	9	7	17	19	37
8	18	2	58	8	17	49	9	8	17	35	21	8	18	16	48
9	19	..	9	9	18	46	20	9	18	32	32	9	19	13	58
10	19	57	19	10	19	43	30	10	19	29	42	10	20	11	7
11	20	54	28	11	20	40	39	11	20	26	51	11	21	8	16
12	21	51	36	12	21	37	47	12	21	24	..	12	22	5	24
13	22	48	44	13	22	34	54	13	22	21	8	13	23	2	31
14	23	45	52	14	23	32	1	14	23	18	15	14	23	59	38
15	24	42	59	15	24	29	8	15	24	15	22	15	24	56	44
16	25	40	5	16	25	26	14	16	25	12	29	16	25	53	50
17	26	37	11	17	26	23	20	17	26	9	35	17	26	50	56
18	27	34	16	18	27	20	26	18	27	6	41	18	27	48	2
19	28	31	21	19	28	17	32	19	28	3	47	19	28	45	7
20	29	28	26	20	29	14	38	20	29	..	52	20	29	42	12
21	♋	25	30	21	♋	11	51	21	29	57	57	21	♋	39	16
22	1	22	34	22	1	8	48	22	♋	55	1	22	1	36	20
23	2	19	38	23	2	5	52	23	1	52	5	23	2	33	24
24	3	16	42	24	3	2	56	24	2	49	7	24	3	30	28
25	4	13	45	25	3	59	59	25	3	46	10	25	4	27	31
26	5	10	48	26	4	57	2	26	4	43	13	26	5	24	34
27	6	7	51	27	5	54	5	27	5	40	16	27	6	21	37
28	7	4	54	28	6	51	8	28	6	37	19	28	7	18	40
29	8	1	57	29	7	48	11	29	7	34	22	29	8	15	43
30	8	59	..	30	8	45	14	30	8	31	25	30	9	12	46

LIEV DV SOLEIL
au Zodiaque.

IVILLET.

	PREMIERE Année. ♋				SECONDE Année. ♋				TROISIEME Année. ♋				BISSEXTE. ♋		
Iours	D	M	S	Iours	D	M	S	Iours	D	M	S	Iours	D	M	S
1	9	56	3	1	9	42	16	1	9	28	29	1	10	9	49
2	10	53	6	2	10	39	19	2	10	25	32	2	11	6	53
3	11	50	10	3	11	36	23	3	11	22	36	3	12	3	57
4	12	47	14	4	12	33	27	4	12	19	40	4	13	1	1
5	13	44	18	5	13	30	31	5	13	16	44	5	13	58	5
6	14	41	22	6	14	27	35	6	14	13	48	6	14	55	10
7	15	38	27	7	15	24	40	7	15	10	53	7	15	52	15
8	16	35	33	8	16	21	45	8	16	7	58	8	16	49	20
9	17	32	38	9	17	18	51	9	17	5	4	9	17	46	26
10	18	29	44	10	18	15	57	10	18	2	10	10	18	43	32
11	19	26	51	11	19	13	4	11	19	1	16	11	19	40	40
12	20	23	58	12	20	10	11	12	19	56	23	12	20	37	47
13	21	21	5	13	21	7	18	13	20	53	30	13	21	34	54
14	22	18	13	14	22	4	26	14	21	50	38	14	22	32	2
15	23	15	22	15	23	1	34	15	22	47	46	15	23	29	11
16	24	12	31	16	23	58	43	16	23	44	55	16	24	26	20
17	25	9	41	17	24	55	52	17	24	42	4	17	25	23	30
18	26	6	51	18	25	53	2	18	25	39	14	18	26	20	40
19	27	4	12	19	26	50	12	19	26	36	24	19	27	17	51
20	28	1	16	20	27	47	23	20	27	33	35	20	28	15	3
21	28	58	26	21	28	44	35	21	28	30	47	21	29	12	15
22	29	55	39	22	29	41	48	22	29	27	59	22	♌	9	28
23	♌	52	53	23	♌	39	2	23	♌	25	12	23	1	6	42
24	1	50	7	24	1	36	16	24	1	22	26	24	2	3	57
25	2	47	22	25	2	33	31	25	2	19	41	25	3	1	12
26	3	44	38	26	3	30	47	26	3	16	57	26	3	58	28
27	4	41	55	27	4	28	4	27	4	14	11	27	4	55	45
28	5	39	13	28	5	25	22	28	5	11	31	28	5	53	3
29	6	36	42	29	6	22	41	29	6	8	50	29	6	50	23
30	7	34	2	30	7	20	1	30	7	6	12	30	7	47	44
31	8	31	24	31	8	17	23	31	8	3	31	31	8	45	6

LIEV DV SOLEIL
au Zodiaque.

AOVST.

PREMIERE Année ♌				SECONDE Année ♌				TROISIEME Année ♌				BISSEXTE. ♌			
Iours	D	M	S	Iours	D	M	S	Iours	D	M	S	Iours	D	M	S
1	9	28	37	1	9	14	46	1	9	.	53	1	9	42	29
2	10	26	1	2	10	12	10	2	9	58	17	2	10	39	53
3	11	23	26	3	11	9	35	3	10	55	42	3	11	37	18
4	12	20	52	4	12	7	1	4	11	53	8	4	12	34	44
5	13	18	20	5	13	4	28	5	12	50	35	5	13	32	12
6	14	15	49	6	14	1	56	6	13	48	3	6	14	29	42
7	15	13	19	7	14	59	25	7	14	45	32	7	15	27	13
8	16	10	50	8	15	56	56	8	15	43	3	8	16	24	44
9	17	8	22	9	16	54	30	9	16	40	35	9	17	22	17
10	18	5	55	10	17	52	13	10	17	38	8	10	18	19	51
11	19	3	32	11	18	49	38	11	18	35	43	11	19	17	27
12	20	1	9	12	19	47	14	12	19	33	19	12	20	15	4
13	20	58	47	13	20	44	51	13	20	30	56	13	21	12	43
14	21	56	27	14	21	42	30	14	21	28	34	14	22	10	23
15	22	54	7	15	22	40	10	15	22	26	14	15	23	8	5
16	23	51	48	16	23	37	52	16	23	23	56	16	24	5	47
17	24	49	32	17	24	35	36	17	24	21	39	17	25	3	32
18	25	47	18	18	25	33	21	18	25	19	24	18	26	1	18
19	26	45	6	19	26	31	8	19	26	17	10	19	26	59	6
20	27	42	56	20	27	28	57	20	27	14	58	20	27	56	56
21	28	40	47	21	28	26	49	21	28	12	48	21	28	54	48
22	29	38	39	22	29	24	41	22	29	10	40	22	29	52	41
23	mp	36	33	23	mp	22	36	23	mp	8	35	23	mp	50	56
24	1	34	30	24	1	20	32	24	1	6	31	24	1	48	33
25	2	32	28	25	2	18	30	25	2	4	29	25	2	46	31
26	3	30	28	26	3	16	30	26	3	2	28	26	3	44	31
27	4	28	35	27	4	14	31	27	4	.	29	27	4	42	33
28	5	26	34	28	5	12	43	28	4	58	31	28	5	40	36
29	6	24	39	29	6	10	37	29	5	56	36	29	6	38	41
30	7	22	46	30	7	8	43	30	6	54	42	30	7	36	48
31	8	20	56	31	8	6	52	31	7	52	50	31	8	34	58

LIEV DV SOLEIL
au Zodiaque.

SEPTEMBRE.

PREMIERE Année. ♍				SECONDE Année. ♍				TROISIEME Année. ♍				BISSEXTE. ♍			
Iours	D	M.	S.	Iours	D	M.	S.	Iours	D	M.	S.	Iours	D	M.	S.
1	9	19	9	1	9	5	3	1	8	51	1	1	9	33	11
2	10	17	24	2	10	3	16	2	9	49	13	2	10	31	24
3	11	15	36	3	11	1	30	3	10	47	26	3	11	29	39
4	12	13	52	4	11	59	46	4	11	45	41	4	12	27	56
5	13	12	10	5	12	58	4	5	12	43	58	5	13	26	15
6	14	10	30	6	13	56	24	6	13	42	19	6	14	24	36
7	15	8	52	7	14	54	46	7	14	40	40	7	15	22	57
8	16	7	16	8	15	53	9	8	15	39	3	8	16	21	24
9	17	5	42	9	16	51	34	9	16	37	28	9	17	19	50
10	18	4	10	10	17	50	1	10	17	35	55	10	18	18	18
11	19	2	41	11	18	48	29	11	18	34	24	11	19	16	48
12	20	1	13	12	19	47	..	12	19	32	14	12	20	15	20
13	20	59	47	13	20	45	34	13	20	31	24	13	21	13	56
14	21	58	23	14	21	44	9	14	21	29	59	14	22	12	33
15	22	57	1	15	22	42	47	15	22	28	37	15	23	11	13
16	23	55	41	16	23	41	28	16	23	27	17	16	24	9	55
17	24	54	24	17	24	40	11	17	24	26	11	17	25	8	39
18	25	53	9	18	25	38	56	18	25	24	44	18	26	7	25
19	26	51	57	19	26	37	44	19	26	23	31	19	27	6	13
20	27	50	48	20	27	36	34	20	27	22	20	20	28	5	4
21	28	49	41	21	28	35	27	21	28	21	21	21	29	3	57
22	29	48	35	22	29	34	21	22	29	20	3	22	♎	0	52
23	♎	47	31	23	♎	33	17	23	♎	18	58	23	1	1	48
24	1	46	29	24	1	32	14	24	1	17	55	24	2	..	46
25	2	45	29	25	2	31	13	25	2	16	54	25	2	59	46
26	3	44	31	26	3	30	15	26	3	15	55	26	3	58	50
27	4	43	35	27	4	29	19	27	4	14	58	27	4	57	55
28	5	42	41	28	5	28	25	28	5	14	4	28	5	57	2
29	6	41	49	29	6	27	33	29	6	13	12	29	6	56	12
30	7	41	..	30	7	26	43	30	7	12	22	30	7	55	23

C

LIEV DV SOLEIL
au Zodiaque.

OCTOBRE.

PREMIERE Année. ♎				SECONDE Année. ♎				TROISIEME Année. ♎				BISSEXTE. ♎			
Iours	D.	M.	S.	Iours	D.	M.	S.	Iours	D.	M.	S.	Iours	D.	M.	S.
1	8	40	14	1	8	25	55	1	8	11	54	1	8	54	36
2	9	39	29	2	9	24	59	2	9	10	47	2	9	53	5
3	10	38	48	3	10	24	16	3	10	10	3	3	10	53	10
4	11	38	5	4	11	23	35	4	11	9	21	4	11	52	30
5	12	37	26	5	12	22	57	5	12	8	42	5	12	51	5
6	13	36	50	6	13	22	21	6	13	8	5	6	13	51	12
7	14	36	14	7	14	21	47	7	14	7	31	7	14	50	4
8	15	35	45	8	15	21	16	8	15	6	59	8	15	50	1
9	16	35	18	9	16	20	46	9	16	6	29	9	16	49	4
10	17	34	52	10	17	20	18	10	17	6	1	10	17	49	18
11	18	34	28	11	18	20	3	11	18	5	35	11	18	48	5
12	19	34	5	12	19	19	39	12	19	5	11	12	19	48	3
13	20	33	28	13	20	19	16	13	20	4	49	13	20	48	1
14	21	33	12	14	21	18	55	14	21	4	29	14	21	47	5
15	22	32	57	15	22	18	37	15	22	4	12	15	22	47	3
16	23	32	44	16	23	18	22	16	23	3	56	16	23	47	24
17	24	32	40	17	24	18	10	17	24	3	43	17	24	47	1
18	25	32	34	18	25	18	.	18	25	3	32	18	25	46	5
19	26	32	25	19	26	17	52	19	26	3	23	19	26	46	49
20	27	32	18	20	27	17	46	20	27	3	16	20	27	46	49
21	28	32	14	21	28	17	43	21	28	3	11	21	28	46	47
22	29	32	12	22	29	17	41	22	29	3	9	22	29	46	46
23	♏	32	12	23	♏	17	41	23	♏	3	10	23	♏	46	46
24	1	32	14	24	1	17	43	24	1	3	12	24	1	46	4
25	2	32	18	25	2	17	47	25	2	3	16	25	2	46	5
26	3	32	24	26	3	17	53	26	3	3	22	26	3	47	.
27	4	32	32	27	4	18	1	27	4	3	29	27	4	47	
28	5	32	43	28	5	18	11	28	5	3	38	28	5	47	19
29	6	32	57	29	6	18	23	29	6	3	49	29	6	47	34
30	7	33	11	30	7	18	37	30	7	3	52	30	7	47	5
31	8	33	36	31	8	18	53	31	8	4	17	31	8	48	7

LIEU DU SOLEIL
au Zodiaque.

NOVEMBRE.

PREMIERE Année. ♏				SECONDE Année. ♏				TROISIÈME Année. ♏				BISSEXTE. ♏			
Iours	D.	M.	S.	Iours	D.	M.	S.	Iours	D.	M.	S.	Iours	D.	M.	S.
1	9	33	50	1	9	19	12	1	9	4	35	1	9	48	27
2	10	34	10	2	10	19	31	2	10	4	54	2	10	48	47
3	11	34	32	3	11	19	52	3	11	5	14	3	11	49	10
4	12	34	55	4	12	20	15	4	12	5	36	4	12	49	35
5	13	35	9	5	13	20	39	5	13	6	..	5	13	50	1
6	14	35	45	6	14	21	5	6	14	6	26	6	14	50	27
7	15	36	13	7	15	21	33	7	15	6	54	7	15	50	57
8	16	36	43	8	16	22	3	8	16	7	24	8	16	51	27
9	17	37	16	9	17	22	35	9	17	7	55	9	17	52	1
10	18	37	51	10	18	23	9	10	18	8	28	10	18	52	36
11	19	38	27	11	19	23	46	11	19	9	4	11	19	53	13
12	20	39	5	12	20	24	14	12	20	9	41	12	20	53	50
13	21	39	45	13	21	25	4	13	21	10	20	13	21	54	29
14	22	40	26	14	22	25	45	14	22	11	1	14	22	55	10
15	23	41	8	15	23	26	27	15	23	11	43	15	23	55	53
16	24	41	52	16	24	27	11	16	24	12	27	16	24	56	37
17	25	42	38	17	25	27	57	17	25	13	12	17	25	57	23
18	26	43	26	18	26	28	44	18	26	13	59	18	26	58	11
19	27	44	16	19	27	29	32	19	27	14	47	19	27	59	1
20	28	45	7	20	28	30	22	20	28	15	37	20	28	59	52
21	29	45	59	21	29	31	13	21	29	16	27	21	♐	.	44
22	♐	46	52	22	♐	32	5	22	♐	17	20	22	1	1	37
23	1	47	46	23	1	32	59	23	1	18	13	23	2	2	31
24	2	48	41	24	2	33	54	24	2	19	7	24	3	3	26
25	3	49	37	25	3	34	50	25	3	20	2	25	4	4	23
26	4	50	34	26	4	35	47	26	4	20	58	26	5	5	21
27	5	51	32	27	5	36	45	27	5	21	55	27	6	6	20
28	6	52	31	28	6	37	44	28	6	22	53	28	7	7	20
29	7	53	31	29	7	38	44	29	7	23	53	29	8	8	21
30	8	54	33	30	8	39	45	30	8	24	55	30	9	9	23

DECEMBRE.

PREMIERE Année. ♓				SECONDE Année. ♓				TROISIEME Année. ♓				BISSEXTE. ♓			
Iours	D.	M.	S.	Iours	D	M.	S	Iours	D	M.	S.	Iours	D.	M.	S.
1	9	55	38	1	9	40	49	1	9	25	59	1	10	10	28
2	10	56	44	2	10	41	53	2	10	27	3	2	11	11	33
3	11	57	50	3	11	42	58	3	11	28	8	3	12	12	39
4	12	58	57	4	12	44	4	4	12	29	14	4	13	13	46
5	14	. .	4	5	13	45	11	5	13	30	21	5	14	14	53
6	15	1	12	6	14	46	19	6	14	31	28	6	15	16	1
7	16	2	21	7	15	47	27	7	15	32	36	7	16	17	10
8	17	3	31	8	16	48	37	8	16	33	45	8	17	18	20
9	18	4	41	9	17	49	47	9	17	34	55	9	18	19	30
10	19	5	52	10	18	50	58	10	18	36	6	10	19	20	41
11	20	7	4	11	19	52	10	11	19	37	17	11	20	21	53
12	21	8	17	12	20	53	22	12	20	38	29	12	21	23	6
13	22	9	30	13	21	54	35	13	21	39	42	13	22	24	19
14	23	10	44	16	22	55	47	14	22	40	55	14	23	25	33
15	24	11	58	15	23	57	2	15	23	42	9	15	24	26	47
16	25	13	13	16	24	58	17	16	24	43	22	16	25	28	2
17	26	14	28	17	25	59	32	17	25	44	39	17	26	29	17
18	27	15	43	18	27	.	48	18	26	45	52	18	27	30	33
19	28	16	58	19	28	2	4	19	27	47	10	19	28	31	49
20	29	18	14	20	29	3	21	20	28	48	26	20	29	33	6
21	♑	19	30	21	♑	4	38	21	29	49	43	21	♑	34	23
22	1	20	47	22	1	5	55	22	♑	51	.	22	1	35	40
23	2	22	5	23	2	7	12	23	1	52	18	23	2	36	58
24	3	23	23	24	3	8	29	24	2	53	36	24	3	38	16
25	4	24	41	25	4	9	47	25	3	54	54	25	4	39	34
26	5	25	59	26	5	11	5	26	4	56	12	26	5	40	52
27	6	27	17	27	6	12	23	27	5	57	30	27	6	42	10
28	7	28	35	28	7	13	41	28	6	58	48	28	7	43	28
29	8	29	53	29	8	14	59	29	8	. .	6	29	8	44	46
30	9	31	11	30	9	16	17	30	9	1	24	30	9	46	4
31	10	32	29	31	10	17	35	31	10	2	42	31	10	47	21

Iē n'ay tiré que 4 années ; parce que par aprés elles reviennent comme auparavant sçavoir premiere, seconde, troisiéme, puis bissexte; si ce n'est à quelque temps par aprés, que les min. de l'excez de l'année civile par dessus la naturelle, deviennent sensibles, & pour lors il est necessaire d'y adiouster quelque chose, que Henrion dit se monter à une demie min. ou 30 secondes pour chaque année, qu'il donne pour le moyen de perpetuer le lieu du soleil pour les années consecutives; ce qui aprés tout est passablement iuste, & fort facile, quoy qu'on y puisse trouver quelque chose à redire, puis que de la sorte il fait le mouvement égal en toutes les parties de l'année, contre la verité & le sentiment de tous les Astronomes.

Suivant ce, si l'on veut trouver le lieu du soleil pour une année de 20 ans aprés le temps ou l'année pour laquelle la Table se trouve construite, il faudra adiouster 10 min. avec les deg. & min. qui se trouvent dans la Table, & le tout donnera le lieu du soleil pour le temps proposé.

Comme la raison dicte que le mouvement du soleil n'est pas tousiours égal pendant l'année pour cette raison, ie vous ay extrait du supplément des Ephemerides de Magin, une Table des Equations ou Prostaphereses des min. & secondes qu'il faut adiouster au lieu du soleil, qui se trouve dans les 4 Tables données, à proportion des années qui se sont écoulées depuis qu'elles ont esté faites, lesquelles Tables il dit pouvoir servir depuis 1500 iusques à 1700, ne vous les donnant que pour 28 ans pour aller iusques à 1700, parce que ie vous ay dit qu'en cette année il faudra une Table toute particuliere.

Cette Table va de dix en dix deg. de tous les Signes du Zodiaque, avec cette remarque, qu'en l'espace de cent ans il ne se trouve pas plus de cinq min. de difference, en quelque degré du Zodiaque que ce soit, en prenant 30 secondes pour chaque année, ce qui me fait conclurre qu'en peu d'années sans se vouloir donner la peine de revisiter ou consulter cette Table des Equations, il ne se commettroit point d'erreur de prendre deux min. pour 4 ans, & ainsi des autres, depuis l'année pour laquelle la Table a esté construite.

V

TABLE DES EQVATIONS
du vray lieu du Soleil.

Equation du vray lieu du Soleil qu'il faut adiouſter aprés, ou ſouſtraire devant.

Années	♈ 0 M. S.	♈ 10 M. S.	♈ 20 M. S.	♉ 0 M. S.	♉ 10 M. S.	♉ 20 M. S.	♊ 0 M. S.	♊ 10 M. S.	♊ 20 M. S.
4	.1 51	.1 51	.1 52	.1 52	.1 52	.1 53	.1 53	.1 53	.1 53
8	.3 41	.3 42	.3 43	.3 43	.3 44	.3 45	.3 46	.3 46	.3 47
12	.5 32	.5 33	.5 34	.5 35	.5 36	.5 37	.5 38	.5 39	.5 40
16	.7 22	.7 24	.7 25	.7 27	.7 29	.7 30	.7 31	.7 32	.7 33
20	.9 13	.9 15	.9 17	.9 19	.9 21	.9 23	.9 24	.9 25	.9 26
24	11 .3	11 .6	11 .8	11 11	11 13	11 15	11 17	11 18	11 19
28	12 54	12 57	13 ..	13 .3	13 .6	13 .8	13 10	13 12	13 13
32	14 44	14 48	14 51	14 55	14 58	15 .1	15 .3	15 .5	15 .6
36	16 35	16 39	16 43	16 47	16 50	16 53	16 56	16 58	16 59
40	18 25	18 30	18 34	18 38	18 42	18 45	18 48	18 51	18 52
44	20 16	20 21	20 26	20 30	20 34	20 38	20 41	20 44	20 45
48	22 .6	22 12	22 17	22 22	22 26	22 30	22 34	22 37	22 39
52	23 57	24 .3	24 .9	24 14	24 19	24 23	24 27	24 30	24 32
56	25 47	25 54	26 ..	26 .6	26 11	26 16	26 20	26 23	26 25
60	27 38	27 45	27 52	27 58	28 .4	28 .9	28 13	28 16	28 18
64	29 28	29 36	29 43	29 50	29 56	30 .1	30 .6	30 10	30 12
68	31 19	31 27	31 34	31 41	31 48	31 54	31 59	32 .3	32 .5
72	33 10	33 18	33 26	33 33	33 40	33 46	33 51	33 56	33 58
76	35 ..	35 .9	35 17	35 25	35 32	35 38	35 44	35 49	35 51
80	36 51	37 ..	37 .9	37 17	37 24	37 31	37 37	37 42	37 44
84	38 41	38 51	39 ..	39 .9	39 17	39 24	39 30	39 35	39 38
88	40 31	40 42	40 52	41 .1	41 .9	41 16	41 23	41 28	41 31
92	42 22	42 33	42 43	42 52	43 .1	43 .9	43 16	43 21	43 24
96	44 1	44 24	44 35	44 44	44 53	45 .1	45 .8	45 14	45 18
100	46 .4	46 15	46 26	46 36	46 45	46 53	47 .1	47 .7	47 11

	♋			♌			♍		
Années	0	10	20	0	10	20	0	10	20

Equation du vray lieu du Soleil qu'il faut adiouster aprés, ou souſtraire devant.

Années	M. S.	M. S.	M. S.	M. S.	M. S.	M. S.	M. S.	M. S.	M. S.
4	1 53	1 53	1 53	1 53	1 53	1 52	1 52	1 52	1 52
8	3 47	3 47	3 46	3 46	3 46	3 45	3 44	3 44	3 43
12	5 40	5 40	5 39	5 39	5 38	5 37	5 36	5 36	5 35
16	7 33	7 33	7 32	7 32	7 31	7 30	7 29	7 28	7 27
20	9 27	9 27	9 26	9 25	9 24	9 23	9 21	9 20	9 19
24	11 20	11 20	11 19	11 18	11 17	11 15	11 13	11 12	11 10
28	13 13	13 13	13 12	13 11	13 10	13 .8	13 .5	13 .3	13 .1
32	15 .6	15 .6	15 .5	15 .4	15 .2	15 ..	14 57	14 55	14 53
36	17 ..	17 ..	16 59	16 57	16 55	16 53	16 50	16 47	16 44
40	18 53	18 53	18 52	18 50	18 48	18 45	18 42	18 39	18 36
44	20 46	20 46	20 43	20 44	20 41	20 38	20 34	20 31	20 27
48	22 40	22 40	22 39	22 37	22 34	22 31	22 27	22 23	22 19
52	24 33	24 33	24 32	24 30	24 27	24 23	24 19	24 15	24 10
56	26 26	26 26	26 25	26 23	26 20	26 16	26 11	26 .7	26 .2
60	28 20	28 20	28 18	28 16	28 13	28 .9	28 .4	27 59	27 53
64	30 13	30 13	30 11	30 .9	30 .5	30 .1	29 56	29 50	29 44
68	32 .6	32 .6	32 .5	32 .2	31 58	31 53	31 48	31 42	31 36
72	34 ..	34 ..	33 58	33 56	33 51	33 46	33 41	33 34	33 27
76	35 53	35 53	35 51	35 49	35 44	35 39	35 33	35 26	35 19
80	37 46	37 46	37 44	37 42	37 37	37 31	37 25	37 18	37 10
84	39 40	39 40	39 38	39 35	39 30	39 24	39 18	39 10	39 .2
88	41 33	41 33	41 31	41 28	41 23	41 17	41 10	41 .2	40 54
92	43 26	43 26	43 24	43 22	43 16	43 .9	43 .2	42 54	42 45
96	45 20	45 20	45 18	45 15	45 .9	45 .2	44 55	44 46	44 37
100	47 13	47 13	47 11	47 .8	47 .2	46 55	46 47	46 38	46 28

TABLE DES EQVATIONS
du vray lieu du Soleil.

	♎			↑	↑		♏		↑	↑		⤴
Années.	0	10	20	0	10	20	0	10	20

Equation du vray lieu du Soleil qu'il faut adiouster aprés, ou fouftraire devant.

Années	M. S.	M. S.	M. S.	M. S.	M. S.	M. S.	M. S.	M. S.	M. S.
4	1.52	1.51	1.51	1.50	1.50	1.50	1.49	1.49	1.49
8	3.43	3.42	3.41	3.40	3.39	3.39	3.38	3.38	3.37
12	5.34	5.33	5.31	5.30	5.29	5.28	5.27	5.27	5.26
16	7.25	7.23	7.21	7.19	7.18	7.17	7.16	7.15	7.14
20	9.17	9.14	9.11	9.9	9.7	9.6	9.5	9.4	9.3
24	11.8	11.5	11.2	10.59	10.57	10.55	10.53	10.52	10.51
28	12.59	12.56	12.52	12.49	12.46	12.44	12.42	12.41	12.40
32	14.50	14.47	14.43	14.39	14.36	14.34	14.31	14.29	14.28
36	16.41	16.37	16.33	16.29	16.26	16.23	16.20	16.18	16.17
40	18.32	18.28	18.23	18.18	18.15	18.14	18.9	18.7	18.5
44	20.23	20.18	20.13	20.8	20.4	20.2	19.58	19.55	19.53
48	22.14	22.9	22.3	21.58	21.54	21.50	21.47	21.44	21.41
52	24.5	23.59	23.53	23.48	23.43	23.39	23.36	23.32	23.30
56	25.56	25.50	25.44	25.38	25.33	25.28	25.24	25.21	25.19
60	27.47	27.41	27.34	27.28	27.22	27.17	27.13	27.9	27.7
64	29.38	29.31	29.24	29.18	29.12	29.7	29.2	28.58	28.56
68	31.29	31.22	31.14	31.7	31.1	30.56	30.51	30.47	30.44
72	33.20	33.12	33.4	32.57	32.51	32.45	32.40	32.36	32.33
76	35.11	35.3	34.55	34.47	34.40	34.34	34.28	34.24	34.21
80	37.2	36.54	36.45	36.37	36.30	36.23	36.17	36.13	36.10
84	38.53	38.44	38.35	38.27	38.19	38.12	38.6	38.1	37.58
88	40.45	40.36	40.26	40.17	40.9	40.1	39.55	39.50	39.47
92	42.36	42.26	42.16	42.6	41.58	41.50	41.44	41.38	41.35
96	44.27	44.17	44.6	43.56	43.47	43.39	43.32	43.27	43.24
100	46.18	46.7	45.56	45.46	45.37	45.28	45.21	45.15	45.12

	♄			≈			)(		
Années.	0	10	20	0	10	20	0	10	20
	M. S.	M. S.	M. S.	M. S.	M. S.	M. S.	M. S.	M. S.	M. S.
4	1 49	1 49	1 49	1 49	1 49	1 49	1 49	1 50	1 50
8	3 37	3 37	3 37	3 37	3 37	3 38	3 39	3 40	3 40
12	5 26	5 26	5 26	5 26	5 26	5 27	5 28	5 29	5 30
16	7 14	7 14	7 14	7 15	7 15	7 16	7 18	7 19	7 20
20	9 2	9 2	9 2	9 3	9 4	9 5	9 7	9 9	9 10
24	10 51	10 51	10 51	10 52	10 53	10 54	10 56	10 58	11 0
28	12 39	12 39	12 40	12 41	12 42	12 44	12 46	12 48	12 51
32	14 27	14 27	14 28	14 29	14 31	14 33	14 35	14 38	14 41
36	16 16	16 16	16 17	16 18	16 20	16 22	16 25	16 28	16 31
40	18 4	18 4	18 5	18 6	18 8	18 11	18 14	18 18	18 21
44	19 52	19 52	19 53	19 55	19 57	20 0	20 4	20 8	20 11
48	21 41	21 41	21 42	21 43	21 46	21 49	21 53	21 57	22 1
52	23 29	23 29	23 30	23 32	23 35	23 39	23 43	23 47	23 52
56	25 17	25 17	25 19	25 21	25 24	25 28	25 32	25 37	25 42
60	27 6	27 6	27 7	27 9	27 13	27 17	27 22	27 27	27 32
64	28 54	28 54	28 55	28 58	29 2	29 6	29 11	29 16	29 22
68	30 43	30 43	30 44	30 46	30 50	30 55	31 0	31 6	31 12
72	32 31	32 31	32 33	32 35	32 39	32 44	32 50	32 56	33 3
76	34 20	34 20	34 21	34 23	34 27	34 33	34 39	34 46	34 53
80	36 8	36 8	36 10	36 12	36 16	36 22	36 29	36 36	36 43
84	37 56	37 56	37 58	38 1	38 5	38 11	38 18	38 25	38 33
88	39 45	39 45	39 47	39 49	39 54	40 0	40 8	40 15	40 23
92	41 33	41 33	41 35	41 38	41 43	41 50	41 57	42 5	42 13
96	43 22	43 22	43 24	43 26	43 32	43 39	43 47	43 55	44 4
100	45 10	45 10	45 12	45 15	45 21	45 28	45 36	45 45	45 54

Equation du vray lieu du Soleil qu'il faut adiouster aprés, ou fouftraire devant.

X.

La conſtruction de la Table toute particuliere pour l'an 1700, & ceux en ſuitte, n'eſt pas ſi difficile que l'on ſe perſuade, quand l'on examine l'affaire à la balance de la raiſon : car pour les iours depuis Ianvier iuſques à la fin de Fevrier qui n'aura que 28 iours, de meſme que dans les années communes, il y faut proceder de la meſme maniere qu'aux années biſſextes avec cette difference que l'on obmettra le vingt-neufiéme iour qui eſt d'ordinaire aux années biſſextes, mais depuis le premier iour de Mars, & aux iours conſecutifs, il faudra touſiours rabbatre, ou diminuer un iour pour la reformation du Calendrier.

Comme par exemple ſi l'on vouloit trouver le lieu du Soleil pour le dixiéme d'Avril 1700, il faudroit cercher dans la Table des biſſextes le neufiéme d'Avril, & y adiouſter l'Equation, à proportion des années leſquelles ſe ſeroient écoulées.

Si vous voulez perpetuer les Tables du lieu du Soleil aprés 1700, & que vous vouliez vous ſervir par de là 1700 de la Table des Equations de Magin, bien qu'il ne vous l'aye donné que pour 28 ans, ie veux dire depuis 1672 que i'ay commencé les Tables iuſques à 1700, ou il dit que finiſſent ſes Equations, ſi neantmoins vous iugez à propos de vous ſervir de cette Table entre 1700, & 1800, cent ans au delà du temps pour lequel ces Tables ont eſté conſtruites, vous pourrez ajuſter voſtre compte, autant que la prudence vous dictera qu'il le faut faire ; puis qu'ayant cette Table pour cent ans, vous pourrez doubler ou multiplier cette Equation pour autant que vous aurez beſoin : & par ainſi vous pourrez perpetuer vos Tables pour autant de temps que vous voudrez ſans qu'il ſoit beſoin d'en recercher ailleurs d'autres.

Ce que ie dis nommément d'autant plus que cy deſſus ie vous ay fait remarquer qu'à prendre demie minutte ou trente ſecondes pour chaque année ſuivant la penſée d'Henrion, au plus fort en cent ans, il ne ſe trouverroit pas 5 min. de manque, d'ou ie conclus qu'il faut que l'erreur en ſoit fort imperceptible, à moins qu'aprés un grand nombre d'années.

Aprés avoir perpetué de la ſorte vos Tables des lieux du ſoleil

pour quelque Meridien que vous vous ſerez determiné, vous les
pourrez en ſuitte ajuſter pour les autres heures, tant du iour que de
la nuiĉt, devant ou aprés midy, ou pour quelque autre Meridien à
l'Eſt ou au Oueſt, de celuy pour lequel vos Tables auront eſté ſup-
putées, à quoy vous ne rencontrerez aucune difficulté, ſi vous
avez bien comprins le moyen d'aiuſter les Tables de la Declinaiſon du Soleil, que vous reverrez, ſi vous le iugez à propos, ſans qu'il
ſoit beſoin d'employer du diſcours, qui en ce rencontre ſeroit entierement ſuperflus; puis que les meſmes maximes vous ſerviront
pour l'un & pour l'autre: c'eſt pourquoy ie me contenteray de
vous en donner deux Exemples, dans leſquelles ie taſcheray de
vous renfermer toutes les difficultez.

PREMIER EXEMPLE.

Le dixhuiĉtiéme Iuillet 1695 à huiĉt heures de ſoir à la Martinique, laquelle eſt au Oueſt de Dieppe de 62 deg. ie veux trouver
le lieu du ſoleil.

R. Pour cet effet ie dis que 1695, premierement eſt une troiſiéme année aprés biſſexte, & 20 ans aprés la table de noſtre troiſiéme année ſupputée pour 1675: c'eſt pourquoy puis que le lieu
propoſé eſt au Oueſt de Dieppe, & que l'heure propoſée eſt aprés
midy, ie cerche le lieu du ſoleil en Avril troiſiéme année, vis à vis
du 18, & dixneufiéme, leſquels ſont 28 deg. 32 min. 46 ſecondes
d'Aries pour le dixhuiĉtiéme, & 29 deg. 31 min. 10 ſecondes pour
le dixneufiéme, leſquels i'eſcris à part; & pour trouver combien
de minutes & ſecondes ie dois adiouſter à cauſe des 20 ans écou-
léz, à raiſon que tous ces deg. ſont fort approchants du commencement de Taurus, & le peu de difference qui s'y peut rencontrer,
ne peut pas cauſer d'erreur ſenſible, ie cerche donc dans la table
des Equations de Magin que i'ay tranſcrit icy page 44, le Signe de
Taurus, & au deſſous de 0 deg. vis à vis de 20 ans, qui ſont dans la
colomne du coſté gauche en celle des années, ie trouve 9 min. 19
ſecondes, qui me dit que le lieu du ſoleil dans le Zodiaque dans
l'année civile eſt accrû de neuf min. dixneuf ſecondes pendant
20 années, leſquelles 9 min. 19 ſecondes i'adiouſte avec les deg. &

X 2

min. du dixhuictiéme & dixneufiéme d'Avril que i'avois écrit a quartier, & vient vingthuict deg. quarante deux min. cinq fecondes, pour le lieu du foleil au zodiaque, au dixhuictiéme d'Avril 1695, & 29 deg. quarante min. vingtneuf fecondes d'Aries pour celuy du dixneufiéme dudit mois au midy de Dieppe.

En fuitte pour trouver combien ie dois adiouster pour les 62 deg. de longitude au Oueft, ie fouftrais les vingthuict deg. quaran-deux min. cinq fecondes du dixhuictiéme des vingtneuf deg. qua-rante min. vingtneuf fecondes du dixneufiéme, & reftent cin-quante huict min. 24 fecondes que le foleil avance pour lors dans le zodiaque pendant un iour, puis ie dis par une regle de trois,

Si les 360 deg. du tour du Monde :

Donnent 58 min. 24 fecondes :

Que donneront les 62 deg. de longitude.

Et la regle faite viendront dix min. trois fecondes, lefquelles i'adioufte avec les vingthuict deg. quarante deux min. cinq fecon-des du dixhuictiéme, & viendront vingthuict deg. cinquante deux min. huict fecondes pour le lieu du foleil au zodiaque à midy à 62 deg. de longit. au oueft de la Ville de Dieppe,

Ou bien par le quartier d'or ie compte fur le trente fixiéme quarré de haut en bas pour les 360 deg. du tour du Monde, à rai-fon d'un quarré pour dix deg. les cinquante huict min. vingtqua-tre fecondes, ou vingtneuf quarrez un cinquiéme de travers, à rai-fon d'un quarré pour deux min. qui eft prendre la moitié des cinquante huict min. & à la fin y bande le fil du centre, en fuitte le fil demeurant bandé, ie conduis le fixiéme travers en large ou de haut en bas, à raifon d'un quarré pour dix deg. iufques au fil bandé, & pour lors ie vois que l'entrecouppement fe fait viron à cinq tra-vers en long qui vaut 10 mi. puis que l'on n'a prins que la moitié des cinquante huict min. comme deffus par la regle de trois, peu s'en faut, ce qui monftre que les nombres font toufiours plus iuftes que non pas les inftruments, quelques grands qu'ils puiffent eftre.

Semblablement i'adioufte ces dix min. trois fecondes avec les

vingtneuf deg. quarante min. vingtneuf secondes du dixneufiéme,
& viendront vingtneuf deg. cinquante min. trente deux secondes
pour le midy du dixneufiéme d'Avril 1695, en cette longitude de
soixante deux deg. au ouest du meridien de la Ville de Dieppe.

Enfin pour trouver combien ie dois adiouster pour les huict
heures du soir, ou aprés midy ie souftrais les vingthuict deg. cinquante deux min. huict secondes du dixhuictiéme des vingtneuf
deg. cinquante min. trente secondes du dixneufiéme, & refteront cinquante huict min. vingtquatre secondes que le soleil
avance pour lors dans le zodiaque en un iour, dont ie prens un
tiers pour les huict heures d'aprés midy qui est dixneuf min. vingt
huict secondes:

Ou bien par une regle de trois, ie dis,

Si les 24 heures d'un iour :

Donnent 58 min. 24 secondes :

Que donneront les 8 heures aprés midy :

Et la regle faite viendront dixneuf min. vingthuict secondes comme dessus par la partie proportionnelle, lesquelles i'adiouste avec
les vingthuict deg. cinquante deux min. huict secondes du dixhuictiéme, & viendront vingtneuf deg. onze min. trente six secondes
pour le lieu du soleil au zodiaque à huict heures du soir du dixhuictiéme iour d'Avril 1695 à l'Isle de la Martinique,

Ou bien par le quartier d'or, ie compte sur le vingtquatriéme
quarré de haut en bas pour les vingtquatre heures du iour, vingt
neuf quarrez un cinquiéme de travers pour les cinquante huict
min. vingtquatre secondes, à raison d'un quarré pour deux min. &
à la fin y bande le fil, puis ie conduis le huictiéme quarré en large
ou de haut en bas pour les huict heures aprés midy proposées iufques au fil bandé, & l'entrecouppement se fait au neufiéme quarré trois quarts quarré en long ou de travers qui sont en doublant
dixneuf min. trente secondes, presque comme cy dessus par la regle de trois.

SECOND EXEMPLE.

Le feptiéme iour d'Octobre 1710, fur les deux heures du matin un Pilotte fe trouvant au Cap de Gardafou, à l'embouchure de la Mer Rouge, 56 deg. à l'Eft de Dieppe, & fouhaittant trouver le lieu du foleil dans le zodiaque, voicy comme il doit raifonner, 1710 eft une feconde année aprés biffexte, 36 ans aprés 1674, année pour laquelle noftre table de la feconde année aprés biffexte a efté compofée, & attendu que ce Cap propofé eft à l'Eft de Dieppe, & que l'heure propofée eft avant midy, & à raifon de la reformation du Calendrier en 1700, laquelle donne un iour moins, pour trouver le lieu du foleil du fix & feptiefme Octobre ayant midy, rabbatant un iour, il faudra qu'il cerche dans fa table, en Octobre feconde année vis à vis du cinq & fixiefme iour le lieu du foleil, lequel eft douze deg. vingtdeux min. cinquante fept fecondes pour le cinquiefme, & treize deg. vingtdeux min. vingt & vne fecondes pour le fixiefme, lefquels il efcrira chacun feparément. Puis pour trouver combien de min. & fecondes il doit adioufter pour les 36 ans efcoulez depuis 1674, année pour laquelle l'on fuppofe que la table a efté faite, il cerchera dans la table des Equations de Magin, au haut le Signe de Libra, & au deffous de dix deg. vis à vis de trente fix, il trouvera feize min. trente fept fecondes qu'il doit adioufter avec ces deux lieux du foleil pour le cinq & fixiéme d'Octobre qu'il avoit mis feparément, & viendra douze deg. trente neuf min. trente quatre fecondes pour le lieu du foleil au midy de Dieppe, le fixiefme d'Octobre 1710, qui eftoit pourtant le feptiefme en 1674, & ainfi des autres iours enfuivants, à mefme proportion d'un iour moins, & treize deg. trente huict min. cinquante huict fecondes pour le feptiefme iour d'Octobre 1710, au midy de Dieppe, & de la forte voila la table perpetuée au temps propofé pour Dieppe. Si fans fe vouloir donner la peine de cercher dans la table des Equations, l'on n'aime mieux fuivant Henrion donner une demie min. ou trente fecondes pour chaque année, & ainfi pour les trente fix ans, feront dixhuict min. d'Equation, que nous avons trouvé par la table feulement, monter à feize

deg. 37 min. qui ne produit pas tout au plus qu'une min. &
demie d'erreur dans le lieu du zodiaque, lequel erreur ne deviendra pas senfible dans la declinaison, ce qui me fait dire que dans les
occasions ou l'on n'a pas la table des Equations, l'on se peut servir
sans crainte de la demy minutte d'Henrion, sans crainte de commettre erreur en la declinaison, qui est ce que les Pilottes recer-
chent, le lieu du soleil dans le zodiaque, ne leur estant qu'un
moyen & un chemin pour y arriver.

Pour trouver combien il doit souftraire pour les cinquante six
deg. de longitude à l'Est, il souftrayera douze deg. trente neuf min.
trente quatre secondes du sixiesme iour d'Octobre, des treize deg.
trente huict min. cinquante huict secondes du septiesme, & resteront cinquante neuf min. vingt quatre secondes que le soleil avancera pour lors pendant un iour dans le zodiaque. En suitte il dira
par une regle de trois,

Si 360 deg. du tour du Monde :

Donnent 59 min. 24 secondes :

Que donneront les 56 deg. de longitude :

Et la regle faite viendra neuf min. quatorze secondes qu'il fouftrayera des douze deg. trente neuf min. trente quatre secondes,
& des treize deg. trente huict min. cinquante huict secondes, &
restera douze deg. trente min. vingt secondes pour le midy du
sixiesme Octobre 1710, & treize deg. vingtneuf min. quarante
quatre secondes pour le lieu du soleil au midy du septiesme d'O-
ctobre audit an à cinquante six deg. à l'Est de Dieppe.

Ou bien par le quartier d'or il comptera sur le trente sixiesme
quarré de haut en bas les cinquante neuf min. vingt quatre secondes, ou vingt neuf quarrez trois cinquiesmes de travers en prenant un travers pour deux min. à la fin desquels il bandera le fil du
centre, puis conduira le cinquiesme travers en large trois cinquiesmes qui est peu plus de la moitié pour les cinquante six deg.
de longitude en prenant un quarré pour dix deg. iusques au fil
bandé, & il verra que l'entrecouppement se fera au quatriesme

travers & demy en long qui vaut neuf min. presque comme par
la regle de trois, ce qui est à la verité tout autrement brief, mais
dont l'on ne doit pas esperer la iustesse, comme par la regle de
trois & par les nombres.

Enfin pour trouver combien il doit soustraire pour les deux
heures de matin qui sont dix heures avant midy, il soustrayera les
douze deg. trente min. vingt secondes du sixiesme des treize deg.
vingt neuf min. quarante quatre secondes du septiesme, & resteront cinquante neuf min. vingt quatre secondes, puis par une regle
de trois, il dira,

Si les 24 heures du iour :

Donnent 59 min. 24 secondes :

Combien donneront dix heures :

Et la regle faite viendra vingt quatre min. quarante cinq secondes, qu'il soustrayera des treize deg. vingt neuf min. quarante cinq
secondes, lieu du soleil au septiesme iour d'Octobre 1710, au midy
de Dieppe, à raison qu'au Cap de Gardafou qui est plus à l'Est que
Dieppe, à deux heures de matin le soleil n'est pas si avancé dans le
zodiaque qu'il seroit à midy, & resteront treize deg. cinq min. de
Libra pour le lieu du soleil dans le zodiaque au Cap de Gardafou
le septiesme Octobre 1710 à deux heures de matin.

Ou bien par le quartier d'or il comptera sur le vingtquatriesme
quarré en large, ie veux dire de haut en bas les cinquante neuf
min. vingtquatre secondes, ou vingt neuf quarrez trois cinquiesmes pour la raison cy dessus, à la fin desquels il bandera le fil du
centre, puis il conduira le dixiesme quarré en large ou de haut en
bas iusques au fil bandé, qu'il verra coupper le douziesme quarré
en long presque un demy, qui feront en les doublant vingtquatre
min. quarante cinq secondes, comme par la regle de trois, lesquelles il faudra soustraire de la mesme maniere que cy dessus.

Outre la connoissance du lieu du soleil pour supputer sa declinaison, il faut sçavoir sa plus grande declinaison, laquelle est
tousiours égale au plus grand éloignement de l'Eclyptique, qui est
le

le milieu du zodiaque, à la ligne Equinoxiale, lequel efloignement change de temps en temps, eftant, comme i'ay dit, fuivant les obfervations des Aftronomes, de vingtrois deg. vingthuiĉt, ou trente min. felon d'autres iufques à vingtrois deg. cinquante deux minuttes.

Les Compilateurs des Tables generales des Ephemerides donnent des Tables pour fupputer cette plus grande declinaifon à tout temps propofé; mais pour ne vous pas donner la peine, & afin mefme que vous ne foyez point obligé de recercher ailleurs ce qui feroit neceffaire pour ce fuiet, ie vous ay fupputé la Table fuivante iufques à deux cens ans d'icy, de vingt ans en vingt ans, & ce par les Tables Richeliennes & Parifiennes de Durret.

Table de la plus grande declinaifon du Soleil
pour 200 ans.

1680	23	D.	30	M.	49	S.
1700	23	D.	30	M.	58	S.
1720	23	D.	31	M.	10	S.
1740	23	D.	31	M.	23	S.
1760	23	D.	31	M.	37	S.
1780	23	D.	31	M.	51	S.
1800	23	D.	32	M.	7	S.
1820	23	D.	32	M.	24	S.
1840	23	D.	32	M.	42	S.
1860	23	D.	33	M.	1	S.
1880	23	D.	33	M.	20	S.

Les materiaux eftant tout preparez, il ne refte plus qu'à les difpofer, pour en compofer le baftiment que l'on s'eft propofé : auffi apres avoir trouvé le lieu du foleil au zodiaque, avec fa plus grande declinaifon, tout le fecret git à les ajufter, ce qui fe fera par l'Analogie fuivante, laquelle n'eft autre qu'une regle de trois, laquelle donne toutes les proportions que l'on doit garder dans ce rencontre. Cette Analogie eft telle,

Y

Comme le Sinus total, ou entier Sinus :

Est au Sinus des deg & min. de l'éloignement du Soleil au plus proche Equinoxe.

Ainsi le Sinus de la plus grande declinaison :

Sera au Sinus de la declinaison requise.

Pour comprendre parfaitement cet esloignement du Soleil au plus proche Equinoxe, il faut sçavoir que comme la ligne Equinoxiale, & le Zodiaque sont deux grands Cercles, ils s'entrecouppent par la moitié en deux poincts, que l'on appelle Equinoxiaux, qui sont les premiers poincts d'Aries, & de Libra ; & parce que le Zodiaque couppe la ligne en biaisant, une moitié s'en escarte vers le Pole du Nord, & l'autre vers le Pole du Sud : & puis que l'on separe le Zodiaque en douze parties égales qu'on appelle Signes, dont voicy le nom, l'ordre, & le charactere, avec lequel les Astronomes les abbregent.

	Aries	Taurus	Gemini
PRINTEMPS	♈	♉	♊
	Le Belier	Le Taureau	Les Gemeaux

	Cancer	Leo	Virgo
ESTE'	♋	♌	♍
	L'escrevisse	Le Lyon	La Vierge

	Libra	Scorpius	Sagittarius
AVTOMNE	♎	♏	♐
	La Balance	Le Scorpion	Le Sagittaire

	Capricornus	Aquarius	Pisces
HYVER	♑	♒	♓
	Le Capricorne	Le Verseau	Les Poissons

Chacune de ces moitiez du Zodiaque contient six Signes, qui ensemble contiennent 180 deg. desquels six Signes, il y en a trois qui s'esloignent de la Ligne, lesquels contiennent 90 deg. & trois autres de ces six Signes qui s'approchent de ladite Ligne ; c'est pourquoy le plus grand esloignement iusques au plus proche Equinoxe ne peut iamais exceder 90 deg. parce que quand on les a passé, l'on commence a rapprocher de l'autre Equinoxe.

C'est pour cette raison que pour avoir cet esloignement à l'Equinoxe il ne faut rien adiouster en Aries & Libra avec les deg. & min. donnez.

En Taurus & Scorpius, il faut adiouster 30 deg.

En Gemini & Sagittarius, il faut adiouster 60 deg.

En Cancer & Capricorne, il faut soustraire les deg. & min. du Signe proposez de 90 deg. & le reste sera l'esloignement à l'Equinoxe.

En Leo & Aquarius, il faut soustraire de soixante degrez.

En Virgo & Pisces, il faut soustraire seulement de trente deg.

Pour revenir à nostre Analogie suivant la regle generale des regles de trois, il faut multiplier le Sinus de la plus grande declinaison, par le Sinus de l'esloignement au plus proche Equinoxe, ou au contraire suivant que la prudence & la pratique dicteront que la multiplication en sera plus facile, & du produit en retrancher vers la fin autant de figures qu'il se trouverra de zero à l'entier Sinus, que nous avons posé dans nos Tables de Sinus de cinq zero, & cecy pour la division par l'entier Sinus, que les Arithmeticiens appellent une division abbregée, & ce qu'il restera il le faudra cercher dans la Table en la colomne des Sinus, & le degré & min. vis à vis duquel l'on le trouverra, sera celuy de la declinaison requise.

L'invention admirable des Logarithmes abbrege infiniment le calcul Astronomique ; puis qu'au lieu de multiplier par cinq lettres, il ne faut rien que simplement adiouster les deux Sinus Logarithmiques ensemble, & au lieu de diviser, soustraire. C'est pourquoy apres avoir extrait les Sinus Logarithmiques, tant de la plus grande declinaison, que de l'esloignement au plus proche Equinoxe, il les faut adiouster ensemble, & de la somme en retrancher

Y 2

une unité au devant, en suitte cercher dans lesdits Sinus le nombre resté apres le retranchement de l'unité au devant, & le degré
& min. vis à vis duquel se rencontrera ledit nombre, sera celuy de
la declinaison requise.

Il ne faut pas s'estonner si le nombre de la table ne rapporte pas
iustement à celuy que l'on a trouvé, & s'il se rencontre quelque
nombre de la fin differents de celuy qui a esté trouvé, il faut seulement prendre garde à choisir celuy qui est plus approchant du
trouvé, quelque peu plus ou moins, puis que tout au plus, de la sorte il ne s'en peut pas manquer une demie minute, ce qui n'est pas
considerable.

Il suffira à mon advis de vous en donner quatre exemples tirées des quatre Saisons de l'année, dont i'en poseray seulement
une par les Sinus communs, & les trois autres par les Logarithmiques, comme les plus faciles d'expedition.

PREMIER EXEMPLE.

Le premier iour d'Avril, 1673 le Soleil à douze deg. vingtquatre
min. d'Aries, combien aura-il de declinaison?

R. Pour y parvenir il faut dire par une regle de trois,

Comme l'entier Sinus :

*Est au Sinus de 12 deg. 24 min. que le Soleil sera éloigné de
l'Equinoxe d'Aries.*

*Ainsi le Sinus de la plus grande declinaison que nous prendrons
de 23 deg 31 min.*

Sera au Sinus de 4 deg. 55 min. pour la declinaison requise.

Par la pratique il faut multiplier le Sinus de 23 deg. 31 min. qui
est 39902 par le Sinus de douze deg. 24 min.
qui est 21474, & la multiplication faite viendra pour le produit 85685548, dont il faut retrancher les cinq dernieres figures, & restera
8568 qui cerchez dans la table en la colomne
des Sinus, se trouverra vis à vis de quatre degrez cinquante cinq min. qui sera la declinaison requise.

$$
\begin{array}{r}
39902 \\
21474 \\
\hline
159608 \\
279314 \\
159608 \\
39902 \\
79804 \\
\hline
8568|55548
\end{array}
$$

Nota que dans la Table du lieu du Soleil au premier d'Avril, premiere année apres bissexte ne se trouve que douze deg. vingt trois min. quarante trois secondes, au lieu desquels neantmoins i'ay posé douze deg. vingtquatre min. parce qu'outre que les Sinus ne se trouvent pas dans les Tables en min. & secondes, l'on se contente dans la Navigation de deg. & min. sans aller plus avant, c'est pourquoy, quand dans la Table du lieu du Soleil outre les degrez & min. il se rencontre des secondes, quand elles sont au dessous de trente, on compte une minute davantage que la Table ne marque, aussi parce qu'il y avoit quarante trois secondes au lieu de vingtrois min. qui estoient marquées, nous avons posé vingtquatre min. & avons mis douze deg. vingtquatre min. d'Aries.

SECOND EXEMPLE.

Le deuxiesme iour de Iuillet 1673, le soleil au dixiesme degré cinquante trois min. de Cancer, combien aura-il de declinaison?

R. Pour trouver l'esloignement au plus proche Equinoxe qui est Libra, soustrayez ainsi que i'ay dit cy dessus les dix deg. cinquante trois min. de Cancer de 90 deg. que le commencement de Cancer est esloigné de Libra, & resteront 79 deg. sept min. Puis dites par une regle de trois,

Comme l'entier Sinus :

Est au Sinus de 79 deg. 7 min.

Ainsi le Sinus de 23 deg. 31 min.

Est au Sinus de 23 deg. 4 min. pour la declinaison requise.

Pour la pratique adioustez le Sinus Logarithmique de 79 deg. sept min. qui est 999212 avec le Sinus Logarithmique de vingt trois deg. trente & une min. qui est 960099, & vient 1959311, dont retrenchant l'unité au devant resteront 959311, qui cerché dans la Table des Sinus Logarithmiques se trouvera vis à vis de vingt trois deg. quatre min. qui est la declinaison requise.

TROISIEME EXEMPLE.

Le vingtseptiesme iour d'Octobre 1672, le soleil au quatriesme degré quarante sept min. du Scorpion, combien de deg. & min.

declinera-il de la Ligne Equinoxiale?

R. Pour trouver l'éloignement au plus proche Equinoxe qui est Libra, i'adiouste les trente deg. de Libra avec les quatre deg. quarante sept min. du Scorpion, & vient trente quatre deg. quarante sept min. pour ledit esloignement, en suitte ie dis par une regle de trois,

Comme le Sinus total :

Est au Sinus de 34 deg. 47 min.

Ainsi ie Sinus de 23 deg. 31 min.

Sera au Sinus de 13 deg. 9 min.

Qui sera la declinaison requise, presque une demie minute davantage.

Pour la pratique i'adiouste le Sinus Logarithmique de trente quatre deg. quarante sept min. qui est 975624 avec celuy de vingttrois deg. trente & une minutte, qui est 960099, & vient 1935723, dont ie retranche l'unité, laquelle est au devant, & reste 935723, que ie trouve dans la Table des Sinus Logarithmiques, vis à vis de traize deg. neuf min. presque & demie pour la declinaison requise.

Sin. Logarith. de 34 deg. 47 min.   975624

Sin. Log. de 23 deg. 31 min.   960099

L'unité retranchée, Sin. Log. de 13 deg. 9 mi.   1|935723

QVATRIESME EXEMPLE.

Le vingtsixiesme de Fevrier 1672, combien le soleil aura il de declinaison?

R. Pour trouver le lieu du soleil au zodiaque, ie cerche dans la table des lieux du soleil en Fevrier année bissexte vis à vis du vingtsixiesme, & trouve sept deg. cinquante deux min. cinq secondes de Pisces, & negligeant les cinq secondes, resteront sept deg. cinquante deux min. de Pisces; maintenant pour trouver l'éloignement au plus proche Equinoxe qui est Aries, ie soustrais les 7 deg. 52 min. de Pisces de trente deg. & resteront vingtdeux deg.

huiɛt minuttes pour l'eſloignement requis, en ſuitte ie dis par une regle de trois,

Comme l'entier Sinus :

Eſt au Sinus de 22 deg. 8 min.

Ainſi le Sinus de 23 deg. 31 min.

Sera au Sinus de 8 deg. 39 min. declinaiſon.

Pour la pratique i'adiouſte le Sinus Logarith. de vingtdeux deg. huiɛt min. qui eſt 957607 avec celuy de vingtrois deg. trente vne min. de la plus grande declinaiſon qui eſt 960099, & vient 1917706, dont ie retranche l'unité au devant, & reſte 917706, que ie trouve dans la colomne des Sinus Logarihmiques, vis à vis de huiɛt deg. trente neuf min. qui feront la declinaiſon requiſe.

Sin. Log. de 22 deg. 8 min. éloig. à l'Equinoxe :	957607
Sin. Log de 23 deg. 31 min. plus grande declin.	960099
L'un. retr. Sin. Log. de 8 deg. 39 min. declin.	1|917706

Ainſi faiſant pour tous les iours des quatre années de ſuitte vous aurez une table de la declinaiſon du ſoleil, que vous pourrez diſpoſer de la maniere qui vous agréera davantage. I'ay choiſi celle de mettre toutes les quatre années en une page par chaque mois, parce qu'elle me ſemble moins embarraſſante, de laquelle Table, ou Tables ſi vous les mettez ſeparément, vous vous pourrez ſervir pour adiouſter ou ſouſtraire des hauteurs que vous aurez prinſes à midy au ſoleil pour en conclurre voſtre latitude.

Et pour n'obmettre rien de ce qui vous peut eſtre avantageux, pour vous faciliter de plus en plus la choſe, i'ay compoſé moy meſme une Table de la declinaiſon pour les 90 deg. du quart du zodiaque, augmentant de cinq en cinq min. par laquelle en un moment ayant les lieux du ſoleil, vous en pourrez trouver la declinaiſon ſans qu'il ſoit beſoin d'en faire la ſupputation, ce qui eſt ſi prompt qu'une perſonne avec moy avons ſupputé en un apres midy une année toute entiere de 365 ans, ainſi en moins de deux iours l'on pourra ſupputer les Tables de la declinaiſon du ſoleil

pour les quatre années, ce que l'on ne pourroit pas en trois femaines ou un mois, en faifant toutes les fupputations.

Ce qui pourra mefme fervir pour verifier fi la declinaifon eft
bien faite, & fi l'Imprimeur ne s'eft pas trompé.

J'ay fupputé cette Table pour vingtrois deg. trente & une min.
de plus grande declinaifon, de maniere que fuivant ce, elle pourra
fervir iufques à quatrevingts ans d'icy, apres lefquels ceux qui viendront apres, en pourront faire autant que i'ay fait pour 23 deg.
trente deux min. de plus grande declinaifon, ou tel nombre de
minuttes qu'ils iugeront à propos fuivant qu'ils verront que fera la
plus grande declinaifon, n'eftant befoin que de fupputer un quart
du zodiaque, puis que tous les trois autres quarts fe gouvernent de
la mefme maniere que ce quart, de forte qu'une mefme colomne
fert pour quatre Signes, fçavoir deux (qui font les Signes du Printemps & de l'Automne) dont les deg. vont augmentant de haut
en bas, & les deux autres (qui font les Signes de l'Efté & de
l'Hyver) vont croiffant de bas en haut.

Quand les minuttes du lieu du foleil n'arrivent pas iuftement à
cinq, il faut avec difcretion & prudence ajufter l'affaire, augmentant ou diminuant à proportion que l'on appercevra que la declinaifon augmente ou diminuë de cinq en cinq min.

Et ne me dites pas qu'elle ne diminuë ou n'augmente pas également, parce que la difference qui s'y peut rencontrer en fi peu d'efpace eft fi petite qu'elle n'eft pas fenfible.

Comme ie traitte cette conftruction de la Table de la declinaifon du foleil pour les plus intelligents des Pilottes, & que cét Appendice me femble tirer en longueur, ie n'en diray pas davantage,
la Table parlant affez d'elle mefme.

TABLE

TABLE GENERALE DE LA DECLINAISON
du Soleil à 23 deg. 31 min. d'obliquité du Zodiaque.

Signes	♈	♎		
D.	M.	D.	M.	S.
0	..	..		
5	..	.2		
10	..	.4		
15	..	.6		
20	..	.8		
25	..	10		
30	..	12		
35	..	14		
40	..	16		
45	..	18		
50	..	20		
55	..	22		
1	..	.24	..	
5	..	.26	..	
10	..	.28	..	
15	..	.30	..	
20	..	.32	..	
25	..	.34	..	
30	..	.36	..	
35	..	.38	..	
40	..	.40	..	
45	..	.42	..	
50	..	.44	..	
55	..	.46	..	
D.	M.	D.	M.	S.
Signes	♓	♍		

Signes	♉	♏	
D.	M.	S.	
11	31	..	
11	32	20	
11	34	..	
11	35	45	
11	37	40	
11	39	20	
11	41	..	
11	42	45	
11	44	40	
11	46	20	
11	48	..	
11	49	45	
11	51	40	
11	53	20	
11	55	..	
11	56	45	
11	58	40	
12	..	20	
12	.2	..	
12	.3	45	
12	.5	50	
12	.7	20	
12	.9	..	
12	10	40	
D.	M.	S.	
Signes	♒	♌	

	♊	♐	Signes	
D.	M.	S.	D.	M.
20	13	..	30	..
20	14	..	29	55
20	15	..	29	50
20	16	..	29	45
20	17	..	29	40
20	18	15	29	35
20	19	15	29	30
20	20	20	29	25
20	21	20	29	20
20	22	20	29	15
20	23	45	29	10
20	24	40	29	.5
20	25	20	29	..
20	26	40	28	55
20	27	40	28	50
20	28	45	28	45
20	29	45	28	40
20	30	40	28	35
20	31	45	28	30
20	32	45	28	25
20	33	45	28	20
20	34	45	28	15
20	35	45	28	10
20	36	45	28	.5
D.	M.	S.	D.	M.
♑	♋		Signes	

Z

TABLE GENERALE DE LA DECLINAISON
du Soleil à 23 deg. 31 min. d'obliquité du Zodiaque.

Signes ♈ | ♎				
D.	M.	D.	M.	S.
2	. .	. .	48	. .
2	. 5	. .	50	. .
2	. 10	. .	52	. .
2	. 15	. .	54	. .
2	. 20	. .	56	. .
2	. 25	. .	58	. .
2	. 30	. 1	. .	. .
2	. 35	. 1	. 2	. .
2	. 40	. 1	. 4	. .
2	. 45	. 1	. 6	. .
2	. 50	. 1	. 8	. .
2	. 55	. 1	10	. .
3	. 0	. 1	12	. .
3	. 5	. 1	14	. .
3	. 10	. 1	16	. .
3	. 15	. 1	18	. .
3	. 20	. 1	20	. .
3	. 25	. 1	22	. .
3	. 30	. 1	24	. .
3	. 35	. 1	26	. .
3	. 40	. 1	28	. .
3	. 45	. 1	30	. .
3	. 50	. 1	32	. .
3	. 55	. 1	34	. .
D.	M.	D.	M.	S.
Signes ♓ | ♍				

Signes ♉ | ♏		
D.	M.	S.
12	12	20
12	14	15
12	16	. .
12	17	40
12	19	20
12	20	45
12	22	45
12	24	30
11	26	16
12	28	. .
12	29	40
12	31	20
12	33	. .
12	34	45
12	36	40
12	38	20
12	40	. .
12	41	40
12	43	20
12	45	. .
12	46	45
12	48	20
12	50	15
12	52	. .
D.	M.	S.
♒ | ♌		

♊ | ♐			Signes	
D.	M.	S.	D.	M.
20	37	45	28	. .
20	38	45	27	55
20	39	45	27	50
20	40	45	27	45
20	41	45	27	40
20	42	45	27	35
20	43	40	27	30
20	44	40	27	25
20	45	40	27	20
20	46	40	27	15
20	47	40	27	10
20	48	40	27	. 5
20	49	40	27	. .
20	50	40	26	55
20	51	30	26	50
20	52	30	26	45
20	53	30	26	40
20	54	30	26	35
20	55	20	26	30
20	56	20	26	25
20	57	20	26	20
20	58	15	26	15
20	59	. .	26	10
20	. .	. .	26	. 5
D.	M.	S.	D.	M.
♑ | ♋			Signes	

TABLE GENERALE DE LA DECLINAISON du Soleil à 23 deg. 31 min. d'obliquité du Zodiaque.

Signes ♈ | ♎				
D	M.	D.	M.	S.
4	. .	1	35	45
4	. 5	1	37	45
4	10	1	39	45
4	15	1	41	45
4	20	1	43	45
4	25	1	45	45
4	30	1	47	45
4	35	1	49	45
4	40	1	51	40
4	45	1	53	40
4	50	1	55	30
4	55	1	57	30
5	. .	1	59	30
5	. 5	2	. 1	30
5	10	2	. 3	30
5	15	2	. 5	30
5	20	2	. 7	30
5	25	2	. 9	30
5	30	2	11	20
5	35	2	13	20
5	40	2	15	10
5	45	2	17	20
5	50	2	19	20
5	55	2	21	20
D.	M.	D.	M.	S.
Signes ♓ | ♍				

Signes ♉ | ♏		
D.	M.	S.
12	53	40
12	55	20
12	57	. .
12	58	40
13	. .	10
13	. 2	. .
13	. 3	40
13	. 5	30
13	. 7	. .
13	. 8	45
13	10	30
13	12	. .
13	13	45
13	15	30
13	17	15
13	19	. .
13	20	40
13	22	15
13	24	. .
13	25	40
13	27	15
13	29	. .
13	30	40
13	32	15
D.	M.	S.
Signes ♒ | ♌		

Signes ♊ | ♐			Signes	
D	M.	S.	D.	M.
21	. 1	. .	26	. .
21	. 2	. .	25	55
21	. 3	. .	25	50
21	. 3	40	25	45
21	. 4	40	25	40
21	. 5	40	25	35
21	. 6	40	25	30
21	. 7	30	25	25
21	. 8	20	25	20
21	. 9	20	25	15
21	10	15	25	10
21	11	. .	25	. 5
21	12	. .	24	. .
21	13	. .	24	55
21	13	45	24	50
21	14	45	24	45
21	15	40	24	40
21	16	40	24	35
21	17	30	24	30
21	18	20	24	25
21	19	15	24	20
21	20	. .	24	15
21	21	. .	24	10
21	22	. .	24	. 5
D.	M.	S.	D.	M.
♑ | ♋			Signes	

TABLE GENERALE DE LA DECLINAISON du Soleil à 23 deg 31 min. d'obliquité du Zodiaque.

Signes ♈ | ♎				
D.	M.	D.	M.	S.
6	..	.2	23	20
6	.5	.2	25	20
6	10	.2	27	20
6	15	.2	29	20
6	20	.2	31	20
6	25	.2	33	20
6	30	.2	35	20
6	35	.2	37	20
6	40	.2	39	20
6	45	.2	41	20
6	50	.2	43	20
6	55	.2	45	15
7	..	.2	47	15
7	.5	.2	49	15
7	10	.2	51	15
7	15	.2	53	..
7	20	.2	55	..
7	25	.2	57	..
7	30	.2	59	..
7	35	.3	.1	..
7	40	.3	.3	..
7	45	.3	.5	..
7	50	.3	.7	..
7	55	.3	.9	..
D.	M.	D.	M.	S.
Signes)(| ♍				

♉ | ♏		
D.	M.	S.
13	34	..
13	35	40
13	37	15
13	39	..
13	40	30
13	42	15
13	44	..
13	45	30
13	47	..
13	48	45
13	50	20
13	52	..
13	53	40
13	55	20
13	57	..
13	58	40
14	..	15
14	.2	..
14	.3	30
14	.5	15
14	.6	45
14	.8	20
14	10	..
14	11	40
D.	M.	S.
♒ | ♌		

♊ | ♐ | Signes				
D.	M.	S.	D.	M.
21	22	45	24	..
21	23	40	23	55
21	24	40	23	50
21	25	20	23	45
21	26	15	23	40
21	27	..	23	35
21	28	..	23	30
21	28	45	23	25
21	29	40	23	20
21	30	30	23	15
21	31	20	23	10
21	32	..	23	.5
21	33	..	23	..
21	33	45	22	55
21	34	45	22	50
21	35	40	22	45
21	36	20	22	40
21	37	..	22	35
21	38	..	22	30
21	38	45	22	25
21	39	40	22	20
21	40	20	22	15
21	41	15	22	10
21	42	..	22	.5
D.	M.	S.	D.	M.
♑ | ♋ | Signes				

TABLE GENERALE DE LA DECLINAISON
du Soleil à 23 deg 31 min d'obliquité du Zodiaque.

Signes ♈	♎					♉	♏			♊	♐	Signes		
D.	M.	D.	M.	S.		D.	M.	S.		D.	M.	S	D.	M.
8	..	3	11	..		14	13	20		21	43	..	22	..
8	.5	3	13	..		14	15	..		21	43	40	21	55
8	10	3	15	..		14	16	30		21	44	20	21	50
8	15	3	17	..		14	18	..		21	45	15	21	45
8	20	3	18	40		14	19	45		21	46	..	21	40
8	25	3	20	40		14	21	20		21	47	..	21	35
8	30	3	22	40		14	23	.		21	47	40	21	30
8	35	3	24	40		14	24	40		21	48	40	21	25
8	40	3	26	40		14	26	15		21	49	..	21	20
8	45	3	28	40		14	27	45		21	50	..	21	15
8	50	3	30	40		14	29	20		21	50	45	21	10
8	55	3	32	40		14	31	..		21	51	40	21	.5
9	..	3	34	40		14	32	40		21	52	20	21	..
9	.5	3	36	40		14	34	15		21	53	..	20	55
9	10	3	38	40		14	36	..		21	54	..	20	50
9	15	3	40	30		14	37	20		21	54	40	20	45
9	20	3	42	30		14	39	..		21	55	20	20	40
9	25	3	44	30		14	40	45		21	56	..	20	35
9	30	3	46	30		14	42	15		21	57	..	20	30
9	35	3	48	30		14	44	..		21	57	40	20	25
9	40	3	50	30		14	45	40		21	58	20	20	20
9	45	3	52	30		14	47	..		21	59	..	20	15
9	50	3	54	30		14	48	40		22	..	..	20	10
9	55	3	56	30		14	50	..		22	..	40	20	.5
D.	M.	D.	M.	S.		D.	M.	S.		D.	M.	S	D.	M.
Signes ♓	♍					♒	♌			♑	♋	Signes		

A a

TABLE GENERALE DE LA DECLINAISON
du Soleil à 23 deg. 31 min. d'obliquité du Zodiaque.

Signes	♈	♎		
D	M.	D.	M.	S.
10	..	. 3	58	20
10	. 5	. 4	..	15
10	10	. 4	. 2	15
10	15	. 4	. 4	15
10	20	. 4	. 6	15
10	25	. 4	. 8	15
10	30	. 4	10	15
10	35	. 4	12	15
10	40	. 4	14	..
10	45	. 4	16	..
10	50	. 4	18	..
10	55	. 4	20	..
11	..	. 4	22	..
11	. 5	. 4	24	..
11	10	. 4	26	..
11	15	. 4	28	..
11	20	. 4	30	..
11	25	. 4	32	..
11	30	. 4	34	..
11	35	. 4	35	45
11	40	. 4	37	45
11	45	. 4	39	45
11	50	. 4	41	45
11	55	. 4	43	45
D.	M.	D.	M.	S.
Signes	♓	♍		

♉	♏	
D.	M.	S
14	51	45
14	53	15
14	55	..
14	56	40
14	58	..
14	59	40
15	. 1	..
15	. 2	45
15	. 4	40
15	. 6	..
15	. 7	20
15	. 9	..
15	10	40
15	11	15
15	13	40
15	14	45
15	16	40
15	18	20
15	20	..
15	21	40
15	23	..
15	24	40
15	26	..
15	27	40
D.	M.	S.
♒	♌	

♊	♓		Signes	
D.	M.	S.	D.	M.
22	. 1	20	20	..
22	. 2	..	19	55
22	. 2	45	19	50
22	. 3	20	19	45
22	. 4	15	19	40
22	. 5	..	19	35
22	. 5	40	19	30
22	. 6	20	19	25
22	. 7	..	19	20
22	. 7	45	19	15
22	. 8	40	19	10
22	. 9	15	19	. 5
22	10	..	19	..
22	10	45	18	55
22	11	20	18	50
22	12	..	18	45
22	12	45	18	40
22	13	20	18	35
22	14	..	19	30
22	14	45	19	25
22	15	15	19	20
22	16	15	19	15
22	16	45	19	10
22	17	30	19	. 5
D.	M.	S.	D.	M.
♑	♋		Signes	

TABLE GENERALE DE LA DECLINAISON
du Soleil à 23 deg. 31 min. d'obliquité du Zodiaque.

Signes ♈	♎				♉	♏		♊	♐	Signes
D.	M.	D.	M.	S.	D.	M.	S.	D.	M.	S.	D.	M.
12	. .	4	45	45	15	29	15	22	18	15	18	. .
12	. 5	4	47	40	15	30	45	22	19	. .	17	55
12	10	4	49	40	15	32	15	22	19	40	17	50
12	15	4	51	30	15	33	45	22	20	15	17	45
12	20	4	53	20	15	35	15	22	21	. .	17	40
12	25	4	55	15	15	36	45	22	21	30	17	35
12	30	4	57	15	15	38	20	22	22	. .	17	30
12	35	4	59	15	15	39	45	22	22	45	17	25
12	40	5	. 1	15	15	41	. .	22	23	15	17	20
12	45	5	. 3	. .	15	42	40	22	23	45	17	15
12	50	5	. 5	. .	15	44	15	22	24	30	17	10
12	55	5	. 7	. .	15	46	. .	22	25	15	17	. 5
13	. 0	5	. 9	. .	15	47	20	22	26	. .	16	. .
13	. 5	5	11	. .	15	49	. .	22	26	40	15	55
13	10	5	13	. .	15	50	20	22	27	15	15	50
13	15	5	14	45	15	52	. .	22	28	15	15	45
13	20	5	16	45	15	53	20	22	28	40	15	40
13	25	5	18	45	15	55	. .	22	29	. .	15	35
13	30	5	20	45	15	56	40	22	29	40	15	30
13	35	5	22	40	15	58	. .	22	30	15	15	25
13	40	5	24	40	15	59	40	22	31	. .	15	20
13	45	5	26	40	16	. 1	. .	22	31	45	15	15
13	50	5	28	40	16	. 2	45	22	32	15	15	10
13	55	5	30	30	16	. 4	. .	22	32	40	15	. 5
D.	M.	D.	M.	S.	D.	M.	S.	D.	M.	S.	D.	M.
Signes ♓	♍				♒	♌		♑	♋	Signes

TABLE GENERALE DE LA DECLINAISON
du Soleil à 23 deg. 31 min. d'obliquité du Zodiaque.

Signes ♈ | ♎			♉ | ♏			♊ | ♐ Signes	
D. M.	D. M. S.		D. M. S.			D. M. S.	D. M.
14 ..	5 32 20		16 .5 40			22 33 15	16 ..
14 .5	5 34 15		16 .7 ..			22 34 ..	15 55
14 10	5 36 15		16 .8 40			22 34 30	15 50
14 15	5 38 15		16 10 ..			22 35 ..	15 45
14 20	5 40 15		16 11 30			22 35 30	15 40
14 25	5 42 ..		16 13 ..			22 36 15	15 35
14 30	5 44 ..		16 14 30			22 37 ..	15 30
14 35	5 46 ..		16 16 ..			22 37 30	15 25
14 40	5 48 ..		16 17 30			22 38 10	15 20
14 45	5 50 ..		16 19 ..			22 38 45	15 15
14 50	5 52 ..		16 20 20			22 39 10	15 10
14 55	5 53 45		16 22 ..			22 39 40	15 .5
15 ..	5 55 40		16 23 20			22 40 15	15 ..
15 .5	5 57 40		16 24 45			22 40 45	14 55
15 10	5 59 40		16 26 15			22 41 20	14 50
15 15	6 .1 40		16 27 40			22 42 ..	14 45
15 20	6 .3 30		16 29 ..			22 42 30	14 40
15 25	6 .5 20		16 30 30			22 43 ..	14 35
15 30	6 .7 15		16 32 ..			22 43 40	14 30
15 35	6 .9 15		16 33 20			22 44 ..	14 25
15 40	6 11 ..		16 35 ..			22 44 40	14 20
15 45	6 13 ..		16 36 20			22 45 15	14 15
15 50	6 15 ..		16 38 ..			22 45 40	14 10
15 55	6 17 ..		16 39 20			22 46 20	14 .5
D. M	D. M. S.		D. M. S.			D. M. S.	D. M
Signes ♓ | ♍			♒ | ♌			♑ | ♋ Signes	

TABLE GENERALE DE LA DECLINAISON
du Soleil à 23 deg 31 min d'obliquité du Zodiaque.

Signes ♈	| ♎			
D.	M.	D.	M.	S.
16	..	6	18	45
16	5	6	20	45
16	10	6	22	40
16	15	6	24	40
16	20	6	26	40
16	25	6	28	40
16	30	6	30	40
16	35	6	32	30
16	40	6	34	20
16	45	6	36	15
16	50	6	38	15
16	55	6	40	..
17	..	6	42	..
17	5	6	44	..
17	10	6	45	45
17	15	6	47	45
17	20	6	49	40
17	25	6	51	30
17	30	6	53	20
17	35	6	55	20
17	40	6	57	20
17	45	6	59	15
17	50	7	1	13
17	55	7	3	..
D.	M.	D.	M.	S.
Signes ♓	| ♍			

♉	| ♏	
D.	M.	S.
16	41	..
16	42	20
16	43	45
16	45	15
16	46	40
16	48	15
16	49	20
16	51	..
16	52	20
16	53	45
16	55	15
16	56	40
16	58	..
16	59	30
17	1	..
17	2	20
17	3	45
17	5	..
17	6	40
17	8	..
17	9	20
17	10	45
17	12	..
17	13	40
D.	M.	S.
♒	| ♌	

♊	| ♐		Signes	
D.	M.	S.	D.	M.
22	46	45	14	..
22	47	15	13	55
22	48	..	13	50
22	48	40	13	45
22	49	..	13	40
22	49	30	13	35
22	50	..	13	30
22	50	20	13	25
22	50	45	13	20
22	51	20	13	15
22	51	45	13	10
22	52	20	13	5
22	52	45	13	..
22	53	20	12	55
22	53	45	12	50
22	54	15	12	45
22	54	45	12	40
22	55	15	12	35
22	55	40	12	30
22	56	25	12	25
22	56	40	12	20
22	57	..	12	15
22	57	30	12	10
22	58	..	12	5
D.	M.	S.	D.	M.
♑	| ♋		Signes	

Bb

TABLE GENERALE DE LA DECLINAISON
du Soleil à 23 deg. 31 min. d'obliquité du Zodiaque.

Signes	♈	♎		♉	♏		♊	♐	Signes	
D. M.	D.	M.	S.	D.	M.	S.	D.	M.	S	D.	M.
18 . .	7	5	. .	17	15	. .	22	58	20	12	. .
18 5	7	7	. .	17	16	20	22	59	. .	11	55
18 10	7	8	45	17	17	45	22	59	20	11	50
18 15	7	10	45	17	19	15	22	59	45	11	45
18 20	7	12	40	17	20	40	23	. .	15	11	40
18 25	7	14	40	17	22	. .	23	. .	45	11	35
18 30	7	16	30	17	23	20	23	1	. .	11	30
18 35	7	18	15	17	24	40	23	1	30	11	25
18 40	7	20	15	17	26	. .	23	2	. .	11	20
18 45	7	22	. .	17	27	30	23	2	20	11	15
18 50	7	24	. .	17	28	45	23	2	45	11	10
18 55	7	26	. .	17	30	15	23	3	15	11	5
19 . .	7	28	. .	17	31	40	23	3	40	11	. .
19 5	7	29	45	17	33	. .	23	4	. .	10	55
19 10	7	31	40	17	34	20	23	4	20	10	50
19 15	7	33	40	17	35	40	23	4	45	10	45
19 20	7	35	20	17	37	. .	23	5	15	10	40
19 25	7	37	20	17	38	20	23	5	40	10	35
19 30	7	39	15	17	39	45	23	6	. .	10	30
19 35	7	41	15	17	41	15	23	6	20	10	25
19 40	7	43	. .	17	42	40	23	6	45	10	20
19 45	7	45	. .	17	43	45	23	7	15	10	15
19 50	7	47	. .	17	45	15	23	7	30	10	10
19 55	7	48	45	17	46	40	23	8	. .	10	5
D. M.	D.	M.	S.	D.	M.	S.	D.	M.	S.	D.	M.
Signes	♓	♍		♒	♌		♑	♋	Signes	

TABLE GENERALE DE LA DECLINAISON
du Soleil à 23 deg 31 min d'obliquité du Zodiaque.

Signes ♈	♎		
D. M.	D.	M.	S.
20 . .	7	50	40
20 . 5	7	52	20
20 10	7	54	20
20 15	7	56	20
20 20	7	58	15
20 25	8	. .	15
20 30	8	. 2	. .
20 35	8	. 4	. .
20 40	8	. 5	45
20 45	8	. 7	45
20 50	8	. 9	45
20 55	8	11	30
21 . .	8	13	20
21 . 5	8	15	15
21 10	8	17	. .
21 15	8	19	. .
21 20	8	20	45
21 25	8	22	40
21 30	8	24	40
21 35	8	26	20
21 40	8	28	20
21 45	8	30	15
21 50	8	32	. .
21 55	8	34	. .
D. M.	D.	M.	S.
Signes ♓	♍		

♉	♏	
D.	M.	S
17	48	. .
17	49	15
17	50	40
17	52	. .
17	53	20
17	54	45
17	56	. .
17	57	15
17	58	40
18	. .	. .
18	. 1	15
18	. 2	40
18	. 4	. .
18	. 5	15
18	. 6	40
18	. 8	. .
18	. 9	15
18	10	30
18	11	45
18	13	. .
18	14	20
18	15	40
18	17	. .
18	18	20
D.	M.	S.
♒	♌	

♊	♐		Signes
D.	M.	S.	D. M.
23	. 7	45	10 . .
23	. 8	45	9 55
23	. 9	15	9 50
23	. 9	25	9 45
23	. 9	45	9 40
23	10	15	9 35
23	10	40	9 30
23	11	. .	9 25
23	11	20	9 20
23	11	45	9 15
23	12	. .	9 10
23	12	10	9 . 5
23	12	40	9 . .
23	13	. .	8 55
23	13	20	8 50
23	13	40	8 45
23	14	. .	8 40
23	14	20	8 35
23	14	40	8 30
23	15	. .	8 25
23	15	15	8 20
23	15	40	8 15
23	16	. .	8 10
23	16	15	8 . 5
D.	M.	S.	D. M
♑	♋		Signes

Table Generale de la Declinaison
du Soleil à 23 deg. 31 min. d'obliquité du Zodiaque.

Signes	♈ / ♎			
D	M.	D	M.	S.
22	..	8	35	45
22	.5	8	37	40
22	10	8	39	40
22	15	8	41	20
22	20	8	43	15
22	25	8	45	15
22	30	8	47	..
22	35	8	49	..
22	40	8	50	40
22	45	8	52	40
22	50	8	54	20
22	55	8	56	15
23	.0	8	58	..
23	.5	9	..	..
23	10	9	.2	..
23	15	9	.3	45
23	20	9	.5	40
23	25	9	.7	20
23	30	9	.9	20
23	35	9	11	15
23	40	9	13	..
23	45	9	15	..
23	50	9	16	45
23	55	9	18	40
D.	M.	D.	M	S
Signes	♓ / ♍			

♉ / ♏		
D	M.	S.
18	19	40
18	21	..
18	22	20
18	23	20
18	24	45
18	26	..
18	27	20
18	28	40
18	30	..
18	31	15
18	32	20
18	33	40
18	35	..
18	36	15
18	37	30
18	38	45
18	40	..
18	41	15
18	42	40
18	43	45
18	45	..
18	46	15
18	47	30
18	48	45
D	M	S
♒ / ♌		

♊ / ♐			Signes	
D	M.	S.	D	M
23	16	30	8	..
23	16	50	7	55
23	17	.5	7	50
23	17	20	7	45
23	17	40	7	40
23	18	..	7	35
23	18	15	7	30
23	18	35	7	25
23	18	50	7	20
23	19	..	7	15
23	19	20	7	10
23	19	40	7	.5
23	20	..	7	..
23	20	15	6	55
23	20	40	6	50
23	21	..	6	45
23	21	15	6	40
23	21	25	6	35
23	21	35	6	30
23	21	45	6	25
23	22	..	6	20
23	22	15	6	15
23	22	30	6	10
23	22	45	6	.5
D.	M.	S.	D.	M.
♑ / ♋			Signes	

TABLE GENERALE DE LA DECLINAISON du Soleil à 23 deg. 31 min. d'obliquité du Zodiaque.

Signes ♈ | ♎				Signes ♉ | ♏			Signes ♊ | ♐				
D.	M.	D.	M.	S.	D.	M.	S.	D.	M.	S.	D.	M.
24	. .	9	20	40	18	50	. .	23	23	. .	6	. .
24	. 5	9	22	15	18	51	15	23	23	. 8	5	55
24	10	9	24	. .	18	52	30	23	23	15	5	50
24	15	9	26	. .	18	53	45	23	23	40	5	45
24	20	9	27	45	18	55	. .	23	23	15	5	40
24	25	9	29	40	18	56	20	23	24	. .	5	35
24	30	9	31	40	18	57	20	23	24	15	5	30
24	35	9	33	20	18	58	40	23	24	35	5	25
24	40	9	35	15	18	59	45	23	24	40	5	20
24	45	9	37	. .	19	. 1	. .	23	24	50	5	15
24	50	9	38	45	19	. 2	20	23	25	. .	5	10
24	55	9	40	40	19	. 3	40	23	25	15	5	. 5
25	. .	9	42	40	19	. 4	40	23	25	20	5	. .
25	. 5	9	44	20	19	. 6	. .	23	25	35	4	55
25	10	9	46	15	19	. 7	. .	23	25	45	4	50
25	15	9	48	. .	19	. 8	15	23	25	56	4	45
25	20	9	49	45	19	. 9	20	23	26	. .	4	40
25	25	9	51	40	19	10	40	23	26	15	4	35
25	30	9	53	40	19	12	. .	23	26	20	4	30
25	35	9	55	20	19	13	. .	23	26	30	4	25
25	40	9	57	15	19	14	15	23	26	45	4	20
25	45	9	59	. .	19	15	20	23	26	55	4	15
25	50	10	. .	45	19	16	40	23	27	. .	4	10
25	55	10	. 2	40	19	18	. .	23	27	15	4	. 5
D.	M.	D.	M.	S.	D.	M.	S.	D.	M.	S.	D.	M.
Signes ♓ | ♏					Signes ♒ | ♌			Signes ♑ | ♋				

Cc

TABLE GENERALE DE LA DECLINAISON
du Soleil à 23 deg. 31 min. d'obliquité du Zodiaque.

Signes ♈		♎			♉		♏		♊		♐	Signes
D.	M.	D.	M.	S.	D.	M.	S.		D.	M.	S.	D.	M.
26	..	10	.4	40	19	19	..		23	27	20	.4	..
26	.5	10	.6	20	19	20	15		23	27	35	3	55
26	10	10	.8	15	19	21	20		23	27	45	3	50
26	15	10	10	15	19	22	40		23	27	52	3	45
26	20	10	12	15	19	23	45		23	28	..	3	40
26	25	10	13	40	19	25	..		23	28	.6	3	35
26	30	10	15	20	19	26	15		23	28	15	3	30
26	35	10	17	15	19	27	15		23	28	20	3	25
26	40	10	19	..	19	28	30		23	28	30	3	20
26	45	10	21	..	19	29	40		23	28	36	3	15
26	50	10	22	40	19	30	45		23	28	40	3	10
26	55	10	24	40	19	32	..		23	28	45	3	.5
27	..	10	26	20	19	33	..		23	28	56	3	..
27	.5	10	28	..	19	34	20		23	29	..	2	55
27	10	10	29	45	19	35	20		23	29	12	2	50
27	15	10	31	40	19	36	40		23	29	20	2	45
27	20	10	33	20	19	37	40		23	29	25	2	40
27	25	10	35	15	19	39	..		23	29	35	2	35
27	30	10	37	..	19	40	..		23	29	45	2	30
27	35	10	38	45	19	41	..		23	29	50	2	25
27	40	10	40	40	19	42	..		23	29	55	2	20
27	45	10	42	40	19	43	15		23	30	..	2	15
27	50	10	44	20	19	44	30		23	30	.4	2	10
27	55	10	46	..	19	45	40		23	30	.8	2	.5
D.	M.	D.	M.	S.	D.	M.	S.		D.	M.	S.	D.	M.
Signes ♓		♍			♒		♌		♑		♋	Signes

TABLE GENERALE DE LA DECLINAISON du Soleil à 23 deg. 31 min. d'obliquité du Zodiaque.

Signes ♈	♎			
D.	M.	D.	M.	S.
28	..	10	47	45
28	.5	10	49	40
28	10	10	51	20
28	15	11	53	15
28	20	10	55	..
28	25	10	56	45
28	30	10	58	40
28	35	11	..	20
28	40	11	.2	25
28	45	11	.4	..
28	50	11	.5	45
28	55	11	.7	40
29	..	11	.9	20
29	.5	11	11	..
29	10	11	12	45
29	15	11	14	40
29	20	11	16	20
29	25	11	18	15
29	30	11	20	..
29	35	11	21	45
29	40	11	23	40
29	45	11	25	20
29	50	11	27	..
29	55	11	29	..
30	..	11	31	..
D.	M.	D.	M.	S.
Signes ♓	♍			

♉	♏		
D	M.	S.	
19	46	45	
19	48	..	
19	49	..	
19	50	..	
19	51	..	
19	52	15	
19	53	20	
19	54	40	
19	55	45	
19	56	52	
19	58	..	
19	59	..	
20	..	..	
20	.1	..	
20	.2	15	
20	.3	20	
20	.4	25	
20	.5	40	
20	.6	45	
20	.7	45	
20	.8	45	
20	.9	45	
20	11	..	
20	12	..	
20	13	..	
D.	M.	S.	
≈	♌		

♊	♐	Signes		
D.	M.	S.	D.	M.
23	30	12	2	..
23	30	15	1	55
23	30	20	1	50
23	30	25	1	45
23	30	30	1	40
23	30	35	1	35
23	30	40	1	30
23	30	45	1	25
23	30	50	1	20
23	30	55	1	15
23	30	57	1	10
23	30	59	1	.5
23	31	..	1	..
23	31	..	..	55
23	31	..	..	50
23	31	..	..	45
23	31	..	..	40
23	31	..	..	35
23	31	..	..	30
23	31	..	..	25
23	31	..	..	20
23	31	..	..	15
23	31	..	..	10
23	31	..	..	.5
D.	M.	S	D.	M
♑	♋	Signes		

VSAGE DE LA TABLE PRECEDENTE.

Il eſt facile autant qu'il ſe peut : car apres avoir trouvé par les Tables du lieu du Soleil (aiuſtées s'il eſt beſoin ainſi que i'ay dit cy deſſus) le degré & minute du Signe ou il eſt,il le faut cercher en haut ou au bas de cetteTable,avec cette difference,que ſi lé Signe ſe trouve en haut, les deg.& min. vont augmentant en allant en bas en pourſuivant pour les deg.vers la fin du Livre; & au contrai- re ſi le Signe donné ſe rencontre en bas,les deg.& min.ſe trouvent de bas en allant vers le commencement du Livre, en ſuitte de- quoy dans les colomnes (qui ſont trois en chaque page) vis à vis des deg.& min.du Signe vous rencontrerez les deg. & min. avec les ſecondes de la declinaiſon du Soleil : mais comme dans la Na- vigation l'on ne ſe ſert que de min.ſans paſſer plus outre, quand les ſecondes ſe trouvent au deſſous de 30 on les peut negliger, & quand elles ſe rencontrent au deſſus de 30, il faut ſi l'on ne veut point ſe ſervir de ſecondes augmenter d'une minute davantage, ie veux dire par exemple que ſi dans la Table ſe trouvoit 10 deg. 24 min. 45 ſecondes, il faudroit dire que la declinaiſon ſeroit de 10 deg.25 min.parce que ſi l'on dit qu'elles ne montent iuſques là, tout au plus il ne ſe trouverra qu'un quart de minute d'erreur qui n'eſt d'aucune conſideration dans la Navigation, ceux qui en ſça- vent le fonds,eſtant informez que l'on n'y reüſſit pas avec tant de préciſion que pluſieurs ignorants s'imaginent.

Le calcul Arithmetique eſt ſans conteſtation plus précis & plus iuſte que tous les inſtruments & voyes Geometriques, mais dans un beſoin lors que l'on eſt deſtitué de Tables de Sinus, quand meſ- me ce ne ſeroit que pour eſprouver, s'il ne s'eſt point coulé d'er- reur dans la regle par les Sinus, ce qui n'arrive que trop ſouvent, particulierement par les Sinus communs ou il faut faire une mul- tiplication par cinq chiffres, dans laquelle quoy que facile ie vous laiſſe à penſer ſi pluſieurs ne s'abuſent pas, pour obvier auquel in- convenient l'on peut trouver par le Quartier d'Or aſſez paſſablement la declinaison du Soleil : car ayant trouvé la plus grande declinaison, & combien il est esloigné du plus proche Equinoxe, il en faut compter les deg. & min. commençant à l'Est & allant vers le Nord sur le cercle qui se trouve gradué sur le Quartier, & y bander le fil du centre, en suitte marquant un poinct, ou bien fichant une espingle, ou le fil entrecouppe le quarante septiesme cercle depuis le centre, qui est le double de la plus grande declinaison, 23 deg. 30 ou 31 min. n'estant pas possible d'operer si iuste par le Quartier que par les Sinus, il faut compter par les travers en large de haut en bas iusques à ce poinct ou espingle, prenant chaque quarré pour demy degré, & l'on trouverra le degré & minutte de la declinaison, ce qui au reste, s'il estoit aussi iuste, seroit aussi prompt comme par la Table cy dessus toute supputée.

A raison que proche de l'Est dans nostre Quartier les cercles ne vont point iusques à 47, & par ainsi l'on ne peut pas doubler, en ce rencontre l'on se peut servir du costé du Nord, & pour lors au lieu de compter par les travers en large ou de haut en bas la declinaison, il faut le faire par les travers en long, ie veux dire de travers le Quartier, & de la sorte quoy que l'on aye commencé à compter au Nord les deg. de l'esloignement au plus proche Equinoxe, l'on trouverra la mesme chose pour la declinaison, au Quartier n'y ayant qu'un peu d'intelligence pour se servir d'un bord ou de l'autre.

Que si pourtant sans changer l'on vouloit se servir de l'Est pour y commencer, il faudra marquer son poinct, ou ficher une espingle ou le fil entrecouppe le vingttroisiesme cercle & demy, & pour lors comptant de haut en bas par les travers, chaque travers vaudra un degré.

Sur le trentiesme cercle du Quartier qui est gradué de tous les deux costez, ou autre tel qu'il plaira, l'on pourroit marquer les characteres des Signes, posant à l'Est celuy d'Aries & de Libra, & au Nord celuy de Cancer & de Capricorne, & à 30 & 60 deg. du mesme cercle 4 Signes, dont ceux du Printemps, & de l'Automne seroient en dedans, & ceux de l'Esté & de l'Hyver en dehors, & de la forte le degré de quelque Signe estant donné, après avoir trouvé ce Signe sur ce quart de cercle, il faudra compter le degré donné d'iceluy suivant le costé que va le Signe, & y bander le fil qui est au centre du Quartier, puis en suitte agir de la mesme maniere que i'ay dit cy dessus devoir estre fait par l'esloignement au plus proche Equinoxe.

Afin d'éviter la prolixité ie me contenteray de refaire deux Exemples, sçavoir la troisiéme, & la quatriesme.

EXEMPLE.

Le soleil au quatriesme degré 47 min. du Scorpion, combien aura-il de declinaison ?

R. Le soleil au quatriesme degré 47 min. du Scorpion est esloigné de 34 deg. 47 min. du commencement de Libra, c'est pourquoy il faut compter ces 34 deg. 47 min. d'esloignement au plus proche Equinoxe sur le cercle gradué en allant de l'Est vers le Nord; ou bien ayant cerché le Signe du Scorpion, i'en compte les 4 deg. 47 min. vers le Nord, & y bande le fil, en suitte ie marque un poinct ou fiche une espingle ou le fil entrecouppe le quarante septiesme cercle, tant soit peu davantage pour le double de 31 mi. puis ie compte par les travers de haut en bas, & trouve plus de 26 quarrez qui font 13 deg. 9 à 10 min. pour la declinaison requise.

AVTRE EXEMPLE.

Le soleil au septiesme degré 52 min. de Pisces combien a-il de declinaison ?

R. Le soleil au septiesme degré 52 min. de Pisces est esloigné du commencement d'Aries de 22 deg. 8 min. parce que i'ay dit cy devant qu'il falloit soustraire les deg. & min. de Pisces de trente deg. pour avoir l'esloignement au plus proche Equinoxe : c'est pourquoy ie compte ces 22 deg. 8 min. d'esloignement au commencement d'Aries en commençant à l'Est & allant vers le Nord, ou bien si les Signes estoient marquez sur le Quartier, ayant trouvé Pisces, ie compte les sept deg. cinquante deux min. en allant vers l'Est, & y bande le fil du centre, ensuitte dequoy ie marque un poinct ou fiche une espingle ou le fil entrecouppe le quarante

feptiefme cercle qui eft le double de la plus grande declinaifon,
puis comptant par les travers de haut en bas iufques à ce poinct
ou efpingle i'en trouve dixfept & demy, qui à raifon de demy degré pour chacun, font huict deg. quarante cinq min. de declinaifon, peu plus que par les Sinus.

Vous me direz qu'il eft auffi important d'avoir les lieux du foleil, comme une Table de Sinus, puis que fans cela une Table
mefme des Sinus feroit inutile. A quoy ie refpons que l'on donne
de certaines pratiques pour cet effet tres faciles & tres promptes,
mais pour vous dire la verité, defquelles l'on ne doit iamais efperer
toute la iuftefse qu'il feroit à fouhaitter.

Ie fçay que Clavius & Voëllus Iefuittes dans leur Gnomonique donnent deux vers Latins compofez de douze mots pour les
douze mois de l'année, pour trouver auquel iour du mois, entre
chaque Signe, qui font,

Inclita laus iuftis impenditur, hærefis horret.

Garrula, grex gratus, gratos gratatur honores.

Difant qu'on doit feulement avoir efgard à la premiere lettre,
par laquelle commence chaque mot, en prenant garde la quantief-
me eft cette lettre dans l'Alphabeth, afin d'en fouftraire le nombre de 30, fans s'enquerir fi le mois contient plus ou moins de
iours, à raifon que ces mots ont efté aiuftez pour les 12 mois de
l'An fur ce compte, & ce qui reftera de 30, fera le iour du mois auquel entrera le Signe qui eft propre pour chaque mois, & parce
que l'on commence par Ianvier, le Signe d'Aquarius fera propre
de ce mois, & les autres Signes fuivront de fuitte par ordre pour les
autres mois de l'année, parce que tout ainfi qu'il y a douze Signes
au Zodiaque, auffi l'année eft compofée de douze mois.

Ainfi le mot d'*Inclita* eftant pofé pour Ianvier, & la lettre I,
eftant la neufiefme de l'Alphabeth, fi vous fouftrayez 9 de 30, refteront 21, qui marquera que le vingt & uniefme de Ianvier le foleil entre dans le Signe d'Aquarius qui eft propre pour ce mois.

Le mot de *Laus* eftant pofé pour Fevrier, & la lettre L, eftant la dixiefme de l'Alphabeth, en fouftrayant dix de 30 reftera 20, qui veut dire que le vingtiefme iour de Fevrier le foleil entre dans le Signe de Pifces.

Vous vous eftonnerez peut eftre que ie dis que la lettre I, eft la neufiefme de l'Alphabet, & L la dixiefme, quoy que l'une foit la dixiefme, & l'autre l'onziefme; mais vous remarquerez que ne nous fervant tres peu, foit en Latin, foit en François, de la Lettre K, qui eft plutoft propre pour les Grecs, on ne la compte point dans le nombre des lettres de ce diftic.

Apres que l'on à trouvé à quel iour du mois entre un Signe, il eft facile de fçavoir fuivant les iours du mois, à quel degré d'un Signe eft le foleil, puis qu'il faut donner un degré pour chaque iour enfuitte. Ainfi pour trouver le vingtneufiefme iour de Mars, à quel degré d'Aries eft le foleil, ie dis *Iuftis* eft pofé pour Mars, & la lettre I, eft la neufiefme de l'Alphabet, lefquels 9 oftez de 30, reftent 21 que le foleil entre dans le Signe d'Aries, de 21 à 29 il y a 8, donc le foleil le vingtneufiefme iour de Mars, le foleil fera à peu prés au huictiefme degré d'Aries.

Ie dis *à peu prés*, parce qu'outre qu'il y peut y avoir quelque iour de manque au iour que le foleil entre dans le Signe par cette methode, comptant encor un degré pour chaque iour, cela n'eft pas toufiours regulier, mais fait aucunesfois plus, autresfois moins, & puis dans cette methode l'on neglige, & l'on n'a pas efgard aux minuttes, ainfi elle n'eft qu'à peu prés.

Ie manquois à vous advertir qu'à raifon que le Soleil entre dans les Signes pour l'ordinaire vers la fin de chaque mois, fi l'on cerchoit le lieu du Soleil dans les iours qui ne font vers le dernier tiers du mois, mais dans les deux premiers tiers, il faut cercher à quel iour du mois precedent le foleil entre dans le Signe propre de ce mois precedent & compter autant de degrez pour autant de iours que fe font paffez depuis ce iour du mois precedent que le foleil a entré dans ce Signe. Ainfi fi l'on demande à quel Signe & degré eft le foleil le quatriefme d'Aouft, ie dis le mot de *Garrula* eft pour Iuillet qui commence par un G, qui eft la feptief-

me

me Lettre de l'Alphabet, lesquels sept ostez de trente restent 23, donc le vingttroisiesme de Iuillet le soleil entre dans le Signe du Lyon, depuis ce iour iusques au quatriesme d'Aoust sont douze iours, dont suivant ce, le quatriesme d'Aoust le soleil sera au douziesmé degré du Signe du Lyon.

Le dernier qui est Voëllus dans sa Gnomonique donne pareillement deux vers pour trouver chaque iour du mois, à quel degré du Signe est le Soleil, dont le premier est le mesme que celuy de Clavius, mais le second differe d'une lettre aux quatre premiers mots, ces deux vers sont;

Inclita laus iustis impenditur, hæresis horret,
Firmaque facta fides, felici gaudet honore.

Disant en outre encherissant sur Clavius qu'avec le nombre du iour du mois donné, il faut adiouster le nombre du quantiesme est la premiere lettre de chaque mot en l'Alphabet, & le tout donnera le degré du Signe propre de chaque mois, avec cette remarque que si c'est apres le iour que le soleil entre dans un Signe chaque mois, ce sera le Signe propre de ce mois, mais si c'est devant ce iour de l'entrée du soleil dans le signe, ce sera le signe du mois precedent. Ie m'explique, & dis que le soleil entrant en Aries le vingt & uniesme de Mars, si c'est apres cedit iour, seront les deg. du signe d'Aries, où l'on trouvera que sera le soleil, mais si c'est avant ce vingt & uniesme de Mars les deg. trouvez seront les deg. non d'Aries qui est pour Mars, mais du signe precedent qui est Pisces qui est pour le mois de Fevrier.

Attendu que cy dessus i'ay dit que les quatre mots du second vers de Voëllus estoients de ceux de Clavius, en ce que le dernier met des F, ou le premier met des G, ce qui causera pourtant que suivant Voëllus le soleil entrera dans ces quatre mois là un iour plus tard dans le signe que suivant Clavius, puis que la lettre F, n'estant que la sixiesme lettre de l'Alphabeth, & G la septiesme en ostant 6 de 30 restera 24, & ostant 7 restera 23, ainsi selon Voëllus le soleil n'entrera pendant ces quatre mois que le vingt qua-

Dd

triefme,& fuivant Clavius le vingtroifiefme qui eft un iour plutoft
que l'autre. Vous me demanderez peut eftre auquel des deux il
s'en faut plutoft croire.

A quoy ie refpons que comme vous allez voir par une petite
Table que ie vous ay extraite des lieux du foleil, il s'en faut plutoft
croire à Clavius qu'à Voëllus, parce que vous y verrez que le foleil
pendant ces quatre mois entre plutoft dans ces fignes le vingtroifiefme du mois que non pas le vingt quatriefme.

Ceux qui fe fervent de ces vers pour trouver le lieu du foleil
advertiffent qu'à prefent il faut compter un plus que n'eft la lettre
de l'Alphabet, à raifon d'un iour qui s'eft gagné à caufe des onze
minutes que l'an civil excede le naturel, & que l'on retranchera
en l'an 1700.

I'avouë que fuivant ce, il faudroit plutoft fe fervir de ceux de
Voëllus que de ceux de Clavius dans ces quatre mois là, mais
auffi dans les autres mois l'on trouve quelquefois un iour moins
qu'il ne faut, par cette Table que ie vous vay donner incontinent,
vous en pourrez porter un iugement certain.

Toutes ces pratiques eftant fort mecaniques, l'on n'en doit pas
efperer toute la iufteffe, s'y pouvant trouver iufques à un ou deux
deg. de manque, tout ainfi que pour trouver les iours de la Lune,
quand l'on fe fert de l'Epacte qui eft à la verité tres facile & tres
prompte, il s'y peut commettre iufques à un ou deux iours d'erreur : c'eft pourquoy ie iugerois plus à propos par une Table des
lieux du foleil nouvellement fupputée ou corrigée, de cotter, à
quel iour du mois le foleil chaque mois entre dans un figne, & ce
pour la premiere année apres biffexte, puis pour chaque iour d'a-
pres compter autant de degrez : car bien que le Soleil mette cinq
iours un quart davantage à faire fon année, que les 360 deg. du
zodiaque, repartiffant ces cinq iours un quart également par les
douze mois qu'il y a dans une année, il ne peut fe rencontrer un
demy degré d'erreur pour chaque mois, & ainfi l'erreur de quelques iours ne peut pas monter à grande chofe. Pour la feconde
année apres biffexte rabbatre 15 min. à chaque iour, à raifon

qu'il s'en manque six heures de la premiere, à cause que le civil ne
fait son année commune que de 365 iours, quoy qu'à la verité il
soit de 365 iours 6 heures; pour la troisiesme année il faudra diminuer demy degré ou 30 min. pour la mesme raison. Et pour la quatriesme année il faudra diminuer 45 min. d'un deg. de la premiere
année, & ce iusques à la bissexte qui se met le vingt cinquiesme
iour de Fevrier, & le reste de l'année adiouster 15 min. aux deg. &
min. de la premiere année, & ainsi faisant ensuite comme cy dessus a esté dit l'on aura le lieu du soleil pour chaque iour.

Or bien que ces pratiques mecaniques ne soient pas si iustes
que les Tables du lieu du soleil, on ne peut pas neantmoins nier
que cela ne vaille autant que la Sphere platte.

Voicy ce que i'ay extrait de la Table de 1673 premiere année
apres bissexte.

Ianvier	Fevrier	Mars
19 I. ♒ 11 M.	18 I. ♓ 35 M.	20 I. ♈ 33 M.

Avril	May	Iuin
19 I. ♉ 0 M.	21 I. ♊ 52 M.	21 I. ♋ 25 M.

Iuillet	Aoust	Septembre
23 I. ♌ 53 M.	23 I. ♍ 37 M.	23 I. ♎ 48 M.

Octobre	Novembre	Decembre
23 I. ♏ 32 M.	22 I. ♐ 42 M.	21 I. ♑ 19 M.

Au dessous de chaque mois i'ay mis le Signe propre, à main
gauche de ce Signe le iour du mois auquel il entre, & à main
droite de ce Signe les min. qu'il possede au midy de ce iour. Vous
pourrez perpetuer ces entrées des Signes pour les années consecutives en augmentant deux minutes tous les quatre ans apres
l'année, pour laquelle vous aurez composé cette petite Table, ou
que vous l'aurez trouvé composée.

Pour couronner cet Appendice. Veu que les Pilottes ne sont
iamais destituez de Tables de la Declinaison du Soleil, à raison
qu'elles leur sont d'une necessité indispensable pour avec leur
hauteur en conclurre la latitude, & neantmoins dans plusieurs occasions ils souhaittent de trouver le lieu du soleil dans l'Eclipti-

Dd 2

que, il fera bon auparavant que de finir cet Appendice pour la conftruction de la Declinaifon du foleil d'enfeigner le moyen de trouver ce lieu du foleil par la declinaifon.

Pour à quoy parvenir il ne fuffit pas de fçavoir fimplement la declinaifon, mais il eft encor neceffaire de fçavoir quelle faifon de l'année c'eft, fçavoir fi en Printemps, Efté, Automne, ou Hyver. parce qu'en toutes ces quatre Saifons, le foleil à la mefme declinaifon, foit qu'il s'approche de la ligne ou qu'il s'en efloigne.

Et pour cet effet il faut felon l'analogie fuivante faire une regle de trois, difant,

Comme le Sinus de la plus grande declinaifon du foleil :

Donne le Sinus total :

Ainfi le Sinus de la declinaifon trouvée :

Sera au Sinus de l'efloignement du foleil au plus proche Equinoxe.

C'eft à dire pour la pratique qu'il faut par les Sinus communs adioufter cinq zero à la fin du Sinus de la declinaifon donnée, & divifer le tout par le Sinus de la plus grande declinaifon, & le quotient donnera le Sinus de l'efloignement du foleil au plus proche Equinoxe.

Ou bien par les Sinus Logarithmiques il faut adioufter une unité au devant du Sinus Logarithmique de la declinaifon donnée, & du tout en fouftraire le Sinus pareillement Logarithmique de la plus grande declinaifon, & le refte cerché dans les mefmes Sinus, donnera le degré & minutte de l'efloignement au plus proche Equinoxe.

Ou bien par les Sinus communs pour éviter la divifion, il faut dire par une regle de trois,

Comme le Sinus total :

Eft à la Secante de complement de la plus grande declinaifon :

Ainfi le Sinus de la declinaifon donnée :

Sera au Sinus de l'efloignement au plus proche Equinoxe:

C'eſt à dire pour la pratique qu'il faut multiplier la Secante de complement de la plus grande declinaiſon par le Sinus de la declinaiſon donnée, & du produit en retrancher cinq chiffres de la fin, leſquelles retranchées il faut cercher dans la colomne des Sinus le nombre reſtant, & vis à vis où il ſe trouverra ſera le degré & min. de l'eſloignement du ſoleil au plus proche Equinoxe.

J'entens des Sinus communs, car comme l'on ne met pour l'ordinaire que les Sinus, & Tangentes Logarithmiques, ſans donner les Secantes auſſi Logarithmiques, parce que l'on n'apprehende point la diviſion qui eſt ſeulement par iceux une ſouſtraction, l'on n'en pourroit pas venir à bout par ce moyen, c'eſt pourquoy quand l'on veut operer par les Logarithmes l'on ſe ſert de la premiere analogie donnée cy deſſus, ſans ſe ſervir de celle cy, qui n'eſt que pour les Sinus communs, pour eviter la diviſion qui eſt touſiours embarraſſante particulierement quand il faut avancer quatre ou cinq fois le diviſeur, comme l'on eſt obligé de faire en ce rencontre.

En Printemps & Automne ſi apres la regle de trois faite l'on trouve moins de trente degrez, ſeront les degrez & minuttes des ſignes d'Aries, ou Libra. S'ils paſſent trente iuſques à 60, ce ſeront les deg. & min. de Taurus, ou de Scorpius: mais s'ils excedent 60 iuſques à 90 deg. ce ſeront des deg. & min. de Gemini, ou de Sagittarius.

En Eſté, ou Hyver, ſi apres avoir achevé la regle de trois il vient moins de trente deg. apres les avoir ſouſtrait de trente deg. le reſte ſera des deg. & min. de Virgo, ou de Piſces: ſi depuis trente iuſques à 60 deg. il les faudra ſouſtraire de ſoixante deg. & le reſte ſera des des deg. & min. des ſignes de Leo, ou d'Aquarius: mais ſi cet eſloignement eſt depuis 60 iuſques à 90 deg. apres l'avoir ſouſtrait de 90 deg. le reſte ſera le degré & min. des ſignes de Cancer ou de Capricorne.

Et pour lever toutes les difficultez, leſquelles pourroient reſter ſur ce ſuiet, j'en donneray trois Exemples, deux ſuivant la premiere analogie, & la troiſieſme par les Sinus communs par la ſeule multiplication, en evitant la division par la Secante.

PREMIER EXEMPLE.

En Printemps, sçavoir le septiesme iour de May 1672, ie souhaitte trouver le lieu du soleil dans le zodiaque.

R. Ie trouve par la Table de declinaison propre pour cette année que le soleil à 17 deg. 9 min. de declinaison Nord. C'est pourquoy par une regle de trois, ie dis,

Comme le Sinus de 23 deg. 31 min. de la plus grande declinaison qui est 39902:

Donne le Sinus total qui est 100000:

Ainsi le Sinus de 17 deg. 9 min. de la declinaison qui est 29487:

Donnera 73898, qui est le Sinus de 47 degrez 39 minuttes Pour l'esloignement au commencement d'Aries qui est le plus proche Equinoxe.

Desquels 47 deg. 39 min. les 30 deg. d'Aries estants soustraits, resteront 17 deg. 39 min. de Taurus pour le lieu du soleil au zodiaque au midy de ce iour, puis que la declinaison dans les Tables est posée pour le midy de Dieppe.

Si la declinaison donnée estoit en Automne, trouvant les mesmes deg. & min. le soleil seroit au dixseptiesme degré 39 min. du Scorpion.

SECOND EXEMPLE.

Le soleil en esté 1672 ayant 18 deg. 52 min. de declinaison qui est le vingthuictiesme iour de Iuillet, ie desire sçavoir son lieu au zodiaque.

R. Par une regle de trois, ie dis,

Si le Sinus de 23 deg. 31 min.

Donne le Sinus total:

Ainsi le Sinus de 18 deg. 52 min.

Donnera le Sinus de 54 deg 8 min.

Pour l'esloignement du soleil au plus proche Equinoxe?

Pour la pratique par les Sinus Logarithmiques, apres avoir cerché dans la Table le Sinus Logarith. de 18 deg. cinquante deux min. de la declinaison qui est 950970, il faut y adiouster une unité au devant, & vient 1950970 dont il faut soustraire le Sinus de 23 deg. 31 min. qui est 960099, & restera 990871 qui est le Sinus de 54 deg. 8 min. pour l'esloignement du Soleil au commencement de Libra qui est le plus proche Equinoxe.

Sin. Logar. de 18 deg. 52 min. declin. avec l'unité : 1.950970
Sin. Logar. de 23 deg. 31 min. plus grande declin. 960099
Sin. Log. de 54 deg. 8 min. esloig à l'Equinoxe : 990871

Lesquels 54 deg. 8 min. d'esloignement au plus proche Equinoxe, ie soustrais de 60 puis que la declinaison pour le iour proposé est en Esté, & restent 5 deg. 52 mi. une mi. de difference à la Table du lieu du soleil au iour proposé, à raison de quelque fraction de minutte que l'on a negligé à la declinaison.

TROISIESME EXEMPLE.

Le treiziesme iour de Ianvier 1672 le soleil ayant 21 degré 30 min. de declinaison, à quel degré du zodiaque sera il?

R. Il faut dire par une regle de trois pour eviter la division.

Si l'entier Sinus :

Donne la Secante de complement de 23 deg. 31 min.

Ainsi le Sinus de 21 deg. 30 min. de la declinaison :

Donnera le Sinus de 66 deg. 43 min.

Pour l'esloignement du soleil au commencement d'Aries, qui est le plus proche Equinoxe.

Pour la pratique il faut multiplier la Secante de complement de 23 deg. 31 min. qui est 250617 par le Sinus de vingt & un deg. trente minuttes, qui est 36650, & viendra 9185113050 dont retrenchant les cinq dernieres figures pour la division par l'entier Sinus, & restent 91851, qui est le Sinus de soixante six degrez quarante trois minuttes.

Secante complement de 23. deg. 31. min.

Sin. de 21. deg. 30. min. de la declinaison :

$$\begin{array}{r} 250617 \\ 36650 \\ \hline 12530850 \\ 1503702 \\ 1503702 \\ 751851 \\ \hline 9185113050 \end{array}$$

Sinus de 66. deg. 43. min.

Pour l'esloignement du soleil au plus proche Equinoxe, lesquels souftraits de 90. deg. à cause que c'eft en Hyver, resteront 23. deg. 17. min. de Capricorne pour le lieu du soleil dans le zodiaque audit iour, ce qui rapporte à la Table de cette année.

Pour le faire par le Quartier d'Or, il faut compter de haut en bas les deg. & min. de la declinaison donnée, & en conduire le travers droitement, ie veux dire Eft, & Oueft, iufques au quarante septiefme cercle (ou vingtroisiefme deg. & demy, au cas que l'on ne vueille pas doubler) & à l'interfection ou entrecouppement de ce travers avec ledit cercle, y bander le fil du centre, qui monftrera fur le cercle gradué l'esloignement au plus proche Equinoxe, en comptant les deg. fur le cercle gradué depuis l'Eft iufques au degré ou l'on voit que le fil se trouve arrefté, ce qu'il faudra en suitte ajufter fuivant la faifon de l'année. Car qui a bien comprins ce qu'il faut faire en ce rencontre par les Sinus, fçaura comme il faudra s'y comporter par le Quartier d'Or.

Ie n'apporteray point d'Exemples pour eviter la longueur ou cela pourroit tirer: puis que si l'on a bien comprins le moyen de trouver la declinaison du soleil par le Quartier d'Or, fçaura bien se debarraffer de ce lieu du soleil, puis que ce n'eft que le rebours: car là ou l'on comptoit par les cercles, l'on commence par les travers, & l'on reprend par les cercles, faifant tout le contraire de ce que l'on a fait en trouvant la declinaison.

CHAPITRE

CHAPITRE VIII.

DE LA DECLINAISON DES ESTOILLES DV Firmament, & de leur esloignement au Pôle du Monde.

L'On n'est pas tousiours assez favorisé de beau temps pour prendre la hauteur du soleil à midy, pour en conclurre la latitude, & l'on ne voit mesme que trop souvent que le temps apres avoir esté tresserein pendant toute la matinée, il arrivera par ie ne sçay quel accident que droit sur le coup de midy, il viendra quelque broüillard pour nous cacher la lumiere du soleil, lequel incontinent apres que le midy sera passé, reparoistra aussi lumineux & esclatant qu'il le fut iamais: il ne faut que s'enquerir de ceux qui ont fait le voyage du Grand Banc, & de Terre Neufve, qui vous pourront dire combien en ces quartiers les broüillards, & les vapeurs les empeschent de prendre leur hauteur au soleil, de maniere qu'il s'est veu des Navires qui en ont fait le voyage d'aller & revenir sans iamais avoir eu un beau iour pour pouvoir prendre sa hauteur; voila cependant un pauvre Pilotte privé de sa latitude, laquelle nous avons dit luy estre si necessaire, & la meilleure piece de son sac pour la Navigation, s'il ne sçait la prendre que par le moyen du soleil.

Pour suppleer à ce defaut, dans ces quartiers où le Scorpion fait assez souvent & vivement ressentir le piquant de sa queuë, la nature comme une bonne mere providente donne presque tous les iours des nuicts assez belles & sereines, pendant lesquelles les Estoilles brillent comme de beaux diamants, ou des rubis esclatans sur le fonds d'azur du Firmament, & par leur splendeur convient les humains & nommément les Pilottes, pendant qu'ils sont obligez de veiller pour le quart, au lieu de s'amuser à raconter des bagatelles, & dire des contes à dormir de bout, ou diray ie qui est encor pis à deschirer la reputation de leur prochain, ces Estoilles disie les convient par leur splendeur, à y arrester leurs aspects, non

E e

feulement pour les admirer & contempler, mais encor pour y prendre hauteur & s'en fervir dans leur Navigation, auffi bien que du foleil. Et quoy que i'avoüe que principalement fur Mer, la hauteur des Eftoilles ne foit pas fi affeurée, & ne puiffe eftre comparée pour la iufteffe à celle que l'on prend au foleil, foit ou que l'horizon n'eftant pas affez fin, & tout remply de broüillards, & d'obfcurité, ne permette pas d'y bien fonder fa hauteur, ou que les vapeurs lefquelles font eflevées par la chaleur du foleil, eftant fi groffieres, & copieufes que par fon abfence fur noftre horifon, il n'ait pas la force de les refoudre, & partant rendent la hauteur incertaine.

Ce nonobftant à raifon qu'il y en a un fi grand nombre qu'il eft impoffible de les compter felon la maniere de parler de l'Ecriture fainte *Numera Stellas fi potes*, dit Dieu au Fidel Abraham au quinziefme chap. de la Genefe verfet 5, de forte que mefme elle en fait une proprieté toute particuliere à Dieu privativement à tout autre, *Qui numerat multitudinem ftellarum, & omnibus eis nomina vocat*, eft il dit au Pfeaume cent quarante fixiefme, verfet 4. C'eft bien hazard fi en quelque heure de la nuiĉt, il n'en paffe quelqu'une par le Meridien, foit du cofté du nord, foit de celuy du fud, à laquelle l'on ne puiffe prendre hauteur, pour avec la declinaifon en conclurre la latitude, tout de mefme que l'on fait au foleil, n'y ayant fi petite Eftoille au Ciel du Firmament, au cas que l'on la connoiffe, & que l'on en fçache fa declinaifon, dont l'on ne puiffe fe fervir pour trouver fa latitude tout ainfi qu'au foleil, iugez ou cela peut aller, & combien l'on doit eftimer cet avantage.

Ie dis bien plus que i'ay connoiffance de quantité de baftiments lefquels au retour de leur voyage de long cours, fe font allez enferrer, ou perdre dans la manche de Briftoc, ce qu'ils euffent infailliblement evité, fi les Pilottes qui en commandoient la route avoient eu la connoiffance des Eftoilles, & s'en fuffent fervy pour trouver leur latitude.

Neantmoins comme tous ne font pas affez heureux d'en avoir la connoiffance, & qu'il faut eftre bien verfé dans la fpeculation

dés Aftres pour en avoir une toute particuliere & diftincte connoiffance, l'on ne s'arrefte qu'aux plus claires, plus belles, & plus
apparoiffantes comme plus reconnoiffables, ce qui m'a donné occafion de vous en prefenter la declinaifon de prés de 250, non feulement des principales, mais auffi des plus remarquables quoy que
petites, dont i'ay fupputé la declinaifon pour l'année prefente
1672, afin de s'en fervir comme d'autant de foleils pour parvenir
à la connoiffance de la latitude.

Prenez garde que ie fuppofe que vous les connoiffiez : car
quand vous auriez la declinaifon de toutes les Eftoilles du Firmament iufques à la moindre, & que vous n'en euffiez aucune connoiffance, cela ne vous ferviroit de rien. Et pour vous dire la verité
la connoiffance n'en eft pas fi difficile que beaucoup s'imaginent,
puis que cela fe peut faire en trois ou quatre nuicts pendant une
année que l'on fe donnera la peine de vous apprendre à les reconnoiftre.

Efperant un de ces matins vous donner quelque cahier qui
vous apprendra le moyen de connoiftre les Eftoilles de telle maniere que vous ne les pourrez oublier, & cela de vous mefme &
fans maiftre. Cecy fuppofé.

Ie vous laiffe à iuger combien pendant une nuict, principalement d'Hyver, l'on peut prendre de fois hauteur à plufieurs Eftoilles, lefquelles pafferont par le Meridien, enfuitte dequoy confron-
tant toutes ces hauteurs que vous aurez prinfes, les unes avec les
autres, vous pourrez verifier celles, lefquelles à voftre advis auront
efté les plus iuftes & meilleures, en remarquant celles lefquelles fe
rapporteront davantage les unes aux autres : là ou au foleil, s'il s'eft
rencontré erreur par quelque accident, que le plus fouvent on ne
connoit pas, il ne refte aucun moyen de le corriger que le lendemain, encor faut il qu'il faffe beau temps, & cependant à raifon
que pendant ce temps le Navire à fait chemin, qui au refte eft fort
incertain, puis qu'il n'eft appuyé que fur l'eftime que l'on a fait,
l'on ne peut tout au plus que fimplement iuger, fi cette hauteur
precedente eft bonne, ou non, & non pas en porter un iugement
infaillible.   Ee 2

C'eſt pourquoy les Eſtoilles conſiderées de cette ſorte ſont en quelque façon preferables au ſoleil, à raiſon de la correction que l'on peut apporter à la hauteur que l'on y aura prins, & du iugement que l'on peut faire de celles, leſquelles auront eſté bonnes ou mauvaiſes.

Les Eſtoilles ont encor un avantage au deſſus du ſoleil, en ce que la declinaiſon du ſoleil change tous les iours, & meſme ſi l'on veut ſubtiliſer & chicaner, d'heure en heure, de maniere qu'il faut ſe donner la peine de la cercher dans la Table, & l'aiuſter toutesfois & quantes que l'on a prins hauteur au cas que l'on ſoit dans un lieu paſſablement different de la longitude du lieu pour lequel la Table de la declinaiſon du ſoleil a eſté compoſée, eſtant impoſſible de retenir cette declinaiſon par memoire, qu'il faudroit avoir bien heureuſe pour y graver la declinaiſon de quatre ans conſecutifs que i'ay dit dans la declinaiſon du ſoleil contenir 1461 iours, outre qu'il faut encor ſçavoir ſi cette declinaiſon eſt Nord ou Sud, ce qu'il ſeroit neantmoins tres-facile de ſçavoir à qui à quelque teinture du mouvement du ſoleil dans le zodiaque : mais au contraire une Eſtoille à la meſme declinaiſon ſans changer ſenſiblement pendant neuf à dix ans : encor eſt-ce pour les Eſtoilles dont la longitude eſt approchante des Equinoxes ; car celles qui ſont vers les ſolſtices, à peine en cent ans changent elles en declinaiſon de quatre à cinq min. qui ſera une min. en 25 ans, & deux min. en cinquante ans, & ainſi du reſte à proportion, & partant leur declinaiſon eſtant une fois ſupputée, pourra ſervir ſans erreur ſenſible, l'eſpace de ſoixante à quatre vingt ans.

I'ay dit *d'ordinaire* puis qu'il peut arriver qu'une Eſtoille, laquelle aura beaucoup de latitude, ie veux dire laquelle ſera beaucoup eſloignée de l'eclyptique, & proche des poles du zodiaque, & dont le cours en longitude tend dans ſa poſition droit vers le pole du monde, avancera ou diminuera beaucoup en declinaiſon en moins de temps que ie viens d'avancer : ce que ie dis nommément à cauſe de l'Eſtoille du Nord, laquelle bien que ſa longitude ſoit vers la fin de Gemini, c'eſt à dire proche du ſolſtice du Nord, elle ne laisse pas pourtant d'avancer en cent ans 34 min. vers le pole, tout ainsi que celles qui sont vers les Equinoxes, de maniere qu'à present tous les trois ans sa declinaison augmente d'une minute, & s'approche d'autant du pole du nord, & par consequent il en faut reformer les Tables tous les neuf à dix ans: puis que dans ce temps il se trouve trois min. & davantage de manque, tant en declinaison qu'en son esloignement au pole.

En quoy font faute les Hollandois lesquels nous donnent encor dans leurs routiers des Tables pour cette Estoille, les mesmes qu'ils ont donné, ay ie remarqué en 1610, & ensuitte dans toutes les autres Impressions, iusques à present sans aucunement les corriger.

Au regard des Estoilles lesquelles suivant la longitude sont proche des Equinoxes, il en faut dire la mesme chose que ie viens d'avancer de l'Estoille du Nord; puis qu'elles augmentent ou diminuent en declinaison, dans l'espace de cent ans, les unes de 34 min. les autres de 30, de 28, & ainsi du reste à proportion qu'elles en sont proches ou esloignées, & suivant qu'elles se trouvent scituées dans le cours qu'elles observent, ce qui causera pareillement qu'elles changeront tous les trois ans viron d'une minute en declinaison, laquelle par consequent estant une fois reformée, pourra servir neuf à dix ans sans erreur sensible au moins dans une navigation de long cours.

Avec encor cette difference qu'elles ne changent non plus tous les six mois de costé, comme fait le soleil, de maniere qu'il y en a telles dans le Ciel, & mesme la pluspart (si elles ne sont moins esloignées de l'Eclyptique, que de vingtrois deg. & demy, qui est le plus grand biaisement du zodiaque) lesquelles seront tousiours, & tant que le monde durera, Nord ou Sud, & non iamais autrement, & tout au plus celles qui sont proches de l'Equinoxial, si elles viennent à changer de costé, & du Nord venir au Sud, ou du Sud venir au Nord, cela ne se fait que dans un temps qui est fort long, encor cela est bien rare.

Ie remarque encor une autre difference entre la declinaison des Estoilles, & celle du Soleil, en ce que quand l'on est beaucoup

esloigné du meridien, & dans une longitude beaucoup differente
de celle pour laquelle la Table a esté construite ; il faut aiuster la
la declinaison du soleil, si l'on y veut apporter toute la precision, là
ou les Tables de la declinaison des Estoilles sont universelles & generales dans quelque lieu du monde ou l'on se puisse trouver , &
dans quelque heure tant du iour que de la nuict que ce puisse estre
pour le temps qu'elles peuvent servir. La raison est que les Estoilles
ne faisant en presque cent ans non plus de chemin dans le zodiaque, par le mouvement propre qu'elles ont contraire à celuy que
le premier mobile leur imprime, que le soleil fait en un iour, trois
ou quatre ans aux Estoilles ne sont non plus de consideration
qu'une heure au soleil, ou bien 15 deg. de difference en longitude,
à quoy l'on n'a pas d'egard, particulierement dans la Navigation.

En consequence de ce que ie viens de declarer que les Estoilles
vont fort lentement dans le changement de leur declinaison,
pour revenir au second avantage que les Estoilles ont au dessus du
soleil, ie dis qu'il faudroit avoir une memoire bien peu heureuse
pour ne pouvoir pas retenir la declinaison de quelque vingtaine
d'Estoilles dont l'on aura la connoissance, laquelle declinaison servira pour un long temps, ce qui ne peut estre au soleil pour la raison que i'ay apporté cy dessus, sans estre obligé de revoir sa Table
de la declinaison autant de fois que l'on y aura prins hauteur, ce
qui n'est pas une petite commodité pour ceux qui se rencontrent
dans un vaisseau qui est beaucoup embarassé, soit à cause de la
quantité du monde que l'on y passe, soit à cause que la commodité
ne permet pas de pouvoir dans quelque occasion avoir son Livre
de la declinaison, ce qui n'arrive que trop souvent à ceux qui font
le voyage de l'Amerique, dans lesquels se trouvant grand nombre
de passagers, dans cette fourmiliere de monde l'on ne peut avoir la
liberté de son coffre.

Attendu que pour se servir des Estoilles afin de trouver la latitude, il n'est pas seulement necessaire de sçavoir la quantité de leur
declinaison, ie veux dire de combien de deg. & min. elle est ; mais

auffi qu'il eft tres important d'en connoiftre pareillement la qualité, i'entens de quelle part de la Ligne Equinoxiale eft cette declinaifon, foit de la bande du Nord, foit de celle du Sud : puis que le
cofté duquel elle eft fait connoiftre, s'il faut adioufter ou fouftraire
cette declinaifon de la hauteur meridienne que l'on y aura prins,
pour en conclurre la latitude du lieu auquel l'on aura trouvé cette
hauteur : c'eft pourquoy à cofté de la troifiefme colomne des pages droites de la Table que i'ay deftiné pour y pofer le nombre des
deg. & mi. de la declinaifon des Eftoilles, i'y ay adioufté une petite
colomne, dans laquelle font feulement marquées des N. & des S.
voulant par là fignifier que les Eftoilles dont le nom eft marqué
en la page gauche, vis à vis defquelles l'on trouve dans cette petite
colomne une N. marquée, ont leur declinaifon Nord, comme au
contraire lors qu'il y a une S. c'eft figne qu'elles ont declinaifon
Sud.

Surquoy il eft à remarquer qu'encor que i'aye dit qu'entre les
Eftoilles, il s'en rencontre lefquelles eftant proche de la Ligne
(par le mouvement propre qu'elles ont en biaifant comme le zodiaque, qui ne s'acheve fuivant l'opinion la plus ordinaire & commune qu'en 36000 ans) apres un long efpace de temps paffent
de l'autre bord de la Ligne, & ainfi de Nord deviennent Sud, ou de
Sud deviennent Nord, fi eft ce pourtant que vis à vis de ces Eftoilles l'on ne trouve iamais qu'une N. ou une S. & ce pour le temps
pour lequel la Table a efté fupputée, ou pendant lequel elle peut
fervir fans qu'il foit befoin de les renouveller, car apres que l'on les
aura renouvellées fi l'on trouve par la fupputation qu'au lieu de declinaifon Nord elles ayent declinaifon Sud, au lieu d'une N. que la
Table precedente marquoit, l'on mettra une S. & au contraire au
lieu d'une S. qui fe trouvoit vis à vis des deg. & min. de la declinaifon l'on mettra une N. fi l'on trouve que la declinaifon foit changée Nord.

Auparavant que de paffer plus outre, afin que dans cette Table
il ne fe trouve rien dont on ne puiffe rendre raifon, & avoir la connoiffance, dans la premiere & feconde colomnes des mefmes pa-

ges droites, i'y ay mis la longitude & latitudes des Estoilles, pour
servir à la supputation, tant de la declinaison que de l'ascension
droite des Estoilles que i'enseigneray cy apres, ou ie monstreray à
perpetuer cette longitude, & par ce moyen l'on pourra renouveller les Tables de leur declinaison, toutesfois & quantes que l'on
trouverra à propos.

En attendant que i'en traitte à fonds dans l'Appendice suivant, il est bon pour en avoir une grossiere idée, que ie vous die
que tant la latitude que la longitude des Estoilles fixes
se considerant à l'egard du zodiaque, comme la latitude & longitude de la terre & de la mer à l'egard de la Ligne Equinoxiale, la
latitude d'une Estoille est l'esloignement que cette Estoille à iusques a l'Eclyptique, que la Sphere nous enseigne estre le milieu
du zodiaque, & un grand cercle qui est iustement au milieu de ses
deux Poles, qui sont esloignez de ceux du Monde de 23 deg. &
demy. Et comme ce cercle separe le Monde en deux, ce qui est du
costé ou est le Pole du Nord du Zodiaque, se nomme la partie du
Nord, comme ce qui tend vers celuy du Sud, s'appelle la partie du
Sud c'est pourquoy à costé de cette premiere colomne qui est destinée pour y poser la latitude, i'y en ay ioint une autre petite, dans
laquelle sont marquées seulement des N. & des S. pour donner à
connoistre si cette latitude est Nord, ou bien si elle est Sud.

Pour la longitude qui est placée dans la seconde colomne sans
m'arrester à ce que la Sphere nous enseigne, que la longitude est le
nombre de deg. & min. qu'une Estoille se trouve esloignée suivant
l'ordre des Signes de l'Equinoxe du Printemps, qui est le commencement d'Aries, il me plaist davantage de dire que c'est le
nombre de deg, & min. du Signe du Zodiaque dans lequel se trouve l'Estoille.

D'où s'ensuit que par là connoissant à quel Signe une Estoille
appartient suivant la saison de l'année, & le Signe auquel sera le
soleil, l'on sçaura si cette Estoille doit paroistre, ou si elle sera cachée par la lumiere du iour ou du soleil, particulierement si ces
Estoilles sont proches du Zodiaque, & n'ont pas beaucoup de latitude.

Comme

Comme par exemple la Table marquant qu'en 1672, le nœud des Poiſſons eſt au vingtquatrieſme degré 48 min. d'Aries, l'on ſe donneroit une peine inutile de la cercher à voir au Ciel vers la fin de Mars, & pendant tout Avril ; parce qu'elle ſe trouve pendant ce temps là cachée ſous les rayons du ſoleil : mais en May, Iuin, Iuillet, Aouſt, & Septembre, on la voit paroiſtre au Ciel, ſi toſt que le ſoleil eſt couché ; enſuitte elle apparoiſtra lors que la nuict ſera avancée ; ou bien au matin avant le ſoleil levé, iuſques à ce qu'enfin vers la fin de Mars elle revienne à ſe recacher ſous les rayons du ſoleil.

Pour les Eſtoiles qui ont beaucoup de latitude, & leſquelles ſont approchantes des Poles, cecy eſt un peu plus embarraſſant, & ne ſe peut pas ſi facilement remarquer, à raiſon que les cercles de la latitude des Eſtoiles, qui paſſent par l'Eſtoile, & vont determiner dans le Zodiaque la longitude de cette Eſtoile, font que l'on ne peut pas ſi préciſément diſtinguer le temps de leur apparition, ou de leur non apparition, attendu que les Poles du Zodiaque eſtant eſloignez de ceux du Monde de vingttrois deg. & demy, il ſe fait un certain biaiſement qui confond tout cet ordre que ie viens d'enoncer, à moins que l'on ny ſoit bien ſtylé, & que l'on ne ſe ſoit donné toute la peine à bien remarquer, & reconnoiſtre dans le Ciel, tant la voye du Zodiaque, que le lieu de ſes Poles, leſquels eſtant inviſibles, à cauſe qu'il ne s'y rencontre aucune marque ny aucun Aſtre pour nous les faire comprendre ſinon à peu prés, & neantmoins emportez par le mouvement continuel que leur Imprime le premier Mobile, avec le biaiſement du Pole avec l'horizon, il faut eſtre doüé d'une merveilleuſe intelligence pour n'y eſtre pas ſurprins.

Mais auſſi d'un autre coſté quand l'on ſe rencontre par une eſlevation du Pole tant ſoit peu conſiderable, pour lors ces Eſtoiles ne ſe levant, ny couchant iamais ſous l'horizon, ſi l'on eſt du coſté du Pole vers lequel elles ſont, auſſi toſt que la lumiere du ſoleil commence à diſparoiſtre, & l'Hemiſphere ſuperieur à s'obſcurcir par ſon abſence, pour lors ſa lumiere n'eſtant plus ca-

Ff

pable de nous les cacher, l'on ne manquera pas de les appercevoir brillantes, & donneront une foible lumiere dans les tenebres de la nuict ; à moins que quelque efpois brouillard ne vienne fe ietter à la traverfe pour nous empefcher de les appercevoir.

Et parce qu'il m'a femblé trop confus de mefler le figne avec les deg. & min. l'ay fait une petite colomne feparée enfuitte de celle des deg. & min. de la longitude pour y marquer le figne auquel ces deg. & min. appartiennent.

Cecy vous doit pour le prefent fuffire touchant ces deux premieres colomnes, iufques à ce que ie vous faffe paroiftre dans l'appendice fuivant l'ufage que vous en pourrez tirer pour la fupputation d'une Table de la declinaifon des Eftoilles.

A cofté de la declinaifon des Eftoilles, c'eft à dire dans la quatriefme colomne i'ay mis le complement de leur declinaifon, i'entens ce qui refte apres avoir fouftrait les deg. & min. de la declinaifon des 90 deg. qu'il y a depuis l'Equinoxial iufques au Pole du Monde ayant fait pofer au haut de cette colomne *Efloignement au Pole*, les deg. & min. comprins en cette colomne monftrants de combien les Eftoilles vis à vis defquelles ils correfpondent, font efloignez du Pole du Monde, vers lequel elles font : ou bien encor autrement combien il fe trouve de deg. & min. entre ces Eftoilles & le Pole du Monde, vers lequel elles font, foit vers le Pole Artique, foit vers le Pole Antartique ; ou pour parler felon les Matelots vers le Pole du Nord, ou vers celuy du Sud, fuivant la declinaifon qu'elles ont.

Car ayant une fois fupputé la declinaifon d'une Eftoille il n'y a rien de fi facile que de trouver de combien elle eft efloignée du Pole : puis qu'il n'y a qu'à fouftraire cette declinaifon trouvée de 90 deg. qu'il y a depuis la Ligne iufques au Pole du Monde, & le refte de la fouftraction donnera les deg. & min. que cette Eftoille fera efloignée du Pole du Monde.

La raifon eft que depuis la Ligne Equinoxiale iufques au Pole du Monde y ayant 90 deg. ou bien un quart de cercle fi l'on en fouftrait les deg. & min. de la declinaifon (qui eft de combien

l'Eſtoille eſt eſloignée de la Ligne Equinoxiale) reſteront les deg.
& min. de combien l'Eſtoille ſera eſloignée du Pole ; ou combien
de deg. & min. il y a depuis cette Eſtoille iuſques au Pole, que l'on
nomme autrement le complement de la declinaiſon, les Aſtronomes ayant de couſtume de nommer complément tout ce qui
reſte pour achever les 90 deg. du quart de cercle.

Quoy qu'il ſoit tres facile ayant la declinaiſon d'en trouver
l'eſloignement au Pole, l'on ne laiſſe pas pourtant d'en tirer de
gtands avantages pour en conclurre l'eſlevation du Pole ſur l'horizon par les Eſtoilles, quand l'on ſe rencontre dans un lieu auquel
les Eſtoilles ne ſe levent ny couchent ſous l'horizon : d'où s'enſuit
que pendant un iour naturel de 24 heures, elles ont une plus
grande, & une plus baſſe hauteur à 12 heures preſque l'une de l'autre, par chacune deſquelles avec l'éſloignement de ces Eſtoilles au
Pole, l'on peut trouver de combien de deg. & min. le Pole du Monde eſt eſlevé ſur l'horizon, & par conſequent par quelle latitude on
eſt, comme ie feray voir dans les moyens de trouver la latitude.

Afin donc de n'eſtre pas obligé de ſouſtraire la declinaiſon des
Eſtoilles toutesfois & quantes que l'on à prins la hauteur Meridienne haute ou baſſe pour en tirer la latitude, au meſme temps
que l'on a ſupputé la declinaiſon des Eſtoilles, on la ſouſtrait de 90
deg. & ainſi ayant fait de toutes l'on en a fait une Table que l'on a
poſé comme i'ay dit dans la quatrieſme colomne en ſuitte de la
declinaiſon ſous le nom de l'eſloignement au Pole.

Apres que l'on a ſupputé la declinaiſon d'une Eſtoille, la meſme preparation laquelle a ſervy pour trouver ſa declinaiſon, ſert
auſſi pour trouver ſon aſcenſion droite, de ſorte qu'il ne reſte plus
qu'une regle de trois à faire, laquelle ne doit pas eſtre negligée
dans l'importance qu'eſt cette aſcenſion droite pour la Navigation : pour cette conſideration i'ay ſupputé une Table des aſcenſions droites des Eſtoilles, laquelle i'ay diſpoſé en deux colomnes
en ſuitte de celle de l'eſloignement au Pole, ſçavoir dans la cinquieſme colomne par deg. & min. & dans la ſixieſme par heures min. & quinzieſmes parties d'une minute d'une heure.

Et pour clorre toutes ces colomnes i'y en ay adioufté une petite à la fin, dans laquelle vous trouverrez la grandeur que les Aftronomes donnent à chaque Eftoille denommée dans la page à main gauche.

Et pour vous monftrer plus à plein les ufages que l'on peut tirer des afcenfions droites pour la Navigation, i'ay refolu de vous en faire un difcours feparé, dont ie compoferay un article que ie diftingueray en plufieurs fe&ions.

ARTICLE.

DE L'ASCENSION DROITE
des Eftoilles.

POur traitter cette matiere à fonds & la prendre dés fa fource, ie dis que le mot d'afcenfion eft un mot Latin qui ne fignifie autre chofe que montée; mais comme cette fignification eft trop generale, fans fpecifier rien en particulier, voyons ce que nous en diront les Aftronomes; puis que c'eft d'eux comme eftant de leur gibier que nous le devons apprendre, & ils nous diront que par ce mot d'afcenfion ils entendent le degré de l'Equinoxial qui monte avec quelque aftre, lors que cet aftre fe leve fur l'horizon du cofté de l'Eft.

Et comme ils admettent deux fortes d'horizon, auffi reconnoiffent ils deux fortes d'afcenfion, l'une au refpe& de l'horizon droit qu'ils appellent afcenfion droite, & l'autre à l'égard de l'horizon oblique qu'ils nomment Afcenfion oblique.

Par l'horizon droit ils entendent celuy de ceux qui habitent fous la Ligne Equinoxiale, & qui par confequent ont les deux Poles du Monde à leur horizon.

Et à dire le vray ce n'eft pas fans fuiet qu'ils appellent cet horizon droit; puis que l'Equinoxial eftant le cercle dans la Sphere qui nous reprefente le mouvement iournal, comme tous les cercles paralels à ce cercle, les aftres eftant emportez de ce mouvement, montent sur cette sorte d'horizon, tout droit & à plomb, & ainsi faisants un angle droit avec cet horizon, ils sont dits monter droitement & faire ascension droite.

Mais au contraire ils entendent par l'horizon oblique celuy de ceux qui habitent hors de l'Equinoxial iusques aux Poles, ausquels les Astres en faisant leur mouvement Iournal, quand ils viennent à monter sur l'horizon, ils s'entrecouppent en biaisant & obliquement, & partant font leur montée sur iceluy obliquement & de biais, ce qu'ils nomment Ascension oblique.

Cecy supposé & delaissant pour le present l'Ascension oblique comme servante seulement à trouver l'heure que les Estoilles se levent, & montent sur l'horizon oblique, venons maintenant à l'Ascension droite, comme plus utile aux Navigateurs.

La raison est que les Astronomes font toutes leurs plus belles observations à Midy : Or le Meridien dans tous les horizons obliques, & en quelque part que l'on se trouve hors de la Ligne Equinoxiale, & des Poles fait l'office d'horicon droit ; puis que les deux Poles du Monde se rencontrent au niveau de l'horizon comme ils font en l'horizon droit, & tous les Astres emportez par le premier Mobile, couppent le Meridien à plomb, & font un angle droit avec luy, tout ainsi que font les Astres lors qu'ils montent & se levent sur l'horizon droit.

De là s'ensuit que le Meridien en quelque lieu du Monde que l'on puisse estre, peut estre appellé l'horizon droit : puis qu'il en fait l'office, & sert tout de mesme que si l'on posoit la Sphere, suivant qu'elle se constitue dans l'horizon droit.

Il ne se faut donc pas estonner si i'ay avancé que l'Ascension droite, laquelle se prend à l'esgard du Meridien, produit plus d'usages pour la Navigation que ne fait pas l'Ascension oblique.

Ce qui fait connoistre que l'Ascension droite du Soleil ou des Estoilles, n'est autre chose que le poinct de l'Equinoxial qui passe avec le Soleil, ou les Estoilles par le Meridien.

Et pour mieux comprendre cecy, il faut remarquer que l'Equinoxial & le Zodiaque sont deux grands Cercles qui s'entrecouppent par la moitié en deux poincts opposez, dont l'un s'appelle le commencement d'Aries, & l'autre le premier poinct de Libra;& c'est du commencement du Signe d'Aries que les Astronomes commencent l'Ascension droite suivant l'ordre des Signes, c'est à dire, de l'Ouest à l'Est, ainsi que va le Zodiaque, & partant l'Ascension droite des Estoilles, laquelle est marquée dans la Table, n'est autre chose que le poinct de l'Equinoxial qui passe par le Meridien avec une Estoille, à compter depuis le commencement d'Aries iusques à ce poinct.

Et comme l'Equinoxial nous represente le temps, & que par son mouvement nous comptons nos iournées; puis que le iour naturel n'est autre que la conversion de tout l'Equinoxial autour du Monde, delà s'ensuit que toutes les parties de l'Equinoxial passent successivement, & les unes apres les autres, soit par nostre horizon, meridien, ou autre poinct du tour du Monde; & partant les Ascensions droites, lesquelles ne sont que les poincts de l'Equinoxial qui respondent à la passée de quelque Estoille par le meridien, viennent pareillement au meridien les uns apres les autres, de la mesme maniere que font tous les degrez de l'Equinoxial, c'est à dire 15. degrez en une heure, un degré en 4 min. d'une heure, & 15 min. d'un degré en une min. d'une heure.

De maniere que par exemple une Estoille dont l'Ascension droite est differente de celle d'une autre Estoille de 15 deg. arrivera une heure plustost, ou plus tard au meridien que cette autre Estoille, & ainsi à proportion qu'il y aura plus ou moins de degrez de difference en leur Ascension droite.

Comme ie parle à des Pilottes qui font profession dans l'Art de Naviger de sçavoir déchiffrer les longitudes du Monde, ie ne trouve aucune difference entre les longitudes & les Ascensions droites; puis qu'à l'exemple des Ascensions droites les longitudes se comptent sur l'Equinoxial ou les petits Cercles paralels, & qu'elles commencent au premier Meridien, lequel dans les Ascensions droites est le demy Cercle du Colure des Equinoxes qui passe par le commencement d'Aries, lequel Colure des Equinoxes sans contestation est un Meridien ; puis qu'il passe par le poinct des Equinoxes, & par les Poles du Monde, en suitte dequoy les Ascensions droites vont tousiours en augmentant vers l'Est iusques à revenir à ce premier Meridien ou Colure des Equinoxes ou l'on compte 360 deg. de longitude, ou d'Ascension droite ; c'est pourquoy ie peux constamment asseurer que qui sçaura bien distinguer les longitudes du Monde, pourra pareillement déchiffrer les Ascensions droites, tant du Soleil que des Estoilles avec perfection apres y avoir fait tant soit peu de reflexion.

Puis que l'Ascension droite de mesme que la longitude augmente tousiours, ainsi que ie viens de dire, du Ouest en allant vers l'Est, il s'ensuit que les Estoilles qui ont moins d'Ascension droite viennent plustost au Meridien que celles qui en ont davantage.

I'excepte toutesfois celles lesquelles sont vers la fin du tour de l'Equinoxial, lesquelles bien qu'elles ayent infiniment plus d'Ascension droite, ne laissent pas d'arriver plustost au Meridien. Comme par exemple celles qui ont 340 deg. d'Ascension droite en comparaison de celles qui en ont seulement 20 ou 30 deg. parce que comme la fin & le commencement d'un cercle sont ioincts, si l'on suppose le mouvement continu, il faut que la fin du premier tour ait passé, avant que le commencement du second, & des autres en suivant reviennent au mesme poinct. Il faut donc que 340 deg. qui est la fin du tour du Monde qui n'en contient que 360, & qui est à present un mouvement continué, passe plustost par le Meridien que non pas 20 ou 30 deg. qui n'en sont que le commencement.

Mais quand deux Estoilles comparées l'une à l'autre, toutes deux sont du mesme costé du Colure des Equinoxes , & que des deux il n'y en a point une laquelle soit d'un costé, & l'autre de l'autre ; c'est une maxime generale que celle laquelle aura moins d'Ascension droite viendra plustost au Meridien que celle qui en a davantage.

Quand donc au soir l'on voit quelque Estoille (dont on à la connoiffance) au Meridien, ou quelque peu par delà n'importe ce qui eft tres facile à faire pour des Pilottes, n'y ayant qu'à ietter les yeux fur le Compas de l'habitacle, qui monftrant tous les rumbs de vent, enfeignera pareillement le Nord & Sud) ce qu'eftant connu il n'y a qu'à cercher l'Afcenfion droite de cette Eftoille dans la Table, & en fuitte parcourir de veuë ladite Table pour y remarquer les Afcenfions droites qui en approchent en augmentant, & non point en diminuant, à caufe que l'on ne recerche que les Eftoilles, lefquels doivent arriver plus immediatement au Meridien; puis que l'on n'a plus befoin de celles qui font defia paffées pour y prendre hauteur, laquelle de cette maniere feroit inutile pour en conclurre la latitude, telles que nous avons dit eftre celles lefquelles ont moins d'Afcenfion droite.

En fuitte dequoy fouftrayant ces Afcenfions droites l'une de l'autre, il en faut reduire la difference en heur. & min. qui donneront le temps apres lequel la derniere Eftoille viendra au Sud, temps auquel l'on y doit prendre hauteur pour en tirer la latitude du lieu ou l'on peut eftre.

EXEMPLE.

Le foir eftant en Mer, & iettant la veuë vers le Ciel l'on y apperçoit que la Claire de l'Aigle eft viron au Sud, pour fçavoir de quelles Eftoilles l'on fe pourra fervir pour y prendre hauteur afin d'en conclurre la latitude & le temps propre pour cet effet, il faut cercher dans la Table l'Afcenfion droite de la Claire de l'Aigle, laquelle dans la cinquiefme colomne l'on trouve eftre de 293 deg. 42 min. en fuitte dequoy parcourant de la veuë la mefme Table que celles du Dauphin font depuis 305 deg. iufques à prefque 308 deg. ainfi diminuant 293 deg. du Dauphin, refteront 12 deg. 18 mi. de difference lefquels reduits en heur. & min. viendront à raifon de 4 min. pour deg. 48 min. d'une heure, & peu plus d'une min. pour les 18 min. à raifon de 15 min. d'un deg. pour une min. d'heur. laquelle min. adioufté les 48 min. provenuës des deg. feront en tout 49 min. qui eft tant foit peu plus de trois quarts d'heure que le commencement du Dauphin viendra au Sud apres la Claire de

l'Aigle,

l'Aigle, en suitte 3. deg. apres qui sont 12 min. d'heure ou presque un quart d'heure passera, ou viendra la fin qui est la teste du Dauphin, puis sept deg. ou presque demie heure le Chevalet, puis une heure apres Pegase, puis Andromede, puis Aries, Taurus & Gemini, &c.

Voyez si l'on vouloit venir à prendre toutes les differences de toutes les Estoilles en particulier, lesquelles sont dans la Table, tant des Signes du Zodiaque, que des constellations, tant du Nord que du Sud, en suitte de cette Ascension de la Claire de l'Aigle, à combien le discours s'emporteroit, mais en mesme temps considerez combien de hauteurs l'on pourroit prendre pendant une belle nuict, particulierement d'hyver.

Il s'en trouve qui comptent l'Ascension droite, tant du Soleil que des Estoilles au lieu de deg. & min. par temps, ie veux dire par heures & min. à commencer à l'Equinoxe du Printemps qui est le commencement d'Aries, laquelle façon me semble la plus aisée; car les heures & min. estant toutes reduites, il n'est plus besoin de les reduire, ce qui fait plus de la moitié de la besongne; & d'abondant le nombre n'en estant pas si grand, puis que par heures il ne peut tout au plus aller qu'à 24, là ou par deg. il va iusques à 360, le nombre est bien plus facile à compter; neantmoins par l'une & par l'autre voye, l'on vient au mesme but.

C'est pour cette raison qu'ayant consideré que de la façon que cette Table est disposée il y avoit assez de place pour l'une & pour l'autre, ie les y ay mis en deux colomnes se suivant l'une l'autre, sçavoir par deg. & min. en la cinquiesme, & par heures, minuttes & quinziesmes parties d'une minutte d'heure dans la sixiesme colomne, afin que chacun puisse eslire la maniere qu'il iugera le plus à propos, & qui luy agreera le plus.

Ayant dit dans ma premiere Impression que i'avois plustost choisi de le faire par deg. & min. que non pas par temps, & ce pour deux raisons.

La premiere parce que c'est la façon la plus ordinaire dont se servent les Astronomes en la cottant dans leurs Livres par deg. &

Gg

minuttes,& moy vous donnant les Tables de l'Afcenfion droite
des Eftoilles, ie ne pretens pas vous obliger à ne vous pas fervir de
celles des autres, fi vous trouvez qu'elles foient bien correctes &
reformées.

La feconde raifon eft que les 15 min. d'un degré ne faifant qu'u-
ne minutte d'heure, s'il fe rencontre quelques minuttes par delà
les 15 min. d'un degré, fi l'on compte l'Afcenfion droite feulement
par heures & min. il ne fe pourra faire que quelques minuttes de
degré ne fe trouvent oubliées, & ainfi à la rigueur l'Afcenfion
droite ne fera pas fi iuftement marquée, à moins que l'on n'y employe les quinziefmes parties d'une minuttre; c'eft pour cette raifon que ie ne les ay pas negligées, ce que ne font pas les Hollandois, ny tous ceux qui le font de cette forte, ce neantmoins apres
tout cette negligence n'eft pas capable de produire une erreur
confiderable, veu principalement que l'on ne veut fçavoir qu'à
peu prés à quelle heure arrivera une Eftoille au Sud, & que les Pilottes ont de couftume de prendre leur hauteur quelque temps
auparavant qu'elles y arrivent approchants toufiours leur Marteau vers le bout de l'œil, à mefure qu'elles montent, iufques à ce
qu'ils aperçoivent que les Eftoilles baiffantes il le faille reculer, car
pour lors ils iugent que l'Eftoille a baiffé, puis qu'elles s'efloignent
du zenith qui nous eft reprefenté par le commencement de la graduation vers le bout de l'œil.

Et bien que fi les Pilottes vouloient fuivre mon fentiment ie
leur confeillerois pluftoft de fe fervir de la fixiefme que de la cinquiefme colomne, c'eft à dire, compter l'Afcenfion droite par
temps, heures, & min. d'heure, que par deg. & min. de deg. & qu'à
raifon que i'ay mis dans la Table l'une & l'autre, il ne feroit aucunement neceffaire d'y proceder par deg. attendu neantmoins que,
comme ie viens de dire, dans prefque tous les Livres Aftronomiques qui donnent les Tables de l'Afcenfion droite, tant du Soleil
que des Eftoilles, l'on l'y trouve prefque toufiours par deg. & min.
& non par heures & min. C'eft pour cette raifon que dans les deux
Exemples que ie vay vous donner pour vous ftyler dans la prati-

que,& vous donner une idée de la maniere, avec laquelle l'on s'y
doit comporter, ie le feray par l'une & l'autre maniere, commençant par les heures comme la maniere que ie iuge la plus aifée, &
finiffant par les deg. & min.

PREMIER EXEMPLE.

Vers la fin du mois de Decembre, un iour arrive que pendant
la nuict les Eftoilles paroiffent & brillent au Ciel, y iettant la veuë
fur les neuf heures du foir que l'œil du Taureau fe rencontre au
Sud, ie defire fçavoir à quelle heure y arrivera l'Efpy de la Vierge
pour y pouvoir prendre hauteur afin d'en conclurre la latitude du
lieu par lequel l'on peut eftre?

R. Pour y parvenir ie cerche dans la Table de la Declinaifon
des Eftoilles qui eft cy apres, dans la fixiefme colomne (pour me
fervir de l'Afcenfion droitte cottée par heures & minuttes) i'y cerche donc l'Afcenfion droite de l'œil de Taureau Aldebaran que
i'y trouve eftre de quatre heures dixfept min. & deux quinziefmes
de minutte d'une heure, pareillement y cerchant l'Afcenfion
droitte de l'Efpy de la Vierge, ie la trouve eftre de 13 heures huict
minuttes & deux quinziefmes : en fuite dequoy ie fouftrais les 4
heures 17 mi. deux quinziefmes de l'œil du Taureau des 13 heur.
huict min. deux quinziefmes de l'Efpy de la Vierge, & la fouftraction faite refteront huict heures cinquante & une minuttes iuftement, lefquelles adiouftées avec les neuf heures du foir que l'obfervation s'eftoit faite, & viendront dixfept heures 51 min. apres
midy: mais à raifon que parmy le peuple l'on ne compte point les
heures au delà de 12, fi l'on en diminuë les douze heures qui fe
trouvent iufques à minuict, refteront cinq heures 51 min. du lendemain matin que l'Efpy de la Vierge fe trouverra au Sud, & par
confequent l'on y pourra prendre hauteur.

Mais ayant une Table dans laquelle les Afcenfions droites fuffent cottées par deg. & min. comme en la cinquiefme colomne i'y
cerche l'Afcenfion droite de l'œil du Taureau, qui eft 64 deg. 17
min. en fuite i'y cerche pareillement celle de l'Efpy de la Vierge
qui eft de 127 deg. deux min. puis les fouftrayant l'un de l'autre, la

Gg 2

moindre de la plus grande, resteront 132 deg. quarante cinq min. pour leur difference, laquelle ie reduis par quinze deg. qu'il y a en une heure, & viendra au quotient huict qui vallent huict heures, & reste à la fin de la division douze deg. lesquels à raison de quatre min. pour un degré viendront quarante huict min. puis à raison qu'il faut quinze min. d'un deg. pour faire une min. d'heure, les 45 min. qui sont outre les deg. feront trois min. lesquelles adioustes aux quarante huict min. des deg. feront cinquante & vne min. & les 8 heures du quotient, feront en tout huict heures 51 min. iustes que l'Espy de la Vierge arrivera au Sud apres l'œil du Taureau, lesquelles adioustées avec les neuf heures que i'ay supposé que l'œil du Taureau estoit arrivé au Sud, le tout soustrait & adiousté resteront cinq heures 51 min. du matin que l'Espy de la Vierge arrivera au Sud dans le temps proposé, comme cy dessus par le temps en quoy l'on n'a pas esté obligé de faire tant de reductions, parce que desia tout y estoit reduit dans la Table.

SECOND EXEMPLE.

Estant en Mer i'apperçois à 8 heures du soir que la Claire en la queuë du Dauphin estoit au Meridien, ou selon les Matelots au Sud, ou au Nord, ie veux trouver à quelle heure y arrivera le cœur du Lyon?

R. Pour y proceder par le temps, ie cerche dans la Table en la sixiesme colomne l'Ascension droite de la Claire en la queuë du Dauphin que ie trouve estre 20 heures 20 min. & trois quinziesmes, & celle du cœur du Lyon de neuf heur. cinquante min. 14 quinziesmes, & attendu que ie ne peux soustraire les vingt heures vingt min. trois quinziesmes de la Claire en la queuë du Cygne des neuf heures cinquante min. quatorze quinziesmes du cœur du Lyon, i'emprunte les vingtquatre heures qu'il y a en un iour, & viendront trente trois heures cinquante min. quatorze quinziesmes, dont ie leve les vingt heures vingt min. trois quinziesmes de la Claire en la queuë du Dauphin, & resteront treize heures trente min. 11 quinziesmes pour le temps que le cœur du Lyon arrivera au Sud apres la Claire en la queuë du Dauphin. En suitte pour

trouver à quelle heure cela arrivera, i'adiouſte ces 13 heures trente min.11 quinzieſmes, avec les huiƈt heures que la Claire en la
queuë du Dauphin eſtoit arrivée au Sud,& viendront vingt & un
heur.trente min.11 quinzieſmes apres midy,dont levant les douze
heures de la minuiƈt,reſteront neuf heur.trente min. 11 quinzieſmes du matin que le cœur du Lyon arrivera au Sud en ce temps
là.

D'où ie conclus que ie n'y pourray pas prendre hauteur, parce
qu'eſtant déſia grand iour,cette Eſtoille ne pourra pas paroiſtre.

Mais pour faire cet exemple par les degrez & min. ie cerche
dans ladite Table l'Aſcenſion droite de l'une & l'autre Eſtoille, &
trouve pour la Claire en la queue du Dauphin 305 deg. trois min.
d'Aſcenſion droite, & pour celle du cœur du Lyon 147 deg. 44
min.& à cauſe que le cœur du Lyon arrive au Sud apres la Claire
en la queuë du Dauphin, veu que ie ne puis ſouſtraire les 305 deg.
trois min.de la Claire en la queuë du Dauphin, des 147 deg. quarante quatre min.du cœur du Lyon, i'emprunte le tout entier du
rond du Monde qui eſt 360 deg. leſquels i'adiouſte avec les 147
deg.quarante quatre min.de l'Aſcenſion droite du cœur du Lyon,
& vient 507 deg. quarante quatre min. dont ie ſouſtrais les 305
deg. trois min. de la Claire en la queue du Dauphin, & reſteront
202 deg.quarante & une min.leſquels diviſez par 15 deg. qu'il y a
pour heure,vient au quotient 13 heures,& reſtent ſept deg.à la fin
de la diviſion qui vallent 28 min. & pour 41 min.de deg.deux mi.
& 11 quinzieſmes outre les deg. ſeront en tout 13 heures 30 min.
& 11 quinzieſmes que le cœur du Lyon arrive au Sud plus tard que
la queue du Dauphin, leſquelles adiouſtées avec les huiƈt heures
du ſoir que l'on a ſuppoſé avoir trouvé que la Claire en la queue du
Dauphin eſtoit arrivée au Sud viendront 21 heur. trente min.11
quinzieſmes,dont les douze heures de la minuit diminuées reſteront neuf heur. trente min. 11 quinzieſmes que le cœur du Lyon
doit arriver au Sud, comme cy deſſus nous avons trouvé par l'Aſcenſion droite cottée par heures & min.

La meſme methode dont l'on s'eſt ſervy pour trouver de com-

combien une Eſtoille arrivera au Sud apres une autre, peut ſemblablement eſtre appliquée, ſi l'on eſtoit curieux de connoiſtre de
combien un autre y aura arrivé devant, excepté qu'au lieu d'adiouſter les heur. de la difference de l'Aſcenſion droite, à l'heure que
l'on a ſuppoſé, il faudroit en ce rencontre les en ſouſtraire.

Eſtant à remarquer que pour cet effet il faudroit en parcourant
la Table prendre garde à celles qui auroient moins d'Aſcenſion
droite que celle que l'on avoit propoſé, au lieu que pour trouver
celles qui arrivoient apres on recerchoit celles qui en avoient davantage : ou bien ſi l'Eſtoille propoſée ſe trouvoit au commencement du tour du Monde, que i'entens au commencement d'A-
ries ou l'Equinoxe du Printemps ou l'on commence à compter les
premiers deg. de l'Equinoxial, il faudroit du moins dans la Table
remarquer celles qui ſont à la fin dudit Equinoxial, ou pour m'expliquer mieux celles dont l'Aſcenſion droite eſt depuis 180 deg.
iuſques à 360.

Ie n'apporte point d'Exemples pour avant, mais ſeulement en
en ay mis pour apres, parce que les Pilottes ne le faiſant à autre
deſſein que pour y prendre hauteur afin d'en conclurre leur latitude, ils doivent pour cet effet choiſir celles qui doivent arriver au
Meridien, & non celles qui y ſont deſia arrivées, leſquelles en ce
rencontre leurs ſeroient inutiles pour le deſſein qu'ils ont.

SECTION SECONDE.

EN TOVT IOVR PROPOSE' TROVVER
l'heure que les Eſtoilles arrivent au Meridien.

PAr le moyen de la ſeule Table de l'Aſcenſion droite des Eſtoille, l'on peut ſçavoir de combien une Eſtoille arrive devant ou
apres une autre au Meridien, & par ainſi ſont ſeulement comparée les unes aux autres; mais pour ſçavoir abſolument & ſans aucune comparaiſon à quelle heure elles y arrivent en quelque iour
de l'année que ce ſoit, il faut outre leur Aſcenſion droite avoir celle du Soleil, en ce temps là dont les Aſtronomes donnent une Table d'ordinaire pour tous les deg. du Zodiaque qu'il faudroit avoir
pour cet effet, & que voicy.

TABLE DES ASCENSIONS DROITES
du Soleil.

Deg.	♈ D.	M.	♉ D.	M.	♊ D.	M.	♋ D.	M.	♌ L.	M.	♍ D.	M.
0	0	0	27	54	57	48	90	0	122	12	152	6
1	0	55	28	51	58	51	91	5	123	14	153	4
2	1	50	29	49	59	53	92	11	124	16	154	1
3	2	45	30	46	60	56	93	16	125	19	154	58
4	3	40	31	44	61	59	94	22	126	20	155	54
5	4	35	32	42	63	3	95	27	127	22	156	51
6	5	30	33	40	64	6	96	32	128	24	157	48
7	6	25	34	38	65	9	97	38	129	25	158	44
8	7	21	35	37	66	13	98	43	130	26	159	40
9	8	16	36	36	67	17	99	48	131	27	160	37
10	9	11	37	34	68	21	100	53	132	28	161	33
11	10	6	38	33	69	25	101	58	133	28	162	29
12	11	2	40	32	70	29	103	3	134	29	163	25
13	11	57	41	31	71	34	104	8	135	29	164	20
14	12	53	42	31	72	38	105	13	136	29	165	16
15	13	48	43	31	73	43	106	17	137	29	166	12
16	14	44	44	31	74	47	107	22	138	29	167	7
17	15	40	45	32	75	52	108	26	139	28	168	3
18	16	35	45	32	76	57	109	31	140	27	168	58
19	17	31	46	32	78	2	110	35	141	27	169	54
20	18	27	47	32	79	7	111	39	142	26	170	49
21	19	23	48	33	80	12	112	43	143	24	171	44
22	20	20	49	34	81	17	113	47	144	23	172	39
23	21	16	50	35	82	22	114	51	145	22	173	35
24	22	12	51	36	83	28	115	54	146	20	174	30
25	23	9	52	38	84	33	116	57	147	18	175	25
26	24	6	53	40	85	38	118	1	148	16	176	20
27	25	2	54	41	86	44	119	4	149	14	177	15
28	25	59	55	44	87	49	120	7	150	11	178	10
29	26	57	56	46	88	55	121	9	151	9	179	5
30	27	54	57	48	90	0	122	12	152	6	180	0

TABLE DES ASCENSIONS DROITES
du Soleil.

Deg	♎ D. M.	♏ D. M.	♐ D. M	♑ D. M.	♒ D. M.	♓ D. M.
0	180 0	207 54	237 48	270 0	302 12	332 6
1	180 55	208 51	238 51	271 5	303 14	333 4
2	181 50	209 49	239 53	272 11	304 16	334 1
3	182 45	210 46	240 56	273 16	305 19	334 58
4	183 40	211 44	241 59	274 22	306 20	335 55
5	184 35	212 42	243 3	275 27	307 22	336 51
6	185 30	213 40	244 6	276 32	308 24	337 48
7	186 25	214 38	245 9	277 38	309 25	338 44
8	187 21	215 37	246 13	278 43	310 26	339 40
9	188 16	216 36	247 17	279 48	311 27	340 37
10	189 11	217 34	248 21	280 53	312 28	341 33
11	190 6	218 33	249 25	281 58	313 28	342 29
12	191 2	219 33	250 29	283 3	314 29	343 25
13	191 57	220 32	251 34	284 8	315 29	344 20
14	192 53	221 31	252 38	285 13	316 29	345 16
15	193 48	222 31	253 43	286 17	317 29	346 12
16	194 44	223 31	254 47	287 22	318 29	347 7
17	195 40	224 31	255 52	288 26	319 28	348 3
18	196 35	225 31	256 57	289 31	320 27	348 58
19	197 31	226 32	258 2	290 35	321 27	349 54
20	198 27	227 32	259 7	291 39	322 26	350 49
21	199 23	228 33	260 12	292 43	323 24	351 44
22	200 10	229 34	261 17	293 47	324 23	352 39
23	201 16	230 35	262 22	294 51	325 22	353 35
24	202 12	231 36	263 28	295 54	326 20	354 30
25	203 9	232 38	264 33	296 57	327 18	355 25
26	204 6	233 40	265 38	298 1	328 16	356 20
27	205 2	234 41	266 44	299 4	329 14	357 15
28	205 59	235 43	267 49	300 7	330 11	358 10
29	206 57	236 46	268 55	301 9	331 9	359 5
30	207 54	237 48	270 0	302 12	332 6	360 0

VSAGE DE CETTE TABLE.

Dans le deſſein de ſe ſervir de cette Table pour trouver l'heure par les Eſtoilles il faut auparavant par la Table poſée apres la page 142 trouver le lieu du Soleil dans le Zodiaque ſuivant le iour du mois propoſé, & l'année ſçavoir ſi dans une année biſſexte, ou premiere, ſeconde, ou troiſieſme, l'aiuſtant tant pour la difference en longitude, que pour l'heure qu'il peut eſtre apres midy ſi l'on voit que beſoin ſoit.

Enſuitte dequoy il faut cercher au haut de la Table le Signe où l'on a trouvé qu'eſtoit le Soleil & dans la colomne à main gauche le degré du Signe en allant de haut en bas, & vis à vis dans la colomne propre du Signe, l'on trouvera le nombre des deg. & min. de l'Aſcenſion droite requiſe.

Attendu que cette Table n'eſt que pour les deg. entiers, ſi au lieu du Soleil il ſe rencontre outre les deg. des min. il faudra adiouſter au nombre des deg. & min. de l'Aſcenſion droite, poſez vis à vis des degrez du Signe, autant de min. à proportion que l'Aſcenſion droite augmente de degré en degré.

Ie m'explique & dis par exemple que ſi l'Aſcenſion droite augmente d'un degré à l'autre de 60 min. qui eſt un degré, il faudra adiouſter au nombre des degrez & min. poſez en la Table autant de min. qu'il ſe trouvera de min. outre les degrez au lieu du Soleil, que ſi l'Aſcenſion n'augmente de degré en degré que de 54 mi. ou bien ſi vous voulez de 64 mi. qui eſt un degré & 4 mi. s'il ſe rencontre au lieu du Soleil 30 min. il faudra adiouſter avec l'Aſcenſion droite du degré 27 min. pour cinquante quatre min. ou 32 min. pour 64 min. & ainſi du reſte: Ceux qui ſçavent proportionner les choſes m'entendent en un mot ſans en dire davantage.

Pour trouver de combien l'Aſcenſion droite augmente de degré en degré, il faut ſouſtraire l'Aſcenſion droite poſée vis à vis du degré du lieu du Soleil, du nombre de l'Aſcenſion droite poſée vis

Hh

à vis du degré immediatement au deſſous, & le reſte de la ſouſtraction ſera le nombre de degrez & minuttes que l'Aſcenſion droite
augmente de degré en degré.

CONSTRVCTION DE CETTE TABLE.

Elle ſe conſtruit par deux voyes, la premiere par le moyen du
lieu du Soleil dans le Zodiaque, trouvant auparavant comme
pour trouver la declinaiſon l'eſloignement du Soleil au plus proche Equinoxe, & enſuitte il faut ſuivre cette Analogie.

Comme le Sinus total, ou l'entier Sinus :

Donne le Sinus de complement de la plus grande declinaiſon :

Ainſi la tangente de l'eſloignement au plus proche Equinoxe :

Donnera la tangente de l'Aſcenſion droite.

Qui eſt à dire que pour la pratique il faut par les Sinus communs multiplier la tangente de l'eſloignement au plus proche
Equinoxe, par le Sinus de complement de la plus grande declinaiſon, ou au contraire le ſecond par le premier, ſuivant que l'on iugera le plus facile & plus à propos, & du produit retrancher les
cinq dernieres figures, & cercher le reſte dans la colomne des tangentes qui donnera le degré & min. de l'Aſcenſion droite requiſe,
en faiſant ainſi qne ie m'en vay enſeigner.

Mais par les Logarithmes il faut adiouſter la Tangente de
l'eſloignement au plus proche Equinoxe, avec le Sinus de complement le tout Logarithmique, & de la ſomme en retrancher l'unité
au devant, puis cerchant le reſte dans la Table des Tangentes Logarithmiques, l'on aura le degré & minutte de l'Aſcenſion droite
ſuivant qu'il ſera dit cy deſſous.

La ſeconde maniere de compoſer cette Table eſt par le moyen
de la declinaiſon, laquelle doit eſtre plus commune & familiere
aux Pilottes, leſquels ne ſont iamais deſpourveus de Tables de la
declinaiſon du Soleil, au lieu qu'ils manquent tres ſouvent de celles de ſon lieu au Zodiaque, ils le feront donc ſuivant cette Analogie.

Comme le Sinus total :

Donne la Tangente de complement de la plus grande declinai-
son :

Ainsi la Tangente de la declinaison :

Donnera la Tangente d'un nombre de deg. & min.

Qui seront l'Ascension droite en Printemps, & que l'on soustrayera en esté de 180 deg. & que l'on adioustera en Automne à
à 180 deg. & qu'en Hyver l'on soustrayera de 360 deg. & le reste
sera l'Ascension droite qui est à dire que pour la pratique par les
Sinus communs il faudra multiplier la Tangente de complement
de la plus grande declinaison par la Tangente de la declinaison, &
du produit en faudra retrancher de la fin les cinq dernieres figures,
& cerchant dans la colomne des Tangentes le nombre restant l'on
aura le nombre des deg. & min. par l'Ascension droite dont il faudra faire ainsi que ie viens tout maintenant dire.

Mais par les Logarithmes il faudra adiouster ensemble la Tangente Logarithm. de la plus grande declinaison avec la Tangente
aussi Logarithm. de la declinaison, & de la somme en retrancher
l'unité au devant, & restera la Tangente Logarithm. de l'Ascension
droite observant ce qui a esté dit cy dessus.

A cause que pour l'ordinaire au lieu du soleil il se rencontre des
min. outre les deg. ces Analogies sont aussi promptes à estre ache-
vées particulierement par les Sinus Logarithmiques qu'à le faire
par la partie proportionnelle, ou bien mieux par une regle de trois
pour trouver la partie proportionnelle que l'on doit adiouster à
raison des min. lesquelles sont outre les deg. au lieu du Soleil, & qui
ne se trouve pas par la Table.

Vous pouvez iuger qu'avec la Table precedente ou ce que l'on
a trouvé par ces deux Analogies, il faut se servir de l'Ascension
droitte des Estoilles par deg. & non par heur. & min. à moins qu'auparavant de prendre l'Ascension droite des Estoilles par heures &
min. l'on ne reduisit les deg. & min. trouvez, ou par la Table, ou par
les Analogies en heures en divisant les deg. par 15, & le quotient

donnera des heures, & s'il reste des deg. il les faut multiplier par 4
& l'on aura des min. d'heures, & s'il y a des min. s'ils passent 15, autant de 15 qu'il se trouverra, seront autant de min. d'heure qu'il faudra adiouster avec les min. provenuës des deg. restez apres la division, & avec les heures & min. adiouster autant de quinziesmes
comme il est resté de minuttes apres tous les 15 min, levées.

    Si vous me demandez pour quelle raison il faut avoir l'Ascen-
sion droite du Soleil pour trouver l'heure par les Estoilles, & à
quoy bon parler du Soleil lors qu'il s'agit des Estoilles.

    Ie vous respondray que c'est à cause que nous comptons nos
heures par le Soleil, & non point par les Estoilles : c'est pourquoy
il les faut comparer au Soleil pour sçavoir de combien de temps
elles arrivent au Meridien devant ou apres le Soleil, ce qui s'accomplit par le moyen de l'Ascension droite, tant du Soleil que des
Estoilles : car si l'Ascension droite du Soleil est plus grande que
celle des Estoilles, ou pour me rendre plus intelligible aux Pilottes,
tant plus l'Estoille est au Ouest que le Soleil, tant plustost elle arrivera au Meridien avant le Soleil, mais au contraire plus l'Estoille
est à l'Est du Soleil, elle arrivera plus tard au Sud.

    Et pour vous en donner une plus Claire connoissance par la pra-
tique, en voicy deux Exemples, la premiere par deg. & min. & aussi
par temps, ie veux dire par heures & min. & la seconde seulement
par deg. & minuttes.

PREMIER EXEMPLE.

    Le vingtiesme iour de Septembre 1667, ie veux sçavoir à quel-
le heure la Claire des Pleiades arrive au Sud.

    R. Premierement au midy de ce iour 1675 troisiesme année
apres bissexte le Soleil sera au vingtseptiesme degré 36 min. 34 secondes de Virgo, dont soustrayant 3 min. 43 secondes d'Equation
à raison des huict années qui se trouvent moins que l'année de
1675, pour laquelle la Table a esté construitte, resteront 27 deg.
32 min. 51 secondes de Virgo auquel en ce temps le Soleil estoit,
& partant l'Ascension droite du Soleil estoit de 176 deg. 56 min. &
celle de la Claire des Pleiades est de 52 deg. une min. & parce que

l'Eſtoille alloit devant le Soleil, ie ſouſtrais les 52 deg. une min. de l'Eſtoille des 176 deg. 56 min. du Soleil, & reſteront 124 deg. 55 mi. de difference entre les Aſcenſions droites, laquelle reduite en heur. & mi. en diviſant les 124 deg. par 15 qui ſe trouvent en une heur. vient 8 heur. 19 mi. avant midy, leſquelles levées de 12 heures reſteront trois heures 40 min. cinq quinzieſmes du matin que la Claire des Pleiades arrive au Sud en ce iour.

Pour faire cet Exemple par le temps ie reduits les 176 deg. 56 min. d'Aſcenſion droite du Soleil en heures & minuttes, en diviſant par 15 & viendront 11 heur. 47 min. 11 quinzieſmes, & faiſant le meſme pour les 52 deg. une min. de l'Eſtoille vient trois heures 28 min. un quinzieſme que ie ſouſtrais des 11 heures 47 min. 11 quinzieſmes du ſoleil, & reſteront huiĉt heures dixneuf min. dix quinzieſmes avant midy, ou trois heures quarante min. cinq quinzieſmes que la Claire des Pleiades arriva au Sud, ce qui eſtoit requis, & qui rapporte à ce que nous avons trouvé cy deſſus par les deg. & minuttes.

SECOND EXEMPLE.

Le 21 iour de Septembre 1667 à quelle heure la teſte d'Andromede arriva elle au Sud.

R. En premier lieu ie trouve par la Table pour la troiſieſme année apres biſſexte compoſée pour 1675 28 deg. 21 min. 21 ſecondes pour le lieu du ſoleil, dont il faut rabbatre trois min. quarante trois ſecondes d'Equation, à cauſe des huiĉt années moins que la Table de 1675, & reſteront vingthuiĉt deg. dixſept min. trente huiĉt ſecondes de Virgo pour ſon vray lieu au midy de Dieppe, en ce iour vingt & unieſme de Septembre 1667, & partant la declinaiſon quarante & un min.

En ſuitte dequoy pour trouver l'Aſcenſion droite par le lieu du ſoleil, il y faut proceder comme s'enſuit.

Sin. compl. Logar. de 23 deg. 31 min.   9962140

Tang. Log de 1 deg. 42 m. 22 ſec. eſloig. à l'Eq.   8474300

L'unité retranchée Tang. Log. de 1 deg. 33. min.   11843670

Lefquels 1 deg. 33 à 34 min. fouftraites de 180 deg. refteront 178 deg. 26 à 27 min. pour l'Afcenfion droite du foleil.

Mais pour trouver la mefme Afcenfion droite du foleil par la declinaifon, voicy comme il s'y faut comporter.

Tang.compl.Logar.de 23 deg. 31 min.   1036135

Tang.Logar.de 41 min.declin.   807653

L'unité retranch.Sin.Log de 1 deg. 34 min.   1|843788

Lefquels 1 deg. 34 min. fouftraites de 180 deg. puis que le iour propofé fe trouve en Efté, refteront 178 deg. 26 min. pour l'Afcenfion droite du foleil. Comme cy deffus par le lieu du foleil, & l'Afcenfion droite de la tefte d'Andromede eft de 257 deg. 55 min. defquels ie fouftrais les 178 deg. 26 min. de l'Afcenfion droite du foleil, & refte 179 deg. 29 min. pour la difference entre les deux Afcenfions, laquelle difference reduitte en heures & min. donne 11 heur. 57 min. quatorze quinziefmes apres midy que la tefte d'Andromede arrive au Sud en ce iour, parce que le foleil va devant, puis que fon Afcenfion droite eft moindre que celle de l'Eftoille.

Ce qui peut eftre fuiet à mefprinfe, en ce que dans ce rencontre l'Eftoille eft prefque dans le terme pour arriver au Meridien, auffi bien avant comme apres; puis que l'on pourroit dire que le demy cercle des Equinoxes paffant par Aries fe rencontre prefque entre le foleil & l'Eftoille, que fi cela arrivoit il faudroit emprunter 360 deg. & l'adioufter avec la moindre des Afcenfions droites, & pour lors la difference des Afcenfions droites feroit 180 deg. trente & un min. Mais il faut icy confiderer qu'il y a moins de deg. fuivant l'ordre des Signes que contre l'ordre; puis que fuivant l'ordre des Signes il ne fe rencontre que 179 deg. 29 min. de difference, là ou contre l'ordre dès Signes il s'en trouveroit 180 deg. 31 min. qui reduits en heures & min. monteroient à douze heur. deux min. un quinziefme que l'eftoille venoit avant le foleil, là ou comptant 179 deg. vingneuf min. de difference feroit 11 heur. cinquante fept min. quatorze quinziefmes apres le foleil, ce qui à le bien prendre se rapporte tout à un, & à quoy neantmoins ne prenant point garde il s'y pourra rencontrer quatre minuttes deux quinziesmes d'erreur.

COROLLAIRE.

L'on peut colliger des deux sections precedentes que la Table des Ascensions droites peut donner la connoissance des estoilles que l'on ne connoit point; car supposé que l'on en connoisse une toute seule, si l'on en cerche dans cette Table l'Ascension droite, & que l'on trouve à quelle heure elle arrive au Sud, l'on pourra trouver en suitte à quelle heure y arriveront les autres. C'est pourquoy y prenant garde au moment de cette heure connuë l'on en pourra venir à la connoissance.

Comme par exemple si le vingt & uniesme de Septembre i'ay trouvé que la teste d'Andromede arrive au Sud à presque douze heures de nuict, & que quatre heures vingt cinq min. apres y arrive l'œil du Taureau, si en ce moment i'apperçois une belle estoille au Sud, ie conclurray incontinent qu'il faut que ce soit l'œil du Taureau.

Pareillement le vingtiesme de Septembre que la Claire des Pleiades arrive au sud à trois heur. quarante min. apres minuict, si en cette heure i'apperçois une estoille considerable au milieu d'un petit tourbillon d'estoilles, il faut que ce soit la Claire des Pleiades.

Vous m'obiecterez que dans certaines constellations il y peut avoir beaucoup d'estoilles lesquelles seront si peu differentes dans leur ascension droite que l'on aura toutes les peines de les discerner.

A quoy ie respons que cecy arrivant il se faut servir avec l'Ascension droite de leur declinaison, & pour lors y prenant hauteur au moment qu'elles seront au sud, sçachant mesme à peu prés la latitude du lieu ou l'on peut estre, l'on remarquera par cette hauteur laquelle ce peut estre, & ainsi l'Ascension droite & la declinaison serviront de la sorte à les distinguer pour les connoistre en suitte pour toute vostre vie.

TRAITE'

SECTION TROISIESME.

TROVVER L'HEVRE DE LA NVICT
par le moyen des Estoilles.

TAnt plus l'on vient à considérer de prés, & enfoncer plus avant dans la connoissance des Ascensions droites, plus en descouvre on des usages tres-avantageux pour la vie humaine dans les choses lesquelles nous sont les plus communes, & les plus ordinaires, telles qu'est le moyen de trouver l'heure par les estoilles : si donc parmy le monde l'on fait une telle estime des Horloges, que dés lors que quelque Ville ou Communauté ont le moyen d'en avoir une, c'est la premiere despence que l'on fait pour les services que l'on en tire, à regler toutes les actions des particuliers. Que s'il n'y a si petite Estoille au Ciel laquelle ne puisse servir d'Horloge iuste au possible, & par laquelle l'on ne puisse apprendre sans manque pendant la nuict qu'elle heure il est, pourveu qu'avec l'Ascension droite l'on sçache encor de combien d'heures & de min. par le moyen de laquelle l'on veut arriver à la connoissance de l'heure, sera esloignée du Meridien, iugez à quel poinct vous en devez priser la methode.

Et quoy qu'il se trouve de simples Villageois, qui ont tant d'addresse, que iettant leur veuë sur le soleil, ils vous diront à point nommé quelle heure il est, à raison de la grande habitude qu'ils observent, à en observer toutes les démarches pendant le cours d'une année : toutesfois de le pouvoir faire par les Estoilles, c'est une chose laquelle n'appartient qu'aux Mathematiciens, & à ceux qui ont quelque connoissance de l'Astronomie; puisqu'outre qu'il faut sçavoir l'Ascension droite, tant du soleil que des estoilles, l'on doit de plus connoistre de combien l'estoille est esloignée du meridien, soit vers l'Est, ou devers l'Ouest, ce qu'ils trouvent par le moyen de la hauteur de l'estoille sur l'horizon, ou de l'azimuth, de la maniere que vous verrez cy apres pratiquée dans les Exemples,

&

& que le pourrez voir plus amplement dans mon Traitté de la Variation, depuis la page 157, iusques à celle de 165, reservant cy
apres de vous en donner un moyen aussi simple comme au soleil,
& ce par les estoilles.

Apres avoir trouvé soit par supputation ou simplement à la
veuë de combien une estoille est esloignée du meridien, il faut
premierement reduire cette distance en deg. & min. à moins
qu'elle ne fût desia toute reduitte, ce qui s'accomplira en multipliant les heures données de la distance par quinze deg. qu'il y a
en une heure, & apres avoir prins le quart des min. d'heure, en
adiouster le provenu avec les deg. provenus de la multiplication
par quinze, & adiouster autant de fois quinze min. pour autant
qu'il restoit d'unitez apres avoir prins le quart des min. & le tout
ensemble fera l'esloignement de l'estoille au meridien en degrez
& minuttes.

Apres quoy au cas que l'estoille fût du costé de l'Est du meridien, il faut souftraire ces deg. & min. de l'esloignement de l'estoille au meridien des deg. & min. de l'Ascension droite de la mesme
estoille, que si cela ne se pouvoit faire, il faudroit en ce rencontre
emprunter les 360 degrez du rond du monde, & les adiouster
avec les deg. & min. de l'Ascension droite, & du tout en souftraire
les deg. & min. de son esloignement au meridien, & le reste sera
l'Ascension droite du milieu du Ciel, c'est à dire, le deg. de l'Equinoxial qui passe pour lors par le meridien, laquelle Ascension droite du milieu du Ciel est tousiours composée de l'Ascension droite
du soleil pour l'heure qu'il est, & des deg. de l'Equinoxial qui cor-
respondent à l'heure qu'il est, depuis le midy dernier passé; & enfin
souftraire l'Ascension droite du soleil de l'Ascension droite du milieu du Ciel, & resteront des deg. & min. lesquels reduits en heures
& min. d'heures, les divisant par 15, & faisant comme ie viens de
dire, donneront iustement l'heure qu'il est.

Si mieux l'on n'aime y apporter les précautions qu'a donné
apres le docte & profond Keppler dans son *Abbregé de l'Astronomie de
Copernic*, le sieur Iean Baptiste Morin, dans son *Astronomia restituta*.

au Chapitre fecond de la feptiefme partie de fa fcience des Longitudes.

Mais au cas que l'eftoille fût du cofté du Oueft du meridien, il faut adioufter cet efloignement de l'eftoille au meridien reduit en degr. & min. avec les deg. & min. de l'Afcenfion droite de la mefme eftoille, & viendra l'Afcenfion droite du milieu du Ciel, dont fouftrayant l'Afcenfion droite du foleil refteront des deg. & min. lefquels reduits en heures & min. donneront l'heure qu'il eft au moment que s'eft faite l'obfervation.

Et afin de lever toutes les difficultez que l'on pourroit avoir fur ce fuiet, & en efclaircir d'autant plus la pratique, en voicy deux Exemples.

PREMIER EXEMPLE.

Le vingt & uniefme iour de feptembre 1667, à Dieppe ayant prins hauteur à la tefte d'Andromede, i'ay trouvé mon marteau arrefté a 32 deg. 50 mi. loin du bout de l'œil, & pour lors elle eftoit à l'Eft du meridien, on demande qu'elle heure il eftoit?

R. La declinaifon de l'eftoille eft de 27 deg. 19 min. lefquels fouftraittes de 90 deg. qu'il y a de l'Equinoxial iufques au Pole du Monde, donneront 62 degrez quarante & une min. pour fon efloignement au Pole, ainfi qu'on le trouve marqué dans la Table, dans la troifiefme colomne à cofté de la declinaifon, ce qui me fait dire que pour abbreger befongne, fans mefme fe foucier de la declinaifon de l'eftoille, il faudroit prendre tout d'un coup fimplement fon efloignement au Pole; & ie l'ay fait afin que fi dans une Table de la declinaifon des eftoilles l'on ne rencontroit pas à cofté leur efloignement au Pole, l'on pût fe former à le trouver de la maniere que ie viens de faire: en fuite dequoy fi l'on fouftrait de 90 deg. les 50 deg. de la latitude de Dieppe, refteront quarante deg. pour l'efloignement du Zenith au Pole du Monde, qui fe nomme complement de la latitude. Apres quoy pour trouver de combien de degrez & minuttes cette eftoille eftoit efloignée du fud au moment de l'obfervation, il faut operer comme s'enfuit.

Complement de la hauteur de l'eſtoille ſur l'horizon:	32 deg. 50 mi.
Complement de la latitude de Dieppe:	40 . . mi.
Eſloignement de l'eſtoille au Pole:	62 41 mi.
Somme totale des trois connus:	145 deg. 31 mi.
La moitié de cette ſomme totale:	72 45 ½ m.
Complement de la latitude ſouſtractive:	40 . .
Vne des differences:	32 d. 45 ½ min.
La moitié de la ſomme totale:	72 45 ½ mi.
Eſloignement de l'eſtoille au Pole ſouſtractive:	62 41 mi.
L'autre difference:	10 . 4 ½
Sin. Log de 1 deg 4 ½ min. une des differences:	9.14287
Sin. Log. de 32 deg. 45 ½ min. l'autre difference:	9.73327
Adiouſtez enſemble font:	18.97614
Sin. Log. de 40 deg compl. latitude ſouſtractif:	9.80807
Quatrieſme Sinus avec le rayon:	1.916807
Sin. Log. de 62 deg. 41 m. eſt. de l'Eſt. au Pole ſouſtra.	9.94865
Septieſme Sinus avec l'entier Sinus:	1.921942
Moitié de ce Septieſme Sinus avec le rayon:	9.60971
Qui eſt le Sinus Logarithmique de	24 d. 1 ½ min.
	24 d. 1 ½ min.
Eſloignement de l'eſtoille au meridien:	48 d. 3 min.

Qui donneroient l'heure ſi c'eſtoit au ſoleil, mais pour l'aiuſter au ſoleil; puis que par l'obſervation l'on a remarqué que l'eſtoille eſtoit à l'Eſt du meridien, ſuivant les regles données cy deſſus, il faut ſouſtraire ces quarante huict deg. trois min. que l'on a trouvé par la ſupputation que l'eſtoille eſtoit eſloignée du meridien, ie veux dire du Sud, des 357 deg. cinquante cinq min. de l'Aſcenſion droite de l'eſtoille, & reſteront 309 deg. cinquante deux min. pour l'Aſcenſion droite du milieu du Ciel, laquelle eſt l'Aſcenſion droite pour ce moment, & les deg. de l'Equinoxial qui font paffez depuis le midy, dont fouftrayant l'Afcenfion droite du foleil refteront des deg. & min. lefquels eftant reduits en heur. & min. donneront l'heure qu'il eft.

Pour trouver l'Afcenfion droite du foleil, voicy il s'y faut comporter dans la Table du lieu du foleil de la troifiefme année apres biffexte, vis à vis du vingt & uniefme de Septembre il y a 28 deg. vingt & une min. vingt & une fecondes de Virgo au midy de ce iour, defquels fouftrayant trois min. quarante trois fecondes d'Equation, à caufe des huict années moins en l'année 1667 propofée, qu'en 1675, pour laquelle la Table du lieu du foleil pour la troifiefme année a efté compofée, refteront vingt huict deg. 17 min. trente huict fecondes pour le vray lieu du foleil à midy, au iour & an propofé. Mais à caufe que lors de l'obfervation il eftoit viron huict heures de foir, & que pour lors le foleil avançoit tous les iours prefque un deg. dans le zodiaque, i'adioufte encor le tiers d'un deg. qui eft vingt min. & vient pour le vray lieu du foleil en ce temps vingthuict deg. trentefept min. trente huict fecondes de Virgo, & partant par la Table generale de la declinaifon du foleil fera de trente trois min. en fuitte, dequoy pour trouver fon Afcenfion droite, i'opere comme s'enfuit,

Tang compl. Log. de 23 *deg.* 31 *min.*   1036133

Tang. Log. de 33 *min. declinaifon:*   798225

L'unité retranchée Sin. Log. d'un deg. 16 *mi.*   1834369

Lefquels un deg. 16 min. ie fouftrais de 180 deg. parce qu'il eft encor Efté, & refteront 178 deg. quarante quatre mi. pour l'Afcenfion droite du foleil, que ie fouftrais des 309 deg. cinquante deux min. de l'Afcenfion droite cy deffus trouvée du milieu du Ciel, & refteront 131 deg. huict min. de l'Equinoxial qui eftoient paffez depuis midy, lefquels divifez par quinze donneront huict heures quarante quatre min. huict quinziefmes apres midy pour l'heure requife.

Vous vous eftonnerez, ie m'en affeure de ce que i'ay prins le lieu du soleil pour trouver la declinaison à huict heures du soir, quoy que ce fut la chose dont il estoit question, estant l'heure que l'on cerchoit, & que par consequent l'on ne connoissoit pas.

A quoy ie respons que prenant une heure plus ou moins, l'erreur qui s'en pourroit ensuivre, ne peut pas estre considerable; puis que quand bien mesme l'on se tromperoit d'une heure toute entiere, le soleil en ce temps là, ne diminuant en declinaison que d'une min. en une heure, l'erreur ne pourroit pas monter à davantage en la declinaison, & peut estre autant en l'Ascension droite, ou peu davantage qui ne pourroit causer erreur à l'heure que de la quinziesme partie d'une min. d'une heure, ce qui n'arrive pas encor en tout autre temps de l'année que quelques iours devant ou apres l'Equinoxe. Ie vous laisse donc à penser si cela merite d'y avoir esgard.

Si toutesfois l'on vouloit estre si rigoureux, apres que l'on a trouvé l'heure par l'estoille il faudra recommencer tout de nouveau l'operation, & aiuster la declinaison suivant l'heure que l'on aura trouvée à proportion de la difference qu'augmente ou diminuë la declinaison d'un iour à l'autre, & mesme si l'on ne se trouve pas encor satisfait recommencer encor une fois afin de trouver par une regle de fausse position, le but ou l'on veut parvenir, & de la sorte ie ne vois pas que l'on puisse souhaitter une plus grande precision.

SECOND EXEMPLE.

Le premier iour d'Avril 1668, à Dieppe ayant prins hauteur au pied gauche d'Orion nommé Regel, i'ay trouvé mon marteau arresté à 80 deg. loing du bout de l'œil, & pour lors cette estoille estoit au Ouest du meridien, quelle heure estoit il pour lors?

R. Cette estoille ayant huict deg. trente six min. de declinaison Sud il les faut adiouster avec 90 deg. pour en avoir *l'esloignement au Pole du Monde Nord*, qui sera 98 deg. trente six min. & ce à cause que la latitude du lieu ou l'on se rencontre, & la declinaison de l'estoille sont differentes, sçavoir la latitude Nord, & la declinaison Sud.

En fuitte pour arriver à la connoiſſance de combien de deg. &
min. elle eſt eſloignée du Sud. En premier lieu il faut dire par une
regle de trois,

Si le Sinus total :

Donne le Sinus de complement de la latitude :

Ainſi le Sinus de complement de la declinaiſon :

Donnera un quatrieſme Sinus :

C'eſt à dire pour la pratique par les Sinus communs qu'il faut
multiplier le Sinus de complement des huiⓞ deg. trente ſix min. de
la declinaiſon qui eſt 98876 par le Sinus de complement de la latitude cinquante deg. qui eſt 64279, & vient pour produit
6355650404, dont il faut retrancher les cinq dernieres figures de
la fin, pour la diviſion par l'entier Sinus, & reſtera 63556 pour quatrieſme Sinus qu'il faut reſerver à part.

En fuitte faut prendre le Sinus verſe de 80 deg. c'eſt à dire, ſouſtraire le Sinus de complement de 80 deg. qui eſt 17365 de l'entier
Sinus, & reſtera 82635 pour le Sinus verſe de 80 deg. qui eſt le
complement de la hauteur du ſoleil ſur l'horizon : puis prendre la
difference entre le complement de la latitude 50 deg. qui ſera 40
deg. & l'eſloignement de l'Eſtoille au Pole du Monde Nord, qui a
eſté cy deſſus trouvé de 98 deg. trente ſix min. laquelle ſera cinquante huiⓞ deg. trente ſix min. dont le Sinus de complement qui
eſt 52101, ſouſtrait de l'entier Sinus, reſte 47899 pour le Sinus
verſe de l'eſloignement de l'Eſtoille au Pole, leſquels deux Sinus
verſes cy deſſus trouvez, il faut ſouſtraire l'un de l'autre, le moindre
du plus grand, & reſtera 34736 pour la difference des deux Sinus
verſes.

En fuitte dequoy il faut faire une ſeconde regle de trois, diſant,

Si le quatrieſme Sinus mis à part :

Donne la difference des deux Sinus verſes :

Ainſi le Sinus total :

Donnera le Sinus verſe de l'eſloignement de l'Eſtoille au Meri-
dien.

C'eſt à dire pour la pratique qu'il faut adiouſter cinq zero à la fin de la difference des deux Sinus verſes cy deſſus trouvée, laquelle eſt 34736 pour la multiplication par l'entier Sinus, & vient 3473600000, qui diviſez par le quatrieſme Sinus mis à part qui eſt 63556, vient au quotient 54654 Sinus verſe qu'il faut ſouſtraire de l'entier Sinus, parce qu'il ſe trouve eſtre moindre, & reſtera 45346 Sinus complement de ſoixante & trois deg. deux minuttes pour l'eſloignement de l'Eſtoille au Sud ou Meridien, avec leſquels il faut adiouſter les 74 deg. quarante quatre min. de l'Aſcenſion droite de cette Eſtoille, à raiſon que dans l'obſervation elle s'eſt trouvée au Oueſt du Meridien, & viendra 137 deg. quarante ſix min. pour l'Aſcenſion droite du milieu du Ciel.

En ſuitte il faut dire, puis que l'année propoſée eſt biſſexte, le lieu du ſoleil à midy le premier d'Avril 1672 eſt 12 deg. trente ſept min. cinquante ſept ſecondes d'Aries, deſquels ſouſtrayant une minutte cinquante & une ſecondes d'équation, à raiſon que 1668 eſt quatre ans moins que 1672 de la Table, & reſteront douze deg. trente ſix min. ſix ſecondes pour le lieu du ſoleil au premier iour d'Avril 1668 à midy, & parce qu'il eſtoit viron huict heures du ſoir, pendant que ie faiſois mon obſervation, i'adiouſte vingt min. qui ſont le tiers de ſoixante min. que le ſoleil avance à peu prés par iour dans le zodiaque d'un iour à l'autre, comme les huict heures ſuppoſées ſont le tiers des vingt quatre heures du iour, avec les douze deg. trente ſix min. ſix ſecondes du lieu du ſoleil à midy, & viendront douze deg. cinquante ſix min. ſix ſecondes pour le vray lieu du ſoleil, à huict heures du ſoir de ce iour & an propoſé, & partant par la Table generale de la declinaiſon du ſoleil page 169, la declinaiſon du ſoleil ſera de cinq deg. ſept min.

Pour trouver ſon aſcenſion droite par le moyen de cette declinaiſon, il faut dire par une regle de trois,

Si l'entier Sinus :

Donne la Tangente de complement de la plus grande declinaiſon 23 deg. 31 min.

Ainſi la Tangente de 5 deg 7 min. de la declinaiſon.

Donnera la Tangente de 11 deg. 38 min. pour l'Ascension droite.

C'est à dire, pour la pratique par les Sinus communs qu'il faut multiplier la Tangente de complement de la plus grande declinaison du soleil vingt trois deg. trente & une min. qui est 229984 par la Tangente des cinq deg. sept min. de la declinaison qui est 8954, & le produit sera 2059276736 dont les cinq derniers chiffres retranchez pour la division par l'entier Sinus, resteront 20592 Tangente de 11 deg. trente huict min. pour l'ascension droite du soleil, lesquelles 11 deg. trente huict min. il faut en suitte soustraire des 137 deg. quarante six min. d'ascension droite du milieu du Ciel trouvée cy dessus, & resteront 126 deg. huict min. lesquels reduits en heures, à quinze deg. pour heure, vallent huict heures 24 min. huict quinziesmes pour l'heure de la nuict requise.

Mais y apportant la précaution du sieur Morin, apres le docte Keppler en la troisiesme partie du troisiesme Livre de son Abbregé de l'Astronomie de Copernic, parce que l'ascension droite du soleil en ce temps, n'est que de cinquante cinq min. il faut soustraire pour les huict heures vingt quatre min. trouvées, dixhuict min. vingt & une secondes des 126 deg. huict min. trouvez, & resteront 125 deg. quarante neuf min. trente neuf secondes, qui divisez par quinze donneront huict heures vingt trois min. presque six quinziesmes pour l'heure requise.

La raison convainquante qu'ils en apportent, est que le iour est composé de l'entiere revolution de l'Equinoxial au tour du Monde, avec l'ascension droite du soleil, c'est à dire, avec autant qu'est l'ascension droite de la partie du zodiaque, laquelle le soleil par son mouvement propre, gagne pendant un iour; laquelle disent les Astronomes se trouve plus grande en un iour qu'en un autre, suivant que l'ascension droite est plus grande ou moindre, comme en l'exemple cy dessus l'ascension droite du soleil, n'estant que de cinquante cinq min. pour faire le iour, il faut que 360 deg. cinquante cinq min. de l'Equinoxial passent à l'entour du Monde, afin qu'il revienne au poinct du midy ou il avoit esté le iour auparavant, lesquelles cinquante cinq min. distribuées & reparties par les

24 heur.

24 heur. que contient le iour. donneront pour huict heures peu plus de dixhuict min. qu'il faut davantage pour les huict heures, que 120 deg. que l'on compte d'ordinaire pour huict heures, comme si le soleil ne faisoit que 360 deg. par iour, & partant ces 120 deg. donneront moins de huict heures, si donc l'on soustrait ces dixhuict min. de 120 deg. & que l'on divise le reste par quinze, le quotient donnera le veritable nombre d'heures, ce qui soit dit pour les plus subtils; puis que quand bien mesme l'on n'apporteroit pas cette precaution, l'on ne manqueroit que peu plus d'une minutte à l'heure qui se trouve par la maniere commune & ordinaire, ce qui n'est pas considerable, particulierement aux Pilottes qui ne sont pas si prévisants en ce poinct.

SCHOLIE.

La methode que ie viens de vous donner pour trouver l'heure par les Estoilles, est à la verité tres scientifique, mais au reste ainsi que vous venez de voir tres embarrassante pour les supputations qu'il est besoin de faire pour la trouver, en voicy une plus simple & plus facile pour les moins intelligents, & bien que ie ne la croye pas si asseurée que la precedente, elle ne laisse pas d'estre tirée des principes Mathematiques.

Ie vous ay desia dit qu'il se rencontre de simples Villageois, lesquels par une longue experience qu'ils se donnent pour observer toutes les démarches du soleil, pendant tout le cours d'une année, vous diront à poinct nommé en iettant seulement la veuë vers luy, vous diront, disie, qu'elle heure il est : aussi puis-ie dire que l'on se peut tellement habituer à la venë de quelques estoilles, que l'on en pourra tirer quelle heure il est.

La raison pour laquelle il est beaucoup plus facile à trouver l'heure par les estoilles que par le soleil, est que le soleil fait le haut & le bas, ie veux dire hausse & baisse dans l'espace de six mois, plus proche ou plus esloigné de nostre zenith, & mesme ne se trouve pas à la mesme heure à la mesme partie du Monde, en toutes les saisons de l'année, ce qui fait un suiet de mes estonnements de voir que ces simples personnes qui ne sont doüez d'aucune scien-

Kk

ce, & au reste le plus souvent tres stupides, s'en acquittent avec
tant de iustesse, estant besoin pour ce suiet d'une experience bien
particuliere, & d'une assiduité toute estonnante pour si ponctuellement iuger les heutes par le moyen du soleil en toutes les saisons
de l'année, nommément lors qu'il est fort esloigné du meridien, là
ou aux estoilles, à raison que leur declinaison ne change que fort
peu & apres un tres long temps qui ne se peut pas appercevoir par
ces personnes qui ne sont pas fournis d'instruments pour en observer le changement, & qui n'y regardent pas de si prés; ces estoilles
demeurent toute la vie d'un homme au mesme endroit sans changer sensiblement, au moins à la veuë, de sorte que l'on peut dire
que c'est tousiours la mesme chose, & que qui là une fois bien
iugé, le fera facilement toutes les fois en suitte qu'il souhaittera; si
tous les quinze iours en suitte l'on diminuë d'une heure de celle
qu'il estoit pour lors qu'elle se trouvoit au mesme endroit, tous les
mois de deux heures, & tous les iours de quatre min. d'uue heur.

Sur ce principe si l'on observe une estoille en quelque endroit
du Ciel, à une heüre de quelque iour de l'année, & qu'au bout de
deux mois on la revoye au mesme lieu, il faut couclurre qu'il est
quatre heures moins qu'il n'estoit, lors que la premiere fois on l'a-
voit observée, & ainsi de tous les autres endroits du Ciel, à proportion du temps qui se trouverra passé depuis ce temps là, & de l'heure que l'on avoit remarqué la premiere fois, laquelle doit servir de
fondement à toutes les autres que l'on voudra faire en suitte, c'est
pourquoy ie dis qu'à raison que l'on se doit regler sur cette premiere observation, il est necessaire d'y apporter toutes les précautions possibles. A quoy s'estant donné la peine pour s'y habituer
pendant un ou deux ans, l'on aura de cette façon une horloge qui
ne coustera rien à entretenir, que le temps ne mangera pas, & qui
ne se pourra pas perdre.

Ie vous en aurois amené des Exemples n'estoit que ie me persuade que la peine que l'on se voudra donner pour s'y habituer,
prévaudra à tout le discours que ie vous pourrois faire sur ce suiet.

La raison fondamentale de cecy est que le soleil tout les ans fait un tour du zodiaque, & gagne un tour du Monde qui fait un iour, ce que les estoilles ne font point selon l'opinion d'Alphonse qu'en l'espace de 49000 ans, selon Ptolomée en 36000 ans, & suivant Copernic en 25000 ans : il s'enfuit donc que le soleil en un an gagne un tour du Monde de l'Est au Ouest qui vaut vingtquatre heures, & par consequent retarde tous les iours quelque peu vers l'Est qui monte en un an à vingtquatre heures, & au contraire les estoilles avancent plus que le soleil en un an de ces vingtquatre heures, lesquelles distribuées & reparties par les douze mois que contient une année, seront deux heures pour chaque mois, & partant pour tous les quinze iours une heure, & tous les iours quatre min. d'une heure.

Auparavant que de mettre fin au discours des Estoilles pour ne laisser rien eschaper de nostre Table sans en donner la connoissance, il nous faut dire quelque chose touchant la derniere colomne, laquelle contient la grandeur des Estoilles marquées dans cette Table. Surquoy vous devez remarquer que par cette grandeur les Astronomes ne nous veulent pas signifier (ce que l'on entend pour l'ordinaire par le mot de grandeur.) combien de lieuës contient une Estoille : car bien que i'aye beaucoup de veneration pour toutes les pensées, & les observations que nous a laissé le grand & exact Tychobrahé, i'ay peine à me ranger de son sentiment en ce poinct, & aime mieux me tenir dans ce rencontre du costé du subtil Copernic, non pas en admettant la Sphere des Estoilles immobile, dans laquelle elles soient sans avoir aucun mouvement, mais dans l'opinion qu'il à que le Firmament est tellement esloigné de nous qu'aucune mesure n'y peut atteindre.

Et ma raison est que si l'Astronomie nous enseigne qu'à proportion que les Astres sont esloignez de nous, ils achevent leur mouvement propre sur le Zodiaque, en moins ou davantage de temps : comme par exemple la Lune qui en est fort proche achève le sien en 27 iours & demy, que le Soleil qui en est plus esloigné n'acheve qu'en 365 iours presque six heur. & ainsi de toutes les autres Planettes à proportion de leur esloignement à la terre. Semblable-

Kk 2

ment fi Saturne qui en eft le plus efloigné entre toutes les Planetes n'acheve le fien qu'en trente ans, que les Eftoilles fuivant l'opinion entremoyenne ne le font qu'en 36000 ans, il faut dire qu'elles font dans une Sphere exorbitamment efloignée de nous.

Et pour vous le faire voir plus à découvert, fi le grand Tychobrahé dit que Saturne dans fon plus grand efloignement à la terre, s'en trouve efloigné de 14000 femidiametres d'icelle, qui à raifon de 20 lieuës pour degré montent à feize millions, trente mil lieuës que Maurolyc dans fon Appendice de la Cofmographie, fuivy de beaucoup d'autres Aftronomes, augmente de plus de quatre fois davantage, & ainfi pour garder la mefme proportion des diametres, ou femidiametres, laquelle fe rencontre dans les periodes ou circonferences de leurs revolutions, il faudroit fuivant ce, que les Eftoilles fuffent efloignées de la terre de 19 bimillions & 236 millions de lieuës, c'eft à dire, de 1200 fois plus efloignées que Saturne, fuivant la raifon des trente ans de Saturne aux 3600 ans des Eftoilles, qui fuivant Maurolyc monteroit à plus de 80 bimillions, ie vous laiffe à penfer fi dans une fi prodigieufe diftance l'on peut rien avancer d'affeuré touchant leur grandeur, quand bien mefme il n'y en auroit pas lefquelles feroient plus enfoncées les unes que les autres, à quoy il m'eft deffendu de toucher pour eftre trop efloignées pour en dire des nouvelles certaines.

Auffi Tychobrahé qui dans toute autre chofe fait profeffion, & prend à tafche de garder toute l'exactitude, n'ofe rien determiner fur ce fuiet que par coniecture.

C'eft pour cette raifon que les Aftronomes determinent la grandeur des Eftoilles feulement par le refpect qu'elles ont les unes aux autres, & difent que les Eftoilles de la premiere grandeur font celles qui font les plus confiderables, entre lefquelles il s'en rencontre lefquelles font plus efclattantes les unes que les autres: comme par exemple le grand Chien qui eft tout autrement lumineux, & donne bien plus de brillant que l'œil du Taureau, quoy que l'un & l'autre foient dits eftre de la premiere grandeur: en fuitte celles dont l'efclat femble un peu moindre, font dittes eftre de la seconde grandeur, apres lesquelles suivent celles de la troisiesme, puis celles de la quatriesme, ausquelles succedent celles de la cinquiesme, puis celles de la sixiesme, & enfin celles qui ne paroissant que dans un temps fort fin & encor fort douteux, sont appellées obscures & nebuleuses, sans comprendre celles dont on a remarqué une infinité dans le Ciel, lesquelles ne nous paroissent aucunement à la veuë, mais seulement par le moyen des Lunettes d'approche, depuis que l'invention en a esté trouvée, laquelle se perfectionne de iour en iour, à raison des belles connoissances que l'on en tire dans les Cieux, lesquelles avoient esté inconnuës aux siecles passez.

Ou bien pour nous servir des Observations du grand Tycho, disons que les Estoilles de la premiere grandeur sont celles dont le Diametre visible est de deux minuttes, dont il faut diminuer un quart pour celles qui de cette classe sont tant soit peu moins lumineuses : le Diametre de celles de la seconde grandeur est d'une minutte & demie : celuy de la troisiesme une minutte, & en outre la douziesme partie pour celles qui pourroient estre plus considerable en cette categorie : celuy de la quatriesme grandeur est de trois quarts d'une minutte, celuy de la cinquiesme une demie minutte, & finalement le Diametre visible, & apparent des Estoilles de la sixiesme grandeur, est d'un tiers de minutte, en quoy pour dire le vray, il y a plus d'opinion que de verité.

TABLE
DES PRINCIPALES
ET PLVS
RECONNOISSABLES
ESTOILLES
DV
FIRMAMENT;
CONTENANT LEVR LATITVDE,
LONGITVDE, LEVR DECLINAISON
& esloignement au Pole, avec leur Ascension
droite, tant en degrez, qu'en heures &
minuttes, & leur grandeur: Le tout
supputé pour l'An Bissexte
1672.

Conftellations du côfté du Nord de l'Ecliptique.

LA PETITE OVRSE, VVLGAIREMENT
LE PETIT CHARIOT.

Le bout de fa queuë communément *l'Eftoille du Nord.*
La penultiefme de fa queuë, ou le fecond Cheval du petit Chariot.
La racine de fa queuë, ou le troifiefme Cheval du petit Chariot.
La fuperieure des deux premieres du quarré du petit Chariot.
L'inferieure de ces deux,ou celle des deux premieres qui fuit apres.
La fuperieure des d. ux dernieres du quarré du petit Chariot, ou celle qui
va evant , communément *la Claire des Gardes.*
L'autre Garde, ou l'inferieure,ou bien celle qui fuit apres des deux dernieres
du petit Chariot.
Celle qui eft en ligne droite avec les Gardes.

LA GRANDE OVRSE, COMMVNEMENT
LE GRAND CHARIOT.

Celle du genoüil gauche de devant.
La plus Nord des deux au pied droit.
La plus Sud des deux du pied droit.
L'inferieure des deux qui vont devant du quarré de la grande Ourfe, ou
la plus Sud des deux dernieres du grand Chariot.
La fuperieure de ces deux, ou *la plus Nord des deux dernieres du grand*
Chariot.
L'inferieure des deux qui vont apres, ou *la plus Sud des deux roües de*
devant du grand Chariot.
La fuperieure de ces deux, ou *la plus Nord des deux de devant.*
La racine de fa queue, ou *le troifiefme Cheval.*
La penultiefme de fa queue, ou *le fecond Cheval.*
La derniere de fa queue,ou *le premier Cheval.*
L'informe entre fa queue,& celle du Lyon.
L'informe entre le premier pied,& la premiere de la tefte du Lyon.

Latitude

Latitude.	Longitude.		Declinaison.	Esloignement au Pole.	Ascension droite.		grandeur
D. M.	D. M. S.		D. M.	D. M.	D. M.	H. M. 15	es

LE PETIT CHARIOT.

66 . 2	N	24 . 4	♊	87 34	N	. 2 26	. 7 57	. . 31 . 6	2
69 50	N	26 37	♊	86 25	N	. 3 35	289 12	19 16 . 2	4
73 50	N	. 4 25	♋	82 50	N	. 7 30	260 51	17 22 . 1	4
75 . .	N	22 30	♋	78 52	N	11 . 8	239 . 8	15 56 . 8	4
77 38½	N	25 53	♋	76 33	N	13 27	246 20	16 25 . 5	5
72 51½	N	. 8 17	♌	75 35	N	14 25	222 46	24 51 . 1	2
75 13	N	15 42	♌	73 15	N	16 45	237 13	15 24 13	5
71 23	N	. 3 55	♌	77 . 4	N	12 56	217 12	14 28 12	4

LE GRAND CHARIOT.

34 34½	N	. 1 33½	♋	52 29	N	37 31	134 . 4	. 8 56 . 3	3
29 15½	N	26 57	♋	49 20	N	40 40	127 22	. 8 29 . 7	3
28 38	N	28 11	♋	48 25	N	41 35	128 39	. 8 34 . 9	3
45 . 3½	N	14 44½	♌	58 . 9	N	31 51	160 21	10 41 . 6	2
49 40	N	10 . 35	♌	63 31	N	26 29	160 48	10 43 . 3	2
47 . 6½	N	25 46	♌	55 32	N	34 28	173 54	11 35 . 9	2
51 37	N	26 26½	♌	58 50	N	31 10	179 47	11 59 . 1	2
54 . 8	N	. 4 11	♍	57 47½	N	32 12½	189 49	12 39 4	2
56 22	N	10 56½	♍	56 42	N	33 18	197 39	13 10 9	2
54 25	N	22 13	♍	51 . ½	N	38 59½	203 38	13 34 8	2
40 . 6	N	18 44½	♍	39 . 4	N	50 56	190 48	13 43 3	2
17 55	N	. 7 18	♌	35 44	N	54 16	135 16	. 9 . 1 1	3

L

Conſtellations du Nord.

LE DRAGON.

Celle qui va devant des deux Claires qui ſont en ſa teſte.
Celle des deux Claires de ſa teſte qui ſuit apres , communément *la*
Claire en la teſte du Dragon.
Celle du Nord du quarré de la ſeconde courbeure.
Celle du Sud du coſté qui va apres de ce quarré.
Celle de la courbeure du troiſieſme nœud.
Celle qui eſt proche du Pole du Zodiaque.
La moyennement luyſante vis à vis de la courbeure du troiſieſme nœud.
Celle qui eſt devant l'ante-penultieſme de la derniere courbeure.
Celle qui ſuit apres la courbeure.
La penultieſme de ſa queue.
La derniere de ſa queue.

CEPHE'E.

La ceinture de Cephée.
La Claire en ſon eſpaule.
Son pied gauche.

BOOTES.

Son eſpaule gauche.
Sa teſte.
Son eſpaule droite ſur la Couronne.
En ſa hanche ſous ſon bras droit, ou ſa cuiſſe droite.
Sa iambe droite.
Au bas de ſa robbe Arcture.

LA CHEVELVRE DE BERENICE.

Par le premier Cheval du grand Chariot, l'informe, & la queue du Lyon,
entre l'informe, & la queue du Lyon.

Latitude.	Longitude.		Declinaison.		Esloignement au Pole.	Ascension droite.		grandeur
D.M.	D. M. S.		D. M.		D. M.	D. M.	H.M.M.S.	es

LE DRAGON.

Latitude	Longitude		Declinaison		Pole	Asc. droite	H.M.S.	gr.
75 21	N .7 20½	♓	52 33	N	37 27	260 46	17 23 1	3
75 3½	N 23 25	♓	51 36	N	38 24	267 16	17 49 1	3
82 49	N 13 27½	♈	68 33	N	21 37	288 10	19 12 10	3
79 25	N 28 48	♈	67 30	N	22 20	297 22	19 49 .7	3
81 4½	N .. 45½	♍	69 27	N	20 33	247 21	16 29 6	3
86 53	N .7 27	♌	68 52	N	21 .8	269 28	17 57 13	3
84 46	N 27 52½	♍	65 52	N	24 .8	256 58	17 .7 13	3
78 32	N .8 56	♎	65 38	N	24 22	241 33	16 .6 3	3
66 36	N .3 11½	♍	65 55	N	24 .5	209 39	13 58 9	2
61 33	N 11 27	♌	71 35	N	18 25	184 15	12 17 ..	3
57 .7	N .5 38½	♌	71 .7	N	18 53	167 36	11 10 .6	3

CEPHE'E.

71 .7	N .1 14	♉	69 .9	N	10 51	321 .2	21 24 .2	3
68 54	N .8 14	♈	61 11	N	28 49	317 37	21 10 .7	3
64 28	N 25 24	♉	75 34	N	14 26	348 44	23 14 14	3

BOOTES.

49 33½	N 13 .6½	♎	39 44	N	50 16	214 46	14 19 .1	3
54 15⅓	N 19 44¾	♎	41 43	N	48 17	212 33	14 50 .3	3
49 1	N 28 30½	♎	34 33	N	55 27	225 36	15 .2 .6	3
40 40	N 23 30½	♎	28 29	N	61 31	217 41	14 30 11	3
27 57	N 28 27½	♎	15 10	N	74 50	216 25	14 25 10	3
31 .2	N 19 40	♎	20 57	N	69 .3	210 13	14 .. 13	1

LA CHEVELVRE DE BERENICE.

28 25	N 19 18	♍	33 32	N	56 28	185 16	12 21 .1	3

LA COVRONNE DV NORD.
La Claire de la Couronne du Nord.

HERCVLE.

Sa teſte.
Son eſpaule droite.
Son bras droit.
Son eſpaule gauche.
Sa hanche gauche.
Vne plus à l'Eſt en ſa hanche gauche.
Son genoüil gauche.
Au mol de ſa iambe gauche proche de la teſte du Dragon.
Au haut de ſa feſſe droitte.

LA LYRE.

La Claire de la Lyre.
Celle du Nord des deux qui vont devant au bas de la Harpe.
Celle du Nord des deux qui vont apres pareillement au bas de la Harpe.

LE CYGNE.

Son bec.
Son cœur.
Sa queue.
La reluiſante du coulde de l'aiſle droite du Cygne.
Le coulde de l'aiſle gauche.
La derniere de ſon aiſle gauche, laquelle partant eſt la plus baſſe.

CASSIOPE'E.

Sa poictrine.
Sa cuiſſe.
Son genoüil.
Sa iambe.
La Claire en ſa chaire.

Latitude.		Longitude.		Declinaison.		Esloigne-ment au Pole.	Ascension droite.		grandeur
D.M.		D.M.S.		D.M.		D.M.	D.M.	H.M.15	es

LA COVRONNE DV NORD.

| 44 23 | N | .7 39½ | ♏ | .27 51 | N | 62 .9 | 230 52 | 15 70 12 | 2 |

HERCVLE.

37 23	N	11 32	♓	14 50	N	75 10	254 54	16 59 .9	3
42 48	N	26 28½	♏	22 16	N	67 44	244 .2	16 16 .2	3
40 .5½	N	24 37	♏	19 59	N	70 .1	241 53	16 .7 8	3
47 47	N	10 11	♓	25 13	N	64 47	255 25	17 .1 10	3
53 10	N	27 .3	♏	32 13	N	57 47	247 20	16 29 .5	3
53 21	N	.3 46½	♓	31 28	N	58 32	251 59	16 47 14	3
60 47½	N	23 57	♓	37 21	N	52 39	266 17	17 45 .2	3
69 22	N	15 18	♓	46 13	N	43 47	262 34	17 30 .4	3
60 22½	N	24 .9½	♏	39 34	N	50 26	247 57	16 31 12	3

LA LYRE.

61 47	N	10 44	♑	38 30	N	51 30	276 27	18 25 13	1
56 .5	N	14 17½	♑	33 .2½	N	56 87½	279 27	18 37 13	3
55 .6	N	17 12	♑	32 16	N	57 44	281 33	18 46 .3	5

LE CYGNE.

49 .2	N	26 45	♑	27 18	N	62 42	289 25	19 17 10	3
57 9½	N	20 26	♒	39 14½	N	50 45½	302 39	20 10 .9	3
59 56½	N	.. 54½	♓	44 .8	N	45 52	307 35	20 30 .5	2
64 28	N	11 54	♒	44 23	N	45 37	294 15	19 37 ..	3
49 26	N	23 10	♒	32 45	N	57 15	308 14	20 32 14	3
43 44	N	28 44	♒	29 .4	N	60 56	314 41	20 58 11	3

CASSIOPE'E.

46 35½	N	.3 18½	♉	54 45	N	35 15	.. 5 34	.. 22 .4	3
48 46	N	.9 28½	♉	58 57	N	31 .3	.. 9 12	.. 36 12	3
46 22	N	13 22	♉	58 21	N	31 39	.16 46	.1 .7 .1	3
47 29	N	20 14½	♉	61 56	N	28 .4	.22 52	.1 31 .7	3
51 14½	N	.. 36½	♉	57 21½	N	32 38½	358 ..	23 52 ..	3

Mm

Conſtellations du Nord.

PERSE'E.

Son eſpaule droite.
La luyſante & claire en ſon coſté droit.
Celle qui eſt au reply de ſon coſté droit.
La teſte de Meduſe.
Le genouil gauche de Perſée.
La ſuivante en ſon pied gauche.

LE CHARETIER, ERICHTONIVS.

Son eſpaule gauche, *Cappella.*
Son eſpaule droite.
Son coſté gauche, ou celle qui fait la pointe des Chevreaux.
Le premier Chevreau, où celuy qui va devant.
Le ſecond Chevreau, ou celuy qui va apres.

LE SERPENTAIRE, OPHYVNCVS.

Sa teſte.
Son eſpaule droite.
Celle qui ſuit en ſon eſpaule droite.
La plus Nord de ſa main gauche.
Celle qui ſuit, & eſt plus au Sud.
Son genouil droict.
Son genouil gauche.

LE SERPENT.

Sa bouche.
Celle qui eſt en ſes tempes.
En la racine de ſon col.
La ſeconde en ſon col au deſſous de ſa teſte.
Au nœud du milieu de ſon col.
La plus Sud de trois.
L'antepenultieſme de ſa queue.
La penultieſme de ſa queue.
La derniere de ſa queue.

Latitude. D.M.		Longitude. D.M.S.		Declinaison. D.M.		Esloignement au Pole. D.M.	Ascension droite. D.M.	H.M.15	grandeur es
PERSE'E.									
34 30	N	25 27½	♉ 48 37	N	41 23	45 .1	.3 ...1		3
30 .5	N	27 18	♉ 52 12	N	37 48	40 20	.2 41 .5		2
27 14	N	.. 16	♊ 46 41	N	45 19	49 59	.3 19 14		3
22 22	N	21 38	♉ 39 40	N	50 20	41 48	.2 47 .3		3
19 .4	N	.1 .9	♊ 38 57	N	51 .3	54 .6	.3 36 .6		3
11 17½	N	28 37	♉ 30 54	N	59 .6	53 28	.3 33 13		3
LE CHARETIER.									
22 50½	N	17 17	♊ 45 37	N	44 23	73 .9	.4 52 .9		1
21 27½	N	25 29	♊ 44 53	N	45 .7	84 .4	.5 36 .4		2
20 52	N	14 10	♊ 43 16	N	46 44	69 30	.4 38 ..		4
18 .8-	N	14 16½	♊ 40 35	N	49 25	70 1.2	.4 40 12		4
18 11½	N	14 20½	♊ 40 37½	N	49 22½	70 16	.4 41 .1		4
LE SERPENTAIRE.									
35 57	N	17 51	♓ 12 52	N	77 .8	260 .5	17 20 .5		3
28 .1	N	20 46	♓ .4 46	N	85 14	178 11	18 32 11		3
26 11	N	22 .6	♓ .2 52	N	87 .8	262 55	17 31 10		3
17 19	N	27 45½	♏ 2 49	S	87 11	239 21	15 57 .6		3
16 30½	N	28 58²	♏ .3 51	S	86 .9	240 .6	16 ...6		3
.7 18²	N	13 25	♓ 15 14	S	74 46	252 56	16 51 11		3
11 30	N	.4 40	♓ .9 49-	S	80 10½	244 49	16 19 .4		3
LE SERPENT.									
39 .6½	N	15 25½	♏ 18 .7	N	71 53	233 23	15 33 .8		3
35 25	N	18 .7½	♏ 21 21½	N	68 38½	235 23	15 41 .8		3
34 27½	N	15 22½	♏ 16 32	N	73 28	232 49	15 31 .4		3
28 58	N	13 47½	♏ 11 40	N	78 20	229 51	15 19 .6		3
25 35-	N	17 31½	♏ .7 30½	N	82 29½	232 .5	15 28 .5		2
24 .5-	N	19 47	♏ .5 31	N	84 29	233 42	15 34 12		3
19 57	N	25 35²	♓ .3 31	S	86 29	265 51	17 43 .6		3
20 37½	N	.1 13½	♑ .2 54	S	87 .6	271 .8	18 .4 .8		3
26 59	N	11 11²	♑ .3 51	N	86 .9	279 59	18 39 14		3

Conſtellations du Nord.

LA FLECHE.

La pointe.
Celle du milieu qui va devant.
Vne petite qui eſt ſur le milieu.
Celle de deſſus des deux qui font l'empanon.
Celle du deſſous.

L'AIGLE.

Celle qui eſt en ſon col.
La Claire, & luyſante en ſes eſpaules, communément *la Claire de l'Aigle.*
Son eſpaule gauche.
Sa queue.
L'informe qui eſt prés, & va devant la queue.

ANTINOÜS.

Sa main gauche.
Son coſté droit.
Son genouil.
Celle qui eſt en ſon bras droit.
Celle qui eſt en ſa poictrine.
En ſon pied droict.

LE DAVPHIN.

La Claire de ſa queue.
La plus Sud du coſté du Rhomboide qui va devant.
La plus Nord du meſme coſté.
La plus Sud du coſté qui ſuit.
Celle qui eſt en ſa teſte.

LE CHEVALET.

Celle qui va devant en ſa teſte.
Celle qui ſuit en ſa teſte.
Celle qui va devant en ſa bouche.
Celle qui va aptes en ſa bouche.

Latitude.		Longitude.		Declinaison.		Esloignement au Pole.	Ascension droite.		grandeur
D. M.		D. M. S.		D. M.		D. M.	D. M.	H. M. 15es	
LA FLECHE.									
39 13	N	.2 33	♒	18 40½	N	71 19½	296 21	19 45 .6	4
38 58½	N	28 56	♑	17 47½	N	72 12½	295 15	19 41 . .	5
39 31	N	29 32	♑	18 23½	N	71 66½	293 37	19 34 .7	6
38 53	N	26 31½	♑	17 19	N	72 41	192 39	19 30 .9	4
38 18	N	26 40	♑	16 46	N	73 14	291 35	19 26 .5	4
L'AIGLE.									
26 49½	N	27 54	♑	.5 41	N	84 19	294 48	19 39 .3	3
29 21½	N	27 10	♑	.8 .3	N	81 57	293 42	19 34 12	2
31 18	N	26 27	♑	.9 51½	N	80 .8½	292 42½	19 50 12	3
36 16	N	15 16½	♑	13 25	N	76 35	282 36	18 30 .6	3
37 40½	N	13 45	♑	14 41½	N	71 18½	281 12	18 44 12	3
ANTINOÜS.									
18 48	N	. . 22½	♒	.1 44½	S	88 15½	298 37	19 54 .7	3
20 14½	N	21 18½	♑	.1 48½	S	88 11½	289 57	19 19 12	3
14 28½	N	20 18½	♑	.7 37	S	82 23	289 49	19 19 .4	3
24 56	N	19 .2	♑	.2 33	N	87 27	287 13	19 .8 13	3
21 38	N	25 51	♑	. . .9½	N	89 50½	293 54½	19 35 10	3
17 41	N	12 47	♑	.5 18	S	84 42	282 13	18 26 13	3
LE DAVPHIN.									
29 .8	N	9 33	♒	10 14½	N	79 45½	305 .3	20 20 .3	3
31 57½	N	11 57	♒	13 31	N	76 29	305 41	20 22 11	3
33 .5	N	12 51½	♒	14 48	N	75 12	306 .6	20 24 .6	3
32 . .½	N	14 37½	♒	14 11	N	75 49	307 54	20 31 .9	3
32 47	N	14 53	♒	15 . .	N	75 . .	307 54	20 31 .9	3
LE CHEVALET.									
20 12½	N	18 33½	♒	.4 .2	N	85 58	315 .9	21 . . .9	4
21 .6	N	20 55½	♒	.5 28	N	84 32	316 41	21 .6 11	4
25 16	N	18 55	♒	.8 52	N	81 .8	313 37	20 54 .7	4
24 52	N	19 55½	♒	.8 46	N	81 14	314 38	20 58 .8	4

Conſtellations du Nord.

PEGASE.

Sa bouche.
La Claire eu ſon col.
Son genoüil droit.
La premiere de ſon aiſle, *Marchab.*
Le reply de ſa iambe droite, *Scheat.*
La derniere de ſon aiſle.

ANDROMEDE.

Sa teſte.
La plus claire & la ſuperieure de ſon eſpaule gauche.
La plus Sud de ſa ceinture.
Celle du milieu.
Celle du Nord.
La Claire en ſon pied gauche, où du Sud.

LE TRIANGLE.

Le ſommet.
En ſa baſe du coſté du Nord.
Celle du milieu.
La plus Sud de la baſe.

Les Signes du Zodiaque.

ARIES, LE BELIER, OV MOVTON.

Celle du Sud en ſa Corne, ou Copernic a commencé la Longitude des Eſtoilles du Firmament.
La Claire au ſommet de ſa teſte.
Celle de l'Eſt en la baſe du triangle des informes qui ſont au deſſus d'Aries, entre ſa teſte, & les Pleiades.

TAVRVS, LE TAVREAV.

Des Hyades, la premiere en ſes narines.
Entre celle-là, & l'œil du Nord.

Latitude.	Longitude.		Declinaison.		Esloigne-ment au Pole.	Ascension droite.		grandeur
D.M.	D. M. S.		D. M.		D. M.	D.M.	H.M.15	
PEGASE.								
22 .7½	N 27 22	♒	.8 24	N 81 36	322 .4	21 28 .4		3
17 41	N 11 40½	)(	.9 .9	N 80 51	336 22	22 25 .7		3
35 .7½	N 21 11½	)(	28 30	N 61 30	336 56	22 27 11		3
19 26	N 18 57½	)(	13 28½	N 76 31½	341 44	22 46 14		2
31 .7½	N 24 50½	)(	26 18	N 63 42	342 .1	22 48 .1		2
12 35	N .4 39	♈	13 22½	N 76 37½	359 .9	23 56 .9		2
ANDROMEDE.								
25 42	N .9 48	♈	27 19	N 62 41	357 55	23 51 10		2
24 20	N 17 20½	♈	29 .5	N 60 55	..5 33	.. 22 .8		3
25 59	N 25 50	♈	33 55	N 56 .5	.12 50	.. 51 .5		2
30 33	N 25 .7½	♈	37 44	N 52 16	..9 38½	.. 38 .9		4
32 30½	N 24 37	♈	39 15	N 50 45	..8 ..	.. 32 ..		4
27 46½	N .9 40	♉	40 44	N 49 16	.26 .2	.1 44 .2		2
LE TRIANGLE.								
16 49½	N .2 20	♉	28 ..	N 62 ..	.23 38	.1 34 .8		4
20 33	N .7 50½	♉	33 34	N 56 26	.27 36	.1 50 .6		4
19 24	N .9 ..	♉	32 47	N 57 12½	.29 18	.1 57 .3		5
18 57	N .8 59	♉	32 21	N 57 38½	.29 30	.1 58 ..		4

※❀❀❀❀❀❀❀❀❀❀❀❀❀❀❀❀❀❀❀❀❀❀❀❀❀❀※

Les Signes du Zodiaque.

ARIES.

Latitude.	Longitude.		Declinaison.		Esloigne-ment au Pole.	Ascension droite.		grandeur
.7 .8½	N 18 38	♈	17 40½	N 72 19½	23 55½	.1 35 11		4
.9 57	N .3 .7	♉	68 .5²	N 21 55	27 14	.1 48 14		3
10 24	N 12 40	♉	61 20	N 28 40	35 29	.2 21 14		3

TAVRVS.

Latitude.	Longitude.		Declinaison.		Esloigne-ment au Pole.	Ascension droite.		grandeur
.5 46½	S .1 13	♊	14 49	N 75 11	60 17	.4 .1 .2		3
.4 .2	S .2 17½	♊	16 43½	N 73 16½	61 .2	.4 .4 .2		3

Les Signes du Zodiaque.

TAVRVS, LE TAVREAV.

Son œil du Sud, *Aldebaran.*
Son œil du Nord.
L'extremité de ſa corne du Sud.
L'extremité de ſa corne du Nord, qui fait le pied droit du Charetier.
La Claire des Pleiades.

GEMINI, LES GEMEAVX.

La teſte du Nord, *Caſtor*, qui va devant.
Celle du Sud, *Pollux*, qui va apres.
Le genouil gauche, & du Nord du Gemeau qui va devant.
Le genouil gauche du Gemeau qui va apres, où Pollux.
Celle du ventre de Pollux.
La ſuivante au pied de Caſtor, *Calx.*
La Claire au pied gauche de Pollux.

CANCER, L'ESCREVISSE.

La Nebuleuſe en ſa poictrine, communément *la Creche.*
L'Aſne du Nord.
L'Aſne du Sud.
Celle qui eſt en ſon bras du Sud.

LEO, LE LION.

Celle du Sud des deux qui ſont en la teſte.
Celle du Nord des trois qui ſont en ſon col.
Celle du milieu, & *la Claire de ſon col.*
Celle du Sud.
Son cœur, *Regulus.*
La Claire au dos du Lyon.
La plus Nord des deux qui ſont en ſa feſſe.
Celle de ſa cuiſſe.
La Claire au bout de ſa queue.

Latitude.		Longitude.		Declinaison,		Esloigne-ment au Pole.		Ascension droite.			grandeur
D. M.		D. M. S.		D. M.		D. M.		D.M.	H.M.15		es
			TAVRVS.								
.5 31	S	.5 13½	♊	15 49	N	74 11	64 17	.4 17 .2			1
.2 36½	S	.3 54	♊	18 26	N	71 34	62 24	.4 .9 .9			3
.2 14	S	20 13	♊	20 55½	N	69 .4	79 32	.5 18 .2			3
5 20	N	18 ..	♊	28 17	N	61 43	76 24	.5 .5 .9			2
.4 ..	N	25 25	♉	23 .3	N	66 57	52 .1	.3 28 .1			3
			GEMINI.								
10 .2	N	15 42	♋	32 33	N	57 27	108 25	.7 13 10			2
.6 38	N	18 44	♋	28 47	N	61 13	111 20	.7 25 .6			2
.2 11	N	.5 25	♋	25 36	N	64 24	.95 57	.6 23 12			3
2 .6½	S	10 27	♋	21 ..	N	69 ..	101 12	.6 44 12			3
.. 13	S	13 57	♋	22 33	N	67 27	105 .8	.7 .. .8			3
.. 53	S	.. 45	♋	22 38	N	67 22	.90 49	.6 .3 .4			3
.6 48½	S	.4 32	♋	16 39	N	73 21	.94 42	.6 18 12			2
			CANCER.								
.1 14	N	.2 47½	♌	20 48	N	69 12	125 30	.8 22 ..			neb.
.3 .8	N	.2 58	♌	22 36	N	67 24	126 .3	.8 24 .3			4
... .4	N	.4 .9	♌	19 21	N	70 39	126 33	.8 26 .1			4
.5 .8	S	.9 .4½	♌	13 .6	N	76 54	130 .8	.8 40 .8			3
			LEO.								
.9 40	N	16 .6	♌	25 15	N	64 45	141 15	.9 25 ..			3
11 50	N	22 58½	♌	25 .2	N	64 57½	149 35	.9 58 .5			3
.8 47	N	25 ..	♌	21 28	N	68 32	150 28	10 .1 13			2
.4 52	N	23 21	♌	18 22	N	71 37	147 23	.9 49 .8			3
.. 26	N	25 18	♌	13 32	N	76 27	147 44	.9 50 14			1
14 20	N	.6 42	♍	22 19½	N	67 41	164 10	10 56 10			2
.9 41½	N	.8 51	♍	17 14	N	72 46	164 17	10 57 .2			3
.6 .7	N	12 59	♍	12 21	N	77 39	166 44	11 .6 14			3
12 18	N	17 .4	♍	16 25	N	73 35	173 .5	11 32 .5			3

Les Signes du Zodiaque.

VIRGO, LA VIERGE.

Le bout de son aifle gauche, & du Sud.
La deuxiefme des 4 qui font en son aifle gauche.
Son cofté droit au deffous de fa ceinture.
La plus Nord des trois de son aifle droite, *la Vendangeufe.*
Sa main gauche communément *l'Efpy de la Vierge.*
En fa tefte droite.

Les Signes du Sud.

LIBRA, LA BALANCE.

La Claire du baffin du Sud.
Le fouftien, ou fupport de la Balance.
Le milieu du baffin du Nord.
Sous le baffin du Nord, ou le bras gauche du Scorpion.
Celle qui fuit.

SCORPIVS, LE SCORPION.

Celle du haut du front, ou la plus Nord des trois reluifantes en fon front.
Celle du milieu en fon front.
Celle du Sud de ces trois.
Le cœur du Scorpion, *Antares.*

SAGITTARIVS, LE SAGITTAIRE OV L'ARCHER,

La pointe du dard du Sagittaire.
La poignée de fa main gauche par ou il tient l'arc.
La plus Sud de la partie du Nord de son arc.
La plus Nord au bout de fon arc.
L'efpaule gauche du Sagittaire.
Laiffelle du Sagittaire.

Latitude.		Longitude.		Declinaison.		Eloignement au Pole.	Ascension droite.		grandeur
D.M.		D. M. S.		D. M.		D. M.	D. M.	H. M. 15	es

VIRGO.

. . 43	N	22 33	♍	. 3 .30	N	86 22	173 26	11 33 11	3
. 2 50	N	. 5 36½	♎	. . 22	N	89 38	186 16½	12 25 .2	3
. 8 41	N	. 6 56	♎	. 5 18	N	84 42	189 45	12 39 . .	3
16 15½	N	. 5 24	♎	12 46	N	77 14	191 30	12 46 . .	3
. 1 59	S	19 17	♎	. 9 24½	S	80 35½	197 .2	13 .8 .2	1
. 8 10	N	16 23½	♎	. 1 .5	N	88 55	198 14	13 12 14	3

Les Signes du Sud.

LIBRA.

. . 26	N	10 32	♍	14 .38	S	75 22	218 14	14 32 14	2
. 8 35	N	14 49	♍	. 8 . 7½	S	81 52½	224 53	14 59 . 8	2
. 4 28	N	20 34	♍	13 38	S	76 22	229 21	15 17 . 6	3
. 7 37	S	16 . 9	♍	24 . .	S	66 . .	221 16	14 45 . 1	3
. 1 48	S	16 28	♍	18 32½	S	71 27½	223 27	14 53 12	3

SCORPIVS.

. 1 . 5	N	28 37	♍	18 52	S	71 .8	236 37	15 46 . 7	3
. 1 54½	S	28 . .	♍	21 38	S	68 22	235 16	15 41 . 1	3
. 5 22½	S	28 26	♍	25 .7	S	64 53	234 51	15 39 . 6	3
. 4 27	S	. 5 14	♐	25 37	S	64 23	242 25	16 .9 10	1

SAGITTARIVS.

. 6 30	S	26 52	♐	29 59	S	60 .1	266 25	17 45 10	3
. 6 30	S	. . .2	♑	30 .1	S	59 59	279 .1	18 . . .1	3
. 2 . .	S	. 1 49	♑	25 30	S	64 30	272 .1	18 .8 .1	4
. 2 27	N	28 43	♐	21 .4	S	68 56	268 37	17 54 . 7	4
. 3 31	S	. 7 53	♑	26 47	S	63 13	278 49	18 35 . 4	4
. 6 45	S	. 8 42	♑	29 58	S	60 .2	279 59	18 39 14	3

Les Signes du Zodiaque.

CAPRICORNVS, LE CAPRICORNE, OV LE BOVC.

Celle du Nord des trois en fa corne qui va devant.
Celle du milieu.
Celle du Sud.
Celle qui va devant des deux Claires en fa queuë.
Celle qui fuit.

AQVARIVS, LE VERSEAV.

Son efpaule droite.
Son efpaule gauche.
En fon coulde droit.
Celle du Sud de la iambe droite.
La derniere de l'efpanchement, *Fomahant.*

PISCES, LES POISSONS.

Celle qui va devant des trois Claires qui font au fil du Sud.
Celle du milieu.
Celle qui fuit.
Le nœud des Poiffons qui conioint les deux fils.
Celle du milieu, & la plus claire au nœud du Nord.

Les Conftellations du Sud.

LA BALEINE.

La Claire en la machoire de la Baleine.
Celle du milieu de fa bouche.
Celle qui va devant des trois vers fa iouë.
Celle du Nord, & qui va devant en fa poictrine.
Celle du Nord de fon ventre.
La plus Eft, des deux plus claires en fon dos.
La plus Oueft, de ces deux.

Latitude.		Longitude.		Declinaison.		Esloigne-ment au Pole.	Ascension droite.		grandeur
D. M.		D. M. S.		D. M.		D. M.	D.M.	H. M. 15 es	

CAPRICORNVS.

Latitude		Longitude		Declinaison		Pole	Ascension	droite	grandeur
.7 .2½	N	29 19	♑	13 28	S	76 32	299 58	19 59 13	3
.6 53	N	29 52	♑	13 31	S	76 29	300 34	20 .2 .4	6
.4 41	N	29 32	♑	15 44	S	74 16	300 42	20 .2 12	3
.2 26	S	17 15	♒	18 .2	S	71 58	320 29	21 21 14	3
.2 29	S	19 .1	♒	17 32	S	72 28	322 16	21 29 .1	3

AQVARIVS.

Latitude		Longitude		Declinaison		Pole	Ascension	droite	grandeur
10.42	N	28 50½	♒	.1 53	S	88 .7	327 16	21 49 .1	3
.8 42	N	18 52	♒	.6 56	S	83 .4	318 35	21 17 .5	3
.8 17½	N	.2 11	♓	.2 57	S	87 .3	331 13	22 .4 13	3
.8 10	S	.4 23	♓	17 41	S	72 29	339 24	22 37 .9	3
31 ..	S	29 12½	♒	31 17	S	58 43	339 47	22 39 .2	1

PISCES.

Latitude		Longitude		Declinaison		Pole	Ascension	droite	grandeur
.2 11	N	.9 37	♈	.5 50	N	84 10	7 59	.. 31 14	4
.1 .5½	N	12 59	♈	.6 10	N	83 50	11 45	.. 47 ..	4
.. 57⅓	N	15 20	♈	.6 57	N	83 .3	13 44	.. 54 14	4
.9 .4½	S	24 48½	♈	11 11½	N	88 48⅔	26 11	.1 44 11	3
.5 21	N	22 17	♈	13 39	N	76 21	18 33	.1 14 .3	4

❦❧❦❧ ❦❧❦❧ ❦❧❦❧ ❦❧❦❧ ❦❧❦❧ ❦❧❦❧ ❦❧❦❧ ❦❧❦❧

Les Constellations du Sud.

LA BALEINE.

Latitude		Longitude		Declinaison		Pole	Ascension	droite	grandeur
12 37	S	.9 48	♉	.2 48½	N	87 11½	41 21	.2 45 .6	2
12 .2½	S	.4 54½	♉	.1 50	N	88 10	36 39	.2 26 .9	3
14 32	S	.3 .3	♉	.1 .7½	S	88 52½	35 45	.2 23 ..	3
25 58	S	28 48⅔	♈	13 13	S	76 47	35 59	.2 23 14	3
20 19	S	17 26	♈	11 54	S	78 .6	23 53	.1 35 .8	3
15 46½	S	11 43⅔	♈	.9 52	S	80 .8	16 45	.1 .7 ..	3
16 55½	S	.7 12	♈	12 39	S	77 21	12 17	.. 49 .2	3

Les Conſtellations du Sud.

LA BALEINE.

Celle du Nord, de ſa queuë.
Celle du Sud, où la claire de ſa queuë.

LE GEANT ORION.

La plus haut des trois qui ſont en ſa teſte.
La plus Oueſt de ces trois,
Celle de l'Eſt de ces trois.
Son eſpaule droite qui va apres.
Son eſpaule gauche qui va devant.
La plus Nord des trois du baudrier.
Celle du milieu en ce baudrier.
La plus Sud des trois de ce baudrier.
Celle qui eſt en la poignée de ſon eſpée.
La plus haut des trois qui ſont en ſon eſpée.
Celle du milieu de ſon eſpée.
Celle du Sud de ſon eſpée.
La Claire en ſon pied gauche, *Regel.*
Son genouil droit,

LE BOVCLIER D'ORION.

La plus Nord des neuf qui ſont en ſon bouclier.
La ſeconde.
La troiſieſme.
La quatrieſme.
La cinquieſme.
La ſixieſme.
La ſeptieſme.
La huictieſme.
La neufieſme & derniere de ce bouclier.

LE FLEVVE ERIDANVS.

Sur le pied d'Orion dans le Fleuve.

Latitude.	Longitude.		Declinaison.		Esloigne-ment au Pole.	Ascension droite.		grandeur
D. M.	D. M. S.		D. M.		D. M.	D.M.	H.M.15 es	
LA BALEINE.								
10 . 1	S 26 24	)(	10 37	S	79 23	.. 45	. . . 3 . .	3
20 47	S 27 57	)(	19 47	S	70 13	.6 46	.. 27 . 1	2
ORION.								
13 . 26	S 19 . 12½	♊	.9 41	N	80 19	79 20	.5 21 .5	4
13 54	S 19 .7½	♊	.9 12½	N	80 47½	79 19	.5 21 .4	5
14 .4½	S 19 34½	♊	.9 .4	N	80 56	79 45	.5 19 ..	5
16 .6	S 24 13	♊	.7 18	N	82 42	84 24	.5 37 .9	2
16 53	S 16 23	♊	.6 .6	N	83 54	76 56	.5 .7 11	2
23 38	S 17 51½	♊	.. 35½	S	89 .4½	78 54	.5 15 .9	2
24 33½	S 18 55	♊	.1 27	S	88 33	79 42	.9 18 12	2
25 21½	S 20 .7½	♊	.2 .9	S	87 51	81 . 5	.5 24 .5	2
25 36½	S 15 38	♊	.2 45	S	87 15	77 30	.5 10 ..	3
28 .9	S 18 29	♊	.5 .3	S	84 57	79 48	.5 19 .3	5.
28 45	S 18 25	♊	.5 36	S	84 24	80 16	.5 21 .1	3
29 17	S 18 28½	♊	.6 10	S	83 50	79 39	.5 18 .9	3
31 11½	S 12 18	♊	.8 36	S	81 24	74 34	.4 58 14	1
33 ..8	S 21 50	♊	.7 49	S	82 11	83 ..4	.5 32 .4	3
LE BOVCLIER D'ORION.								
.8 17	S .8 54	♊	13 .40	N	76 20	68 30	.4 34 ..	4
.9 .7	S .9 49	♊	11 41	N	78 19	73 35	.4 54 .5	4
11 .6	S .9 11	♊	10 50	N	79 10	69 12	.4 36 12	6
12 26½	S .9 .1½	♊	.9 34	N	80 26	69 14	.4 36 14	4
13 31½	S .7 50	♊	.8 19	N	81 41	68 15	.4 33 ..	4
15 27	S .7 24	♊	.6 22	N	83 38	68 .8	.4 32 .8	4
16 50	S .7 34	♊	.5 .2	N	84 58	68 30	.4 34 ..	4
20 .2	S .7 59	♊	.1 55	N	88 .5	69 22	.4 37 .7	4
20 55	S .8 58	♊	.1 10	N	88 50	70 25	.4 41 10	4
LE FLEVVE ERIDANVS.								
17 54½	S 10 43	♊	.5 32	S	84 28	72 57	.4 51 13	3

Conſtellations du Sud.

LE FLEVVE ERIDANVS.

La precedente des 4 contiguës à la Baleine.
Celle qui precede toutes les 4 apres l'intervalle du Fleuve.
Celle qui ſuit des 4 apres quelque intervalle.
La troiſieſme qui va devant des meſmes, laquelle eſt vers le Nord.
La troiſieſme qui ſuit apres la contiguë de la Baleine.

LE LIEVRE.

Celle du milieu du corps du Lievre.
Celle qui eſt ſous ſon ventre.
La plus Sud des deux en ſon pied de derriere.
La plus Nord de ces deux.

LE GRAND CHIEN.

La Claire en ſa bouche, *Syrius.*
Celle qui eſt ſous ſon oreille gauche.
Celle qui eſt au bout ſous ſon pied de devant.
Celle qui eſt en ſon ventre.
Celle qui eſt en ſon ventre entre les cuiſſes de derriere.
Celle qui eſt au bout du pied droit.
Celle qui eſt en ſa queue.

LE PETIT CHIEN.

Celle qui eſt en ſon col.
En ſa cuiſſe, *Procyon.*

LE NAVIRE ARGOS.

Celle d'enhaut de l'Eſcuſſon du Navire.
Celle qui va devant au milieu de l'Eſcuſſon.
La luyſante au Gouvernail du Navire, *Canobe.*
Au derriere du Navire plus au Nord.
La ſuivante au derriere du Navire plus au bas.

Latitude. D.M.		Longitude. D. M. S.		Declinaison. D. M.		Esloignement au Pole. D. M.	Ascension droite. D.M.	H.M.15es	grandeur
LE FLEVVE ERIDANVS.									
24 34	S	.4 11	♉	10 13	S	79 47	40 .8	.2 40 .8	3.
27 47	S	13 46	♉	10 34	S	79 26	49 27	.3 17 12	3
33 13½	S	19 19	♉	14 26	S	75 34	55 44	.3 42 .9	3
28 46½	S	16 .8	♉	10 55	S	79 .5	51 47	.3 27 .2	3
25 59	S	.9 16	♉	10 .4	S	79 56	45 .1½	.3 . . .2	3
LE LIEVRE.									
41 .5½	S	16 50½	♊	18 .3	S	71 57	79 36½	.5 18 .7	3
43 57½	S	15 .7½	♊	21 .2	S	68 58	78 35	.5 14 .5	3
45 49½	S	20 22½	♊	22 33	S	67 27	82 44	.5 30 14	3
44 18	S	22 37	♊	20 55	S	69 .5	84 21	.5 37 .6	3
LE GRAND CHIEN.									
39 30	S	.9 36½	♋	16 14½	S	73 45½	97 41½	.6 30 12	1
38 .2½	S	15 .7	♋	15 10½	S	74 50	102 17	.6 49 .2	3
41 18½	S	.2 43½	♋	17 48½	S	72 11½	.92 .9	.6 .8 .9	2
48 30	S	18 56	♋	25 53	S	64 .7	103 50	.6 35 .5	3
51 24½	S	16 22½	♋	28 32	S	61 28	101 33	.6 26 .3	3
51 46½	S	.2 .8	♋	28 15½	S	61 44½	.91 30	.6 .6 . .	3
51 24½	S	25 12½	♋	29 26	S	60 34	107 45	.7 11 . .	3
LE PETIT CHIEN.									
13 33½	S	17 40½	♋	.8 54	N	81 .6	107 23	.7 .9 .8	3
15 57	S	21 19½	♋	.6 .3½	N	83 56½	110 34	.7 22 .4	2
LE NAVIRE ARGOS.									
44 58½	S	.1 36½	♌	24 .3½	S	65 56½	113 57	.7 35 12	3
47 28	S	29 . .	♌	26 .4	S	63 56	111 24	.7 25 .9	3
75 . .	S	.9 32	♋	51 37	S	38 23	.93 58½	.6 15 14	1
65 40	S	12 32	♋	42 26	S	47 34	.96 57	.6 27 12	3
71 50	S	21 22	♋	49 .3	S	40 57	99 57	.6 39 12	3

Conſtellations du Sud.

L'HYDRE.

La Claire au cœur de l'Hydre.
Au deſſous de la queue du Corbeau.
L'informe qui va devant la teſte de l'Hydre.
Celle qui va devant en la teſte de l'Hydre.
Sur la premiere vers le Nord.
La plus Nord du derriere de la teſte.
Celle qui va devant la troiſieſme vers le Sud.
La plus Eſt de toutes celles qui ſont en ſa teſte.

LA TASSE.

Celle qui eſt au bas ou en ſon pied.
Celle qui va apres des deux qui ſont au milieu.
Celle qui va devant de ces deux.
Celle qui va devant des deux du plus haut de la Taſſe.
Celle qui va apres de ces deux.
Celle qui va devant des deux du haut, mais qui ſont plus bas.
Celle qui va apres de ces deux.
Celle du milieu de la Taſſe.

LE CORBEAV.

Son bec commun à l'Hydre.
Son aiſle droite ou celle qui va devant des deux du haut du quarré.
Son aiſle gauche ou qui va apres.
Celle du bout de ſon pied qui eſt commune à l'Hydre.

LE CENTAVRE.

Son eſpaule gauche.
Son eſpaule droite.
Celle qui va apres des trois qui ſont en ſon dos de cheval.
Son coulde.
La Claire à la ſortie du corps humain.
Celle qui eſt en ſa cuiſſe droite de derriere.

Latitude.		Longitude.		Declinaison.		Esloignement au Pole.	Ascension droite.		grandeur
D.M.		D. M. S.		D.M.		D. M.	D.M.	H.M.15	es

L'HYDRE.

Latitude		Longitude		Declinaison		Esl. Pole	Asc. droite	H.M.15	gr.
22 24	S	22 46½	♌	.7 15	S	82 45	137 54	.9 11 .9	1
13 43	S	22 25½	♎	21 26	S	68 34	195 16	13 .1 .1	3
10 19	S	29 45	♋	10 11	N	79 49	119 44	.7 58 14	3
14 37	S	.6 40½	♌	.4 29	N	85 31	125 24	.8 21 .9	5
14 .6½	S	.7 47	♌	.4 44	N	85 16	126 36	.8 26 .6	4
11 .8	S	.7 49	♌	.7 36	N	82 24	127 22	.8 29 .7	4
11 36	S	.8 23½	♌	.7 ..	N	83 ..	127 48	.8 31 .3	5
11 .1	S	10 .1½	♌	.7 10	N	82 50	129 31	.8 38 .1	4

LA TASSE.

Latitude		Longitude		Declinaison		Esl. Pole	Asc. droite	H.M.15	gr.
22 .5	S	19 14	♍	16 33	S	73 27	161 .1	10 44 .1	4
19 39	S	24 44	♍	15 54	S	74 .6	167 11	11 .8 11	4
17 25	S	22 11½	♍	12 52	S	77 .8	165 51	11 .3 .6	4
13 10	S	21 28	♍	.8 42	S	81 18	166 56	11 .7 11	4
11 17	S	14 .3	♍	.7 59	S	82 .1	170 .3	11 20 .3	4
18 16	S	29 31	♍	16 30	S	73 30	172 .4	11 28 .4	4
16 .2	S	.1 34	♎	15 18	S	74 42	174 52	11 39 .7	4
14 .9	S	25 56	♍	11 21	S	78 39	170 34	11 22 .4	5

LE CORBEAV.

Latitude		Longitude		Declinaison		Esl. Pole	Asc. droite	H.M.15	gr.
21 46	S	.7 39	♎	22 55½	S	67 .4½	177 51	11 51 .6	4
14 25	S	.6 14	♎	15 41	S	74 19	179 50	11 59 .5	3
12 .7	S	.8 56	♎	14 40	S	75 20	183 17	12 13 .2	3
17 59	S	12 50	♎	21 33	S	68 27	184 21	12 17 .6	3

LE CENTAVRE.

Latitude		Longitude		Declinaison		Esl. Pole	Asc. droite	H.M.15	gr.
25 40	S	28 32	♎	34 40½	S	55 19½	195 39	13 .2 .9	3
22 30	S	.8 .2	♍	35 18	S	54 42	206 54	13 47 .9	3
40 ..	S	28 12	♎	47 12	S	42 48	186 22	12 25 .7	3
25 15	S	15 12	♍	40 20	S	49 40	215 17	14 13 .2	3
33 30	S	10 22	♍	46 11	S	43 49	203 24	14 33 .9	3
46 10	S	25 .1	♎	51 .6	S	38 54	181 45	12 .7 ..	2

Conſtellations du Sud.

LE CENTAVRE.

Celle qui eſt au iaret de ſon pied droit.
Celle qui eſt au bout de ſon pied droit de devant.
Celle qui eſt au deſſous de ſon pied droit de derriere.
Celle qui eſt en ſon talon.
Celle qui va devant des deux qui ſont au deſſous de ſon ventre.
Celle qui ſuit apres.

LE LOVP.

Celle qui eſt au iaret du pied de detriere.

Latitude.	Longitude.	Declinaison.	Esloignement au Pole.	Ascension droite.	grandeur
D. M.	D. M. S.	D. M.	D. M.	D. M. H. M. 15	es

LE CENTAVRE.

Latitude.	Longitude.	Declinaison.	Esloignement au Pole.	Ascension droite.	grandeur
51 10	S . 2 . 2 ♍	57 53 S	32 . 7	179 22	11 57 . 7	2
41 10	S . . 42 ♍	49 12 S	40 48	187 54	12 31 . 9	1
49 10	S . 7 . 2 ♍	58 18 S	31 42	186 29	12 25 14	3
51 40	S . 7 42 ♍	60 31 S	29 29	184 . 3	12 16 . 3	2
43 . .	S . 8 52 ♍	53 59 S	26 . 1	194 27	12 57 12	2
43 45	S 10 . 2 ♍	55 . 2 S	34 58	195 10	13 . . 10	3

LE LOVP.

Latitude.	Longitude.	Declinaison.	Esloignement au Pole.	Ascension droite.	grandeur
10 10	S 18 12 ♍	36 39 S	53 21	219 14	14 36 14	3

Rr

APPENDICE POVR LA CONSTRVCTION DE la Table de la Declinaison des Eſtoilles.

Dans les Mathematiques auſſi bien que dans la Philoſophie l'on ne peut parvenir à la connoiſſance d'une choſe incon-nuë que par le moyen de quelques autres que l'on ſuppoſe eſtre deſia connuës auparavant, auſſi pour arriver à la connoiſſan-ce de la declinaiſon des Eſtoilles, pour l'ordinaire il en faut ſçavoir la latitude & la longitude, par le moyen deſquelles & de l'eſloi-gnement du Pole du Zodiaque â celuy du Monde (qui eſt touſiours eſgal à la plus grande declinaiſon du Soleil) l'on trou-verra de combien ces Eſtoilles ſont eſloignées de la Ligne Equi-noxiale.

Quant à leur latitude laquelle n'eſt autre que l'eſloignement qu'elles ont à l'Eclyptique (qui eſt le milieu du Zodiaque) quoy qu'elle ne ſoit pas tout à fait invariable, ſi eſt-ce que pendant trois ou quatre cents ans, cette variation eſt inſenſible, puis que ne con-ſiſtant qu'en quelques min. en ſon tout, elle ne devient ſenſible en ſes parties, qu'apres un grand eſpace de temps.

Mais pour leur longitude laquelle n'eſt autre que l'eſloigne-ment qu'elles ont au commencement du Signe d'Aries, ſuivant l'ordre des Signes, ou bien autrement le degré & minute du Signe du Zodiaque ou ces Eſtoilles ſe rencontrent, quoy que leur mou-vement en ſoit tres lent, cette longitude ne laiſſe pas d'augmenter tous les ans, ſuivant l'opinion la plus communément receuë, de 51 ſecondes qui fait en l'eſpace de 72 ans preſque un degré.

C'eſt pourquoy retenant la latitude telle que l'on la trouve dans le Catalogue des Eſtoilles que nous avons emprunté de Tycho, il ne reſte que d'aiuſter cette longitude pour le temps propoſé, c'eſt à dire adiouſter autant de fois 51 ſecondes qu'il ſe trouve d'années eſcoulées, depuis celle pour laquelle la Table dont on la tirée, a eſté compoſée, ou bien autrement comme la multiplication n'eſt qu'une addition abbregée, il faut multiplier les années que l'on a trouvé escoulées par 51 secondes, & diviser le produit par 60, & le quotient donnera les minutes que l'on doit adiouster à la longitude, laquelle l'on trouve cottée dans la Table.

Cette plus grande obliquité avec la latitude & longitude d'une Estoille forment un triangle obliquangle qui à deux costez connus, & l'angle comprins par ces deux costez qui sont l'esloignement du Pole du Zodiaque à celuy du Monde pour un d'iceux costez, & l'autre est le complement de la latitude de l'Estoille, c'est à dire l'esloignement de l'Estoille proposée au Pole du Zodiaque, qui se trouve par la latitude soustraitte ou adioustée à 90 degrez, & l'angle comprins de ces deux costez se connoit par la longitude de l'Estoille, en trouvant de combien l'Estoille proposée est esloignée du plus proche des Solstices.

Et comme de ce triangle obliquangle, l'ou n'en sçauroit faire la supputation qu'en le reduisant en deux triangles rectangles, par le moyen d'une perpendiculaire que l'on fait tomber du bout d'un costé sur l'autre, qui est pareillement connu, de sorte neantmoins qu'il reste deux donnez, outre l'angle droit que forme la perpendiculaire.

La resolution & supputation de ce triangle se fait en plusieurs manieres, les uns le supputent par les triangles rectangles, & de cette sorte la declinaison ne se peut trouver qu'apres avoir fait trois regles de trois, parce que pour preparation, il faut premierement trouver la longueur de la ligne perpendiculaire, que l'on nomme le premier trouvé, en quoy il n'y a aucune difficulté.

En second lieu l'on trouve par la seconde regle de trois l'esloignement depuis la ligne perpendiculaire iusques au Pole du Zodiaque, lequel esloignement l'on adiouste ou soustrait de la plus grande declinaison, & vient le second trouvé, ce qui est le plus difficile en toute cette operation, dans l'incertitude lequel des deux l'on doit faire.

Pourquoy faciliter, il faut sçavoir que quand la latitude de l'Estoille est Nord dans les Signes Septentrionaux qui sont Aries, Taurus, Gemini, Cancer, Leo, Virgo, il faut soustraire la plus gran-

de declinaifon du provenu de la feconde regle de trois, & le refte
fera le fecond trouvé.

Que fi ce provenu ne montoit point iufques au nombre de la
plus grande declinaifon, pour lors il faut fouftraire ce provenu par
la feconde regle de trois, de la plus grande declinaifon, & l'on aura
le fecond trouvé, & alors l'afcenfion droite que l'on trouverra par
la quatriefme regle de trois, fera de l'autre cofté de l'Equinoxe,
c'eft à dire qu'il faudra fouftraire ce provenu par la quatriefme
regle de trois (laquelle l'on fait pour l'ordinaire pour trouver l'afcenfion droite) de 180, ou 360 degrez.

Pour revenir à noftre difficulté de trouver le fecond trouvé, ie
dis que quand la latitude d'une Eftoille eft Nord, & que l'Eftoille
propofée fe rencontre dans les Signes Meridionaux, qui font,
Libra, Scorpius, Sagittarius, Capricornus, Aquarius, & Pifces, il faudra pour lors adioufter la plus grande declinaifon du Zodiaque
avec le refultat de la feconde regle de trois, & le tout fera le fecond
trouvé, qui eft comme i'ay dit cy deffus, ce que la perpendiculaire
que l'on a fait tomber pour réduire le triangle obliquangle en
deux triangles rectangles, eft efloignée du Pole du Monde ; que fi
le tout paffe 90 degrez, la declinaifon que l'on trouverra par la
fupputation fera contraire à la latitude de l'Eftoille, ie veux dire
que quand la latitude fera Nord, la declinaifon fera Sud ; mais
quand la latitude d'une Eftoille fera Sud, il faudra faire tout le contraire, ie veux dire qu'aux Signes Septentrionaux nommez cy deffus, il faudra adioufter la plus grande declinaifon du Zodiaque,
avec le provenu par la feconde regle de trois, & fi le tout paffe 90
degrez, la declinaifon de l'Eftoille trouvée fera Nord ; & aux Signes
Meridionaux, il faudra fouftraire cette plus grande declinaifon du
refultat de la feconde regle de trois, & le refte fera le fecond trouvé.

Apres quoy ie ne trouve plus aucune difficulté du cofté de ce
fecond trouvé, ne reftant plus qu'à fuivre fimplement les Analogies lefquelles font données, tant pour trouver la declinaifon, que
l'afcenfion droite d'une Eftoille propofée.

Les Analogies font telles.

Premierement pour trouver la longueur de la perpendiculaire
sur le plus proche Solstice, il faut dire par une regle de trois,

Si l'entier Sinus :

*Donne le Sinus de l'esloignement de l'Estoille proposée iusques
au plus proche Solstice :*

Ainsi le Sinus du complement de la latitude de l'Estoille :

Donnera le Sinus du premier trouvé :

Que i'ay dit estre la longueur de la ligne perpendiculaire.

Secondement pour trouver l'esloignement depuis cette perpendiculaire iusques au Pole du zodiaque, il faut dire par une regle de trois,

Si l'entier Sinus :

*Donne le Sinus de complement de l'Estoille iusques au plus
proche Solstice :*

Ainsi la tangente de complement de la latitude de l'Estoille :

Donnera la tangente d'un nombre :

Que nous avons dit estre l'esloignement depuis la ligne perpendiculaire iusques au Pole du zodiaque, auquel nombre adioustant,
ou soustrayant ainsi que i'ay dit cy dessus la plus grande declinaison du zodiaque, au temps pour lequel se fait la supputation, viendra le second trouvé, qui est ainsi que i'ay encor dit l'esloignement
de la perpendiculaire iusques au Pole du Monde.

En suitte pour trouver la declinaison, il faut dire par une troisiesme regle de trois,

Si l'entier Sinus :

Donne le Sinus du complement du premier trouvé :

Ainsi le Sinus du complement du second trouvé :

Donnera le Sinus de la declinaison :

Enfin pour trouver l'ascension droite d'une Estoille, il faut dire par
une quatriesme regle de trois,

Si l'entier Sinus :

Donne la tangente du complement du premier trouvé :

Ainsi le Sinus du second trouvé :

Donnera la tangente de l'esloignement iusques au plus proche Equinoxe.

Qu'il faut aucunesfois soustraire de 180 deg. ou l'y adiouster avec, & d'autresfois soustraire de 360 deg. suivant les Signes dans lesquels l'Estoille proposée se rencontre ; & ce qui cause cette difficulté, est que les cercles de latitude des Estoilles eniambent par dessus les cercles meridiens, & les couppent en biais, & nommément proche des Poles du zodiaque, ou ces cercles de latitude passent de l'autre costé du Colure des Equinoxes.

Pour ne point y estre trompé il seroit bon de voir un Globe Celeste, ou bien pour aller à moindres frais prendre une Sphere platte, & y remarquer par le moyen de la latitude & longitude de l'Estoille proposée si elle n'eniambe point par dessus l'Equinoxe, en quoy git toute cette difficulté : ou bien encor avoir des Tables de l'ascension droite des Estoilles, bien que surannées ; puis que c'est une maxime que l'ascension droite des Estoilles augmente tousiours, par ou il sera tres facile de iuger s'il faut adiouster ou soustraire cet esloignement trouvé au plus proche Equinoxes de 180 deg. ou de 360.

J'avoüe que le moyen de resoudre ce triangle obliquangle pour trouver la declinaison des Estoilles par la supputation de deux triangles rectangles, ausquels on reduit ce triangle obliquangle par le moyen de la ligne perpendiculaire, est tres facile à concevoir, principalement aux personnes lesquelles ont la moindre teinture de la supputation des triangles rectangles, mais au reste comme il est necessaire pour la preparation de faire tousiours deux regles de trois, de maniere que la declinaison d'une Estoille ne peut estre trouvée qu'à la fin de la troisiesme, ie m'asseure que plusieurs, & non sans raison prefereront la methode suivante, dans

Iaquelle il n'eſt beſoin que de deux regles de trois, & voicy comment.

Le docte Neper Eſcoſſois Baron de Merchiſton qui avoit de tres grandes lumieres dans les Mathematiques, ainſi qu'il la bien fait voir par ſon admirable invention des Logarithmes, pour laquelle les Aſtronomes luy auront des obligations eternelles, à la fin de ſon Canon admirable, qu'il nous a laiſſé des Logarithmes, nous a donné 14 propoſitions qu'il appelle tres relevées, pour reduire avec une facilité eſtonnante toutes ſortes de triangles Spheriques obliquangles, par le moyen d'une perpendiculaire qu'il conçoit tomber, en ſorte toutesfois que de ſix choſes qui ſont dans un triangle, il en reſte touſiours deux connus, outre l'angle droit que doit former cette perpendiculaire, avec cette difference qu'au lieu que dans la methode precedente, il falloit deux regles de trois pour preparation, cet homme incomparable l'accomplit par une ſeule, de façon qu'il trouve ſon affaire dans la ſeconde regle de trois, au lieu que dans la methode precedente, on ne le faiſoit que dans la troiſieſme, & par ainſi il ſemble abbreger le tiers de la beſongne.

Pour donc l'appliquer au triangle dont il eſt queſtion apres avoir trouvé par le moyen de la longitude de l'Eſtoille ſon eſloignement iuſques au plus proche ſolſtice, & ſon eſloignement iuſques au Pole du Zodiaque, en ſouſtrayant ſa latitude de 90 deg. ou bien l'adiouſtant avec 90, ſi la latitude eſtoit Sud, & que la declinaiſon fut Nord; ou que la latitude fut Nord, & la declinaiſon Sud: Il faut concevoir que du bout du coſté que fait dans le triangle, l'eſloignement du Pole du Zodiaque à celuy du Monde, tombe une ligne perpendiculaire ſur le coſté de l'eſloignement de l'Eſtoille au Pole du Zodiaque. Apres quoy pour preparation il faut dire par une regle de trois,

Si l'entier Sinus:

Donnc le Sinus de complement de l'eſloignement de l'Eſtoille au plus proche ſolſtice:

Ainſi la tangente de la plus grande declinaiſon:

Donnera la tangente de l'eſloignement de la Ligne perpendicu-
laire iuſques au Pole du zodiaque.

Lequel eſloignement i'appelleray le premier trouvé, & lequel il
faudra adiouſter ou ſouſtraire de l'eſloignement de l'Eſtoille iuſques au Pole du Zodiaque, en quoy conſiſte encor la difficulté.

Pour laquelle faciliter il faut remarquer que quand la latitude
de l'Eſtoille eſt Nord, aux Signes du Nord, il faut ſouſtraire cet
eſloignement de celuy de l'Eſtoille iuſques au Pole du Zodiaque,
& viendra la ſouſtraction eſtant faite, l'eſloignement de la ligne
perpendiculaire iuſques à l'Eſtoille, que ie nommeray le ſecond
trouvé.

Mais aux Signes du Sud quand la latitude de l'Eſtoille eſt du
coſté du Nord, il faudra adiouſter enſemble les deux eſloigne-
ments; parce que la perpendiculaire tombera pour lors hors du
triangle : prenant garde d'agir tout au contraire de ce que ie viens
de dire aux Eſtoilles deſquelles la latitude eſt Sud.

En ſuitte dequoy pour trouver la declinaiſon, il faut dire par une
ſeconde regle de trois.

Comme le Sinus de complement du premier trouvé :

Donne le Sinus de complement du ſecond trouvé :

Ainſi le Sinus de complement de la plus grande declinaiſon :

Donnera le Sinus de la declinaiſon de l'Eſtoille.

Finalement pour trouver l'aſcenſion droite il faut dire par une
autre regle de trois.

Comme le Sinus de complement de la declinaiſon trouvée :

Donne le Sinus de complement de la latitude :

Ainſi le Sinus de l'eſloignement de l'Eſtoille iuſques au ſolſtice :

Donnera le Sinus de complement de ſon eſloignement iuſques
au plus proche Equinoxe.

Par le moyen duquel eſloignement l'on trouvera l'aſcenſion
droite.

droite de l'Eſtoille.

Facilitons encor la choſe davantage par un
EXEMPLE.

Soit propoſé à trouver la declinaiſon, & l'aſcenſion droite de la plus Sud de la ceinture d'Andromede pour l'an 1672.

Pour y parvenir ie trouve dans noſtre Table, laquelle eſt ſuppuṭée pour cette année propoſée que la latitude de cette Eſtoile eſt de 25 deg. 59 min. Nord, & pour ſa longitude qu'elle eſt en ce temps là a 25 deg. 50 min. d'Aries.

Pour delà trouver ſon eſloignement au plus proche ſolſtice, ie ſouſtrais les 25 deg. 50 min. d'Aries de la longitude de l'Eſtoille, des 90 deg. qui ſe trouvent depuis Aries iuſques au plus proche ſolſtice qui eſt celuy d'Eſté qui eſt Cancer, & reſteront 64 deg. 10 min. pour l'eſloignement de ladite Eſtoile iuſques au ſolſtice.

Comme pour trouver l'eſloignement de la meſme Eſtoile iuſques au Pole du Zodiaque, ie ſouſtrais les 25 deg. 59 min. de ſa latitude, des 90 deg. qui ſe trouvent depuis l'Eclyptique iuſques au au Pole du Zodiaque, & reſteront 64 deg. une minute pour l'eſloignement de cette Eſtoille iuſques au Pole Nord de l'Eclyptique.

Apres quoy ſuivant la premiere methode, pour trouver la longueur de la perpendiculaire iuſques au plus proche ſolſtice, ie dis par une regle de trois,

Si l'entier Sinus :

Donne le Sinus de 64 *deg. dix minutes :*

Que l'on a trouvé pour l'eſloignement de cette Eſtoile iuſques au ſolſtice, & qui fait dans le triangle l'angle comprins des 2 coſtez connus, qui ſont le complement de la latitude pour un, & l'eſloignement du Pole du Zodiaque à celuy du Monde pour l'autre.

Ainſi le Sinus de complement de la latitude 64 *deg. une min.*

Donnera le Sinus de la longueur de la perpendiculaire 54 *deg.*

Que l'on appelle le premier trouvé.

C'eſt pourquoy ſuivant la maxime generale des regles de trois, ſi l'on y vouloit proceder par les Sinus communs, il faudroit mul-

S ſ

tiplier le Sinus de complement de la latitude 6 4 deg.une min.qui
eſt 89892 par le Sinus de l'eſloignement de l'Eſtoille au ſolſtice
6 4 deg.10 min.qui eſt 90007,& du produit de la multiplication,
qùi eſt 809090924 4 retrancher cinq figures de la fin pour la diviſion par l'entier Sinus,& reſtera 80909, Sinus de 5 4 deg.pour le
premier trouvé.

Sinus de 6 4 deg.1 .min.compl.latitude,　　　　　　　89892

Sin.de 6 4 deg.10 min.eſloig au ſolſtice,　　　　　　　90007

　　　　　　　　　　　　　　　　　　　　　　　　　629244
　　　　　　　　　　　　　　　　　　　　　　　809018000

Sinus de 5 4 deg premier trouvé,　　　　　　　80909|09244

　　　Mais par l'invention admirable des Sinus Logarithmiques, leſquels en cette occaſion ſont ſans comparaiſon plus abbregez,
pourquoy nous nous en ſervirons dans toutes nos Exemples, il
faut adiouſter enſemble le Sinus Logarithmique de l'eſloignement au ſolſtice de cette Eſtoille qui eſt 6 4 deg.10 min. avec le
Sinus de complement de la latitude auſſi Logarithmique, qui eſt
6 4 deg.une min. & de l'aggregé en retrancher l'unité au devant,
& cela fait reſtera le Sinus de 5 4 deg. pour le premier trouvé,com-
me cy deſſus par les Sinus communs.

Eſloig au ſolſt.6 4 deg.10 min.Sinus.　　　　　　　995417

Sin.compl de la latit.6 4.deg.une min.　　　　　　　995372

Sinus de 5 4 deg.premier trouvé.　　　　　　　1|990799

　　　En ſuitte pour trouver l'eſloignement de cette ligne perpendiculaire iuſques au Pole du Zodiaque, il faut dire par une ſeconde
regle de trois,

Si l'entier Sinus :

*Donne le Sinus de complement de l'eſloignement de l'Eſtoille
iuſques au ſolſtice 6 4 deg.10 min.*

Ainſi la tangente du complement de la latitude 6 4 deg.une mi.

Donnera la tangente de 41 deg.48 min.

Qui fera l'efloignement requis de ladite perpendiculaire iufques au Pole du Zodiaque.

PAR LES SINVS COMMVNS.

Tang. de 64 deg. 1 min. compl. latit.   205182

Sin. compl. de 64 deg. 10 min. efl. au folft.   43575

            1025910
            1435274
            1025910
            615546

Tangente de 41 deg. 48 min.   820728
            8940|795650

PAR LES SINVS LOGARITHMIQVES.

Sinus compl. de 64 deg. 10 min. efl. au folft.   963924

Tang. Logar. de 64 deg. 1 compl. latit.   1031214

Tang. Logar. de 41 deg. 48 min.   1|993138

Pour l'efloignement de la perpendiculaire iufques au Pole du
Zodiaque, duquel efloignement, à caufe qu'Aries eft un des
Signes du Nord, & que la latitude de l'Eftoille eft auffi Nord, il
faut fouftraire la plus grande declinaifon qui eft pour le prefent de 23 deg. 31 min. & refteront 18 deg. 17 min.
pour le fecond trouvé, ou efloignement de la ligne perpendiculaire iufques à l'Eftoille.

     41 deg. 48 min.
     23 deg. 31 min.
     18 deg. 17 min.

En apres pour trouver la declinaifon, il faut dire par une troifiefme regle de trois.

Si l'entier Sinus:

Donne le Sinus de complement de 54 deg. premier trouvé:

*Ainfi le Sinus de complement de 18 deg. 17 min. fecond
trouvé:*

Donnera le Sinus de 33 deg. 55 min.

Qui fera la declinaifon requife de la plus Sud de la ceinture d'Andromede.

                           S I 2

Par les Sinvs commvns.

Sin.complement de 54 deg.premier trouvé   58779

Sinus compl.de 18 deg.17 min.second trouvé   94952

             117558
             293895
             529011
             235116
             529011

Sinus de 33 deg.55 min.declinaison   55811|83608

Par les Sinvs Logarithmiqves

Sin.compl.Logar.de 54 deg.premier trouvé   976922

Sin.compl.Logar.de 18 deg.17 min.second trouvé   997750

L'unité retranch.Sinus de 33 deg.55 m. declinaison   1|974672

Finalement pour trouver l'ascension droite, il faut dire par une quatriesme regle de trois,

Si l'entier Sinus :

Donne la tangente de complement de 54 deg premier trouvé :

Ainsi le Sinus de 18 deg.17 min.second trouvé :

Donnera la tangente de 12 deg.51 min.

Qui est l'esloignement de l'Estoille iusques au plus proche Equinoxe,qui en cet Exemple sera pareillement l'ascension droite.

Par les Sinvs commvns.

Tangente de compl.de 54 deg.premier trouvé   72854

Sinus de 18 deg.17 min.second trouvé   31372

             145708
             509978
             218562
             72854
             218562

Tangente de 12 deg.52 min.ascension droite   22855|75688

Par les Sinvs Logarithmiqves.

Tang compl.Logar.de 54 deg.premier trouvé   986116

Sinus Logar.de 18 deg.17 min second trouvé   949654

Tang.Log.de 12 deg.51 min.ascension droite   1|935780

Voyons le mesme Exemple par la methode du Sieur Neper

afin que par là l'on puiſſe eſtre aſſeuré que par l'une & l'autre maniere l'on peut arriver au meſme but, & trouver la meſme choſe.
Apres donc (ainſi qu'en la methode precedente) avoir trouvé par
le moyen de la longitude 64 deg. 10 min. pour l'eſloignement de
ladite Eſtoille au ſolſtice, & par ſa latitude 64 deg. une minute,
pour ſon eſloignement iuſques au Pole du Zodiaque, & avoir con-
ceu que du Pole du Monde tombe une perpendiculaire ſur le
coſté du complement de la latitude, pour trouver l'eſloignement
du Pole du Zodiaque iuſques à la ligne perpendiculaire, il faut dire par une regle de trois,

Si l'entier Sinus :

*Donne le Sinus de complement de l'eſloignement de l'Eſtoille
iuſques au plus proche ſolſtice 64 deg. 10 min.*

*Ainſi la Tangente de la plus grande declinaiſon 23 deg. 31 min.
Donnera la Tangente de l'eſloignement de la ligne perpendiculaire iuſques au Pole du zodiaque 10 deg. 44 min.*

Qui ſera le premier trouvé, lequel à cauſe que la latitude eſt
Nord, & que le Signe d'Aries eſt pareillement un des Signes du
Nord, il faut ſouſtraire de 64 deg. une minute complement de la
latitude de l'Eſtoille propoſée, & reſtera 53 deg. 16 min. pour l'eſloignement de la ligne perpendiculaire iuſques à l'Eſtoille pour le ſecond trouvé.

Sin. compl. Logar. de 64 *deg.* 10 *min. eſloig. au ſolſt.*		963924
Tang. Logar. de 23 *deg* 31 *min. obliq. du zodiaque*		963865
Tang. Logar. de 10 *deg.* 44 *min. premier trouvé.*		1|927789
Complement latitude	64 *deg.* 10 *min.*|	
Premier trouvé	10 *deg.* 44 *min.*	
Second trouvé	53 *deg.* 16 *min.*	

En ſuitte pour trouver la declinaiſon, il faut dire par une ſeconde regle de trois,

Comme le Sin. de compl. de 10 *deg.* 44 *min. premier trouvé :*

Donne le Sinus de complement de 53 deg. 16 min. second trouvé :

Ainsi le Sinus de complement de la plus grande declinaison 23 deg. 31 min.

Donnera le Sinus de 33 deg. 55 min pour la declinaison de l'Eſtoille proposée.

Pour la pratique par les Sinus Logarithmiques, à cauſe que les Sinus communs ſeroient trop longs y ayant une diviſion par 5 lettres à faire (qui eſt tres embarraſſante) il faut adiouſter le Sinus de complement de 53 deg. 16 min. ſecond trouvé, avec le Sinus de complement, j'entens tout Logarithmique, de la plus grande declinaiſon 23 deg. 31 m. & de l'aggregé en ſouſtraire le Sinus de complement de 10 deg. 44 min. & reſtera le Sinus de 33 deg. 56 min. pour la declinaiſon requiſe de l'Eſtoille proposée.

Sin. compl. Logar. de 53 deg. 16 min. ſecond trouvé	977677.
Sin. compl. Log. de 23 deg. 31 min. obliq. du zodiaq.	996234.
Aggregé de ces deux Sinus de complement.	1973911.
Sin. compl. Log. de 10 d 44 m. premier trouvé ſouſt.	999233.
Sin. Log de 33 deg 56 min pour la declinaiſon	974678.

Enfin pour venir à la connoiſſance de l'aſcenſion droite, il faut dire par une troiſieſme regle de trois,

Comme le Sinus de complement de 33 deg. 56 min. de la declinaiſon trouvée :

Donne le Sinus de complement de 25 deg. 59 min. latitude de l'Eſtoille :

Ou ce qui eſt la meſme choſe, le Sinus de 64 deg. une minute du complement de la latitude de ladite Eſtoille :

Ainſi le Sinus de ſon eſloignement au plus proche ſolſtice 64 deg. 10 min.

Donnera le Sinus de complement de 12 deg. 50 min.

Pour l'esloignement de cette Estoille iusques au plus proche solstice, qui en cet Exemple est pareillement l'ascension droite de l'Estoille requise comme cy dessus, tant par les Sinus communs, que par les Logarithmiques, mais apres quatre regles de trois,

Sinus compl. Log. de 25 *deg.* 59 *min. latitude*	995372
Sinus de 64 *deg.* 10 *min esloignement au solstice*	995427
Aggregé de ces deux Sinus	1990799
Sin. compl. Log. de 33 *deg.* 56 *min. declinaison soustr.*	991891
Sin. compl. de 12 *deg.* 50 *min. Ascens. droite*	998908

La premiere methode pour trouver la declinaison des Estoilles est à la verité fort clairement & distinctement enoncée, de sorte que ie me persuade que l'on n'y trouverra pas grande difficulté à la comprendre, mais aussi qui y voudroit proceder de la façon que ie vous l'ay déduite, ie ne doute point que sa longueur ne rebutast quantité de personnes de travailler à leur supputation ; c'est pourquoy dans l'intention que i'ay de vous faciliter les choses autant qu'il me sera possible, voicy comme Henrion l'abbrege dans la pratique de ses Triangles Spheriques, en son second Volume des Memoires Mathematiques.

AVTRE EXEMPLE.

L'an 1672 soit proposé à trouver la declinaison & l'Ascension droite de la Claire en la bouche du grand Chien *Syrius*, dont on trouve dans la Table cy dessus 39 deg. 30 min. pour sa latitude Sud, & sa longitude 9 deg. 36½ min. de Cancer.

Dist. solst.	9	*deg.*	36½	*minutte Sinus*	922248	*Sin. compl.*		999386
Latitude	39		30	*m. Sin. compl.*	988741	*Tang. compl.*		1008390

910989	*Tangente*	1007776
	50 *deg.* 6 *min.*	
	23 *deg.* 31 *min. add.*	
second trouvé	73 *deg.* 37 *min.*	

L'on trouve 50 deg. 6 min. pour l'esloignement de la perpendiculaire iusques au Pole du Zodiaque, auquel (à cause que la latitude de l'Estoille est Nord, & le Signe de la longitude aussi Nord,)
il faut adiouster la plus grande declinaison du Zodiaque 23 deg.
31 min. & viendront 73 deg. 37 min. pour le second trouvé, qui est
l'esloignement de la perpendiculaire iusques à l'Estoille.

1. *trouvé* 7 *deg*. 24 *m*. **Sin.** *compl.* 999637 *Tang. compl.* 1088647

2. *trouvé* 73 *deg* 37 *m*. **Sin.** *compl.* 945035 *Sinus* 998200

declinaiſ. 16 *deg.* 14 ½ *m.* *Sinus* 944672　*Tangente* 1086847

L'on trouve 82 deg. 17 ½ min. pour son　82 *deg.* 17 ½ *min.*
esloignement iusques au plus proche Equinoxe qui est celuy
d'Automne : c'est pourquoy il faudra soustraire ces 82 degrez
17 min. & demie de 180 deg. de l'Equinoxe d'Au-　180 *deg.*
tomne & resteront 97 deg. 42 min. & demie pour　82 *d.* 17 ½ *min.*
l'Ascension droite de l'Estoille proposée.　　　　　97 *d.* 42 ½ *min.*

AVTRE EXEMPLE
Suivant la methode du Sieur Neper.

En l'an 1672, soit encor proposé à trouver la declinaison &
l'ascension droite du nœud des Poiſſons, lequel la Table dit en cette année avoir 9 deg. 4 min. & demie de latitude Sud, & que sa
longitude est 24 deg. 48 min. & demie d'Aries.

C'est pourquoy pour y proceder suivant la seconde methode,
parce que sa latitude est Sud, & sa declinaison Nord, il faut adiouster avec 90 deg. les 9 deg. 4 min. & demie de sa latitude, & seront
99 deg. 4 min. & demie pour l'esloignement de cette Estoille iusques au Pole du Sud du Zodiaque. En suitte soustrayant les 24
deg. 48 min. & demie d'Aries des 90 deg. qu'il y a iusques au
solstice d'Esté resteront 65 deg. 11 ½ min. pour son esloignement au
solstice, en suitte dequoy il faut operer comme ensuit.

Sin. compl.

Sin.compl.Logar.de 65 deg.11½ min.   962283

Tang.Log.de 23 deg.31 min.obliq.du zodiaq.   963865

Tang.Log.de 10 deg 20½ min.premier trouvé: 1|92647

Vient la Tangente de 10 deg.20 mi.& demie pour l'esloignement de la perpendiculaire iusques au Pole du zodiaque, lequel il faut souftraire de l'esloignement de l'Eftoille iusques au Pole du Sud du zodiaque, & resteront 88 deg.44 min.pour l'esloignement de la perpendiculaire iusques à l'Eftoille, qui sera le second trouvé.

POVR TROVVER LA DECLINAISON.

Sin.compl.Log.de 88 deg.44 min.second trouvé: 834450

Sin.compl.Log.de 23 deg.31 min.obliq.zodiaq.   996234

Aggregé des deux Sinus de complement: 1830684

Sin.compl.Log.de 10 deg.20½ min.premier trouvé: 999288

Sin.Log.de 1 deg.11 min.declinaifon: 831396

POVR TROVVER L'ASCENSION DROITE.

Sin.compl.Log.de 9 deg.4½ min.latitude: 999452

Sin.Log.de 65 deg.11½ min.efloig.au folft.   995795

Aggregé des deux Sinus: 1995247

Sin.compl.Log d'un deg.11 min. declinaifon fouftr.   999991

Sin.compl Log.de 26 deg.17 m.efloig.à l'Equin.   995256

Vient pour refultat un deg.11 min. de declinaifon Nord, & 26 deg.17 min.pour fon efloignement au plus proche Equinoxe qui eft pareillement fon afcenfion droite.

Comme mon principal but eft d'enfeigner aux Pilottes le moyen de faire la fupputation des Eftoilles, non feulement pour le temps prefent, mais encor pour les temps à venir, en voicy la methode comme ils s'y doivent comporter en deux Exemples.

PREMIER EXEMPLE.

Quelle fera la declinaifon & afcenfion droite du premier Cheval du petit Chariot, ou la derniere de la queue de la petite Ourfe?

T t

R. En la Table pour 1672, fa latitude eft 60 deg. 2 min. Nord, & fa longitude 24 deg. 4 min. de Gemini, la latitude demeurant la mefme pour aiufter fa longitude pour l'année propofée, ie fouftrais 1672 de 1700, & refteront 28 qui fignifient qu'il fe trouve 28 ans de paffez depuis la correction de la Table fupputée pour 1672, & partant fi l'on multiplie ces 28 ans efcoulez par les 51 fecondes que les Eftoilles du Firmament avancent tous les ans dans le zodiaque, viendront 1428 fecondes que l'Eftoille propofée aura avancé, lefquelles divifées par les 60 fecondes qu'il y a en chaque min. viendra 23 min. 48 fecondes qu'il faudra adioufter avec les 24 deg. 4 min. de Gemini, fa longitude en 1672, & viendra 24 deg. 27 min. 48 fecondes pour fa longitude en 1700, en fuitte dequoy il faut operer tout ainfi qu'aux Exemples cy devant données.

Puis que par fa longitude on la trouvé au vingtquatriefme deg. 28 min. de Gemini, il les faut fouftraire des 30 deg. qu'il y a depuis le commencement du Signe de Gemini, iufques au folftice d'Efté ou premier poinct de Cancer, & refteront 5 deg. 32 min. pour fon efloignement au folftice.

En fuitte dequoy il faut fuivant la premiere methode & l'abbreviation d'Henrion operer comme s'enfuit.

Efl folft. 5 d. 32 min. *Sinus* 89841889 *Sinus compl.* 99979716
Latitude 66 d. 2 m. *Si. compl.* 96087454 *tang. compl.* 96479018
pr. trouué 2 d. 14½ min. *Sinus* 85929343 *tang* 23 deg. 52 mi. 96458744

23   31 mi.

21 m. 2 trouué

1. trouué 2 d. 14½ m. *Si. compl.* 99996675 *tang. compl.* 114073329
2 trouué 21 m. *Si. compl.* 99999919 *Sinus* 77859427
declinaif 87 d. 44 min. *Sinus* 99996594 *tangente* 8 d. 52 m. 91932756

Afcenfion droite.

Ie vous advertis qu'à ces Eftoilles proche des Poles, il faut avoir efgard non feulement aux min. du premier & fecond trouvé, mais encor aux parties des min. car pour peu qu'on puiſſe negliger, il en provient une grande erreur de min. tant en la declinaiſon qu'en l'aſcenſion droite, & pour en pouvoir appercevoir une difference plus ſenſible, il faut rechercher pour cet effet des Tables dont le Rayon eſtant plus grand, les Sinus Tangentes, &c. ſoient de davantage de figures, comme en cet Exemple i'ay mis des nombres de deux figures davantage qu'ils ne ſont marquez dans nos Tables, leſquelles n'ayant eſté données qu'en faveur de la Navigation, quand elles ſeroient encor retranchées de plus de figures, elles ne laiſſeroient pas d'en eſtre plus commodes ſans apporter encor d'erreur dans les regles pour la Navigation.

SECOND EXEMPLE.

L'an 1760 quelle ſera la declinaiſon & l'aſcenſion droite de la claire en la bouche du grand Chien, *Syrius?*

R. En la Table pour 1672, ſa latitude eſt 39 deg. 30 min. Sud, & ſa longitude Eſt 9 deg. 36. min. & demie du Signe de Cancer.

Veu que la latitude des Eſtoilles change tres peu, ou point du tout ſelon aucuns, ie retiens la meſme latitude cottée dans la Table, & cy deſſus dans la ſeconde exemple.

Mais pour aiuſter ſa longitude à l'année propoſée, & pour trouver combien il faut adiouſter à ladite longitude cottée, ie ſouſtrais 1672 de 1760, & reſtent 88 années qui ſeront eſcoulées depuis 1672, leſquelles ie multiplie par 51 ſecondes que les Eſtoilles chaque année avancent dans le zodiaque, & viendront 4488 ſecondes que le grand Chien aura avancé en longitude en cet intervalle de temps, leſquelles 4488 ſecondes diviſées par ſoixante, viendra au quotient 74 min. quarante huict ſecondes qui vallent un deg. quatorze min. quarante huict ſecondes, qui adiouſtez avec 9 deg. trente ſix min. & demy de Cancer, ſa longitude en 1672, viendra dix deg. 51 min. dixhuict ſecondes pour ſa veritable longitude en 1760.

Apres quoy pour trouver ſa declinaiſon, & en ſuitte ſon aſcenſion droite par la methode du ſieur Neper, puis que nous avons fait la premiere Exemple à la façon d'Henrion, il faut dire par

Tt 2

une premiere regle de trois,

Si l'entier Sinus :

Donne le Sinus de complement de l'esloignement de l'Estoille au solstice dix deg. 51 min.

Ainsi la Tangente de la plus grande declinaison 23 deg. 32 minuttes.

Donnera la Tangente de 23 deg. 9 min. premier trouvé.

Qui est l'esloignement de la perpendiculaire iusques au Pole du zodiaque, auquel esloignement adioustant le complement de la latitude de l'Estoille, ou ce que l'Estoille est esloignée du Pole du zodiaque qui en cet Exemple est de cinquante deg. trente min. viendra 73 deg. 40 min. pour le second trouvé.

Sin. compl. Log. de 10 deg. 51 min. esloig. au solst.	999217
Tang. Log de 23 deg. 32 min. obliq du zodiaq.	963899
Tang. de 23 deg. 9 min. premier trouvé.	1|963116

premier trouvé	23 deg. 9 min.
	50 deg. 30 min.
second trouvé.	73 deg. 39 min.

Qui est l'esloignement de la perpendiculaire iusques à l'Estoille.
En suitte dequoy pour trouver la declinaison, il faut dire par une seconde regle de trois,

Si le Sinus de complement du premier trouvé 23 deg. 9 min.

Donne le Sinus de complement du second trouvé 73 deg. 39 minuttes.

Ainsi le Sinus de complement de la plus grande declinaison 23 deg 32 min.

Donnera le Sinus de la declinaison de l'Estoille 16 degrez 18 minuttes.

Sin.compl.Log.de 73 deg.39 min.2 trouvé :   944948

Sin.compl.Log.de 23 deg.32 min.obliq.du zodiaq.   996229

Aggregé des deux Sinus de complement :   1941177

Sin.compl.Log.de 23 deg. 9 min.1 trouvé souſt.   996354

Sin.Log de 16 deg 18 min.declinaiſon :   944823

Finalement pour trouver l'aſcenſion droite, il faut dire par une troiſieſme regle de trois,

Si le Sinus de complement de la declinaiſon 16 deg. 18 min.

Donne le Sinus de complement de la latitude 39 deg. 30 min.

Ainſi le Sinus de l'eſloignement de l'Eſtoille iuſques au ſolſtice 10 deg. 51 min.

Donnera le Sinus de complement de l'eſloignement de l'Eſtoille iuſques au plus proche Equinoxe :

Sin.compl.Log.de 39 deg. 30 min.latitude :   988741

Sin.Log.de 10 deg. 51 min.eſl.au ſolſt.   927471

Aggregé de ces deux Sinus de complement :   1916212

Sin.compl.Log.de 16 deg. 18 min.declin.ſouſtr.   998218

Sin.compl.Log.de 81 deg. 18 min.eſl.à l'Equin.   917994

Vient 81 deg. 18 min. pour l'eſloignement de l'Eſtoille à l'Equinoxe qui eſt celle d'Automne, & partant ie ſouſtrais ces 81 deg. 18 min. de 180 deg. & reſteront 98 deg. 42 min. pour l'aſcenſion droite du grand Chien au temps propoſé 1750.

CHAPITRE IX:

DE L'ETOILLE DV NORD:

PAr le moyen de la declinaison des Estoilles, & de leur esloignement au Pole, l'on peut à la verité trouver de combien
l'on est esloigné de la ligne Equinoxiale, ou ce qui est la mesme chose en équivalence, ou pour le dire plus intelligiblement, ce
qui vaut autant, de combien le Pole du Monde se trouve eslevé sur
l'horizon : mais tout bien consideré, il est necessaire que ces Estoilles soient iustement au Nord, ou au Sud ; & bien qu'il y en ait un
tres grand nombre, cela n'empesche que l'on peut dire par supposition (ce que l'experience ne fait connoistre que trop veritable)
qu'il se trouve des moments esquels il est impossible d'y prendre la
hauteur, soit ou que l'horizon ne soit pas assez fin, & desgagé du
costé du Nord, ou du Sud, ou elles se pourroient rencontrer alors,
soit que les Estoilles au moment qu'elles arriveront au meridien
viendront à estre couvertes de nuages, lesquelles empescheront
qu'on en puisse faire l'observation; c'est pourquoy dans la necessité
que tous connoissent qu'est la latitude dans la Navigation : nos
anciens Navigateurs fondez sur les principes de l'Astronomie se
sont inventez de trouver la hauteur du Pole du Nord sur l'horizon
par le moyen de l'Estoille du Nord, laquelle entre toutes les Estoilles du Firmament est de present la plus proche qui soit autour de
ce Pole, c'est pour cette raison ie m'imagine que l'on la nomme
l'Estoille du Nord, en prenant garde à mesme temps que l'on y
prend hauteur, à quel rumb de vent se rencontre la claire des gardes, parce qu'en suitte l'on consulte & va voir une Table, laquelle
enseigne de combien de deg. & min. cette Estoille du Nord est
pour lors au dessus ou au dessous du Pole, pour soustraire ou adiouster ce nombre de deg. & min. trouvez à la hauteur que l'on a
observé, que cette Estoille estoit eslevée sur l'horizon, pour delà en
conclurre de combien de deg. & min. le Pole du Nord est eslevé

fur l'horizon, & par conſequent de ſçavoir par quelle latitude on eſt, & combien eſloigné de la ligne.

Et comme ce moyen eſt different de celuy de le faire par les autres Eſtoilles, il peut ſervir à quelque moment de la nuiçt que l'Eſtoille du Nord, & en meſme temps la claire des gardes paroiſſent, ou puiſſent eſtre diſtinguées, & que l'horizon ſoit propre ou aſſez deſgagé pour prendre hauteur, parce que la claire des gardes ſe rencontrant touſiours à quelqu'un des 32 rumbs de vent (qui ne ſont que les parties du Monde à l'entour du Pole Nord) l'on va en ſuitte recercher, ainſi que ie viens de dire, dans la Table combien il faut adiouſter ou ſouſtraire de la hauteur que l'on a trouvée, pour enfin venir à la connoiſſance de l'eſlevation du Pole Nord ſur l'horizon.

Et comme il y a pluſieurs choſes à dire ſur ce ſuiet, pour y proceder avec methode, nous diſtinguerons ce Chapitre à noſtre ordinaire par articles.

ARTICLE PREMIER.

LE MOYEN DE CONNOISTRE
l'Eſtoille du Nord , & la Claire des Gardes.

A Prendre ce mot de l'Eſtoille du Nord préciſement & comme l'on dit à la lettre, l'on ſe perſuaderoit que ce ſeroit une Eſtoille, laquelle ſeroit iuſtement à l'endroit ou l'on feint eſtre le Pole du Monde Nord, ou pour le moins une Eſtoille, laquelle ſeroit dans la ligne tirée de noſtre zenith par le Pole Nord iuſques à l'horizon , laquelle ligne ou ſi vous voulez cercle nous appellons un Nord.

Et certes combien penſez vous qu'il y a de perſonnes, leſquelles s'imaginent que c'eſt ſur cette Eſtoille comme ſur un pivot, & ſur le Pole que le Monde ſe tourne en l'eſpace de 24 heures, & la voyant touſiours ce leur ſemble , au meſme lieu & place , ils croyent que ce ſoit le Pole; & de fait vous trouverrez qu'il n'y a que

les Pilottes, ou ceux qui ont quelque connoiſſance dans l'Aſtronomie, ou tout au moins quelques uns qui en auront ouy parler qui
ſçachent que l'Eſtoille du Nord à quelque mouvement.

Au reſte pourtant tout cecy eſt faux, & il faut croire que cette
Eſtoille à ſon mouvement ainſi que toutes les autres Eſtoilles,
mais toutesfois ſon mouvement eſt tres lent & tardif ; puis qu'e-
ſtant tres proche du Pole (ainſi que ſa declinaiſon le fait connoiſtre par ſon eſloignement au Pole,) le cercle dans lequel elle fait
ſon tour n'eſt pas bien grand, & nonobſtant attendu que ſon tour
n'eſt achevé qu'en l'eſpace de 24 heures, ainſi que de tous les autres cercles paralels à la ligne, pour grands qu'ils puiſſent eſtre, le
tour en eſtant tres petit, & l'Eſtoille du Nord neantmoins ne l'a-
chevant qu'en cet eſpace de temps, ſon mouvement ne peut eſtre
que tres peſant & peu ſenſible.

Mais pourtant ceux leſquels y ont quelque habitude s'en apperçoivent bien par la hauteur qu'ils y prennent : car prenants garde à
l'aiuſtement de leur marteau, par le bout d'enhaut duquel ils regardent cette Eſtoille, pendant que par le bout d'embas ils obſervent l'horizon, ils voyent & remarquent que de temps en temps, il
eſt neceſſaire d'approcher ou reculer ce marteau de leur œil ſuivant que l'Eſtoille du Nord hauſſe ou baiſſe ſur l'horizon : car ſi elle
n'avoit aucun mouvement, & demeuroit touſiours au meſme lieu
ſans hauſſer ny baiſſer, le marteau demeureroit touſiours en un
meſme endroit, ſans qu'il fut beſoin de le changer en le reculant ou l'approchant du bout de la verge.

Demeure donc pour conſtant que l'Eſtoille du Nord à quelque
petit mouvement autour du Pole Nord du Monde, ce qui eſt cauſe, que par ce tour qu'elle fait autour du Pole, elle eſt aucunefois
plus haute que le Pole, d'où s'enſuit que pour lors il faut ſouſtraire ce qu'elle eſt plus haut, de la hauteur que l'on a trouvé, pour
avoir iuſtement la hauteur du Pole ſur l'horizon ; & d'autresfois elle eſt plus bas que le Pole, & pour lors il faut adiouſter ce qu'elle eſt
plus bas, pour avoir iuſques au Pole, & paſſant dans l'eſpace de 24
heures de bas en haut, & de haut en bas, il s'enſuit qu'en deux moments

ments du iour naturel,)elle vient iuſtement droit vis à vis du Pole,
& pour lors la ſimple hauteur que l'on y prendroit, donneroit la
hauteur du Pole ſans qu'il fut beſoin d'y rien adiouſter ny diminuer.

La candeur & ſincerité de ma profeſſion avec iuſtice, m'obli-
gent de reſtituer l'honneur au docte & ſçavant Scaliger, que ie
luy avois innocemment ravy dans ma premiere Impreſſion des
Tables de la declinaiſon, luy impoſant contre la verité qu'il avoit
eſté d'opinion que l'Eſtoille du Nord eſtoit le veritable Pole,& que
ſur icelle comme ſur iceluy tout le Monde faiſoit ſon cours, abuſé
en ce point par l'authorité du R.P. Fournier, qui dans le dixieſme
Livre de ſon *Hydrographie* qu'il intitule *des Inſtruments de Mer*,ch. 26
page 520, marquant le quatrieſme Livre dudit Scaliger, *De
Emendatione Temporum* & cottant iuſques à la page qu'il dit eſtre la
deux cents quatrieſme, apres quoy ayant recouvert ledit Livre de
Scaliger,& l'ayant parcouru attentivement, dans laquelle de peur
qu'il n'eut prins une Impreſſion pour une autre, bien loing d'avoir
rencontré dans ladite page ce qu'il allegue, i'ay trouvé que dans
tout le Livre il n'en dit pas la moindre parole, ce qui me fait dire
qu'en fait d'authoritez il faut eſtre extrémement reſervé & cir-
conſpect, & qu'il eſt tres à propos de voir les Livres que l'on cotte
pour s'exempter d'une ſemblable béveuë.

De toutes les choſes que nous venons d'enoncer il s'enſuit
apres tout qu'il ſeroit grandement à ſouhaitter que l'Eſtoille du
Nord fut iuſtement au Pole du Nord, & ſi Dieu dans la Creation
nous eut eſtably & fixé un Aſtre de la ſorte, il n'y a aucun doute
que nous luy en aurions de perpetuelles obligations ; puis qu'il
nous auroit fait une tres inſigne faveur,& laquelle eut apporté aux
Pilottes un ſoulagement ſi grand, que pour lors ils n'euſſent point
eu beſoin, ny de prendre garde aux rumbs de vent de la claire des
gardes, ny des Tables que ie vous preſente ; mais la ſeule hauteur
qu'ils y euſſent prins, eut eſté ſuffiſante de leur donner plus aſſeurément l'eſlevation du Pole du lieu auquel ils pourroient eſtre, que
par le moyen de ces Tables telles qu'elles puiſſent eſtre ; meſme

V u

avec toutes les corrections que l'on y puisse apporter, puis que tous les defauts que l'on y remarque cesseroient.

Que cecy neantmoins soit dit sans vouloir censurer les œuvres de Dieu, lesquelles ne peuvent estre que tres-faintement, & tres-iustement faites; puis qu'elles partent d'une Sagesse infinie, à laquelle vouloir donner des leçons, & prescrire des regles est une extreme folie.

Disons donc avec l'Evangile, *Bene omnia fecit*, estant bien iuste & raisonnable qu'en suitte de la desobeyssance originaire, ie veux dire que nous avons commis dans la personne de nostre premier Pere, nous ne façions, & ne trouvions les choses qui nous sont necessaires, tant au regard de l'esprit que celuy du corps qu'auec peine & travail.

En attendant que ie vous donne ainsi que ie vous l'ay promis quelque Cahier pour apprendre de soy mesme avec une tres grande facilité, & tant soit peu d'application toutes les principales Estoilles du Firmament, & particulierement celles dont ie vous ay donné la declinaison supputée dans la Table precedente.

A raison qu'il est necessaire (auparavant que de faire aucune observation à l'Estoille du Nord par la Claire des Gardes) d'avoir la connoissance de ces deux Estoilles, ie vous diray qu'il n'y a pas iusques aux plus stupides & simples femmelettes qui ne connoissent un certain nombre & amas d'Estoilles, lesquelles sept en nombre composent une figure, ou à parler selon les Astronomes une constellation que l'on appelle communement le grand Chariot; aussi y en a il un autre qui ne paroit pas tant, mais qui neantmoins luy ressemble beaucoup: & tout de mesme que les Mathematiciens appellent le premier la grande Ourse, ou le vulgaire le grand Chariot, aussi les Astronomes nomment le second la petite Ourse, ou le peuple le petit Chariot; & tout ainsi qu'en la grande Ourse, ou grand Chariot il y a quatre roües & trois chevaux, le premier qui va devant & les deux autres en suitte, avec les 4 roües, ainsi dans le petit Chariot il y a 4 roues, dont les deux dernieres avec une troisiesme plus obscure, laquelle se rencontre en ligne droite avec ces deux roues de derriere du petit Chariot, se nomment les deux Gardes, dont celle du milieu est la plus claire & plus brillante ainsi la nomme on la claire des Gardes, & c'est de cette Estoille, avec l'Estoille du Nord dont i'entens parler en tout ce discours.

Le premier Cheval du petit Chariot s'appelle l'Estoille du Nord, parce que comme ie vous ay dit cy dessus, il n'y a point d'Estoille laquelle à present soit plus proche du Pole Nord qu'est cette Estoille.

Vous advertissant qu'autrefois elle en a esté plus esloignée qu'elle n'est de present; puis qu'en l'an 1630 elle en estoit esloi-gnée de deux deg. 40 minuttes en 1660 de deux degrez 30 min. & en 1700 elle ne le sera que de deux deg. 14 min. & ainsi de plus en plus iusques à 2100 qu'elle en sera proche moins de demy deg. dans lequel temps elle sera plus propre aux Pilottes pour s'en servir, puis qu'il y aura moins de refraction & de paralaxe, ie veux dire que l'erreur que l'on y peut commettre en s'en servant sera moindre parce qu'elle sera plus proche du Pole, & ainsi en s'en ser-vant comme du Pole il se trouverra moins de difference, ce qui soit dit en passant; mais aussi apres cela elle s'en esloignera, de sor-te qu'en l'an 12700, supposé que le Monde aille iusques là, elle en sera esloignée de presque 48 degrez, ie vous laisse à penser si pour lors elle sera l'Estoille du Nord, & par apres elle s'en rappro-chera de la mesme maniere qu'elle s'en estoit esloignée.

D'où vous pouvez conclurre que si elle est l'Estoille du Nord, cela ne luy arrive pas de sa nature, mais par accident, estant consti-tuée dans un poinct du Ciel, qui par son mouvement propre du Ouest à l'Est, ainsi que fait le Zodiaque, s'approche maintenant du Pole, & apres une quantité de temps s'en esloignera derechef.

Pour les deux dernieres roues de ce petit Chariot, elles se nom-ment les Gardes; parce que le mouvement de l'Estoille du Nord estant imperceptible, & demeurant ce semble, à la veuë tousiours en un mesme endroit (à moins que d'y prendre de prez garde) ces deux Estoilles tournent continuellement à l'entour, & comme des gardes bien fidelles ne la quittent iamais, mais tousiours l'environnent par la ronde qu'elles font à l'entour d'elle, ne femblant fe mouvoir que pour en prendre un foin plus particulier.

Que fi apres cela il fe rencontroit des perfonnes, lefquelles n'en peuffent encor par ce moyen avoir la connoiffance, un moyen tres facile de la leur faire connoiftre, eft de tirer par les deux roues de derriere du grand Chariot, une ligne droite infinie, ou pour parler avec Monfieur Defcartes indefinie, c'eft à dire fi longue que befoin fera, & prenant garde du cofté qu'eft le Pole du Nord, la plus belle Eftoille que l'on remarquera dans la fuitte de cette ligne, fera l'eftoille du Nord.

En fuitte dequoy dans une nuict bien fereine fe donnant la peine de bien diftinguer le petit Chariot, à l'exemple du grand, puis que l'Eftoille du Nord eft le premier cheval de ce petit Chariot, il faut eftre bien ftupide fi l'on ne connoit pareillement les gardes, qui en font les deux dernieres roues, apres la defcription que ie vous en viens de faire, & par confequent la claire des gardes.

Remarquez que ie fuppofe que l'on connoiffe le grand Chariot, ce qui eft fi commun & fi trivial, qu'il n'y a pas iufques aux fimples Villageois qui ne puiffent en donner la connoiffance, & en faire la demonftration.

ARTICLE SECOND.

LE MOYEN DE IVGER A QVEL rumb de vent eft la Claire des Gardes.

POur trouver la hauteur du Pole Nord fur l'horizon, & fe fervir de l'Eftoille du Nord pour cet effet, il n'eft pas feulement neceffaire d'avoir la connoiffance de cette Eftoille, mais il eft encor befoin de iuger à quel rumb de vent eft la Claire des Gardes, en quoy pourtant dit le P. Fournier, ceux qui traittent de cette matiere ne s'acordent pas; c'eft pourquoy l'on peut dire fur ce fuiet qu'il y a diverfes opinions; car les uns prennent les rumbs de vent au refpect du Monde univerfel, fans avoir efgard à aucun horizon qui les determine;d'autres au contraire delaiſſants cet eſgard comme trop general, veulent qu'on les prenne au reſpect de l'horizon.

Surquoy auparavant que de paſſer plus outre) pour comprendre à fonds la propre ſignification de ce mot de rumb de vent) il eſt bon d'eſtre informé de la difference qu'y appottent les Geographes,& les Aſtronomes; les premiers entendants par les rumbs de vent tout le rond de l'horizon ſeparé en 32 parties égales, dont le centre eſt iuſtement au lieu ou l'on ſe trouve, ſoit ſur la Mer, ſoit ſur la Terre;en ſuitte dequoy les Aſtronomes menants des lignes ou pluſtoſt des cercles du zenith par ces points de l'horizon, elles portent le meſme nom que les Geographes leur donnent en l'horizon,& lors que le Soleil, la Lune, ou les Eſtoilles, ſont en quelqu'une de ces lignes, l'on dit qu'ils ſont en un tel azimuth, ou ce qui eſt la meſme choſe à un tel rumb de vent, ou telle partie du Monde.

Et c'eſt à ce que ie crois ſur ce principe que dans tous les petits regimes,& Routiers Hollandois, l'on voit des Tables differentes pour l'Eſtoille du Nord par la Claire des Gardes, ou par la plus Nord des deux dernieres du grand Chariot de dix en dix degrez de latitude, depuis dix iuſques à 80 deg. ſeulement, pour les quatre principaux rumbs de vent Nord, Sud, Eſt,& Oueſt; neantmoins ie ne le voudrois pas tout à fait aſſeurer, veu qu'ils enſeignent à ſe ſervir de l'Eſtoille du Nord,comme du Pole pour trouver le rumb de vent ou eſt la Claire des Gardes; mais pourtant à dire le vray,les Hollandois quoy qu'habilles dans toutes les autres parties de la Navigation,ne ſont pas des plus ſpirituels ſur cet article; puis que dans toutes les Impreſſions qu'ils nous ayent donné, ils coppient ces Tables ſans aucunement les corriger & changer, ce que ie me fais fort de faire voir & prouver à tous ceux qui en auront la curioſité, leur faiſant voir cette verité par les Impreſſions depuis 1610 iuſques à preſent,n'en pouvant rien aſſeurer du precedent, parce que ie n'ay peu recouvrer de Routiers plus anciens, ce qui pourtant eſt impoſſible, veu le changement qu'elles ſouffrent par le mouvement qu'elles ont conformement à celuy du Zodiaque.

Ceux de la seconde opinion, & qui prennent leurs rumbs de vent pour la Claire des Gardes à l'esgard seulement du Ciel, & non de la Terre, separent toute l'enceinte du Ciel à l'entour du Pole (comme centre) en 32 parties égales, de maniere que les Astronomes font les cercles horaires, avec cette difference que les Astronomes ne le font qu'en 24, pour les 24 heures du iour naturel, au lieu que ceux cy le font en 32, pour les 32 rumbs de vent, & par ainsi lors que la Claire des Gardes se rencontre à quelqu'une de ces 32 lignes, ou tres proche, imaginées de la sorte à l'entour du Pole (ce qui arrive à tous moments) ils disent qu'elle est à un tel rumb de vent, & de cette opinion estoit André Garcia de Cespedes, dans son Regime de la Navigation dit le P. Fournier, ce qui ne m'est d'aucune importance, puis que ie m'en veux servir que de supposition pour en tirer une verité.

Outre ces deux opinions l'on en peut encor concevoir une troisiesme, laquelle est la plus suivie, puis qu'on la met le plus en usage, & qu'elle se pratique davantage, sçavoir est de considerer la Claire des Gardes à l'esgard de l'Estoille du Nord, de la mesme maniere qu'à la premiere opinion l'on la compare au Pole du Monde, & ainsi faisant à l'entour de l'Estoille du Nord comme centre, l'on se figure un cercle dont le demy diametre est l'esloignement depuis l'Estoille du Nord iusques à la Claire des Gardes, lequel cercle l'on separe en 32 parties ou rumbs de vent, & celuy auquel lors de l'observation sera la Claire des Gardes, sera appellé le rumb de vent de la Claire des Gardes.

La premiere façon est particuliere changeant par toutes les latitudes, & pour vous dire ma pensée ie la crois si particuliere que ie l'estime impossible, & voicy comme ie raisonne.

L'Est & Ouest selon les Astronomes, est une ligne ou plutost un cercle tiré par le zenith, & par les poincts d'Est & Ouest marquez par les Geographes en l'horizon : Or est-il que dans la Sphere oblique en laquelle il y a un Pole eslevé sur l'horizon, & l'autre abbaissé, plus ou moins à proportion des latitudes, l'on ne peut tirer une telle ligne, parce que iamais iusques à presque 80 deg. de latitude, la Claire des Gardes ne parvient pas iufques au zenith; & par confequent il eſt impoſſible de tirer de la façon l'Eſt & Oueſt de la Claire des Gardes. Il en faut autant dire ſans comparaiſon des autres rumbs de vent qui paſſent l'Eſt & Oueſt du coſté du Sud, auſquels encor moins qu'à l'Eſt & Oueſt la Claire des Gardes ne pourra iamais parvenir, c'eſt ce qui m'a fait dire cy deſſus que ie ne pouvois comprendre la penſée des Hollandois ſur ce ſuiet qui ſemblent incliner à cette opinion; & par ainſi ie me perſuade que ceux qui ſe ſervent de cette maniere de mettre les Gardes en rumb, y procedent de la meſme maniere que ceux de la premiere & troiſieſme opinions.

La ſeconde opinion eſt reguliere à la verité; puis qu'elle ſe prend du Pole du Monde, ſur lequel le Ciel ſe trouve regulierement, mais auſſi ſuppoſe elle que l'on iuge le rumb de vent de la Claire des Gardes à l'eſgard du Pole du Monde, lequel apres tout nous eſt caché, & que tout au plus nous pouvons ſeulement feindre par noſtre imagination, en quoy ſi l'on s'abuſe à en bien trouver le lieu par la ſuppoſition que l'on en fera, il n'y a pas de doute que tout ce qu'on fera, & iugera en ſuitte de ce principe fauſſement eſtably, ne ſoit ſuiet à erreur : en quoy certes il faut avoir bien du bonheur, puis que l'on a aſſez de peine à trouver le centre d'un cercle que l'on tient entre ſes mains, ie vous laiſſe donc à penſer quelle préciſion l'on en doit eſperer dans une diſtance ſi eſloignée telle qu'eſt le Ciel des Eſtoilles, qui ſelon Copernic eſt eſloigné de la terre d'une diſtance ſinon infinie, au moins indefinie au reſpect de laquelle il tient que l'eſpace qui eſt entre nous & le Soleil, quoy que tres grande, eſt ſelon ſa penſée de nulle conſideration.

La troiſieſme opinion eſt irreguliere plus que l'on ne s'imagine, quand l'on vient à examiner le fait dans ſon fonds; puis que l'Eſtoille du Nord que l'on y prend pour centre du rond que fait la Claire Gardes en tournant, eſt eccentrique, ie veux dire hors & eſloignée du Pole du Monde, qui en doit eſtre le veritable centre, c'eſt pourquoy il eſt beſoin de proſtaphereſe additive ou ſouſtractive pour l'ainſter au mouvement que font l'Eſtoille du Nord, & la Claire des Gardes autour du Pole du Monde.

Apres l'explication de ces trois opinions, il est à la liberté d'un chacun de choisir celle qu'il iugera estre la plus à propos, ayant seulement esgard de recouvrer une Table propre & aiustée pour l'opinion, sur laquelle l'on se fera pour une bonne fois determiné; ne restant plus ce me semble, pour ne demeurer pas en beau chemin, que d'enseigner de quelle maniere l'on se doit comporter pour mettre les Gardes en rumb, suivant chacune de ces trois opinions.

Quant à la premiere il me seroit inutile d'en parler, puis que ie l'ay demonstré impossible en la pluspart des rumbs de vent, outre que les rumbs de vent dont l'on s'y sert, estants plus propres des Astronomes que des Geographes ou Hydrographes, ie leur laisse à demesler cette fusée.

Pour la seconde opinion elle est à la verité tres reguliere; mais pourtant fort Metaphysique, capable d'estre plutost formée dans l'imagination, que non pas reduite en pratique, à cause que l'on y prend le Pole du Monde pour le centre du cercle que forme la Claire des Gardes par son mouvement iournalier, lequel Pole n'est en la nature & dans la realité que par la supposition que l'on en fait, en se formant un poinct sur lequel comme sur un pivot, le Monde fait tous les iours son tour.

Ce nonobstant à raison de sa regularité si l'on peut trouver un moyen de l'aiuster, en sorte qu'il ne s'y commette point d'erreur, au moins considerable, ie la iuge dans la pratique la plus seure entre toutes les trois opinions.

Et pour y parvenir il faut se servir du moyen que i'ay apporté dans la penultiesme page de mes Tables de la Declinaison de la premiere Impression pour trouver l'eslevation du Pole Nord sur l'horison tout d'un coup sans avoir besoin de Table, mesme par une simple hauteur, lequel moyen est tel.

Sur l'Estoille du Nord & celle du milieu de la queuë que le vulgaire nomme le second, ou Cheval du milieu du petit Chariot, l'on forme un triangle equilateral (l'on appelle en Geometrie un triangle

triangle equilateral qui a ſes trois coſtez égaux,& auſſi grands l'un
que l'autre) & veu que l'on ſe pourroit tromper en le faiſant du
coſté qu'il ne faut pas, il faut remarquer que l'on doit former la
pointe de ce triangle du coſté qu'eſt la petite Eſtoille obſcure, laquelle i'ay dit eſtre en ligne droite avec les deux Gardes.

La raiſon eſt qu'à preſent le Pole Nord du Monde eſt viron le
lieu où ſe termine la pointe de ce triangle equilateral, formé ſur
les deux premieres du petit Chariot du coſté que ie viens d'avertir.
Cecy ſuppoſé.

Pour mettre les Gardes en rumb conformément à cette ſeconde opinion, apres avoir formé ce triangle equilateral dont ie viens
de parler, le plus iuſte & exact qu'il eſt poſſible, il faut par le lieu du
Ciel où l'on a remarqué que ſe terminoit la pointe de ce triangle,
& par le zenith d'un coſté, & de l'autre iuſques à l'horizon, tirer
une ligne droite, laquelle ſera celle du Nord & Sud de la Claire des
Gardes, le Nord en bas, dit la Table, & le Sud en haut, de maniere
que la Claire des Gardes ſe rencontrant au haut de la pointe de ce
triangle dans la ligne que l'on vient de former, elle ſera ditte eſtre
au Sud, mais au Nord ſi elle eſt en bas de la pointe obſervée du
meſme triangle dans la meſme ligne.

En ſuitte dequoy par la pointe de ce meſme triangle, il faut tirer une autre ligne droite perpendiculaire de bord & d'autre, ie
veux dire laquelle croiſe à plomb, ou couppe en croix la ligne du
Nord & Sud cy devant formée, & laquelle ſoit pareillement para-
léle, c'eſt à dire par tout également eſloignée de l'horizon de la
Mer, cette derniere ligne repreſentera l'Eſt & Oueſt de la Claire
des Gardes, & lors que la Claire des Gardes parviendra par ſon
mouvement iournal à cette ligne, elle ſera ditte eſtre à l'Eſt ou
au Oueſt, ſçavoir l'Eſt à main droite, & l'Oueſt à main gauche, &
de la ſorte voila le Ciel autour du Pole diviſé en quatre quarts.

En ſuitte dequoy ſimplement à la veüe ſans autre myſtere (puis
que cy apres i'apporteray des preuves convainquantes pour montrer que le nocturlabe dont on ſe ſert pour mettre les Gardes en
rumb, n'eſt aucunement iuſte) il faut encor ſeparer chaque quart

X x

en huiᙇ parties efgales pour les huiᙇ rumbs de vent d'un quart, &
particulierement de celuy duquel on à befoin, ie veux dire auquel
fe rencontre la Claire des Gardes au moment que l'on prend hauteur à l'Eftoille du Nord, & de cette maniere on aura le tour du
Pole divifé en 32 rumbs de vent ; apres quoy remarquant auquel
de ces rumbs la Claire des Gardes peut eftre , au moment que
l obfervation fe fait à l'Eftoille du Nord, l'on aura le rumb de vent
auquel fera la Claire des Gardes.

Vous pouvez bien iuger qu'il n'eft befoin que de feparer feulement en huiᙇ le quart dans lequel fe rencontre pour lors la Claire des Gardes ; puis que tous les trois autres quarts reftants ne
font rien à ce fuiet.

Pour mettre les Gardes en rumb fuivant la troifiefme opinion, il
me femble que i'aurois raifon fi ie voulois me difpenfer d'en enfeigner la pratique ; puis que venant de le faire pour la feconde opinion, ie n'y trouve aucune difference finon qu'au lieu de prendre
comme centre la pointe du triangle equilateral formé fur les deux
premieres du petit Chariot, en celle-cy l'Eftoille du Nord que l'on
y prend pour centre eft affez vifible pour ne s'y pas fi toft tromper.

Neantmoins afin que l'on ne trouve aucun lieu de former
plainte fur ce fuiet, i'aime mieuz l'abreger en peu de mots, lefquels
feront plus que fuffifants d'en donner une parfaite idée, puis que
ce que ie viens de dire pour la feconde opinion pourroit mefme
fuffire ; & pour cet effet.

Ie dis que fi l'on tire une ligne droite du zenith par l'Eftoille du
Nord iufques à l'horizon, ce fera celle du Nord & du Sud de la
Claire des Gardes fuivant cette opinion, le Nord au bas de l'Eftoille du Nord, & le Sud droit au haut, puis une autre qui croife la
fufdite ligne tirée pour le Nord & Sud par la mefme Eftoille du
Nord fera celle de l'Eft & Oueft, l'Eft à main droite , & l'Oueft à
main gauche, lors que l'on regarde en face l'Eftoille du Nord, &
ainfi la partie du Ciel au tour de l'Eftoille du Nord fera feparée en
quatre quarts , en fuitte dequoy fi l'on divife le quart auquel pour
lors fe rencontre la Claire des Gardes , en huiᙇ pour les huiᙇ

rumbs de vent d'un quart, & que l'on iuge dans lequel de ces rumbs eſt la Claire des Gardes, elle ſera miſe en rumb ſuivant qu'il eſt requis.

Car d'en vouloir faire la diviſion par une Roſe des vents, ou ſuivant que ie viens de dire cy deſſus par l'inſtrument que l'on appelle Noƈturlabe, bien loin d'en approuver la methode ie pretens cy apres vous faire voir que cette maniere eſt toute fautiue & defeƈtueuſe, meſme avec tout l'ajuſtement que l'on y puiſſe faire, & que l'on y reüſſit tout autrement mieux à la veuë, que par toutes ces ſortes d'inſtruments, leſquels nous ayant eſté laiſſez par nos anciens, il faut croire qu'ils ne les ont pas tout à fait examinez à la balance de la raiſon, laquelle s'ils euſſent conſulté dans ce rencontre, ils ſe ſeroient bien gardez de nous les donner de la ſorte, n'ayant pas prins garde que dans la troiſieſme opinion, prenant l'Eſtoille du Nord pour centre (comme c'eſt la pratique la plus ordinaire) il s'y rencontre une ſi grande anomalie & irregularité que des quatre quarts qui ſont faits par les deux lignes perpendiculaires, il y en a deux qui comprennent chacun 100 deg. & les deux autres ſeulement 80, la Claire des Gardes ſe trouvant touſiours dans celuy qui contient 100 deg. & l'Eſtoille du Nord dans celuy de 80, iugez ſi cela arrive dans une Roſe des Vents, ou dans un Noƈturlabe qu'ils n'ont conſtruit que pour mettre les Gardes en rumb.

TABLE DV SINVS DE L'ESTOILLE DV NORD

qui eft ce qu'il faut adiouster ou fouftraire de la hauteur que l'on a prins à l'Eftoille du Nord, fuiuant les rumbs de vent, efquels la Claire des Gardes fe rencontre en mefme temps, ugée à l'efgard du Pole du Monde

Quand la Claire des Gardes eft au	SOVSTRAIRE	Souftrayez de la hauteur que aurez prins à l'Eftoille du Nord	D.	M.		Quand la Claire des Gardes eft au	ADIOVSTER	Adiouftez à la hauteur que aurez prins à l'Eftoille du Nord	D.	M.	
	S O ¼ O		· ·	3	S		N E ¼ E		· ·	3	A
	O S O		· ·	3 1	S		E N E		· ·	3 1	A
	O ¼ S O		· ·	5 9	S		E ¼ N E		· ·	5 9	A
	Oüeft		1	2 4	S		Eft		1	2 4	A
	O ¼ N O		1	4 5	S		E ¼ S E		1	4 5	A
	O N O		2	· 3	S		E S E		2	· 3	A
	N O ¼ O		2	1 6	S		S E ¼ E		2	1 6	A
	N O		2	2 5	S		S E		2	2 5	A
	N O ¼ N		2	2 6	S		S E ¼ S		2	2 6	A
	N N O		2	2 3	S		S S E		2	2 3	A
	N ¼ N O		2	1 4	S		S ¼ S E		2	1 4	A
	Nord		2	· ·	S		Sud		2	· ·	A
	N ¼ N E		1	4 1	S		S ¼ S O		1	4 1	A
	N N E		1	1 9	S		S S O		1	1 9	A
	N E ¼ N		· ·	5 3	S		S O ¼ S		· ·	5 3	A
	N E		· ·	2 6	S		S O		· ·	2 6	A

La Ligne tirée du Zenith par l'Eftoille du Nord & par la poincte du triangle Equilateral iufques à l'Horizon eft prinfe pour la Ligne de Nord & Sud.

Le Nord fe prend icy au bas de la poincte du Triangle allant vers l'Horizon, & le Sud en haut allant vers le Zenith.

l'Eft a main droicte a plomb fur le Nord & Sud, & l'Oüeft a main gauche.

S. fignifie fouftraire, & A. adioufter.

Si l'on veut prendre le Nord en haut, & le Sud en bas comme beaucoup le font, il n'y a qu'a dire Nord au lieu de Sud, & Sud au lieu de Nord, en gardant l'Eft & Oüeft ainfi qu'il eft marqué.

TABLE DE l'ESTOILLE DV NORD CORRIGE'E,

qui eſt ce qu'il faut adiouſter ou ſouſtraire de la hauteur que l'on a prins à l'Eſtoille du Nord ſuiuant les rumbs de vent eſquels la Claire des Gardes ſe rencontre en meſme temps, iugée à l'eſgard de l'Eſtoille du Nord.

SOVSTRAIRE		D.	M.	S	ADIOVSTER		D	M.	A
O S O			19	S	E N E			19	A
O . S O			47	S	E 1/4 N E			47	A
Oüeſt		1	13	S	Eſt		1	13	A
O 1/4 N O		1	36	S	E 1/4 S E		1	36	A
O N O		1	56	S	E S E		1	59	A
N O 1/4 O		2	11	S	S E 1/4 E		2	11	A
N O		2	21	S	S E		2	21	A
N O 1/4 N		2	26	S	S E 1/4 S		2	26	A
N N O		2	25	S	S S E		2	25	A
N 1/4 N O		2	18	S	S 1/4 S E		2	18	A
Nord		2	6	S	Sud		2	6	A
N 1/4 N E		1	50	S	S 1/4 S O		1	50	A
N N E		1	29	S	S S O		1	29	A
N E 1/4 N		1	5	S	S O 1/4 S		1	5	A
N E			38	S	S O			38	A
N E 1/4 E		1	0	S	S O 1/4 O		1	0	A

(colonne de gauche : Quand la Claire des Gardes eſt au — Souſtrayez de la hauteur que vous aurez prins à l'Eſtoille du Nord)

(colonne de droite : Quand la Claire des Gardes e't au — Adiouſtez à la hauteur que vous aurez prins à l'Eſtoille du Nord)

La ligne tirée du Zenith par l'Eſtoille du Nord iuſques à l'Horizon eſt prinſe pour la Ligne de Nord & Sud.

Le Nord ſe prend icy au bas de l'Eſtoille allant vers l'Horizon, & le Sud en haut allant vers le Zenith.

l'Eſt à main droicte à plomb ſur le Nord & Sud, & l'Oueſt à main gauche.

S. ſignifie ſouſtraire, & A adiouſter.

Si l'on veut prendre le Nord en haut, & le Sud en bas, il n'y à qu'à dire Nord au lieu de Sud, & Sud au lieu de Nord, en gardant l'Eſt & Oüeſt ainſi qu'il eſt marqué.

TRAITE'

VSAGE DE CES TABLES.

AVparavant que de pretendre de se servir de chacune de ces deux Tables, il est de la derniere importance de sçavoir si elles sont iustes, & des plus nouvellement supputées. Et la maniere la plus facile, ce me semble, pour le reconnoistre est de prendre garde, & remarquer dans la Table le nombre le plus grand qui y soit posé pour adiouster ou soustraire de la hauteur que l'on aura prinse à l'Estoille du Nord, lequel nombre estant confronté avec l'esloignement de l'Estoille du Nord au Pole que l'on prendra ou tirera d'une Table des Estoilles supputées pour le temps à peu prez auquel on suppose que l'observation aura esté faite ou se fera; & s'il se trouve qu'ils se rapportent tant le nombre de la Table des Estoilles que de celuy de la Table pour l'Estoille du Nord, & ne soient ny plus grands ny plus petits, c'est un préiugé que la Table supputée pour l'Estoille du Nord peut estre bonne ; que si au contraire il arrive que celuy de la Table soit plus grand que l'esloignement au Pole de la Table des Estoilles supputé à peu prez pour le temps propre, il ne faut aucunement marchander que les Tables de cette sorte ne soient desia passées & surannées.

Car il n'est pas possible de rencontrer des Tables pour l'Estoille du Nord, dont le plus grand nombre de la Table soit moindre que celuy d'une Table nouvellement supputée, à cause qu'à present l'Estoille du Nord s'esloignant de plus en plus de la Ligne Equinoxiale, elle s'approche davantage du Pole, ce qui cause que son esloignement au Pole se trouve moindre à present qu'il n'estoit pas par le passé.

Ainsi si l'on trouvoit quelque part une Table pour l'Estoille du Nord, dont le plus grand nombre fut de deux deg. trente min. apres avoir veu dans une Table de la Declinaison des Estoilles pour 1672 que l'esloignement au Pole de cette Estoille n'estoit que de deux deg. 26. min. il faut conclurre que cette Table pour l'Estoille du Nord telle qu'on la trouvée avoit esté composée

pour quelques années auparavant 1672, & qu'elle ne peut plus
fervir, puis que quatre min. qui fe trouvent de difference, deviennent confiderables en la hauteur, pouvant fe rencontrer affez
d'autres erreurs dans l'obfervation, fans qu'il s'en rencontre dans la
Declinaifon qu'il faut recouvrer la plus iufte qu'il eft poffible fi
l'on veut efperer de reüffir dans fa Navigation.

D'où ie tire que les Tables dans lefquelles l'on voit qu'il faut
adioufter ou fouftraire deux deg. 40 min. ne vallent plus rien, &
font furannées, telles que l'on voit dans l'Hydrographie du R.P.
Fournier, ce qu'il faut dire à plus forte raifon de celle qui fe trouvent dans l'Art de Naviger de Pierre de Medine, ou de celles que
beaucoup de Pilottes ont copiées, & tirées de vieux Regiftres, fans
s'enquerir fi elles font raifonnables ou non, s'y trouvant encor de
furplus affez fouvent des fautes; ainfi qu'il arrive affez ordinairement aux Copiftes, entre lefquels i'en ay rencontré quelquesfois
de fi opiniaftres, que nonobftant toutes les raifons que vous leur
puiffiez apporter, il eft impoffible de leur faire concevoir qu'elles
foient fauffes. Mais une raifon bien convainquante, ce me femble, eft de leur faire remarquer que l'Eftoille du Nord ne peut pas
eftre davantage au deffus, ou au deffous du Pole; ou bien autrement dans fa plus grande, ou fa plus petite hauteur, elle ne peut iamais eftre plus haute ny plus baffe que le Pole, que de ce qu'elle eft
pour lors efloignée du Pole au temps propofé : Si donc en 1672
l'Eftoille du Nord n'eft efloignée du Pole que de deux deg. 26 mi.
les Tables pour l'Eftoille du Nord efquelles l'on verra davantage,
font par confequent fauffes pour le temps d'aprefent, & ne peu-
uent pas eftre bonnes.

L'invention pour reconnoiftre fi une Table pour l'Eftoille du
Nord eft fidelle & nouvellement reformée, vous femble, me direz
vous tres iolie, mais c'eft quand elle eft fupputée pour les trente
deux rumbs de vent du Compas, mais comment le remarquer
quand elle ne l'eft que pour les quatre principaux vents, le Nord
& Sud, l'Eft & l'Oueft, telle qu'on la trouve dans les Routiers, &
petits Regimes Hollandois, efquels principaux vents la Claire des

Gardes eſtant, l'Eſtoille du Nord ne ſe rencontre pas à ſon plus grand eſloignement du Pole.

A quoy ie reſpons que c'eſt ou ſe rencontre de la difficulté, & la conteſtation que i'eus il y a ſept à huiſt ans avec un Pilotte de mes Eſcholiers vous pourra donner quelque lumiere ſur ce ſuiet. Il arriva qu'ayant prins hauteur à l'Eſtoille du Nord lors que la Claire des Gardes eſtoit à l'Eſt, pour ſçavoir combien il falloit adiouſter ou fouſtraire de la hauteur que nous avions prinſe, il m'aporta ſon Routier Hollandois, ou nous trouvaſmes qu'à ce rumb de vent il falloit adiouſter à la hauteur trouvée un deg. 47 min. & ayant apperçeu que dans le reſultat de noſtre hauteur (qui eſt l'eſlevation du Pole Nord ſur l'horizon, laquelle doit eſtre à Dieppe peu prés de 50 deg.) il ſe rencontroit une grandiſſime erreur qui ſe montoit à plus de demy degré, ie luy dis que ie verrois dans ma Table que i'avois ſupputé en ce temps là pour le Sinus de l'Eſtoille du Nord, ou ſe trouvoit un deg. 26 min. qui ſe devoit adiouſter à la hauteur, & qui approchoit bien prez de la verité : Le lendemain ayant mis ſur le tapis cette queſtion, ie luy monſtray par ma Table que nous n'eſtions pas ſi eſloignez de la verité qu'il s'imaginoit, ſurquoy ayant inſiſté d'où pouvoit provenir cette grande difference, & luy ayant dit que ie me fiois davantage à ce que i'avois tout fraiſchement ſupputé, qu'à tout ce que i'en pouvois rencontrer autre part ou il ſe pouvoit couler des fautes d'Impreſſion, il me ſouſtint que ſon Livre eſtoit auſſi nouvellement corrigé par l'intitulement qu'il portoit, ce qui cauſa que pour le ſatisfaire & examiner cette affaire, ie cerchay dans un Routier Hollandois de 1630, qui marquoit pour l'Eſt pareillement un degré 47 min. qui me fit douter que le nouveau n'eſtoit point corrigé, ains ſeulement coppié ſur l'autre de 1630, ie recerchay en ſuitte ſur un de 1620, & ſur un autre de 1610, eſquels ie trouvay touſiours le meſme nombre, ce qui me fit conclurre, & remarquer à mes Eſcholiers, que les Hollandois ſans ſe donner la peine de corriger les Tables pour l'Eſtoille du Nord, les coppioient ſimplement ſur les premieres Impreſſions, ce qui ne ſe peut aucunement ſouſtenir;

souftenir, puis que pendant 50 à 60 ans qui s'eftoient eſcoulez depuis la premiere Impreſſion de 1610, les Eſtoilles par leur mouvement propre dans le zodiaque ayant avancé, il eſt de neceſſité qu'il ſoit arrivé du changement, tant en leur declinaiſon qu'en leur eſloignement au Pole.

Et ne me dittes point que cela arriva à cauſe ou que la hauteur n'eſtoit pas bonne, ou que l'on s'eſtoit trompé à bien prendre le rumb de vent de la Claire des Gardes.

A quoy ie reſpons, à raiſon que le temps eſtoit tres-fin, & l'horizon tres deſgagé, l'on ne pouvoit pas manquer de cette ſorte à bien prendre la hauteur. La faute ne pouvoit non plus provenir du rumb de vent, puis qu'à l'Eſt & au Oueſt, incontinent que l'on à prins hauteur à l'Eſtoille du Nord, le Marteau reſtant aiuſté, & preſenté à l'horizon & à la Claire des Gardes, l'on peut verifier ſi l'on s'eſt abuſé ou non : c'eſt pourquoy les Hollandois marquent ſeulement ce qu'il faut adjouſter ou ſouſtraire pour les quatre principaux rumbs de vent, nord, Sud, Eſt, & Oueſt ; parce que l'on peut eſprouver ſi la Claire des Gardes eſt au Nord, ou au Sud, par un plomb attaché au bout d'un fil, lequel paſſant par l'Eſtoille du Nord & la Claire des Gardes, il n'y a point de doute que cette Claire des Gardes ne ſoit au nord ou au Sud, comme l'on peut remarquer ſi elle eſt à l'Eſt ou au Oueſt, ſi l'Eſtoille du Nord & la Claire des Gardes ſont en meſme hauteur ſur l'horizon.

Surquoy ie vous advouë que ie ne peus concevoir pour qu'elle raiſon dans la Table pour l'Eſtoille du Nord à 50 deg. de latitude, ils marquent que quand la Claire des Gardes eſt à l'Eſt, il faut adiouſter un deg. 47 min. à la hauteur de l'Eſtoille du Nord que l'on a trouvée : mais quand elle eſt au Oueſt qu'il ne faut ſouſtraire de la hauteur prinſe qu'un degré 4 min. car le nord & Sud tombant du zenith à pic ſur l'horizon par l'Eſtoille du nord, l'Eſt & l'Oueſt couppant cette ligne du nord & Sud en Croix, la ligne de l'Eſt & du Oueſt ſera paralelle à l'horizon, & partant ils ſeront en meſme eſtat à l'eſgard de l'horizon l'un que l'autre.

Y y

Si l'on dit que le Nord & Sud de la Claire des Gardes ne tombe
pas à pic mais de travers, i'auray touſiours à dire que la ligne de
l'Eſt & du Oueſt eſtant eſgalement eſloignée par tout de la ligne
du Nord & du Sud, autant qu'elle s'abbaiſſera du coſté de l'Eſt, autant elle ſe relevera du coſté du Oueſt, & partant il faudra adiouſter ou ſouſtraire le meſme nombre de deg. & min. tant pour un
coſté que pour l'autre.

Si l'on veut pourſuivre encor que cette difference arrive à cauſe de l'eccentricité de l'Eſtoille du Nord au Pole, i'auray à reſpon-
dre que par la confrontation qui ſe peut faire de mes Tables pour
l'eſtoille du Nord dans celle du Sinus de l'eſtoille du Nord, il y a
pour l'Eſt & pour l'Oueſt un deg. 24 min. & dans celle qui eſt corrigée, il ſe trouve un deg. 13 min. qui ne fait qu'onze minutes de
difference, là ou nous rencontrons dans celle des Hollandois iuſques à 43 min. de difference, ce qui eſt tout à fait exorbitant, & ce
me ſemble contre toute ſorte de raiſon.

De là vous pouvez tirer de quelle conſequence il eſt, auparavant que de pretendre de ſe ſervir d'une Table pour l'eſtoille du
Nord, de reconnoiſtre ſi cette Table eſt ſupputée pour le temps
auquel l'on s'en veut ſervir ; puis que la meſprinſe dans ce ſeul
poinct eſt capable de cauſer beaucoup d'erreur dans la Navigation,
à quoy ne viſent pas de ſi prez ceux qui ne font que les choſes par
uſage, ſans s'enquerir ſi cela eſt raiſonnable ou non.

Et veu que pour le preſent l'eſtoille du Nord s'approche tous
les trois ans d'une min. du Pole, il eſt neceſſaire tous les neuf à dix
ans d'en reformer les Tables, puis que trois à quatre min. deviennent conſiderables, non ſeulement aux Aſtronomes, mais auſſi
aux Navigateurs.

Bien que i'aye dit que ce ſoit un grand préiugé quand l'on voit
que le plus grand nombre de ces ſortes de Tables rapporte à
l'eſloignement que ladite Eſtoille à pour lors au Pole du Nord, ce
nonobſtant bien que ce ſoit une forte preuve que la Table a eſté
de nouveau ſupputée, il ne s'enſuit pas pourtant qu'elle ſoit bonne pour cela ; puis qu'ayant dit qu'il y avoit trois opinions de met-

tre les Gardes en rumb, auſſi doit on avoir la prévoyance d'en recouvrer qui ſoient ajuſtées pour l'opinion, pour laquelle on s'eſt
determiné.

Qui voudroit ſe ſervir de la pratique de mettre les Gardes en
rumb ſuivant la premiere opinion, il faudroit avoir pluſieurs Tables pour les latitudes eſquelles l'on s'en voudroit ſervir, & ſi ie iugerois neceſſaire de mener le Nord & Sud de la Claire des Gardes,
non par l'Eſtoille du Nord, comme la troiſieſme opinion, mais par
le Pole Nord du Monde, ou bien autrement il faudroit dans la
compoſition de ces Tables, avoir eſgard à cette eccentricité, dont
la ſupputation ſeroit tres embarraſſante, comme peuvent ſçavoir
ceux leſquels y ont quelque connoiſſance. Ie me ſuis diſpenſé de
vous en donner, puis que i'en ay iugé la maniere de mettre les
Gardes en rumb impoſſible dans la pluſpart des rumbs de vent.

Quand à la ſeconde opinion comme elle eſt tres ſimple & reguliere la conſtruction d'une Table de cette ſorte eſt tres facile,
n'eſtant que le Sinus de l'Eſtoille du Nord, les nombres en
augmentant ou diminuant à proportion que font les Sinus à
chaque rumb de vent de l'Eſtoille du Nord. Mais auſſi pour mettre les Gardes en rumb, il le faut faire ſelon les Meridiens du Monde, leſquels au lieu d'eſtre ſeparez en 24 pour les heures, tant du
iour que de la nuict, ſeront diviſez en 32, pour les 32. rumbs de
vent ainſi que les Pilottes & Navigateurs font le rond du Monde,
deſquelles 32. parties le centre ſera la pointe du triangle equilateral formé ſur les deux premieres ou Chevaux du petit Chariot,
tout ainſi que ſi cette pointe eſtoit le centre du cercle de la Claire
des Gardes.

Pour faire une Table de l'Eſtoille du Nord ſelon la troiſieſme
opinion, dans laquelle l'on ſe ſert de l'Eſtoille du Nord pour regler
les rumbs de vent de la Claire des Gardes, il faut outre les arcs du
Sinus de l'Eſtoille du Nord, comme à la ſeconde opinion, diminuer ou adiouſter quelques deg. ou min. à chaque rumb de vent à
raiſon de l'eccentricité de l'Eſtoille du Nord, à l'eſgard du cercle
que décrit la Claire des Gardes au tour du Pole emportée par le
premier mobile.

Yy 2

Delaiſſant de mettre les Gardes en rumb ſuivant la premiere opinion, i'ay donné cy devant deux Tables pour l'Eſtoille du Nord en deux pages differentes : La premiere pour ceux qui voudront dans la pratique ſe ſervir de la pointe de ce triangle equilateral comme de centre, à l'eſgard de laquelle, non de l'Eſtoille du Nord l'on iugera les rumbs de vent de la Claire des Gardes, c'eſt à dire, pour ceux qui ſuivront la ſeconde opinion.

La ſeconde eſt une Table ſemblablement pour l'Eſtoille du Nord, pour ceux de la troiſieſme opinion, laquelle Table i'appelle corrigée, parce que dans ſa compoſition i'ay eu eſgard à la diverſité de veuë, qui arrive à raiſon que l'on prend l'Eſtoille du Nord pour centre, quoy que ſelon la verité & dans le fonds, le Pole du Nord du Monde doive eſtre le veritable centre.

L'on pourra ſe ſervir de l'une ou de l'autre ſuivant que l'on trouverra à propos, ou bien meſme de l'une & l'autre pour eſprouver ſi elles ſe rapportent, & pour y reüſſir avec plus d'aſſeurance, cela ſe pourra faire dans un lieu dont l'on connoiſtra certainement la latitude, & dans ce rencontre l'on pourra par pluſieurs obſervations porter un iugement certain pour dire laquelle des deux Tables ou des deux opinions pourra eſtre la plus iuſte dans la pratique, attendant quoy ie trouverrois plus à propos que l'on ſe ſervit de la corrigée, puis que la raiſon dicte qu'il eſt bien plus aſſeuré de iuger le rumb de vent de la Claire des Gardes à l'eſgard de l'Eſtoille du Nord qui eſt viſible, qu'à l'eſgard de la poincte de ce triangle equilateral qui n'eſt qu'imaginaire.

Quand l'on ſe ſera une fois determiné de laquelle des deux Tables l'on ſe veut ſervir, ſuivant la methode que l'on aura prins pour mettre les Gardes en rumb, pourvû que l'on comprenne tant ſoit peu ce que c'eſt des opinions que i'ay expliquées, l'uſage de ces Tables eſt ſi facile, que la choſe parle d'elle meſme ; puis qu'apres avoir trouué par obſervation à quel rumb de vent eſt la Claire des Gardes, il le faut recercher dans celle des deux Tables, dont l'on aura ſuivy la maniere pour obſerver le rumb de vent de la Claire des Gardes, & vis à vis dans la colomne des deg. & min. l'on trouverra ce qu'il faudra adiouster ou souftraire de la hauteur que l'on aura trouvé que l'Estoille du Nord estoit esſevée ſur l'horizon lors de l'obſervation.

Comme par exemple ſuppoſé que l'on eut prins hauteur à l'Eſtoille du Nord, & qu'apres avoir ſouſtrait de 90 deg. ce que l'on auroit trouvé ſur ſa verge, l'on eut trouvé que l'Eſtoille du Nord eſtoit eſlevée ſur l'horizon de 40 deg. & en meſme temps que l'on eut iugé que la Claire des Gardes eſtoit au Sud Sud Eſt. Si dans ce rencontre l'on s'eſtoit ſervy pour iuger le rumb de vent de la Claire des Gardes de la pointe du triangle equilateral, il faudroit pour lors cercher le rumb de vent de Sud Sud Eſt, dans la premiere Table qui eſt le Sinus de l'Eſtoille du Nord, & vis à vis d'iceluy l'on trouverra deux deg. 23 min. & au haut de cette colomne adiouſter ou bien au bout de ces deux deg. 23 min. pour le Sud Sud Eſt un A qui ſignifie qu'il faut adiouſter ces deux deg. 23 min. avec les 40 deg. de la hauteur de l'Eſtoille du Nord, & viendroit en tout 42 deg. 23 min. pour la hauteur du Pole Nord au lieu de cette obſervation.

Que ſi l'on avoit iugé le rumb de vent de la Claire des Gardes à l'eſgard de l'Eſtoille du Nord (à raiſon que l'Eſtoille du Nord eſt eccentrique au Pole du Monde) il faudroit ſe ſervir de la ſeconde Table, laquelle eſt corrigée pour ce ſuiet, & y cerchant le Sud Sud Eſt, l'on trouverra vis à vis deux deg. 25 min. & au haut de la colomne ou l'on a rencontré le Sud Sud Eſt adiouſter, & au bout de ces deux deg. 25 min. un A, qui marque comme ie viens de dire qu'il faut adiouſter ces deux deg. 25 min. avec les 40 deg. de la hauteur de l'Eſtoille du Nord, puis que cela veut dire que pour lors l'Eſtoille du Nord eſtoit deux deg. 25 min. au deſſous du Pole, & viendroit en tout 42 deg. 25 min. pour l'eſlevation du Pole Nord au deſſus de l'horizon au moment de cette obſervation.

Vous voyez qu'il eſt egalement facile de ſe ſervir de l'une ou l'autre Table, & toute la difficulté ne conſiſte qu'à bien concevoir de quelle maniere il faut mettre les Gardes en rumb, apres quoy l'on ſe ſert de la Table aiuſtée pour cette maniere.

TRAITE'

APPENDICE POVR LA CONSTRVCTION
des Tables pour l'Estoille du Nord.

Ttendu qu'il y a beaucoup de choses à dire & à faire sur ce
suiet pour y proceder avec plus de methode, ie distingueray
le tout en plusieurs Sections.

SECTION PREMIERE.

DEMONSTRATION OCVLAIRE, TANT
de l'Estoille du Nord que de la Claire des Gardes.

'Estoille du Nord & la Claire des Gardes, ainsi que toutes les
autres Estoilles du Firmament, sont emportées regulierement
par le mouvement du premier mobile, chacune dans un petit
cercle esloigné du poinct A, qui vous represente le Pole Nord du
Monde, conformément à leur esloignement qu'elles ont au Pole:
& parce que l'ascension droite de l'Estoille du Nord est de 7 deg,
51 min. par la Table des principales Estoilles du Firmament posée
cy devant, & celle de la Claire des Gardes de 222 deg. 46 min. il
s'ensuit à cause que leur mouvement est circulaire & continu, que
la Claire des Gardes va devant, & l'Estoille du nord apres, à proportion de leur difference en leur ascension droite; c'est pourquoy soustrayant ces deux ascensions droites l'une de l'autre,
apres avoir emprunté les 360 deg. du tour du Monde, pour les
adiouster avec les 7 deg. 51 min. de l'Estoille du nord, afin d'en
pouvoir soustraire les 222 deg. 46 min. d'ascension droite de la
Claire des Gardes, resteront 145 deg. 5 min. pour la difference de
leur ascension droite, laquelle difference divisée par 15 deg. qu'il y
a en une heure, viendra 9 heures 40 min. cinq quinziesmes que la
Claire des Gardes va devant l'Estoille du nord, d'où s'ensuit que la
Claire des Gardes estant au nord, c'est à dire au poinct B, droit au
dessous du Pole, l'Estoille du nord sera au poinct du petit cercle

marqué nord, preſque vis à vis du S☉⅓S. & par conſequent elle
ſera au deſſus du Pole, qui eſt non ſeulement repreſenté par le
poinct A, mais par la ligne D, A, C, laquelle eſt perpendiculaire
& croiſe la ligne du Nord & Sud A, B, paſſant par le Pole A, & également eſloignée de la ligne horizontale.

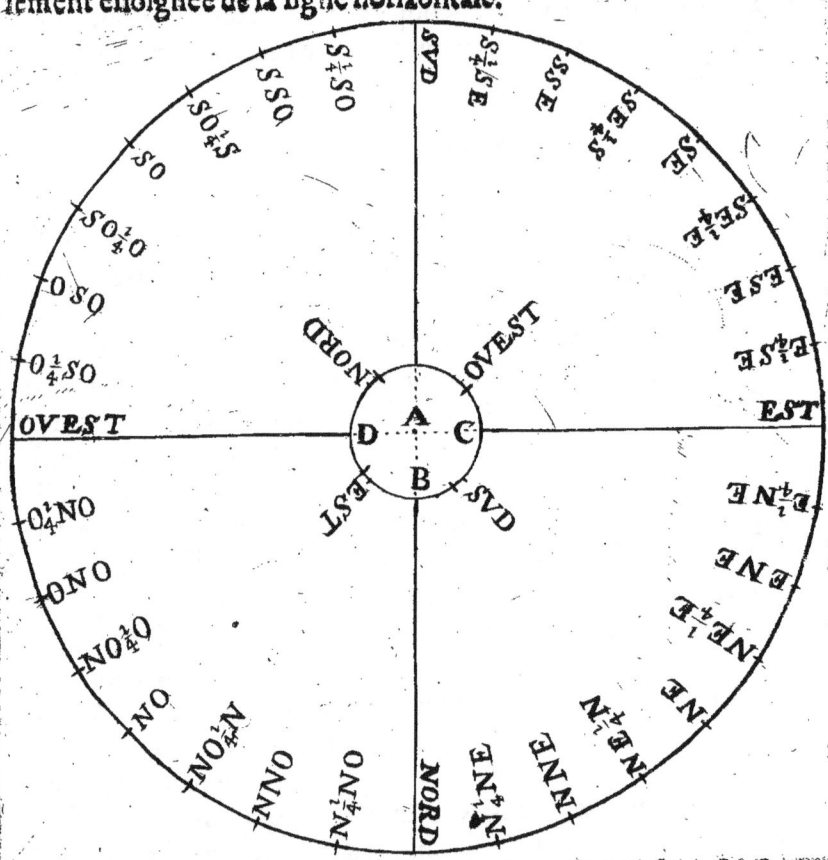

Pour ſçavoir de combien de deg. & min. ce ſera, il faut ſouſtraire les 90 deg. qu'il y a depuis la ligne A, B, ou de Nord & Sud, iuſques à la ligne D, A, C, qui eſt celle de l'Eſt & Oueſt, des 145 deg.
5 min. de la difference de leurs aſcenſions droites, laquelle eſt depuis la ligne A, B, iuſques au poinct Nord du petit cercle, & reſteront 55 deg. 5 min. que l'Eſtoille du Nord ſera eſloignée du Oueſt

ou du poinct D, au deſſus du Pole ou de la ligne D, A, C, qui repreſente la ligne du Pole.

En ſuitte la Claire des Gardes avançant un quart de rumb de
vent vers l'Eſt, & venant au N ¼ N E, l'Eſtoille du Nord reviendra
vers le Nord, du meſme nombre d'un rumb de vent qui vaut 11
deg. 15 min. dans ſon petit cercle; c'eſt pourquoy ſi l'on ſouſtrait 11
deg. 15 min. cy deſſus du Nord que nous venons de dire eſtre à 55
deg. 5 min. eſloigné du Oueſt ou de la ligne D, A, C, reſteront 43
deg. 50 min. que l'Eſtoille du Nord ſera eſloignée du Oueſt, ou du
poinct D, du petit cercle, lors que la Claire des Gardes ſera
au N ¼ N E.

Et ainſi conſecutivement la Claire des Gardes avançant encor
11 deg. 15 min. pour aller iuſques au N N E, ſi vous les ſouſtrayez
des 43 deg. 50 min. du N ¼ N E, reſteront 32 deg. 35 min. que
l'Eſtoille du Nord ſera eſloignée du Oueſt, quand la Claire des
Gardes ſera au N N E.

Duquel nombre ſi l'on ſouſtrait encor 11 deg. 15 min. reſteront
21 deg. 20 min. que l'Eſtoille du Nord ſera eſloignée du Oueſt
quand la Claire des Gardes ſera au N E ¼ N.

Deſquels 21 deg. 20 min. ſi l'on diminuë encor 11 deg. 15 min.
reſteront 10 deg. 5 min. que l'Eſtoille du Nord ſera eſloignée du
Oueſt dans ſon petit cercle quand la Claire des Gardes ſera
au N E.

En ſuitte la Claire des Gardes avançant encor 11 deg. 15 min.
pour aller au N E ¼ E, l'Eſtoille du Nord rapprochant autant du
Nord, veu qu'il ne reſloit que 10 deg. 5 min. iuſques au Oueſt, ſi on
ſouſtrait ces 10 deg. 15 min. du N E, de ces 11 deg. 15 min, reſtera
un deg. 10 min. mais de l'autre coſté, ie veux dire au bas au deſſous
du Pole, que ſera l'eſtoille du Nord quand la Claire des Gardes ſera
au N E ¼ E.

Et de la ſorte s'eſloignant touſiours de plus en plus du Oueſt
vers le Nord, ſi avec ces deg. 10 mi. du N E ¼ E, l'on adiouſte encor
11 deg. 15 min. viendra 12 deg. 25 min. que l'Eſtoille du Nord ſera
eſloignée du Oueſt dans ſon petit cercle, au deſſous du Pole, quand

le

la Claire des Gardes fera à l'E N E.

Et ainſi conſecutivement adiouſtant touſiours 11 deg. 15 min. viendra 23 deg. 40 min. pour l'E ¼ N E, 34 deg. 55 min. pour l'Eſt, 46 deg. 10 min. pour l'E ¼ S E, 57 deg. 25 min. pour l'ESE, 68 deg. 40 min. pour le S E ½ E, & 79 deg. 55 min. pour le S E.

En ſuitte la Claire des Gardes avançant encor 11 deg. 15 min. pour aller au S E ½ S, ſi l'on les adiouſtoit avec les 77 deg. 55 min. du S E, viendroit 91 degrez 10 min. & partant l'Eſtoille du Nord ayant paſſé la Ligne du Nord du Monde, ſera du coſté de l'Eſt, & aura commencé à ſe rapprocher de la Ligne du Pole dans ſon petit cercle d'un degré 10 min. lequel un deg. 10 min. ſi l'on ſouſtrait des 90 deg. qu'il y a depuis l'Eſt iuſques au Nord, reſteront 88 deg. 50 min. que l'Eſtoille du Nord ſera eſloignée de la Ligne de l'Eſt dans ſon petit cercle au deſſous du Pole, quand la Claire des Gardes ſera au S E ½ S.

Deſquels 88 deg. 50 min. du S E ½ S, ſi l'on ſouſtrait 11 degrez 15 min. reſteront 77 deg. 35 min. que l'Eſtoille du Nord ſera au deſſous du Pole quand la Claire des Gardes ſera au S E.

Et ainſi conſecutivement ſouſtrayant de plus en plus 11 deg. 15 min. pour chaque rumb de vent, viendront 66 deg. 20 min. pour le S ¼ S E, & 55 deg. cinq min. pour le Sud, n'eſtant pas beſoin de pourſuivre davantage; puis que les autres rumbs de vent en ſuitte ſe gouvernent de la meſme ſorte que ceux cy deſſus, avec cette difference que lors que dans ceux là, l'Eſtoille du Nord eſtoit au deſſus du Pole, dans ceux cy elle eſt au deſſous, ou au contraire.

Et de cette maniere voilà tout le fondement comme ſe gouvernent, tant l'Eſtoille du Nord que la Claire des Gardes dans le mouvement iournalier qu'elles font tous les iours emportées par le premier mobile, & toute l'œconomie qu'il faut apporter pour ſupputer une Table du Sinus de l'Eſtoille du Nord.

Et meſme afin qu'il ne reſte plus aucune difficulté ſur ce ſuiet, voicy une Table des Arcs ſervant pour la conſtruction de la Table du Sinus de l'Eſtoille du Nord, laquelle enſeigne, & monſtre autant clairement qn'il ſe puiſſe ſouhaitter comme l'on y doit pro-

Z z

ceder en l'addition & fouſtraction pour chaque rumb de vent,
voire meſme pour chaque deg. ſi l'on veut, pourvû qu'au lieu de
11 deg. quinze min. que vaut un rumb de vent, l'on poſe autant de
degrez que l'on ſouhaittera ſeparer le Sinus de l'Eſtoille du Nord.

TABLE DES ARCS SERVANT POVR LA
Conſtruction d'une Table du Sinus de l'Eſtoille du Nord.

Nord	55 d g. 5 min.	Sud
	11 deg. 15 min.	
N¼NE	43 deg. 50 min.	S¼SO
	11 deg. 15 min.	
NNE	32 deg. 35 min.	SSO
	11 deg. 15 min.	
NE¼N	21 deg. 20 min.	SO¼S
	11 deg. 15 min.	Souſr.
NE	10 deg. 5 min.	SO
	11 deg. 15 min.	
NE	10 deg. 5 min.	Souſr.
NE¼E	01 deg. 10 min.	SO¼O
	11 deg. 15 min.	Add.
ENE	12 deg. 25 min.	OSO
	11 deg. 15 min.	Add.
E¼NE	23 deg. 40 min.	O¼SO
	11 deg. 15 min.	
Eſt	34 deg. 55 min.	Oueſt
	11 deg. 15 min.	
E¼SE	46 deg. 10 min.	O¼NO
	11 deg. 15 min.	
ESE	57 deg. 25 min.	ONO
	11 deg. 15 min.	
SE¼E	68 deg. 40 min.	NO¼O
	11 deg. 15 min.	
SE	79 deg. 55 min.	NO
	11 deg. 15 min.	Addit.
	91 deg. 10 min.	

	91 deg. ~o min.	
	90 deg. 00 min.	*Souftr.*
	1 deg. 10	
	90 deg.	
	1 deg. 10 min.	*Souftr.*
SE ½ S	88 deg. 50 min.	N O ¼ N
	11 deg. 15 min.	
S.S E	77 deg. 35 min.	N N O
	11 deg. 15 min.	
S ½ S E	66 deg. 20 min.	N ¼ N O
	11 deg. 15 min.	*Souftr.*
Sud.	55 deg. 05 min.	Nord

L'on m'obiectera ie m'en affeure, que ie me devois contenter d'un, deux, ou trois rumbs de vent tout au plus, advertiffant feulement qu'il falloit toufiours adioufter ou diminuer 11 deg. 15 min. pour chaque rumb de vent.

Mais ie refpons qu'ayant affaire à des Pilottes, qui pour l'ordinaire ne font pas des plus fpirituels, ie ne leur fçaurois trop bien exprimer par EXemples, pour leur faire concevoir une chofe, que ie fouhaitte leur faire bien comprendre.

SECTION SECONDE.

LE MOYEN DE SVPPVTER VNE TABLE du Sinus de l'Eftoille du Nord.

IE l'appelle *Sinus de l'Eftoille du Nord*, parce que l'on trouve la longueur de la ligne de combien l'Eftoille du Nord eft au deffus ou au deffous du Pole, tout ainfi que fait le Sinus, à proportion que l'Eftoille du Nord fe trouve pour lors efloignée de la ligne de l'Eft ou Oueft dans le petit cercle qu'elle forme par fon mouvement iournalier, que nous venons d'expliquer dans la Section precedente : c'eft pourquoy à proportion que feront grands ou petits

Zz 2

les Sinus de ces deg. & min. de l'esloignement de l'Estoille du
Nord à la ligne de l'Est & Ouest, laquelle comme nous avons dit
represente la hauteur du Pole sur l'horizon (lesquels deg. & min.
d'esloignement ie nomme les Arcs du Sinus de l'Estoille du Nord)
aussi pareillement l'esloignement de l'Estoille du Nord au Pole se
trouvera grand ou petit.

Ainsi toute la plus grande difficulté consiste à trouver de combien de deg. & min. l'Estoille du Nord est esloignée de l'Est ou du
Ouest dans son petit cercle, tant devers le Nord, que nous prenons
icy au bas du Pole, que vers le Sud, lequel par consequent & suivant ce sera au dessus du Pole, à proportion des rumbs de vent
esquels la Claire des Gardes se rencontre, ce que la Table des
Arcs du Sinus de l'estoille du Nord mise presque à la fin de la
Section precedente donnera en un moment.

La raison pour laquelle ie les nomme *Les Arcs du Sinus de l'Estoille du Nord*, est que c'est un certain nombre de deg. & mi. que l'E-
stoille du Nord est esloignée de l'Est & Ouest, lesquels deg. estant
la partie d'un cercle, celuy que l'estoille du Nord forme par le
mouvement que luy fait faire autour du Pole en 24 heures le
premier mobile, ces degrez disie estant la partie d'un cercle, seront par consequent en rond, & feront ce que les Astronomes appellent un Arc de cercle.

Et tout ainsi que dans un cercle, la corde est tousiours plus petite que n'est pas l'Arc, ce que l'on cerche, sçavoir de combien de
deg. & min. l'estoille du Nord sera au dessus ou au dessous du Pole,
estant la ligne droite qui est le Sinus de ces Arcs, vû que les Sinus
(dit la Trigonometrie) sont la corde d'un arc, l'on trouverra, disie,
que les deg. & min. de l'esloignement de l'Estoille du Nord, tant au
dessus qu'au dessous du Pole, seront bien moindres que les deg. &
min. de ces arcs posez en la Table, non seulement à l'esgard du petit cercle dans lequel elle fait son tour, mais encor au respect du
grand rond du Monde, sur lequel les deg. & min. de l'esloignement
que l'on cerche sont mesurez.

Apres donc que l'on aura trouvé, ou que la Table vous aura
enseigné de combien de deg. & min. l'Estoille du Nord sera esloi-

gnée de l'Eſt ou du Oueſt pour chacun des 32 rumbs de vent eſquels on diuiſe le rond du Monde à l'entour du Pole, pour trouuer
de combien de deg. & min. l'Eſtoille du Nord ſera pour lors au deſſus ou au deſſous du Pole, il faut dire par une regle de trois,

Si l'entier Sinus :

Donne les minutes de l'eſloignement de l'Eſtoille du Nord au

Pole au temps propoſé :

Ainſi le Sinus du nombre des deg & mi. que l'Eſtoille du Nord
ſera eſloignée de l'Eſt ou du Oueſt, ſuiuant le rumb de vent
propoſé,

Ce nombre trouvé, ſi vous voulez par le moyen de la Table :

Donnera les minutes que l'Eſtoille du Nord ſera au deſſus ou
au deſſous du Pole.

Qui eſt à dire que pour la pratique par les Sinus communs, il faut
multiplier le Sinus du nombre des deg. & min. que l'Eſtoille du
Nord eſt eſloignée de l'Eſt & du Oueſt dans ſon petit cercle, que ie
nomme arc du Sinus de l'Eſtoille du Nord, par les min. de ſon plus
grand eſloignement au Pole, & du produit de la multiplication
retrancher les cinq dernieres figures, & le reſte ſera les min. de ce
que l'Eſtoille du Nord ſera au deſſus ou au deſſous du Pole.

Leſquelles minutes ſi elles excedent 60, il faudra reduire en
deg. & min. comme pour faire la regle de trois, il faut au contraire
reduire en min. les deg. & min. de l'eſloignement de l'Eſtoille du
Nord au Pole du Monde au temps propoſé.

Mais pour la pratique par les Logarithmes, il faut adiouſter le
Logarithme des min. de l'eſloignement de l'Eſtoille du Nord au
Pole, avec le Sinus Logarithmique des deg. & min. de ſon eſloignement à l'Eſt ou au Oueſt, & du tout retrancher l'unité au deuant,
puis cercher le reſte dans la Table des Logarithmes, & le nombre
vis à vis duquel ce Logarithme ſe trouuera, donnera les min. de
ce que l'Eſtoille du Nord ſera au deſſus ou au deſſous du Pole :

Et pour faciliter de plus en plus ce que nous venons de dire, &

vous en faire voir la pratique, apportons en deux Exemples, l'une par les Sinus communs, & l'autre par les Logarithmes, & chacune par le Quartier d'Or.

PREMIER EXEMPLE.

L'an 1672, ie veux trouver de combien l'Estoille du Nord estoit au dessus du Pole quand la Claire des Gardes estoit au Nord.

Premierement pour venir à la response, ie vois par la Table de la Section precedente, que pour lors l'Estoille du Nord estoit de 55 deg. 5 min. loing du Ouest, en allant vers le Sud, c'est à dire, au dessus du Pole, puis que l'on prend le Sud en haut.

Secondement par la Table de la Declinaison des principales estoilles du Firmament supputée pour cette année proposée, ie trouve que son esloignement au Pole estoit de deux deg. 26 min. lesquels reduits en min. à 60 min. pour deg. font 146 min. pour son plus grand esloignement au Pole. En suitte dequoy par une regle de trois, ie dis,

Si l'entier Sinus :

Donne les 146 min de son plus grand esloignement au Pole :

Ainsi le Sinus de 55 deg 5 min. que l'Estoille du Nord estoit esloignée du Ouest :

Donnera presque 120 minuttes :

Ou deux degrez que l'Estoille du Nord estoit pour lors au dessus du Pole.

Qui est à dire que pour la pratique il faut multiplier le Sinus de 55 deg. 5 min. qui est 81999 par les 146 min. de l'esloignement de l'Estoille du Nord au Pole, & du produit retrancher les cinq dernieres figures, & resteront 119, qui signifiera 119 min. & parce qu'au nombre retrauché les deux premiers chiffres font 71 qui sont presque les trois quarts de 100 qui feroient une min. pour lesquels trois quarts ie pose encor une min avec les 119 min. entieres, puis qu'un quart d'une min. n'est pas considerable, & le tout sera 120 mi. qui divisées par 60 mi. qu'il y a en un deg. feront 2 deg. que l'Estoille du Nord sera pour lors au dessus du Pole, quand la

Claire des Gardes fera au Nord, & partant pour n'eſtre plus obligé une autrefois d'en faire la ſupputation, en faiſant une Table pour me ſervir quand ie voudray prendre ma hauteur par l'eſtoille du Nord, ie poſeray vis à vis du Nord deux degrez.

Sinus de 55 deg 5 *min.*   81999

Eſloignement au Pole   146 *m̃n.*

$$\begin{array}{r} 491994 \\ 327996 \\ 81999 \\ \hline 119|71854 \end{array}$$

119 ¼ *minuttes*

Et afin que ceux qui n'ont pas la connoiſſance de l'Arithmeti-que, & ceux qui ne ſçavent pas ſe ſervir des Tables des Sinus, ne ſoient pas privez du moyen de conſtruire cette ſorte de Table pour l'eſtoille du Nord, pour faire meſme paroiſtre l'univerſalité de noſtre Quartier d'Or, Voicy comme ils y doivent proceder.

Puis que l'eſtoille du Nord eſt au temps propoſé eſloignée du Pôle de deux deg. 26 min. il les faut compter par les cercles, à commencer au centre du Quartier, en comptant 20 pour un deg. & chaque cercle pour trois min. & de la ſorte les deux deg. 26 min. iront finir au quarantehuictieſme cercle deux tiers; apres quoy il faut compter ſur le cercle gradué les 55 deg. 5 min. de la Table des arcs pour le Nord, en commençant à l'Eſt, ce qui ſe pourra faci-lement faire ſur le trentieſme cercle par les nombres qui ſont inte-rieurs, ie veux dire marquez en dedans, & y bander le fil du centre, & à l'entrecouppement de ce fil avec le quarantehuictieſme cer-cle deux tiers y marquer un poinct, en ſuitte dequoy comptant de haut en bas par les travers iuſques à ce poinct marqué, l'on trou-verra ce poinct ſur le quarantieſme, qui à raiſon de 20 pour un deg. ſeront deux deg. comme cy deſſus par les Sinus.

ADVERTISSEMENT.

Veû que dans le Quartier d'Or que i'ay fait graver, les cercles proche de l'Eſt ne vont que iuſques à 45, & qu'ainſi l'on ne pour-roit pas aller iuſques à 48 deux tiers, dans ce rencontre il faut prendre 15 cercles pour un deg. & chaque cercle pour 4 min. de maniere que les deux deg. 26 min. de l'eſloignement de l'eſtoille

du Nord au Pole iront finir à 36 & demy, & partant à l'entrecouppement du fil bandé sur le cercle gradué au 55 deg. 5 min. & du
trentesixiesme cercle & demy, l'on trouverra 30 par les travers qui
selon ce, vaudront deux degrez comme cy dessus par le quarante
huictiesme cercle & deux tiers.

Vous advertissant en outre que plus l'on se pourra servir du qua-
rantehuictiesme cercle deux tiers, plus précisement arrivera-on à
distinguer les min. par les travers.

De maniere qu'ayant une fois composé une Table des arcs du
Sinus de l'estoille du Nord, l'on pourra par le moyen de son Quartier reformer une Table pour cette Estoille, bien plus promptement que par les Sinus, mesmes Logarithmiques, voire mesme
assez précise.

SECOND EXEMPLE.

La mesme année 1672, l'on veut sçavoir de combien l'Estoille
du Nord sera au dessous du Pole, quand la Claire des Gardes sera à
l'Est Nord Est.

Responce. Apres avoir trouvé dans la Table cy devant des arcs
du Sinus de l'Estoille du Nord, que pour lors ladite Estoille estoit
esloignée du Ouest de 12 deg. 25 min. il faut dire par une regle de
trois.

Si l'entier Sinus :

Donne le Sinus Logarithmique de 12 deg. 25 min.

*Ainsi le Logarithme de 146 min. de l'esloignement de l'Estoille
du Nord au Pole.*

*Donneront le Logarithme de presque 31 minutte & demie
que l'Estoille du Nord sera au dessous du Pole.*

Qui est à dire que pour la pratique il faut adiouster le Logarithme
de 146.0 (pour mieux iuger des fonctions) avec le Sinus Logarithmique de 12 deg. vingt cinq min. & du tout en retrancher l'unité au devant, & restera le Logarithme de 31.4 dont la derniere retranchée resteront 31 min. & le 4 retranché estant presque la moitié

tié de 10, feront en tout prefque 31 min. & demie que l'Eftoille du
nord fera pour lors au deffous du Pole.

Sinus Logarithm. de 12 *deg.* 25 *min.*   933248

Logarithme de 146.0   316435

L'unité retranchée Logarith. de 314.   1,249683

    Pour faire cet Exemple par le Quartier d'Or, il faut compter au
dedans du trentiefme cercle qui eft gradué, les 12 deg. 25 min. que
la Table dit que l'Eftoille du Nord eft efloignée du Oueft, & y bander le fil, & parce que le fil ainfi conftitué, il n'y a pas depuis le centre du Quartier iufques à 48 cercles deux tiers, prenant 15 pour
un degré, ie marque un poinct à l'entrecouppement du fil, & du
trentefixiefme cercle & demy, en fuitte dequoy comptant par les
travers ie trouve 31 min. prefque un demy, ainfi que ie viens de
trouver cy deffus par les Sinus Logarithmiques.

    Il en faut faire autant de tous les autres rumbs de vent, il fuffit
neantmoins d'en faire la fupputation pour 16 rumbs de vent de
fuitte; parce que le mefme nombre fert pour les deux rumbs de
vent qui font appofez, avec cette difference que l'un eft au deffus,
& l'autre au deffous du Pole, ainfi au haut de la moitié d'iceux
rumbs de vent de la Table fupputée pour ce fuiet & pofée
page 298 vous y voyez marqué fouftraire, & à l'autre cofté adioufter, vû que l'Eftoille du nord eftant emportée à l'entour du Pole,
une moitié du tour qu'elle fait eft au deffus dudit Pole, & l'autre
au deffous.

    Eftant à remarquer qu'àux rumbs de vent au deffus defquels en
Table eft marqué fouftraire, c'eft figne que l'Eftoille du nord
eftant au deffus du Pole, il faut de la hauteur que l'on a trouvé,
fouftraire ce que la Table dit qu'elle eft au deffus du Pole, pour
avoir la veritable hauteur du Pole fur l'horizon.

    Mais aux rumbs de vent au deffus defquels en cette Table fe
trouve adioufter, c'eft une marque qu'eftant au deffous du Pole, il
faut adioufter ce que l'on trouve dans icelle qn'elle en eft au deffous, & l'adioufter à la hauteur que l'on a trouvé de l'Eftoille du

A a a

Nord, pour avoir la veritable hauteur du Pole sur l'horizon, laquelle est tousiours égale à la latitude, ou bien autrement à ce que l'on
est esloigné de la ligne Equinoxiale.

Il me seroit inutile de vous dire que pour se servir de cette Table, il est necessaire de iuger les rumbs de vent de la Claire des
Gardes à l'esgard du Pole du Monde, & non de l'Estoille du Nord,
& pour cet effet qu'il les faut iuger à l'esgard de la pointe d'un
triangle equilateral que nous avons dit cy dessus se former sur les
deux premiers chevaux du petit Chariot.

Vous me direz aussi tost ie m'en asseure que si cette pratique
estoit asseurée, il suffiroit de poincter simplement les instruments
avec lesquels l'on prend hauteur, non à l'Estoille du Nord, comme
l'on fait pour l'ordinaire, mais à la poincte de ce triangle, puis que
la seule hauteur que l'on auroit prins à l'Estoille du Nord, donneroit tout d'un coup la hauteur du Pole, sans qu'il fut besoin d'avoir
de Table en ce rencontre, n'y avoir l'embarras de mettre les Gardes en rumb.

A quoy ie respons que toute la faute que l'on pourroit commettre à bien prendre la pointe de ce triangle, particulierement de bas
en haut, ou de haut en bas, se rencontreroit toute dans le resultat
de l'observation, là ou quand l'on y procede par le iugement que
l'on fait du rumb de vent de la Claire des Gardes, la faute que l'on
commet à bien prendre le centre veritable du cercle que forme la
Claire des Gardes par son mouvement iournal, ne peut produire
erreur que de quelques d. ou de quelque partie de ce cercle pour
les rumbs de vent, lesquels deg. ou partie de cercle estant en rond,
ne causeront pas une si grande erreur dans la hauteur de l'Estoille
du Nord, & nommément dans de certains rumbs de vent, que feroit cette manque supposée de haut en bas : c'est pourquoy ie
conclus que la pratique de cette sorte à mettre les Gardes en
rumb à l'esgard de la pointe de ce triangle equilateral imaginé, ne
peut pas estre si fautive, que si l'on prenoit tout d'un coup & simplement la pointe de ce triangle imaginaire pour le veritable
Pole.

SECTION TROISIESME.

LE MOYEN DE CORRIGER L'ERREVR
que l'on peut commettre en prenant l'Eſtoille du Nord
comme ſi elle eſtoit le veritable Pole.

C'Eſt beaucoup dans les Mathematiques quand l'on deſcou-
vre l'erreur d'une pratique dont l'on a couſtume de ſe ſervir,
mais il me ſemble que le principal conſiſte à y apporter le
remede ; c'eſt pourquoy pour corriger l'eccentricité que l'eſtoille
du Nord à au Pole du Monde ; Voicy comme i'y procede.

La Claire des Gardes eſtant au veritable Nord du Monde dans
la ligne marquée Nord & Sud, laquelle paſſe par le Pole du Monde A, pour lors l'eſtoille du Nord, à raiſon de la difference en l'aſcenſion droite avec la Claire des Gardes en 1672 eſtoit au poinct
du petit Cercle marqué Nord. Si donc comme c'eſt la couſtume
l'on prend le Nord lors que la Claire des Gardes eſt iuſtement au
deſſus de l'eſtoille du Nord, le poinct B, du petit Cercle, ny le poinct
Nord du grand Cercle qui repreſentera le veritable Nord de la
Claire des Gardes, ne peuvent pas eſtre le Nord de la Claire des
Gardes, puis qu'ils tirent à coſté du deſſous de l'eſtoille, & qu'ainſi
l'eſtoille du Nord a paſſé le Nord qui ſe prend de la maniere que ie
viens de dire pour l'ordinaire au deſſous de l'eſtoille du Nord: c'eſt
pourquoy l'eſtoille du Nord conſervant touſiours la meſme difference & eſloignement de ſon aſcenſion droite avec celle de la
Claire des Gardes, ſçavoir à preſent de 145 deg. 5 min. il faut dire
qu'elle ne s'eſt pas encor tant avancée vers le Nord, & qu'elle n'eſt
pas encor deſcenduë ſi bas que le poinct Nord dans ſon petit Cercle, mais de quelques deg. moins, comme en N, au deſſous duquel
eſt le poinct E, dans le grand Cercle, dans la ligne N E, auquel
poinct la Claire des Gardes arrivant par ſon mouvement iournal,
elle ſera dite eſtre au Nord, à l'eſgard de l'eſtoille du Nord, & non
au reſpect du Pole du Monde A, & par conſequent tout le ſecret

confiste à supputer à combien se monte la différence qu'il y a depuis le poinct Nord du grand Cercle iusques au poinct E, du mesme Cercle, laquelle différence peut estre appellée paralaxe, c'est à

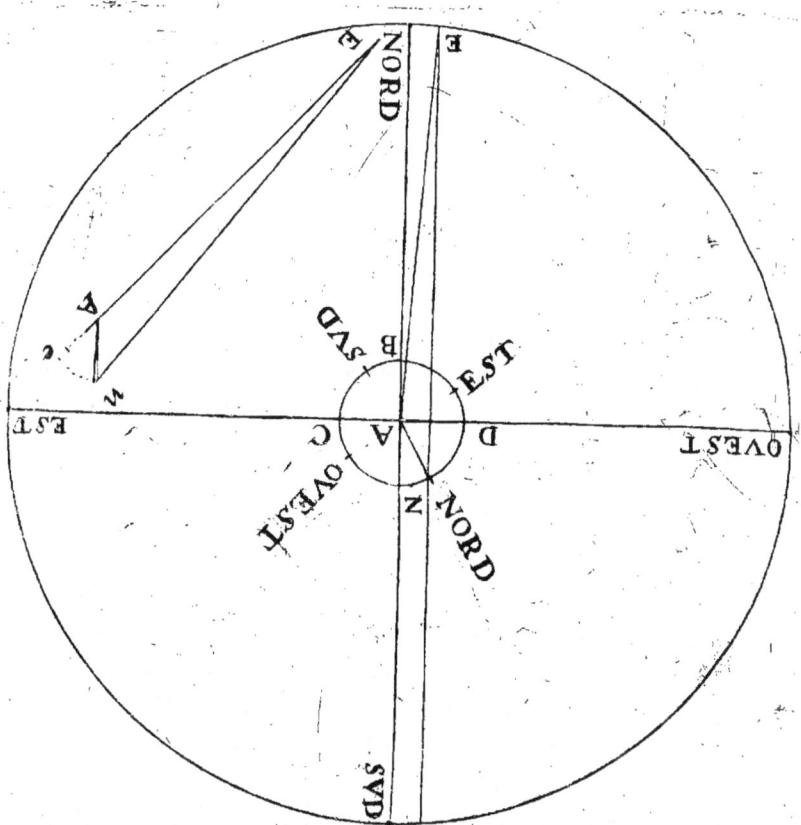

dire diversité de veuë, parce que la Claire des Gardes est veuë
dans un autre poinct hormis qu'elle n'est pas, ou bien encor elle
peut estre appellée eccentricité, parce qu'elle provient de ce que
l'on prend l'Estoille du Nord pour centre de ce grand Cercle, &
non le Pole A, qui en est le veritable centre.

   Pour trouver cette paralaxe ou eccentricité, il faut dans la
figure cy dessus former le triangle A, E, N, ie venx dire que du Pole

Nord A, à l'Eſtoille du Nord ſoit menée la ligne droite A,N, comme auſſi du meſme Pole A, au poinct E, du grand Cercle, & ſemblablement de E, à N, ces trois lignes conſtituent un triangle ſcalene, c'eſt à dire qui à les trois coſtez inégaux, & par conſequent les trois angles, dans lequel triangle on connoit le coſté A,N, qui eſt l'eſloignement de l'Eſtoille du Nord au Pole du Monde qui en 1672 eſtoit de 2 deg. 26 min. qui reduits en mi. vallent 146 min. comme pareillement l'on connoit le coſté A, E, qui eſt l'eſloignement de la Claire des Gardes au Pole du Monde qui dans la meſme année de 1672 eſtoit de 14 deg. 25 min. qui reduits ſemblablement en min. vallent 865 min., & enfin l'angle N, A, E, eſt pareillement connu eſtant meſuré par la difference des aſcenſions droites de ces deux Eſtoilles, laquelle cy deſſus a eſté trouvée de 145 deg. 5 min. & partant voila un triangle rectiligné obliquangle qui à deux coſtez connus avec l'angle qu'ils comprennent, & partant par le moyen de ces trois donnez il convient trouver l'angle N, E, A, qui eſt le moindre des trois angles, puis qu'il eſt oppoſé au plus petit coſté A, N, comme il eſt demonſtré dans le Corollaire de la dixhuictieſme Propoſition du premier d'Euclide, & lequel eſt egal à l'angle E, A, Nord, puis que par la vingtneufieſme Propoſition du premier d'ouclide, la ligne A, E, tombant ſur les deux lignes N, E, & A, Nord, qui ſont paralelles, elle fait les angles oppoſez alternativement égaux, c'eſt à dire l'angle A, E, N, égal à l'angle Nord E, A, lequel angle N, E, A, eſtant trouvé donnera la paralaxe ou la difference entre les poincts Nord & E, du grand Cercle qui meſure l'eccentricité.

Et pour cet effet ſe ſervant de la methode que la Trigonometrie donne pour la ſupputation de ces ſortes de triangles, il s'y faut comporter de la ſorte.

Puis que les trois angles d'un triangle rectiligne ſont égaux à deux droits, ſi l'on ſouſtrait l'angle N, A, E, 145 deg. 5 min. de 180 deg. que contiennent & vallent les trois angles reſteront 34 deg. 55 min. pour la ſomme des deux angles reſtants inconnus, dont la moitié eſt de 17 deg. 27 min. & demie.

En fuitte adiouftant enfemble les deux coftez, fçavoir A,N,
146 min.avec A,E, 865 min. viendra 1011 pour leur fomme : puis
fouftrayant encor ces deux coftez l'un de l'autre, fçavoir 146 de
865 refteront 719 min. pour leur difference. En fuitte dequoy l'on
dira par une regle de trois,

Si la fomme des deux coftez donne 1011 min.

Donne la difference des mefmes coftez 719 min.

*Ainfi la tangente de 17 deg. 27 min. & demie moitié des deux
angles inconnus :*

Donnera la tangente de 12 deg. 36 min. & demie.

Pour la difference des deux angles inconnus à la moitié de leur
fomme que nous venons de trouver de 17 deg. 27 min. & demie,
lefquels 12 deg. 36 min. & demie fouftraites de 17 deg. 27 min. &
demie moitié de la fomme des deux angles inconnus, veu que
c'eft le moindre des deux angles inconnus que ie cerche, refteront 4 deg. 51 min. pour l'angle de cette difference, paralaxe ou
eccentricité cerchée.

Qui eft à dire que pour la pratique par les Sinus communs il
faut multiplier la tangente de 17 deg. 27 min. & demie qui eft
31450 par les 719 min. de la difference des coftez, & le produit
fera 22612550 qu'il faudra divifer par 1011 de la fomme defdits
coftez, & le quotient donnera 22366, tangente de 12 deg. 36 min.
& demie.

Mais par les Logarithmes il faudra avec la tangente Logarithmique de 17 degrez 27 minuttes & demie adioufter le Logarithme de 719, & du tout en fouftraire le Logarithme de 1011, &
reftera la tangente Logarithmique de 12 degrez 36 minuttes &
demie pour la difference des angles inconnus à la moitié de leur
fomme.

Tangente Logarithm de 17 deg. 27 ½ min.   949762

Logarithme de 719 min. difference des coſtez :   285673

Aggregé :   1235435

Logarithme de 1011 ſomme des 2 coſtez :   300475

Tangente Logarithm. de 12 deg. 36 ½ min.   934960

Vous m'obiecterez, ie m'en aſſeure que la ſupputation que ie viens de faire pour trouver cette difference eſt par les triangles rectilignes, bien que tout cecy ſe faiſant ſur le rond du Ciel, ce ſoit par conſequent vn triangle Spherique.

A quoy ie vous reſpons que quoy que la ſupputation en ſoit longue, puis qu'eſtant vn triangle Spherique obliquangle, il eſt beſoin de faire trois regles de trois auparauant que de paruenir à ce que l'on cerche, cela n'empeſche qu'en ayant fait la ſupputation ſuivant les triangles Spheriques, ie n'y ay rencontré que 4 min. de difference à la ſupputation cy deſſus par les triangles rectilignes obliquangles, ce qui au reſte ne vaut pas la peine de ſe tailler tant de beſongne.

Neantmoins en voicy la pratique de l'operation, afin que ceux qui s'en voudront donner la peine le puiſſent faire, laiſſant à la liberté d'vn chacun d'en vſer ſuiuant qu'il iugera le plus à propos.

Operation.

L'angle *A*, 145 deg. 5 min. ou 34 deg. 55 min.   *Sinus* 975769   *Sin. compl.* 991381

Le coſté *A, N*, 2 deg. 26 mi.   *Sinus* 862795   *Tangente* 862834

Perpendiculaire *N, a* 1 d. 23 ⅓ m.   *Sinus* 838564   854215

Premier trouvé.   2 deg.

Eſloignement de la Claire des Gardes au Pole *E, A,*   14 deg. 25 min.

    2 deg. .. m. add.

Le coſté *E, a*, ſecond trouvé,   16 deg. 25 min.

Vn deg. 23 ½ min. | . trouvé, *N, a*, tang. compl.   1161361

16 deg. 25 min. ſecond trouvé, *E a*,   *Sinus*   945120

4 deg. 55 min pour l'angle *N, E, A*, paral. tang. compl.   1|106481

Et afin meſme de débroüiller davantage ce poinct à ceux qui ont connoiſſance des Triangles Spheriques à coſté de la derniere figure pour l'Eſtoille du NORD, i'ay fait graver le triangle *A, E, N,* qu'il faut former pour ce suiet, avec la perpendiculaire qu'il faut concevoir tomber du poinct N, sur le costé A, E, prolongé. C'est pourquoy dans l'operation cy dessus i'ay posé aussi les lettres de ce triangle que pourront obmettre ceux qui se contentent simplement de la pratique.

Ainsi vous voyez par l'operation cy dessus que par les triangles Spheriques il se trouve 4 deg. 55 min. pour l'eccentricité, que l'on n'avoit trouvé par les rectilignes que de 4 deg. 51 min. si partant l'on veut medionner les choses, cette eccentricité se trouverra de 4 deg. 53 min.

Et cette difference ou eccentricité sera generale pour tout le rond de la Roze, ce que ie prouve de la sorte.

Puis que l'Estoille du Nord & la Claire des Gardes cheminant regulierement chacune dans son Cercle, elles garderont long temps la mesme difference sensible dans leurs ascensions droites, & par consequent l'angle N, A, E, restera le mesme autant de temps qu'il n'arrivera point de changement en l'ascension droite de ces deux Estoilles, ce qui ne se fait qu'aprés un grand nombre d'années, car bien qu'elles n'augmentent pas également chacune en cette ascension droite, & qu'ainsi elle ne reste pas egale, ce nonobstant avançant chacune dans le Zodiaque, la difference qui arrivera entre leurs deux ascensions ne deviendra differemment sensible qu'aprés un long temps vû mesme que le mouvement des Estoilles dans le Zodiaque est tres tardif.

Il peut arriver un plus notable changement de la part des deux autres costez en moindre temps, mais au reste ces deux costez du triangle ne souffriront non plus aucun changement à cause du tardif mouvement de ces Estoilles dans le Zodiaque, ce qu'elles ne pourront faire que conformément à mesure que ces deux Estoilles approcheront du Pole à proportion que croistra leur declinaison, laquelle n'augmente ny diminuë sensiblement, & nommément de la part de l'Estoille du Nord, que pendant deux à trois ans qu'elle s'approche d'une minutte vers le Pole, pendant lequel temps double & triplé si vous voulez il n'arrivera point de changement

gement senfible de la part de ces coftez, & par confequent fuivant la quatriefme propofition du premier d'Euclide, toutes les autres parties du triangle reftant efgales, il fe trouverra la mefme differen- ce, eccentricité ou paralaxe qui eft comme nous avons dit le moindre angle de ce triangle.

Et cecy fe fera non feulement en tous les rumbs de vent, mais auffi dans toutes les parties du Cercle de la claire des Gardes, c'eft pourquoy fi l'on adioufte ou fouftraict ces 4 deg. 51 min. 53 min. ou 55 min. avec les deg. & min. des arcs du Sinus de l'Eftoille du Nord pour chaque rumb de vent pofez en la Table icy-deffus pages 312 & 313 fuivant qu'elle s'approche ou recule de l'Eft ou du Oueft, l'on aura un Table des arcs du Sinus de l'Eftoille du Nord corrigée.

Ou bien autrement, apres avoir adioufté ces 4. deg. 55 min. de différence avec les 55 deg. 5 min. que nous avons trouvé cy- deffus, que l'Eftoille du Nord eftoit efloignée du Oueft lors que la claire des Gardes eft au Nord, qui fe trouvent pofez dans la Table des Arcs pour le Nord ; ces 4 deg. 55 min. dis-je, adiouftez avec les 55 deg. 5 min. du Nord feront juftement 60 deg. que l'Eftoille du Nord fera efloignée du Oueft quand la claire des Gardes fera juftement au deffous de l'Eftoille du Nord.

Il en faut par apres continuellement fouftraire ou adioufter 11 deg. 15 min. pour chaque rumb de vent, ainfi que l'on a fait au lieu cy-deffus cotté, & pour lever toute la difficulté qu'on y pour- roit rencontrer, en voicy la Table & la pratique en mefme temps.

Bbb

TRAITÉ

TABLE DES ARCS CORRIGEZ DV SINVS
de l'Eſtoille du Nord, ſervant pour la conſtruction d'une Table
pour l'Eſtoille du Nord corrigée.

4 deg. 55 min. paralaxe *Add.*
55 deg. 5 min.

Nord	60 d. g. 00 min.	Sud
	11 deg. 15 min.	*Souſtr.*
N¼NE	48 deg. 45 min.	S¼SO
	11 deg. 15 min.	
NNE	37 deg. 30 min.	SSO
	11 deg. 15 min.	
NE¼N	26 deg. 15 min.	SO¼S
	11 deg. 15 min.	
NE	15 deg. 00 min.	SO
	11 deg. 15 min.	
NE¼E	3 deg. 45 min.	SO¼O
	11 deg. 15 min.	
	3 deg. 45 min.	*Souſtr.*
ENE	7 deg. 30 min.	OSO
	11 deg. 15 min.	*Add.*
E¼NE	18 deg. 45 min.	O¼SO
	11 deg. 15 min.	
Eſt	30 deg. 00 min.	Oueſt
	11 deg. 15 min.	
E¼SE	41 deg. 15 min.	O¼NO
	11 deg. 15 min.	
ESE	52 deg. 30 min.	ONO
	11 deg. 15 min.	
SE¼E	63 deg. 45 min.	NO¼O
	11 deg. 15 min.	
SE	75 deg. 00 min.	NO
	11 deg. 15 min.	
SE¼S	86 deg. 15 min.	NO¼N
	11 deg. 15 min.	*Addit.*
	97 deg. 30 min.	

	97 deg. 30 min.	
	90 deg. 00 min.	Souſtr.
	7 deg. 30	
	90 deg. 00 min.	
	7 deg. 30 min.	Souſtr.
S S E	82 deg. 30 min.	N N O
	11 deg 15 min.	Souſtr.
S ¼ S E	71 deg. 15 min.	N ¼ N O
	11 deg. 15 min.	
Sud	60 deg. 00 min.	Nord

SECTION QVATRIESME.

LE MOYEN DE SVPPVTER VNE TABLE
de l'Eſtoille du Nord en la prenant comme centre du Cercle de la Claire des Gardes.

PVis que i'ay dit que toute la plus grande difficulté pour ſupputer une Table du Sinus de l'Eſtoille du Nord, conſiſtoit à premierement faire la ſupputation des arcs du Sinus de ladite Eſtoille, c'eſt à dire comme nous avons expliqué trouver de combien de deg. & min. elle eſt eſloignée de l'Eſt ou du Oueſt dans ſon petit Cercle au moment que la Claire des Gardes eſt en quelqu'un des 32 rumbs de vent; c'eſt pourquoy puis que voila la Table precedente corrigée par l'eccentricité, il ne reſte qu'à dire par une regle de trois,

Si l'entier Sinus:

Donne les min. de l'eſloignement de l'Eſtoille du Nord au Pole:

Ainſi le Sinus de l'arc propre pour chaque rumb de vent.

Donnera les minutes que l'Eſtoille du Nord ſera pour lors au deſſus ou au deſſous du Pole.

Et vû que dans la ſupputation du ſimple Sinus de l'Eſtoille du

Bbb 2

Nord, i'en ay expliqué la pratique , tant par les Sinus communs que Logarithmiques & le Quartier d'Or, ie me contenteray de vous en faire voir pareillement deux Exemples, l'une par les Sinus communs, & l'autre par les Logarithmes, & toutes deux par le Quartier d'Or.

PREMIER EXEMPLE.

L'an 1672, l'on souhaitte trouver combien l'Estoille du Nord sera au dessus du Pole quand la Claire des Gardes sera au Nord Est, ce Nord est iugé au respect de l'Estoille du Nord.

Response. Premierement l'on voit par la Table de la Section precedente que lors l'Estoille du Nord est esloignée du Ouest de quinze deg. en suitte, il faut dire par une regle de trois,

Si l'entier Sinus :

Donne les 146 min. de l'esloignement de l'Estoille du Nord au Pole :

Ainsi le Sinus de 15 deg. posez pour le N E proposé :

Donnera presque 38 min. que l'Estoille du Noed sera pour lors au dessus du Pole.

Qui est que pour la pratique par les Sinus communs, il faut multitiplier le Sinus de 15 deg. qui est 25882 par les 146 min. de l'esloignement de l'Estoille du Nord au Pole, & du produit retrancher les cinq dernieres figures, & restera 37, & parce que les deux premieres des cinq figures retranchées, sont 78 qui sont peu plus des trois quats de 100, seront en tout 37 min. trois quarts que pour lors au dessus du Pole, & faisant une Table de l'Estoille du Nord corrigée pour les 32 rumbs de vent, i'y poseray vis à vis du N E, & S O, 38 min. le quart d'une minute qui s'en manque n'estant pas considerable.

Sinus de 15 deg estoign. au Ouest :   25882

L'estoign. de l'Estoille du Nord au Pole :   146 *min.*

155292
103528
25882
————
37|787772

Ou bien par le Quartier d'Or il faut bander le fil du centre sur 15. deg. loin de l'Est sur le Cercle gradué, & à l'entrecouppement du fil bandé, & du trente-sixiesme Cercle & demy (qui vaut 2. deg. 26. min. à raison de 15. Cercle pour un degré) y arrester & ficher si vous voulez une espingle, ou bien marquer un poinct : en suitte dequoy comptant de haut en bas par les travers iusques à ce point où espingle l'on trouvera 9. travers & demy, qui à raison de 4. minutes pour chaque travers donneroient 38. min. ce qui outre qu'il est bien autrement prompt que par les Sinus, pourra mesme servir à verifier si l'on ne s'est point trompé dans son calcul par les Sinus, ce qui n'arrive que trop souvent.

SECOND EXEMPLE.

En la mesme année 1672. on demande combien l'Estoille du Nord sera au dessous du Pole, quand la claire des Gardes sera au sud Est, ce rumb de vent iugé à l'égard de l'Estoille du Nord.

Responce. La table cy-dessus enseigne que pour lors l'Estoille du Nord estoit 75. deg. loin du Ouest dans son petit Cercle : en suitte dequoy il faut dire par une regle de trois.

Si l'entier Sinus :

Donne les 146 *min. de l'esloignement de l'Estoille du Nord au Pole :*

Ainsi le Sinus de 75 *deg.*

Donnera 141 *min. que l'Estoille du Nord estoit au dessous du Pole :*

Qui est à dire, que pour la pratique par les Logarithmes, il faut adiouster le Sinus Logarithmique de 75 deg. que l'Estoille estoit esloignée du Ouest avec le Logarithme des 146 min. de l'Estoille du Nord au Pole du Monde, & du tout en retrancher l'unité au de-vant, & restera le Logarithme de 141 min. lesquelles reduittes en degrez vallent 2 deg. 21 min. & partant en faisant une Table pour m'en servir en toute autre rencontre, je poseray vis à vis du Sud ᴇꜱᴛ & ɴᴏʀᴅ Ouest 2 deg. 21 min. avec au bout de la ligne un A pour signifier qu'il faut adiouster ce nombre de deg. & min. avec la hauteur, que pour lors l'on aura prins à l'Estoille du ɴᴏʀᴅ pour en conclurre de combien le Pole du ɴᴏʀᴅ sera eslevé sur l'Hori-zon au lieu de cette observation.

Ou bien par le Quartier d'Or il faut bander le fil du centre sur 75 deg. comptez au dedans du 30 Cercle de nostre Quartier qui est gradué, c'est à dire à commencer à l'ᴇꜱᴛ en allant vers le ɴᴏʀᴅ, & à l'entrecouppement du fil bandé, & du quarante-huictiesme Cercle deux tiers, y ficher une espingle ou marquer un poinct; en suitte dequoy comptant de haut en bas par les travers jusques à l'espingle, ou ledit poinct l'on en trouvera 47 qui à raison de 20 pour un degré feront 2 deg. 21 min. que l'Estoille du ɴᴏʀᴅ se trouvoit pour lors au dessous du Pole, tout ainsi, & aussi justement que nous venons de trouuer par les Logarithmes.

Et ainsi faisant pour 16 rumbs de vent (pourvû que d'iceux il ne s'en trouve point qui soient opposez les uns aux autres) l'on au-ra une Table pour trouver la hauteur du Pole du Nord à toute heure de la nuict, que vous pourrez disposer ainsi que ie vous l'ay donnée, page 299.

Laquelle Table ainsi que vous voiez est aiustée de maniere que l'Estoille du Nord estant prinse pour centre du Cercle de la Claire des Gardes, on en juge les rumbs de vent esquels elle peut estre, à cet égard, au lieu du simple Sinus de l'Estoille du Nord qui est à la page precedente de celle-cy qui est corrigée; Il faut prendre pour centre du Cercle de la Claire des Gardes, la pointe du triangle equilateral qu'il se faut figurer par imagination sui-vant le Morisque j'en ay donné, & à cet égard juger les rumbs es-quels peut estre la Claire des Gardes au moment de l'observation.

Et ces deux tables pourront servir sans erreur sensible pour neuf à dix ans après l'année pour laquelle on les aura supputées, parce que l'Estoille du Nord pour le present ne s'approche du Pole du Monde que d'une minute en trois ans, qui n'est pas considerable dans la Navigation, mais qui ne devient sensible qu'apres deux à trois minutes qui n'arrivera qu'en neuf ou dix ans, ainsi que je viens de dire, apres lesquels il sera facile de les reformer, ou plus souvent si l'on veut, puis qu'apres avoir supputé une Table des ans de l'Estoille, si vous aimez mieux corrigée, on peut reformer une Table pour l'Estoille du Nord en une demy heure, ou en un quart d'heure par le Quartier d'Or, qui est suffisamment juste dans ce rencontre.

I'ay fait mettre ces deux Tables en deux pages se suivant l'une l'autre, afin que l'on en puisse remarquer plus facilement la difference, sans estre obligé de les chercher dans des pages si differemment esloignées, donnant la liberté de se servir de celle laquelle l'on aura jugée le plus à propos, me persuadant neantmoins que la seconde laquelle est aiustée & corrigée, est tout autrement facile dans la pratique.

Auparavant que de mettre fin à cet Appendice, & vous donner autant d'éclaircissement sur cette matiere qu'on en peut souhaitter, & vous faire d'autant plus paroistre ma sincerité.

Vous me direz qu'à la verité, cette explication que je viens de faire, est si naïfve qu'elle donne merveilleusement bien à entendre comme quoy se ménage le mouvement de ces deux Estoilles, mais qu'elle ne demonstre aucunement comme quoy l'on met les Gardes en rumbs à l'égard de l'Estoille du Nord prinse pour centre du Cercle que forme la Claire des Gardes par son mouvement dans son petit Cercle, en quelque poinct qu'elle se rencontre, si l'on souhaitte mettre les Gardes en rumb, il faut mener du zenith par l'Estoille du Nord une ligne de haut en bas pour le Nord & Sud de la Claire des Gardes, puis une ligne perpendiculaire à la susdite pour l'Est & Ouest, ce qui à le bien considerer produit une telle anomalie ou irregularité qu'elle peut monter jusques à viron 10 deg. ce qu'on peut prouver de la sorte, disant par une regle de trois,

Si le Sinus de l'esloignement de la Claire des Gardes au Pole du Monde 14 deg. 25 min.

Donne l'entier Sinus :

Ainsi le Sinus de 2 deg. 26 min. esloignement de l'Estoille du Nord au Pole.

Donnera le Sinus de 9 deg. 49 min.

Qui est à dire, que pour la pratique par les Sinus communs, il faut adiouster cinq zero à la fin du Sinus de 2 deg. 26 min. esloignement de l'Estoille du Nord au Pole qui est 4246 & viendra 424600000 qu'il faut diviser par le Sinus de 14 deg. 25 min. esloignement de la Claire des Gardes au Pole qui est 24897, & le quotient sera 17055 qui est le Sinus de 9 deg. 49 min. pour la plus grande irregularité.

Mais pour la pratique par les Sinus Logarithmiques, il faut adiouster une unité au devant du Sinus Logarithmique de 2. deg. 26. min. qui est 862834, & du tout en souftraire le Sinus Logarithmique de 14 deg. 25 min. & restera 923219 Sinus Logarithmique de 9 deg. 50 min. pour le requis.

Sin. Logarithm. de 2 d. 26 m. avec l'unité au devant :   1.862834

Sin. Logarith. de 14 deg. 25 min. souftraict.   923219

Sin. Logarith de 9 deg. 50 min. irregularité :   923219

De laquelle irregularité il faut au moins rendre raison, puis qu'estant de la neufiesme partie d'un quart de Cercle, elle est suffisamment considerable pour y avoir égard.

Response. Ie vous avouë que cette obiection me semblant tres-puissante me donne beaucoup de peine, & tout ce que ie peux dire pour le present, est que comme dans les Cartes hydrographiques, quoyque les rumbs de vent soient beaucoup esloignez les uns des autres, cela n'empesche qu'ils ne facent le mesme office l'un que l'autre à cause qu'ils sont paralels, de mesme les rumbs de vent de la Claire des Gardes estant paralels les uns aux autres, en quelque lieu de son Cercle que soit l'Estoille du Nord,

ces

ces rumbs de vent doivent produire le mesme effect.

Que si poussant plus outre nostre poincte, vous me dites que la Claire des Gardes estant au Nord, l'Estoille du Nord se trouvant pour lors esloignée de la ligne du nord & Sud du Monde de viron 35 deg. le nord de la Claire des Gardes se prenant justement au dessous de l'Estoille du nord, il se trouvera presque cinq degrez difference ainsi que cy-devant a esté trouvé, mais lors que l'Estoille du nord se trouvera esloignée de ladite ligne du nord & Sud du Monde de 90. deg. ce qui arrive lors que la Claire des Gardes est au NE : E, & SO : O, il y aura jusques à prez de dix degrez de difference entre la ligne de Nord & Sud de la Claire des Gardes à l'égard de l'Estoille du Nord, & ainsi il se trouvera deux quarts de Cercle, lesquels ne contiendront chacun que 80 deg. lesquels 80 deg. divisez par les 8 rumbs de vent qu'il y a dans un quart de Cercle, ces rumbs de vent se trouveront bien plus proches les uns des autres qu'à l'ordinaire, qui met 90 deg. pour les 8 rumbs de vent ; mais aussi en recompence les deux autres quarts lesquels acheveront le demy Cercle, se trouveront plus grands, sçavoir de 100 deg. ce qui causera que les rumbs de vent de ces quarts de Cercle seront bien plus esloignez les uns des autres, que ceux dont ie viens de faire mention, avec cette remarque que la Claire des Gardes se trouve tousiours dans un de ces quarts de Cercle lesquelles contiennent 100 deg. & l'Estoille du Nord dans celuy de 80, & bien que cette difference que l'on vient trouver de 10 deg. devienne moindre, & diminuë à mesure que l'Estoille du Nord vient à s'approcher de la ligne d'Est & Ouest, cela n'empesche qu'il ne faille rendre raison de cette plus grande irregularité.

Ie vous répondray que la force de cet Argument, ainsi que ie viens de dire, me semble si convainquante, que j'ay toutes les peines à m'en débarasser, & tout ce que ie peux répondre pour le present outre ce que j'ay dit cy-dessus du paralelisme des rumbs de vent, est que pour les rumbs de vent du Nord & Sud, de l'Est & du Ouest, la Table que ie vous ay donné est juste & demonstra-

Ccc

tive ce me femble, mais pour les autres 28 rumbs de vent d'entre
deux, j'ay de la peine à y trouver mon compte, veu qu'en quelque
part de fon petit Cercle que fe rencontre l'Eftoille du Nord, l'Eft
& Oueft pour la Claire des Gardes qui fe tirent en croix par l'E-
ftoille du Nord, emportent ainfi qu'il eft dit cy-deffus, du Cercle
de la Claire des Gardes, prefque dix degrez plus d'un cofté que de
l'autre, de maniere que des 4 quarts qui font faicts par cette croix,
il y en a deux qui contiennent prefque 100 deg. & les deux autres feulement 80, le moindre diametralement oppofé au plus
grand, excepté quand l'Eftoille du Nord fe trouve aux poincts de
la ligne du Nord & du Sud du Monde, auquel cas les quarts
grands & petits fe tiennent l'un à l'autre, & font contigus, en forte
que la Claire des Gardes eft toufiours dans l'un des deux quarts qui
contiennent 100 deg. & l'Eftoille du Nord dans celuy qui en contient feulement 80, ce qui feul empefche que je n'y puiffe trouver mon compte ; car feparant les 100 deg. de chaque quart auquel fe rencontre la Claire des Gardes par les 8 rumbs de vent qui
fe rencontrent en un quart, ie creus y pouvoir parvenir, mais auffi
d'un autre cofté, il faudroit que l'Eftoille du Nord cheminaft autant de deg. dans fon petit Cercle pour conferver toufiours le mé-
me efloignement qu'elles ont enfemble par leur afcenfion droicte, ce qui pourtant eft impoffible, puis que la Claire des Gardes
eftant toufiours, ainfi que ie viens de dire dans le quart de Cercle
de 100 deg. les 4 quarts feroient 400 deg. pour le tour, tant de
l'Eftoille du Nord que de la Claire des Gardes, qui n'eft neantmoins que de 360.

Ce nonobftant, à confiderer le tout dans fon fonds, ie peux dire,
qu'ayant prins 4 deg. 55 min. pour la correction de cette eccentricité, c'eft égaler & medionner cette difference laquelle dans le
plus grand efloignement l'on a trouvé, fe monter à prefque dix
degrez. C'eft pourquoy ie me perfuade que cetre Table corrigée
de la forte, eft tellement ménagée que l'on s'en pourra fervir fans
crainte d'erreur jufques à ce que le loifir me permette d'advifer
comme quoy l'on pourra ajufter toute cette irregularité, mefme

pour les 28 rumbs de vent qui sont entre les 4. principaux, estant
de ma profession de dire tout avec une sincerité naïfve, afin qu'a-
prez avoir faict connoistre que ie n'ay negligé aucune des raisons
qui me sont venuës en la pensée, ausquelles mesme ie n'ay peu
répondre, chacun puisse contribuer de son costé des lumieres
qu'il pourra rencontrer, & venir en l'esprit sur ce sujet dont ie ne
concevray point de jalousie.

A prés laquelle irregularité, ie ne m'estonne plus que de ce que
tous ceux des Hollandois, qui depuis peu ont traitté de la Navigation, dans les moyens qu'ils donnent pour trouver la Latitude, ne
font aucune mention de trouver l'eslevation du Pole par le moyen
de l'Estoille du Nord, suivant le rumb de vent auquel se rencontre la Claire des Gardes, & que des Anciens, ceux qui en ont
traitté, n'apportent des Tables que pour les 4 principaux rumbs
de vent, Nord, Sud, Est & Ouest.

SECOND APPENDICE.

TROVVER L'HEVRE DE LA NVICT
par le moyen de la Claire des Gardes.

PVis que nous voila sur l'Estoille du Nord & la Claire des
Gardes, ie me persuade que vous ne trouverez pas mauvais,
& que ie ne vous rendray pas un petit office de vous enseigner la methode dont se servent communement les Pilottes pour
trouver l'heure de la nuict par la Claire des Gardes suivant les
rumbs de vent esquels elle se rencontre au moment que l'on en
faict l'observation, & les saisons de l'année ou jour du mois auquel
on faict cette observation. Pour à quoy parvenir.

Il faut remarquer que le septiesme jour de Novembre, & le
cinquiesme jour de May la Claire des Gardes arriveroit au vray
Nord & Sud du Monde, que tous les mois elles avance de 2 heures, ou ce qui est la mesme chose, elle arrive plustost au Nord &
au Sud de deux heures, tous les 15 jours d'une heure. Cecy
supposé,

Pour trouver l'heure de la nuict par ce moyen, il faut premierement cercher à quelle heure la Claire des Gardes arrive au Nord & au Sud au jour proposé, & aprez avoir observé à quel rumb de vent est la Claire des Gardes au temps proposé, il faut adiouster la valeur de ce rumb de vent, avec l'heure que l'on a trouvé, que l'Estoille du Nord arrivoit au Nord & au Sud en ce jour, & le tout ensemble donnera l'heure requise.

Que si le tout passoit 12, il faudroit en ce cas reietter 12, (parce que nous n'avons point de coustume ainsi qu'en Italie, de compter nos heures au dela de 12, mais apres que 12 sont passées nous recommençons comptant deux fois 12 en un jour de 24 heures) aprez donc avoir rejetté 12, le reste donnera l'heure qu'il estoit lors de l'observation.

Auparavant que de vous en apporter des exemples, je trouve bon de vous declarer les raisons fondamentales de toute cette pratique, ce qui vous la mettra dans une telle evidence que ie me persuade qu'il ne vous sçauroit plus sortir aucune difficulté sur ce sujet.

Et premierement pour vous faire connoistre la raison pour laquelle ie viens de dire, que la Claire des Gardes arrive au vray Nord & Sud le septiesme jour de Novembre, & le cinquiesme de May à 12 heures, tant de jour que de nuict, puis que faisant le tour du Monde en un jour emportée par le premier Mobile, elle fera la moitié de ce tour en 12 heures, & ainsi ayant esté à midy au plus haut au Sud, elle sera à l'opposité au plus bas à minuict au Nord.

Sur quoy si vous me dites que les Estoilles avancant tous les jours de 4 min. plus que le Soleil, puis qu'il retarde par son mouvement dans le Zodiaque, & les Estoilles peuvent estre dites ne point retarder, à raison que leur mouvement estant tres-lent & tardif si à grand peine il est sensible en un an, à plus forte raison est-il infiniment moins sensible en un jour, il s'ensuivra que la Claire des Gardes pendant les 12 heures qu'il y a depuis midy jusques à minuict avancera de 2 min. & en ce jour viendra plustost à minuict que le Soleil de 2 minuites.

Ie vous répondray qu'à la verité cela eſt, mais dans le civil deux min. ne ſont pas conſiderables,& ainſi le peuple & les Pilottes qui ſe contentent de ſçavoir l'heure de la nuiᷟt ſeulement à peu prés, n'y prenant pas de ſi prés garde, diſent qu'un tel jour la Claire des Gardes arrive au Nord & au Sud, tant à minuiᷟt qu'à midy.

Pour donc venir à la raiſon pour laquelle ie dis que la Claire des Gardes arrive au Nord & au Sud à 12 heures le ſeptieſme jour de Novembre,ie dis que c'eſt à cauſe que ledit ſeptieſme de Novembre la Claire des Gardes & le Soleil, ayant la meſme aſcenſion droiᷟte l'un que l'autre, ſçavoir à preſent 222 deg. 46 min. la Claire des Gardes arrivera en meſme temps au Sud que le Soleil à midy, ce qui ne pourra pas eſtre apperceu en latitude Nord, à raiſon de la lumiere du Soleil qui l'empeſche, cependant à cauſe que durant tout ce jour, elle eſt ſenſiblement au meſme lieu du Soleil, & à cauſe qu'elle eſt du nombre de ces Eſtoilles leſquelles ne ſe couchent point, le Soleil ſe couchant ne pourra pas empeſcher qu'on ne la voie à l'autre partie du Meridien 12 heures aprez, ie veux dire au Nord au bas du Pole qui ſera à 12 heur.de la nuiᷟt, ou ſi peu s'en faut que cela ne vaut pas la peine de le diſputer.

Vous vous eſtonnerez que j'aye dit que la Claire des Gardes arrive pareillement au Nord & au Sud le cinquieſme jour de May, veu qu'ayant avancé cy-devant que les Eſtoilles retardent tous les mois de deux heures , les ſix mois faiſant 12 heures, ce devroit eſtre le ſeptieſme de May & non le cinquieſme.

A quoy ie répons que le peuple le compte de cette maniere, mais voicy comme ie prouve qu'elle arrive au Nord & au Sud le cinquieſme de May, & non le ſeptieſme , puis que cecy doit arriver lors que le Soleil ſera à l'oppoſite de 222 deg. d'Aſcenſion droiᷟte de la Claire des Gardes , ce qui arrivera lors qu'il aura encor avancé dans le Zodiaque 180 deg. qui eſt la moitié du tour du Monde, leſquels 180 deg. adiouſtez à 222 deg. feront 402 deg. dont les 360 deg. du tour du Monde ſouſtraiᷟts reſteront 42 deg. Quand donc le Soleil aura 42 degrez d'Aſcenſion droiᷟte, la Claire des Gardes arrivera à 12 heures de nuiᷟt au Sud, ce qui arrive juftement le cinquiefme jour de May & non le feptiefme, auquel temps le Soleil eftant au quinziefme degré de Taurus, & ayant pour lors 42 deg. d'Afcenfion droiête, il fera juftement oppofé à la Claire des Gardes, & pendant qu'il fera au Sud, elle fera au Nord, & gardant pendant tout ce jour fenfiblement le même lieu, lors que le Soleil fera au Nord à minuiêt, la Claire des Gardes fera au Sud à fon midy au deffus du Pole; car le feptiefme jour de May le Soleil ayant 44 deg. d'Afcenfion droiête, il ne feroit plus oppofé, ainfi n'eftant plus oppofé, il s'en manqueroit pour les deux jours des deux deg. de difference 8 minutes, au lieu donc d'arriver à 12 heures, elle arriveroit à 11 heures 52 min.

Neantmoins attendu que cette maniere de trouver l'heure n'eft pas pour la trouver avec toute la jufteffe pour medionner les affaires, & faire que le compte en foit plus rond, fouftraiant à l'un un jour, & à l'autre adjouftant un difons que la Claire des Gardes arrive au vray Nord & Sud le fixiefme jour de Novembre, & pareillement le fixiefme jour de May, que tous les mois elle avance de deux heures, & tous les jours de 4 minutes d'heure.

Nos anciens Pilottes qui jamais ne mefurent les chofes qu'à ce qu'ils fe font une fois imprimé, parce qu'on leur apprins de la forte fans vouloir écouter la raifon, s'étonneront encor de ce que j'ay mis, non feulement le feptiefme de Novembre, mais encor le fixiefme pour le jour auquel la Claire des Gardes arrive au Nord & Sud à 12 heures, au lieu qu'ils ne prenoient que le cinquiefme. Ce qui pourtant ne leur doit point eftre un fujet d'étonnement apres la raifon convainquante que j'en viens de donner, à laquelle l'experience ne peut jamais eftre contraire, & la Claire des Gardes ayant avancé dans le Zodiaque bien un degré depuis que la methode qu'on leur a apprinfe à efté fuppurée, & cette Eftoille ayant pareillement augmenté un degré en fon Afcenfion droiête, il ne faut pas s'étonner s'il fe trouve un jour davantage que celuy qu'on leur avoit apprins.

Il faut que vous remarquiez que tout ce que je viens de dire, fe trouvera veritable au moyen que le rumb de vent de la Claire des

Gardes fe juge à l'égard du triangle equilateral, dont j'ay tant parlé dans tout le difcours que j'ay fait cy-devant pour mettre les Gardes en rumb, mais dans le jugément que l'on faict des rumbs de
vent efquels fe trouve la Claire des Gardes à l'égard de l'Eftoille
du Nord que l'on prend pour centre du Cercle que l'on forme
pour mettre les Gardes en rumb, qui devroit eftre le Pole & non
pas l'Eftoille du Nord, la raifon dicte qu'il ne faut pas efperer que ce
foit le mefme jour que nous avons trouvé eftre le fixiefme de chaque mois que la Claire des Gardes arrive au Nord & au Sud. Mais
tout ainfi qu'en prenant hauteur à l'Eftoille du Nord, quand l'on
a jugé le rumb de vent de la Claire des Gardes au refpect de l'E-
ftoille du Nord, nous avons eu égard à l'eccentricité, ainfi dans ce
rencontre icy pour l'heure, il eft jufte & raifonnable d'y avoir pareillement égard.

Dans la conftruction de noftre Table pour l'Eftoille du Nord
corrigée, nous fommes fervis de 4 deg. 55 min. d'eccentricité, qui
n'eft pourtant qu'une eccentricité medionnée, puis que nous a-
vons trouvé que la plus grande eccentricité monte à prefque dix
deg. lefquels eftant des deg. d'Afcenfion droicte, & prenant pour
chaque jour un degré d'Afcenfion droicte, feroit dix jours qui s'y
pourroit trouver d'erreur fi l'on n'avoit pas égard à cette eccentricité, & par confequent comme cette eccentricité produit fon effect auparavant, la Claire des Gardes pourra arriver pluftoft au
Nord & au Sud dix jours pluftoft que le fixiefme de chaque, & par
ainfi, jugeant le rumb de vent de la Claire des Gardes à l'Eftoille
du Nord, il faudra prendre le vingt-fixiefme de chaque mois à ce
compte pour le Nord & Sud de la Claire des Gardes.

De-là vient que nos Anciens, quoy qu'ils difent que le cinquiéme de Novembre & de May, la Claire des Gardes arrivoit au Nord
& au Sud, ils fe regloient neantmoins fur le vingt-cinquiefme
d'Octobre & d'Avril, pour juger l'heure par la Claire des Gardes, à
caufe de ces dix deg. d'eccentricité, & ainfi pour nous ce n'eft pas
merveille fi l'Eftoille du Nord ayant avancé depuis ce temps un
degré dans le Zodiaque, nous mettons un jour d'avantage qui eft

eſt le ſixieſme & le vingt-ſixieſme.

Ou bien autrement, ſi l'on ſe vouloit ſervir du ſixieſme de tous les mois pour le Nord & Sud de la Claire des ɢardes, ſi l'on avoit jugé le rumb de vent de la Claire des ɢardes à l'égard de l'Eſtoille du Nord aprez avoir trouvé l'heure, il faudroit diminuer de l'heu-re trouvée 40 mi. ou les deux tiers d'une heure, & ce à cauſe de ces dix diɢ. d'eccentricité, qui à raiſon de 15 deg. pour heure font deux tiers d'heure de diminution.

En quoy pour vous dire le vray, ie ne trouve pas peu de difficul-té, puis qu'ayant trouvé par ſuppuration qu'à preſent juſtement la Claire des ɢardes ſe trouvant au Nord au deſſous de l'Eſtoille du Nord, il n'y avoit que 4 deg. 55 min. d'eccentricité qui à raiſon d'un jour pour chaque degré d'Aſcenſion droicte, ne donneroient tout au plus que cinq jours de diminution, de maniere que du ſixieſme du mois ſouſtraiant cinq, reſteroit le premier jour de chaque mois que la Claire des ɢardes arriveroit au Nord & au Sud à l'heure propre pour chaque mois.

Et pour pouſſer encor plus avant ma poincte, ié dis qu'il peut arriver qu'il ne ſe trouvera aucune eccentricité, ſçavoir quand la Claire des ɢardes eſt au N E ¦ N & au S O ¦ S, & pour lors de l'heu-re que l'on trouvera par le ſixieſme de chaque mois, il ne faudra rien diminuer, ie veux dire qu'en ce rencontre, ſçavoir quand la Claire des ɢardes eſt au N E ¼ N & au S O ¼ S, il faudra aiuſter ſon heure tout ainſi que ſi le ſixieſme de chaque mois la Claire des Gardes arrivoit au Nord & au Sud.

Ce qui me faict conclurre que de toutes les Eſtoilles dont l'on ſe peut ſervir pour trouver l'heure de la nuict, il ne s'en trouve point de plus defectueuſe que la Claire des ɢardes, à laquelle l'on eſt obligé d'avoir égard à tous les rumbs de vent, pour en conclur-re la diverſité de veuë, ou eccentricité qu'il faudra adiouſter ou diminuer au ſixieſme de chaque mois, pour en conclurre verita-blement l'heure qu'il pourroit eſtre. Ce qui à le bien conſiderer dans ſon fonds eſt ſi embarraſſant qu'il faudroit mieux s'en abſte-nir que de s'en ſervir avec tant de precaution.

C'eſt

C'eſt pourquoy pour en dire mon veritable ſentiment, il ſeroit à preferer de ſe ſervir de mettre les gardes en rumb par la poincte du triangle equilateral au lieu de s'expoſer à de tant d'embarras, qui ne peuvent eſtre remarquez qu'apres pluſieurs obſervations qui doivent eſtre faites pour ce ſujet, & veu l'importance qu'il y a de ſçavoir ponctuellement à quel jour de Novembre ou de May, ſi l'on ſe ſert de triangle equilateral, ou d'Octobre & Avril ſi l'on ſe regle ſur l'Eſtoille du Nord pour mettre la Claire des Gardes en rumb, auquel jour du mois dis-je la Claire des Gardes arrive au Nord & au Sud juſtement à 12 heures, puis que là deſſus ſe doit regler tout le reſte de l'année, il faudroit en faire l'obſervation avec toute l'exactitude poſſible, de laquelle grace ie ſupplie nommement les Pilottes, ne ſçachant perſonne qui s'en puiſſe mieux acquitter qu'eux, à raiſon du quart qu'ils ſont obligez de faire pendant leurs voyages. En quoy outre le profit qu'ils en peuvent retirer en leur particulier, ils rendront une faveur tres-ſignalée au public en luy donnant un moyen de regler les heures de la nuict avec toute la juſteſſe.

Et ſi ie convie pluſieurs de faire la meſme obſervation, eſt que pluſieurs obſervations aſſemblées ſur un meſme ſujet, ont un merveilleux poids dans les Mathematiques pour y fonder un jugement aſſuré, & dont apres l'on ne puiſſe plus douter.

La raiſon meſme dicte, qu'il n'eſt pas neceſſaire d'attendre à en faire l'obſervation en ces deux mois de Novembre & de May, ou d'Octobre ou d'Avril, mais que chaque mois l'on peut obſerver à quelle heure cette Claire des Gardes arrive au Nord & au Sud à l'heure propre pour chaque mois, ie veux dire, à quel jour des mois de Novembre & de May la Claire des gardes arrive au Nord & au Sud, à douze heures, en Iuin & Decembre à dix, en Iuillet & Ianvier à 8, en Aouſt & Febvrier à ſix, en Septembre & May à 4, & en Octobre & Avril à deux, touſiours en heures paires, vers le ſix & ſeptieſme de chaque mois, ſe ſervant de la poincte du triangle equilateral pour juger du rumb de vent de la Claire des gardes, mais 15 jours apres en heures impaires vers le 21 &

Ddd

vingt-deuxiefme de chaque mois que ie viens de nommer cy-
devant à 11 heures', 7 heures, 7, 5, 3, & 1, puis qu'à pareil jour la
raifon dicte elle y doit arriver femblablement dans les autres mois
à l'heure que j'ay dit qui leur eft propre.

Et bien que dans la diftribution des jours l'on n'aye pas eu é-
gard de faire les mois tous égaux, un jour de plus ou de moins, qui
ne vaut que 4 minutes d'une heure, eft de fi peu de confequence en cette affaire qu'il ne vaut pas la peine d'en parler, outre
qu'enfin le tout fe rajufte dans la fuitte.

J'exhorte donc les Pilottes d'en faire des obfervations tres-fre-
quentes & les plus exactes qu'il leur fera poffible, & d'en faire un
journal pour nous le communiquer, dont nous leur aurons obligation, afin que par la confrontation de plufieurs l'on voye s'ils
quadrent & fe raportent les uns aux autres, & ce d'autant plus que
j'ay remarqué que jugeant le rumb de vent de la Claire des Gardes,
à l'égard de l'Eftoille du Nord, il fe trouvoit une tres-grande difference dans l'irregularité, ce qui pourtant caufera que la Claire
des Gardes arrivera pluftoft au Nord ou au Sud, que le fix ou feptiéme de chaque mois, auquel jour elle devroit arriver, n'eftoit
cette irregularité.

Je dis bien plus, que comme il eft tres-facile d'obferver exactement à quelle heure la Claire des Gardes arrive à l'Eft ou au Oueft
par le moyen de la hauteur que l'on y prendra, puis qu'apres avoir
ajufté fon marteau pour l'Eftoille du Nord, fi en mefme temps
prefentant le marteau ainfi ajufté à la Claire des Gardes, l'on trouve que ce marteau fe raporte comme il faut, c'eft un prejugé que
ces 2 Eftoilles ayant la mefme hauteur, la Claire des Gardes eft
pour lors à l'Eft ou au Oueft, à l'égard de l'Eftoille du Nord, c'eft
pourquoy le jour auquel il arrivera qu'elle fera à l'Eft ou au Oueft,
fix heures apres l'heure propre de ce mois, il faut conclurre qu'à
pareil jour, foit de Novembre ou de May, ou d'Octobre, ou d'A-
vril la Claire des Gardes doit arriver au Nord & au Sud à 12
heures.

Je m'explique & dis, par Exemple que fi le premier du mois

de Mars l'on trouvoit par obfervation que la Claire des Gardes arrivaft à l'Eft à dix heur. de foir, (qui font 6 heur. aprés 4 propres
pour ce dit mois) il faudroit conclurre que le premier de May &
de Novembre, la Claire des Gardes arrive aù Nord & au Sud.

Si on veut fuivant la premiere opinion, de mettre les Gardes en
rumb, l'obferver par le poincte du triangle equilateral, apres que
par imagination l'on fe fera formé ce triangle, il faudra ajufter fon
marteau à la poincte, & en mefme temps la prefenter à la Claire
des Gardes, & le jour auquel on trouvera que la Claire des Gardes
fera arrivé à l'Eft ou au Oueft à l'heure propre de ce mois, apres
avoir fuftraict de l'heure de l'obfervation fix heures, que vaut l'Eft
& Oueft, fera le jour du mois de Novembre & de May, que la
Claire des Gardes arrivera au Nord & au Sud à 12 heures.

Ie dis bien plus, qu'il n'y a jour de l'année auquel cette obfervation ne fe puiffe faire, par l'Eft & Oueft de la Claire des Gardes,
en divifant par 4 les minutes qui manquent, ou qui font outre les
fix heures apres celle qui eft propre pour chaque mois, & le quotient donnera des jours qu'il faudra adjoufter ou fouftraire du jour
auquel jour du mois doit arriver au Nord & au Sud, & fur ce principe faudra faire fon compte pour toute le refte de l'année.

Comme fi l'on trouvoit que le onzieme jour de Mars la Claire
des Gardes arrivaft à l'Eft à 9 heures 40 mi. fi l'on divife par 4 les
40 min. qui fe manquent de 10 heures (qui font les 4 heures propres de ce mois, avec le 6 heures de l'Eft) viendra au quotient 10
jours, lefquels il faudroit fouftraire de onze jours de l'obfervation,
& refteroit le premier jour de chaque mois, auquel la Claire des
Gardes arriveroit au Nord & au Sud, dans une heure paire, ie veux
dire 2, 4, 6, 8, 10, & 12, propre pour chaque mois.

Ce nonobftant pour en dire de vray, les jours du mois efquels
la Claire des Gardes arrive au Nord & au Sud, à l'Eft ou au Oueft,
à quelque certaine heure de la nuict fan3 minutes, font à preferer,
eftant ainfi plus propres & plus juftes pour y affeoir un jugement
qui foit certain.

Apres avoir étably le moyen de trouver ponctuellement à quel jour du mois de Novembre la Claire des Gardes arrive au Nord & au Sud à 12 heures, pour vous faire comprendre comme quoy elle y arrive à pareil jour au mois de May. Vous devez remarquer, qu'encor bien que tous les Cieux soient emportez tous les jours de l'Est ou Ouest par le premier Mobile, cela n'empesche que tous les autres Cieux inferieurs n'ayant chacun leur mouvement particulier, au contraire de ce mouvement, c'est à dire, du Ouest à l'Est, en biaisant neantmoins de la maniere que fait le Zodiaque, lequel mouvement du Ouest à l'Est ils achevent en temps differents, les plus bas & proches de la terre en moins de temps, & les plus esloignez en davantage : & comme il n'est icy question que du Soleil & des Estoilles, celuy-cy acheve ce mouvement en un an, & les Estoilles suivant l'opinion entre-moyenne ne le font qu'en 36000 ans, de maniere que le mouvement des Estoilles estant tres-lent, n'avançant pas tous les ans une minute dans le Zodiaque, le Soleil les quitte & s'en écarte de plus en plus, jusques apres un an qu'il les vient rejoindre, tant soit peu neantmoins plus loin que le lieu auquel il les avoit quittées un an auparavant, ce qui cause que le Soleil retardant tous les jours à raison de ce mouvement du Ouest à l'Est, de sorte qu'enfin il gagne tous les ans un tour du Monde, qu'il fait moins tous les ans que non pas les Estoilles, lequel tour du Monde estant ce qui nous appellons un jour naturel, est par consequent de 24 heures, lesquelles distribuées par les 12 mois qu'il y a dans une année, faict deux heures par chaque mois, & partant la moitié d'un mois, laquelle pour le plus ordinaire est de 15 jours, sera d'une heure, laquelle estant de 60 min. si l'on separe ces 60 min. par les 15 jours d'une heure, viendra 4 minutes d'une heure pour chaque jour que le Soleil retardera, tout ainsi que tous les 15 jours d'une heure, & tous les mois de deux heures, ce que ne font pas les Estoilles.

A ce compte les six mois feront 12 heures que les Estoilles auront avancé, au lieu que le Soleil aura retardé d'autant; ce qui faict que 6 mois apres Novembre, qui est le mois de May, la Claire des Gardes arrivera au Nord & au Sud, à pareil jour semblablement à douze heures (ce qui s'en peut manquer, fçavoir un iour ou deux, à caufe que les mois ne contiennent pas un femblable nombre de iours, n'éftant pas confiderable) mais pourtant à l'autre partie du meridien , c'eft à dire que fi au mois de Novembre à midy la Claire des Gardes arrive au Sud, en May elle fera au Nord à midy, & douze heures apres qui fera à minuict au Sud, iuftement oppofée au Soleil.

Il ne refte plus qu'à donner la raifon pour laquelle l'on adioufte la valeur du rumb de vent ou eft la Claire des Gardes, avec l'heure que l'on a trouvé qu'elle arrive au Nord & au Sud dans le iour propofé ; pourquoy vous devez remarquer que ces rumbs de vent fe prennent fur le Cercle que forme la Claire des Gardes par fon mouvement iournal, lequel Cercle eftant paralel à la ligne Equinoxiale & en eftant dans toutes fes parties également efloigné, fait l'office & le mefme effet que l'equinoxial, toute la difference ne confiftant qu'en ce que pour l'ordinaire l'on ne divife ces fortes de cercles paralels qu'en 24, pour nous reprefenter les heur. là ou les Pilottes à qui les rumbs de vent font plus familiers, le divifent en 32 parties qu'ils appellent rumbs de vent, auffi au lieu de valoir chacun une heure, ils ne les font valoir que trois quarts d'heure : & comme la valeur des rumbs de vent ne commence qu'au Nord & au Sud, auffi la valeur de ces rumbs de vent ne font autre chofe que le nombre d'heures que la Claire des Gardes a paffé fon midy, lequel arrive en des heures differentes, fuivant les mois & les iours du mois, à raifon de ce que les Eftoilles (dont la Claire des Gardes eft du nombre) avancent tous les iours : c'eft pourquoy puis que par les rumbs de vent ou eft la Claire des Gardes au moment d'une obfervation, l'on fçait combien de temps il y a qu'elle a paffé le meridien qui eft le Nord & Sud : fi donc l'on en adioufte les heures avec celles que l'on a trouvé , qu'elle arrivoit au Nord & au Sud dans le iour propofé, l'on aura iuftement l'henre de la nuict qu'il fera pour lors.

Et parce qu'il eft nuict quand en voyant la Claire des Gardes l'on peut iuger à quel rumb de vent elle eft, il faut dire que l'heure que l'on trouverra qu'il eſt, eſt une heure de la nuiᷤ.

Et vû que dans la façon ordinaire que nous avons de compter nos heures, nous recommençons touſiours apres douze, il ne ſe faut pas eſtonner ſi i'ay dit que quand le tout eſtant aſſemblé il ſe trouve plus que douze, ayant reietté les douze heures, le reſte donne l'heure de la nuiᷤ qu'il eſt pour lors.

Apres une explication ſi diſtinᷤe des raiſons fondamentales de toute cette methode, ie paſſe à la pratique laquelle ie vous vay faire voir dans 4 Exemples, ſçauoir deux pour trouver à quelle heure la Claire des Gardes arrive au Nord & au Sud, & deux autres pour ſçavoir quelle heure il eſt, apres avoir trouvé à quel rumb de vent eſt la Claire des Gardes.

ADVERTISSEMENT.

Iuſques à ce que nous ayons des obſervations plus certaines & plus exaᷤes, ie ſuppoſe icy que ſi l'on ſe veut ſervir de la poinᷤe du triangle equilateral pour mettre les Gardes en rumb, ie ſuppoſe diſie que tous les ſixiéſmes de chaque mois, la Claire des Gardes arrive au Nord & au Sud, à l'heure propre de chaque mois. Mais quand l'on ſe ſervira de l'Eſtoille du Nord pour iuger le rumb de vent de la Claire des Gardes, ie ſuppoſe encor que la Claire des Gardes arrive au Nord & au Sud le vingt-ſixieſme iour de chaque mois, ſçavoir le vingtſixieſme de Novembre & de May à douze heures, & ainſi de tous les autres mois en ſuitte à diminuer deux heur. chaque mois.

Et ſuivant cette hypotheſe en donnant deux Exemples, tant pour trouver à quelle heure la Claire des Gardes arrive au Nord & au Sud dans quelque iour de l'année propoſé, que pour trouver l'heure de la nuiᷤ par le rumb de vent de la Claire des Gardes, ie donneray le premier Exemple conformément à la premiere hypotheſe qui eſt la premiere opinion de mettre les Gardes en rumb, & ie feray les deux ſeconds Exemples ſuivant la ſeconde hypotheſe rapportant à la troiſieſme opinion de mettre les Gardes en rumb. Cecy ſuppoſé.

PREMIER EXEMPLE.

Le treiziefme iour de Iuillet on demande à quelle heure la
Claire des Gardes doit arriver au veritable Nord & Sud ?

R. Suppofé que le fixiefme iour de May, la Claire des Gardes arrive au Nord & au Sud à 12 heur. & les mois de May & de Iuin
s'eftant efcoulez qui font deux mois, lefquels à raifon de deux heur.
pour chaque mois vallent 4 heures, fi on les diminuë des 12 heur.
du mois de May refteront huict heures que le fixiefme iour de
Iuillet la Claire des Gardes doit arriver au veritable Nord & Sud,
lequel fixiefme ofté du treiziefme qui eft le iour propofé , refteront encor 7 iours qui fe font trouvez efcoulez depuis le fixiefme
de ce mois, lefquels 7 multipliez par les 4 min. qu'elle avance
tous les jours, feront encor 28 min. qu'elle s'eft encor avancée,
lefquelles eftant encor fouftraictes des 8 heures du fixiefme, refteront 7 heures 32 min. que la Claire des Gardes arrive à fon midy
le treziefme jour de Iuillet, ainfi qu'il eftoit requis.

SECOND   EXEMPLE.

Le vingt-cinquiefme jour de Decembre, à quelle heure la Claire des Gardes arrive-elle au Nord & au Sud, au deffus & au deffous de l'Eftoille du Nord ?

Réponfe. Suppofant pour principe que le vingt-fixiefme d'O-
ctobre elle y arrive à 12 heures, il en faudra diminuer deux heures
pour un mois qui finit au vingt-fixiefme de Novembre , puis encor un heure pour 15 jours qui efcheent au onzieme de Decembre qui feront en tout 3 heures , lefquelles fouftraictes des 12 heures du vingt-fixiefme d'Octobre refteront 9 heures , que la Claire
des Gardes arrivoit au Nord & au Sud le onzieme de Decembre,
& parce que jufques au vingt-cinquiefme de ce mois qui eft propofé, il refte encor 14 jours qui à raifon de 4 min. par jour feront
encor 56 min. que s'eftant encor avancée , il faudra encor fouftraire des 9 heures du onzieme, refteront 8 heures 4 min. pour
l'heure que la Claire des Gardes arrivera au Nord & au Sud le
vingt-cinquiefme jour de Decembre propofé.

PREMIER EXEMPLE.

Le premier jour de Febvrier la Claire des Gardes au vray est, quelle heure sera-il?

Réponse. Suppofant le sixiesme de Novembre pour 12 heures, Decembre sera dix, Ianvier 8, & Febvrier 6 heures pareillement au sixiesme de ce mois, & parce que du premier au six, il s'en manque cinq jours, lesquels multipliez par 4 min. de chaque jour feront 20 min. & attendu que le jour proposé est auparavant celuy qui est propre pour le mois, il faut qu'elle ne soit pas encor tant avancée que d'arriver au vray Sud à 6 heures propres pour ce mois de Febvrier, c'est pourquoy il faut encor adjouster ces 20 min. avec les 6 heures propres pour ce mois, & feront en tout 6 heures 20 min. du soir que la Claire des Gardes estoit arrivée au Sud & au Nord en ce jour, & veu que du depuis elle à mis encor 6 heures pour faire chemin jusques à l'Est, ou de present on la suppose, adjoustant les 6 heures de la valeur de l'Est avec les 6 heures 20 min. qu'elle arrive en ce jour au Meridien, il faut qu'il soit alors 12 heurs 20 min. apres minuict ce qui estoit proposé.

SECOND EXEMPLE.

Le vingt-neufiesme jour d'Aoust la Claire des Gardes au Sud Est quelle heure est-il?

Réponse. Suivant ce que nous avons cy-devant suppofé jusques à de plus exactes obfervations que la Claire des Gardes arrive au deffous & au-deffus de l'Estoille du Nord le vingt-sixiesme d'Avril à 12 heures, May dix heures, Iuin 8 heures, Iuillet 6, & Aoust 4 le vingt-sixiesme, duquel jour jusques au vingt-neufiesme proposé, font encor trois jours, qui à raison de 4 min. par leur valeur 12 minutes qui diminuées des 4 heures du vingt-sixiesme jour resteront 3 heures 52 min. apres May qu'elle arrive au Nord & au Sud au deffous & au deffus de l'Estoille du Nord, lesquelles adjoustées avec les 9 heures que vaut le Sud Est, feront 12 heures 52 min. dont rejettant 12 resteront 52 min. apres minuict, quand la Claire des Gardes sera au Sud Est le vingt-neufiesme jour du mois d'Aoust proposé.

Et

Et ainſi ayant une fois apprins cette methode apres pluſieurs obſervations tres-exactes, qui en ſeront faites, l'on aura un quadrant univerſel en bien des façons.

Premierement, parce qu'il pourra ſervir par toutes les latitudes, où ſe font nos plus ordinaires Navigations, és lieux eſquels l'on pourra voir la nuict l'Eſtoille du Nord & la Claire des Gardes, nos Pilottes faiſant pour l'ordinaire ſervir l'Eſtoille du Nord de centre pour juger du rumb de vent où eſt la Claire des Gardes.

En quoy ie ne ſçaurois me laſſer de vous advertir que ie trouve de la difficulté, en ce que l'eccentricité ſe trouvant differente ſuivant le rumb de vent où ſera la Claire des Gardes, ce qui pourtant produit & cauſera que la Claire des Gardes arrivera pluſtoſt ou plus tard au Nord & au Sud, & ainſi y arrivant pluſtoſt, il faudra autant prendre devant le 6 de tous les mois pour principe, & d'autresfois y arrivant plus tard à raiſon de cette eccentricité, il faudra prendre plus tard que le ſixieſme de tous les mois pour principe, & pareillement cette eccentricité ſe rencontrant dans toutes les autres rumbs de vent, elle produira un ſi grand embarras qu'à moins d'une grande experience à laquelle il faudra donner les mains, & ajuſter deſſus tout ſon raiſonnement; ie ne vois pas de jour pour ſe débarraſſer, c'eſt pourquoy ſi les Pilottes veulent apporter toute la juſteſſe dans cette pratique, apres toutes les raiſonnements que ie leur viens donner ſur ce ſujet, qu'ils obſervent quelle difference il s'y pourra trouver, non ſeulement au Nord & au Sud, non ſeulement de Novembre, mais auſſi de tous les autres mois, dont il faut qu'ils tiennent regiſtre fidelle pour les confronter les uns aux autres. Ce qui me fait dire dans ce rencontre que ſi j'ay avancé que de toutes les hauteurs pour conclurre la latitude, il n'y en a point de plus douteuſe que celle par l'Eſtoille du Nord, à cauſe des rumbs de vent de la Claire des Gardes, ainſi il n'y aura point d'Horloge plus defectueuſe que par la Claire des Gardes.

Secondement, ce quadrant eſt univerſel pour pluſieurs années, ne pouvant changer qu'apres 50 ou 60 ans, pendant leſquels l'Aſ-

Ee e.

cenſion droicte de la Claire des Gardes avançant de viron un degré, fera pareillement avancer les jours des mois de May & de Novembre, auquel elle arrive au Nord & au Sud à 12 heures, & du ſixieſme viendra au ſeptieſme, & du ſeptieſme au huictieſme.

Il y en a qui pour mettre les Gardes en rumb, ſe ſervent d'un inſtrument qu'ils appellent Nocturlabe, parce qu'outre cette commodité de mettre les Gardes en rumb, ils s'en ſervent auſſi pour trouver l'heure de la nuict par la Claire des Gardes.

Ce Nocturlabe n'eſt qu'une Roſe double, la premiere diviſée en 32 rumbs de vent, avec le 365 jours de l'année diſpoſez de ſorte, que vis à vis du Nord & du Sud, reſpondent le ſixieſme de Novembre & de May.

La ſeconde Roze eſt diviſée au bord en 24 parties pour les 24 heur. du iour avec une lidade, laquelle ſert pour poſer ſur le iour du mois propoſé, trouvé dans la premiere Roze.

Et pour n'eſtre point obligé d'avoir une Table de Sinus de l'Eſtoille du Nord, il y en a qui poſants hauteur du Pole au diametre qui reſpond de 6 à 6 heur. ſeparent chaque demy diametre du blanc qui reſte au dedans de cette Roze, de la ligne qui reſpond de 12 à 12 heures, à proportion de l'eſloignement de l'Eſtoille du Nord au Pole (comme en 1672, en deux deg. 26 min.) en ſuitte menant des lignes paralélles au diametre de 6 heures, par toutes les diviſions qu'ils ont marqué ſur celuy de 12, ils ont de cette façon un Sinus de l'Eſtoille du Nord marqué ſur cette ſeconde Roze.

Apres avoir percé un trou au centre de chacune de ces deux Roſes, par lequel on puiſſe regarder l'Eſtoille du Nord, enſuitte on les ajuſte l'une ſur l'autre, & auſquelles l'on joint une Lidade tournante au tour de ce centre, cette Lidade tellement longue qu'elle excede, & paſſe le rond exterieur de la premiere Roſe, par laquelle au meſme temps que l'on obſerve l'Eſtoille du Nord, par le trou du milieu, l'on obſerve par cette Lidade la Claire des Gardes.

Et afin qu'au meſme temps que l'on obſerve par cet inſtru-

ment le rumb de vent ou est la Claire des Gardes , l'on puisse trouver de combien l'Estoille du Nord est au dessus ou au dessous du
Pole, au rond qui est autour du centre, & auquel tient la lidade
pour la Claire des Gardes, l'on aiuste une autre lidade pour l'Estoille du Nord esloignée de celle pour la Claire des Gardes , du nombre des deg. de la difference en leur ascension droite, sçavoir en
1672 de 145 deg. 5 min. de maniere que la lidade pour la Claire
des Gardes estant aiustée conformément au lieu auquel est cette
Estoille , celle pour l'Estoille du Nord monstrera sur la seconde
Roze entre les paralels de combien l'Estoille du Nord sera pour
lors au dessus ou au dessous du Pole. Laquelle pratique bien qu'e-
xempte de beaucoup de supputations qu'on est obligé de faire, ie
ne sçaurois approuver pour plusieurs raisons.

La premiere est que dans les observations il faut faire en sorte
que la ligne du Nord & du Sud responde iustement à la ligne qui
part du zenith à plomb sur l'horizon, sans destourner aucunement
de costé ny d'autre, autrement il se commettroit erreur, ce qui est
plus difficile que l'on ne s'imagine , & pour cet effet il y en a qui
pendent un fil avec un plomb au Sud, & se reglent dessus pour disposer l'instrument à plomb, mais comme vous allez voir qu'il est
besoin que l'instrument soit panché d'une certaine maniere, outre
que le trou devant estre un peu grand afin que par iceluy l'on puisse appercevoir de tant soit peu loing l'Estoille du Nord ; ie peux
dire qu'avec toutes les précautions que l'on y puisse apporter, c'est
bien hazard si l'on y arrive dans toute la iustesse, estant tres facile de
destourner tant soit peu l'instrument, & tres difficile à iuger si le fil
passe directement par le veritable centre, ce qui pourtant causera
que l'instrument n'estant pas dans son plomb, l'observation laquelle se fera par iceluy, ne pourra pas posseder toute la iustesse.

La seconde raison qui cause que ie ne le peux approuver, est
que pour esperer de faire les observations comme il faut, il est necessaire que le plan de la Roze soit paralel, ie veux dire conformément à l'angle que l'équinoxial fait avec l'horizon du lieu ou se fait
l'observation, puis que cette Roze representant le cercle que la

Claire des Gardes forme par son mouvement iournal, il faut que
pour bien le representer elle soit disposée ainsi que le cercle paralel est dans le Ciel; ou bien autrement il faut faire en sorte que
cette Roze soit iustement à plomb sur l'essieu du Monde. Iugez si
l'on peut esperer des Matelots, ce que le plus habile Mathemati-
cien auroit bien de la peine à faire.

Car si vous me dittes qu'il n'est pas absolument impossible, &
que l'on peut arrester & placer la Roze suivant l'angle que la ligne
equinoxiale fait avec l'horizon. Ie vous respondray que si cela seroit
tres difficile à faire dans un lieu fixe & arresté, & requerroit bien
des précautions, pour lesquelles il faudroit plus de temps que par la
hauteur d'une Estoille, sa declinaison & la latitude en conclurre
l'heure ainsi que i'ay enseigné cy devant, quand i'ay traité de l'ascension droite des Estoilles; ie vous demande encor ce que l'on
peut esperer d'une telle observation dans un Navire qui branse
continuellement, là ou mesme l'on tient l'instrument avec la main
qui n'est point appuyée.

Et ne me dittes point encor que ce defaut de panchement au
Nocturlabe ne peut pas apporter une grande difference, tant dans
le iugement du rumb de vent de la Claire des Gardes, que pour
trouver iustement l'heure de la nuict, puis que ie vous vay prouver
le contraire par une Exemple bien familiere aux Pilottes.

Ils sont tellement accoustumez à leurs rumbs de vent, qu'au
lieu de compter leur temps par heures, comme on le fait parmy le
peuple, ils l'expriment par leur rumbs de vent, de maniere que
comme nous reglons nos heures par le Soleil quand ils veulent
signifier qu'il est six heures, ils disent que le Soleil est à l'Est ou au
Ouest, quand neuf heures qu'il est au Sud Est, & ainsi du reste.

Ce qui se trouverroit veritable si cette observation se faisoit sur
un Compas qui fut panché paralel à l'equinoxial, mais la coustume ordinaire estant de rendre nos Compas marins paralels à l'horizon, ils ne faut pas esperer qu'ils monstrent les mesmes rumbs de
vent que s'ils estoient panchez de la maniere que ie viens de dire,
de sorte qu'icy à Dieppe, qui est à 50 deg. de latitude en Esté

quand le Soleil eſt à l'Eſt, il eſt un peu plus de huict heures de ma-.
tin,& moins de quatre heur. apres midy quand il eſt au Oueſt, de
ſorte que meſme dans mon Traité de la Variation i'apporte un
Exemple , ou il ſe trouve que le Soleil n'eſt qu'a l'Eſt à un demy
quart d'heure moins de douze heur. & à un demy quart d'heure
apres douze heur. il eſt au Oueſt, ainſi en moins d'un quart d'heure
le Soleil paſſe la moitié du Compas, qui ſelon les Pilottes feroit 12
heures, bien eſloigné de leur compte.

D'où ie tire que cette difference de plus de deux heur. que nous
trouvons icy à l'Eſt & au Oueſt, ne provenant que du defaut du
panchement du Compas qui ſe trouve paralel à l'horizon , &
neantmoins devroit eſtre panché de 40 deg. comme eſt icy l'e-
quinoxial, ie vous laiſſe à penſer ſi le panchement de noſtre Nocturlabe n'eſtant pas ainſi qu'il convient, n'apportera pas de difference & d'erreur à l'heure que l'on cerche.

La troiſieſme raiſon pour laquelle ie ne ſçaurois approuver le
Nocturlabe, eſt que tout au rebours des autres inſtruments Mathematiques, leſquels tant plus ils ſont grands, plus ils ſont iuſtes, là ou au contraire celuy cy tant plus il eſt grand , moins il eſt
iuſte, & voicy la raiſon, puis qu'il eſt neceſſaire de l'eſloigner davantage de ſoy à proportion qu'il eſt grand , afin qu'au meſme
temps que l'on voit par le trou du centre l'Eſtoille du Nord , l'on
puiſſe remarquer par la plus longue des lidades, la Claire des Gardes, & comme l'on doit voir du meſme œil l'Eſtoille du Nord, & la
Claire des Gardes, ſi l'on veut eſperer une operation iuſte, le Nocturlabe eſtant grand, il faudra l'eſloigner eſtrangement de l'œil
pour qu'on puiſſe du meſme œil obſerver par le trou du centre
l'Eſtoille du Nord, & par dehors la Roze la Claire des Gardes par
ſa lidade, & par conſequent ie dis pour y parvenir comme il faut &
ſeroit requis, il faudroit que la Roze fut extrémement petite , d'où
l'on ne pourroit pas eſperer beaucoup de préciſion, ce qui me fait
dire qu'il eſt preferable de le faire pluſtoſt à la veuë, que non pas
ſe ſervir du Nocturlabe, lequel pour cette raiſon incommode plus
qu'il n'avance, en ce que l'œil ne pouvant eſtre au centre de cet

inftrument,parce qu'y eftant il feroit impoffible de voir du mefme œil la Claire des Gardes, & ainfi eftant obligé de l'efloigner de foy afin que cela fe puiffe faire, ce fera aller contre la maxime des Mathematiciens qui difent que pour operer iuftement avec un inftrument,il faut que le centre en foit à l'œil.

La quatriefme raifon eft que quand la Claire des Gardes eft approchant du Nord,droit au deffous de l'Eftoille du Nord,le pied par lequel l'on tient cet inftrument à la main, contenant l'efpace d'un ou deux rumbs de vent du cofté & d'autre du Nord,empef chera par fa largeur que l'on n'y puiffe obferver la Claire des Gardes,& fera que l'on ne pourra non plus remarquer le rumb de vent ou elle pourra eftre, de maniere qu'en ce rencontre le Nocturlabe deviendra inutile, à quoy pourtant il feroit facile de remedier, en faifant le pied par lequel on le puiffe tenir à la main d'un bafton fort eftroit,ou bien d'une petite verge de fer.

La cinquiefme & la plus pertinente raifon eft que de cette maniere l'on prend l'Eftoille du Nord comme fi elle eftoit le veritable Pole, quoy que neantmoins elle en foit affez efloignée pour pouvoir caufer de l'erreur dans les obfervations à raifon de fon eccentricité, laquelle nous avons trouvé pouvoir monter iufques à prefque dix deg. (laquelle pourtant ne fe rencontre pas toufiours telle) ce qui peut faire monter l'erreur comme nous avons veu cy deffus iufques à deux tiers d'heure plus ou moins,qui apres tout ne font pas peu confiderables.

Pour à quoy remedier & faire que cet inftrument fut plus regulier, & l'exempter en quelque façon de la correction de cette eccentricité,ie ferois d'avis que l'on proportionnaft le cercle exterieur de la premiere Roze au plus grand efloignement de la Claire des Gardes au Pole , & qu'au lieu de faire un trou au centre des deux Rozes,l'on vuidaft dans toutes ces deux Rofes un petit rond en cercle, efloigné du centre d'une diftance egale à l'Eftoille du Nord au Pole.

Enfuitte dequoy il faudra attacher enfemble ces deux Rozes par le centre,avec une autre petite Roze à deux branches, ou lidades, l'une pour la Claire des Gardes, & l'autre pour l'Eſtoille du Nord, diſtantes l'une de l'autre de 145 deg. 5 min. conformément à leur difference dans leur aſcenſion droite, faiſant en ſorte qu'en la lidade pour l'Eſtoille du Nord il y ait un petit trou reſpondant ſur le cercle percé aux deux Rozes.

Et pour lors quand l'on voudra faire l'obſervation, il faudra regarder l'Eſtoille du Nord par le trou de ſa lidade, laquelle lidade pour l'Eſtoille du Nord il faudra tourner, iuſques à ce que l'on apperçoive la Claire des Gardes par la lidade qui luy eſt propre iuſtement par la marque dont ie viens de faire mention. Ce qu'eſtant fait il ne reſte qu'à remarquer ſur la premiere Roze entre les vents, celuy auquel ſe trouve la Claire des Gardes au moment de l'obſervation.

Que ſi d'abondant l'on veut auſſi trouver qu'elle heure il eſt de la nuict, il faut auparavant que de faire l'obſervation arreſter la petite poincte de la ſeconde Roze ſur le iour du mois qu'il eſt pour lors, & apres l'obſervation faite de la maniere que ie viens d'enſeigner pour trouver le rumb de vent de la Claire des Gardes ſur la Roze des heures, ſera l'heure de la nuict qu'il eſtoit au moment de l'obſervation.

Bien qu'un Nocturlabe aiuſté de cette maniere ſeroit plus regulier que ceux que l'on fait d'ordinaire, il n'eſt pas pourtant exempt de tous les inconveniens que i'ay remarqué cy deſſus, ce qui me fait conclurre que le tout bien conſideré & peſé à la balance de la raiſon, ie iuge cet inſtrument bien inutile, tant pour trouver l'heure de la nuict, que pour iuger comme il faut à quel rumb de vent eſt la Claire des Gardes, & qu'apres avoir recouvré des obſervations bien exactes ainſi que i'ay dit cy deſſus, ie trouverrois plus ſeur de iuger à la veuë le rumb de vent de la Claire des Gardes pour en adiouſter la valeur avec l'heure que l'on aura trouvé, que la Claire des Gardes doit arriver au Nord & au Sud le iour auquel on ſuppoſe que s'eſt fait l'obſervation.

CHAPITRE X.

DES MOYENS DONT SE SERVENT
communément les Pilottes pour trouver la latitude.

APres avoir difpofé & aiufté toutes les pieces qui doivent compofer le plus bel appartement du Palais de la Naviga-tion, qui eft celuy de la latitude, nous voila bien toft au bout de noftre courfe, & il ne nous refte plus grand chemin à faire: car tout ainfi qu'on eft fort long temps à difpofer tous les materiaux qui doivent entrer dans la compofition d'un baftiment, lefquels eftant tout difpofez, l'edifice fe trouve en tres peu de temps ac-comply & eflevé, de mefme peux-ie dire qu'apres avoir employé quantité de difcours pour traiter tant des hauteurs, que de la De-clinaifon, tant du Soleil que des Eftoilles, qui font les deux feules parties, lefquelles doivent compofer la Latitude, il ne nous en doit refter que fort peu pour parler des moyens dont fe fervent com-munément les Pilottes pour trouver la Latitude des lieux efquels ils fe rencontrent; puis que le tout ne confifte qu'en l'affemblage de ces deux parties, fçavoir eft la hauteur & la declinaifon, que nous avons defia toutes difpofées & taillées par la connoiffance que nous en avons donné dans les Chapitres precedents, ne re-ftant plus qu'à les aiufter enfemble par l'addition ou la fouftraction que l'on en fera conformément aux regles qui en feront données cy apres.

Ie reduits ces moyens de trouver la Latitude à 4. Le premier par le Soleil és lieux ou il fe leve & couche: Le fecond par les Eftoilles, lefquelles femblablement fe levent & couchent: Le troi-fiefme par le Soleil ou les Eftoilles és lieux ou ils ne fe levent & couchent point: Et le quatriefme & dernier par l'Eftoille du Nord & pour y proceder avec methode, ie diftingueray ce Chapitre en quatre Articles pour y traitter en particulier de chacun de ces moyens.

Ces

Ces quatre moyens pour trouver la latitude se peuvent reduire en deux classes : car par les deux premiers l'on trouve dans le resultat le nombre de deg. & min. de combien l'on est esloigné de la ligne, ce que l'on appelle Latitude, mais par les deux derniers l'on trouve de combien de deg. & min. le Pole du Monde qui paroit, est eslevé sur l'horizon, ce que l'on appelle eslevation du Pole, hauteur du Pole, ou simplement hauteur. Ce que les Pilottes tiennent pour indifferent, puis que l'un & l'autre contient le mesme nombre de deg. & min. de maniere qu'aux lieux, ou par exemple l'on est par les 50 deg. de Latitude, le Pole est pareillement eslevé sur l'horizon de 50 deg. & si le Pole en quelque lieu est eslevé de 14 deg. sur l'horizon, ce mesme lieu sera esloigné de la ligne equinoxiale semblablement de 14 deg. ainsi l'on ne se doit pas estonner s'ils prennent indifferemment l'un pour l'autre : de sorte qu'ayant prins hauteur au Soleil, si on leur demande qu'avez vous trouvé pour resultat, ils vous diront qu'ils ont trouvé tant de deg. de hauteur, entendants l'eslevation du Pole, quoy qu'au fonds ce soit Latitude ou bien l'esloignement à la ligne, & quand ils auront prins hauteur à l'Estoille du Nord, pour resultat ils marqueront qu'ils font par tant de deg. de Latitude, quoy que par le moyen de la hauteur de cette Estoille, ils ayent trouvé de combien le Pole du Nord est eslevé sur l'horizon, informez que la Latitude & l'eslevation du Pole se trouvant tousiours esgales dans le nombre des deg. & min. ils tiennent pour indifferent de le trouver, tant par l'une & l'autre maniere, que de l'exprimer par l'un ou l'autre de ces deux termes, tout de mesme que dans le Monde quand l'on a fait le prix de quelque chose par un escu, l'on ne soucie point en quelle monnoye se fait le payement, pourvû que la valeur du convenu y soit accomplie, l'on se trouverra satisfait.

Sur ces deux principes que la Latitude & l'esloignement au Pole font semblables roulent tous ces 4 moyens dont se servent ordinairement les Pilottes pour trouver leurs Latitudes : c'est pourquoy ceux qui sçavent la Sphere, & comme le Monde est basty ont un grand avantage pour comprendre tout ce qui regarde ces

Fff

moyens pour trouver la Latitude, n'eftant befoin que de leur indiquer pour leur faire comprendre ce qui en eft, & ie peux dire que c'eft particulierement en ce poinct que fe trouve veritable ce que dit le docte Keppler dans fon Abbregé de l'Aftronomie de Copernic, que la Sphere eft l'ame de la Navigation.

ARTICLE PREMIER.

PAR L'ESLOIGNEMENT AV ZENITH qu'a le Soleil, lors qu'il eft au Meridien, & fa Declinaifon trouver la Latitude.

AVparavant que de venir au compofé qui eft la Latitude, bien que dans les Chapitres precedents, i'aye donné toutes les connoiffances, tant de ce compofé que des parties qui le compofent, qui font la hauteur Meridienne, & la Declinaifon, comme il eft de la derniere importance de bien fçavoir ce que l'on fait, outre qu'il eft bon de s'en rafraifchir la memoire, mefme pour n'eftre pas obligé de le recercher ailleurs, repaffons le fuccinctement & en abbregé.

Ie fuppofe que vous fçachiez la Latitude eft le nombre de deg. & min. que l'on eft efloigné de la Ligne, & cette Ligne eftant au milieu des deux Poles, qui font le Nord & Sud, auffi y a il de deux fortes de Latitude, fçavoir Latitude Nord quand on eft efloigné de cette Ligne du cofté du Nord, & Latitude Sud quand on en eft efloigné du cofté du Sud.

Ie ne trouve aucune difference entre la Latitude & la Declinaifon, qu'en ce qu'on les exprime par des termes differents, puis que la Declinaifon tout de mefme que la Latitude eft le nombre des deg. & min. dont le Soleil & les Eftoilles font efloignez de la Ligne, laquelle declinaifon fe trouvera pareillement Nord ou Sud, fuivant que ces Aftres feront du cofté du Nord ou du Sud de cette Ligne.

La hauteur Meridienne eft le nombre de deg. & min. que le

Soleil ou les Estoilles sont eslevez au dessus de l'horizon, lors qu'ils sont au Meridien, ou pour parler plus intelligiblement aux Pilottes lors qu'ils sont au Nord ou au Sud, & parce que les Pilottes comptent cette hauteur Meridienne differemment pour ne pas estre long, ie vous supplie de revoir ce que i'ay dit és pag. 61 & 62 dans l'Article que i'ay fait de l'usage de l'Astrolabe & de l'Anneau Astronomique.

Quoy que le Soleil & les Estoilles facent tousiours leur cours d'un mesme bransle & de la mesme sorte, il ne laisse pas pourtant de paroistre differemment aux uns & aux autres, aux uns ils s'esleve iusques au zenith & devient à pic sur leur teste, aux autres il monte tres haut en un temps & puis bas en un autre, de maniere que le Soleil & les Estoilles peuvent paroistre en mille & mille differentes façons suivant que l'on en est constitué, & la diversité des lieux ou l'on se rencontre, mais toutesfois toutes ces differentes constitutions tant du Soleil que des Estoilles se peuvent reduire à deux, sçavoir aux lieux ou le Soleil se leve & couche, & aux autres ou il ne se leve ny couche, & cela est admirable de dire qu'il n'est pas besoin d'avoir esté dans tous les Pays du Monde pour sçavoir ce qui s'y fait & ce qu'il y arrive ; puis que la Sphere nous enseigne non seulement toutes les constitutions, mais mesme tous les temperaments, remettant à parler dans un autre Article des lieux ou le Soleil ne se leve ny couche tous les iours, venons à ceux ausquels le Soleil se leve & couche, & pour lors en latitude Nord il fait son midy quand il est au Sud, & en latitude Sud il est au Nord quand il est à son meridien du iour.

Il se trouve des Navigateurs qui sont si stupides de croire que l'on ne peut prendre hauteur au Soleil ou aux Estoilles, à moins que ces Astres ne soient à leur midy, mais ils monstrent dans ce rencontre qu'ils n'ont pas le sens commun : car s'ils considerent que les instruments estant faits pour prendre les hauteurs, tant hautes que basses, tant en Esté qu'en Hyver, il faudroit qu'ils iugeassent qu'en tout temps que le Soleil paroit sur l'horizon, dans quelque constitution qu'il puisse estre, il est de necessité qu'il soit :

Fff 2.

haut ou bas, & partant l'on y pourra prendre hauteur avec les inftruments.

Il eft vray que i'ay dit en parlant de la Verge (qui eft l'inftrument dont fe fervent le plus ordinairement nos Pilottes pour prendre leurs hauteurs) de la maniere qu'on les fait à Dieppe, l'on ne fçauroit prendre hauteur au Soleil ny aux Eftoilles, mefme avec le petit Marteau, à moins qu'ils ne foient eflevez fur l'horizon de 14 à 15 deg. mais apres tout, cela ne fait rien à noftre queftion, qui eft que l'on peut prendre la hauteur à toute heure, tant du iour que de la nuict : car cela peut arriver auffi bien dans le temps du midy que dans un autre temps, fi l'on fe rencontroit dans un lieu ou le Soleil ne s'eflevaft que tres peu, ce dont ils ne conteftent point, puis qu'ils avoüent qu'on peut prendre hauteur à midy : & puis apres tout fi l'on n'en peut venir à bout avec la Verge, on la pourra prendre avec un Quartier, l'Aftrolabe ou l'anneau Aftronomique, particulierement au Soleil.

Il eft vray que de toutes les hauteurs que l'on peut prendre, les Pilottes ne fe fervent pour l'ordinaire que de celle du midy, pour avec la Declinaifon en conclurre la latitude, & mefme à raifon que les Pilottes ne prennent prefque iamais hauteur qu'a deffein de trouver leur latitude, & pour cet effet ne la prennent que vers le midy, c'eft ce qui a fait croire à ces pauvres ignorants qu'on ne pouvoit prendre hauteur qu'à midy.

Ie trouve deux raifons pour lefquelles les Pilottes fe fervent avec iuftice de la hauteur meridienne du Soleil, pour fçavoir de combien ils font efloignez de la ligne.

La premiere eft à caufe que les latitudes du Monde par un confentement unanime fe comptent du Nord au Sud, c'eft pourquoy pour la mefurer il faut que ce foit par des Aftres qui foient auffi Nord & Sud : or eft-il qu'à midy le foleil eft au Sud en latitude Nord, & au Nord en latitude Sud : donc le temps du midy eft tout à fait propre pour en tirer la latitude du lieu ou l'on peut eftre.

La feconde raifon eft à caufe qu'en quelque lieu que l'on fe puifse rencontrer, il n'y a que cette hauteur meridienne, laquelle soit particuliere & fasse la distinction & donne la difference d'un lieu à l'autre : car par exemple supposant que le Soleil ait 20 deg. de Declinaison Nord, la latitude de la Rochelle estant supposée de 46 deg. (quelques min. davantage ne peuvent preiudicier à ce que nous en voulons tirer) & celle de Dieppe 50 deg. à la Rochelle pour lors à midy le soleil se trouvera eslevé sur l'horizon de 64 deg. ce que ie prouve de la sorte : puis que la latitude de la Rochelle est supposée de 46 deg. le soleil se trouvant à la ligne il sera esloigné du zenith de la Rochelle pareillement de 46 deg. puis que pour lors le soleil & la ligne ne sont qu'une mesme chose, & puis que l'on suppose que le soleil à 20 deg. de Declinaison Nord, laquelle est du mesme costé que la latitude de la Rochelle, il s'en-suit que le soleil sera rapproché du zenith de la Rochelle, semblablement de 20 deg. lesquels soustraits des 46 deg. de la latitude, resteront 26 deg. que pour lors le soleil sera esloigné du zenith à la Rochelle, lesquels soustraits des 90 deg. qu'il y a depuis le zenith iusques à l'horizon, resteront 64 deg. que le soleil sera eslevé sur l'horizon à midy à la Rochelle, lors que le soleil aura 20 deg. de Declinaison Nord.

Mais à Dieppe que nous avons dit estre par les 50 deg. de latitude Nord, le soleil ne sera à midy eslevé que de 60 deg. sur l'horizon. Preuve, puis que le soleil par la Declinaison est rapproché du zenith de Dieppe de 20 deg. si vous soustrayez ces 20 deg. de la Declinaison des 50 deg. de la latitude, resteront 30 deg. que le soleil sera esloigné du zenith de Dieppe à midy, lesquels 30 deg. soustraits encor des 90 deg. qu'il y a du zenith à l'horizon, resteront 60 deg. que le soleil dans son plus proche esloignement au zenith, qui est iustement le poinct de midy, sera eslevé sur l'horizon à Dieppe quand le soleil aura 20 deg. de Declinaison Nord.

Ainsi à la Rochelle il se trouvera eslevé sur l'horizon de 64 deg. mais à Dieppe seulement de 60 deg. de maniere que puis qu'à la Rochelle il est arrivé iusques à 64 deg. sur l'horizon, il y estoit aussi arrivé à 60 deg. comme à Dieppe, avec cette difference qu'à Dieppe il eſtoit midy, mais bien devant midy à la Rochelle : donc 60 deg. en ce iour ſont particuliers pour Dieppe, & 66 deg, pour la Rochelle au iour que la Declinaiſon du ſoleil ſera telle, ſçavoir de 20 deg. Nord, un Pilotte verra donc bien par cette obſervation s'il eſt le travers de la Rochelle, ou bien le travers de Dieppe.

L'on me dira comme quoy un Pilotte pourra ſçavoir ou eſt le Nord ou le Sud, puis que meſme ſur la terre les Aſtronomes ont bien de la peine à tracer une ligne meridienne, & comme quoy les Pilottes la trouvent ſi facilement.

A quoy ie reſpons que la Sphere nous enſeigne que le ſoleil apres qu'il eſt levé ſur l'horizon, monte touſiours peu à peu iuſques au cercle meridien, ainſi nommé parce que le ſoleil y eſtant parvenu par ſon mouvement regulier & uniforme de l'Eſt au Oueſt, il fait iuſtement la moitié du iour artificiel, & à accomply la moitié de la courſe qu'il fait chaque iour ſur l'horizon, apres quoy il redeſcend & s'abbaiſſe de la meſme maniere qu'il avoit monté, iuſques à ce qu'enfin il ſe couche ſous l'horizon : de ſorte qu'au poinct du midy le ſoleil eſt à la plus grande hauteur qu'il peut eſtre de la iournée ſur l'horizon.

Sur ce principe les Pilottes ſe reglants il ſe diſpoſent quelque temps avant midy pour prendre hauteur au ſoleil, pluſtoſt davantage que moins pour n'y eſtre pas trompez, & ſe donnent la patience d'en obſerver de temps en temps la montée, iuſques à ce que s'appercevants qu'il rebaiſſe, pour lors ils concluent que le midy eſt paſſé.

C'eſt pourquoy choiſiſſants la plus grande hauteur de toutes celles qu'ils ont trouvée, ils s'en ſervent avec la Declinaiſon du iour afin d'en conclurre la latitude du lieu ou ils peuvent eſtre.

Et ne me dites point comme quoy la hauteur du midy ſe peut remarquer, puis que vers le midy la montée ou deſcente du ſoleil eſt imperceptible, & qu'ainſi il eſt tres difficile, ou pourray-ie dire impoſſible de la remarquer, particulierement ſur Mer ou l'on n'a point de ligne meridienne tracée.

A quoy ie refpons que c'eft ce qui confirme davantage ce que i'ay avancé, & que cela n'empefche point que de la plus grande hauteur l'on n'en puiffe tirer une latitude affez paffable pour la Navigation, puis que les Pilottes ne concluants leur latitude que par la plus grande hauteur, ils fe doivent peu foucier que cette hauteur foit prinfe peut eftre tant foit peu devant ou apres le poinct du midy, pourvû qu'il n'y arrive point encor, ou que defia il n'y foit point arrivé de changement fenfible, ce qui dure un temps affez notable, tant devant qu'apres midy, particulierement quand le foleil ne fe trouve pas beaucoup eflevé fur l'horizon.

Bien que la hauteur meridienne du foleil és lieux ou il fe leve & couche, foit celle dont fe fervent le plus ordinairement les Pilottes pour trouver la latitude du lieu ou ils peuvent eftre, ils ne s'en fervent neantmoins qu'implicitement, ou pour me faire mieux entendre à nos Pilottes, ie dis qu'ils ne fervent de la hauteur meridienne que couvertement, mais feulement de l'efloignement du foleil au zenith lors qu'il fe trouve au meridien, auffi fur leur Verge, qui eft leur principal inftrument, ils comptent depuis le commencement de la graduation (que i'ay dit reprefenter le zenith) iufques au Marteau aiufté (que i'ay dit reprefenter le foleil) & partant les degrez qui fe trouvent entre le commencement de la graduation, & le marteau aiufté font proprement ce que le foleil eft efloigné du zenith.

C'eft pourquoy comme le foleil depuis qu'il fe leve iufques à ce qu'il arrive au meridien, s'efleve & monte de plus en plus fur l'horizon, auffi le Marteau s'approchant toufiours vers le commencement de la graduation, monftre auffi que le foleil approche toufiours de plus en plus du zenith, & les Pilottes approchants toufiours de plus en plus leur Marteau devant midy devers foy, quand ils apperçoivent que l'ayant tant approché, il eft neceffaire de le reculer pour l'aiufter, ils difent que le midy eft paffé, & le deg.& min. qu'ils ont trouvé le plus proche du bout de leur Verge du cofté de l'œil, ou vers foy pendant ce iour, ils difent que c'eft le deg.& min. de la hauteur meridienne de ce iour, bien qu'au fonds

ce foit le plus proche efloignement au zenith de tout ce iour.
Auffi en Efté lors que le foleil eft le plus haut & eflevé fur l'horizon, ils trouvent moins de deg. fur leur Verge, & en Hyver lors que
le foleil eft moins eflevé & plus bas ils trouvent davantage de deg.
& la raifon eft que plus le foleil eft eflevé, plus il eft proche du
zenith, & quand il eft bas il en eft plus efloigné.

Bien que la hauteur meridienne du foleil foit dite celle dont fe
fervent ordinairement les Pilottes pour en conclurre leur latitude,
vous voyez pourtant bien que c'eft pluftoft de l'efloignement du
foleil à midy.

I'avouë qu'il y a des Aftronomes qui fe fervent de la hauteur
meridienne du foleil, à laquelle ils adiouftent ou fouftrayent la
Declinaifon, mais à dire le vray ils ne trouvent que du commencement l'eflevation de l'equinoxial fur l'horizon, laquelle fe trouve toufiours egale au complement de la latitude, ie veux dire au
nombre qui avec la latitude de quelque lieu que ce puiffe eftre
accomplit les 90 deg. qui fe trouvent depuis la ligne iufques au
Pole, puis apres avoir trouvé la hauteur de l'equinoxial fur l'horizon ils la fouftrayent de 90 deg. & le refte leur eft la latitude.

C'eft pourquoy afin que vous foyez informez de toutes les manieres que ie me pourray avifer pour trouver la latitude à midy, &
mefme vous lever l'eftonnement qui vous pourroit arriver de voir
que quelqu'un trouvaft la latitude d'une autre maniere que celle
dont vous vous fervez, i'en mettray deux Exemples pour vous
ftyler en cette pratique.

Et pour vous dire mon fentiment dans ce rencontre, ie trouve
que ceux qui fe fervent de l'efloignement du foleil au zenith à
midy pour trouver leur latitude font mieux que ceux qui le font
par la hauteur meridienne pour deux raifons.

La premiere eft, que ceux qui prennent hauteur fe propofant
pour but & pour fin de trouver leur latitude qui eft l'efloignement
à la ligne, ils poinctent leur Verge au foleil tout ainfi que s'il eftoit
la ligne, mais eftant informez ou pour le moins le devant eftre que
la plufpart du temps le foleil n'eft pas la ligne, mais qu'il en eft

efloigné

efloigné d'autant qu'il se trouve avoir de Declinaison ils le souſtrayent ou l'adiouſtent ſimplement ſans faire davantage de myſtere, & trouvent auſſi toſt ce qu'ils cerchent, là ou ceux qui ſe ſervent du nombre de deg. & mi. de la hauteur meridienne du ſoleil ſont obligez apres avoir adiouſté ou ſouſtrait la declinaiſon de cette hauteur meridienne, ce qui leur donne ce que la ligne eſt élevée ſur l'horizon, ils ſont encor, diſie, obligez de ſouſtraire cette eſlevation de l'equinoxial de 90 deg. pour avoir leur latitude qui eſt une double peine là ou par l'eſloignement au zenith il y a ſeulement une ſouſtraction & non deux comme icy. I'avouë que toutes les differentes manieres qui puiſſent eſtre données pour trouver la latitude telles qu'elles puiſſent eſtre ſont egalement faciles à ceux qui ſçavent la Sphere & ſçavent comme le Monde eſt baſty, mais apres tout le plus court en bonne Philoſophie eſt touſiours le meilleur.

La ſeconde raiſon eſt qu'encor bien que ſur la Verge il ſoit eſgalement facile de compter l'eſloignement au Zenith comme la hauteur, à qui l'entend bien, neantmoins il faut avoüer qu'il eſt plus facile de compter l'eſloignement au zenith que non pas la hauteur. La raiſon eſt que la hauteur en la Verge ſe comptant d'un bout en venant vers le bout de l'œil, & le Marteau eſtant touſiours aiuſté, de ſorte que le plat regarde vers ce bout de l'œil, il faut le plus ſouvent remuer le Marteau pour ſçavoir le degré qu'il peut marquer, la continuité des degrez eſtant le plus ſouvent empeſchée par la poche, là ou pour l'eſloignement au zenith, le Marteau demeurant arreſté au lieu ou il s'eſt trouvé par l'obſervation, il n'eſt point beſoin de rien remüer pour en compter les deg. de l'eſloignement iuſques au commencement de la graduation. C'eſt ce qui eſt cauſe que quand l'on prend hauteur à l'Eſtoille du Nord, dont l'on ne veut ſimplement que la hauteur ſur l'horizon pour en conclurre l'eſlevation du Pole Nord ſur l'horizon ; on ne laiſſe pas pour la raiſon que ie viens de toucher de compter l'eſloignement au zenith comme l'on fait au ſoleil, apres quoy l'on ſouſtrait cet eſloignement au zenith de 90 deg. pour avoir la hauteur

Ggg

de ladite Estoille sur l'horizon.

Au reste quand l'on connoit la hauteur meridienne du soleil, il n'est pas fort difficile d'en trouver l'esloignement au zenith : comme au contraire quand l'on connoit l'esloignement au zenith, il est tres facile d'en conclurre la hauteur ; puis qu'il n'y a qu'à soustraire les deg. & min. s'il s'en trouve de la hauteur des 90 deg. qui se trouvent depuis l'horizon iusques au zenith, & restera l'esloignement au zenith ; pareillement si l'on soustrait l'esloignement au zenith des 90 deg. qui sont du zenith à l'horizon, l'on aura la hauteur du soleil sur l'horizon.

Comme par exemple si l'on avoit trouvé le soleil à midy eslevé sur l'horizon de 52 deg. si l'on soustrait ces 52 deg. de 90, resteront 38 deg. que le soleil seroit esloigné du zenith. Comme aussi supposé que l'on eut trouvé a midy que le soleil fut esloigné du zenith de 47 deg. si l'on soustrait ces 47 deg. de 90, resteront 43 degrez que le soleil seroit en cet instant eslevé sur l'horizon.

Quoy que la hauteur meridienne du soleil soit le plus veritable moyen & le plus court chemin que l'on puisse prendre pour arriver à la connoissance de la latitude, elle n'est pas neantmoins toute seule suffisante d'en venir à bout ; il faut estre persuadé que quand l'on auroit dix mille hauteurs meridiennes du soleil, elles ne serviroient de rien pour trouver la latitude, à moins que d'avoir la declinaison du soleil au moment de l'observation.

Si le soleil estoit perpetuellement à la ligne, ou que la nature nous eut tracé cette ligne au Ciel, ou bien encor qu'elle se pût reconnoître par quelque moyen, il ne seroit plus besoin de declinaison, mais le seul esloignement au zenith Nord & Sud donneroit l'esloignement à la ligne, mais comme cela n'arrive presque iamais, & que le soleil à presque tousiours de la declinaison, & que mesme dans les deux iours de l'année qu'il arrive à la ligne, c'est bien hazard quand il y est iustement au poinct du midy, il faut outre la hauteur meridienne avoir encor la declinaison du soleil, pour l'aiuster avec, pour en faire la latitude.

De mesme si à midy le soleil estoit au zenith & à pic sur la teste, quoy que la hauteur verifiast qu'il y fut veritablement, la seule declinaison du soleil donneroit l'éloignement à la ligne, la hauteur dans ce rencontre ne servant à rien que pour verifier que le soleil est à pic, sans que cette hauteur entre dans la composition de la latitude.

Hors ces deux rencontres sçavoir quand le soleil se trouve iustement à la ligne, ou bien quand il est au zenith, il est absolument necessaire de connoistre la declinaison du soleil, pour avec sa hauteur méridienne en composer la latitude.

Les Pilottes trouvent cette declinaison dans des Tables de la declinaison qu'ils achetent toutes suputées, dans lesquelles ils doivent prendre garde à deux choses. La premiere d'en acheter qui soient nouvellement suputées. La seconde d'estre bien informez si dans ces Tables qu'ils achetent il n'y a point de fautes d'Impression.

Ils doivent donc tascher de les recouvrer les plus nouvelles qu'il leur sera possible, puis que ie leur ay monstré dans le Chapitre septiesme que non seulement la declinaison change tous les ans, mais qu'encor de temps en temps l'on est obligé de les reformer, y arrivant du changement, mesme considerable en l'espace de 12 à 15 ans.

I'ay dit encor que les Pilottes devoient apporter un soin tout particulier pour recouvrer des Tables de la declinaison, esquelles il ne se rencontrast point de fautes d'Impression ; car quand bien mesme l'on auroit fait des observations les plus iustes du monde, à raison que la declinaison doit entrer dans la composition de la latitude, si elle ne se trouve pas fidellement marquée dans la Table, il ne faut pas esperer de reüssir à bien trouver sa latitude, dans laquelle la raison dicte qu'il se trouvera autant d'erreur, que la Table aura manqué a bien marquer la declinaison telle qu'elle devroit estre.

A moins que de vouloir se donner la peine de faire soy mesme la supputation de la declinaison pour le iour & le temps auquel l'on a prins hauteur suivant le moyen que i'en ay donné dans l'Appendice que i'ay ioinct au dit septiesme Chapitre, ou i'ay enseigné à conftruire les Tables de la declinaifon du foleil, ce qu'il eft tres facile de faire par les Sinus Logarithmiques, apres avoir trouvé par la Table du lieu du foleil, à quel Signe & degré du Zodiaque eft le foleil.

Ie fuppofe que fi vous vous trouviez beaucoup éloigné du meridien pour lequel les Tables, tant de la declinaifon, que du lieu du foleil au zodiaque, vous les fçachiez aiufter fuivant les metho-des que i'en ay donné pour la declinaifon du foleil és pages 109, & fuivantes, & pour le lieu du foleil dans l'Appendice que i'ay fait pour la conftruction des Tables de la Declinaifon du Soleil, és pa-ges 149, & fuivantes, à quoy fi vous trouvez de la difficulté, vous n'aurez qu'à lire ce que i'en ay dit és pages cottées , pour vous en efclaircir dans la pratique que i'ay donné dans les Exemples que i'ay apporté en cet endroit.

La hauteur meridienne du foleil, & fa declinaifon font à la veri-té les parties qui doivent compofer la latitude, mais pourtant pour les aiufter enfemble par l'Addition ou la Souftraction, il eft encor abfolument neceffaire de connoiftre de quel cofté elles font, au-trement l'on n'en pourroit iamais venir à bout; ie veux dire que l'on doit fçavoir fi la declinaifon du foleil eft Nord ou bien Sud, & femblablement de quel cofté vous demeure le foleil quand il eft à fon midy, ou bien plutoft de quel cofté vous eftes du foleil à midy: car delà vous connoiftrez s'il vous faut adioufter ou fouftraire la declinaifon du foleil de voftre hauteur meridienne, ou plutoft du moindre efloignement au zenith pour en compofer la latitude du lieu ou s'eft faite l'obfervation.

Il n'eft pas bien difficile de fçavoir de quel cofté eft la declinai-fon du foleil: car le propre mouvement du foleil eftant celuy qu'il fait du Oueft à l'Eft dans le zodiaque , autant de temps que met le foleil à faire ce mouvement, d'autant de iours compofons nous noftre année: ainfi ce zodiaque eftant un grand cercle de la Sphe-re qui couppe la ligne ou equinoxial en biaifant, & dont une moi-tié va vers la partie du Nord du Monde , & l'autre vers celle du Sud, il s'enfuit que le foleil fera la moitié du temps vers le Nord, &

l'autre moitié vers le Sud, ie veux dire demy an ou six mois du
colté du Nord de la ligne, & les autres six mois du colté du Sud,
sçavoir Nord depuis le vingtiesme iour de Mars, iusques au vingt
troisiesme iour de Septembre, & Sud depuis ledit vingttroisiesme
de Septembre, iusques au mesme vingtiesme de Mars, & comme
il y a 4 Tables de la Declinaison, sçavoir pour la premiere, seconde, & troisiesmes années apres Bissexte, & pour la Bissexte les Tables vous disent iustement le iour que le soleil passe du Sud au
Nord par vne N, comme quand il passe du Nord au Sud par une S,
qui se trouvent dans la colomne des deg. & min. de la Declinaison à costé gauche presque tousiours à la place des deg. ce qui vous
doit lever toute la difficulté que vous y pourriez rencontrer.

A l'égard de la hauteur meridienne du soleil, sçavoir de quel costé elle est, il n'est non plus bien difficile de le remarquer: puis que
le soleil au temps du midy ne peut estre constitué qu'en trois façons. Ou bien il sera au zenith, & pour lors comme i'ay dit, la seule
declinaison du soleil, soit qu'elle soit Nord, ou qu'elle soit Sud, donnera l'esloignement à la ligne tousiours du costé que se trouve la
declinaison, puis que pour lors le soleil estant supposé au zenith,
il represente aussi combien le zenith du lieu ou l'on est, se trouve esloigné de la ligne equinoxiale, ce que l'on appelle latitude,
& c'est en ce rencontre que se trouve veritable ce que i'ay avancé,
que la latitude & la declinaison ne sont point differents qu'en ce
qu'on les exprime par des termes differents, estant toutes deux la
mesme chose, sçavoir est l'esloignement à la ligne.

Ou bien donc le soleil à midy sera directement au zenith & à
pic sur la teste, ou bien plus bas que le zenith en tirant vers le Nord
ou vers le Sud, il est impossible qu'il soit autrement constitué: si
vous estes au Nord du soleil, pour lors il faut que le soleil vous demeure au Sud, mais si vous estes au Sud du soleil, il n'y a point de
doute que le soleil vous demeurera au Nord.

Quelqu'un me pourroit demander comme quoy l'on pourra
trouver si le soleil est au Nord ou au Sud de vous, ou bien si vous
estes au Nord ou au Sud du soleil, mais outre que cette question

eſt fort frivolle, particulierement à des Pilottes qui eſtants accou-
ſtumez à leurs rumbs de vent, ou parties du monde, ſçavent ſans
broncher ou leur demeure le Nord & le Sud du Monde. Que ſi
pourtant l'on y trouvoit de la difficulté, l'on n'auroit qu'a conſulter une Aiguille Aimantée, ou bien un Compas à Naviger, qui par
la vertu de l'Aiguille Aimantée montre le Nord & le Sud ou à peu
prés, la Variation n'eſtant de nulle conſequence en ce poinct, au
moyen que l'Aiguille montre le coſté du Nord, en quelque lieu
qu'elle puiſſe eſtre depuis l'Eſt ou l'Oueſt iuſques au Nord, pourvù
qu'elle ne ſoit point de l'autre coſté, ie veux dire du coſté du Sud,
depuis l'Eſt ou Oueſt iuſques au Sud, qui ſeroit à l'oppoſite de la
façon qu'elle devroit eſtre tournée, ce qui n'arrivera iamais que
par mégarde l'Ouvrier ayant touché l'Aiguille un bout pour l'autre, à quoy les toucheurs de Compas ne manquent iamais,
parce qui ayant ietté la veuë, ce ne leur eſt qu'une legere peine de
les retoucher, lequel erreur pourroit encor arriver ſi le pivot ſur
lequel eſt portée la Roze eſtoit tellement émouſſé que la Chappelle n'eut pas la liberté de tourner deſſus, ou bien s'il ſe rencontroit quelque paille ou autre choſe dans la Chappelle qui l'empeſ-
chaſt de tourner. Ou bien encor ſi le Compas comme ils diſent
eſtoit affollé.

Hors ces rencontres qui n'arrivent que tres-rarement (y ayant
pluſieurs Compas dans un Navire, leſquels on confronte les uns
aux autres pour eſviter ces inconveniens) un Compas montrera
autant qu'il convient de quel coſté à midy vous demeure le ſoleil,
ſoit au Nord, ſoit au Sud.

L'experience fait voir qu'un corps au travers duquel la lumiere
ne penetre point, qu'on appelle un corps opaque, eſtant oppoſé à
un corps lumineux, tel qu'eſt le ſoleil, ne manque iamais de ietter
une ombre touſiours à l'oppoſite du corps qui l'illumine, ie veux
dire à l'oppoſite du ſoleil. Delà il y en à quelques uns qui pour iuger de quel coſté ils ſont du ſoleil, prennent garde de quel coſté
porte leur ombre pendant qu'ils y prennent hauteur, de maniere
que ſi cette ombre porte au Nord, ils diront qu'ils ſont au Nord du

foleil, que fi au contraire elle fe porte & tire vers le Sud, ils diront
qu'ils font au Sud du foleil. Vous iugez bien que pour cet effet
il eft auffi neceffaire de fçavoir ou eft le Nord & le Sud du Monde,
à quoy fi l'on trouvoit de la difficulté, elle pourroit pareillement
eftre levée par le moyen du Compas qui montrera affez paffable-
ment pour ce fuiet ou eft le Nord & le Sud, ainfi que ie viens de
dire cy deffus.

Pour vous dire mon fentiment fur cette pratique, i'avoüe qu'il
n'y a rien de plus iufte en cette affaire que l'ombre, laquelle tire
toufiours infailliblement à l'oppofite du foleil, mais à quoy bon
parler d'ombre lors qu'il n'eft befoin que de l'obfervateur & du foleil, & entremettre un troifiefme qui eft l'ombre, ou il n'en eft aucunement befoin.

Toute la difficulté qu'on y pourroit, ce me femble, rencontrer,
feroit quand le foleil eft proche du zenith, auquel cas le foleil
eftant fort haut & eflevé fur l'horizon & prefque à pic fur la tefte,
l'on à toutes les peines à pouvoir difcerner de quel bord il vous demeure, & à raifon que dans ce rencontre l'ombre qu'il fait eft tres
courte, il eft prefque impoffible de la pouvoir diftinguer, auquel
cas comme un filet eft tout autrement delié que non pas un homme, & l'ombre de ce filet luy eftant proportionnée & plus delicate,
l'on pourra par fon moyen obferver bien plus iuftement l'ombre.
C'eft pourquoy apres avoir difpofé un Compas dont l'on fe fert
communement pour Naviger, & y avoir aiufté un filet traverfant
le verre, n'importe pourvû qu'il refponde iuftement fur le milieu
de la Chappelle, ou pour fe delivrer de cette peine apres avoir
prins un Compas dont l'on fe fert pour obferver la Variation, que
l'on appelle un Buffolle, & qui eft aiufté de la maniere que ie viens
de dire, il faut au moment que l'on prend hauteur, & que l'on apperçoit ou iuge qu'il eft midy, difpofer fon Buffolle de telle forte
que l'ombre du filet refponde le travers de l'Eft & du Oueft, ce fait
il faut prendre garde, & remarquer de quel cofté eft l'ombre du
filet, fçavoir fi elle prend du cofté du Nord ou bien du cofté du
Sud à l'efgard de l'Eft & Oueft ; parce que pour lors il faut pareil-

lement conclurre que vous eſtes ſemblablement au Nord ou au Sud du ſoleil, ſuivant le coſté que l'on a obſervé que l'ombre du filet donnoit à midy. Que ſi l'ombre tombe iuſtement ſur l'Eſt & Oueſt, & paſſe par le centre, il ne faut aucunement douter que le ſoleil à midy eſtoit au zenith.

Voila, ce me ſemble, ſuffiſamment parlé autant qu'on le peut ſouhaitter, non ſeulement de toutes les parties qui doivent compoſer la latitude, qui ſont la hauteur meridienne du ſoleil, ou pluſtoſt ſon eſloignement au zenith & de ſa declinaiſon, mais meſme vû toutes les manieres par leſquelles l'on peut connoiſtre de quel coſté elles ſont, il ne reſte pour en venir à l'aiuſtement, que de donner des regles que l'on doit obſerver par l'Addition ou la Souſtraction de ces deux parties l'une de l'autre que ie reduiray à deux Maximes, dont ie donneray par apres pluſieurs Exemples pour en faciliter la pratique.

PREMIERE MAXIME.

Quand l'on eſt du meſme coſté qu'eſt la declinaiſon, Il faut adiouſter enſemble la declinaiſon avec ſon eſloignement au zenith à midy, & le tout donnera la latitude,

Laquelle ſera touſiours du meſme coſté qu'eſt la declinaiſon du ſoleil.

Ie veux dire que ſi en prenant hauteur l'on ſe trouve du coſté du Nord du ſoleil, & que ſa declinaiſon ſoit Nord, il faudra adiouſter enſemble cette declinaiſon avec le nombre de deg. que l'on a trouvé que le ſoleil à midy eſtoit eſloigné du zenith, & le tout enſemble compoſera l'eſloignement à la ligne qui eſt la latitude, laquelle ſera du coſté du Nord, puis que non ſeulement l'on ſuppoſe que la declinaiſon eſt Nord, mais encor pareillement que l'on eſt plus Nord que le ſoleil.

Que ſi pareillement à midy l'on eſtoit au Sud du ſoleil, & que ſa declinaiſon fut auſſi Sud, adiouſtant enſemble la declinaiſon avec ce que l'on aura trouvé, que le ſoleil à midy eſtoit eſloigné du zenith, l'on aura le nombre de deg. & min. que l'on ſera eſloigné
gné

gné de la ligne, & ce du cofté du Sud de cette ligne, à raifon que
tant vous que le foleil eftes fuppofez eftre au Sud de ladite ligne.

SECONDE MAXIME.

*Quand l'on eft du cofté contraire à la Declinaifon du So-
leil, il faut fouftraire la Declinaifon de ce que l'on a trouvé
que le Soleil eftoit efloigné du zenith, & le refte fera la latitude.*

*Que fi la Declinaifon fe trouvoit plus grande il faudroit
pour lors fouftraire ce que l'on a trouvé que le Soleil eftoit
efloigné du zenith de la declinaifon du Soleil & le refte feroit
l'efloignement à la ligne.*

Lequel efloignement à la ligne fera toufiours du cofté de celuy
qui eft le plus grand.

C'eft à dire, par exemple que fi la declinaifon eftoit Sud de 20
deg. & que l'on eut trouvé à midy le foleil efloigné de 70 deg. &
que l'on fut au Nord du foleil, il faudroit fouftraire les 20 deg. de
la declinaifon des 70 deg. de l'efloignement au zenith, & refteroit 50 deg. pour l'efloignement à la ligne equinoxiale, & ie dis que
cet efloignement doit eftre Nord, parce que l'efloignement au
zenith eftant au Nord, & plus grand que la declinaifon, il le doit
par confequent emporter.

Que fi la mefme declinaifon du foleil eftoit Nord, & que le
mefme efloignement au zenith fut au Sud, fouftrayant les 20
deg. de la declinaifon des 70 deg. de l'efloignement au zenith,
les 50 deg. qui refteroient donneroient l'efloignement pareillement à la ligne equinoxiale, mais du cofté du Sud de la ligne à caufe que les 70 deg. de l'efloignement au zenith eftant du cofté du
Sud & plus grands que les 20 deg. de la declinaifon doivent l'emporter au deffus de la declinaifon, & ainfi la latitude dans cette
obfervation feroit du cofté du Sud de la ligne.

Que fi encor la declinaifon du foleil eftoit de 22 deg. Nord, &
que prenant hauteur à midy l'on fut du bord du Sud du foleil, &

que l'efloignement au zenith fe fut trouvé feulemét de dix deg. dans ce rencontre fuivant cette maxime, il faudroit fouftraire les dix deg. de l'efloignement au zenith des 22 deg. de la declinaifon, & le refte 12 deg. feroit l'efloignement à la ligne, lequel efloignement à la ligne feroit du cofté du Nord à raifon que les 22 deg. de la declinaifon, laquelle eft du cofté du Nord, l'emportent au deffus des dix deg. de l'efloignement au zenith, qui eftoient à la verité du cofté du Sud, mais eftant moindres il le doivent ceder avec iuftice à la declinaifon, laquelle fe rencontre plus grande.

Que fi la declinaifon eut efté du cofté du Sud, & que l'on eut efté au Nord du foleil, il eut fallu fouftraire les dix deg. de l'efloignement au zenith, des 22 deg. de la declinaifon, & les 12 deg. du refte de la fouftraction euffent donné la latitude, mais elle eut efté du cofté du Sud de la ligne, à caufe que la declinaifon eftant plus grande & fuppofée du cofté du Sud, elle doit l'emporter au deffus du bord ou fe rencontre pour lors le foleil.

Pour faciliter encor davantage la chofe, apportons plufieurs exemples conformément aux deux Maximes cy deffus. Mais auparavant il me femble neceffaire de vous advertir que quand ie diray que dans la hauteur l'on a trouvé fon Marteau efloigné de tant de deg. & min. du bout de l'œil, il faut entendre que ce font les deg. & min. de l'efloignement du foleil au zenith, & pour lors il n'eft befoin que d'adioufter ou fouftraire d'iceluy la declinaifon du foleil pour en compofer la latitude.

Mais que quand ie diray que la hauteur meridienne du foleil s'eft trouvée de tant de deg. & min. cela veut dire qu'à midy le foleil s'eft trouvé efleyé fur l'horizon de tant de deg. & min. & pour lors pour avoir fon efloignement au zenith, il faut fouftraire ce nombre de deg. & min. de la hauteur meridienne des 90 deg. qui fe trouvent depuis le zenith iufques à l'horizon, & bien que ce ne foit pas la pratique des Pilottes de compter leur affaire par les deg. & min. de la hauteur, ie ne les laifferay pas d'en apporter quelques Exemples afin que fi dans quelque Livre on le trouvoit de cette forte, cela ne fut point un fuiet d'eftonnement.

EXEMPLES SVIVANT ET CONFORMEMENT
à la premiere Maxime.

PREMIER EXEMPLE.

LE douziéme iour de May 1673, ayant prins hauteur au soleil, i'ay trouvé mon Marteau arresté à 24 deg. 45 min. loing du bout de l'œil, & i'estois au Nord du soleil, de combien de deg. & min. estois ie esloigné de la ligne & de quel costé ?

R. Pour le trouver voicy comme i'y procede, & premierement pour trouver la declinaison, puis que l'an 1673 proposée est une premiere année apres Bissexte, ie cerche dans la Table de la Declinaison du soleil, à la page du mois de May, dans la colomne pour la premiere année, & vis à vis du 12 iour ie trouve 18 deg. 23 mi. & au costé droit declinaison Nord, qui me marque qu'au midy de ce iour à Dieppe, & à tous les lieux qui sont sous le mesme meridien & en mesme longitude la declinaison du soleil est de 18 deg. 23 min. Nord, en suitte dequoy à cause que quand l'on à prins hauteur l'on suppose que l'on estoit au Nord du soleil, & par consequent du mesme costé que la declinaison suivant la premiere Maxime i'adiouste les 24 deg. 45 min. d'esloignement au zenith avec les 18 deg. 23 min. de declinaison, & viendront 43 deg. 8 min. pour l'esloignement à la ligne au lieu ou s'est faite l'observation, lequel esloignement sera du costé du Nord de la ligne.

Esloignement au zenith Nord	24 deg. 45 min.
Declinaison du Soleil Nord	18 deg. 23 min.
Latitude Nord	43 deg. 8 min.

La raison est que suivant ce, mon zenith est esloigné de la ligne de 24 deg. 45 min. ainsi si le soleil estoit la ligne, ma latitude seroit d'autant que ie suis esloigné du soleil, mais comme le soleil est 18 deg. 23 mi. au deçà de la ligne du mesme bord que ie suis de mon esloignement du soleil au zenith pour aller iusques à la ligne, il s'en

Hhh 2

manque autant qu'il y a de declinaison, si donc i'adiouste les 18 deg. 23 min. de la declinaison avec les 24 deg. 45 min. de mon esloignement au zenith, viendront 43 deg. 8 min. pour mon esloignement à la ligne, & parce que tant le soleil que la ligne me demeurent au Sud, & moy que i'en suis au Nord, il s'ensuit que dans cette constitution ie suis esloigné de la ligne du costé du Nord, & partant que ie suis en latitude Nord.

SECOND EXEMPLE.

Le dixseptiesme iour d'Octobre 1675 ayant prins hauteur au soleil, i'ay trouvé mon Marteau aresté à 8 deg. 30 min. loing du bout de l'œil, & i'estois au Sud du soleil, de combien de deg. & mi. estois ie esloigné de la ligne & de quel costé?

R. Puis que 1675 est une troisiesme année apres Bissexte, il faut cercher la declinaison du soleil en ce iour dans la page du mois d'Octobre, vis à vis du dixseptiesme iour de ce mois, & trouve 9 deg. 22 min. & au costé droit declinaison Sud, & parce que dans mon observation ie me suis trouvé du bord du Sud du soleil conformement à la premiere Maxime, i'adiouste ces 8 deg. 30 min. d'esloignement au zenith avec les 9 deg. 22 min. de la declinaison, & viendra 17 deg. 52 min. pour mon esloignement à la ligne, lequel sera du costé du Sud de la ligne, parce que tant la hauteur meridienne, que la declinaison du soleil se trouvent de ce costé.

Declinaison Sud	*9 deg. 22 min.*
Esloignement au zenith Sud	*8 d. 30 min.*
Latitude Sud	*17 d. 52 min.*

La raison est que suivant ce que i'ay trouvé sur ma Verge, ie vois que ie suis esloigné du soleil de 8 deg. 30 min. du costé du Sud d'iceluy, & du soleil pour aller iusques à la ligne, il s'en manque encor les 9 deg. 22 min. de la declinaison, si donc ie les adiouste avec les 8 deg. 30 min. d'éloignement au zenith que i'ay trouvé par ma hauteur meridienne, viendra en tout 17 deg. 52 min. pour l'éloignement à la ligne, & comme tant le soleil que la ligne me demeurent au Nord, & que i'en suis au Sud, il s'ensuit que ie suis du bord du Sud de la ligne du nombre de deg. & min.que ie viens de trouver qui font 17 deg. 52 min.

Remarquez avec moy que dans tous les Exemples de la premiere Maxime, l'on fe trouve toufiours plus éloigné de la ligne que n'eft pas le foleil, de maniere que le foleil fe trouve toufiours entre celuy qui fait l'obfervation & la ligne, & iamais la ligne n'eft entre deux, ce qui n'arrive pas toufiours dans les Exemples de la feconde Maxime, ou aucune fois la ligne eft entre vous & le foleil, & d'autresfois vous eftes entre la ligne & le foleil, ainfi que ie vous feray remarquer dans les Exemples que i'ameneray.

TROISIESME EXEMPLE.

Le huictiefme iour d'Avril 1674, ayant prins hauteur à midy à S. Domingue, la plus grande des Ifles de l'Amerique, i'ay trouvé que le foleil eftoit élevé fur l'horizon de 77 deg. 4 min. & le foleil me demeuroit au Sud, par quelle latitude eftois ie?

R. A raifon que nos Tables de la Declinaifon du foleil ont efté fupputées pour le meridien de la Ville de Dieppe, & que neantmoins on le veut trouver pour le midy de l'Ifle de S. Domingue, que ie fuppofe eftre éloigné en longitude de celuy de Dieppe de 70 deg. quelques deg. plus ou moins n'importe, outre que le temps propofé eft proche des Equinoxes, il eft neceffaire d'aiufter la declinaifon pofée dans la Table fuivant la methode qui en a efté donnée, pages 111 & 112, c'eft pourquoy à caufe que l'Ifle de S. Domingue eft au Oueft de Dieppe, ie cerche dans la page du mois de May, vis à vis du huictiefme & neufiefme d'Avril en la colomne de la feconde année la declinaifon que ie trouve eftre pour le huictiefme de fept deg. 28 min. Nord, & pour le neufiefme de fept deg. 51 min. pareillement Nord, & apres les avoir fouftrait l'un de l'autre le plus petit du plus grand, c'eft à dire, la declinaifon du huictiefme, qui eft fept deg. vingthuict minuttes de la declinaifon du neufiefme qui eft fept deg. 51 minutte, apres la fouftraction faite reftent 23 min. pour leur difference.

Declinaison 9 Avril 2 année   7 deg. 51 min.

Declinaison 8 Avril 2 année   7 d. 28 min.

Difference d'un iour à l'autre en la Decli.   23 min.

Apres quoy pour trouver combien il faut donner pour les 70 deg. de la difference en longitude, ie dis par une regle de trois,

Si 360 deg. du tour du Monde :

Donnent 23 min. de difference en declinaison :

Ainsi les 70 deg. de la difference en longitude : .

Et la regle faict vient presque 4 min. (tt) demie :

Et attendu que l'on ne se sert point de demies min. en la Navigation negligeant cette demie min. puis que la declinaison augmente en ce temps là, i'adiouste les 4 min. d'augmentation avec les sept deg. vingthuict min. de la declinaison du huictiesme.

Declinaison du 8 Avril Nord   7 deg. 28 min.

Augmentation pour les 70 deg. de longit.   4 min.

Declin du 8 Avril au midy de S. Doming.   7 deg. 32 min.

Et viendra sept deg. 32 min. pour la declinaison du huictiesme Avril à l'Isle de S. Domingue à midy, laquelle se trouve davantage qu'à Dieppe, à cause qu'estant plus Ouest, il faut que le soleil chemine encor dans le zodiaque pour arriver au midy de cette Isle.

En suitte à cause que la hauteur meridienne est comptée depuis l'horizon iusques au soleil pour en trouver l'éloignement au zenith, ie soustrais les 77 deg. 4 mi. de la hauteur trouvée de 90 deg. qu'il y a du zenith à l'horizon, & la soustraction faite restent douze deg. cinquante six min. pour le plus proche éloignement du soleil au zenith en ce iour, qui est à midy.

Du zenith à l'horizon   90 deg.

Hauteur merid. du Soleil   77 d. 4 min.

Esloignement au zenith   12 d. 56 min.

Apres quoy ie dis, puis que le soleil me demeuroit au Sud, par consequent i'en estois au Nord, & à raison que la declinaison est Nord,

& qu'ainſi tant la hauteur meridienne que la declinaiſon ſont toutes deux du meſme coſté ſuivant la premiere Maxime, i'adiouſte les ſept deg. trente deux min. de la declinaiſon trouvée & aiuſtée pour S. Domingue, avec les douze deg. cinquante ſix min. d'éloignement au zenith, & viendra vingt deg. vingthuict min. pour l'éloignement à la ligne au lieu de cette obſervation, lequel éloignement à la ligne ſera du coſté du Nord de la ligne, puiſque tant l'éloignement au zenith que la declinaiſon du ſoleil ſont tous deux du coſté du Nord de la ligne.

Declin. Nord 8 Avril S. Domingue	7 deg. 32 min.
Eſloignement au zenith Nord	12 d. 56 min.
Latitude Nord	20 d. 28 min.

QVATRIESME EXEMPLE.

Le vingtdeuxiéme iour de Fevrier 1675, ayant prins hauteur au ſoleil, ie l'ay trouvé à midy élevé ſur l'horizon de 82 deg. quinze min. & pour lors le ſoleil me demeuroit au Nord, de combien de deg. & min. eſtois ie éloigné de la ligne equinoxiale.

R. Puis que 1675 eſt une troiſieſme année apres Biſſexte, ie cerche dans la Table de la declinaiſon du ſoleil en la page du mois de Fevrier dans la colomne pour la troiſieſme année vis à vis du vingtdeuxieſme iour & trouve dix deg. une min. & à coſté declinaiſon Sud, qui me marque qu'au iour propoſé il y a dix deg. une min. de declinaiſon Sud.

Et à raiſon que dans cet Exemple la hauteur meridienne du ſoleil eſt cottée à commencer à l'horizon en allant vers le ſoleil pour trouver ſon éloignement au zenith, ie ſouſtrais les 82 deg. quinze min. de la hauteur trouvée des 90 deg. qui ſe trouvent depuis le zenith iuſques à l'horizon, & la Souſtraction faite reſteront 7 deg. 45. mi. pour l'éloignement du ſoleil au zenith.

Du zenith à l'horizon	90 deg.
Hauteur merid. du Soleil	82 d. 15 min.
Eſloignement au zenith	7 d. 45 min.

Apres quoy voicy comme ie raiſonne, puis que le ſoleil dans mon obfervation me demeuroit au Nord, i'en eftois par confequent au Sud, & la declinaifon du foleil fe trouvant pareillement Sud conformement à la première Maxime, il faut que i'adioufte les 7 deg. 45 min. d'éloignement au zenith avec les dix deg. une min. de la declinaifon, & le tout enfemble donnera 17 deg. 46 min. pour l'éloignement à la ligne, & ce du cofté du Sud de ladite ligne, à caufe que tant la declinaifon que mon efloignement au foleil fe font tous deux trouvez du cofté du Sud.

Declinaifon du Soleil Sud   10 deg. 1 min.
Efloignement au zenith Sud.   7 d. 45 min.
Latitude Sud   17 d. 46 min.

EXEMPLES CONFORMEMENT A LA feconde Maxime.

PREMIER EXEMPLE.

LE treiziefme iour de Novembre 1673, ayant prins hauteur au foleil, i'ay trouvé mon Marteau arrefté a cinquante huict deg. quarante min. loing du bout de l'œil, & i'eftois au Nord du foleil, par quelle latitude eftois-ie?

R. Puis que 1673 eft une premiere année apres Biffexte, ie cerche dans la declinaifon du foleil, en la pag. du mois de Novembre, en la premiere colomne qui eft pour la premiere année vis à vis du treiziefme iour que ie trouve eftre dixhuict deg. vingtquatre min. & à cofté declinaifon Sud, qui me marque qu'au iour propofé il y a dixhuict deg. vingtquatre min. de declinaifon Sud.

Et parce que dans l'obfervation i'ay trouvé que i'eftois au Nord du foleil, il faut fuivant la feconde Maxime fouftraire les dixhuict deg. vingtquatre min. de la declinaifon du foleil Sud, des cinquante huict deg. quarante min. de l'éloignement au zenith Nord, & la fouftraction faite refteront quarante deg. feize min. pour la latitude, laquelle fera du cofté du Nord, à caufe que l'éloignement

gnement au foleil s'eftant trouvé du cofté du Nord, & trouvé plus
grand que la declinaifon, comme plus fort il le doit emporter fur
la declinaifon.

Efloignement au zenith Nord   58 deg. 40 min.
Declinaifon du Soleil Sud   18 deg. 24 min.
Latitude Nord   40 deg. 16 min.

La raifon eft qu'ayant trouvé cinquante huiĉt deg. quarante min.
d'efloignement au zenith, il s'enfuit que i'eftois efloigné du foleil
du mefme nombre de cinquante huiĉt deg. quarante min. & veu
que i'eftois au Nord du foleil, il me demeuroit par confequent au
Sud, & comme le foleil par fa declinaifon eft encor dixhuiĉt deg.
vingt quatre min. au Sud de la ligne, de cette façon la ligne fe rencontroit entre moy & le foleil : c'eft pourquoy attendu que ie ne
cerche feulement de combien ie fuis efloigné de la ligne fi des
cinquante huiĉt deg. quarante min. que i'ay trouvé que le foleil
eftoit efloigné de mon zenith, ie fouftrais les dixhuiĉt deg. vingtquatre min. que le foleil fe trouve plus loing que la ligne, refteront
quarante deg. feize min. que i'eftois efloigné de la ligne, laquelle
me demeurant au Sud, i'en fuis par confequent au Nord, & partant la latitude trouvée fera Nord.

SECOND EXEMPLE.

Ayant prins hauteur au foleil le treiziefme de May 1674, i'ay
trouvé mon Marteau arrefté à quarante deux deg. cinquante min.
loing du bout de l'œil, & i'eftois au Sud du foleil, par quelle latitude eftois-ie ?

R. A caufe que 1674 eft une feconde année apres Biffexte
pour trouver la declinaifon, ie cerche dans la Table en la page du
mois de May en la feconde colomne vis à vis du feiziefme, &
trouve dixneuf deg. dixfept min. & au cofté droit declinaifon
Nord, qui fignifie qu'au iour propofé la declinaifon du foleil eft
dixneuf deg. dixfept min. du cofté du Nord de la ligne.

En fuitte à caufe que i'eftois au Sud du foleil contraire à la declinaifon fuivant la feconde Maxime, ie fouftrais ces dixneuf deg.

Iii

dixſept min. de ſa declinaiſon des quarante deux deg. cinquante
min. d'eſloignement du ſoleil au zenith., & reſteront vingttrois
deg. trente trois min. que ie ſeray eſloigné de la ligne, & ce du
coſté du Sud, à cauſe que le coſté du Sud que ie me rencontrois du
ſoleil eſt plus grand & l'emporte au deſſus de la declinaiſon qui eſt
Nord.

Eſloignement au zenith Sud	42 deg.	50 min.
Declinaiſon du Soleil Nord	19 d.	17 min.
Latitude Nord	23 d.	33 min.

La raiſon eſt qu'à la verité par cette hauteur i'ay trouvé que i'eſ-
ſtois eſloigné du ſoleil de quarante deux deg. cinquante min. mais
à raiſon que la ligne ſe trouve entre moy & le ſoleil, qui eſt de dixneuf deg. dixſept min. au delà de la ligne, ſi i'en diminuë les dixneuf deg. dixſept min. qu'il s'en rencontre au delà, reſteront vingttrois deg. trente trois min. que ie ſeray eſloigné de la ligne, & ce du
coſté du Sud, à cauſe que ſi la ligne me demeure au Nord, il s'enſuit que moy qui eſt de l'autre coſté, ſois par conſequent du coſté
du Sud de la ligne, & partant en latitude Sud.

TROISIESME EXEMPLE.

Le troiſieſme iour de Iuillet 1676, ayant prins hauteur au ſoleil, ie l'ay trouvé a midy eſlevé ſur l'horizon de 84 deg. vingt cinq
min. & i'eſtois au Sud du ſoleil, de combien de deg. & min. ſuis-ie
eſloigné de la ligne?

R. Puis que 1676 eſt une année Biſſexte, ie cerche dans la Table de la declinaiſon du ſoleil en la page du mois de Iuillet, en la
quatriéme colomne vis à vis du 3 iour, & y trouve 22 deg. 58
min. & à main droite à coſté declinaiſon Nord, qui me dit que le
ſoleil en ce iour à vingt deux deg. cinquante huict min. de declinaiſon Nord.

Et veu que la hauteur meridienne eſt cottée dans cet Exemple
en allant de l'horizon vers le zenith pour avoir l'eſloignement au
zenith, ie ſouſtrais les 84 deg. 25 min. de la hauteur des 90 deg.

qu'il y a du zenith à l'horizon, & resteront cinq deg. trente cinq min. pour l'esloignement au zenith.

Du zenith à l'horizon	90 *deg.*
Hauteur merid. du Soleil	84 *d.* 25 *min.*
Esloignement au zenith	5 *d.* 35 *min.*

En suitte dequoy à cause que la declinaison du soleil est Nord, & que l'on est au Sud du soleil, qui est de contraire costé, il faut suivant la seconde Maxime, soustraire les cinq deg. trente cinq min. d'éloignement au zenith des vingt deux deg. cinquante huict min. de la declinaison, & resteront dixsept deg. 23 min. pour l'éloignement à la ligne, lequel sera du costé du Nord, à cause que la declinaison du soleil est plus grande, & l'emporte au dessus de l'éloignement au zenith.

Declinaison du Soleil Nord	22 *deg.* 58 *min.*
Esloignement au zenith	5 *d.* 35 *min.*
Latitude Nord	17 *d.* 23 *min.*

La raison est que le soleil se trouve à la verité éloigné de la ligne du costé du Nord de 22 deg. cinquante huict min. mais comme ie suis au Sud du soleil de 5 deg. 35 min. ie rapproche de la ligne du nombre de degrez de l'éloignement au zenith, & ainsi les diminuant de la declinaison du soleil, restent dixsept deg. vingt trois min. pour l'éloignement à la ligne, & ce du costé du Nord, à cause que ie suis entre le soleil & la ligne, & par consequent du mesme bord que le soleil, à cause que ie ne tire point si au Sud que le soleil prend du Nord de la ligne.

QVATRIESME EXEMPLE.

Le vingtroisiesme iour de Decembre 1674, estant à Batavia aux Indes Orientales, & y ayant prins hauteur au soleil, i'ay trouvé a midy le soleil eslevé sur l'horizon de 72 deg. quarante min. & i'estois au Nord du soleil, l'on demande de combien de deg. & mi. la Ville de Batavia aux Indes Orientales, est esloignée de la ligne, & de quel costé est sa latitude?

R. Si le temps proposé estoit vers l'equinoxe comme en Fevrier, Mars & Avril, ou bien en Aoust, Septembre & Octobre, il n'y a pas de doute qu'il ne fût necessaire d'aiuster la declinaison du soleil, veu que Batavia est fort different en longitude de la Ville de Dieppe, pour laquelle nous avons supputé nos Tables de la declinaison du soleil, Batavia se trouvant de l'Est de Dieppe de presque 80 deg. mais à cause qu'en Decembre, & specialement au iour proposé, la declinaison du soleil ne diminuë d'un iour à l'autre que d'une minute, les 80 deg. de difference en longitude ne seroient pas un quart de min. ce qui cause que la chose ne merite pas de se donner la peine de l'aiuster, & pour cet effet de faire une regle de trois, c'est pour cette raison que nous ne ferons aucune difficulté de nous servir mesme à Batavia de la declinaison du soleil supputée pour Dieppe, puis qu'il s'y rencontre une difference si peu sensible, à laquelle on n'a aucun esgard en la Navigation.

C'est pourquoy puis que 1674 est une seconde année apres Bissexte, ie cerche dans la page du mois de Decembre en la seconde colomne qui porte au front seconde année, & vis à vis du vingtroisiesme iour ie trouve vingtrois deg. trente min. & au costé droit declinaison Sud, qui signifie que le vingtroisiesme iour de Decembre proposé, il y a 23 deg. 30 mi. de declinaison Sud.

En suitte dequoy à raison que la hauteur meridienne est icy cottée par deg. & min. commençant à l'horizon en allant vers le soleil pour avoir l'esloignement au zenith, ie soustrais les 72 deg. quarante min. de la hauteur des 90 deg. qui se trouvent depuis le zenith iusques à l'horizon, & la soustraction faite, resteront dixsept deg. 20 min. pour l'esloignement au zenith.

Du zenith à l'horizon

Hauteur du Sol. à midy	90 deg.	
	72 d.	40 min.
Esloignement au zenith	17 d.	20 min.

En suitte comparant la hauteur avec la declinaison, ie considere qu'ils se rencontrent contraires & opposez, ie veux dire que la declinaison du soleil estant Sud, ie me trouve au Nord du soleil, c'est

pourquoy conformement à la feconde Maxime ie fouftrais les
dixfept deg. quarante min. d'éloignement du foleil au zenith des
vingtrois deg. trente min. de fa declinaifon, & refteront fix deg.
dix min. pour la latitude de Batavia, en l'Ifle de Iava aux Indes
Orientales, laquelle fera du cofté du Sud de la ligne, puis que la
declinaifon du foleil, laquelle fe trouve Sud au temps de l'obfervation l'emporte au deffus de l'efloignement au foleil.

Declinaifon du Soleil Sud	23 deg. 30 min.	
Efloignement au zenith Nord	17 d. 20 min.	
Latitude Sud de Batavia	6 deg. 10 min.	

La raifon eft que par la declinaifon le foleil en ce iour eft efloigné
de vingtrois deg. trente min. de la ligne du cofté du Sud, mais puis
que l'on fe trouve de l'autre cofté, ie veux dire au Nord du foleil,
mais pourtant d'un moindre nombre de deg. & min. que la declinaifon, fçavoir eft de dixfept deg. 10 min. que l'on a trouvé que le
foleil eftoit efloigné du zenith, il s'enfuit que l'on eftoit entre la ligne & le foleil, & partant plus proche de la ligne que le foleil, d'autant de degrez & min. que l'on a trouvé d'efloignement au foleil,
c'eft pourquoy fi l'on diminuë les dixfept deg. vingt min. trouvez
d'éloignement au foleil des vingtrois deg. trente min. que le foleil
fe trouvoit efloigné de la ligne, apres la fouftraction faite, refteront
fix deg. 10 min. pour la latitude de Batavia, laquelle eftoit du cofté
du Sud de la ligne, puis que Batavia fe trouvant entre la ligne & le
foleil que l'on fuppofe du cofté du Sud par la declinaifon du iour,
il faut de neceffité que pareillement Batavia foit du cofté du Sud
de la ligne pour fa latitude.

A raifon que les Aftronomes cottent pour l'ordinaire leur hauteur meridienne du foleil à la commencer de l'horizon en allant
vers le zenith, & que par le moyen de cette hauteur meridienne
du foleil & declinaifon, ils trouvent de combien le cercle equinoxial (où ce que nos Pilottes appellent communement la ligne
equinoxiale, ou bien tout fimplement la ligne) eft eflevé fur l'horizon, en fuitte dequoy fouftrayants de 90 deg. cette hauteur de la

ligne equinoxiale qu'ils ont trouvée, ils concluent de combien de
deg. & min. ils font esloignez de la ligne. C'est pourquoy bien que
ie iuge la maniere de le faire par le moyen de l'esloignement du
soleil à midy plus prompte, que non pas par cette hauteur meridienne, sans mesme tant embarasser, neantmoins afin que si dans
quelque occasion il se rencontrast que vous le vissiez pratiquer, ou
bien que tombants sur la lecture de quelques Livres, comme des
Routiers ou Regimes Hollandois ou ils en parlent, & apportent
non seulement des Exemples, mais encor des figures pour le
mieux faire concevoir, cela ne vous semblast pas estrange. Pour
m'acquitter de la promesse que ie vous en avois faite, & vous
styler dans cette pratique, ie m'en vay vous en-déduire la methode, laquelle au fonds n'est pas differente de celle que nous venons
de donner cy dessus, par le moyen de l'esloignement du soleil au
zenith. Mais auparavant que d'en apporter des Exemples, il est necessaire de vous donner quelques Maximes, lesquelles vous con-
duiront dans toute cette affaire.

PREMIERE MAXIME.

*Quand la declinaison du soleil est Sud, & que l'on est au Nord
du soleil ; ou bien quand la declinaison est Nord, & que l'on
est au Sud du soleil.*

*Ou bien autrement, quand la declinaison est Sud, & que le
soleil vous demeure au Sud ; ou quand la declinaison est Nord,
& que le soleil est au Nord de vous, il faut adiouster les
deg. & min. de la Declinaison du soleil avec les deg. & min. de
la hauteur meridienne du soleil, & le tout adiouste ensemble
donnera de combien de degrez & minuttes la ligne equinoxiale sera élevée au dessus de l'horizon, lesquels deg. & min.
souftraites de 90 deg. apres la souftraction faite restera le nombre des degrez & min. que l'on sera eloigné de la ligne equinoxiale.*

Que si tant la hauteur meridienne que la declinaison du soleil adioustez ensemble excedent, surpassent & font plus que 90 deg. en ce cas il faut soustraire 90 deg. du nombre des deg. & min. provenus de l'addition de la hauteur meridienne & de la declinaison du soleil ; & le reste donnera le nombre des deg. & min. que l'on sera esloigné de la ligne, & la latitude pour lors se trouverra du costé qu'est la declinaison, ie veux dire que si la declinaison est Nord, on sera en latitude Nord, d'autant de deg. & min. qu'il s'en est trouvé au dessus de 90 deg. mais si la declinaison est Sud, l'on sera pour lors pareillement esloigné de la ligne du costé du Sud, du mesme costé qu'est la declinaison du soleil.

Que si tant la hauteur meridienne que la declinaison du soleil adioustez ensemble, font iustement 90 deg. en ce cas l'on sera sous la ligne, & l'on n'aura point de latitude.

SECONDE MAXIME.

Quand l'on se trouve du mesme costé de la ligne equinoxiale qu'est le soleil, c'est à dire, *quand l'on est Nord du soleil, & que sa declinaison est Nord : ou quand l'on en est du costé du Sud, & que sa declinaison est Sud.*

Ou bien autrement quand la Declinaison du soleil est Nord & que le soleil vous demeure au Sud : ou quand sa Declinaison & qu'il vous demeure au Nord, il faut soustraire le plus petit du plus grand, ie veux dire la declinaison du soleil de sa hauteur meridienne, ou bien sa hauteur meridienne de sa declinaison, & apres la soustraction, *restera le nombre de degrez & min. que la ligne equinoxiale sera élevée au dessus de l'horizon,* lequel nombre de deg. & min. s'il s'en trouve, soustraits de 90 deg. resteront les deg. & mi. que l'on sera esloigné de la ligne.

Facilitons le tout par des Exemples.

EXEMPLES CONFORMEMENT A LA
premiere Maxime.

PREMIER EXEMPLE.

LE huictiefme iour de Mars 1673, ayant prins hauteur au foleil, ie l'ay trouvé élevé à midy fur l'horizon de 62 deg. 32 min. & pour lors i'eftois au Nord du foleil, ou bien le foleil me demeuroit au Sud, par quelle latitude eftois-ie & de quel cofté?

R. Puifque 1673 eft une premiere année apres Biffexté, ie cerche dans la Table de la declinaifon du Soleil, en la page du mois de Mars, en la premiere colomne, & vis à vis du huictiefme iour, & trouve 4 deg. 31 min. & à cofté declinaifon Sud qui fignifié qu'en ce iour à midy le foleil à quatre deg. 31 min. de declinaifon Sud.

En fuitte à caufe que i'eftois au Nord du foleil, ou bien autrement que le foleil me demeuroit au Sud, fuivant & conformement à la premiere Maxime i'adioufte les 62 deg. trente deux min. de la hauteur meridienne du foleil avec les quatre deg. 31 min. de fa declinaifon, & le tout enfemble fait 67 deg. trois min. que la ligne equinoxiale fe treuvera dans cette obfervation élevée au deffus de l'horizon.

Hauteur meridienne du foleil Nord.	62 deg.	32 min.
Declinaifon du Soleil Sud.	4 d.	31 min.
Eflevation de la ligne fur l'horizon	67 d.	3 min.

Lefquels 67 deg. 3 min. d'élevation de l'equinoxial fur l'horizon, ie fouftraits de 90 deg. & la fouftraction faite refteront 22 deg. 57 min. que l'on fera éloigné de la ligne.

Du zenith à l'horizon	90 deg.	
Hauteur de la ligne fur l'horizon	67 d.	3 min.
Efloignement à la ligne Nord	22 d.	57 min.

La raifon pour laquelle en cet Exemple l'on adioufte les deg. &
           min.

min. de la hauteur meridienne du soleil avec ceux de sa declinaison, est que les 62 deg. trente deux min. de hauteur trouvez sont ce que le soleil estoit esloigné à midy de l'horizon en allant vers le zenith, & puis que la declinaison du soleil est Sud, il ne monte point si haut sur l'horizon que fait la ligne, & cela moins des quatre deg. 31 min. de la declinaison, lesquels estant adioustez aux 62 deg. 32 min. de la hauteur meridienne, l'on trouverra que la ligne sera eslevée sur cet horizon de 67 deg. trois min.

La raison pour laquelle on soustrait la hauteur de l'equinoxial sur l'horizon de 90 deg. est que la hauteur de la ligne sur l'horizon & la latitude accomplissent & font iustement 90 deg. qui se rencontrent d'un costé & d'autre, depuis l'horizon iusques au zenith, c'est pourquoy si l'on soustrait les deg. & min. de la hauteur de l'equinoxial sur l'horizon de ce quart de cercle qui contient 90 deg. l'on aura les deg. & mi. de ce que le zenith est esloigné de la ligne qui est ce que l'on nomme latitude.

La raison pour laquelle cette latitude se trouve du costé du Nord de la ligne est à cause, que tant le soleil que la ligne estant du costé du Sud & l'observateur au Nord, il est de necessité que l'on soit du costé du Nord de la ligne, & partant en latitude Nord.

SECOND EXEMPLE.

Le douziesme iour d'Avril 1675, ayant prins hauteur au soleil, i'ay trouvé qu'il estoit eslevé à midy sur l'horizon de 64 deg. vingt min. & pour lors i'estois au Sud du soleil, de combien la ligne estoit elle eslevée sur l'horizon, & en suitte par quelle latitude estois-ie & de quel costé?

R. Puis que 1675 est une troisiesme année aprés Bissexte, ie cerche dans la Table de la declinaison du soleil en la page du mois d'Avril vis à vis du douziesme iour & trouve 8 deg. 31 min. & à costé declinaison Nord, par là ie vois que le soleil au midy de ce iour à 8 deg. 51 min. de declinaison Nord.

En suitte dequoy à cause que i'estois au Sud du soleil tout au contraire de sa declinaison suivant la premiere Maxime, i'adiouste les huict deg. 51 min. de la declinaison du soleil, avec les 64 deg.

Kkk

20 min. de fa hauteur meridienne ; & ces deux enfemble font 73 deg. 11 min. pour la hauteur de l'equinoxial fur l'horizon au lieu de cette obfervation.

Hauteur meridienne du foleil Sud	64 deg.	20 min.
Declinaifon du Soleil Nord	8 d.	51 min.
Haut. de l'Equinox. fur l'horizon	73 d.	11 min.

En fuitte de quoy pour avoir l'efloignement à la ligne, ie fou-ftraits ces 73 deg. onze mi. de la hauteur de l'equinoxial fur l'horizon des 90 deg. qu'il y a du zenith à l'horizon, & apres la fouftra-ction faite, reftent feize deg. 49 min. que l'on eftoit efloigné de la ligne, laquelle latitude eft Sud, parce que l'on fe trouvoit bien plus efloigné du Sud du foleil, & d'un plus grand nombre de deg. que n'eftoit la declinaifon du foleil, quoy que du cofté du Nord de la ligne.

Du zenith à l'horizon	90 deg.	
Hauteur de la ligne	73 d.	11 min.
Latitude Sud	16 d.	49 min.

TROISIESME EXEMPLE.

L'an 1676, le dixneufiefme iour de May ayant prins hauteur au foleil, ie l'ay trouvé eflevé fur l'horizon a midy de 80 deg. & pour lors i'eftois au Sud du foleil, ou bien autrement le foleil me de-meuroit au Nord, ie demande de combien l'equinoxial eftoit élevé de deg. & min. fur l'horizon, & en fuitte par quelle latitude i'eftois, & de quel cofté de la ligne eftoit cette latitude ?

R. A caufe que l'an 1676 eft une quatriefme année ou Biffexte, ie cerche dans la Table de la declinaifon du foleil en la page du mois de May en la 4 colomne vis à vis du 19 iour propofé, & trouve 20 deg. deux min. & à cofté declinaifon Nord, qui me dit qu'en ce iour le foleil avoit 20 deg. 2 min. de declinaifon Nord.

En fuitte à caufe que ie me fuis trouvé à midy au Sud du foleil, tout au contraire de la declinaifon fuivant la remarque de la pre-miere Maxime, i'adioufte les vingt deg. deux min. de la declinaifon du foleil avec les 80 deg. de fa hauteur meridienne, & le tout enfemble fait 100 deg. deux minuttes.

Hauteur meridienne du foleil Sud   80 deg.
Declinaifon du Soleil Nord   20 deg.   2 min.

                 100 deg.   2 min.

Aggregé

C'eft pourquoy fuivant cette remarque de la premiere Maxime, ie fouftraits 90 deg. des 100 deg. deux min. de la fomme, tant de la hauteur meridienne du foleil, que de fa declinaifon, & apres la fouftraction faite, reftent dix deg. deux min. pour l'efloignement à la ligne.

Hauteur merid. & declin.   100 deg. . 2 min.
                                    90 d.   min.

                                    10 d. . 2 min.

Latitude Nord

Laquelle latitude doit eftre du cofté du Nord de la ligne, à caufe que le foleil fe trouvant élevé à midy fur l'horifon de 80 deg. il ne doit eftre par confequent éloigné du zenith que de dix deg. lefquels fe trouvants contraires à la declinaifon, ie veux dire au Sud & la declinaifon Nord, mais eftants moindres, la declinaifon le doit emporter, & partant l'on fera entre la ligne & le foleil, mais pourtant du cofté du Nord de la ligne, quoy que l'on fe foit trouvé au Sud du foleil.

Que fi la declinaifon en cet Exemple fe fut trouvée Sud, & qu'on eut trouvé le mefme nombre de deg. pour la hauteur meridienne du foleil, il eut fallu faire de mefme que cy deffus, mais la latitude fe fut trouvée Sud, à caufe que la declinaifon l'eut emporté au deffus de l'efloignement au zenith, & l'on fe fut trouvé entre la ligne & le foleil, mais pourtant du mefme cofté de la ligne que la declinaifon, à caufe que l'on eut efté moins efloigné du foleil, que le foleil n'eftoit de la ligne par fa declinaifon.

QVATRIESME EXEMPLE.

Le troifiéfme iour de Iuin 1674, ayant prins hauteur au foleil,

ie l'ay trouvé à midy élevé fur l'horizon de 67 deg. trente quatre
min.& pour lors i'eftois au Sud du foleil, de combien de deg.& mi.
eftoit l'equinoxial élevé fur l'horizon,& en fuitte par quelle latitude eftois-ie ?

R. Puisque 1674 eft une feconde année apres Biffexte, ie cerche dans la Table de la declinaifon du foleil en la page du mois de
Iuin, en la feconde colomne vis à vis du 3 iour, & trouve 22
deg.26 min.& à cofté declinaifon Nord, qui me dit que la declinaifon du foleil au iour propofé eftoit de 22 deg.26 min. Nord.

En fuitte dequoy veu que ie me fuis trouvé au Sud du foleil
tout au contraire de la declinaifon fuivant la premiere Maxime,
i'adioufte les vingtdeux deg. vingtfix min. de la declinaifon du foleil avec les 67 deg. trente quatre min. de fa hauteur meridienne,
& les deux enfemble font iuftement 90 deg. qui me fignifie que
fuivant la feconde remarque de la premiere Maxime, ie fuis
iuftement fous la ligne.

Hauteur meridienne du Soleil Sud	67 deg. 34 min.
Declinaifon du Soleil Nord	22 d. 26 min.
Hauteur de l'equinoxial fur l'horifon	90 d. . . min.

Et ainfi puis que l'equinoxial eft eflevé de 90 deg. fur l'horizon,
il fera par confequent au zenith, de maniere qu'on fera droit fous
la ligne, parce que le zenith reprefente au Ciel le lieu ou nous
fommes,foit que nous foyons fous la ligne , ou hors de la ligne de
quelque cofté que ce puiffe eftre.

Il feroit inutile de fouftraire les 90 deg. de la hauteur de la ligne fur l'horizon des 90 deg. qu'il y a du zenith à l'horizon, parce
qu'apres la fouftraction faite il ne refteroit rien pour la latitude,
parce que tout le monde eft affez informé que quand l'on eft à la
ligne, l'on n'a point de latitude, parce que la latitude n'eftant que
ce que l'on eft efloigné de la ligne, fi l'on y eft l'on n'en eft pas éloigné,& par confequent l'on n'a aucune latitude.

EXEMPLES CONFORMEMENT A LA
seconde Maxime.

PREMIER EXEMPLE.

LE dixseptiesme iour de May 1675, ayant prins hauteur au soleil, ie l'ay trouvé à midy eslevé sur l'horizon de 64 deg. vingt
min. & i'estois au Nord du soleil, de combien l'equinoxial
estoit-il eslevé sur l'horizon, & par quelle latitude estois-ie, & de
quel costé?

R. A cause que 1675 est une troisiesme année apres Bissexte, ie
cerche dans une Table de la declinaison du soleil en la page du
mois de May en la troisiesme colomne vis à vis du dixseptiesme
iour, & trouve 19 deg. 27 min. & à costé declinaison Nord, qui
me dit que la declinaison de ce iour à midy est dixneuf deg. 27
min. Nord.

En suitte à cause que dans mon observation i'ay remarqué que
le soleil me demeuroit au Sud, & que i'en estois au Nord du mesme costé que se trouve la declinaison du soleil suivant la seconde
Maxime, ie soustraits les dixneuf deg. vingt sept min. de la declinaison des 64 deg. vingt min. de la hauteur meridienne, & la soustraction faite resteront quarante quatre deg. cinquante trois min.
pour la hauteur de la ligne equinoxiale sur l'horizon au lieu de
cette observation.

Hauteur meridienne du Soleil Nord	64 deg. 20 min.
Declinaison du Soleil Nord	19 d. 27 min.
Hauteur de la ligne sur l'horizon	44 deg. 53 min.

Lesquels quarante quatre deg. cinquante trois min. d'élevation de
l'équateur sur l'horizon, ie soustrais des 90 deg. qu'il y a du zenith
à l'horizon, & resteront quarante cinq deg. sept min. pour l'esloignement de ce lieu à la ligne.

Du zenith à l'horizon   90 deg.

Hauteur de la ligne sur l'horizon   44 d. 53 min.

Latitude Nord   45 d. . 7 min.

Lequel esloignement à la ligne sera du costé du Nord, puis que
tant le zenith que le soleil se trouvent du costé du Nord de la ligne.

SECOND EXEMPLE.

Le vingthuictiesme de Septembre 1673, ayant prins hauteur à
la pointe du Sud Est de Mascaregne proche de Madagascar, i'ay
trouvé à midy que le soleil estoit eslevé sur l'horizon de 70 deg.
cinquante sept min. & pour lors i'estois au Sud du soleil, de combien l'equinoxial y est il eslevé sur l'horizon, & par quelle latitude
est cette pointe, & de quel costé est elle scituée de la ligne équi-
noxiale?

R. A cause que Dieppe pour laquelle nos Tables de la declinaison du soleil ont esté composées, est notablement differente en la
longitude de la pointe du Sud Est de l'Isle de Mascaregne nommée de present par nos François l'Isle de Bourbon, il est necessaire
si l'on veut apporter de la iustesse dans la latitude cerchée de ce
lieu proposé, d'aiuster la declinaison du soleil au midy du iour proposé en cette Isle, & pour cet effet ie cerche dans la Carte la longitude, tant de Dieppe, que de l'Isle proposée, & la trouve dans les
Cartes de Guillaume Blaeu d'Amsterdam, sçavoir pour la longitude de Dieppe dans sa Carte pour les Indes Occidentales, de dixsept
deg. 30 min. & celle de la pointe du Sud Est de Mascaregne dans
la Carte des Indes Orientales du mesme Autheur 76 deg.

Longit. de Mascaregne de Blaeu   76 deg.

Longitude de Dieppe du mesme   17 d. 30 min.

Difference en longitude   58 d. 30 min.

Et les ayant soustrait l'une de l'autre restent 58 deg. 30 min. pour
leur difference en longitude, ainsi à raison que la longitude de
Mascaregne est plus grande que celle de Dieppe, cette Isle par
consequent est plus à l'Est que Dieppe de 58 deg. 30 mi. & le soleil y

fait plutoſt midy qu'à Dieppe. C'eſt pourquoy ſuivant la methode pratiquée és pages 113 & 114, parce que 1673 eſt une premiere an-née apres Biſſexte, ie cerche dans la Table de la declinaiſon du ſo-leil en la page du mois de Septembre, en la premiere colomne vis à vis du vingtſeptieſme & vingthuictieſme la declinaiſon du ſoleil, & trouve pour celle du vingtſeptieſme un degré 53 min. & pour celle du vingthuictieſme deux deg. ſeize min. & à coſté de-clinaiſon Sud qui me marque qu'en ces iours le ſoleil eſt du coſté du Sud de la la ligne du nombre de deg. & min. cottez.

Declinaiſon du Soleil du 28 Septembre   2 d. 16 m.

Declinaiſon du 27 Septembre à Dieppe   1 d. 53 m.

Difference en declin. de ces deux iours   23 m.

Et les ayant ſouſtrait l'une de l'autre, ſçavoir la moindre qui eſt celle du 27 de la plus grande qui eſt celle du 28, reſtent apres la ſouſtraction faite 23 min. pour la difference qui ſignifie que pen-dant un iour en ce temps le ſoleil augmente de vingtrois min. en declinaiſon d'un iour à l'autre.

En ſuitte dequoy à cauſe que Maſcaregne eſt à l'Eſt de Dieppe au midy du vingthuictieſme iour du mois de Septembre, le ſoleil n'aura pas tant de declinaiſon que ce iour à Dieppe à midy, c'eſt pourquoy pour trouver de combien cela pourra eſtre, ie dis par une regle de trois,

Si les 360 deg. du tour du Monde qui font un iour:

Donnent 23 min. de difference en declinaiſon:

Combien les 58 deg. 30 min. de la difference en longitude qui ſe trouvent entre Dieppe & Maſcaregne:

Donneront ils de minuttes de difference en declinaiſon de Maſ-caregne à Dieppe.

Et la regle faite vient plus de trois minuttes deux tiers que la de-clinaiſon à Maſcaregne eſt moindre en ce iour à midy qu'à Diep-pe, c'eſt pourquoy afin de ne ſe point embarraſſer en des tiers, ie

prends 4 mi. comme plus approchantes de 3 minuttes deux tiers
que de trois min. à raison mefme que dans la Navigation l'on ne
fe fert point au deffous des min.& fouftraits ces quatre min. de difference trouvée des deux deg. feize min. de la declinaifon, du
vingt huiêtiefme iour de Septembre 1673, au midy de Dieppe, &
refteront deux deg. douze min. pour la veritable declinaifon du
foleil à Mafcaregne au iour propofé du cofté du Sud de la ligne.

Declin. du Sol. du 28 Septemb. 2 ann. à Dieppe   2 d. 16 min.

Difference en la declin. de Dieppe à Mafcareg.   4 min.

Declin. du 28 Septemb. 1673, à Mafcaregne à midy   2 d. 12 m.

En fuitte dequoy à caufe que dans l'obfervation i'ay trouvé que
i'eftois au Sud du foleil, de mefme cofté que fe trouve la declinaifon fuivant la feconde Maxime, ie fouftraits les deux deg. douze
min. de la declinaifon trouvée des 70 deg. cinquante fept min. de
la hauteur meridienne du foleil, & la fouftraction faite, refteront
foixante & huiêt deg. quarante cinq min. pour l'eflevation de la
ligne equinoxiale fur l'horizon de cette pointe de l'Ifle de Bourbon ou Mafcarègne.

Hauteur meridienne du Soleil Sud.   70 d. 57 mi.

Declinaifon du Soleil Sud.   2 d. 12 m.

Hauteur de la ligne fur l'horizon   68 d. 45 m.

Lefquels 68 deg. quarante cinq min. d'élévation de l'equinoxial
fur l'horizon fouftraits des 90 dèg. du zenith à l'horizon, la fouftra-
êtion faite, refteront 21 deg. quinze min. pour la latitude de la
pointe fufdite de cette Ifle.

Du zenith à l'horizon   90 d.

Haut. de la ligne fur l'horizon   68 d. 45 mi.

Latit. de la pointe du S E de Mafcaregne   21 d. 15 mi.

Laquelle latitude eft du cofté du Sud de la ligne, à caufe que non
feulement ie fuis au Sud du foleil, mais mefme que fa declinaifon eft encor Sud, de maniere que mon zénith fera pareillement

au

au Sud de la ligne equinoxiale.

Henrion dans l'Appendice au quatriefme Livre de fa Cofmo-graphie intitulé Obfervations & Problemes Aftronomiques, au Probleme cinquiefme apporte encor une methode pour trouver le complement de la latitude, c'eft à dire le nombre de deg. & min. qui avec la latitude conftituë les 90 deg. qui font depuis l'e-quinoxial iufques aux Poles du Monde, lequel complement de la-titude fe trouve toufiours efgal à la hauteur de la ligne equinoxiale fur l'horizon : cette methode à dire le vray eft encor plus em-broüillante que toutes les deux que ie vous viens d'apporter, mais afin de ne vous rien defnier & vous declarer tout ce qui me pour-ra venir en la penfée fur ce fuiet, auparavant que de mettre fin à cet article deftiné pour trouver la latitude par le moyen du foleil & lieux ou il fe leve & couche chaque iour, ie m'en vay vous le rapporter, encor plus intelligiblement ce me femble qu'il ne la fait fuivant que vous en pourrez iuger par la confrontation que vous en pourrez faire fi la curiofité vous en prend. Ce moyen eft tel.

Il fuppofe auparavant une chofe qui eft de connoiftre fi le lieu ou fe fait l'obfervation eft entre le Pole Nord du Monde & le fo-leil, ou bien fi le foleil fe trouve entre vous & le Pole Nord du Monde; c'eft à dire fi l'on eft au Nord ou au Sud du foleil ainfi que ie vous ay enfeigné de faire au commencement de cet article, page 371 & les fuivantes, y apportant une circonftance que ie fe-ray bien aife que vous fçachiez, puis que mefme ie ne m'en fuis pas fouvenu au lieu allegué.

Comme vous diriez que fon principal but eft de monftrer feu-lement à trouver la hauteur du Pole Nord du Monde fur l'hori-zon, à raifon peut eftre que les plus curieux pour faire des obferva-tions de cette forte, fe rencontrent le plus ordinairement de ce cofté là, ie veux dire du cofté du Nord de la ligne, auffi enfeigne il la maniere de trouver fi l'on eft entre le foleil, & le Pole du Nord, ou bien fi au contraire le foleil eft entre le zenith & le Pole, ou pour me rendre plus intelligible à nos Pilottes fi l'on eft au Nord ou au Sud du foleil, & pour ce fuiet il dit qu'il faut prendre garde

L ll

dans le tour que le soleil fait tous les iours de l'Eſt au Oueſt, ſi
eſtant au Nord de la ligne l'on voit que le soleil va de la main
gauche à la droite, c'eſt un ſigne que l'on eſt entre le ſoleil & le Pole du Nord, c'eſt à dire au Nord du ſoleil, mais ſi dans ce mouvement l'on remarque qu'il va de droite à gauche, il faut dire que le
ſoleil eſt entre le zenith & le Pole du Nord, & que l'on ſera au Sud
du ſoleil.

Il fait la meſme remarque pour les Eſtoilles, mais attendu que
ie les reſerve à l'article ſuivant, ie n'en ay fait aucune mention icy
eſtant tres facile d'en faire l'application quand l'on iugera à propos.

Quoy qu'il n'en donne comme i'ay dit la methode que pour la
partie du Nord de la ligne, neantmoins à raiſon que nos Navigateurs vont dans toutes les parties du Monde, il n'eſt pas bien difficile d'en faire l'application en quelque partie du Monde que l'on
ſe puiſſe rencontrer. C'eſt pourquoy ſi l'on ſouhaitte de le trouver
en la partie du Sud de la ligne, à raiſon qu'en ces quartiers, ceſt le
Nord ou ſe fait le midy, comme au Sud la minuiæ, tout au contraire de la partie du Monde ou nous ſommes, dans laquelle le Sud
fait le midy & le Nord la minuiæ, pour ſçavoir de quelle façon l'on
ſe doit comporter en la partie du Sud de la ligne equinoxiale, il n'y
a qu'à prendre tout le contraire de ce que l'on a fait au Nord, de
cette maniere ſi l'on remarque que le ſoleil faiſant ſa courſe de
l'Eſt au Oueſt, va de la droite à la gauche, c'eſt un ſigne que l'on
eſt entre le ſoleil & le Pole du Sud, c'eſt à dire au Sud du ſoleil,
mais ſi l'on obſerve que faiſant ce tour il va de gauche à droite,
il faut dire que le ſoleil eſt entre le zenith & le Pole du Sud, & que
l'on ſera au Nord du ſoleil.

Laquelle methode peut ſuppleer au defant d'un Bouſſolle,
Compas à Naviger, ou Aiguille Aimantée pour des perſonnes qui
ne ſçavent point de quel coſté eſt le Nord & le Sud du Monde.
C'eſt pour cette raiſon que i'ay voulu vous la rapporter, la remarque m'en ſemblant aſſez iolie & meſme naturelle.

En ſuitte il dit qu'il faut trouver l'eſloignement du ſoleil au

Pole; c'est pourquoy à raison que la declinaison du soleil est son
esloignement à la ligne equinoxiale, & que la ligne est esloignée
des Poles du Monde de 90 deg. si en latitude Nord la declinaison
du soleil est Nord, il faut soustraire la declinaison du soleil des 90
deg. qu'il y a de la ligne au Pole, & la soustraction faite, restera
l'esloignement du soleil au Pole du Nord, en latitude Sud il en faut
autant dire quand le soleil à declinaison Sud; mais en latitude Nord
si la declinaiss du soleil est du costé du Sud de la ligne, il faut adiouster les deg. & min. de la declinaison Sud avec les 90 deg. qu'il y a
depuis le Pole Nord du Monde iusques à la ligne, & le tout ensemble donnera l'esloignement du soleil au Pole Nord du Monde ; il
faut dire le mesme en latitude Sud, quand la declinaison du soleil
se trouve du costé du Nord de la ligne.

· En cette pratique l'on ne se sert point de la hauteur meridienne
du soleil qui se compte depuis l'horizon iusques au soleil, mais seulement de son esloignement au zenith qu'il appelle complement
de la hauteur, parce que la hauteur du soleil, & ce complement, ou
esloignement au zenith accomplissent & fournissent iustement les
90 deg. du quart de cercle. Cecy supposé il donne deux Maximes.

PREMIERE MAXIME.

En latitude Nord, ie veux dire quand l'on est du costé du Nord
de la ligne equinoxiale, & que le Pole du Nord est élevé sur l'orizon,
quand la declinaison du soleil est Nord, & que l'on est au Nord
du soleil, il faut soustraire l'esloignement du soleil au zenith, ou
autrement le complement de sa hauteur meridienne, *de*
l'esloignement du soleil au Pole du Nord, & la soustraction
faite les degrez & minuttes qui resteront donneront ce
que le zenith sera esloigné du Pole Nord du Monde,
ou le complement de la latitude, ou bien encor ce qui est égal de
combien le cercle equinoxial ou la ligne equinoxiale sera élevée
sur l'horizon du lieu ou se sera faite l'observation.

LII 2

Lefquels deg.& min.du complement de la latitude ou d'élevation de l'équinoxial fur l'horizon eftant derechef fouftraits des 90
deg. qu'il y a depuis la ligne iufques au Pole, la fouftraction faite
refteront les deg.& min.de ce que l'on fera efloigné de la ligne du
cofté du Nord.

Pareillement quand le Pole du Sud fera eflevé fur l'horizon,
c'eft à dire quand l'on fera du cofté du Sud de la ligne, quand la
declinaifon du foleil fera Sud, & que l'on fera au Sud du foleil, il
faudra fouftraire l'efloignement du foleil au zenith du midy, de
l'efloignement du foleil au Pole du Sud, & reftera le complement
de la latitude, lequel derechef fouftrait de 90 deg. refteront les
deg.& min.de l'efloignement à la ligne du cofté du Sud.

SECONDE MAXIME.

*En latitude Nord quand la declinaifon du foleil eft Nord
& que l'on eft au Sud du foleil, il faut adiouftcr l'efloignement
du foleil au zenith du midy, avec l'efloignement du foleil au
Pole du Nord, & le tout donnera l'efloignement du zenith iufques au Pole du Nord.*

Que fi cet efloignement du zenith iufques au Pole du Nord
eftoit iuftement de 90 deg. l'on feroit droit fous la ligne equinoxiale, & il y auroit nulle.de latitude, & les deux Poles du Monde
feroient à l'horizon.

Que fi cet efloignement du zenith iufques au Pole Nord eft
moins & au deffous de 90 deg. fouftrais lé des 90 deg.qu'il y a du
Pole iufques à l'equateur, & le refte fera l'éloignement à la ligne
Nord.

Que fi enfin l'efloignement au zenith iufques au Pole Nord
excede & foit trouvé paffer 90 deg.il en faut fouftraire 90 deg.&
ce qui reftera feront les deg. & min. de la latitude, laquelle fera
du cofté du Sud de la ligne.

Pour faire l'application de cette Maxime,quand l'on fe trouvera en latitude Sud, il faut pareillement tenir pour maxime, que
quand la declinaifon du foleil fera Sud,& que l'on fera au Nord du

foleil, il faudra adiouſter ſon eſloignement au zenith à midy ou complément de ſa hauteur meridienne, avec l'eſloignement du foleil au Pole du Sud, & viendra l'eſloignement iuſques au Pôle Sud.

Avec les meſmes remarques, ſçavoir eſt que quand cet eſloignement du zenith au Pole, eſt de 90 deg. l'on ſera ſous la ligne.

Quand l'eſloignement du zenith au Pole du Sud ſe trouvera moindre que 90 deg. il le faudra ſouſtraire de 90, & le reſte ſera la latitude du coſté du Sud de la ligne.

Que ſi cet eſloignement du zenith au Pole du Sud ſe trouve eſtre plus grand que 90, il en faut ſouſtraire 90 deg. & le reſte ſera la latitude, mais du coſté du Nord de la ligne.

Attendu que cette methode eſt differente des deux precedentes, des Exemples ne ſerviront pas peu pour l'intelligence, mais afin de ne pas eſtre long, ie les abbregeray le plus qu'il me ſera poſſible puis que meſme i'avois proietté de m'en diſpenſer.

EXEMPLES SVIVANT LA PREMIERE
Maxime.

PREMIER EXEMPLE.

LE dixſeptieſme iour de May 1673, ayant prins hauteur au ſoleil, i'ay trouvé mon Marteau arreſté à quarante deux deg. trente min. loing du bout de l'œil, & i'eſtois au Nord du ſoleil, par qu'elle latitude eſtois ie?

Reſponſe par pratique.

De la ligne au Pole Nord	90 deg.	
Declin. du ſoleil Nord, ſouſtr.	19 d.	33 min.
Eſloignement du ſoleil au Pole Nord	70 d.	27 min.
Eſloig. du ſoleil au zenith Nord, ſouſtr.	42 d.	30 min.
Eſloignement du zenith au Pole Nord	27 d.	57 min.

Du Pole à la ligne   90. deg.

Esloig. du zenith au Pole Nord, soustr.   27 deg. 57 min.

Latitude Nord   62 d. 3 min.

SECOND EXEMPLE.

Le neufiesme iour de Novembre 1674, ayant prins hauteur au soleil, ie l'ay trouvé à midy eslevé sur l'horizon de quinze deg. trente cinq min. & i'estois au Nord du soleil, par quelle latitude estois ie?

Response par pratique.

De la ligne au Pole Nord	90 deg.
Declin. du soleil Sud, add.	17 d. 4 min.
Esloig. du soleil au Pole Nord	107 d. 4 min.
De l'horizon au zenith	90 d.
Haut. du sol. sur l'horiz. soustr.	15 deg. 35 min.
Esloignement au zenith Nord	74 d. 25 min.
Esloig. du sol au Pole Nord	107 deg. 4 min.
Esloig. au zenith Nord, soustr.	74 deg. 25 min.
Complement latitude	32 d. 39 min.
Du Pole du Nord iusques à la ligne	90 d.
Esloignement du zenith au Pole	52 deg. 39 min.
Latitude Nord	57 d. 21 m.

Ces deux Exemples precedentes sont conformes à la premiere Maxime en latitude Nord, les deux suivantes feront pareillement suivant cette Maxime, mais en latitude Sud.

TROISIESME EXEMPLE.

Le vingthuictiesme Octobre 1675, ayant prins hauteur au soleil, i'ay trouvé mon Marteau arresté à vingtsept degrez quinze

minuttes loing du bout de l'œil, & i'estois au Sud du soleil, par
quelle latitude estois ie?

Response par pratique.

De la ligne au Pole Sud	90 d.
Declin. du soleil Sud, soustr.	13 d. 15 min.
Esloign. du soleil au Pole Sud	76 deg. 45 min.
Esloign. du soleil au zenith, soustr.	27 d. 15 m.
Esloign. du zenith au Pole Sud	49 d. 30 mi.
Du Pole à la ligne Equinoxiale	90 d.
Esloignement du zenith au Pole Sud	49 d. 30 min.
Latitude Sud	40 d. 30 m.

QVATRIESME EXEMPLE.

Le quinziesme d'Avril 1674, ayant prins hauteur au soleil, i'ay
trouvé mon Marteau arresté à cinquante neuf deg. vingt minuttes
loing du bout de l'œil, & i'estois au Sud du soleil, par quelle latitude estois ie?

Response par pratique.

De la ligne au Pole Sud	90 d.
Declin. du soleil Nord. add.	10 d. 1 min.
Esloign. du soleil au Pole Sud	100 d. 1 m.
Esloign. du soleil au zenith, soustr.	59 d. 20 m.
Esloign. du zenith au Pole Sud	40 d. 41 m.
Du Pole à la ligne Equinoxiale	90 d.
Esloig. du zenith au Pole Sud, soustr.	40 d. 41 m.
Latitude Sud	49 d. 19 m.

EXEMPLES SVIVANT LA
feconde Maxime.

PREMIER EXEMPLE.

LE douziefme Iuillet 1676, ayant prins hauteur au foleil, i'ay trouvé mon Marteau arrefté à huiçt degrez cinquante min. loing du bout de l'œil, & i'eftois au Sud du foleil, par quelle latitude eftois ie?

Refponfe. Pour trouver l'efloignement du foleil au Pole du Nord, puis que la declinaifon eft Nord, ie fouftraits les vingt & un degrez cinquante cinq minuttes de la declinaifon des 90 degrez qui fe trouvent depuis la ligne equinoxiale iufques au Pole du Monde, & la fouftraction faite, reftent foixante & huiçt degrez cinq minuttes que pour lors le foleil eft efloigné du Pole du Monde Nord. En fuitte puis que ie me fuis trouvé au Sud du foleil, tout au contraire de la declinaifon fuivant la feconde Maxime, i'adioufte les huiçt degrez cinquante minuttes d'efloignement du foleil au zenith que i'ay trouvé par ma Verge, & vient 76 degrez cinquante cinq minuttes pour mon efloignement du zenith au Pole Nord, complement de la latitude, ou par equivalence d'élevation de la ligne equinoxiale au deffus de l'horizon au lieu de cette obfervation, lefquels 76 degrez cinquante cinq minuttes eftant fouftraits des 90 degrez qu'il y a du Pole du Monde iufques à la ligne equinoxiale, refteront treize degrez cinq minuttes pour mon efloignement à la ligne equinoxiale qui fera du cofté du Nord de la ligne, puis que l'on voit dans cet Exemple que le Pole Nord du Monde eft fur l'horizon, ne l'ayant trouvé efloigné du zenith que de 76 degrez cinquante cinq minuttes, qui font moindres que 90 degrez, qu'il y a du zenith iufques à l'horizon.

Pratique.

Pratique.

Depuis la ligne iufques au Pole Nord	90 d.	
Declinaifon du Soleil Nord, fouftr.	21 d.	55 min.
Esloignement du foleil au Pole Nord	68 d.	5 m.
Esloign du folcil au zenith Sud, add.	8 d.	50 m.
Esloign. du zenith au Pole Nord	76 d.	55 m.
Du Pole à la ligne equinox.	90 d.	
Complement de la latitude	76 d.	55 m.
Latitude Nord	13 d.	5 m.

SECOND EXEMPLE.

Le vingtfeptiefme Novembre 1673, ayant prins hauteur au foleil, ie l'ay trouvé elevé fur l'horizon de 82 deg 40 min. à midy,
c'eſt à dire lors qu'il eſtoit au Nord, & i'eſtois au Nord du foleil,
par qu'elle latitude eſtois ie?

R. Pour trouver l'eſloignement du foleil au Pole du Monde
Sud, puis que la declinaifon du foleil eſt Sud du mefme coſté que
le Pole propofé, ie fouſtraits les vingt & un degrez vingt & un min.
de la declinaifon du foleil des 90 degrez qu'il y a depuis la ligne
iufques au Pole du Sud, & reſteront foixante & huict degrez trente
neuf minuttes pour l'eſloignement du foleil au Pole du Sud. En
fuitte à caufe que la hauteur du foleil eſt comptée à commencer à
l'horizon pour avoir fon eſloignement au zenith, ie fouſtraits les
82 degrez quarante minuttes de la hauteur fur l'horizon des 90
degrez qu'il y a depuis l'horizon iufques au zenith, & la fouſtraction faite, reſteront fept degrez vingt minuttes pour l'eſloignement du foleil au zenith, lefquels i'adioufte avec les foixante &
huict degrez trente neuf minuttes de l'eſloignement du foleil au
Pole du Sud, & vient 75 degrez cinquante neuf minuttes pour
l'eſloignement du zenith au Pole du Sud, lefquels en fuitte ie fouſtraits des 90 degrez qu'il y a du Pole du Sud à la ligne, & reſteront quatorze degrez une minutte pour la latitude du lieu de cette
obfervation, laquelle fans doute fera du coſté du Sud de la ligne,

Mmm

puis que le Pole du Sud se trouve esleué sur l'horizon.

Pratique.

Depuis la ligne iusques au Pole Sud	90 deg.
Declinaison du soleil Sud, soustr.	21 d. 21 min.
Esloign. du soleil au Pole du Sud	68 d. 39 min.
De l'horizon au zenith	90 deg.
Hauteur merid. du soleil, soustr.	82 deg. 40 min.
Esloignement du soleil au zenith	7 d. 20 min.
Esloign. du soleil au Pole du Sud, add.	68 deg. 39 min.
Complement de la latitude	75 deg. 59 min.
Du Pole du Sud à la ligne	90 d.
Complement de la latitude, soustr.	75 d. 59 min.
Latitude Sud	14 deg. 1 min.

TROISIESME EXEMPLE.

Le vingtsixiesme Avril 1674, ayant prins hauteur au soleil, i'ay trouué mon Marteau arresté à treize degrez quarante-cinq minuttes loing du bout de l'œil, & i'estois au Sud du soleil, par qu'elle latitude estois ie?

Response par pratique.

Depuis la ligne iusques au Pole Nord	90 deg.
Déclinaison du soleil Nord, soustr.	13 d. 45 min.
Esloign du soleil iusques au Pole Nord	76 d. 15 min.
Esloign. du soleil au zenith Sud, add.	13 d. 45 min.
Esloignement du zenith au Pole Nord	90 d.

Et par consequent suiuant la premiere remarque de la seconde Maxime, l'on sera sous la ligne & l'on n'aura point de latitude.

QVATRIESME EXEMPLE.

Le vingthuictiesme Novembre 1675, ayant prins hauteur au soleil, i'ay trouué mon Marteau arresté à vingt & un deg. vingtsept minuttes loing du bout de l'œil, & i'estois au Nord du soleil, par quelle latitude estois ie?

Responſe. Pour ſçavoir l'eſloignement du soleil au Pole du Sud, ie souſtrais les vingt & un degrez vingtſept minuttes de ſa declinaiſon qui eſt Sud, des 90 degrez qu'il y a depuis la ligne equinoxiale iuſques au Pole, & la souſtraction faite reſteront ſoixante & huict degrez trente trois minuttes pour ſon eſloignement au Pole du Sud, & à cauſe que i'eſtois du coſté du Nord du soleil tout oppo-ſé à ſa declinaiſon, i'adiouſté les vingt & un deg. vingtſept min. de l'eſloignement du soleil au zenith que i'ay trouvé par ma Verge, avec les ſoixante & huict degrez trente trois minuttes que le so-leil eſt éloigné du Pole du ſud, & le tout fait iuſtement 90 degrez, qui me fait conclurre que ſuivant la premiere remarque de la ſe-conde Maxime ie ſuis ſous la ligne equinoxiale, puis que la ligne eſt iuſtement à mon zenith.

Ce qui me fait dire que quand l'on trouve iuſtement ſur ſa Ver-ge le meſme nombre de degrez & minuttes que le soleil à de de-clinaiſon, & que l'on eſt du coſté du soleil contraire à ſa declinai-ſon, ſans ſe donner la peine de faire aucune regle, il faut conclurre que l'on eſt à la ligne, & que l'on n'a point de latitude.

CINQVIESME EXEMPLE.

Le vingtquatrieſme iour d'Aouſt 1676, ayant prins hauteur au soleil, ie l'ay trouvé élevé ſur l'horizon de ſoixante & cinq degrez trente minuttes à midy, & i'eſtois au ſud du soleil, par quelle latitu-de eſtois ie?

Responſe par pratique.

De la ligne iuſques au Pole du Nord	90 d.	
Declinaiſon du soleil Nord, ſouſtr.	10 d.	52 min.
Eſloign. du soleil au Pole du Nord	79 deg.	8 min.
De l'horizon iuſques au zenith	90 d.	
Hauteur meridienne du sol. ſouſtr.	65 d.	30 min.
Eſloignement du soleil au zenith	24 d.	30 m.

Mmm 2

Esloignement du soleil au zenith	24 d. 30 min.
Esloign. du sol. au Pole Nord, add.	79 d. 8 min.
Aggregé des deux	103 d. 38 min.
Esloign. du Pole à la ligne, soustr.	90 deg.
Latitude Sud	13 d. 38 mi.

Suivant la troisiesme remarque de la seconde Maxime quand l'éloignement du soleil au Pole, & son éloignement au zenith excedent & sont plus grands que 90 degrez, il faut en soustraire les 90 degrez & le reste sera la latitude, mais au contraire de l'éloignement du soleil au Pole, c'est à dire qu'à raison que dans cet exemple l'éloignement du soleil estoit au Pole du Nord, les 90 degrez estant soustraits de la somme, tant de l'éloignement du soleil au Pole, que de son éloignement au zenith, les treize degrez trente huiĉt minuttes qui restent sont les degrez & minuttes de la latitude du lieu ou s'est faite l'observation, mais de costé tout au contraire à la declinaison, laquelle estant Nord, la latitude sera par consequent du costé du Sud de la ligne equinoxiale.

SIXIESME ET DERNIER EXEMPLE.

Le dixhuiĉtiesme de Novembre 1675, ayant prins hauteur au soleil, i'ay trouvé mon Marteau arresté à vingthuiĉt degrez quarante minuttes loing du bout de l'œil, & i'estois au Nord du soleil, par quélle latitude estois ie, & de quel costé?

Response par pratique.

De la ligne iusques au Pole du Sud	90 deg.
Declin. du soleil Sud, soustr.	19 d. 22 m.
Esloign. du soleil au Pole du Sud	70 d. 38 min.
Esloign. du soleil au zenith Nord, add.	28 d. 40 m.
Esloign. du zenith au Pole du Sud	99 d. 18 m.
Du Pole du Sud à la ligne, soustr.	90 d.
Latitude Nord	9 d. 18 m.

Remarquez que suivant ce, le zenith estant esloigné du Pole du

Sud de 99 degrez dixhuict minuttes, desquels si l'on souftrait les
90 degrez depuis le Pole du Sud iusques à la ligne, restera que le
zenith sera esloigné de neuf degrez dixhuict minuttes de l'autre
coste de la ligne, & par consequent du costé du Nord.

Ces trois methodes pour trouver la latitude par le moyen de la
hauteur meridienne du soleil, & de sa declinaison, à les prendre
dans leur fonds, tendent toutes & reviennent au mesme but, mais
pourtant si on les compare les unes aux autres, la premiere est preferable, & l'emporte sur la seconde, comme la seconde sur la troisiesme, en ce que dans la premiere il n'est besoin que de souftraire
ou adiouster la declinaison à l'éloignement du soleil au zenith, &
tout aussi tost sans autre mystere l'on trouve la latitude que l'on
cerche, là ou dans la seconde, quand mesme l'on auroit la hauteur
meridienne du soleil à la compter depuis l'horizon iusques au soleil (ce que les Pilottes font tres peu) apres avoir souftrait ou
adiousté la declinaison à la hauteur meridienne; puis que de cette
sorte on trouve seulement la hauteur de la ligne equinoxiale sur
l'horizon, il la faut encor souftraire de 90 degrez pour trouver la
latitude que l'on cerche, & ainsi il se trouverra tout au moins une
souftraction davantage & de plus qu'à la premiere, de sorte que si
la nature ne veut rien d'inutile, quand ce ne seroit que pour ce
seul suiet, la premiere methode est preferable à la seconde.

Ie dis encor que pour le mesme suiet la seconde methode le
doit emporter sur la troisiesme, en ce qu'outre la derniere souftraction dont ie viens de faire mention pour trouver la latitude apres
avoir trouvé la hauteur de l'equinoxial sur l'horizon, il en faut encor faire une autre auparavant, ou bien pour le moins adiouster la
declinaison avec 90 deg. pour trouver l'esloignement du soleil au
Pole, ainsi dans la troisiesme il y aura un, plus qu'à la seconde, &
deux plus qu'à la premiere, ce qui fait que par la confrontation
des unes aux autres, la premiere est à preferer à la seconde, comme la seconde à la troisiesme.

Ce nonobstant puis que toutes ces trois methodes reviennent
toutes à un but, il est à la liberté d'un chacun d'élire celle qui luy

reviendra mieux au gouſt & luy aggreera davantage, & quoy que
ie vous vienne de faire voir qu'elles ſont plus abbregées les unes
que les autres, il ſe trouve neantmoins des perſonnes qui ſe plai-
ſent à ſe tailler de la beſongne, ce qui leur ſera permis puis qu'ils en
veulent bien prendre la peine, & à ce ſuiet ne voyons nous pas
les Hollandois qui pour l'ordinaire font la ſupputation des
Triangles meſme Obliquangles par les Sinus communs qui ſont
infiniment plus longs & plus embarraſſants que les Logarithmiques qui ſe font en un moment & ſans geſne.

ARTICLE SECOND.

PAR L'ESLOIGNEMENT AV ZENITH
*des Eſtoilles qui ſe levent & couchent lors qu'elles
ſont au meridien, & leur declinaiſon.
trouver la Latitude.*

QVoy que i'aye fait deux Articles differents, l'un pour le ſoleil,
& l'autre pour les eſtoilles, és lieux ou ces Aſtres dans le
mouvement qu'ils font autour de la terre de l'Eſt au Oueſt,
ſe levent & couchent, ce neantmoins à conſiderer les choſes dans
le fonds, il n'y a aucune difference, c'eſt pourquoy ſi ie voulois me
diſpenſer de vous en traiter ſeparément, ie n'aurois qu'à dire que
dans toutes, tant les Maximes, que les Exemples, que i'ay donné
cy devant pour le ſoleil, changeant le mot de ſoleil en eſtoille, l'on
auroit tout ce que l'on peut ſouhaiter ſur ce ſuiet; de maniere que
ie puis conſtamment aſſeurer que qui aura bien compris tout ce
que i'ay dit du ſoleil pour trouver la latitude par ſa hauteur meridienne & ſa declinaiſon, n'aura pas de peine à comprendre de trouver la meſme choſe par le moyen des eſtoilles.

Neantmoins i'en ay fait un article ſeparé pour ne point con-
fondre ces Aſtres qui ſont tellement eſloignez les uns des autres, &
que la nature à autant ſeparé qu'elle a fait le iour de la nuict : auſſi
voyons que ſi cette nature a donné aux Pilottes le ſoleil pour trou-

ver leur latitude pendant le iour, elle leur a partagé les Eſtoilles pour la nuict.

I'avouë que tout ainſi que le iour l'emporte au deſſus de la nuict, auſſi puis ie dire que les latitudes qui ſe trouvent par le moyen des Eſtoilles, le doivent ceder à celles que l'on trouve par le ſoleil, à cauſe que les tenebres de la nuict embruniſſants l'horizon, cauſent qu'on à toutes les peines de le pouvoir remarquer, ou meſme cauſent que l'horizon qui nous paroit la nuict, n'eſt pas peut eſtre le veritable horizon, & celuy qu'il faudroit prendre pour meſurer les hauteurs.

Ce nonobſtant elles ne laiſſent pas de pouvoir beaucoup ſervir dans quelques rencontres, & meſme ie vous en ay rapporté les avantages qu'elles ont au deſſus de celles du ſoleil, ainſi que ie vous ay fait voir en parlant de la declinaiſon des Eſtoilles, pages 191, & ſuivantes, que vous pourrez lire en cet endroit pour n'eſtre pas obligé de le repeter.

Vous me demanderez comme quoy cela peut eſtre veritable, vû que les plus belles obſervations pour les latitudes des principaux lieux du Monde, que nous ayons des plus fidels & exacts Aſtronomes ont eſté faites par le moyen des Eſtoilles, ce qui ne peut eſtre que de nuict.

A quoy ie reſpons qu'il y a bien de la difference entre les obſervations qui ſe font ſur la terre, & celles qui ſe font ſur la Mer, en ce que tous les Obſervateurs ſur terre ont leurs Inſtruments, non ſeulement tres grands, mais fixes & arreſtez iuſtement ſuivant & conformement à l'horizon meſme raiſonnable, & ainſi dans leurs Obſervations ils n'ont que la viſée aux Eſtoilles, deſquelles ils veulent prendre hauteur, là ou ſur Mer comme il y a un branſlement continuel, eſtant impoſſible de les aiuſter iuſtement à l'horizon, on eſt obligé d'aiuſter l'Inſtrument avec lequel on prend la hauteur un bout à l'horizon, & l'autre bout aux Eſtoilles, dont l'on ſouhaitte la hauteur, de maniere qu'il n'y a pas grande eſperance de pouvoir reüſſir dans les hauteurs que l'on pretend prendre, à moins que de pouvoir bien obſerver le veritable poinct de l'horizon que i'ay dit eftre fort incertain dans les tenebres de la nuict.

Toute la difference que ie trouve à prendre la latitude par les Eftoilles au moyen de le faire par le foleil, eft qu'il n'y a perfonne horfmis les aveugles qui ne connoiffent parfaitement le foleil, encor le fentent ils par la chaleur qu'il produit, là ou auparavant que pretendre tirer du fruict de la hauteur que l'on prend aux eftoilles, il faut abfolument en avoir la connoiffance, & les pouvoir diftinguer les unes des autres parmy un fi grand nombre qui s'en trouve, autrement toutes les hauteurs qu'on y pourroit prendre feroient inutiles, puis que pour tirer la latitude, il faut non feulement avoir la hauteur meridienne, mais encor la declinaifon pour l'adioufter ou fouftraire avec cette hauteur meridienne.

Il eft donc neceffaire de les connoiftre pour en pouvoir trouver la declinaifon dans la Table que i'en ay donnée, depuis la pag. 238 iufques à 263, des principales & plus reconnoifables du Firmament.

Il n'en va pas de la declinaifon des eftoilles, comme de celle du foleil qui fe trouve fuivant le mois, le iour, & les années, là ou aux eftoilles autant qu'ils'en trouve, elles ont toutes leurs declinaifons differentes, c'eft pourquoi pour trouver ce que l'on cerche, à moins qu'on n'y foit ftylé, apres eftre informé quelle eftoille c'eft, il faut parcourir toute la Table pour la cercher dans les pages de la main gauche, & apres l'avoir trouvé il faut regarder droit vis à vis dans la page droite en la troifiefme colomne deftinée pour leur declinaifon, & ce vis à vis de la derniere ligne s'il fe trouve que l'eftoille dont il eft queftion dans l'expreffion que l'on en fait par le difcours contienne deux lignes, l'on trouverra difie vis à vis en la 3 colomne le nombre de degrez & minuttes de la declinaifon de l'eftoille propofée, & à cofté une N, ou une S, pour fignifier fi cette declinaifon eft du cofté du Nord ou du Sud de la ligne.

A l'efgard de la hauteur meridienne des eftoilles, l'on s'y comporte de la mefme maniere que l'on fait au foleil, excepté qu'au foleil les Pilottes prennent pour l'ordinaire leur hauteur par derriere,

tiere, ie veux dire tournants le dos au soleil, parce que la hauteur
prinse de cette sorte est plus asseurée, mais aux estoilles à raison
qu'elles ne donnent point d'ombre, l'on est obligé de la prendre
par devant la face tournée vers l'estoille, & avec la Verge apres
avoir passé son Marteau il en faut aiuster un des bouts à l'horizon,
puis reculant ou approchant le Marteau vers le bout de l'œil de la
Verge, faire en sorte que l'on voye iustement par l'autre bout du
Marteau l'estoille à laquelle l'on prend hauteur, & les Pilottes
estants informés que la hauteur meridienne d'un astre qui se leve
& couche est tousiours la plus grande, & la plus estevée sur l'horizon, ou de l'autre costé à l'esgard du zenith la moindre, & la moins
esloignée du zenith, se disposants quelque temps auparavant que
l'estoille de laquelle ils veulent prendre la hauteur arrive à son
meridien, plutost davantage que moins pour n'y estre pas trompez, ils font observation de temps en temps à l'estoille, & approchent de plus en plus leur Marteau du bout de l'œil, iusques à ce
que s'appercevants qu'il le faut reculer, ils concluent que la hauteur est prinse, & que pour lors l'estoille rebaisse & qu'elle a passé le
meridien.

Vous me demanderez comme quoy l'on peut remarquer
quand une estoille approche du meridien : car au soleil l'on peut
avoir prins garde qu'il y a quantité de temps qu'il s'est levé, & par
consequent qu'il peut estre approchant du meridien, là ou y ayant
un si grand nombre d'estoilles l'on n'y vise pas de si prés.

A quoy ie respons qu'outre que l'on peut appercevoir à la veuë
à peu prés si une estoille est à son plus haut, il ne manque iamais de
Compas dans un Navire, par lequel on peut remarquer ou est le
Nord ou le Sud, & par consequent lors que l'on apperçoit une
estoille qui en est quelque peu à l'Est, il est pour lors temps de se
disposer pour en observer la plus grande hauteur, & la plus approchante du bout de l'œil qui sera celle du midy de l'estoille, & qu'on
nomme la hauteur meridienne parmy les Pilottes, soit qu'ils la
commencent à compter de l'horizon, soit qu'ils la commencent
au bout de leur Verge, depuis le commencement de la gra-

duation iufques au lieu ou le Marteau eft arrefté, qui eft proprement l'efloignement au zenith.

Il n'eft pas befoin que ie vous advertiffe qu'il eft neceffaire de prendre garde dans l'obfervation de la hauteur que l'on obferve aux eftoilles fi l'on a mis le bout de fa Verge au centre de l'œil, ou bien au deffous de l'œil, afin qu'au cas que l'on l'eut pofé au deffous de l'œil, l'on puiffe apporter la correction pour cette eccentricité, fuivant que i'en ay donné le moyen, page 79, & fuivantes.

Attendu qu'il eft de plus neceffaire de connoiftre non feulement de quel cofté de la ligne eft la declinaifon de l'eftoille à laquelle l'on a prins hauteur, mais encor de quel cofté vous eftes de l'eftoille, lors qu'elle fe trouve à fon midy qui ne peut eftre que Nord ou Sud, à moins qu'elle ne fut à pic fur voftre tefte, & pour lors la declinaifon de cette eftoille vous donneroit la latitude du lieu ou cela fe trouverroit, comme le cofté de fa declinaifon vous marqueroit de quel cofté de la ligne feroit cette latitude, ie veux dire que hors ce cas il faut remarquer fi vous eftes au Nord ou au Sud de l'eftoille, pour à quoy parvenir il faut obferver les mefmes remarques que i'ay fait pour le foleil, pages 371, 372, & 373, & pag. 400 que vous relirez pour vous en efclaircir, & l'appliquer aux eftoilles.

Toute la difference que i'y trouve eft quand les eftoilles font proches du zenith, auquel endroit il eft tres difficile de remarquer fi elles font au Nord ou au Sud de vous, auquel cas à raifon qu'elles ne donnent point d'ombre vous diriez que l'on ne pourroit pas fe fervir du Compas par l'ombre du filet, fuivant que i'ay remarqué en la page 373, mais alors ayant eflevé tant foit peu le Compas de Bouffole, il faut obferver l'eftoille dont il eft queftion par le filet qui prend, tant par le cofté que par le haut du Bouffole, & pour lors fi vous remarquez qu'elle prend au Nord, il faut conclurre que vous eftes au Sud de l'eftoille, comme fi elle eftoit au Sud, il faudroit dire que vous feriez au Nord de l'eftoille, ce qui vous fervira pour connoiftre s'il faut adioufter ou fouftraire la declinaifon de l'eftoille de fa hauteur meridienne, ou plutoft fon efloignement au zenith, fuivant les regles qui vous en vont eftre données dans les Maximes fuivantes.

PREMIERE MAXIME.

Quand l'on eft du mefme cofté d'une eftoille qu'eft fa declinaifon, il faut adioufter enfemble la declinaifon de l'eftoille avec fon efloignement au zenith lors qu'elle fe trouve au meridien, & le tout donnera de combien de deg. & min. l'on fera efloigné de la ligne equinoxiale, & la latitude fera toufiours du mefme cofté qu'eft la declinaifon de l'eftoille.

Il n'eft pas befoin que ie m'explique davantage fur cet article attendu que ce que i'ay dit du foleil fe peut facilement adapter aux eftoilles.

SECONDE MAXIME.

Quand l'on eft du cofté oppofé à la declinaifon d'une eftoille, il faut fouftraire la declinaifon de cette eftoille, de ce que l'on a trouvé qu'elle eftoit efloignée du zenith, & le refte fera la latitude.

Que fi la declinaifon fe trouvoit plus grande, il faudroit pour lors fouftraire ce que l'on a trouvé que l'eftoille eftoit efloignée du zenith, & le refte feroit la latitude, laquelle fera toufiours du cofté de celuy qui a efté le plus grand des deux.

Sans m'arrefter davantage dans l'explication que vous trouverrez, tant pour cette Maxime, que pour la precedente plus amplement déduite pour le foleil, mais qu'il vous fera facile d'appliquer pour les eftoilles, ie paffe d'un plein faut aux Exemples.

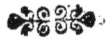

EXEMPLES CONFORMEMENT A LA
premiere Maxime.

PREMIER EXEMPLE.

AYant prins hauteur à l'espaule gauche du Charetier, que l'on nomme communément *Cappella*, i'ay trouvé mon Marteau arresté à 18 degrez quarante deux min. loing du bout de l'œil, & pour lors i'en demeurois au Nord, par quelle latitude estois ie, & de quel costé?

R. Ie cerche cette estoille dans la Table de la declinaison des estoilles dans les pages à main gauche, & la trouve sous le Tiltre du Charetier, ou Ericthonius, en la page 244, en suitte en la page suivante 245, qui est à main droite de la mesme ouverture du Livre en la troisiesme colomne, portant pour Tiltre declinaison vis à vis de Cappella, ie trouve quarante cinq degrez trente sept minuttes, & à costé une N, qui me dit que la declinaison de cette estoille est de quarante cinq degrez trente sept min. Nord.

En suitte à cause que dans l'observation que i'en ay faite, i'en demeurois au Nord du mesme costé qu'est la declinaison, suivant la premiere Maxime i'adiouste les dixhuict degrez quarante deux min. de son esloignement au zenith avec les quarante cinq deg. trente sept minuttes de sa declinaison, & le tout ensemble fait cinquante quatre degrez dixneuf minuttes pour l'esloignement à la ligne du lieu ou s'est faite cette observation, & la latitude sera du costé du Nord de la ligne, à cause que tant l'esloignement au zenith que la declinaison de cette estoille estants du costé du Nord de la ligne, il faut dire que i'en suis du mesme costé.

Declinaison de Cappella Nord	45 d. 37 m.
Esloignement au zenith Nord	18 d. 42 m.
Latitude Nord	54 d. 19 m.

SECOND EXEMPLE.

Ayant prins hauteur au genoüil du Geant Orion, ie l'ay trouvé eflevé fur l'horizon de foixante & cinq degrez trente minuttes, & il me demeuroit au Nord, par quelle latitude eſtois ie, & de quel coſté?

R. L'ayant trouvé dans la page 256, dans celle de 257, à main droite en la colomne de la declinaiſon, vis à vis de cette eſtoille, ie trouve ſept degrez quarante neuf minuttes, & à coſté une S, qui me dit que cette eſtoille à ſept degrez quarante neuf minuttes Sud.

En ſuitte ie dis puis que cette eſtoille me demeuroit au Nord, i'en eſtois par conſequent au Sud, du meſme coſté que ſe trouve la declinaiſon de cette eſtoille, & partant il faut adiouſter la declinaiſon de cette eſtoille avec ſon eſloignement au zenith, pour lequel trouver il faut ſouſtraire des 90 degrez qu'il y a de l'horizon au zenith les ſoixante & cinq degrez trente minuttes de ſa hauteur meridienne trouvée, & la ſouſtraction faite, reſteront vingt quatre degrez trente minuttes.

De l'horizon au zenith	90 deg.
Haut. merid. de l'eſtoille, ſouſtr.	65 d. 30 m.
Eſloign. au zenith.	24 d. 30 min.

Leſquels i'adiouſte avec les ſept degrez quarante neuf minuttes de ſa declinaiſon, & viendront trente deux degrez dixneuf min. pour la latitude, laquelle ſera du coſté du Sud de la ligne, puis que tant le ſoleil que moy en demeurons au Sud.

Declin. de l'eſtoille Sud	7 d. 49 m.
Eſloign. au zenith Sud, add.	24 d. 30 m.
Latitude Sud	32 d. 19 m.

EXEMPLES SVIVANT LA
seconde Maxime.

PREMIER EXEMPLE.

Yant prins hauteur à l'estoille qui est en la bouche du grand chien nommé Syrius, j'ay trouvé mon Marteau arresté à cinquante & un deg. douze minuttes loing du bout de l'œil, & j'en demeurois au Nord, par quelle latitude estois ie, & de quel costé estoit elle?

R. Apres avoir trouvé l'estoille proposée en la page 258, ie trouve vis à vis en la page 259, sa declinaison estre seize degrez quatorze minuttes & demie Sud, mais à raison que dans la Navigation l'on ne se sert point au delà des minuttes negligeant la demie minutte, ie dis que la declinaison du Grand Chien est de seize degrez quatorze minuttes Sud.

En suitte à raison que j'en demeurois au Nord tout au contraire de la declinaison suivant la seconde Maxime, ie souftrais ces seize degrez quatorze minuttes de la declinaison des cinquante & un degrez douze minuttes de l'esloignement au zenith, & la souftraction faite resteront trente quatre degrez cinquante huict minuttes pour l'esloignement à la ligne, lequel esloignement sera du costé du Nord de la ligne, puis que l'estoille n'estant esloignée de la ligne du costé du Sud, que de seize degrez quatorze minuttes estant au Nord de cette estoille le reste des 51 deg. douze minuttes de l'esloignement au zenith, la declinaison en estant diminuée se trouverra du costé du Nord de la ligne.

Esloignement au zenith Nord	51 d. 12 min.
Declinaison Sud, soustr.	16 d. 14 min.
Latitude Nord	34 d. 58 min.

SECOND EXEMPLE.
Ayant prins à l'œil du Sud du Taureau nommé Aldebaran,

i'ay trouvé mon Marteau arresté à quarante six degrez dix minuttes loing du bout de l'œil, & cette estoille me demeuroit au Nord,
par quelle latitude estois ie, & de quel costé?

R. Puis que l'estoille proposée me demeuroit au Nord, il faut
dire que i'en estois au Sud & sa declinaison estant Nord suivant la
seconde Maxime, ie dois soustraire sa declinaison de son esloignement au zenith, & la soustraction faite resteront 30 degrez 21
min. pour la latitude, laquelle sera du costé du Sud de la ligne, à
cause que mon costé l'emporte au dessus de la declinaison du soleil, laquelle se trouve moindre.

Esloignement au zenith Sud	46 d.	10 min.
Declin. d'Aldebaran Nord, soustr.	15 d.	49 m.
Latitude Sud	30 d.	21 min.

TROISIESME EXEMPLE.

Ayant prins hauteur à la teste de Meduse, i'ay trouvé mon Marteau arresté à douze degrez trente minuttes loing du bout de
l'œil, & i'en demeurois au Sud, par quelle latitude estois ie & de
quel costé.

Response par pratique.

Declinaison de l'estoille Nord	39 d.	40 m.
Esloign. au zenith Sud, soustr.	12 d.	30 mi.
Latitude Nord	27 d.	10 m.

La latitude de cét Exemple est Nord de la ligne à cause que la
declinaison de cette estoille se trouve plus esloignée que le zenith
n'est de l'estoille, & partant elle l'emporte au dessus de l'esloignement au zenith.

QVATRIESME EXEMPLE.

Ayant prins hauteur à la derniere de l'espanchement d'Aquarius ou Verseau nommé Fomahant, ie l'ay trouvé eslevée sur l'horizon lors qu'elle estoit à son meridien de 82 degrez quarante mi.
& pour lors cette estoille me demeuroit au Sud, par quelle latitude
estois ie & de quel costé?

R. Puisque les degrez de cette hauteur sont comptez de l'horizon en allant vers le zenith, il faut les soustraire des 90 degrez qu'il y a de l'horizon au zenith pour avoir son esloignement au zenith.

De l'horizon au zenith   90 deg.
Hauteur meridienne, soustr.   82 d. 40 min.

Esloignement au zenith   7 d. 20 min.

En outre, puis que l'estoille Fomahant me demeuroit au Sud, i'en estois par consequent au midy, tout au contraire de sa declinaison laquelle est Sud, & partant suivant la seconde Maxime il faut soustraire.

Declinaison de Fomahant Sud   31 d. 17 min.
Esloignement au zenith, soustr.   7 d. 20 min.

Latitude Sud   23 d. 57 min.

La latitude est Sud du costé de la declinaison, à cause qu'elle l'emporte & est plus grande que l'esloignement au zenith.

TROVVER LA HAVTEVR DE
l'equinoxial sur l'horizon, & en suitte la latitude par la hauteur meridienne des estoilles & leur declinaison.

SAns m'arrester à l'explication de cette methode que vous trouverrez déduite plus au long pour le soleil, pages 387 & 388, mais que vous pourrez facilement appliquer aux estoilles, ie passe d'un plein saut aux Maximes.

PREMIERE MAXIME.

Quand la declinaison d'une estoille est Sud, & que l'on en est au Nord, ou quand la declinaison est Nord, & que l'on

en

en eſt au Sud, il faut adiouſter les deg. & min. de la declinaiſon de l'eſtoille, avec les deg. & min. de la hauteur meridienne de l'eſtoille, & le tout adiouſté enſemble donnera la hauteur de l'equinoxial ſur l'horizon, laquelle ſouſtraitte de 90 deg. apres la ſouſtraction faite reſtera la latitude.

Que ſi la declinaiſon de l'eſtoille & ſa hauteur meridienne adiouſtez enſemble font plus que 90 deg. en ce cas il faut ſouſtraire 90 deg. du provenu de l'addition, & le reſte donnera la latitude, laquelle ſera du coſté de la declinaiſon.

Que ſi la hauteur meridienne de l'eſtoille avec ſa declinaiſon adiouſtez enſemble font iuſtement 90 deg. en ce cas l'on ſera ſous la ligne equinoxiale, & l'on n'aura point de latitude.

SECONDE MAXIME.

Quand en prenant la hauteur meridienne d'une eſtoille, l'on ſe trouve du meſme coſté de la ligne equinoxiale qu'eſt ſa decli-naiſon, il faut ſouſtraire le moindre du plus grand, c'eſt à dire la declinaiſon de l'eſtoille de ſa hauteur meridienne, ou bien ſa hauteur meridienne de ſa declinaiſon, & apres la ſouſtraction reſtera le nombre de deg. & min. que la ligne equinoxiale ſera eſlevée au deſſus de l'horizon, laquelle eſlevation de la ligne ſouſtraite de 90 deg. reſteront les deg. & min. que l'on ſera eſloi-gne de la ligne.

Il n'eſt pas beſoin que ie vous advertiſſe que par la hauteur me-ridienne l'on entend le nombre de deg. & min. que cette eſtoille eſt eſlevée ſur l'horizon, ou bien autrement le nombre de deg. & min. qui ſe trouve entre l'horizon & cette eſtoille. Cecy ſuppoſé facilitons le tout par des Exemples que i'abregeray le plus qu'il me ſera poſſible pour eſviter la longueur, ce que i'en ay dit aux Exem-ples pour le ſoleil pouvant ſervir pour les eſtoilles.

Ooo

EXEMPLES SVIVANT LA premiere Maxime.

PREMIER EXEMPLE.

AYant prins hauteur au genoüil gauche du Serpentaire, ie l'ay trouvé eslevé sur l'horizon de 72 deg. 15 min. & pour lors i'en estois au Nord, par quelle latitude estois ie & de quel costé?

R. La declinaison de cette estoille dans la Table se trouve de 9 deg. 49 min. & demie, & negligeant la demie minutte, ie prens 9 deg. 49 min. Sud, & puis que i'en estois au Nord tout au contraire de la declinaison suivant la premiere Maxime, i'adiouste les neuf deg. quarante neuf min. de sa declinaison, avec les 72 deg. quinze min. de sa hauteur meridienne, & viendront 82 deg. quatre min. pour la hauteur de la ligne sur l'horizon.

Hauteur meridienne Nord	72 d. 15 m.
Declinaison Sud, add.	9 d. 49 mi.
Hauteur de la ligne sur l'horizon	82 d. 4 m.

Laquelle eslevation de la ligne equinoxiale sur l'horizon, ie souftrais des 90 deg. qu'il y a de l'horizon au zenith, & la soustraction faite restera sept degrez cinquante six minuttes pour la latitude au lieu de l'observation.

De l'horizon au zenith	90 deg.
Haut. de la ligne sur l'hor. soustr.	82 d. 4 min.
Latitude Nord	7 d. 56 m.

Et cette latitude est Nord, parce que tant le soleil que la ligne estants au Sud de moy, il faut que i'en sois au Nord, & cela nommément à cause que l'esloignement de l'estoille au zenith se trouve plus grande que sa declinaison.

SECOND EXEMPLE.

Ayant prins hauteur à la Claire de l'Aigle lors qu'elle estoit à

ſon meridien, ie l'ay trouvé eſlevée ſur l'horizon de cinquante
neuf deg. quinze min. & pour lors i'en eſtois au Sud, de combien
au lieu de cette obſervation l'equinoxial eſtoit il eſlevé ſur l'horizon, & par quelle latitude eſtois ie & de quel coſté?

Reſponſe par pratique.

Hauteur meridienne de l'eſtoile Sud	59 d.	15 m.
Declin de la Claire de l'Aigle Nord, add.	8 d.	3 m.
Hauteur de l'equinoxial ſur l'horizon	67 d.	18 m.
Du zenith à l'horizon	90 deg.	
Haut. de la ligne ſur l'horizon, ſouſtr.	67 d.	18 m.
Latitude Sud	22 d.	42 min.

TROISIESME EXEMPLE.

Ayant prins hauteur à la pointe de la Fléche, i'ay trouvé mon
Marteau arreſté à huiĉt degrez quarante min. loing du bout de
l'œil, & pour lors i'eſtois au Sud de l'eſtoile, de combien la ligne
equinoxiale eſtoit elle eſlevée au deſſus de l'horizon, & en ſuitte
par quelle latitude eſtois ie, & de quel coſté de la ligne?

Reſponſe par pratique.

De l'horizon au zenith	90 deg.	
Eſloign. au zenith de l'eſtoile, ſouſtr.	8 d.	40 min.
Haut. merid. de l'eſtoile	81 d.	10 min.
Declin. de l'eſtoile Nord, add.	18 d.	40 min.
Aggregé	100 d.	. . min.
Suivant la 1. remarque, ſouſtr.	90 d.	
Latitude Nord	10 d.	. . m.

La latitude de cet Exemple doit eſtre Nord du coſté de la ligne,
car y ayant dixhuiĉt deg. quarante minuttes vers le Nord, depuis
l'eſtoile iuſques à la ligne, & neantmoins ne ſe trouvant eſloigné
au Sud de l'eſtoile que de huiĉt degrez quarante min. l'on ſera encor du coſté du Nord de la ligne equinoxiale, d'autant de deg. que
la declinaiſon eſt plus grande que l'eſloignement au zenith.

QVATRIESME EXEMPLE.

Ayant prins hauteur à la Claire du cœur de l'Hydre, lors qu'elle estoit à son meridien, ie l'ay trouvée eslevée sur l'horizon de 86 degrez trente min. & i'en demeurois au Nord, par quelle latitude estois ie, & de quel costé de la ligne equinoxiale?

Responſe par pratique.

Hauteur meridienne Nord	86 d. 30 min.
Declinaiſon Sud, additive	7 d. 15 m.
Aggregé	93 d. 45 min.
Suivant la 1. remarque 1. Max. ſouſtr.	90 d.
Latitude Sud	3 d. 45 min.

La latitude doit eſtre Sud, à cauſe que la declinaiſon l'emporte au deſſus de l'eſloignement au zenith, qui dans cet Exemple ne ſeroit que de trois degrez trente minuttes, & partant la latitude tient du coſté de la declinaiſon qui eſt Sud.

CINQVIESME ET DERNIER EXEMPLE.

Ayant prins hauteur au pied gauche d'Orion nommée par les Aſtronomes Regel, lors qu'elle eſtoit à ſon meridien, ie l'ay trouvé eslevée ſur l'horizon de 81 deg. 24 min. & pour lors i'en eſtois au Nord, de combien l'equinoxial eſtoit il eslevé ſur l'horizon, & en ſuitte par quelle latitude eſtois ie?

R. Suivant la premiere Maxime puis que l'on en eſt au Nord, & la declinaiſon de l'eſtoille eſt Sud, il faut adiouſter enſemble les 81 deg. 24 min. de la hauteur meridienne avec les 8 deg. 36 min. de la declinaiſon, & viendront iuſtemeut 90 deg. qui me ſignifie ſuivant la derniere remarque de cette Maxime, que ie ſuis iuſtement ſous la ligne, & par conſequent que ie me trouve par nulle de latitude.

Hauteur meridienne de l'eſtoille Nord	81 d. 24 min.
Declinaiſon de l'eſtoille Sud	8 d. 36 min.
	90 d. . . m.

EXEMPLES SVIVANT LA *seconde Maxime.*

PREMIER EXEMPLE.

AYant ptins hauteur à la bouche du Serpent, i'ay trouvé mon Marteau arresté à 25 deg. 30 min. loing du bout de l'œil, & i'estois au Nord de cette estoille, de combien de deg. & min. le Cercle equinoxial estoit il eslevé sur l'horizon, & en suitte par quelle latitude estois ie, & de quel costé?

R. La declinaison de cette estoille est de 18 deg. 7 min. Nord, ensuitte pour trouver les deg. & min. de sa hauteur meridienne, ie soustrais les 25 deg. 30 min. de son esloignement au zenith, des 90 deg. qu'il y a depuis le zenith iusques à l'horizon, & la soustraction faite resteront 64 deg. 30 min.

Du zenith à l'horizon	90 d.
Esloignement au zenith, soustr.	25 deg. 30 min.
Hauteur meridienne de l'estoille	64 deg. 30 min.

Ensuitte à raison que dans la hauteur que i'ay prins, i'ay trouvé que i'estois au Nord de cette estoille du mesme costé de la ligne equinoxiale que se trouve sa declinaison suivant la seconde Maxime, ie soustrais les 18 deg. 7 min. de sa declinaison des 64 deg. 30 min. de sa hauteur meridienne, & la soustraction faite resteront 46 deg. 23 min. pour l'eslevation de la ligne equinoxiale sur l'horizon.

Hauteur meridienne de l'estoille Nord	64 deg. 30 min.
Declinaison de l'estoille Nord, soustr.	18 d. 7 min.
Hauteur de la ligne sur l'horizon	46 d. 23 min.

Lesquels 46 deg. 23 min. d'eslevation de l'equinoxial sur l'horizon, ie soustrais des 90 deg. qu'il y a depuis l'horizon iusques au zenith, & resteront 43 deg. 37 mi. pour la latitude, laquelle sera du cofté du Nord, puis que tant l'eftoille que l'obfervateur fe trouvent du cofté du Nord de la ligne.

De l'horizon au zenith	90 d.
Haut. de l'equin. fur l'horizon, foustr.	46 deg. 23 min.
Latitude Nord	43 d. 37 min.

SECOND EXEMPLE.

Ayant prins hauteur à la plus Sud des trois du baudrier d'Orion, i'ay trouvé mon Marteau arresté à 20 deg. 15 mi. loing du bout de l'œil, & pour lors i'en estois au Sud, de combien la ligne equino-xiale estoit elle eslevée sur l'horizon, & par quelle latitude estois ie, & de quel costé?

Responfe par pratique.

Du zenith à l'horizon	90 deg.
Esloign. de l'Est. au zenith, foustr.	20 d. 15 min.
Hauteur merid. de l'estoille	69 d. 45 mi.
Declinaifon Sud, foustr.	2 d. 9 mi.
Haut. de la ligne fur l'horizon	67 d. 36 min.
De l'horizon au zenith	90 d.
Haut. de la ligne fur l'horiz. foustr.	67 d. 36 min.
Latitude Sud	22 d. 24 min.

La latitude est Sud, parce que non seulement l'estoille est au Sud de la ligne par sa declinaifon, mais mesme ie suis encor au Sud de l'estoille.

PAR L'ESLOIGNEMENT D'VNE

eſtoille au Pole, & ſon eſloignement au zenith, lors
qu'elle eſt à ſon meridien, trouver de combien
le zenith eſt eſloigné du Pole, ou le
complement de la latitude, & en
ſuitte la latitude.

SAns m'arreſter à vous rapporter ce que i'ay dit ſur cette methode pour le ſoleil, page 399 & ſuivantes, laquelle i'ay dit eſtre appliquée par Henrion, pareillement aux eſtoilles, ie paſſe d'abord
aux Maximes.

PREMIERE MAXIME.

En latitude Nord, *quand la declinaiſon d'une eſtoille eſt*
Nord, *& que l'on eſt au Nord du ſoleil, il faut ſouſtraire l'é-*
loignement au zenith, de l'éloignement de l'eſtoille au Pole du
Nord, & reſteront les deg. & min. que le zenith ſera éloigné du
Pole du Nord, lequel ſouſtrait des 90 deg. qu'il y a depuis le
Pole iuſques à la ligne, reſtera la latitude du coſté du Nord de
la ligne.

Semblablement en latitude Sud quand la declinaiſon de l'e-
ſtoille ſera Sud, & que l'on ſera au Sud de l'eſtoille, il faudra ſouſtraire l'eſloignement de l'eſtoille au zenith de l'eſloignement de
l'eſtoille au Pole Sud, & reſtera le complement de la latitude, lequel ſouſtrait derechef de 90 deg. reſteront les deg. & min. de
l'éloignement à la ligne du coſté du Sud.

SECONDE MAXIME.

En latitude Nord, *quand la declinaiſon de l'eſtoille eſt*
Nord, *& que l'on eſt au Sud de l'eſtoille, il faut adiouſter l'é-*
loignement de l'eſtoille au zenith, avec l'éloignement de l'eſtoille
au Pole du Nord, & le tout donnera l'éloignement du zenith au
Pole du Nord.

Que si apres l'addition faite l'éloignement du zenith iusques au Pole du Nord, ou le complement de la latitude se trouve iustement estre de 90 deg. l'on sera sous la ligne equinoxiale.

Que si ce complement de la latitude est moins de 90 deg. il faut le souftraire de 90 deg. & le reste sera l'éloignement à la ligne.

Que si enfin ce complement de la latitude, ou éloignement du zenith au Pole du Nord passe 90 deg. il en faut souftraire 90 deg. & le reste sera l'éloignement à la ligne, mais pourtant du costé du Sud de la ligne.

En latitude Sud quand la déclinaison d'une estoille sera Sud, & que l'on sera au Nord de l'estoille, il faudra adiouster le complement de la hauteur meridienne ou éloignement de l'estoille au zenith, lors qu'elle est au meridien avec son éloignement au Pole du Sud, & viendra l'éloignement au Pole du Sud.

Avec les mesmes remarques qu'en latitude Nord, sçavoir est que quand le complement de la latitude, ou éloignement du zenith iusques au Pole du Sud sera de 90 deg. iustement, l'on sera à la ligne equinoxiale.

Quand le complement de la latitude se trouve moins que 90 deg. il le faut derechef souftraire de 90 deg. & le reste sera la latitude du costé du Sud de la ligne.

Que si ce complement de la latitude se trouve au dessus de 90 en diminuant 90 deg. le reste sera la latitude, mais du costé du Nord de la ligne.

La quatriesme colomne de la Table destinée pour l'éloignement des estoilles au Pole, contient à la verité cet éloignement, mais pourtant seulement iusques au Pole, dont elles sont plus proches; ce qui m'oblige de vous advertir qu'en cette methode pour trouver la latitude par les estoilles, en latitude Nord quand la declinaison d'une estoille est Nord, sans se donner la peine de trouver l'éloignement de l'estoille proposée au Pole du Nord, par la souftraction de la declinaison de cette estoille des 90 deg. qui se trouvent depuis la ligne equinoxiale iusques au Pole du Monde Nord, l'on peut prendre le nombre de l'éloignement de cette

estoille

eftoille au Pole Nord, tel qu'on le trouve marqué dans la Table à
cofté de la declinaifon de l'eftoille dans la quatriefme colomne,
parce que la fupputation en eft defia toute faite, comme pareillement en latitude Sud, quand la declinaifon de l'eftoille propofée
eft Sud, mais avec cette difference que quand en latitude Nord, la
declinaifon d'une eftoille eft Sud en la premiere methode pour
trouver l'efloignement de cette eftoille au Pole Nord, il en faut
adioufter la declinaifon trouvée en la troifiefme colomne avec les
90 deg. qu'il y a depuis la ligne equinoxiale iufques au Pole du
Nord, il faut faire le femblable en latitude Sud quand la declinaifon des Eftoilles eft Nord. Cecy fuppofé venons aux Exemples
afin de rendre la chofe tant plus intelligible.

EXEMPLES SVIVANT LA
premiere Maxime.

PREMIER EXEMPLE.

A Yant prins hauteur à la tefte du Nord des Gemeaux nommée Caftor, i'ay trouvé mon Marteau arrefté à 35 deg. 10
min, loing du bout de l'œil, & pour lors i'en eftois au Nord,
par quelle latitude eftois ie & quel cofté?

R. Ie trouve dans la Table 57 deg. 27 min. pour l'éloignement
de cette eftoille au Pole du Nord, & puis que i'en eftois au Nord
en prenant hauteur, fuivant cette premiere Maxime, ie fouftrais les
35 deg, 10 minuttes d'éloignement de cette eftoille au zenith, lors
qu'elle eftoit au meridien que i'ay trouvé fur ma Verge des 57
deg. 27 min. de fon efloignement au Pole du Nord, & la fouftraction faite refteront 22 deg. 17 mi. pour l'efloignement du zenith
iufques au Pole du Nord, qui eft le complement de la latitude, ie
veux dire le nombre qui avec les deg. de la latitude achevent iuftement les 90 deg. du quart de cercle.

Ppp

Esloignement de Castor au Pole Nord   57 d. 27 m.
Esloign. de l'estoille au zenith, soustr.   35 d. 10 m.
Complement de la latitude   22 d. 17 m.

Lequel complement de la latitude souftrait des 90 deg. qu'il y a depuis la ligne iusques au Pole, resteront 67 deg. 43 min. pour la latitude.

De la ligne iusques au Pole   90 deg.
Complement de la latitude, soustr.   22 d. 17 min.
Latitude Nord   67 d. 43 m.

SECOND EXEMPLE.

Ayant prins hauteur au genoüil droit du Serpentaire, i'ay trouvé mon Marteau aresté à 74 deg. 15 min. loing du bout de l'œil, & pour lors i'estois au Nord de cette estoille, par quelle latitude estois ie & de quel costé?

Responfe par pratique.

De la ligne au Pole Nord   90 deg.
Declinaison de l'estoille Sud, add.   15 d. 14 min.
Esloign. de l'estoille au Pole Nord   105 d. 14 mi.
Esloig. de l'Est. au zenith Nord, soustr.   74 d. 15 mi.
Complement Latitude   30 d. 59 min.
Du Pole Nord iusques à la ligne   90 d.
Compl. latit. ou est. du zenith au Pole, soustr.   30 d. 59 m.
Latitude Nord   59 d. 1 min.

TROISIESME EXEMPLE.

Ayant prins hauteur à l'estoille qui est au bas ou au pied de la Tasse, i'ay trouvé mon Marteau aresté à 22 deg. 20 min. loing du bout de l'œil, & pour lors i'en estois au Sud, par quelle latitude estois ie?

Reſponſe par pratique.

Eſloign. de l'eſtoille au Pole Sud	73 d.	27 m.
Eſloign. de l'Eſt. au zenith Sud, ſouſtr.	22 d.	20 m.
Eſloignement du zenith au Pole Sud	51 d.	7 m.
Du Pole à la ligne equinoxiale	90 deg.	
Eſloign. du zenith au Pole Sud, ſouſtr.	51 d.	7 m.
Latitude Sud	48 d.	53 min.

QVATRIESME EXEMPLE.

Ayant prins hauteur à la bouche du Cheval Pegaſe, i'ay trouvé mon Marteau arreſté à 14 deg. 30 min. loing du bout de l'œil, & pour lors i'eſtois au Sud de cette eſtoille , par quelle latitude eſtois ie?

Reſponſe par pratique.

De la ligne au Pole Sud	90 deg.	
Declin. de l'eſtoille Nord, add.	8 d.	24 mins.
Eſloign. de l'eſtoille au Pole Sud	98 d.	24 min.
Eſloign. de l'Eſt au zenith Sud, ſouſtr.	14 d.	30 min.
Eſloign. du zenith au Pole Sud	83 d.	54 min.
Du Pole à la ligne equinoxiale	90 d.	
Eſloign. du zenith au Pole Sud, ſouſtr.	83 d.	54 m.
Latitude Sud	6 d.	6 m.

EXEMPLES SVIVANT LA
ſeconde Maxime.

PREMIER EXEMPLE.

A Yant prins hauteur à la teſte de Meduſe, lors qu'elle eſtoit au meridien, i'ay trouvé mon Marteau arreſté à 11 deg. 30 min. loing du bout de l'œil, & pour lors l'eſtoille me demeuroit au Nord, par quelle latitude eſtois ie?

Responce par pratique.

Esloign. de l'Estoille au Pole Nord	50 d. 20 min.
Esloign. de l'estoille au zenith Sud, add.	11 d. 30 m.
Esloign du zenith au Pole du Nord	61 d. 50 min.
Du Pôle à la ligne equinoxiale	90 d.
Esloign du zenith au Pole Nord, soustr.	61 d. 50 min.
Latitude Nord	28 d. 10 m.

SECOND EXEMPLE.

Ayant prins hauteur à la Claire du cœur de l'Hydre, i'ay trouvé mon Marteau arresté à 5 deg. 40 min. loing du bout de l'œil, & pour lors cette estoille me demeuroit au Sud, par quelle latitude estois ie?

Responce par pratique.

Esloign. de l'est. au Pole Sud	82 d. 45 min.
Esloign. de l'est. au zenith Nord, add.	5 d. 40 min.
Esloign. du zenith au Pole du Sud	88 d. 25 m.
Du Pole à la ligne equinoxiale	90 d.
Esloign. du zenith au Pole Sud, soustr.	88 deg. 25 min.
Latitude Sud	1 d. 35 min.

TROISIESME EXEMPLE.

Ayant prins hauteur à la Claire & luisante és espaules de l'Aigle nommée vulgairement la Claire de l'Aigle, i'ay trouvé mon Marteau arresté à 8 deg. 3 min. loing du bout de l'œil, & pour lors i'en estois au Sud, par quelle latitude estois ie?

Responce par pratique.

Esloign. de l'est. au Pole Nord	81 deg. 57 min.
Esloign. d'icelle au zenith Sud, add.	8 d. 3 min.
Esloign. du zenith au Pole Nord	90 d. min.

Et par consequent suivant la premiere remarque de la seconde Maxime i'estois sous la ligne, & partant n'avois aucune latitude.

QVATRIESME EXEMPLE.

Ayant prins hauteur à la teste d'Andromede, i'ay trouvé mon Marteau aresté à 36 deg. 40 min. loing du bout de l'œil & i'en estois au Sud, par quelle latitude estois ie?

Response par pratique.

Esloign. de l'estoille au Pole Nord	62 d. 41 m.
Esloign. d'icelle au zenith Sud, add.	36 deg. 40 min.
Esloign. du zenith au Pole du Nord	99 deg. 21 min.
Esloign. du Pole à la ligne, soustr.	90 d.
Latitude Sud	9 d. 21 m.

CINQVIESME ET DERNIER EXEMPLE.

Ayant prins hauteur à celle qui va devant des deux Claires en la queuë du Capricorne, i'ay trouvé mon Marteau aresté à 26 deg. 30 min. loing du bout de l'œil & i'en estois au Nord, par quelle latitude estois ie?

Response par pratiqué.

Esloignement de l'est au Pole Sud	71 d. 58 m.
Esloign. d'icelle au zenith Nord, add.	26 d. 30 m.
Esloign. du zenith au Pole Sud	98 d. 28 m.
Esloign. du Pole à la ligne, soustr.	90 d.
Latitude Nord	8 deg.

La latitude est Nord, parce que le zenith passe au delà de la ligne & partant se trouve du costé du Nord.

Puis que la Sphere nous enseigne, & que ie vous ay fait voir cy dessus que la latitude, & la hauteur du Pole sur l'horizon sont semblables en quelque lieu que l'on puisse se trouver, les Pilottes se mettent fort peu en peine de quelle part ils puissent trouver leur affaire: c'est pourquoy apres avoir enseigné dans les deux articles precedents le moyen de trouver la latitude, c'est à dire de combien le zenith, ou de combien l'on est esloigné de la ligne equinoxiale, nous allons dans les deux suivants monstrer de quelle façon l'on pourra trouver de combien le Pole du Nord ou du Sud se trouve eslevé sur l'horizon.

ARTICLE TROISIESME.

PAR LA PLVS GRANDE, ET moindre hauteur du soleil ou des Estoilles sur l'horison, dans les lieux esquels ils ne se couchent point avec leur declinaison ou leur esloignement au Pole, trouver de combien le Pole se trouve eslevé sur l'horison.

Q Voy que le soleil fasse tousiours sa mesme course par une regularité tout à fait admirable sans aucun esgard, que pour communiquer sa lumiere & sa chaleur, il faut pourtant confesser qu'il les communique d'une maniere fort differente, aux uns il cause par son approchement une chaleur excessive, aux autres par son esloignement la froidure devient extresme, aux uns il fait les iours & les nuicts continuellement esgaux, aux autres dans l'espace d'un iour naturel qui est de 24 heures, il leve & couche, & si dans un temps de l'année, il fait les iours fort longs, aussi en recompense dans un autre les nuicts à leur tour sont tres longues, enfin à d'autres il est tres long temps sans se lever & coucher, & demeure plusieurs iours sur l'horizon, iusques là qu'à ceux qui demeurent sous les Poles, il demeure six mois continuels sur l'horizon sans se coucher, comme aussi les six autres mois il ne paroit iamais sur l'horizon.

Suivant donc que l'on est constitué à l'esgard du soleil, vous pouvez iuger qu'il paroit bien diversement, dans la Zone Torride qui s'estend depuis un des Tropiques iusques à l'autre, & dans la Zone temperée qui est depuis 23 degrez & demy iusques à 66 degrez & demy de latitude, le soleil se leve & couche sous l'horizon tous les iours, mais quand l'on vient sous les cercles Polaires qui sont esloignez de la ligne de 66 deg. & demy, c'est à dire lors que l'on se trouve esloigné de la ligne de ce pareil nombre de 66 deg. & demy, quand le soleil est au Tropique qui est du costé du Pole qui se trouve eslevé sur l'horizon, pour lors le soleil ne se couche point, mais au point que le civil compte la minuict le soleil paroit à l'horizon, le baise s'il faut ainsi dire, & en suitte faisant son cours ordinaire de l'Est au Ouest, enfin apres 12 heures il vient à son midy ou il est le plus eslevé sur l'horizon qu'il peut estre.

Quand l'on est entre les Cercles Polaires & le Pole, c'est à dire au delà de 66 deg. & demy de latitude, pour lors le soleil estant au Tropique & le plus esloigné de la ligne equinoxiale, n'est pas à l'horizon comme sous les Cercles Polaires, mais est eslevé sur l'horizon à proportion que l'on sera de deg. & min. par delà les Cercles Polaires, & le paralel de la declinaison du soleil au dessous de 23 deg. & demy du costé qu'est le Pole qui est eslevé sur l'horizon, sera iustement à l'horizon, ie m'explique & dis par Exemple que si l'on est au delà des Cercles Polaires de cinq deg. du costé du Nord, le paralel de cinq deg. au dessous de 23 deg. & demy, c'est à dire le lieu ou le soleil à 18 deg. & demy de declicaison Nord, est iustement à l'horizon, & pour lors le soleil en sa plus basse hauteur quand il sera au Tropique & le plus esloigné de la ligne, se trouverra eslevé de cinq deg. sur l'horizon.

Il en faut autant dire des estoilles lesquelles se rencontrent entre les Tropiques, telles que sont les Constellations du Zodiaque du Firmament, nommément celles de ces Constellations, lesquelles ne sortent point de l'enceinte des Tropiques.

Avec cette difference du soleil aux estoilles que la declinaison d'iceluy changeant tous les iours, l'on trouverra chaque iour difference en la hauteur, laquelle se trouverra pareillement plus grande ou moindre, suivant que le soleil aura moins ou davantage de declinaison. Là ou la declinaison des estoilles demeurant sensiblement la mesme pendant plusieurs années, si l'on demeure arresté dans un mesme lieu l'on trouverra qu'une estoille ne sera point plus haute & eslevée sur l'horizon, non seulement en un iour, mais mesme dans une année plus qu'à l'autre.

Secondement quoy que ces estoilles comme disent les Astronomes soient de perpetuelle apparition, neantmoins quand le soleil paroit en ces quartiers & ne se couche point, la lumiere du soleil les offusquant ne permettra pas qu'on y puisse faire observation, il sera donc necessaire pour en tirer quelque usage d'avoir la patience d'attendre que le soleil disparoisse sur l'horizon pour y pouvoir prendre hauteur, tant la plus grande que la moindre.

Ie trouve encor une troisiesme difference des estoilles au soleil, sçavoir est que comme le Ciel du Firmament est presque de toutes parts parsemé d'estoilles, il s'en rencontre de si approchantes des Poles, que tant leur plus grande que leur plus petite hauteur, se rencontrent toutes deux au dessous du zenith du mesme costé de l'horizon, ce qui n'arrive iamais au soleil en ces quartiers, ou le zenith dans quelque temps que ce puisse estre, se trouve tousiours entre la plus grande & plus petite hauteur, ainsi il y en a une qui se trouve d'un costé de l'horizon, & l'autre au contraire de l'autre.

Et pour connoistre quelles sont les estoilles desquelles la plus grande & plus basse hauteur sont du mesme costé de l'horizon, l'on n'aura qu'à consulter la Table des estoilles, & dans icelle en la quatriesme colomne destinée pour l'esloignement des estoilles au Pole, toutes les estoilles lesquelles on trouvera avoir leur esloignement au Pole, moindre que la latitude du lieu ou l'on se rencontre, auront leur plus grande & moindre hauteur du mesme costé de l'horizon, ie m'explique & dis par Exemple que si l'on suppose la latitude estre de 50 deg. toutes les estoilles que l'on trouvera dans la quatriesme colomne avoir moins de 50 deg. d'esloignement au Pole, auront à la verité deux hauteurs, mais toutes deux seront vers un mesme costé de l'horizon, sçavoir au Nord en latitude Nord, & au Sud en latitude Sud. C'est pour cette raison qu'à l'esgard des estoilles qui ne se levent ny couchent, il faut faire la distinction de celles esquelles le zenith se rencontre entre la plus grande & plus petite hauteur, tout ainsi qu'au soleil, parce qu'il s'y

rencontre

rencontre de la difference à conclurre la latitude.

Es lieux donc ou le soleil ou quelques estoilles ne se couchent point il y a deux hauteurs, l'une haute & l'autre basse, à l'opposite l'une de l'autre si le zenith se rencontre entre deux, ou bien du mesme costé aux estoilles, dont l'esloignement au Pole se rencontre moindre que ne sont les deg. & mi. du complement de la latitude, mais pourtant au soleil à 12 heu. l'une de l'autre, en latitude Nord la plus grande hauteur sera du costé du Sud, & la plus basse du costé du Nord du Monde, comme en latitude Sud la plus grande hauteur se fait du costé du Nord, & la moindre du costé du Sud à l'opposite iustement à 12 heu. l'une de l'autre, mais aux estoilles lesquelles sont entre les Tropiques, il y a 2 min. moins de douze heures, parce que les estoilles avancent tous les iours de quatre min. d'heu. & partant la moitié sera de deux mi. moins de 12 heu.

Pour trouver la plus grande hauteur des estoilles qui ne se couchent point, l'on s'y comporte de la mesme maniere que i'ay dit des estoilles qui se levent & couchent, page 415, de mesme que l'on fait au soleil par devant.

Toute la difficulté seroit à trouver la plus basse hauteur de cette sorte d'estoilles, parce que la pluspart des Pilottes n'ont pas de coustume d'en faire l'observation, mais si l'on vient à consulter sa raison si la plus grande hauteur se prend en approchant tousiours son Marteau de plus en plus vers soy, & le plus proche est celuy que l'on prend pour la plus grande hauteur, aussi au contraire pour la plus basse hauteur si à mesure que les Astres baissent, il faut tousiours esloigner de soy son Marteau, quand il sera tellement esloigné que l'on verra qu'il le faut rapprocher, il faut conclurre que la plus basse hauteur est passée, & que le plus grand esloignement du Marteau de soy ou du bout de l'œil de la Verge est celuy que l'on doit prendre pour la plus basse hauteur des estoilles.

I'ay beaucoup balancé si ie devois commencer par le Soleil ou par les estoilles, attendu que par l'un & l'autre l'on peut arriver & parvenir à la connoissance de la hauteur du Pole du Monde sur l'horizon, & il semble que le soleil le devroit emporter puis que

i'ay dit que la hauteur prinfe par fon moyen eft tout autrement
iufte que celle par les eftoilles.

Mais d'un autre cofté fi l'on vient à confiderer la diftinction
que i'ay faite entre les eftoilles lefquelles ne fe couchent point, fçavoir eft qu'il y en a de fi proches des Poles qu'elles ont leur plus
grande & plus baffe hauteur du mefme cofté du zenith vers le
cofté du Monde ou le Pole fe rencontre, & à raifon qu'à ces fortes
d'eftoilles dans toutes leurs deux hauteurs meridiennes l'on fe
comporte de la mefme maniere, horfmis qu'à l'une l'on adioufte,
& à l'autre l'on fouftrait, là ou aux autres eftoilles efquelles le
zenith fe rencontre entre les deux hauteurs, c'eft à dire que fi la
plus baffe hauteur fe fait au Nord, la plus haute fe fera du cofté du
Sud ou au contraire, dans la plus baffe de ces hauteurs il fe faut
comporter d'une maniere, & à la plus grande d'une autre ; i'ay crû
devoir commencer par le plus fimple & qui requiert moins de
connoiffances.

Et mefme dans ce rencontre fi vous y prenez garde ie ne fais
aucun tort à la primauté du foleil, puis que quand ie viendray aux
eftoilles lefquelles ont leur plus grande & plus baffe hauteur oppo-
fées l'un à l'autre, fçavoir l'une au Nord & l'autre au Sud, ou au
contraire ie commenceray par le foleil, & de cette maniere fa preference ne fera aucunement bleffée, puis que ie le feray marcher
devant les eftoilles lefquelles font la mefme démarche que luy.

PAR LA HAVTEVR MERIDIENNE
des eftoilles lefquelles ont leur plus grande, & plus baffe
hauteur fur l'horifon du mefme cofté du zenith
avec leur efloignement au Pole trouver de
combien de deg. & min. le Pole du
Monde eft élevé fur l'horifon.

PREMIERE MAXIME.

SI avec les deg. & min. de la plus baffe hauteur d'une eftoille
l'on adioufte les deg. & min. de fon efloignement au Pole,

*apres l'addition faite viendront les deg. & min. que le Pole du
Monde sera eslevé au dessus de l'horizon.*

SECONDE MAXIME.

*Si de la plus grande hauteur des estoilles specifiées cy devant
l'on en soustrait leur esloignement au Pole, apres la soustraction
faite restera la hauteur du Pole sur l'horizon.*

EXEMPLES SVIVANT LA
premiere Maxime.

PREMIER EXEMPLE.

AYant prins hauteur à la superieure des deux dernieres du
quarré du petit Chariot ou celle qui va devant de ces deux
que le peuple nomme communément la Claire des Gardes
lors qu'elle estoit à sa plus basse hauteur, i'ay trouvé mon Marteau
aresté à 58 deg. 30 min. loing du bout de l'œil, de combien de
deg. & min. le Pole du Nord estoit il eslevé sur l'horizon.

R. Apres avoir dans les pages 238 & 239 trouvé son esloignement au Pole estre de 14 deg. 25 min. pour avoir sa hauteur sur
l'horizon, ie soustrais les 58 deg. 30 min. de son esloignement au
zenith des 90 deg. qu'il y a du zenith à l'horizon, & apres la soustraction faite resteront 31 degr. 30 mi. pour la hauteur de ladite estoilles sur l'horizon.

Du zenith à l'horizon	90 deg.	
Esloign. de l'est. au zenith, soustr.	58 d.	30 min.
Hauteur de l'estoille sur l horizon	31 d.	30 m.

En suitte puis que c'estoit la plus basse hauteur de cette estoille
suivant la premiere Maxime, i'adiouste ces 31 degrez 30 min. de
sa hauteur avec les 14 deg. 25 min. de son esloignement au Pole,
& l'addition faite viendront 45 deg. 55 min. que le Pole du Nord
sera eslevé sur l'horizon au lieu auquel s'est faite l'observation.

Hauteur de l'eſtoille ſur l'horizon	31 d.	30 m.
Eſloign. de l'eſt. au Pole add.	14 d.	25 m.
Hauteur du Pole Nord ſur l'horizon	45 d.	55 m.

La raiſon eſt que par la hauteur nous avons trouvé qu'il y avoit depuis l'horizon iuſques à l'eſtoille 31 deg. 30 min. & par ſon eſloignement il y avoit encor 14 deg. 25 min. iuſques à venir au Pole, leſquels adiouſtez avec les 31 deg. 30 min. depuis l'horizon iuſques à l'eſtoille feront 45 deg. 55 min. que le Pole ſera eſlevé ſur l'horizon, & à raiſon que la latitude ſe trouve touſiours égale à cette hauteur du Pole ſur l'horizon, il s'enſuit que l'on eſtoit par 45 deg. 55 min. de latitude & cela du coſté du Nord de la ligne equinoxiale, puis que le Pole du Nord eſt ſur l'horizon.

SECOND EXEMPLE.

Ayant prins hauteur au ſecond Cheval du grand Chariot lors qu'il eſtoit à ſa plus baſſe hauteur, i'ay trouvé qu'il eſtoit eſlevé ſur l'horizon de 14 degrez 20 minut. qu'elle eſtoit la hauteur du Pole Nord?

R. Son eſloignement au Pole eſt de 33. deg. 18 minuttes par la Table, & puis que c'eſt ſa plus baſſe hauteur que l'on a obſervée, il faut ſuivant la premiere Maxime adiouſter les 14 deg. 20 min. de ſa hauteur avec les 33 deg. 18 min. de ſon eſloignement au Pole, & viendront 47 deg. 38 min. pour l'eſlevation du Pole Nord au deſſus de l'horizon.

Eſloign. de l'eſtoille au Pole Nord	33 d.	18 min.
Sa hauteur ſur l'horizon add.	14 d.	20 m.
Hauteur du Pole Nord ſur l'horizon	47 d.	38 m.

EXEMPLES CONFORMEMENT A LA *seconde Maxime.*

PREMIER EXEMPLE.

AYant prins hauteur à la Claire des Gardes lors qu'élle eſtoit à ſa plus grande hauteur, ie l'ay trouvé eſlevée ſur l'horizon de 60 deg. 20 min. de combien de deg. & min. le Pole du Nord eſtoit il eſlevé au deſſus de l'horizon?

R.Puis que c'eſt la plus grande hauteur de cette eſtoille que l'on a obſervé ſuivant la ſeconde Maxime, il faut ſouſtraire des 60 deg. 20 min. qu'on la trouvée eſlevée ſur l'horizon, les 14 deg. 25 min. de ſon eſloignement au Pole, & apres la ſouſtraction faite reſteront 45 deg. 55 min. pour l'eſlevation du Pole du Nord ſur l'horizon.

Hauteur de l'eſtoille ſur l'horizon	60 d.	20 min.
Eſloign. de cette eſtoil. au Pole Nord, ſouſt.	14 d.	25 min.
Hauteur du Pole Nord ſur l'horizon	45 d.	55 m.

Il s'euſuit ſuivant ce que l'on ſeroit au meſme lieu que celuy de la premiere Exemple, de la premiere Maxime, ou pour le moins que l'on en fut Eſt ou Oueſt, puis que l'on a trouvé le meſme nombre de deg. de latitude ou hauteur du Pole.

SECOND EXEMPLE.

Ayant prins hauteur au ſecond Cheval du grand Chariot ou la penultieſme de la queuë de la grande Ourſe lors qu'elle eſtoit à ſa plus grande hauteur, i'ay trouvé mon Marteau arreſté à 9 deg. quatre min. loing du bout de l'œil, de combien le Pole du Nord eſtoit il eſlevé ſur l'horizon?

R.Puis que par ma Verge i'ay trouvé l'eſloignement de cette eſtoille au zenith, pour avoir ſa hauteur ſur l'horizon, ie ſouſtraits les neuf degrez quatre minuttes de ſon eſloignement au zenith des 90 degrez qu'il y a du zenith à l'horizon, & la ſouſtraction faite resteront 80 degrez cinquante six minuttes pour sa hauteur sur l'horizon.

Du zenith à l'horizon 90 d.
Esloign. de l'est au zenith soustr. 9 d. 4 m.
Hauteur de l'estoille sur l'horizon 80 d. 56 m.

En suitte puis que c'est sa plus grande hauteur que l'on a observée suivant la seconde Maxime des 80 deg. cinquante six min. de la hauteur de l'estoille sur l'horizon, i'en soustraits les 33 deg. 18 min. de son esloignement au Pole, & la soustraction faite resteront 47 deg. 38 min. pour l'eslevation du Pole Nord sur l'horizon.

Hauteur de l'estoille sur l'horizon 80 deg. 56 min.
Son esloignement au Pole Nord soustr. 33 d. 18 min.
Hauteur du Pole Nord sur l'horizon 47 d. 38 min.

Que si l'on estoit assez heureux de pouvoir observer tant la plus grande que la plus basse hauteur de ces sortes d'estoilles, pour lors si l'on adiouste toutes ces deux hauteurs observées ensemble, & que de tout l'on en prenne la moitié, viendra tout d'un coup la hauteur du Pole sur l'horizon sans qu'il soit besoin d'avoir de declinaison, ou d'esloignement au Pole.

Et sans recourir plus loing cecy apparoit evidemment dans les deux Exemples que ie viens de donner, tant de la Claire des Gardes que du second Cheval du grand Chariot, desquelles à ce dessein i'ay apporté tant la plus grande que la plus basse hauteur dans un mesme lieu ou tout au moins en mesme latitude, car pour commencer par la Claire des Gardes si l'on adiouste ensemble les deux hauteurs trouvées la moindre & la plus grande, sçavoir trente & un deg. trente min. soixante deg. vingt min. viendra 91 deg. cinquante min. dont la moitié sera quarante cinq deg. 55 min. pour l'eslevation du Pole, tout ainsi que l'on avoit trouvé cy dessus par l'une & par l'autre de ces hauteurs separément.

La moindre hauteur de la Claire des Gardes   31 d. 30 m.

Sa plus grande hauteur add.   60 d. 20 m.

Adiouſtées enſemble font   91 d. 50 m.

Moitié hauteur du Pole.   45 d. 55 m.

Touchant le ſecond Cheval du grand Chariot, ſi pareillement l'on adiouſte enſemble les deux hauteurs trouvées, tant la plus grande que la moindre, ſçavoir 80 deg. 56 min. & 14 deg. 20 min. viendront 95 deg. 16 min. dont prenant la moitié viendra 47 deg. 38 min. pour la hauteur du Pole du lieu de l'obſervation, tout ainſi qu'il avoit eſté trouvé cy deſſus par l'vne & par l'autre de ces hauteurs ſeparément, ie veux dire tant par la moindre que par la plus grande hauteur de cette eſtoille avec l'eſloignement au Pole de ladite eſtoille.

La plus grande hauteur du 2 *Cheval du grand Chariot*   80 d. 56 m.

Sa plus baſſe hauteur addit.   14 d. 20 m.

Adiouſtées enſemble font   95 d. 16 m.

La moitié donne la hauteur du Pole   47 d. 38 m.

En quoy vous remarquez bien ſans qu'il ſoit beſoin que ie vous en advertiſſe qu'il n'eſt fait aucune mention, ny de la declinaiſon ny de l'eſloignement au Pole.

Que meſme par le moyen de ces obſervations, tant de la plus haute que de la plus baſſe hauteur de ces eſtoilles qui ne ſe couchent point ſous l'horizon, l'on peut venir à la connoiſſance de la veritable declinaiſon de ces eſtoilles : puis qu'en ſouſtrayant de la moitié de ces deux hauteurs (que i'ay dit eſtre la latitude, ou plutoſt la hauteur du Pole ſur l'horizon) la plus baſſe hauteur de l'eſtoille que l'on a obſervée apres la ſouſtraction faite, reſteront l'eſloignement de l'eſtoille au Pole, ou le complement de ſa declinaiſon, lequel eſtant derechef ſouſtrait des 90 deg. qu'il y a depuis le Pole iuſques à la ligne equinoxiale, reſteront les deg. & min. de la declinaiſon de l'eſtoille dont l'on aura obſervé la hauteur, tant la plus grande que la moindre ſur l'horizon à douze heures preſque l'vne de l'autre.

Comme au contraire si de la plus grande hauteur trouvée l'on souftrait la moitié de la moindre & plus grande hauteur d'une mesme estoille adioustées ensemble apres la soustraction faite, restera l'esloignement de cette estoille iusques au Pole, lequel si l'on souftrait derechef de 90 deg, resteront les deg. & min. de sa declinaison.

Et pour faire paroistre ce que ie viens d'avancer par Exemples venons aux deux estoilles dont nous avons supposé avoir observé, tant la plus grande que la plus basse hauteur, & pour commencer par la Claire des Gardes, dont la moitié de la plus grande & plus basse hauteur adioustées ensemble, s'est trouvé monter à 45 deg. 55 min. pour la hauteur du Pole Nord sur l'horizon, ou la latitude du lieu de cette observation, si de ces 45 deg, 55 min. moitié des deux hauteurs l'on en souftrait les 31 deg. 30 min. qu'on a trouvé pour sa moindre hauteur, resteront 14 deg. 25 min. pour son esloignement au Pole ou complement de sa declinaison, lesquels souftraits derechef des 90 deg. qu'il y a depuis le Pole du Nord iusques à la ligne equinoxiale, apres la soustraction faite resteront 75 deg. 35 min. pour la veritable declinaison de la Claire des Gardes.

Moitié des 2 hauteurs haute & basse	45 d. 55 m.
La plus basse hauteur de l'est. souftr.	31 d. 50 min.
Esloign. au Pole ou compl. declinaison	14 d. 25 mi.
Du Pole à la ligne	90 d.
Complement de la declinaison souftr.	14 d. 25 m.
Declinaison de la Claire des Gardes	75 d. 35 min.

Pareillement si de la plus grande hauteur de la Claire des Gardes 60 deg. 20 min. l'on en souftrait la moitié de la plus grande & plus basse hauteurs de cette estoille adioustées ensemble, laquelle est quarante cinq deg. cinquante cinq min. la soustraction faite resteront 14 deg. vingt cinq min. pour le complement de la declinaison de cette estoille, lesquels derechef souftraits des 90 deg. qu'il qu'il y a du Pole iufques à la ligne, refteront 75 deg. trente cinq min. pour la veritable declinaifon de cette eftoille, tout ainfi que cy deffus par fa moindre hauteur.

La plus grande hauteur de la Claire des Gardes	60 d. 20 m.
Moitié des 2 hauteurs grande & petite foufir.	45 d. 55 min.
Complement de fa declinaifon	14 d. 25 mi.
Du Pole iufques à la ligne	90 d.
Compl. de la declin. de la Claire des Gardes, fouft.	14 d. 25 m.
Declinaifon de la Claire des Gardes	75 d. 35 min.

Cet Exemple, ce me femble, fuffiroit pour vous faire comprendre la chofe, mais d'abondant pour vous l'inculquer davantage, voyons la mefme chofe arriver par l'obfervation des deux hauteurs haute & baffe de la penultiefme de la queuë de la grande Ourfe que le vulgaire nomme le fecond Cheval du grand Chariot, fi de la moitié de ces deux hauteurs 47 deg. 38 min. l'on en fouftrait la plus baffe hauteur 14 deg. 20 min. refteront 33 deg. 18 min. pour l'efloignement de cette eftoille au Pole, lequel derechef fouftrait de 90 deg. refteront 56 deg. 42 min. pour fa veritable declinaifon.

Moitié de la plus grande & baffe hauteur	47 deg. 38 min.
La plus baffe des 2 hauteurs fouftr.	14 d. 20 min.
Compl. de la decl du 2 Cheval du grand Chariot	33 d. 18 min.
Du Pole iufques à la ligne	90 d.
Complement de la declin. fouftr.	33 d. 18 min.
Declin. du 2 Cheval du grand Chariot	56 d. 42 m.

Semblablement fi de fa plus grande hauteur 80 deg. 56 min. l'on en fouftrait la moitié des deux hauteurs la plus grande & la moindre adiouftées enfemble, laquelle eft 47 deg. 38 min. apres la fouftraction faite refteront 33 deg. 18 min. pour l'efloignement de cette eftoille au Pole Nord ou complement de fa declinaifon, lequel derechef fouftrait de 90 deg. refteront 56 deg. 42 min. pour la ve-

R r r.

ritable declinaison de la penultiesme de la queuë de la grande
Ourse ou second Cheval du grand Chariot, comme cy dessus par
sa plus basse hauteur & la moitié des deux hauteurs.

La plus grande hauteur du 2 Cheval	80 d. 56 m.
Moitié des 2 hauteurs adioustées ensemble soustr.	47 d. 38 m.
Complement de sa declinaison	33 d. 18 m.
Du Pole du Monde Nord iusques à la ligne	90 deg.
Compl. de la declin. de l'estoille soustr.	33 d. 18 m.
Declin. du 2 Cheval du grand Chariot	56 d. 42 m.

Si nous venons encor à examiner cette matiere plus à fonds
nous trouverrons plusieurs avantages que l'on peut tirer de la plus
grande & petite hauteur de ces estoilles lesquelles ne se couchent
point.

Le premier est que par ce moyen l'on pourra connoistre s'il ne
s'est commis aucun erreur dans l'une ou l'autre de ces deux hauteurs : car si l'on remarque qu'elles ne produisent pas le mesme
nombre de deg. & min. pour la declinaison, il n'y a aucun doute
qu'il est necessaire que l'une ou l'autre de ces deux hauteurs soit
manque & defectueuse, ce qui donnera suiet de considerer avec
toute la prudence à laquelle des deux il s'est peu couler quelque
erreur, ce qui ne peut pas estre apperçû par une seule hauteur, de
laquelle l'on se flatte assez souvent, mais icy outre l'experience, la
raison vous sert de guide, laquelle vous marque qu'il est absolument necessaire de trouver le mesme resultat par l'une & par l'autre de ces deux hauteurs.

Le second avantage est que par le moyen de ces deux hauteurs
observées sur une mesme estoille l'on peut esprouver si la declinaison de cette estoille que l'on aura trouvé dans une Table de la
declinaison des estoilles sera bonne ou non, suivant qu'elle se trouverra conforme aux observations que l'on y aura fait, & ce non seulement une fois mais deux, puis que par l'une & l'autre des hauteurs l'on doit trouver la mesme chose.

Aussi est ce par cette methode que les Geographes trouvent les latitudes des lieux les plus considerables du Monde, dequoy nous voyons plusieurs obseruations chez l'incomparable Tychobrahé, & tous les autres Astronomes qui se sont meslez de faire des obseruations pour la latitude des lieux.

L'on suppose pourtant tousiours que les hauteurs soient prinses avec toute la precision & iustesse possible, ce qu'il est bien difficile d'esperer, comme i'ay dit, sur la Mer, ou si l'on ne peut pas cautionner les hauteurs du soleil à dix min. plus ou moins, ie vous laisse à penser ce que l'on doit presumer de la hauteur prinse aux estoilles pendant le temps de la nuict, auquel temps l'horizon auquel les Pilottes sont obligez de butter est tellement incertain.

Surquoy si vous me permettez de faire une petite reflexion, ie vous demande si vous voudriez vous servir d'une Table de la declinaison des estoilles dans laquelle vous vous doutassiez qu'il y eut dix minutes d'erreur, & neantmoins vous iugez bien que c'est la moindre erreur que la raison dicte qu'il faut esperer des hauteurs sur Mer, & bien plus encor de celle des estoilles.

Ie dis bien mesme que sur terre qui est un lieu fixe & arresté les obseruations ne rapportent pas les unes aux autres, dont voicy une preuve. L'incomparable en l'exactitude Tychobrahé remarque admirablement de l'erreur sur ce suiet en l'eslevation du Pole de Fruenbourg, ou l'autre incomparable en subtilité Copernic faisoit sa residence, & ses obseruations, & neantmoins sur cette latitude il a fondé tout son livre, qu'il nous a laissé apres luy, des revolutions dont il emporte tant de gloire, & Tychobrahé dit que c'est à raison des refractions de la plus basse hauteur, ausquelles il n'avoit pas eu d'esgard, esquelles pourtant quelque precaution que l'on y puisse apporter il reste tousiours lieu de doute, & ce à cause des vapeurs ou exhalaisons qui ne peuvent avoir tousiours la mesme consistence. Apres tout neantmoins voila surquoy sont appuyez tous les fondements que nous avons de l'Astronomie.

Outre plus si l'on veut esperer quelque certitude dans ce ren-

Rrr 2

contre, il faut que les deux obſervations ſoient faites dans un meſme lieu, ou tout au moins que pendant l'intervalle qui ſe trouve
entre les deux hauteurs l'on ait Navigué Eſt & Oueſt, dont il y auroit encor fort ſuiet de douter à cauſe de l'incertitude de l'Aiguille Aimantée, de laquelle l'on eſt obligé de ſervir ſur Mer, pour regler ſa route, & dont la variation ſe trouve de temps en temps differente dans le meſme lieu : car ſi entre les deux hauteurs l'on va
par quelque rumb de vent, autre que celuy d'Eſt & Oueſt, l'on
augmentera ou diminuëra en latitude, de celle du lieu où l'on
avoit fait la premiere obſervation de la plus grande ou moindre
hauteur, ſelon que l'on approchera ou reculera de la ligne equinoxiale, & ce encor plus ou moins que l'on aura Navigé par un
rumb de vent, plus proche ou plus eſloigné du meridien, ou Nord
& Sud.

Ce qui me fait dire que ce moyen de trouver la latitude, ou
plutoſt eſlevation du Pole par deux hauteurs moindre & plus grande des eſtoilles, dont ces hauteurs ſe rencontrent toutes deux du
meſme coſté du zenith, ſans avoir beſoin de declinaiſon, ou pluſtoſt d'eſloignement au Pole, ne peut ſervir aux Pilottes que dans
le temps qu'ils ſont arreſtez en un lieu, dont ils veulent ſçavoir au
vray la latitude, pour y pouvoir une autrefois Naviger avec plus
de ſeureté, ſans meſme de ces hauteurs en pretendre conclurre la
declinaiſon de ces Eſtoilles, pour parvenir à laquelle il faudroit
apporter bien d'autres precautions que les Pilottes ne peuvent pas
faire.

A dire le vray ces eſtoilles dont la plus grande & moindre hauteur ſur l'horizon ſont du meſme coſté, & par le moyen deſquelles
& leur eſloignement au Pole, l'on trouve de combien le Pole eſt
eſlevé ſur l'horizon, ne peuvent pas apporter grand ſervice à ceux
qui entreprennent des Voyages fort au Nord, à raiſon que pendant preſque tout l'Hyver il y fait touſiours nuiſt, & que dans l'Eſté
qui eſt le temps auquel on y Navige, en recompenſe le iour y eſt
preſque continuel. C'eſt pourquoy puis que ces eſtoilles ne paroiſſent point pendant tout le temps qu'on y eſt, ie vous laiſſe à penſer

ſi l'on en peut tirer aucun ſervice ; mais là où l'on en peut tirer quelque avantage, c'eſt particulierement dans les mediocres latitudes, comme depuis 30 iuſques à 55 deg. de latitude, ou les iours n'eſtant pas ſi longs, il y fait nuict paſſablement ſuffiſante pour donner le moyen d'y prendre la plus grande ou la plus baſſe hauteur ſeparément, ou aucuneſfois toutes les deux enſemble quand l'on eſt arreſté en un meſme lieu.

Que ſi enfin toutes les deux hauteurs, ſçavoir la moindre & la plus grande, ne ſe rencontroient pas toutes deux du coſté qu'eſt le Pole qui ſe trouve dans le lieu de l'obſervation eſlevé ſur l'horizon, mais que l'une d'icelle (qui ſera touſiours la plus grande) fût de l'autre coſté, ce qui arrive touſiours au ſoleil és lieux eſquels il ne ſe couche point, & aux eſtoilles qui ſe trouvent davantage eſloignées du Pole que n'eſt le complement de la latitude, ou la hauteur de l'equinoxial ſur l'horizon, mais touteſfois moins que n'eſt la latitude ou hauteur du Pole ſur l'horizon, puis qu'en ce cas elles ſe coucheroient ſous l'horizon. Pour lors il ſe faut ſervir d'autres manieres, leſquelles pourtant ne ſeront pas differentes de celles que i'ay cy devant données.

PAR LA PLVS GRANDE ET MOINDRE
hauteur, tant du ſoleil que des eſtoilles qui ont ces hauteurs
oppoſées l'une à l'autre avec leur declinaiſon ou eſloi-
gnement au Pole trouver la latitude, ou de combien
le Pole eſt eſlevé ſur l'horizon.

TOuchant la plus grande hauteur du ſoleil des deux qui arrivent en ces quartiers dans l'eſpace d'un iour naturel de 24 heur. afin par ſon moyen de trouver la latitude, ou de combien le Pole eſt eſlevé ſur l'horizon, il faut s'y comporter tout de meſme que i'ay enſeigné devoir eſtre fait pour la trouver és lieux où le ſoleil ſe leve & couche, dequoy i'ay donné trois methodes,

la premiere se trouve page 360 & suivantes, la seconde page 387
& suivantes, & la troisiesme page 399 & suivantes.

Et pour cet effet il faut y observer les mesmes maximes qui sont
données, sçavoir pour la premiere page 374, & 375, pour la seconde page 388, & 389, & pour la troisiesme page 401, & 402,
que vous reverrez en ces endroits pour n'estre pas obligé d'user de
repetition, & dont i'apporteray seulement des Exemples pour vous
y former, & par ainsi esviter la longueur.

Touchant la plus grande hauteur des estoilles lesquelles dans
un iour naturel ont deux hauteurs sur l'horizon opposées l'une à
l'autre, il faut y proceder par l'une des trois methodes que i'en ay
données conformes à celles du soleil, dont vous trouverrez la premiere page 412 & suivantes, la seconde page 422 & suivantes, &
la troisiesme page 429 & suivantes, & pour en tirer la latitude du
lieu ou l'on peut estre il faut observer les Maximes qui y sont
données, sçavoir pour la premiere page 417, pour la seconde
422 & 423, & pour la troisiesme page 429 & 430.

A l'esgard de la plus basse hauteur du soleil en ces quartiers, &
des estoilles de cette sorte, il faut y proceder de la mesme maniere que i'ay enseigné dés le commencement de cet article page
436 & suivantes, & pour cet effet observer les deux Maximes que
i'y ay données pages 440 & 441, que i'ay à la verité appliqué
aux estoilles, mais qui se peuvent aussi facilement adapter au soleil
en trouvant son esloignement au Pole par le moyen de sa declinaison par une soustraction que l'on fera de cette declinaison des
90 deg. qu'il y a depuis la ligne equinoxiale iusques aux Poles du
Monde.

Cecy supposé commençons par des Exemples de la plus grande hauteur du soleil en ces quartiers, & nous viendrons en suitte à
la plus grande hauteur des estoilles de cette sorte pour arriver à
la plus basse hauteur du soleil, & finir par celle de ces estoilles.

EXEMPLES PAR LA PLVS GRANDE
hauteur du soleil és lieux ou il ne se couche point.

PREMIER EXEMPLE.

LE troisiesme iour de Iuillet 1674, dans un voyage de Spits-Berge, ou Groënlande pour la Baleine, un Pilotte ayant prins hauteur au soleil lors qu'il estoit à sa plus grande hauteur à trouvé son marteau arresté à 55 deg. 20 min. loing du bout de l'œil, l'on demande par quelle latitude il estoit ?

R. Ayant cerché dans la Table de la declinaison du soleil en la page du mois de Iuillet en la seconde colomne vis à vis du troisiesme iour l'on trouve iustement 23 deg. & à costé declinaison Nord, qui dit que la declinaison du soleil est de 23 deg. Nord, & veu que dans l'observation l'on estoit au Nord du soleil, il faut suivant la premiere Maxime de la page 374 adiouster les 23 deg. de la declinaison du soleil avec les 55 deg. 20 min. d'esloignement du soleil au zenith, & l'addition faite viendront 78 deg. 20 min. pour la latitude Nord du lieu de cette observation.

Esloign. du soleil au zenith Nord	55 d.	20 min.
Declin. du soleil Nord add.	23 d.	
Latitude Nord	78 d.	20 m.

PAR LA SECONDE METHODE.

Puisqu'en cet Exemple la declinaison est du mesme costé que l'on se trouve du soleil, il faut suivant la seconde Maxime pag. 389, soustraire les 23 deg. de la declinaison du soleil de sa hauteur meridienne, pour laquelle trouver il faut soustraire les 55 deg. 20 min. trouvez sur la Verge qui donnent son esloignement au zenith des 90 deg. qui se trouvent depuis le zenith iusques à l'horizon, & la soustraction faite resteront 34 deg. 20 mi. que le soleil estoit eslevé en ce iour à midy sur l'horizon.

Du zenith à l'horizon — — — 90 d.
Efloign. du foleil au zenith fouftr. — 55 d. 20 min.
Hauteur du foleil fur l'horizon — 34 d. 40 m.

De ces trente quatre deg. quarante min. d'eflevation du foleil fur l'horizon i'en fouftrais donc les 23 deg. de fa declinaifon, & la fouftraction faite refteront 11 deg. quarante min. pour la hauteur de la ligne equinoxiale fur l'horizon, lefquels fouftraits derechef des 90 deg. qu'il y a de l'horizon au zenith refteront 78 deg. vingt min. pour l'efloignement à la ligne du cofté du Nord.

Hauteur du foleil fur l'horizon Nord — 34 d. 40 min.
Declin. du foleil Nord fouftract. — 23 d.
Hauteur de la ligne fur l'horizon — 11 d. 40 m.
De l'horizon au zenith — 90 d.
Haut. de la ligne fur l'horizon fouftr. — 11 d. 40 m.
Latitude Nord. — 78 d. 20 m.

PAR LA TROISIESME METHODE.

Auparavant que de rien faire il faut trouver l'efloignement du foleil au Pole Nord, & fuivant qu'il eft dit, pag. 401, puis que la declinaifon du foleil eft Nord & que l'on eft en latitude Nord, il faut fouftraire les 23 deg. de fa declinaifon des 90 deg. qu'il y a depuis la ligne equinoxiale iufques au Pole du Monde Nord, & la fouftraction faite refteront 67 deg. pour l'efloignement du foleil au Pole Nord.

Depuis la ligne iufques au Pole Nord — 90 deg.
Declinaifon du foleil Nord fouftract. — 23 d.
Efloign. du foleil au Pole Nord. — 67 d.

En fuitte à raifon que la declinaifon du foleil eft du mefme cofté que l'on eft du mefme foleil, fçavoir Nord il faut fuivant la premiere Maxime page 401, fouftraire les 55 deg. 20 min. d'efloignement du foleil au zenith des 67 deg. de fon efloignement au Pole, & la fouftraction faite refteront 11 deg. 40 min. pour l'efloignement

gnement du zenith au Pole Nord ou le complement de la latitude, lequel derechef fouftrait des 90 deg. qu'il y a du Pole du Nord
iufques à la ligne equinoxiale, apres la fouftraction faite refteront 78 deg. 20 mi. pour l'efloignement du zenith à la ligne equinoxiale du cofté du Nord de la ligne, ou bien encor fi l'on fuppofe
que ces 11 deg. 40 min. d'efloignement du zenith iufques au Pole
Nord foient fouftraits des 90 deg. qu'il y a depuis le zenith iufques
à l'horizon, apres la fouftraction faite refteront les mefmes 78 deg.
20 min. pour l'eflevation du Pole Nord fur l'horizon, ce qui fait
une preuve convainquante que la latitude & l'eflevation du Pole
fur l'horizon font toufiours femblables l'un à l'autre.

Efloign. du foleil au Pole du Nord	67 d.
Efloign. du foleil au zenith Nord fouftr.	55 d. 20 m.
Complement de la latitude	11 d. 40 m.
Du Pole Nord iufques à la ligne	90 deg.
Complement de la latitude fouftr.	11 d. 40 m.
Latitude Nord	78 d. 20 m.
Du zenith à l'horizon	90 deg.
Efloign. du zenith au Pole Nord fouftr.	11 d. 40 m.
Hauteur du Pole Nord fur l'horizon	78 d. 20 m.

SECOND EXEMPLE.

Le vingtiefme iour de Iuillet 1673, ayant prins hauteur au foleil lors qu'il eftoit à fa plus grande hauteur ie l'ay trouvé eflevé
fur l'horizon de 37 deg. 15 min. par quelle latitude eftois-ie & de
quel cofté?

R: Veu que la premiere methode eft la plus fimple, & que les
Pilottes s'en fervent le plus communément ie me contenteray de
faire cet Exemple feulement de cette forte, laiffant à la liberté de
qui voudra en prendre la peine de le faire conformément aux deux
dernieres methodes, & pour y parvenir, à raifon que la hauteur
meridienne eft comptée depuis l'horizon iufques au foleil pour
avoir fon efloignement au zenith, ie fouftrais les 37 deg. 15 min. de

Sff

la hauteur des 90 deg. qu'il y a depuis l'horizon iusques au zenith, & apres la souftraction faite refteront 52 deg. 45 min. pour l'efloignement du foleil au zenith, enfuitte ie cerche la declinaifon du foleil que ie trouve eftre de 20 deg. 38 min. Nord, & à raifon que l'on eft du mefme cofté du foleil qu'eft la declinaifon, fuivant la premiere Maxime, page 374, i'adioufte ces 20 deg. 38 min. de declinaifon avec les 52 deg, 45 min. d'efloignement au zenith, & le tout fera 73 deg. 23 min. pour la latitude du lieu de cette operation.

Pratique.

Depuis l'horizon iufques au zenith	90 d.
Haut. merid. du foleil fouftr.	37 d. 15 min.
Efloignement du foleil au zenith Nord	52 d. 45 m.
Declin. du foleil Nord addit.	20 deg. 38 min.
Latitude Nord	73 d. 23 min.

EXEMPLES PAR LA PLVS GRANDE
hauteur des Eftoilles.

PREMIER EXEMPLE.

Ayant prins hauteur à la tefte du Nord des Gemeaux qui va devant, nommée Caftor, i'ay trouvé mon Marteau arrefté à 46 deg. 30 min. loing du bout de l'œil, lors qu'elle eftoit à fa plus grande hauteur, par quelle latitude eftois ie?

Refponfe par pratique.

Efloign de l'eft. au zenith Nord	43 d. 30 min.
Sa declinaifon Nord addit.	32 d. 33 min.
Latitude Nord	79 d. 3 m.

SECOND EXEMPLE.

Ayant prins hauteur à la Claire des Pleiades communément la

Pouſſiniere, lors qu'elle eſtoit à ſa plus grande hauteur, ie l'ay trouvé eſlevée ſur l'horizon de 43 deg. 15 min. par quelle latitude
eſtois ie, & de quel coſté.

R. Svivant la premiere methode.

Puis que la hauteur eſt cottée depuis l'horizon iuſques à l'eſtoille pour avoir ſon eſloignement au zenith, ie ſouſtrais les 43 deg.
15 min. de ſa hauteur des 90 deg. qu'il y a de l'horizon iuſques au
zenith, & apres la ſouſtraction faite reſteront 46 deg. 45 min. pour
ſon eſloignement au zenith, en ſuitte apres avoir trouvé ſa declinaiſon eſtre de 23 deg. 3 min. Nord, à cauſe que l'on s'eſt trouvé
dans l'obſervation eſtre du meſme coſté de l'eſtoille qu'eſt ſa declinaiſon, ſçavoir Nord ſuivant la premiere Maxime page 417,
i'adiouſte les 23 deg. 3 min. de ſa declinaiſon avec les 46 deg. 45
min. de ſon eſloignement au zenith, & apres l'addition faite viendront 69 deg. 48 min. pour la latitude Nord du lieu ou s'eſt faite
cette obſervation.

Pratique.

De l'horizon au zenith	90 d.	
Haut. merid. de l'eſt ſouſtr.	43 d.	25 m.
Eſloign. de l'eſt au zenith Nord	46 d.	45 min.
Declin. de l'eſt. Nord addit.	23 d.	3 m.
Latitude Nord	69 d.	48 m.

Svivant la seconde methode.

Puis que l'on eſtoit du meſme coſté de l'eſtoille qu'eſt ſa declinaiſon, ſçavoir Nord ſuivant la ſeconde Maxime, il faut ſouſtraire
les 23 deg. trois min. de la declinaiſon de l'eſtoille des 43 deg. 15
min. de ſa hauteur meridienne, & apres la ſouſtraction faite reſteront 20 deg. 12 min. pour la hauteur de la ligne equinoxiale ſur
l'horizon, leſquels vingt deg. douze min. ſouſtrais derechef des 90
deg. qu'il y a depuis l'horizon iuſques au zenith, apres la ſouſtraction faite reſteront 69 deg. 48 min. pour la latitude.

Sſſ 2

Pratique.

Hauteur meridienne de l'eſtoille Nord   43 d. 15 m.

Sa declinaiſon Nord ſouſtraƐt.   23 d. 3 min.

Hauteur de la ligne ſur l'horiſon   20 d. 12 mi.

De l'horiſon iuſques au zenith   90 d.

Hauteur de la ligne ſur l'horizon ſouſtr.   20 d. 12 m.

Latitude Nord   69 d. 48 min.

SVIVANT LA TROISIESME METHODE.

Ie trouve dans la Table 66 deg. 57 min. pout l'eſloignement de l'eſtoille au Pole Nord, & puis qu'en prenant hauteur i'en eſtois au Nord ſuivant la premiere Maxime page 429, ie ſouſtrais les 46 deg. 45 mi. d'eſloignement au zenith de cette eſtoille trouvée cy deſſus dans la maniere ſuivant la premiere Methode, ou bien autrement ſi l'on ſe vouloit ſervir ſeparément de cette Methode, il faudroit ſouſtraire les deg. & min. de la hauteur donnée de 90, & viendroit 46 deg. 45 min. pour ſon eſloignement au zenith, ie les ſouſtrais donc des 66 deg. 57 min. de ſon eſloignement au Pole, & apres la ſouſtraction faite reſteront 20 deg. 12 min. pour le complement de la latitude, leſquels derechef ſouſtraits des 90 deg. qu'il y a du Pole à la ligne equinoxiale, ou des meſmes 90 deg. qu'il y a depuis le zenith iuſques à l'horizon apres la ſouſtraction faite reſteront 69 deg. 48 min. pour la latitude, ou pour l'eſlevation du Pole Nord ſur l'horizon du lieu de cette obſervation.

Pratique.

Eſloignement de l'eſtoille au Pole Nord   66 deg. 57 min.

Son eſloignement au zenith ſouſtraƐt.   46 d. 45 min.

Complement de la latitude   20 d. 12 m.

De la ligne equinoxiale iuſques au Pole   90 deg.

Complement de la latitude ſouſtr.   20 d. 12 m.

Latitude Nord   69 d. 48 m.

Du zenith à l'horison	90 deg.
Du zenith iusques au Pole Nord soustr.	20 d. 12 min.
Hauteur du Pole sur l'horizon	69 deg. 48 min.

EXEMPLES DE LA PLVS BASSE
hauteur du Soleil.

PREMIER EXEMPLE.

LE premier iour de Iuillet 1673, dans un voyage pour la Baleine un Pilotte ayant prins hauteur au soleil lors qu'il estoit à sa plus basse hauteur a trouvé son Marteau aresté à 80 deg. vingt min. loing du bout de l'œil, l'on demande par quelle latitude il estoit pour lors, & de combien le Pole du Nord estoit esleué sur l'horizon?

R. Ie trouve dans la Table de la declinaison du soleil en la page du mois de Iuillet en la premiere colomne vis à vis du premier iour 23 deg. 9 min. de declinaison Nord, pour avoir son esloignement au Pole, ie les soustrais des 90 deg. qu'il y a depuis la ligne iusques au Pole, & la soustraction faite resteront 66 deg. 51 min. pour l'esloignement du soleil au Pole du Nord.

De la ligne iusques au Pole	90 deg.
Declinaison du soleil Nord soustract.	23 d. 9 m.
Esloign. du soleil au Pole du Nord	66 d. 51 min.

En suitte à cause que c'est le complement de la hauteur que l'on a trouvé sur sa Verge pour avoir la hauteur d'iceluy sur l'horizon, il faut soustraire les 80 deg. vingt mi. que l'on a trouvé son Marteau aresté loing du bout de l'œil des 90 deg. qu'il y a depuis le zenith iusques à l'horizon, & apres la soustraction faite resteront neuf deg. quarante min. pour la plus basse hauteur du soleil sur l'horizon.

Du zenith iufques à l'horifon   90 d.
Du zenith iufques au foleil fouftr.   80 d. 20 min.
Hauteur du foleil fur l'horifon   .9 d. 40 min.

Finalement à caufe que c'eft la plus baffe hauteur du foleil, pour avoir la hauteur du Pole fur l'horizon, il faut adioufter ces neuf deg. quarante min. de hauteur du foleil fur l'horifon avec les 66 deg. 51 min. d'efloignement du foleil au Pole, & apres l'addition faite viendront 76 deg. 31 min. pour la hauteur du Pole Nord fur l'horizon, & par confequent l'on fera pareillement par les 76 deg. 31 min. de latitude Nord.

Efloign. du foleil au Pole Nord   66 deg. 51 m.
Hauteur du foleil fur l'horifon add.   9 d. 40 mi.
Hauteur du Pole Nord fur l'horifon   76 d. 31 m.

Avant que de paffer au fecond Exemple vous me permettrez de faire de petites reflexions fur celle cy, lefquelles ie m'en affeure ne vous feront pas defagreables, &

Premierement, ie dis que fi dans ces fortes de Voyages l'on fe rencontroit par une longitude, laquelle fut beaucoup differente de celle de Dieppe pour laquelle les Tables de la declinaifon du foleil ont efté fupputées, il faudroit premierement aiufter la declinaifon que l'on trouve dans la Table, pour le lieu par lequel l'on fe trouve fuivant la maniere que nous en avons donné dans les deux fections de l'article du chapitre de la declinaifon du foleil page 109 & fuivantes.

Secondement à raifon que cette plus baffe hauteur (quand bien mefme l'on feroit par la mefme longitude de Dieppe) arrive iuftement lors qu'il eft minuiſt à Dieppe, il eft encor plus neceffaire pour cette raifon d'aiufter la declinaifon du foleil, à caufe des 12 heures de difference qui fe trouvent eftre à celle de la Table, que nous avons dit avoir efté iuftement fupputée pour le midy; & parce que pour y parvenir il faut prendre la difference entre la declinaifon du iour propofé, & celle du iour precedent, ou bien aucunesfois

celle du lendemain du iour proposé , sur quoy pour se determiner
au vray, il n'y a qu'a sçavoir si l'on est à l'Est ou au Ouest du meridien de Dieppe, ce qui se connoistra par le moyen de la longitude
par laquelle l'on estime estre, ou bien suivant que l'on croira avoir
plus avancé à l'Est ou au Ouest, depuis que l'on sera party de Dieppe, & apres que l'on aura trouvé la difference, il en faudra prendre
la moitié pour l'adiouster ou diminuer de la declinaison du iour
proposé, suivant que la declinaison augmentera ou diminuera, ou
bien que la declinaison aura esté prinse entre celle du iour proposé, & celle de celuy de devant ou d'apres.

Comme en l'Exemple cy dessus puis que c'est la plus basse hauteur qui est à minuict, mais neantmoins du iour auparavant, à
cause que le soleil dans le cours qu'il fait de l'Est au Ouest , passe
premierement par le Nord, puis allant à l'Est vient en apres au Sud
pour lequel temps la declinaison du soleil se trouve supputée dans
nos Tables, & pour cet effet afin de trouver la difference il faut tirer de nos Tables la declinaison du dernier iour de Iuin qui est de
23 deg. 12 min. & celle du premier iour de Iuillet qui est de 23
deg. neuf min. en suitte dequoy les soustrayant l'une de l'autre il
ne se trouvera que trois min. de difference que le soleil en ce
temps diminuë en declinaison en un iour de 24 heures.

Declinaison du dernier Iuin 1673	23 d.	20 min.
Declin, du premier Iuillet soustr.	23 d.	9 min.
Differ. de la declin, en un iour		3 m.

Dont il faudroit prendre la moitié par les douze heures de difference qui seroit une minutte & demie qu'il faudroit diminuer de
la declinaison du dernier de Iuin vingtrois deg. douze min. & resteroit vingtrois deg. dix min. & demie pour la veritable declinaison du soleil au Nord en ce iour vers ces quartiers du Nord, aux
autres iours esquels la declinaison augmente ou diminuë davantage, il se trouveroit pour ce suiet une plus grande difference, & en
ce cas si c'estoit à Spitsbergue on se pourroit en quelque façon
exempter d'aiuster la declinaison si on trouvoit qu'il n'y eut pas

grande difference à la longitude, car bien que l'on fût cent lieuës à l'Est à 78 deg. de latitude ces 100 l. ne font que 24 deg. en longitude qui ne font pas confiderables pour la declinaifon, laquelle n'augmente pas beaucoup ou diminuë dans le temps que le foleil ne s'y couche point, mais en Groënlande ou il y a plus de deux cens lieuës au Oueft, à raifon qu'elle eft par foixante & cinq deg. de latitude, les deux cens lieuës ne viennent qu'au mefme nombre de 24 deg. en longitude, ainfi l'on pourroit pareillement s'exempter d'aiufter la declinaifon nommément pour la plus grande hauteur, trop bien pour la plus baffe ou il y a douze heures de difference, il fe faut toufiours fervir de cette pratique, horfmis quinze iours, ou trois femaines après le folftice ou vingt deuxiefme de Iuin que le foleil demeure prefque toufiours en un mefme eftat fans augmenter ny diminuer prefque en declinaifon.

C'eft pour cette raifon que dans l'Exemple cy deffus ie n'ay point fait ces deux aiuftements, c'eft à dire ie n'ay point eu d'efgard ny à la difference en longitude, ny aux douze heures d'intervalle: parce que la difference fe trouvant pour lors eftre feulement de trois minuttes, quand il y auroit trente deg. de difference en longitude, qui font feulement la douziefme partie du tour du Monde qui eft de 360 deg. & qui fait un iour, quand l'on n'y auroit point d'efgard, l'erreur qui s'y pourroit commettre ne pourroit aller qu'a un quart de minutte, pour quoy l'on n'a pas de confideration en la Navigation.

Vous ne devez pas vous eftonner fi ie me fuis feulement arrefté fur la declinaifon fans faire aucune mention de l'efloignement au Pole; puis que la declinaifon eftant aiuftée & trouvée, il fera facile en fuitte d'avoir l'efloignement au Pole, en fouftrayant cette declinaifon trouvée de 90 deg. c'eft pourquoy ie dis que comme pour la plus baffe hauteur il eft neceffaire d'aiufter la declinaifon de la Table, auffi pareillement faudra il aiufter l'efloignement au Pole fi on l'avoit à fon loifir aiufté en Table ainfi que i'ay dit cy deffus que devroient faire ceux qui vont en ces quartiers pour le temps qu'ils fe perfuadent y pouvoir refter; à raifon que cet efloignement

gnement au Pole feroit dans le fonds pour le midy , & non pour la minuict,auquel temps la plus baffe hauteur meridienne, tant du foleil que des eftoilles arrive du cofté du Nord en noftre hemifphere feptentrional.

SECOND EXEMPLE.

Le vingt cinqüiefme iour de Iuillet 1673 ayant prins hauteur au foleil,lors qu'il eftoit à fa plus baffe hauteur, i'ay trouvé mon Marteau arrefté à 81 deg. 20 min.loing du bout de l'œil de combien de deg.& min.le Pole du Nord eftoit il eflevé fur l'horizon?

R. A raifon que dans la Table de la declinaifon du foleil, la declinaifon y eft cottée pour le temps de midy qui en ces quartiers arrive lors que le foleil fe trouve au Sud,& neantmoins le foleil eftoit au Nord au temps que la plus baffe hauteur a efté prinfe, qui eft iuftement minuict à ceux aufquels le foleil fe leve & couche,pour trouver la declinaifon du foleil à ce moment, à caufe que c'eft 12 heures devant ce qu'on appelle le midy , il faut cercher la declinaifon du vingtquatriefme iour, & du vingtcinquiefme qui eft 19 deg. 49 min.& 19 deg.36 min. & les fouftraire l'un de l'autre pour en avoir la difference de laquelle il faut prendre la moitié, laquelle il faut fouftraire de la declinaifon du vingtquatriefme, qui eft 19 deg. 49 min.vû que la declinaifon du foleil diminuë, & la fouftraction faite refteront 19 deg. 42 min. & demie pour la veritable declinaifon.

Declin. du 24 Iuillet 1673	19 d.	49 min.
Declin du 25 en la mefme année	20 deg.	36 min.
Difference de la declin d'un iour à l'autre		13 m.
Moitié de cette difference		6 $\frac{1}{2}$ m.
Declin du 24 Iuillet	19 d.	49 min.
Moitié de la difference fouftr.		6 $\frac{1}{2}$ m.
Declin. du 24 Iuillet à minuict	19 d.	42 $\frac{1}{2}$ m.

La declinaifon du foleil eftant trouvée pour ce moment de 19 deg. 42 min.& demie Nord pour avoir l'efloignement du foleil au

Ttt

Pole, il faut fouſtraire cette declinaiſon des 90 deg. qu'il y a depuis
la ligne iuſques au Pole, & la fouſtraction faite reſteront 70 deg. 17
min. & demie pour l'eſloignement du ſoleil au Pole.

De la ligne iuſques au Pole	90 *d.*	
Declin. du ſoleil fouſtr.	19 *d.*	41 $\frac{1}{2}$ *min.*
Eſloignement du ſoleil au Pole	70 *d.*	17 $\frac{1}{2}$ *min.*

En ſuitte à cauſe que par la Verge la hauteur eſt donnée du zenith au ſoleil, pour l'avoir depuis l'horizon iuſques au ſoleil, il faut
fouſtraire les 81 deg. 20 min. trouvez des 90 deg. qu'il y a du zenith
iuſques à l'horizon, & la fouſtraction faicte reſteront 8 deg. 40 mi.
pour la hauteur du ſoleil ſur l'horizon en ſa plus baſſe hauteur.

Du zenith iuſques à l'horiſon	90 *d.*	
Eſloign. du ſoleil au zenith fouſtr.	81 *d.*	20 *m.*
Hauteur du ſoleil ſur l'horiſon.	8 *d.*	40 *min.*

Finalement pour avoir la hauteur du Pole ſur l'horizon à cauſe
que c'eſt la plus baſſe hauteur, il faut adiouſter ces 8 deg. 40 min.
de la hauteur du ſoleil ſur l'horizon avec les 70 deg. 17 min. &
demie de l'eſloignement du ſoleil au Pole, & apres l'addition faite
viendront 78 deg. 57 min. & demie pour l'eſlevation du Pole
Nord ſur l'horizon au lieu de cette obſervation.

Eſloign. du ſoleil au Pole	70 *deg.*	17 $\frac{1}{2}$ *m.*
Hauteur d'iceluy ſur l'horiſ. add.	8 *d.*	40 *mi.*
Hauteur du Pole Nord ſur l'horiſon	78 *d.*	57 $\frac{1}{2}$ *m.*

Les Routiers Hollandois dans leur Miroir ou Flambeau de la
Mer, dans l'inſtruction qu'ils donnent au commencement de ce
Routier pour la Navigation, ſe ſervent encor d'une autre Methode pour trouver la latitude par la plus baſſe hauteur du ſoleil ou des
eſtoilles quand ils ne ſe couche point, lequel moyen eſt tel.

Ils diſent qu'il faut fouſtraire la hauteur du ſoleil ſur l'horizon de
ſa declinaiſon, & qu'apres la fouſtraction en latitude Nord
(dequoy ils agiſſent particulierement) l'on trouverra de
combien l'equinoxial ſera au deſſous de l'horizon du coſté du

Nord, & vers la partie du Sud, de combien le mesme equinoxial
sera esleué au dessus de l'horizon, laquelle eslevation de la ligne sur
l'horizon, estant derechef soustraite des 90 deg. qu'il y a depuis
l'horizon iusques au zenith, apres la soustraction resteront les deg.
& min. de la latitude.

Comme en l'Exemple proposé si des 19 deg. 42 min. & demie
de la declinaison l'on soustrait les 8 deg. 40 min. de la hauteur du
soleil sur l'horizon, apres la soustraction resteront 11 deg. deux min.
& demie pour l'eslevation de l'equinoxial sur l'horizon, lesquels 11
deg. deux min. & demie soustraits derechef des 90 deg. de l'horizon au zenith, apres la soustraction resteront 78 deg. 57 min. &
demie pour la latitude ou eslevation du Pole Nord sur l'horizon.

Pratique.

Declinaison du soleil	19 deg. 42 ½ mi.
Hauteur d'iceluy sur l'horison soustr.	8 d. 40 min.
Hauteur de la ligne sur l'horison	11 d. 2 ½ m.
De l'horison au zenith	90 deg.
Haut. de la ligne sur l'horison soust.	11 d. 2 ½ m.
Latitude Nord	78 d. 57 ½ m.

Ie me pourrois dispenser d'apporter des Exemples pour la plus
basse hauteur des estoilles ausquelles le zenith se rencontre entre
la plus grande & moindre hauteur, puis qu'il s'y faut comporter de
la mesme maniere qu'a la plus basse hauteur des estoilles qui ont
leur plus grande & moindre hauteur du mesme costé, ainsi les
Exemples que nous avons apporté pour cette maniere d'estoilles
pourroient servir pour celles cy, mais outre que cela stylera de plus
en plus, nous y procederons aussi suivant la maniere des Routiers
Hollandois que ie viens d'expliquer à la fin de la seconde Exemple
pour le soleil. Venons donc aux

Ttt 2

EXEMPLES PAR LA PLVS BASSE
hauteur des Estoilles.

PREMIER EXEMPLE.

AYant prins hauteur à l'espaule droite de Persée lorsqu'elle estoit à sa plus basse hauteur, i'ay trouvé mon Marteau arresté a 81 deg. 23 min. loing du bout de l'œil, de combien de deg. & min. le Pole du Nord estoit il eslevé sur l'horizon?

R. Puis que c'est le complement ou l'esloignement de cette estoille au zenith que i'ay trouvé sur ma Verge pour avoir sa hauteur sur l'horizon, ie souftrais les 81 deg. 23 min. de ma Verge des 90 deg. qu'il y a du zenith à l'horizon, & apres la souftraction faite resteront huict deg. 37 min. pour la plus basse hauteur de cette estoille sur l'horizon.

En suitte ayant trouvé dans la Table des estoilles que l'esloignement au Pole de cette estoille est de 41 deg. 23 min. si ie les adiouste avec les 8 deg. 37 min. de sa hauteur sur l'horizon viendront iustement 50 deg. pour la hauteur du Pole Nord sur l'horizon au lieu de cette observation.

Pratique.

Du zenith à l'horison	90 d.	
Esloign. de l'est. au zenith souftr.	81 d.	23 min.
Sa hauteur sur l'horison	8 d.	37 m.
Esloign. de l'est. au Pole addit.	41 d.	23 m.
Hauteur du Pole Nord sur l'horison	50 deg.	.. min.

Pour faire cet Exemple suivant la maniere des Routiers Hollandois apres avoir trouvé que la declinaison de l'estoille proposée est de 48 deg. 37 min. Nord, si i'en souftrais les 8 deg. 37 min. de sa plus basse hauteur sur l'horizon, apres la souftraction faite reste-

ront iuſtement 40 deg. pour la hauteur de l'equinoxial ſur l'horizon, leſquels ſi ie ſouſtrais derechef des 90 deg. qu'il y a de l'horizon au zenith, apres la ſouſtraction reſteront 50 deg. pour la latitude du lieu de l'obſervation, de meſme que cy deſſus par l'eſloignement au Pole de cette eſtoille.

Pratique.

Declinaiſon de l'eſtoille Nord	48 d. 37 m.
Sa hauteur ſur l'horiſon ſouſtr.	8 d. 37 min.
Hauteur de la ligne ſur l'horiſon	40 d. .. mi.
De l'horiſon au zenith	90 d.
Hauteur de l'equin. ſur l'horiſon ſouſtr.	40 d.
Latitude Nord	50 d.

SECOND EXEMPLE.

Ayant prins hauteur a l'eſpaule gauche du Charetier nommée
vulgairement Cappella ou la Chevrette lors qu'elle eſtoit a ſa plus
baſſe hauteur, i'ay trouvé mon Marteau arreſté à 82 deg. 30 min.
loing du bout de l'œil, de combien le Pole Nord eſtoit il eſlevé
ſur l'horizon, & par quelle latitude eſtois ie?

R. Pour trouver la plus baſſe hauteur de cette eſtoille ſur l'horizon ie ſouſtrais les 82 deg. 30 min. que i'ay trouvé ſur ma Verge
des 90 deg. qu'il y a du zenith à l'horiſon, & apres la ſouſtraction
faite reſteront ſept deg. trente minuttes pour ſa plus baſſe hauteur.

Du zenith à l'horiſon	90 deg.
Eſloign de l'eſt. au zenith ſouſtr.	82 d. 30 min.
Hauteur de l'eſtoille ſur l'horiſon	7 d. 30 min.

En ſuitte ayant trouvé dans la Table des eſtoilles que l'eſloignement de cette eſtoille au Pole du Nord eſt de quarante quatre
deg. vingttrois min. à raiſon que c'eſt la plus baſſe hauteur de cette
eſtoille, i'adiouſte les ſept deg. trente min. de ſa hauteur ſur l'hori-

zon avec ces quarante quatre deg. vingtrois min. de son esloignement au Pole, & l'addition faite viendront 51 deg. 53 min. pour la
hauteur du Pole Nord sur l'horizon, au lieu de cette observation.

Esloignement de l'estoille au Pole	44 d. 23 m.
Sa hauteur sur l'horizon add.	7 d. 30 min.
Hauteur du Pole Nord sur l'horison	51 d. 53 min.

PAR L'AVTRE METHODE.

Apres avoir trouvé dans la Table des estoilles que la declinaison
de Cappella est de quarante cinq deg. trente sept min. Nord, i'en
soustrais les sept deg. trente min. de sa plus basse hauteur sur l'horizon, apres la soustraction faite resteront trente huict deg. sept min.
pour l'eslevation de la ligne equinoxiale sur l'horizon, lesquels si ie
soustrais derechef des 90 deg. qu'il y a de l'horizon au zenith, apres
la soustraction faite resteront 51 deg. cinquante trois min. pour la
latitude du lieu de cette observation, tout de mesme que cy dessus,
par l'esloignement au Pole de cette estoille.

Pratique.

Declin. de l'est. Nord	45 d. 37 m.
Sa hauteur sur l'horison soustr.	7 d. 30 m.
Hauteur de la ligne equin. sur l'horison	38 d. 7 m.
De l'horizon au zenith	90 deg.
Hauteur de la ligne sur l'horizon soustr.	38 d. 7 m.
Latitude Nord	51 d. 53 m.

ARTICLE QVATRIESME ET DERNIER.

PAR LA HAVTEVR DE L'ESTOILLE DV
Nord sur l'horizon, & le rumb de vent ou la Claire des
Gardes se rencontre pour lors, trouver de combien de
deg. & min. le Pole du Nord est eslevé sur l'horizon.

VOus pouvez remarquer par ce tiltre sans qu'il soit besoin que
ie vous advertisse que cette methode pour trouver la latitude
ou hauteur du Pole sur l'horizon est limitée & particuliere, pou-

vant feulement fervir en latitude Nord ou le Pole du Monde
Nord eſt eſlevé fur l'horizon.

Neantmoins à bien confiderer cette affaire à fonds, elle eſt encor plus generale que toutes les autres trois Methodes que i'ay
données dans les trois premiers Articles precedents, & ce pour
pluſieurs raiſons.

La premiere à cauſe que nos plus ordinaires Navigations ſe
font du coſté de la ligne equinoxiale dans toute l'Europe, la Mer
Mediterranée, la plus belle partie d'Afrique, Senega, Riviere de
Gambie iuſques en Guinée, & du coſté du Nouveau Monde, à la
Baleine, Canada, Terre-Neufve, la Cadie, les Iſles de l'Amerique,
iuſques au Cap de Nord, & bien que nous ayons commencé à
prendre la route des Indes Orientales, & que pour y aller il faille
perdre la veuë de l'eſtoille du Nord, ie peux pourtant aſſeurer que
les plus grandes richeſſes & les choſes les plus precieuſes que nous
en rapportons font veuës de cette eſtoille, & ne ſe trouvent que du
coſté du Nord de la ligne equinoxiale, & pour preuve la Mer
Rouge, Suratte, la Perſe, iuſques à la Chine, & le Iapon ne ſont ils
pas du coſté du Nord, & par conſequent l'on ſe pourra fervir de
l'eſtoille du Nord pour trouver la latitude de tous ces quartiers.

La feconde raiſon qui la rend plus generale que toutes les autres Methodes, eſt que l'on ne peut prendre hauteur ou meſme
aux autres eſtoilles que tout'au plus à chacun en particulier deux
fois dans l'eſpace de 24 heures, lorſqu'ils ſont au Nord ou au Sud,
là ou par l'eſtoille du Nord, autant qu'il y a de moments en la
nuiĉt, l'on y peut faire obſervation par la Methode dont l'on s'eſt
aviſé en prenant la hauteur de cette eſtoille fur l'horizon, & iu-
geant à meſme temps à quel rumb de vent eſt la Claire des Gardes.

Secondement vous iugez encor bien qu'il eſt abfolument neceſſaire de connoiſtre, tant l'eſtoille du Nord que la Claire des
Gardes: car ſi entre plus d'un mille d'eſtoilles qui nous paroiſſent
dans l'enceinte du Firmament l'on ne peut pas faire la diſtinĉtion
de cette eſtoille, ce ſeroit une folie de pretendre d'en pouvoir

obferver la hauteur : que fi l'on en prend une autre en fa place &
pour elle, la hauteur que l'on y prendra ne fera pas celle de l'eftoille du Nord , & ainfi l'on ne pourra pas en conclurre ce que l'on
pretend faire par le moyen de cette eftoille.

De plus quand bien mefme l'on auroit la connoiffance toute
entiere de l'eftoille du Nord, il eft encor neceffaire d'avoir femblablement celle de la Claire des Gardes, puis que dans cette Methode l'on eft obligé de iuger le rumb de vent auquel fe rencontre la
Claire des Gardes , au mefme temps que l'on prend hauteur à
l'eftoille du Nord, & quand bien mefme l'on à toute la connoiffance de la Claire des Gardes , l'on à encor affez de peine de reüffir à
fon deffein avec toute la precifion qu'il feroit neceffaire.

Au cas que vous n'euffiez pas la connoiffance de ces deux
eftoilles, vous trouverrez un moyen ce me femble, affez facile pour
les connoiftre dans la page 285, & fuivantes, ou ie donne un article
tout entier pour ce fuiet ; ie perds neantmoins, ce me femble le
temps de m'arrefter fur ce poinct, puis que les plus fimples Matelots ne manquent prefque iamais d'avoir une connoiffance toute
particuliere de ces deux eftoilles ; ce qui fait que la plufpart des Pilottes s'adreffent à cette eftoille, à l'exclufion de toutes les autres,
pour trouver la hauteur du Pole Nord fur l'horizon , quoy que ie
vous feray voir cy apres que c'eft la plus incertaine de toutes les
hauteurs que puiffent prendre les Pilottes, aufquels ie confeillerois
de ne s'en fervir que dans une extrefme neceffité , & lors que tous
les autres moyens leurs manqueroient , dont il s'eft vû de tres
funeftes fuittes, mefme de ma connoiffance.

Pour la hauteur de cette eftoille du Nord , elle fe prend de la
mefme maniere que celle des autres eftoilles , avec cette difference qu'aux autres eftoilles, il fe faut donner la patience d'aprocher
ou reculer le Marteau de fa Verge de plus en plus iufques à ce
qu'on apperçoive qu'on ne peut plus approcher ny reculer, ie veux
dire qu'à la plus grande hauteur qu'il faut reculer le Marteau,
comme à la plus baffe il le faut rapprocher , mais à l'eftoille du
Nord, du moment que le Marteau eft ajufté, l'on fe peut fervir de

la

la hauteur que l'on a trouvée pour conclurre la hauteur du Pole Nord fur l'horizon au lieu de l'obfervation, au moyen qu'au mefme temps que la hauteur a efté prinfe, l'on obferve à quel rumb de vent eft la Claire des Gardes.

Pour le moyen de iuger à quel rumb de vent eft la Claire des Gardes, il me feroit inutile de vous en parler, apres en avoir fait un article affez ample, page 290 & fuivantes que pourrez confulter pour ce fuiet : & à raifon que des trois opinions ou moyens que i'y ay expliqué pour mettre les Gardes en rumb, ie n'en trouve que deux qui puiffent eftre mis en pratique, c'eft pour cette raifon que ie donne feulement deux Tables que vous trouverrez pages 298 & 299.

Ces deux Tables contiennent les deg. & min. qu'il faut adioufter ou fouftraire de la hauteur que l'on a trouvé que l'eftoille du Nord eftoit eflevée fur l'horizon, c'eft à dire de combien de deg. ou min. l'eftoille du Nord eft au deffus ou au deffous du Pole, fuivant le rumb de vent ou eftoit la Claire des Gardes, au moment que l'on à prins hauteur à l'eftoille du Nord, fuivant l'une des deux Methodes dont l'on s'eft fervy à mettre la Claire des Gardes en rumb.

La premiere Table de la page 298 fert quand l'on a iugé le rumb de vent de la Claire des Gardes à l'efgard du Pole du Monde, qui fe trouve par le moyen d'un triangle equilateral formé fur l'eftoille du Nord, & le fecond Cheval du petit Chariot, la pointe, ay ie dit en cet endroit, du cofté qu'eft la petite eftoille qui eft en ligne droite avec les deux Gardes au temps prefent, cette pointe de ce triangle reprefente à peu prez le lieu du Pole du Nord.

La feconde Table de la page 299, fert quand l'on a iugé le rumb de vent de la Claire des Gardes à l'efgard de l'eftoille du Nord, ce que les Pilottes obfervent le plus communément, fe trouvant fort peu de perfonnes qui iufques à prefent fe foient feruy du Pole du Monde pour mettre les Gardes en rumb.

Le fondement de toute cette pratique ne confifte qu'à trouver de combien de deg. & min. le Pole du Nord eft eflevé fur l'horizon, parce que fi l'on fçait de combien il eft eflevé fur l'horizon, l'on fçaura femblablement le nombre des deg. & min.de la latitude, & de combien l'on eſt eſloigné de la ligne equinoxiale du coſté du Nord, puis que c'eſt une maxime dans la Sphere que l'on eſt autant eſloigné de la ligne comme le Pole du Monde eſt eſlevé ſur l'horizon, & en changeant, le Pole du Monde ſe trouve autant eſlevé ſur l'horizon, comme l'on eſt eſloigné de la ligne.

C'eſt pourquoy ſi l'on pouvoit par quelque moyen remarquer le lieu du Ciel ou eſt le Pole du Nord, ſans avoir beſoin de Tables ny de mettre les Gardes en rumb, l'on n'auroit qu'a y prendre hauteur, & apres avoir ſouſtrait de 90 deg. ce que l'on auroit trouvé ſur ſa Verge comme on a couſtume de compter lors qu'on prend hauteur au ſoleil, apres la ſouſtraction faite reſteroit iuſtement l'eſlevation du Pole du Nord ſur l'horizon.

J'avouë que la poincte de ce triangle dont ie viens de faire mention, eſt à peu prez cet endroit du Ciel ou ſe trouve de preſent le Pole Nord du Monde, mais dans la page 320, ie fais voir que ie iuge encor pour le mieux de ſe ſervir du rumb de vent de la Claire des Gardes par la raiſon que vous y pourrez conſulter.

Puis que Dieu par une providence toute iuſte, quoy qu'elle nous ſoit inconnuë n'a pas voulu nous obliger de cette grace, les Pilottes ſe ſont adviſez de s'addreſſer à la plus proche eſtoille du Pole du Nord du Monde, (laquelle pour ce ſuiet ſe nomme l'eſtoille du Nord) & y prennent hauteur tout ainſi que ſi c'eſtoit le Pole du Nord, mais comme ils ſont auſſi bien informez, qu'encor qu'elle ſoit tres proche du Pole, elle n'eſt pas neantmoins le Pole, auſſi ont ils cerché le moyen d'aiuſter toute cette affaire pour le deſſein qu'ils avoient, & pour ce ſuiet ſe ſont addreſſez à la Claire des Gardes, comme l'eſtoille la plus conſiderable proche de celle du Nord, & ayants ſupputé de combien de deg. ou min. l'eſtoille du Nord eſt au deſſus ou au deſſous du Pole au meſme temps que la Claire des Gardes ſe trouve dans lés 32 rumbs de vent, ou plutoſt le rond du Monde à l'entour du Pole du Nord, ou autour de l'eſtoille du Nord, ils en ont compoſé des Tables pour y marquer vis à vis de ces rumbs de vent le nombre de degrez ou minuttes

qu'il faut adiouster ou souftraire de la hauteur de l'estoille du Nord
sur l'horizon pour en tirer de combien le Pole du Nord est esseve
sur l'horizon.

Que si cette estoille du Nord au moment de l'obseruation se
trouve au dessus du Pole, pour lors il faudra souftraire de la hauteur
que l'on aura trouvée à l'estoille du Nord, les deg. ou min. que l'on
trouverra dans la Table, vis à vis du rumb de vent de la Claire des
Gardes, pour avoir la veritable hauteur du Pole du Nord sur l'horizon au lieu de l'obseruation.

Que si au contraire l'estoille du Nord est au dessous du Pole
au moment de l'obseruation, pour lors il faudra adiouster le nombre de deg. ou min. que l'on trouverra dans la Table vis à vis du
rumb de vent ou l'on aura obserué qu'estoit la Claire des Gardes,
aussi au moment de l'obseruation, avec le nombre de deg. ou min.
de la hauteur de l'estoille du Nord sur l'horizon pour avoir la veritable hauteur du Pole du Nord sur l'horizon, & par consequent
la veritable latitude du lieu ou se sera faite l'obseruation.

Quoy que les Tables marquent par un A, ou vne S, ou bien
adiouster ou souftraire au haut de la Colomne, ce neantmoins
quand l'on est en un lieu dont l'on connoit la latitude, ou qu'on la
iuge probablement par son estime, pour remarquer si l'on à reüssi
dans son obseruation, auparavant mesme que de consulter la Table
pour sçavoir s'il faut adiouster ou souftraire quelque chose de la
hauteur de l'estoille du Nord que l'on a trouvée, l'on se peut en
ce rencontre servir de la pointe du triangle equilateral, & si l'on
remarque que sa pointe soit au dessus de l'estoille du Nord, il n'y a
aucun doute que l'estoille du Nord estant au dessous du Pole, il
faut necessairement adiouster ce qu'il s'en manque pour aller iusques au Pole, & ainsi avoir la hauteur du Pole du Nord sur l'horizon.

Comme si l'on voit que la pointe de ce triangle soit au dessous
de l'estoille du Nord, il faut sans aucunement hesiter conclurre
qu'il faut diminuer ce que l'estoille du Nord se trouve estre davantage au dessus du Pole de ce qu'on la trouvée eslevée sur l'horizon

pour avoir la veritable hauteur du Pole Nord fur le mefme horizon.

Iufques là mefme que l'on pourra remarquer à la veuë (à proportion que la pointe de ce triangle fe trouverra eftre peu ou beaucoup au deffous ou au deffus de l'eftoille du Nord) s'il faudra peu
ou beaucoup adioufter ou fouftraire de la hauteur que l'on aura
trouvée que l'eftoille du Nord eft eflevée fur l'horizon, ce qui n'eft
pas un petit avantage pour faire un préiugé, fi la hauteur que l'on a
trouvé fera tant foit peu approchante de la verité, & ce d'autant
plus que la methode pour trouver la hauteur du Pole Nord par le
moyen de la hauteur de l'eftoille du Nord & du rumb de vent de
de la Claire des Gardes, eft fort incertaine & douteufe pour plufieurs raifons, & qu'il y a tant de chofes lefquelles y doivent contribuer, que c'eft un grand hazard s'il ne s'y coule quelque erreur
en quelqu'une, laquelle neantmoins rendra defectueux tout le refultat que l'on en voudra tirer.

La premiere raifon que i'apporte pour faire voir que la hauteur
du Pole trouvée par le moyen de l'eftoille du Nord eft fort douteufe, c'eft à caufe que les hauteurs de la nuict font fort incertaines, à raifon que l'horizon ne fe peut pas fi bien remarquer comme
de iour, & qu'il n'eft fin ny efpuré comme il paroit pendant le iour,
& que mefme l'on ne peut pas fi bien remarquer fa pureté ou fon
impureté comme l'on fait pendant le iour.

Vous me direz, ie m'en affeure, que cela eft commun à toutes
les autres eftoilles, & qu'ainfi il faudroit conclurre que les hauteurs
prinfes par les eftoilles ne vaudroient rien.

A quoy ie refpons que la confequence que vous tirez eft iufte,
& l'avoüë ; c'eft pourquoy s'il n'y avoit que cette raifon ie ne crois
pas qu'elle eut lieu, mais vous en allez voir plufieurs autres lefquelles vous convaincront.

La feconde raifon, & qui eft la principale qui fait douter de la
hauteur du Pole trouvée par l'eftoille du Nord, eft à caufe que
pour y parvenir il faut iuger le rumb de vent de la Claire des Gardes, ce qui eft plus difficile que beaucoup ne s'imaginent, & à

quoy l'on s'abuſe aſſez ſouvent, avec toutes les précautions qu'on y puiſſe apporter.

Et ſans m'arreſter aux deux opinions leſquelles i'ay dit ſe pouvoir mettre en pratique pour tirer le iugement du rumb de vent de la Claire des Gardes, il eſt pour conſtant que les Pilottes ne ſeparent l'entour du Pole ou de l'eſtoille du Nord qu'en 32 parties qu'ils appellent rumbs de vent, & l'on ne peut trouver dans la Table combien il faut adiouſter ou ſouſtraire que pour ces 32 rumbs de vent.

Si pourtant la Claire des Gardes au moment que ſe fait l'obſervation à l'eſtoille du Nord, ne ſe rencontre pas iuſtement ſur quelque rumb de vent, mais entre deux rumbs de vent la Table ne vous dira pas combien il faut adiouſter ou ſouſtraire, puis qu'elle n'eſt pas ſupputée pour ce ſuiet, & nonobſtant il n'y a pas de doute que cela arrivant dans certains rencontres, il s'y peut couler une erreur tres conſiderable, & pour cet effet il n'eſt beſoin que de conſulter les deux Tables que i'en ay donné, pages 298, & 299, & l'on y verra que dans la premiere ſi la Claire des Gardes ſe trouvoit iuſtement entre le N E ¼ N, & le N E, ou entre le S O ¼ S, & le S O, & que neantmoins l'on iugeaſt qu'elle ſeroit au N E, ou au S O, dans ce rencontre l'on s'abuſeroit de 13 à 14 min. qui n'eſt pas une erreur peu conſiderable, meſme dans la Navigation.

Voicy comme ie le prouve. La Table de la page 298 pour le N E ¼ N, & S O ¼ S, met 53 min. pour ſouſtraire ou adiouſter, & pour le N E, & S O, elle poſe 26 min. ſi on les ſouſtrait l'un de l'autre l'on trouverra 27 min. pour leur difference, dont la moitié eſt 13 min. & demie de manque, à prendre un demy quart moins en cet endroit, que le rumb de vent entier.

N E ¼ N, ou S O ¼ S, ſouſtr. ou adiouſt.	53 m.
N E, ou S O, ſouſtr. ou adiouſter	26 min.
La difference de l'un à l'autre eſt	27 min.
La moitié eſt	13 ½ m.

La Table de la page 299, fait la meſme difference, mais qui dans cette opinion prendroit le N E ¼ E, ou S O ¼ O, pour iuſtement en-

tre le N E, & le N E ¼ E, ou pour entre le S O, & le S O ¼ O, manqueroit de 14 min. Et voicy la preuve,

N E, ou S O, souftr. ou adiouster	38 min.
N E ¼ E, ou S O ¼ O, souftr. ou adiouster	10 m.
La different de l'un à l'autre eft	28 m.
La moitié eft	14 m.

Vous me direz, ie m'en affeure, qu'en ce cas fi l'on prend la moitié de la différence de l'un à l'autre, & que l'on y aye efgard, il ne reftera plus aucun fuiet de doute à commettre aucune erreur.

A quoy ie refpons qu'outre que les rumbs de vent ne diminuent pas efgalement, fi l'on a affez de peine pour iuger iuftement
des rumbs de vent entiers, ie vous laiffe à penfer ce que l'on peut
efperer de la moitié ou des parties des rumbs de vent de la Claire
des Gardes, dans une diftance fi efloignée telle qu'il y a de la terre
iufques au Firmament, c'eft ce qui me fait dire qu'il eft extrême-
ment difficile de reüffir avec toute la précifion, dans la divifion
qu'il convient faire pour les rumbs de vent de la Claire des Gardes,
mefme dans la troifiefme opinion, dans laquelle l'on prend l'eftoille du Nord pour le centre du rond de la Claire des Gardes.

Car pour la feconde opinion de mettre les Gardes en rumb
dans laquelle l'on prend le Pole du Monde pour centre, qui neantmoins eft invifible, & qui ne fe trouve que par l'imagination que
l'on fe forme de la poincte du triangle equilateral, dont il a efté
defia fait mention, en quoy ce me femble il faut avoir les habiletez
raffemblées de ces deux perfonnes, dont l'on dit que l'un forma
d'un traict de plume fans Compas un Cercle parfaitement rond, &
l'autre d'un coup de ftyle trouva le centre; puis qu'il faut de fi loing
former le rond de la Claire des Gardes, en faire la divifion dans laquelle l'on auroit affez de peine d'y reüffir fi l'on eftoit au Ciel qui
en eft fi efloigné, & que l'on eut un Compas capable pour y parvenir, trouver encor de fi loing le centre de ce rond qui doit eftre le
Pole, iugez s'il ne faut pas eftre bien habile.

Il faut pourtant avoüer que cet erreur ne fe rencontre pas à tous les rumbs de vent, & qu'entre les 32, il s'en trouve la moitié, esquels ie ne trouve aucun lieu d'apprehender de la part de la Claire des Gardes:car pour commencer par le Nord & Sud, il y a preuve pour verifier si la chose est veritable ou non : car si l'on presente un fil (au bout duquel sera attaché un plomb) l'on verra bien si la Claire des Gardes se rencontre en mesme ligne, ou bien avec la poincte du triangle equilateral suivant la seconde opinion, ou bien si ce fil respond à l'estoille du Nord au mesme temps qu'a la Claire des Gardes suivant la troisiesme opinion.

Pour l'Est & Ouest, il n'y a (comme i'ay dit cy dessus) qu'au mesme temps que le Marteau s'est trouvé ajusté pour l'estoille du Nord,de presenter le mesme Marteau à la Claire des Gardes dans la 3 opinion,& s'il se trouve qu'il responde aussi iustement à la Claire des Gardes, il ne faut aucunement douter que l'estoille du Nord,& la Claire des Gardes sont en mesme hauteur sur l'horizon, & par consequent que la Claire des Gardes est à l'Est ou au Ouest. Mais dans la seconde opinion il faut voir si la Claire des Gardes & la pointe du triangle sont en mesme hauteur, & pour cet effet il faudra ajuster deux fois son Marteau,l'une pour l'estoille du Nord, & l'autre tant pour la Claire des Gardes, que pour la pointe du triangle,à moins que l'on n'eut tant de bonheur que la Claire des Gardes,& la poincte du triangle fussent en mesme hauteur,& qu'il ne fallût rien adiouster ny soustraire de la hauteur de l'estoille du Nord sur l'horizon, ce qui n'arrivera iamais, puis que dans toutes les deux Tables & particulierement dans la premiere,laquelle doit servir en ce rencontre,il se trouve un deg. 24 min. pour adiouster ou soustraire.

La raison dicte que si l'on a employé quelque temps, (comme il ne se peut pas faire autrement) pour ajuster son Marteau, tant pour l'estoille du Nord,que pour la Claire des Gardes,& la poincte du triangle,il faut y avoir esgard.

Pour les autres rumbs de vent il ne reste qu'a consulter les Tables pour l'estoille du Nord,pages 298 & 299, & la premiere vous pourra apprendre que depuis l'O N O, iusques au S ¼ S O, d'un co-

sté,& de l'E S E, iusques au S ⸴S E,de l'autre ; & la seconde Table
depuis le N O ¼ O, iusques au Nord d'un costé, & depuis le S E ⸴ E,
iusques au Sud de l'autre, l'erreur que l'on pourroit commettre en
prenant mesme un rumb de vent pour l'autre, ne pourroit pas
estre bien considerable ; puis que le peu de difference laquelle se
rencontre entre les nombres respondants à ces rumbs de vent
mentionnez, ne peut pas causer grande erreur, quand bien mesme
l'on s'abuseroit en prenant un de ces rumbs de vent pour le plus immediatement approchant, & cependant ces six rumbs de vent d'un
costé, & autant de l'autre font 12, lesquels ioints avec les 4 de Nord
& Sud, & d'Est & Ouest dans la premiere Table monteront à 16,
mais seulement à 14 en la seconde, à cause que le Nord & Sud se
trouve du nombre des rumbs de vent qui sont de suitte des uns aux
autres, & de cette maniere voila toute la moitié du tout de la Claire des Gardes, dont l'on se pourra servir sans crainte d'y commettre
erreur, dont l'on se pourra servir à prendre hauteur à l'estoille du
Nord dans la plus belle partie de la nuict.

　La troisiesme raison qui me fait dire que la hauteur du Pole que
l'on trouve par le moyen de l'estoille du Nord est fort incertaine,
est de la part de la Table dont l'on se sert pour adiouster ou soustraire de la hauteur de cette estoille sur l'horizon : car du costé de
la seconde opinion quoy que la Table pour les rumbs de vent soit
autant iuste qu'on le peut souhaitter, Mathematiquement mesme, ie veux dire sans qu'il s'y puisse rien reprendre, toutesfois il
faut confesser qu'il est plus Metaphysique que Physique de iuger
exactement, & autant qu'il conviendroit le rumb de vent de la
Claire des Gardes, ie veux dire que dans son imagination, & par
esprit l'on croira assez y pouvoir reüssir, mais d'en venir au fait c'est
ou la raison mesme trouve de la difficulté, puis que l'on s'y regle
sur une chose dont l'on ne peut pas entierement s'asseurer qui est
la poincte de ce triangle equilateral, laquelle dans une distance si
esloignée pouuant estre posée & imaginée plus haut ou plus bas,
ou plus à costé qu'il ne faut, ie vous laisse à penser si à l'esgard
d'un tel centre qui est supposé faux ou pour le moins tres incertain,
　　　　　　　　　　　　　　　　　　　　　　　　l'on

l'on pourra faire une division du cercle ou rond de la Claire des Gardes bien exacte.

Comme du costé de la troisiesme opinion dans laquelle l'on iuge du rumb de vent de la Claire des Gardes à l'esgard de l'estoille du Nord, quoy que ie vous aye donné une Table pour l'estoille du nord toute corrigée laquelle se trouve en la page 299, neantmoins pour vous confesser la verité, tant plus i'enfonce cette matiere ie trouve qu'il faudroit des Tables toutes particulieres pour quand la Claire des Gardes se trouve à tous les 32 rumbs de vent, à raison que l'angle de l'eccentricité change à chaque rumb de vent, ainsi cet angle de l'eccentricité se trouvant égal aux rumbs de vent opposez, il faudroit pour le moins 16 Tables corrigées pour l'estoille du nord, ie vous laisse à iuger quel embarras ce seroit.

Si ie ne vous veux rien celer du fonds des choses, ie ne pretends pas tout à fait vous degouster de vous servir de cette pratique pour trouver l'eslevation du Pole nord sur l'horizon, & si ie vous viens de monstrer que des 32 rumbs de vent il y en a plus de la moitié esquels il n'y a point suiet d'aprehender de mesprinse, pour encherir encor davantage, ie vous en veux encor adiouster quelques uns. Car si dans la troisiesme opinion particulierement, on peut remarquer certainement si la Claire des Gardes est au nord ou au Sud, & à l'Est & au Ouest (suivant que ie viens d'enseigner) ie dis pareillement qu'on pourra facilement iuger des rumbs de vent accostants qui sont pour le nord le N $\frac{1}{4}$ N E, & le N $\frac{1}{4}$ N O, pour le Sud le S $\frac{1}{4}$ S E, & le S $\frac{1}{4}$ S O, pour l'Est l'E $\frac{1}{4}$ N E, & l'O $\frac{1}{4}$ S O, & pour l'Ouest, l'O $\frac{1}{4}$ N O, & l'O $\frac{1}{4}$ S O, encor pourrois ie mesme poursuivre aux rumbs de vent qui suivent ceux que ie viens de nommer, n'y ayant que ceux qui sont tant soit peu esloignez dont l'on ne peut pas porter un iugement si asseuré, & ainsi voila plus des deux tiers de tout le tour de la Claire des Gardes, qui seroit à couvert de mesprinse.

C'est pourquoy sans m'arrester davantage à prouver la vray semblance du profit que l'on peut tirer de cette methode, venons à la pratique par des Exemples, me contentant de vous en donner

quatre, deux fuivant la feconde opinion, & les deux autres fuivant
la troifiefme, c'eft à dire que dans les deux premieres ie fuppofe
que l'on aura iugé le rumb de vent de la Claire des Gardes à l'efgard du Pole du Monde par le moyen de la poincte du triangle
equilateral, mais dans les deux dernieres ce rumb de vent fera iugé à l'efgard de l'eftoille du nord.

EXEMPLES DE LA HAVTEVR DV POLE
par le rumb de vent de la Claire des Gardes
iugé à l'efgard du Pole.

PREMIER EXEMPLE.

EN quelque moment de la nuict ayant prins hauteur à l'eftoille du nord i'ay trouvé mon Marteau arrefté à 55 deg. 40 min.
loing du bout de l'œil, & pour lors ayant prins garde à quel
rumb de vent eftoit la Claire des Gardes, i'ay remarqué qu'elle
eftoit au O ¦ N O, de combien de deg. & min. le Pole du nord
eftoit il eflevé fur l'horizon, & par confequent par quelle latitude
eftois ie?

R. Puis que par ma Verge i'ay trouvé l'efloignement de cette
eftoille au zenith, pour avoir fa hauteur fur l'horizon, ie fouftrais
les 55 deg. 40 min. de ma Verge des 90 deg. qu'il y a du zenith à
l'horizon, & apres la fouftraction faite refteront 34 deg. 20 min.
pour la hauteur de ladite eftoille fur l'horizon au moment de cette
obfervation.

Du zenith à l'horizon	90 d.
Eftoign. de l'eftoille au zenith fouftr.	55 d. 40 min.
Sa hauteur fur l'horizon.	34 d. 20 m.

En fuitte ie cerche dans la Table de la page 298, le rumb de
vent obfervé de la Claire des Gardes, lequel eft eftimé eftre
l'O ¦ N O, & l'ayant trouvé dans la colomne propre des rumbs de

vent, ie trouve dans la colomne propre des deg. & min. vis à vis
dudit rumb de vent un deg. 45 min. & au bout une S, ou au front
de ces rumbs de vent souftraire qui me fignifie que des 34 deg.
20 min.de la hauteur obfervée de l'eftoille du Nord fur l'horizon,
il en faut fouftraire un deg. 45 min.& apres la fouftraction faite refteront 32 deg.35 min..pour la veritable hauteur du Pole Nord fur
l'horizon , & partant fi l'on faifoit fon retour des Ifles de l'Amerique,l'on feroit le travers des Ifles de la Bermude , ou l'on ne manque prefque iamais de fouffrir quelque tempefte.

Hauteur de l'eftoil du Nord fur l'horifon   34 d. 20 m.
La Claire des Gardes au O ¾ N O, fouftr.   1 d. 45 min.
Hauteur du Pole Nord fur l'horifon   32 deg. 35 min.

La raifon eft que fi l'eftoille du Nord eftoit le Pole, puis qu'on la
trouvée eflevée fur l'horizon de 34 deg. 20 min. fur l'horizon, le
Pole feroit femblablement eflevé fur l'horizon de pareil nombre
de 34 deg. 20 min. mais la Table fupputée pour le temps prefent
(vous ayant adverty que tous les neuf à dix ans,il y a obligation de
la reformer) dit.que quand la Claire des Gardes iugée à l'efgard de
la poincte du triangle equilateral eft au O ¾ N O, il faut fouftraire
un deg. 45 min..c'eft à dire que l'eftoille du Nord fe trouve pour
lors plus eflevée fur l'horizon que le Pole d'un deg. 45 min. & partant fi on le diminuë des 34 deg.20 min. trouvez pour la hauteur
de l'eftoille du Nord fur l'horizon , apres la fouftraction faite refteront 32 deg. 35 min. pour la veritable hauteur du Pole Nord fur
l'horizon.

SECOND EXEMPLE.

Ayant prins hauteur à l'eftoille du Nord, i'ay trouvé mon Marteau arrefté à 46 deg.50 min.loing du bout de l'œil,& pour lors la
Claire des Gardes iugée à l efgard du Pole ou pointe du triangle
equilateral eftoit au S E, de combien le Pole Nord eftoit il eflevé
fur l'horizon?

R. Puis que par ma Verge de la maniere que i'ay compté les
deg.& min.de la hauteur i'ay l'efloignement de l'eftoille du Nord

au zenith pour avoir fa hauteur fur l'horizon, ie fouftrais les 46 deg.50 min. de ma Verge des 90 deg. qu'il y a du zenith à l'horizon, & apres la fouftraction faite refteront 43 deg. 10 min. pour la hauteur de ladite eftoille fur l'horizon au temps de l'obfervation.

Du zenith à l'horizon	90 d.	
Efloign. de l'eft.au zenith fouftr.	46 d.	50 m.
Sa hauteur fur l'horifon	43 d.	10 min.

En fuitte ie cerche dans la Table du Sinus de l'eftoille du Nord page 298 le rumb de vent propofé qui eft le S E, dans la colomne des rumbs de vent, & vis à vis dans la colomne des deg. & min. ie trouve deux deg. 25 min. avec au bout un A, & au front de toute cette colomne adioufter qui me fignifie qu'il faut adioufter les deux deg. 25 min. du S E, avec les 43 deg. 10 min. de la hauteur de l'eftoille du Nord fur l'horizon trouvée par l'obfervation, ce qu'ayant fait ie trouve 45 deg. 35 min. pour la veritable eflevation du Pole du Nord fur l'horizon au lieu ou s'eft faite cette obfervation.

Hauteur de l'eftoil. du Nord fur l'horifon	43 d.	10 min.
Pour le Sud Eft adioufter	2 d.	25 m.
Hauteur du Pole Nord fur l'horifon	45 deg.	35 min.

La raifon pour laquelle l'on adioufte dans cet Exemple ce qui fe trouve dans la Table, fçavoir deux deg. 25 min. eft que fi vous prenez garde en faifant l'obfervation du rumb de vent de la Claire des Gardes, que quand cette eftoille eft au S E, pour lors l'eftoille du Nord eft au deffous de la poincte du triangle equilateral, & & partant pour aller iufques à cette poincte, laquelle eft fuppofée reprefenter le Pole du Nord du Monde, il faut adioufter ce qui s'en manque à la hauteur de l'eftoille du Nord fur l'horizon qui eft deux deg. 25 min. puis que l'on a fupputé que quand la Claire des Gardes eft au S E, à l'efgard du Pole, pour lors l'eftoille du Nord au deffous du Pole, c'eft pourquoy fi l'on adioufte ces deux deg. 25 min. avec ce qu'on trouve que l'eftoille du nord eft eflevée fur l'horizon, il n'y a aucun doute que l'on aura ce que le Pole du Nord fera eſlevé ſur l'horizon, ce que l'on cerche pour trouver de combien l'on eſt eſloigné de la ligne, parce que l'on eſt informé qu'autant que le Pole eſt eſlevé ſur l'horizon, autant on eſt eſloigné de la ligne.

EXEMPLES DE LA HAVTEVR DV POLE
par le rumb de vent de la Claire des Gardes, iugée
à l'eſgard de l'eſtoille du Nord.

PREMIER EXEMPLE.

AYant prins hauteur à l'eſtoille du Nord pendant la nuict, en quelque temps que ce ſoit n'importe, i'ay trouvé mon Marteau arreſté à 42 deg. 15 min. loing du bout de l'œil, & pour lors la Claire des Gardes iugée à l'eſgard de ladite eſtoille du Nord eſtoit au Nord, de combien le Pole du Nord eſtoit il eſlevé ſur l'horizon, & par quelle Latitude eſtois ie?

R. A raiſon que de la maniere que i'ay compté ſur ma Verge, c'eſt l'eſloignement de l'Eſtoille du Nord au zenith, que i'ay trouvé, c'eſt pourquoy pour avoir ſa hauteur ſur l'horizon, ie ſouſtrais les 42 deg. 15 min. que i'ay trouvé ſur ma Verge des 90 deg. qu'il y a du zenith à l'horizon, & apres la ſouſtraction faite reſteront 47 deg. 45 mi. pour la hauteur de cette eſtoille ſur l'horizon.

Du zenith iuſques à l'horiſon	90 d.
Eſloign. de l'eſt. au zenith ſouſtr.	42 d. 15 m.
Sa hauteur ſur l'horizon	47 d. 45 m.

En ſuitte à cauſe que i'ay iugé le rumb de vent à la Claire des Gardes à l'eſgard de l'eſtoille du Nord, ie cerche le rumb de vent obſervé qui eſt le Nord dans la Table de l'eſtoille du Nord corrigée, page 299, laquelle on dit eſtre corrigée à cauſe que l'on a eu quelque eſgard à ce qui s'en manque, que l'eſtoille du Nord ne ſoit au Pole du Monde, & l'ayant trouvé dans la colomne des rumbs de vent, vis à vis dans la colomne pour les deg. & min. ie trouve deux deg. 6 mi. & au bout une S, ou au haut de ces colomnes adiouſter,

qui fignifie qu'il faut fouftraire ces 2 deg. 6 min. de la hauteur de
l'eftoille du Nord fur l'horizon trouvée cy deffus apres avoir fouftrait de 90 deg.ce que l'on avoit trouvé fur fa Verge, & apres la
fouftraction refteront 45 deg.39 min. pour la veritable hauteur ou
eflevation du Pole du Nord fur l'horizon, & par confequent la latitude du lieu de cette obfervation fera pareillement de 45 deg. 39
min.du cofté du Nord de la ligne equinoxiale, puis que le Pole du
Monde Nord par l'obfervation de l'eftoille du Nord fe trouve eflevé fur l'horizon.

Hauteur de l'eftoille du Nord fur l'horifon 47 d. 45 min.
Pour le Nord fouftraire 2 d. . 6 min.
Eflevation du Pole Nord fur l'horifon 45 d. 39 mi.

DEVXIESME ET DERNIER EXEMPLE.

Ayant prins hauteur à l'eftoille du Nord, i'ay trouvé mon Marteau arrefté à 41 deg.12 min.loing du bout de l'œil, & pour lors la
Claire des Gardes iugée à l'efgard de l'eftoille du Nord,eftoit felon
mon eftime entre le S O, & le S O¼O, de combien le Pole du
Nord eftoit il eflevé fur l'horizon?

R. Puis que i'ay trouvé fur ma Verge les deg.& min.de cette
eftoille au zenith,pour avoir fa hauteur fur l'horizon,ie fouftrais les
41 deg.12 min.de ma Verge des 90 deg. qu'il y a depuis le zenith
iufques à l'horizon, & apres la fouftraction faite refteront 48 deg.
48 min.pour la veritable hauteur de cette eftoille fur l'horizon.

Du zenith iufques à l'horizon 90 deg.
Efloign.de l'eft.du Nord au zenith fouftr. 41 d. 12 m.
Sa hauteur fur l'horizon 48 d. 48 m.

Si le rumb de vent obfervé eftoit un des 32 rumbs de vent on
le trouverroit dans la Table, mais à raifon que l'on a eftimé entre
deux rumbs de vent, & que la Table n'eft pas compofée pour cet
effet,puis que l'on a iugé le rumb de vent de la Claire des Gardes à
l'efgard de l'eftoille du Nord, me fervant de la Table pour cette
eftoille,page 299,ie trouve pour le S O,38 mi.& pour le S O¼O,

10 min. ie les fouftrais l'un de l'autre pour en avoir la difference, &
la fouftraction faite reftent 28 min. dont ie prends la moitié qui eft
14 min. lefquelles ie fouftrais derechef des 38 min. du S O, & refteront 24 min. pour cette partie de rumb de vent propofée.

Vis à vis du Sorroueft	38 min.
Vis à vis du S O. O, fouftr.	10 min.
Refte de la fouftraction ou difference	28 min.
Moitié de cette difference	14 m.
Pour le rumb du Sorroueft	38 m.
Moitié de la difference fouftr.	14 m.
Pour entre le S O, & S O. O	24 m.

Apres quoy puis que dans la Table vis à vis de ces deux rumbs
de vent il y avoit un A, & au haut des colomnes adiouſter, cela
veut dire qu'il faut adioufter ces 24 min. trouvées avec les 48
deg. 48 min. de la hauteur de l'eſtoille du Nord ſur l'horizon, & le
tout enfemble fera 49 deg. 12 min. pour la veritable hauteur du
Pole Nord fur l'horizon.

Hauteur de l'eſtoille du Nord ſur l'horizon	48 deg. 48 m.
A cauſe du rumb de vent adiouſt.	24 m.
Hauteur du Pole Nord ſur l'horizon	49 d. 12 min.

Si vous vous eſtonnez de ce que contre ce que i'ay dit cy devant
que l'on avoit affez de peine de iuger les rumbs de vent tous entiers, & que l'on remarque par la pratique qu'il eſt affez facile de s'y
tromper, ie ſuppoſe neantmoins dans cet Exemple, laquelle doit
couronner cet Ouvrage, ie ſuppoſe dis ie le rumb de vent de la
Claire des Gardes iugé iuſques au demy. Ie vous reſpondray que ie
l'ay fait, afin que ſi vous aviez affez d'adreſſe de le faire, vous fuſſiez
inſtruict de la maniere auec laquelle il s'y faudroit gouverner, ce
qui eſt obvier à une nouvelle difficulté, dont peut eſtre vous auriez de la peine à vous débarraſſer.

Après avoir enſeigné les quatre moyens dont ſe ſervent com-

munément les Pilottes pour trouver leur Latitude, avec des
inſtructions aſſez amples des parties qui la compoſent qui ſont les
hauteurs, & la declinaiſon : il eſt temps que nous faſſions alte, &
mettions fin à cet ouvrage.

Ie ſçay qu'il y a pluſieurs autres moyens de trouver cette Latitude, mais outre que la pluſpart, quand bien meſme ie dirois preſque tous ſuppoſent ce que l'on cerche qui eſt la Latitude, ie vous
laiſſe à penſer s'il y a quelque eſtincelle de raiſon de s'en pouvoir
aſſeurer.

Ie ſçay que qui connoiſtroit à quelle heure le ſoleil ſe leve ou
couche ; ou bien qui ſçauroit le veritable poinct ou degré de l'horizon, auquel ce lever ou coucher arrivent, ce qui eſt proprement ce
que l'on appelle amplitude : de plus qui ſçauroit iuſtement l'heure
qu'il eſt du iour ou de la nuict : qui ſçauroit encor dire à quel azimuth, ou bien à quel rumb de vent ſont le Soleil ou les Eſtoilles,
il n'y a aucun doute que de ce principe l'on tireroit infailliblement
la veritable Latitude du lieu ou cela ſeroit arrivé, mais au fonds à
bien conſiderer toutes ces choſes l'on ſuppoſe touſiours ce que l'on
cerche, & la moindre manque ou erreur qui puiſſent eſtre connuës, croiſtra & augmentera de beaucoup dans le reſultat de ce
que l'on cerche qui eſt la Latitude.

Et pour commencer par l'heure du lever ou coucher du Soleil
qui doute que pour la trouver au iuſte, il ne faille connoiſtre auparavant la Latitude du lieu, auquel on le pretend trouver ; car d'eſperer d'y pouvoir reüſſir par des Horloges, c'eſt eſtre fort mal fondé, puis que l'experience fait connoiſtre que les Horloges participants à la qualité du temps, en temps ſec elles vont plus viſte, mais
en temps humide elles retardent, & pour peu qu'il puiſſe y avoir
de manque, cela deviendra tres conſiderable en la Latitude, laquelle ſe trouvera pour reſultat.

Et pour preuve à Dieppe qui eſt par les 50 deg. de Latitude
Nord, lors que le Soleil à ſix deg. 15 min. de declinaiſon, ſoit Nord
ou Sud, il ſe leve en Eſté à cinq heures & demie de matin, & en
Hyver à ſix heures & demie, ſi au lieu de 5 heures 30 min. ou ſix
heures

heures trente min. l'Horloge marquoit cinq heures 31 min. ou six
heures 31 min. apres avoir fait la regle qu'il convient de faire pour
cet effet, au lieu de cinquante deg. de Latitude, ainsi que l'on suppose estre, on trouverroit estre par les cinquante deg. cinquante
cinq min. & ainsi dans l'erreur d'une min. à bien iuger de l'heure, il
se trouverroit cinquante cinq min. d'erreur à la latitude, erreur qui
n'est pas supportable mesme dans la Navigation, ie dis bien plus
que si le Soleil dans le mesme lieu proposé se levoit plutost ou plus
tard, & ainsi qu'il eut davantage de declinaison, comme à quatre
heures de matin en Esté, ou huict heures en Hyver, l'on trouverroit à la verité une erreur moins considerable que 55 min. que
nous avons trouvé cy dessus, d'où pourtant ie conclus que cette
maniere de trouver la Latitude par le moyen du lever ou coucher
du Soleil avec sa declinaison n'est pas trop asseurée pour en conclurre la Latitude, & que les Pilottes ont raison de ne s'en pas servir.

Ie dis en outre que s'il se trouve tant d'erreur par les Sinus, l'on
n'en doit pas moins esperer en le faisant par la Sphere platte, suivant que Monsieur le Vasseur l'enseigne dans l'usage de cet instrument, qu'il faut iuger inutile sur cet article.

Ie trouve que la mesme raison que ie viens d'aporter pour vous
monstrer que c'est un abus de vouloir trouver sa Latitude par le
moyen du lever ou coucher du Soleil, doit suffire aussi pour vous
convaincre & combattre le moyen de trouver sa Latitude par le
moyen de l'heure du iour ou de la nuict, que l'on supposeroit estre
connuë, laquelle estant appuyée sur quelque Horloge vous iugez
bien que pour peu d'erreur qui s'y puisse couler, la Latitude que
l'on trouverroit par ce moyen seroit extrémement defectueuse,
non seulement du costé de l'heure, mais mesme du costé de la
hauteur, particulierement quand le temps de l'observation se trouverroit proche du midy, & que le Soleil, ou les Estoilles se trouve-
roient beaucoup esleuées sur l'horizon, ainsi vous pouvez iuger
que ce moyen de trouver la Latitude par l'heure du iour ou de la
nuict est encor tres incertain.

Yyy

En second lieu si nous venons à examiner le moyèn de trouver la Latitude par le moyen de l'amplitude, nons n'y rencontrerons pas plus de certitude;car pour vous en convaincre par un Exemple,ie trouve par une Table des Amplitudes par les 50 deg.de Latitude, le Soleil ayant 22 deg.de declinaison, que le Soleil se doit lever ou coucher à 35 deg. 39 min. loing de l'Est ou du Ouest, si donc au lieu de ce nombre de 35 deg. 39 min. on suppose 35 deg. quarante cinq min. qui ne sont que six min. davantage apres la regle faite pour cet effet l'on trouverra 50 deg. 7 min. pour Latitude, seulement sept min. davantage que par la Latitude supposée cinquante deg.

Par la mesme Latitude de cinquante deg. & la mesme declinaison du lever du Soleil cy dessus par la supputation ie trouve que l'amplitude se trouvant de neuf deg.quarante cinq min. si au lieu de cette veritable amplitude l'on suppose qu'elle soit de neuf deg. cinquante min. qui sont seulement cinq min. davantage, l'erreur en la Latitude se trouvera estre de vingtquatre min, puis que la Latitude suivant cette hypothese se trouve estre de cinquante deg. vingtquatre min.ce qui me fait dire que lors que la declinaison est moindre, quand par le moyen de l'amplitude & de la declinaison l'on cerche la Latitude pour peu que l'on puisse manquer à bien marquer l'amplitude l'erreur devient plus considerable & plus grande que quand il y a davantage de declinaison, la raison est que dans cet estat le Soleil biaisant davantage avec l'horizon,l'amplitude augmente davantage, ainsi à raison qu'en cet endroit elle est plus grande,le peu de difference d'erreur que l'on suppose ne deviendra pas considerable à l'esgard de la Latitude.

A quoy faisant reflexion ie dis que l'on doit bien prendre garde; car si pour cinq min. d'erreur en l'amplitude l'on en trouve vingtquatre min. en la Latitude, que seroit ce si l'on avoit supposé davantage d'erreur en l'amplitude : qui ne sçait que le moyen de trouver l'amplitude, particulierement sur Mer, est par le Compas Marin ou de Boussole,sur laquelle les Pilotes m'avouëront que l'on à assez de peine d'observer iusques à demy degré prés, posons que ce ſoit iuſques à quinze min. prés, en ſuivant la proportion que nous venons de prouver par la ſupputation l'erreur dans la Latitude ſe trouverroit monter iuſques à un deg. douze min. qui ſont trois fois vingtquatre min. ie vous laiſſe à penſer quelle ſorte de Latitude ce ſeroit que celle là.

Remarquez que ie ne pouſſe ma difficulté ſeulement que ſur la petiteſſe de l'Inſtrument qui eſt le Bouſſolle, mais ſi vous venez à conſiderer que c'eſt un Inſtrument tres delicat, & dans lequel ie prouve dans mon Traité de la Variation qu'il ſe trouve tant de pieces, leſquelles doivent toutes quadrer, que c'eſt bien hazard quand l'operation, & l'obſervation qui ſe fait avec ſe trouve iuſte, outre que l'on eſt informé que l'Aiguille Aimantée laquelle fait l'ame de cét Inſtrument, & qui en fait tout le ſecret, à Variation, c'eſt à dire manque en certains endroits à monſtrer les veritables parties du Monde, & par conſequent les veritables deg. & parties de l'horizon, ce qu'arrivant voilà faute de la part de l'Aiguille, & encor de la part de l'obſervation ; iugez ſuivant la proportion cy deſſus par l'hypotheſe que vous en pourrez faire à combien ſe pourroit monter l'erreur dans la Latitude que l'on conclurroit par ce moyen.

Et ne me dites point ou que la Variation ayant eſté obſervée, l'on a trouvé qu'il n'y en avoit point, ou bien ſi l'on en a trouvé, l'on y a eu eſgard dans l'obſervation qui s'eſt faite de l'amplitude, & qu'ainſi il n'y a rien à dire de ce coſté là : car premierement ſi l'on a trouvé la Variation, elle s'eſt trouvée ou par le moyen de l'amplitude, ou de l'azimuth, pourquoy il a eſté abſolument neceſſaire que la Latitude ait eſté connuë, & ainſi voila *petitio principij,* les ſçavants m'entendent, c'eſt à dire que pour trouver la Latitude on ſuppoſé que la Latitude eſt connuë.

Secondement l'experience fait voir que la Variation change meſme tous les iours dans un meſme lieu, comme par Exemple la Variation laquelle ſe trouvoit autresfois à Dieppe, ne ſe trouve plus de preſent, ce qui me fait dire que quand bien meſme reſtant dans le meſme lieu l'on auroit prins la Variation avec toute la

iustesse possible, ie ne trouve pas que de l'observation par la Bouſſolle l'on en pût tirer & conclurre la Latitude, cela en quelque
façon pourroit servir d'espreuve pour voir ſi par ce moyen on
peut parvenir à trouver la Latitude, ou de préjugé pour remarquer ſi la Theorie en ce fait revient à la Pratique ou l'Experience
que l'on fait de cette Methode.

Que s'il y a lieu de douter dans un meſme endroit auquel ie ſupo-
ſe que l'on a aporté toutes les précautions poſsibles, & que l'on s'eſt
ſervy des principes eſquels il y a plus d'aſſeurance & vray ſemblance de raiſon, ie vous laiſſe à penſer ſi un Pilotte ayant fait chemin
peut s'aſſeurer de la Variation qu'il aura prins quelque temps auparavant, & pourra ſonder ſa Latitude qui luy eſt de telle importance pour regler ſa Navigation ſur un fondement lequel ie vous découvre ſi incertain.

Et ne me dittes point que ſe rencontrant peu de diſtance depuis le lieu ou la Variation a eſté obſervée, il eſt à croire qu'il n'y a
pas grande difference, puis que Monſieur le Telier qui a eſté celuy
qui a mis les Pilottes dans l'humeur de ſe ſervir de l'amplitude
pour trouver la Variation, & qui paſſe dans l'eſtime de tous pour le
plus grand obſervateur de la Variation, fait voir dans ſon Voyage
des Indes Orientales qu'il a donné au public, dans l'intention ſuivant l opinion du docte Stenin, de conclurre la Longitude par la
Variation de l'Aimant, & dit qu'ayant fait le tour de l'Iſle de la
Terciere, qui eſt une des Iſles des Açores en moins de 25 lieuës, il
a trouvé deux deg. 30 min. de difference en la Variation, ſur ce
pied quand l'on n'auroit avancé que cinq lieuës, il y auroit 30 min.
de difference, d'où concluez que ſi en cinq min. nous avons trouvé vingtquatre min. d'erreur en la Latitude, ie vous laiſſe à iuger à
combien monteroit la Latitude laquelle ſe conclurroit par 30 mi.
d'erreur en l'amplitude, ſans la manque de l'obſervation, à raiſon
de la petiteſſe de la Bouſſolle & du fretillement & vacillation de
l'Aiguille Aimantée, c'eſt pourquoy ie conclus que les Pilottes
ont raiſon de ne ſe pas ſervir de toutes ces pratiques pour trouver
leur latitude, & que les moyens dont ils ſe ſervent ſont autrement

affeurez, & n'arriveront iamais à l'erreur que la raifon dicte pouvoir eftre commife par le moyen de tirer la Latitude, par le moyen de l'amplitude ou de la variation, c'eft à dire par le moyen d'un Compas à Naviger.

Les mefmes raifons dont ie me fuis fervy pour combattre la maniere de conclurre la Latitude par l'amplitude, fe peuvent appliquer pareillement au moyen de trouver la Latitude par l'azimuth, puis que fe prenant particulierement fur Mer par le moyen du Compas de Bouffolle, il n'y a pas plus de raifon d'en efperer de la iufteffe.

Tous ces quatre moyens Aftronomiques que ie viens de declarer paroiffent evidemment fuppofer la Latitude defia connuë, laquelle neantmoins on cerche, mais il y en a quelques autres dans la Pratique des Triangles Spheriques du fecond Volume des Memoires Mathematiques d'Henrion, qui à mon advis font exempts de ce defaut, comme celle qu'il donne au Probleme quarante neufiefme pour trouver la Latitude par deux Eftoilles, dont l'une foit au meridien pendant que l'autre fe leve ou couche, defquelles Eftoilles il fuppofe que l'on connoiffe, tant la declinaifon que l'Afcenfion droite, furquoy pour vous dire mon fentiment il faut avoir bien du bonheur, outre que fur Mer cela ne peut aucunement eftre fait, puis que la ligne peut connoiftre le temps de la hauteur meridienne que par le devant & l'aprez, en quoy il y auroit lieu de beaucoup s'abufer dans le refultat de la Latitude que l'on en trouverroit, & à l'efgard de celle qui eft obfervée à l'horizon, il y a bien du fuiet d'apprehender du cofté des refractions, lefquelles ie m'imagine font tres copieufes pendant la nuict.

La mefme raifon combat pour le moyen qu'il donne au Probleme cinquantiefme qui eft par deux Eftoilles connuës que l'on va lever ou coucher enfemble, dont l'afcenfion droite & la declinaifon fut donnée.

Le Probleme cinquante & uniefme qui enfeigne à trouver la Latitude, & beaucoup d'autres curiofitez par deux Eftoilles lefquelles fuffent obfervées en mefme vertical, ce qui peut eftre re-

marqué par un filet au bout duquel soit attaché un plomb,& si pre-
sentant ce filet à plusieurs Estoilles l'on en rencontre deux que ce
filet entrecouppe, ces deux Estoilles seront dites estre en mesme
azimuth que l'on appelle cercle vertical, parce qu'il part du poinct
du Ciel qui respond à nostre teste que les Latins appellent vertex,
s'il se trouve donc que cela arrive, il dit que prenant seulement la
hauteur de l'une on pourra trouver la Latitude, delaissant les autres curiositez comme inutiles au suiet que nous traittons.

N'estoit que les hauteurs de la nuict particulierement sur Mer
font fort douteuses, ie trouverrois ce moyen tres ioly, mais pour cet
effet il faut sçavoir parfaitement la Trigonometrie pour débrouil-
ler tous les Triangles qui s'y rencontrent.

Dans le Corollaire de ce Probleme il dit que si au lieu de la
hauteur d'une des deux Estoilles qu'il suppose estre observée l'on
connoissoit l'azimuth d'une de ces deux Estoilles proposées, on
trouverroit pareillement la Latitude.

Au Probleme cinquante troisiesme il dit qu'ayant observé deux
fois en une nuict la hauteur de quelque Estoille dont on connoisse
la declinaison, & aussi la difference azimuthale des deux hauteurs,
ce qui se peut remarquer par un Compas de Boussolle, en remarquant au mesme temps que l'on prend ces deux hauteurs à quel
deg du Compas l'Estoille respondoit, & en suitte comptanr l'entre
deux, l'on peut trouver la Latitude du lieu là ou ces deux observations se font faites.

Vous iugez bien qu'il est necessaire d'estre arresté dans un lieu
pour y faire ces observations, & non pas cependant faire chemin,
autrement il n'y a pas lieu d'esperer de pouvoir y reüssir.

On peut appliquer ce Probleme au Soleil en y prenant deux
hauteurs, & observant sur un Compas l'entre deux de ces deux
hauteurs.

D'autres iugeants qu'un Compas est bien douteux pour y pretendre faire de telles observations se servent de la difference du
temps par une Horloge qui soit esprouvée estre bien iuste, & par
l'un & par l'autre la raison dicte qu'on pourra trouver la Latitude

du lieu ou se feront ces observations, mais à dire le vray outre qu'il
faut sçavoir tres parfaitement la Trigonometrie pour pouvoir débroüiller tous les Triangles qui s'y rencontrent & qu'il y faut former, il faut faire tant de regles que pour peu qu'on puisse negliger
dans le resultat de chacune, & il faudroit faire tant de regles de
trois pour trouver les Sinus & Tangentes de ces petits reliquats
qu'aprés tout l'embarras qu'il se faudroit donner dans ce rencontre
ie doute fort qu'on arrivast iustement à trouver la Latitude aussi
iustement & sans tant d'embarras que par les quatre moyens que
nous avons cy dessus expliqué à nos Pilottes.

A raison que ie iuge tous ces moyens & quelques autres encor
que la memoire ne me fournit point trop embarrassants, & mesmes inutiles à nos Pilottes, i'aime mieux reserver l'analogie de
tous ces moyens de trouver la Latitude par la Trigonometrie
dans un Appendice de nôtre Art de Naviger par les Nombres.

Pour couronner cet Ouvrage, puis que pour trouver la Latitude il faut absolument regarder le Ciel pour y prendre ses hauteurs,
faisant l'Office d'un bon Pere, ie n'aurois qu'à me servir des mesmes paroles de cette Femme genereuse des Machabées, de laquelle le Tyran Antiochus ayant desia fait mourir avec des
cruautez espouventables six Enfans, pour exhorter le plus petit qui
restoit seul à suivre l'exemple de ses Freres, elle luy dit, *Peto nate ut
aspicias cœlum*, ie vous supplie mon pauvre enfant de regarder le
Ciel : i'aurois de tout mon cœur à vous faire la mesme priere, & à
vous supplier de n'y pas cercher vos hauteurs, mais encor d'y envi-
sager le but qui nous y est proposé, qui est l'Eternité bien heureuse, du moment que nous venons au Monde nous y sommes desti-
nez, & si nous en croyons à S. Pierre, nous ne sommes sur la terre
qu'en qualité de Pelerins & d'Estrangers, *Advenas & Peregrinos*,
dit il, en sa premiere Epistre, Chapitre second Verset 11. S. Paul
nous asseure dans son Epistre aux Hebreux, Chapitre 13. Vers. 14.
Non habemus hic manentem civitatem sed futuram inquirimus, ce n'est
point la Terre laquelle est nôtre demeure, comme nous sommes
sortis du Paradis par nôtre peché, Dieu pretend que nous y retour-

nions par nôtre bonne vie, *Regio noſtra*, dit S. Gregoire, *Paradiſus eſt*,
c'eſt le Ciel. & le Paradis ou nous devons aller pour y reſter pendant toute une Eternité ; & tout ainſi que les Pilottes reglent toute leur Navigation ſur la Latitude, auſſi devons tous regler toutes
nos actions & toute nôtre vie ſur le Ciel & ſur l'Eternité ; & comme
les meſmes Pilottes s'aperçoivent bien par leur hauteur s'ils ſe
ſont abuſez dans leur eſtime, auſſi ſi nous venons à conſiderer le
Ciel & le Paradis, nous appercevrons bien ſi nous tenons bien la
route droite que nous devons tenir, ou, ſi nous nous en ſommes eſ-
garez. I'y trouve cette difference, c'eſt que ſi les Pilottes pouvoient eſtre aſſez heureux d'avoir hauteur à chaque route, pourvû
qu'ils vouluſſent y apporter leurs ſoins & tant ſoit peu d'aplica-
tion, il ne faut aucunement douter qu'ils ne fiſſent une Navigation aſſeurée, mais le temps ne leur permet pas le plus ſouvent : il
faut attendre que le Soleil ou les Eſtoilles ſoient à leur Meridien, il
faut s'y preparer pour les y obſerver, & l'on peut dire que cela n'arrive pas à tous momens, & ſi à quelque moment que ce ſoit l'on peut
prendre hauteur à l'Eſtoille du Nord, l'on peut dire pourtant qu'outre qu'elle n'eſt pas à tous moments à quelque rumb de vent, mais
qu'elle ne change de rumb que de 3 en 3 quarts d'heure, encor
faut il attendre la nuict pour le faire, combien de broüillards & de
tempeſtes empeſchent ils les Navigateurs de pouvoir obſerver la
hauteur, il n'en eſt pas de meſme du Ciel pour l'Eternité : car ſi
S. Ambroiſe nous aſſeure qu'en quelque aage qu'on puiſſe eſtre
l'on eſt propre pour le Ciel, *Nulla regno Dei infirma ætas*, ie dis que
dans quelque temps que ce ſoit nous ſommes obligez de regarder
le Ciel, & ſi nous ſuivons l'opinion de l'Ange de l'Echole S. Tho-
mas, du moment que l'aage nous donne l'uſage de la raiſon, nous
ſommes indiſpenſablement obligez de nous porter du coſté du
Ciel, le ſommeil meſme ny la nuict ne nous diſpenſent pas de ce
devoir, & ſi cela nous ſemble impoſſible, l'Amante du Cantique des
Cantiques nous en découvre le ſecret, *Ego dormio*, dit elle, *Et cor
meum vigilat*, pendant que mon corps repoſe par le ſommeil, mon
cœur & mon eſprit, que Dieu regarde particulierement, veillent

                                                              &

& ne laiſſent pas de ſe porter du coſté du Ciel.

Et ne me dites point que cela ſeroit bien rude & bien embarraſſant d'avoir touſiours les yeux de la penſée du coſté du Ciel, puis
que vous avouërez avec moy que cela eſt tres naturel, & que le
Poete Ovide dans ſon Paganiſme a reconnu cette verité par ſa ſeule raiſon naturelle & en a fait ce beau Vers.

Os homini ſublime dedit, cœlumque tueri.

Et certes il ne nous en peut arriver que du bien, puis que cela
ſeul ſera capable de nous détacher de tout ce qui nous pourroit attacher à la vie & aux choſes periſſables, & de nous attacher plus
fortement à Dieu qui doit eſtre nôtre fin, comme il eſt nôtre principe, & preſtera les moyens de ne nous iamais ſeparer de cette
Source de Bonté par le peché qui luy déplaiſt infiniment, c'eſt
cette Verité que nous enſeigne l'Eccleſiaſtique dans ſon ch. 7 v. 40
In omnibus operibus tuis memorare noviſſima tua & in æternum non peccabis,
dans toutes les actions de vôtre vie n'oubliez point vôtre fin derniere, & l'Eternité à laquelle vous eſtes deſtiné, & iamais vous ne
pecherez.

Ie ſçay que ie dois practiquer le premier ce que ie recommande
avec tant de zele aux autres, & en ſuis fort perſuadé, & ie vous pro-
teſte que i'ay bonne volonté de le faire, & comme ie ne doute aucunement qu'il y a beaucoup de la foibleſſe de ma part, ie vous
ſupplie de m'obtenir du Ciel la grace de me fortifier, & ſous
cette eſperance ie n'apprehenderay point de m'expoſer à la cen-
ſure pour vôtre ſervice, au moyen que ie puiſſe un iour obtenir
l'Eternité bien heureuſe, & bien prendre mes hauteurs pour tenir
ma Route droite vers le Ciel.

VIVE IESVS.

FIN.

EXTRAICT DV PRIVILEGE DV ROY.

LOVIS par la Grace de Dieu Roy de France & de Navarre : à nos
amez & feaux Conseillers les gens tenans nos Cours de Parlement,
Maiſtres des Requeſtes ordinaires de nôtre Hôtel, Baillifs, Seneſ-
chaux, leurs Lieutenans & autres Officiers & Iuſticiers qu'il apartiendra,
Salut, Nôtre cher & bien amé Nicolas Dubuc, Imprimeur, Libraire, &
Graveur, de nôtre Ville de Dieppe, nous à fait dire & remontrer qu'il à recouvert un Livre intitulé, *L'Art de Naviger dans ſa plus haute perfection ou
Traité des Latitudes, ou ſont déduits les quatre moyens dont ſe ſervent le plus ſouvent & plus ordinairement les Pilottes pour trouver la Latitude des lieux ou ils ſe
rencontrent,* lequel Livre ayant eſté compoſé par M. G. Denis Preſtre, enſei-
gnant la Navigation pour nôtre ſervice en la Ville de Dieppe, il deſire-
roit faire Imprimer & donner au public s'il nous plaiſoit luy accorder nos
Lettres neceſſaires. A CES CAVSES nous avons permis & permet-
tons audit Expoſant d'Imprimer ou faire Imprimer & diſtribuer en tous
les lieux de nôtre obeyſſance ledit Livre, en telle Marge & Caractere &
autant de fois qu'il voudra, durant l'eſpace de dix ans entiers & accomplis, à compter du iour que ledit Livre ſera achevé d'Imprimer, & faiſons
deffences à toutes perſonnes de quelque qualité & condition qu'elles
ſoient de l'Imprimer ou faire Imprimer, vendre ny diſtribuer en aucun
lieu de ce Royaume durant ledit temps, ſous pretexte d'augmentation,
correction, changement de Tiltre ou autrement, en quelque ſorte & maniere que ce ſoit, à peine de trois mil livres d'amende payable ſans deport
par chacun des contrevenants, & applicables un tiers à Nous, un tiers à
l'Hôpital General, & l'autre tiers à l'Expoſant, confiſcation d'Exemplaires
contrefaits, & de tous deſpens dommages & intereſts, à condition toutesfois qu'il ſera mis deux Exemplaires dans nôtre Bibliotecque publique,
& un dans celle de nôtre tres cher & Feal le Sieur d'Aligre Chevalier,
Garde des Sceaux de France, avant que de l'expoſer en vente, à peine de
nullité des preſentes, du contenu deſquelles nous vous mandons que
faſſiez iouyr plainement & paiſiblement ledit Expoſant, & ceux qui auront droit de luy, ſans qu'il luy ſoit fait aucun trouble ny empeſchement,
au contraire voulons auſſi qu'en mettant au commencement ou à la fin

de chaque Exemplaire un bref Extrait des presentes , elles soient tenuës pour signifiées : Mandons au premier Huïssier ou Seigent sur ce requis faire tous Exploits requis & necessaires, sans pour ce demander autre per-mission. CAR TEL EST nôtre plaisir, nonobstant clameur de Haro, Chartre Normande, & autres Lettres à ce contraires. Donné à Paris, le quatriesme iour du mois de May, l'an de Grace mil six cens Soixante treize, Et de nôtre regne le trentiesme. Et plus bas par le ROY, Faborie avec un paraphe, & scellé en queuë avec un grand sceau de cire iaune.

Registré sur le Livre de la Communauté des Libraires & Imprimeurs de Paris, le 8 May 1673. Suivant l'Arrest du Parlement du 8 Avril 1653. & celuy du Conseil Privé du Roy, du 27 Fevrier 1665.

Achevé d'Imprimer pour la premiere fois, le 15 iour du mois de May 1673.

Les Exemplaires ont esté fournis.